ОЛДОС ХАКСЛИ

О ДИВНЫЙ НОВЫЙ МИР

ЧЕРЕЗ МНОГО ЛЕТ

Романы

ИЗДАТЕЛЬСТВО
«АМФОРА»
Санкт-Петербург
1999

УДК 82/89
ББК 84.4 Вл
Х 16

Хаксли О.
Х 16 О дивный новый мир. Через много лет: Романы / Пер. с англ. О. Сороки, В. Бабкова. Примеч. Т. Шишкиной, В. Бабкова. — СПб.: Амфора, 1999. — 541 с.
ISBN 5-8301-0004-5
ISBN 5-8301-0019-3 (т. 3)

В третий том Собрания сочинений английского писателя Олдоса Хаксли (1894—1963) входят романы «О дивный новый мир» (1932) и «Через много лет» (1939).

© В. Бабков, перевод, примечания, 1993.
© О. Сорока, перевод, 1990.
© Т. Шишкина, примечания, 1990.
© Оформление серии «Millennium», издательство «Амфора», 1999.

ISBN 5-8301-0004-5
ISBN 5-8301-0019-3 (т. 3)

«Millennium»™ — торговая марка компании «ВОДОЛЕЙ·AQUARIUS»

О ДИВНЫЙ НОВЫЙ МИР

Роман

ПРЕДИСЛОВИЕ

Затяжное самогрызенье, по согласному мнению всех моралистов, является занятием самым нежелательным. Поступив скверно, раскайся, загладь, насколько можешь, вину и нацель себя на то, чтобы в следующий раз поступить лучше. Ни в коем случае не предавайся нескончаемой скорби над своим грехом. Барахтанье в дерьме — не лучший способ очищения.

В искусстве тоже существуют свои этические правила, и многие из них тождественны или, во всяком случае, аналогичны правилам морали житейской. К примеру, нескончаемо каяться, что в грехах поведения, что в грехах литературных, — одинаково малополезно. Упущения следует выискивать и, найдя и признав, по возможности не повторять их в будущем. Но бесконечно корпеть над изъянами двадцатилетней давности, доводить с помощью заплаток старую работу до совершенства, не достигнутого изначально, в зрелом возрасте пытаться исправлять ошибки, совершенные и завещанные тебе тем другим человеком, каким ты был в молодости, безусловно, пустая и напрасная затея. Вот почему этот новоиздаваемый «О дивный новый мир» ничем не отличается от прежнего. Дефекты его как произведения искусства существенны; но, чтобы исправить их, мне пришлось бы переписать вещь заново — и в процессе этой переписки, как человек постаревший и ставший Другим, я бы, вероятно, избавил книгу не только от кое-каких недостатков, но и от тех достоинств, которыми книга обладает. И потому, преодолев соблазн побарахтаться в литературных скорбях, предпочитаю оставить все, как было, и нацелить мысль на что-нибудь иное.

Стоит, однако, упомянуть хотя бы о самом серьезном дефекте книги, который заключается в следующем. Дикарю предлагают лишь выбор между безумной жизнью в Утопии и первобытной жизнью в индейском селении, более человеческой в некоторых отношениях, но в других — едва ль менее странной и ненормальной. Когда я писал эту книгу, мысль, что людям на то дана свобода воли, чтобы выбирать между двумя видами безумия, — мысль эта казалась мне забавной и, вполне возможно, верной. Для пущего эффекта я позволил, однако, речам Дикаря часто звучать разумней, чем то вяжется с *его* воспитанием в среде приверженцев религии, представляющей собой культ плодородия пополам со свирепым культом penitente*. Даже знакомство Дикаря с твореньями Шекспира неспособно в реальной жизни оправдать такую разумность речей. В финале-то он у меня отбрасывает здравомыслие; индейский культ завладевает им снова, и он, отчаявшись, кончает исступленным самобичеванием и самоубийством. Таков был плачевный конец этой притчи — что и требовалось доказать насмешливому скептику-эстету, каким был тогда автор книги.

Сегодня я уже не стремлюсь доказать недостижимость здравомыслия. Напротив, хоть я и ныне печально сознаю, что в прошлом оно встречалось весьма редко, но убежден, что его можно достичь, и желал бы видеть побольше здравомыслия вокруг. За это свое убеждение и желание, выраженные в нескольких недавних книгах, а главное, за то, что я составил антологию высказываний здравомыслящих людей о здравомыслии и о путях его достижения, я удостоился награды: известный ученый критик оценил меня как грустный симптом краха интеллигенции в годину кризиса. Понимать это следует, видимо, так, что сам профессор и его коллеги являют собой радостный симптом успеха. Благодетелей человечества должно чествовать и увековечивать. Давайте же воздвигнем Пантеон для профессуры. Возведем его на пепелище одного из разбомбленных городов Европы или Японии, а над входом в усыпальницу я начертал бы двухметровыми буквами простые слова: «Посвящается памяти ученых воспитателей планеты. Si monumentum requiris circumspice»[1].

Но вернемся к теме будущего... Если бы я стал сейчас переписывать книгу, то предложил бы Дикарю третий вариант.

---

[1] Если ищешь памятник — оглядись вокруг (*лат.*).

Между утопической и первобытной крайностями легла бы у меня возможность здравомыслия — возможность, отчасти уже осуществленная в сообществе изгнанников и беглецов из Дивного нового мира, живущих в пределах Резервации. В этом сообществе экономика велась бы в духе децентрализма и Генри Джорджа*, политика — в духе Кропоткина* и кооперативизма. Наука и техника применялись бы по принципу «суббота для человека, а не человек для субботы», то есть приспособлялись бы к человеку, а не приспособляли и порабощали его (как в нынешнем мире, а тем более в Дивном новом мире). Религия была бы сознательным и разумным устремлением к Конечной Цели человечества, к единящему познанию имманентного Дао или Логоса*, трансцендентального Божества или Брахмана. А господствующей философией была бы разновидность Высшего Утилитаризма, в которой принцип Наибольшего Счастья отступил бы на второй план перед принципом Конечной Цели, — так что в каждой жизненной ситуации ставился и решался бы прежде всего вопрос: «Как данное соображение или действие помогут (или помешают) мне и наибольшему возможному числу других личностей в достижении Конечной Цели человечества?».

Выросший среди людей первобытных, Дикарь (в этом гипотетическом новом варианте романа), прежде чем быть перенесенным в Утопию, получил бы возможность непосредственно ознакомиться с природой общества, состоящего из свободно сотрудничающих личностей, посвятивших себя осуществлению здравомыслия. Переделанный подобным образом, «О дивный новый мир» обрел бы художественную и (если позволено употребить такое высокое слово по отношению к роману) философскую законченность, которой в теперешнем своем виде он явно лишен.

Но «О дивный новый мир» — это книга о будущем, и, каковы бы ни были ее художественные или философские качества, книга о будущем способна интересовать нас, только если содержащиеся в ней предвидения склонны осуществиться. С нынешнего временного пункта новейшей истории — через пятнадцать лет нашего дальнейшего сползанья по ее наклонной плоскости — оправданно ли выглядят те предсказания? Подтверждаются или опровергаются сделанные в 1931 году прогнозы горькими событиями, произошедшими с тех пор?

Одно крупнейшее упущение немедленно бросается в глаза. В «О дивном новом мире» ни разу не упомянуто о расщеплении атомного ядра. И это, в сущности, довольно странно, ибо возможности атомной энергии стали популярной темой разговоров задолго до написания книги. Мой старый друг, Роберт Николз*, даже сочинил об этом пьесу, шедшую с успехом, и вспоминаю, что сам я вскользь упомянул о ней в романе, вышедшем в конце двадцатых годов. Так что, повторяю, кажется весьма странным, что в седьмом столетии эры Форда ракеты и вертопланы работают не на атомном топливе. Хоть упущенье это и малопростительно, оно, во всяком случае, легко объяснимо. Темой книги является не сам по себе прогресс науки, а то, как этот прогресс влияет на личность человека. Победы физики, химии, техники молча принимаются там как нечто само собою разумеющееся. Конкретно изображены лишь те научные успехи, те будущие изыскания в сфере биологии, физиологии и психологии, результаты которых непосредственно применены у меня к людям. Жизнь может быть радикально изменена в своем качестве только с помощью наук о жизни. Науки же о материи, употребленные определенным образом, способны уничтожить жизнь либо сделать ее донельзя сложной и тягостной; но только лишь как инструменты в руках биологов и психологов могут они видоизменить естественные формы и проявления жизни. Освобождение атомной энергии означает великую революцию в истории человечества, но не наиглубиннейшую и окончательную (если только мы не взорвем, не разнесем себя на куски, тем положив конец истории).

Революцию действительно революционную осуществить возможно не во внешнем мире, а лишь в душе и теле человека. Живя во времена Французской революции, маркиз де Сад*, как и следовало ожидать, использовал эту теорию революций, дабы придать внешнюю разумность своей разновидности безумия. Робеспьер осуществил революцию самую поверхностную — политическую. Идя несколько глубже, Бабёф попытался произвести экономическую революцию*. Сад же считал себя апостолом действительно революционной революции, выходящей за пределы политики и экономики, —

революции внутри каждого мужчины, каждой женщины и каждого ребенка, чьи тела отныне стали бы общим сексуальным достоянием, а души были бы очищены от всех естественных приличий, от всех с таким трудом усвоенных запретов традиционной цивилизации. Понятно, что между ученьем Сада и поистине революционной революцией нет непременной или неизбежной связи. Сад был безумен, и задуманная им революция имела своей сознательной или полусознательной целью всеобщий хаос и уничтожение. Пусть тех, кто управляет Дивным новым миром, и нельзя назвать разумными (в абсолютном, так сказать, смысле этого слова); но они не безумцы, и цель их — не анархия, а социальная стабильность. Именно для того, чтобы достичь стабильности, и осуществляют они научными средствами последнюю, внутриличностную, поистине революционную революцию.

Но покамест мы находимся в первой *фазе* того, что является, пожалуй, предпоследней революцией. Следующей ее фазой может стать атомная война, и в этом случае прогнозы будущего нам будут уже ни к чему. Но не исключено, что у нас хватит здравого смысла если уж не отказаться от военных действий полностью, то хоть вести *себя* столь же рассудительно, как наши предки в восемнадцатом веке. Невообразимые ужасы Тридцатилетней войны* преподали тогда людям урок, и затем на протяжении столетия с лишним европейские политики и генералы сознательно противились соблазну употребить свои военные ресурсы во всю их истребительную мощь либо (в большинстве конфликтов) продолжать сражаться вплоть до полного уничтожения противника. Они были, конечно, агрессорами, жадными до наживы и славы; но они были также и консерваторами, намеренными во что бы то ни стало сохранить свой мир в целости и дееспособности. Теперь же, последние лет тридцать, консерваторов уже нет; есть только радикальные националисты правого и левого толка. Последним консерватором среди государственных деятелей был пятый маркиз Лэнсдаун*; и когда он послал письмо в «Таймс» с предложением, чтобы воюющие стороны кончили первую мировую войну компромиссом, подобным тем, какими кончалась большая часть войн восемнадцатого столетия, то редактор этой в прошлом консервативной газеты отказался письмо напечатать. Радикальные националисты повели дело по-своему, и последствия всем нам известны: большевизм, фашизм, инфляция, кризис, Гитлер, вторая мировая война и голод почти всемирный.

Итак, допуская, что мы способны извлечь такой же урок из Хиросимы, как наши предки — из Магдебурга*, мы можем надеяться на ждущий нас период пусть и не мира, но ограниченных и несущих лишь частичное разрушение войн. Позволительно предположить, что в течение этого периода ядерная энергия будет взнуздана — применена в промышленности. Ясно, что это приведет к ряду экономических и социальных перемен, небывало быстрых и всеобъемлющих. Весь существующий уклад человеческой жизни будет порушен, и придется спешно создать новый, согласующийся с нечеловеческим фактом атомной энергии. Ученый-атомщик, этот Прокруст в современном одеянье*, приготовит ложе, на котором назначено улечься человечеству; и если ложе это будет не по мерке, тем хуже для человечества. Придется человека обрубать, растягивать — с тех пор как прикладная наука по-настоящему взялась за свое дело, к этому и прежде постоянно прибегали, но на сей раз ампутации и растяжки предстоят нам куда более радикальные. Руководить этими весьма болезненными операциями будут высокоцентрализованные тоталитарные правительства. Уж это неизбежно, ибо близкому будущему присуща схожесть с недавним прошлым, а в недавнем прошлом быстрые технологические перемены, происходившие в условиях массового производства среди населения в основном неимущего, всегда склонны были порождать экономическую и социальную сумятицу. А чтобы справиться с ней, власть централизовалась и контроль правительства усиливался. Вероятно, все правительства мира станут полностью или почти полностью тоталитарными еще даже до взнуздания атомной энергии; а что они будут тоталитарными во время и после этого взнуздания, кажется почти несомненным. Только широкомасштабное народное движение к децентрализации и самопомощи может остановить современную тенденцию к этатизму. Но в данный момент не видно признаков такого движения.

Разумеется, новый тоталитаризм вовсе не обязан походить на старый. Управление с помощью дубинок и расстрелов, искусственно созданного голода, массового заключения в тюрьмы и массовых депортаций является не просто бесчеловечным (никто теперь особо не заботится о человечности), но и явно неэффективным, а в наш век передовой техники неэффективность, непроизводительность — это грех перед Святым Духом. В тоталитарном государстве, по-настоящему эффективном, всемогущая когорта политических боссов и подчиненная им армия администраторов будут править населением, состоящим из рабов, которых не надобно принуждать, ибо они любят свое рабство. Задача воспитания в них этой любви возложена в нынешних тоталитарных государствах на министерства пропаганды, на редакторов газет и на школьных учителей. Но методы их все еще грубы и ненаучны. Старое утверждение иезуитов, будто каждый воспитанный ими ребенок навсегда сохранит внедренные в него религиозные взгляды, было всего лишь похвальбой. А современный педагог, пожалуй, намного слабей в деле привития своим ученикам условных рефлексов, чем преподобные отцы, воспитавшие Вольтера*. Наибольшие триумфы пропаганды достигнуты не путем внедрения, а путем умолчания. Велика сила правды, но еще могущественнее — с практической точки зрения — умолчание правды. Просто-напросто замалчивая определенные темы, отгораживая массы «железным занавесом» (как выразился м-р Черчилль*) от тех фактов или аргументов, которые рассматриваются местными политическими боссами как нежелательные, тоталитаристские пропагандисты влияют на мнения гораздо действеннее, чем с помощью самых красноречивых обличений, самых убедительных логических опровержений. Но умолчания недостаточно. Чтобы обойтись без преследований, ликвидации и других симптомов социального конфликта, надо позитивные аспекты пропаганды сделать столь же действенными, как и негативные. Самыми важными «манхэттенскими проектами»* грядущего будут грандиозные, организованные правительствами исследования того, что политики и привлеченные к участию научные работники назовут «проблемой счастья», имея в виду проблему привития людям любви к рабству. Однако любовь к рабству недостижима при отсутствии экономической обеспеченности; в целях краткости я делаю здесь допущение, что всемогущей исполнительной власти и ее администраторам удастся разрешить проблему этой постоянной обеспеченности. Но к обеспеченности люди очень быстро привыкают и начинают считать ее в порядке вещей. Достижение обеспеченности — это лишь внешняя, поверхностная революция. Любовь к рабству может утвердиться только как результат глубинной, внутриличностной революции в людских душах и телах. Чтобы осуществить эту революцию, нам требуются, в числе прочих, следующие открытия и изобретения. Во-первых, значительно усовершенствованные методы внушения — через привитие малым детям условных рефлексов и, для старших возрастов, применение таких лекарственных средств, как скополамин. Во-вторых, детально разработанная наука о различиях между людьми, которая позволит государственным администраторам определять каждого человека на подходящее ему (или ей) место в общественной и экономической иерархии. (Люди неприкаянные, чувствующие себя не на месте, склонны питать опасные мысли о социальном строе и заражать других своим недовольством.) В-третьих (поскольку люди частенько ощущают нужду в отдыхе от действительности, какой бы утопической она ни была), заменитель алкоголя и других наркотиков, и менее вредный, и дающий большее наслаждение, чем джин или героин. И в-четвертых (но это будет долговременный проект — понадобятся многие десятилетия тоталитарного контроля, чтобы успешно выполнить его), надежная система евгеники*, предназначенная для того, чтобы стандартизовать человека и тем самым облегчить задачу администраторов. В «О дивном новом мире» эта стандартизация изготовляемых людей доведена до фантастических — хотя, наверно, и осуществимых — крайностей. В техническом и идеологическом отношении нам еще предстоит немалый путь до обутыленных младенцев и выпускаемых серийно, методом Бокановского, полукретинов. Но и не такое может осуществиться к шестисотому году эры Форда! Что же касается первых трех черт этого более счастливого и стабильного мира, то эквиваленты сомы, обучения во сне и научной системы каст отстоят от нас, вероятно, не дальше, чем на три-четыре поколения. Да и сексуальный промискуитет[1] «О дивного нового мира» не столь уж от нас отдален. Уже и сейчас в некоторых крупных горо-

---

[1] Ничем не ограниченные отношения между полами. — *Здесь и далее примечания переводчика.*

дах Соединенных Штатов число разводов сравнялось с числом браков. Пройдет немного лет, и, без сомнения, можно будет покупать разрешение на брак, подобно разрешению держать собаку, сроком на год, причем вы будете вольны менять свою собаку или держать нескольких одновременно. По мере того как политическая и экономическая свобода уменьшается, свобода сексуальная имеет склонность возрастать в качестве компенсации. И диктатор (если он не нуждается в пушечном мясе либо в семьях для колонизации безлюдных или завоеванных территорий) умно поступит, поощряя сексуальную свободу. В сочетании со свободой грезить под действием наркотиков, кинофильмов и радиопрограмм она поможет примирить подданных с рабством, на которое те обречены.

Если все это учесть, то похоже, что Утопия гораздо ближе к нам, чем кто-либо мог вообразить всего пятнадцать лет назад. Тогда она виделась мне в дальнем будущем, через шесть столетий. Сейчас мне кажется вполне возможным, что не пройдет и сотни лет, как мы очутимся во власти этого кошмара. При условии, конечно, что прежде не разнесем себя на мелкие кусочки. По сути дела, если мы не изберем путь децентрализации и прикладную науку не станем применять как средство для создания сообщества свободных личностей (а не как цель, для которой люди назначены служить лишь средством), то нам останутся только два варианта: либо некое число национальных, милитаризованных тоталитарных государств, имеющих своим корнем страх перед атомной бомбой, а следствием своим — гибель цивилизации (или, если военные действия будут ограничены, увековечение милитаризма), либо же одно наднациональное тоталитарное государство, порожденное социальным хаосом — результатом быстрого технического прогресса вообще и атомной революции в частности; и государство это под воздействием нужды в эффективности и стабильности разовьется в благоденственную тиранию, воплощенную в Утопии. Плати, хозяин, деньги и бери, которую из трех облюбовал.

1946

Но утопии оказались гораздо более осуществимыми, чем казалось раньше. И теперь стоит другой мучительный вопрос, как избежать окончательного их осуществления [...] Утопии осуществимы. [...] Жизнь движется к утопиям. И открывается, быть может, новое столетие мечтаний интеллигенции и культурного слоя о том, как избежать утопий, как вернуться к не утопическому обществу, к менее «совершенному» и более свободному обществу.

Николай Бердяев*

ГЛАВА ПЕРВАЯ

Серое приземистое здание всего лишь в тридцать четыре этажа. Над главным входом надпись «ЦЕНТРАЛЬНО-ЛОНДОНСКИЙ ИНКУБАТОРИЙ И ВОСПИТАТЕЛЬНЫЙ ЦЕНТР» и на геральдическом щите девиз Мирового Государства: «ОБЩНОСТЬ, ОДИНАКОВОСТЬ, СТАБИЛЬНОСТЬ».

Огромный зал на первом этаже обращен окнами на север, точно художественная студия. На дворе лето, в зале и вовсе тропически жарко, но по-зимнему холоден и водянист свет, что жадно течет в эти окна в поисках живописно драпированных манекенов или нагой натуры, пусть блеклой и пупырчатой, — и находит лишь никель, стекло, холодно блестящий фарфор лаборатории. Зиму встречает зима. Белы халаты лаборантов, на руках перчатки из белесой, трупного цвета резины. Свет заморожен, мертвен, призрачен. Только на желтых тубусах микроскопов он как бы сочнеет, заимствуя живую желтизну, словно сливочным маслом мажет эти полированные трубки, вставшие длинным строем на рабочих столах.

— Здесь у нас Зал оплодотворения, — сказал Директор Инкубатория и Воспитательного Центра, открывая дверь.

Склонясь к микроскопам, триста оплодотворителей были погружены в тишину почти бездыханную, разве что рассеянно мурлыкнет кто-нибудь или посвистит себе под нос в отрешенной сосредоточенности. По пятам за Директором робко и не без подобострастия следовала стайка новоприбывших студентов, юных, розовых и неоперившихся. При каждом птенце был блокнот, и, как только великий человек раскрывал рот, студенты принимались яро строчить карандашами. Из мудрых уст — из первых рук. Не каждый день такая привилегия и честь. Директор Центрально-Лондонского ИВЦ считал всегдашним своим долгом самолично провести студентов-новичков по залам и отделам. «Чтобы дать вам общую идею», — пояснял он цель обхода. Ибо, конечно, общую идею хоть какую-то дать надо — для того, чтобы делали дело с пониманием, — но дать лишь в минимальной дозе, иначе из них не выйдет хороших и счастливых членов общества. Ведь как всем известно, если хочешь быть счастлив и добродетелен, не обобщай, а держись узких частностей; общие идеи являются неизбежным интеллектуальным злом. Не философы, а собиратели марок и выпиливатели рамочек составляют становой хребет общества.

— Завтра, — прибавлял он, улыбаясь им ласково и чуточку грозно, — наступит пора приниматься за серьезную работу. Для обобщений у вас не останется времени. Пока же...

Пока же честь оказана большая. Из мудрых уст — и прямиком в блокноты. Юнцы строчили как заведенные.

Высокий, сухощавый, но нимало не сутулый, Директор вошел в зал. У Директора был длинный подбородок, крупные зубы слегка выпирали из-под свежих, полных губ. Стар он или молод? Тридцать ему лет? Пятьдесят? Пятьдесят пять? Сказать было трудно. Да и не возникал у вас этот вопрос; ныне, на 632-м году эры стабильности, эры Форда, подобные вопросы в голову не приходили.

— Начнем с начала, — сказал Директор, и самые усердные юнцы тут же запротоколировали: «Начнем с начала». — Вот здесь, — указал он рукой, — у нас инкубаторы. — Открыл теплонепроницаемую дверь, и взорам предстали ряды нумерованных пробирок — штативы за штативами, стеллажи за стеллажами. — Недельная партия яйцеклеток. Хранятся, — продолжал он, — при 37 градусах; что же касается мужских гамет, — тут он открыл другую дверь, — то их надо хранить при тридцати пяти. Температура крови обесплодила бы их. (Барана ватой обложив, приплода не получишь.)

И, не сходя с места, он приступил к краткому изложению современного оплодотворительного процесса — а карандаши так и забегали, неразборчиво строча, по бумаге; начал он, разумеется, с хирургической увертюры к процессу — с операции, «на которую ложатся добровольно, ради блага общества, не говоря уже о вознаграждении, равном полугодовому окладу»; затем коснулся способа, которым сохраняют жизненность и развивают продуктивность вырезанного яичника; сказал об оптимальных температуре, вязкости, солевом содержании; о питательной жидкости, в которой хранятся отделенные и вызревшие яйца; и, подведя своих подопечных к рабочим столам, наглядно познакомил с тем, как жидкость эту набирают из пробирок; как выпускают капля за каплей на специально подогретые предметные стекла микроскопов, как яйцеклетки в каждой капле проверяют на дефекты, пересчитывают и помещают в пористый яйцеприемничек; как (он провел студентов дальше, дал понаблюдать и за этим) яйцеприемник погружают в теплый бульон со свободно плавающими сперматозоидами, концентрация которых, подчеркнул он, должна быть не ниже ста тысяч на миллилитр; и как через десять минут приемник вынимают из бульона и содержимое опять смотрят; как, если не все яйцеклетки оказались оплодотворенными, сосудец снова погружают, а потребуется, то и в третий раз; как оплодотворенные яйца возвращают в инкубаторы и там альфы и беты остаются вплоть до укупорки, а гаммы, дельты и эпсилоны через тридцать шесть часов снова уже путешествуют с полок для обработки по методу Бокановского.

— По методу Бокановского, — повторил Директор, и студенты подчеркнули в блокнотах эти слова.

Одно яйцо, один зародыш, одна взрослая особь — вот схема природного развития. Яйцо же, подвергаемое бокановскизации, будет пролиферировать — почковаться. Оно даст от восьми до девяноста шести почек, и каждая почка разовьется в полностью оформленный зародыш, и каждый зародыш — во взрослую особь обычных размеров.

И получаем девяносто шесть человек, где прежде вырастал лишь один. Прогресс!

— По существу, — говорил далее Директор, — бокановскизация состоит из серии процедур, угнетающих развитие. Мы глушим нормальный рост, и, как это ни парадоксально, в ответ яйцо почкуется.

«Яйцо почкуется», — строчили карандаши.

Он указал направо. Конвейерная лента, несущая на себе целую батарею пробирок, очень медленно вдвигалась в большой металлический ящик, а с другой стороны ящика выползала батарея уже обработанная. Тихо гудели машины.

— Обработка штатива с пробирками длится восемь минут, — сообщил Директор. — Восемь минут жесткого рентгеновского облучения — для яиц это предел, пожалуй. Некоторые не выдерживают, гибнут; из остальных самые стойкие разделяются надвое; большинство дает четыре почки; иные даже восемь; все яйца затем возвращаются в инкубаторы, где почки начинают развиваться; затем, через двое суток, их внезапно охлаждают, тормозя рост. В ответ они опять пролиферируют — каждая почка дает две, четыре, восемь новых почек, и тут же их чуть не насмерть глушат спиртом; в результате они снова, в третий раз, почкуются, после чего уж им дают спокойно развиваться, ибо дальнейшее глушение роста приводит, как правило, к гибели. Итак, из одного первоначального яйца имеем что-нибудь от восьми до девяноста шести зародышей — согласитесь, улучшение природного процесса фантастическое. Причем это однояйцевые, тождественные близнецы — и не жалкие двойняшки или тройняшки, как в прежние живородящие времена, когда яйцо по чистой случайности изредка делилось, а десятки близнецов.

— Десятки, — повторил Директор, широко распахивая руки, точно одаряя благодатью. — Десятки и десятки.

Один из студентов оказался, однако, до того непонятлив, что спросил, а в чем тут выгода.

— Милейший юноша! — Директор обернулся к нему круто. — Неужели вам неясно? Неужели не-яс-но? — Он вознес руку; выражение лица его стало торжественным. — Бокановскизация — одно из главнейших орудий общественной стабильности.

«Главнейших орудий общественной стабильности», — запечатлелось в блокнотах.

Она дает стандартных людей. Равномерными и одинаковыми порциями. Целый небольшой завод комплектуется выводком из одного бокановскизированного яйца.

— Девяносто шесть тождественных близнецов, работающих на девяноста шести тождественных станках! — Голос у Директора слегка вибрировал от воодушевления. — Тут уж мы стоим на твердой почве. Впервые в истории. «Общность, Одинаковость, Стабильность», — проскандировал он девиз планеты. Величественные слова. — Если бы можно было бокановскизировать беспредельно, то решена была бы вся проблема.

Ее решили бы стандартные гаммы, тождественные дельты, одинаковые эпсилоны. Миллионы однояйцевых, единообразных близнецов. Принцип массового производства, наконец-то примененный в биологии.

— Но, к сожалению, — покачал Директор головой, — идеал недостижим, беспредельно бокановскизировать нельзя.

Девяносто шесть — предел, по-видимому; а хорошая средняя цифра — семьдесят два. Приблизиться же к идеалу (увы, лишь приблизиться) можно единственно тем, чтобы производить побольше бокановскизированных выводков от гамет одного самца, из яйцеклеток одного яичника. Но даже и это непросто.

— Ибо в природных условиях на то, чтобы яичник дал две сотни зрелых яиц, уходит тридцать лет. Нам же требуется стабилизация народонаселения безотлагательно и постоянно. Производить близнецов через год по столовой ложке, растянув дело на четверть столетия, — куда это годилось бы?

Ясно, что никуда бы это не годилось. Однако процесс созревания в огромной степени ускорен благодаря методике Подснапа. Она обеспечивает получение от яичника не менее полутораста зрелых яиц в короткий срок — в два года. А оплодотвори и бокановскизируй эти яйца — иначе говоря, умножь на семьдесят два, — и полтораста близнецовых выводков составят в совокупности почти одиннадцать тысяч братцев и сестриц всего лишь с двухгодичной максимальной разницей в возрасте.

— В исключительных же случаях удается получить от одного яичника более пятнадцати тысяч взрослых особей.

В это время мимо проходил белокурый, румяный молодой человек. Директор окликнул его: «Мистер Фостер», сделал приглашающий жест. Румяный молодой человек подошел.

— Назовите нам, мистер Фостер, рекордную цифру производительности для яичника.

— В нашем Центре она составляет шестнадцать тысяч двенадцать, — ответил мистер Фостер без запинки, блестя живыми голубыми глазами. Он говорил очень быстро и явно рад был сыпать цифрами. — Шестнадцать тысяч двенадцать в ста восьмидесяти девяти однояйцевых выводках. Но, конечно, — продолжал он тараторить, — в некоторых тропических центрах показатели намного выше. Сингапур не раз уже переваливал за шестнадцать тысяч пятьсот, а Момбаса достигла даже семнадцатитысячного рубежа. Но разве это состязание на равных? Видели бы вы, как негритянский яичник реагирует на вытяжку гипофиза! Нас, работающих с европейским материалом, это просто ошеломляет. И все-таки, — прибавил он с добродушным смешком (но в глазах его зажегся боевой огонь, и с вызовом выпятился подбородок), — все-таки мы еще с ними потягаемся. В данное время у меня работает чудесный дельта-минусовый яичник. Всего полтора года, как задействован. А уже более двенадцати тысяч семисот детей, раскупоренных или на ленте. И по-прежнему работает вовсю. Мы их еще побьем.

— Люблю энтузиастов! — воскликнул Директор и похлопал мистера Фостера по плечу. — Присоединяйтесь к нам, пусть эти юноши воспользуются вашей эрудицией.

Мистер Фостер скромно улыбнулся:

— С удовольствием.

И все вместе они продолжили обход.

В Укупорочном зале кипела деятельность дружная и упорядоченная. Из подвалов Органохранилища на скоростных грузоподъемниках сюда доставлялись лоскуты свежей свиной брюшины, выкроенные под размер. Вззз! и затем — щелк! — крышка подъемника отскакивает; устильщице остается лишь протянуть руку, взять лоскут, вложить в бутыль, расправить, и еще не успела устланная бутыль отъехать, как уже — вззз, щелк! — новый лоскут взлетает из недр хранилища, готовый лечь в очередную из бутылей, нескончаемой вереницей следующих по конвейеру.

Тут же за устильщицами стоят зарядчицы. Лента ползет; одно за другим переселяют яйца из пробирок в бутыли: быстрый надрез устилки, легла на место морула[1], залит солевой раствор... и уже бутыль проехала, и очередь действовать этикетчицам. Наследственность, дата оплодотворения, группа Бокановского — все эти сведения переносятся с пробирки на бутыль. Теперь уже не безымянные, а паспортизованные, бутыли продолжают медленный маршрут и через окошко в стене медленно и мерно вступают в Зал социального предопределения.

— Восемьдесят восемь кубических метров — объем картотеки! — объявил, просмаковав цифру, мистер Фостер при входе в зал.

— Здесь вся относящаяся к делу информация, — прибавил Директор.

— Каждое утро она дополняется новейшими данными.

---

[1] Морула (от *лат.* morum — тутовая ягода) — одна из ранних стадий развития зародыша. На этой стадии он внешне напоминает ягоду тутовника.

— И к середине дня увязка завершается.

— На основании которой делаются расчеты нужных контингентов.

— Заявки на таких-то особей таких-то качеств, — пояснил мистер Фостер.

— В таких-то конкретных количествах.

— Задается оптимальный темп раскупорки на текущий момент.

— Непредвиденная убыль кадров восполняется незамедлительно.

— Незамедлительно, — подхватил мистер Фостер. — Знали бы вы, какой сверхурочной работой обернулось для меня последнее японское землетрясение! — Добродушно засмеявшись, он покачал головой.

— Предопределители шлют свои заявки оплодотворителям.

— И те дают им требуемых эмбрионов.

— И бутыли приходят сюда для детального предопределения.

— После чего следуют вниз, в Эмбрионарий.

— Куда и мы проследуем сейчас.

И, открыв дверь на лестницу, мистер Фостер первым стал спускаться в цокольный этаж.

Температура и тут была тропическая. Сгущался постепенно сумрак. Дверь, коридор с двумя поворотами и снова дверь, чтобы исключить всякое проникновение дневного света.

— Зародыши подобны фотопленке, — юмористически заметил мистер Фостер, толкая вторую дверь. — Иного света, кроме красного, не выносят.

И в самом деле, знойный мрак, в который вступили студенты, рдел зримо, вишнево, как рдеет яркий день сквозь сомкнутые веки. Выпуклые бока бутылей, ряд за рядом уходивших вдаль и ввысь, играли бессчетными рубинами, и среди рубиновых отсветов двигались мглисто-красные призраки мужчин и женщин с багряными глазами и багровыми, как при волчанке, лицами. Приглушенный ропот, гул машин слегка колебал тишину.

— Попотчуйте юношей цифрами, мистер Фостер, — сказал Директор, пожелавший дать себе передышку.

Мистер Фостер с великой радостью принялся потчевать цифрами.

Длина Эмбрионария — двести двадцать метров, ширина — двести, высота — десять. Он указал вверх. Как пьющие куры, студенты задрали головы к далекому потолку.

Бесконечными лентами тянулись рабочие линии: нижние, средние, верхние. Куда ни взглянешь, уходила во мрак, растворяясь, стальная паутина ярусов. Неподалеку три красных привидения деловито сгружали бутыли с движущейся лестницы.

— Эскалатор этот — из Зала предопределения.

Прибывшая оттуда бутыль ставится на одну из пятнадцати лент, и каждая такая лента является конвейером, ползет приметно для глаза с часовой скоростью в тридцать три и одну треть сантиметра. Двести шестьдесят семь суток, по восемь метров в сутки. Итого две тысячи сто тридцать шесть метров. Круговой маршрут внизу, затем по среднему ярусу, еще полкруга по верхнему, а на двести шестьдесят седьмое утро — Зал раскупорки и появление на свет, на дневной свет. Выход в так называемое самостоятельное существование.

— Но до раскупорки, — заключил мистер Фостер, — мы успеваем плодотворно поработать над ними. О-очень плодотворно, — хохотнул он многозначительно и победоносно.

— Люблю энтузиастов, — похвалил опять Директор. — Теперь пройдемся по маршруту. Потчуйте их знаниями, мистер Фостер, не скупитесь.

И мистер Фостер не стал скупиться.

Он поведал им о зародыше, растущем на своей подстилке из брюшины. Дал каждому студенту попробовать насыщенный питательными веществами кровезаменитель, которым кормится зародыш. Объяснил, почему необходима стимулирующая добавка плацентина и тироксина. Рассказал об экстракте желтого тела. Показал инжекторы, посредством которых этот экстракт автоматически впрыскивается через каждые двенадцать метров по всему пути следования вплоть до 2040-го метра. Сказал о постепенно возрастающих дозах гипофизарной вытяжки, вводимых на финальных девяноста шести метрах маршрута. Описал систему искусственного материнского кровообращения, которой оснащается бутыль на 112-м метре, показал резервуар с кровезаменителем и центробежный насос, прогоняющий без остановки эту синтетическую кровь через плаценту, сквозь искусственное легкое и фильтр очистки. Упомянул о неприятной склонности зародыша к малокровию и о необходимых в связи с этим крупных дозах экстрактов свиного желудка и печени лошадиного эмбриона.

Показал им простой механизм, с помощью которого бутыли на двух последних метрах каждого восьмиметрового отрезка пути встряхиваются все сразу, чтобы приучить зародыши к движению. Дал понять об опасности так называемой «раскупорочной травмы» и перечислил принимаемые контрмеры — рассказал о специальной тренировке обутыленных зародышей. Сообщил об определении пола, производимом в районе 200-го метра. Привел условные обозначения: «Т» — для мужского пола, «О» — для женского, а для будущих «неплод» — черный вопросительный знак на белом фоне.

— Понятно ведь, — сказал мистер Фостер, — что в подавляющем большинстве случаев плодоспособность является только помехой. Для наших целей был бы, в сущности, вполне достаточен один плодоносящий яичник на каждые тысячу двести женских особей. Но хочется иметь хороший выбор. И, разумеется, должен всегда быть обеспечен огромный аварийный резерв плодоспособных яичников. Поэтому мы позволяем целым тридцати процентам женских зародышей развиваться нормально. Остальные же получают дозу мужского полового гормона через каждые двадцать четыре метра дальнейшего маршрута. В результате к моменту раскупорки они уже являются неплодами — в структурном отношении вполне нормальными особями (с той, правда, оговоркой, что у них чуточку заметна тенденция к волосистости щек), но неспособными давать потомство. Гарантированно, абсолютно неспособными. Что наконец-то позволяет нам, — продолжал мистер Фостер, — перейти из сферы простого рабского подражания природе в куда более увлекательный мир человеческой изобретательности.

Он удовлетворенно потер руки.

— Вынашивать плод и корова умеет; довольствоваться этим мы не можем. Сверх этого мы предопределяем и приспособляем, формируем. Младенцы наши раскупориваются уже подготовленными к жизни в обществе — как альфы и эпсилоны, как будущие работники канализационной сети или же как будущие... — он хотел было сказать «главноуправители», но вовремя поправился: — как будущие директора инкубаториев.

Директор улыбкой поблагодарил за комплимент.

Остановились далее у ленты 11, на 320-м метре. Молодой техник, бета-минусовик, настраивал там отверткой и гаечным ключом кровенасос очередной бутыли. Он затягивал гайки, и гул электромотора понижался, густел понемногу. Ниже, ниже... Последний поворот ключа, взгляд на счетчик, и дело сделано. Затем два шага вдоль конвейера, и началась настройка следующего насоса.

— Убавлено число оборотов, — объяснил мистер Фостер. — Кровезаменитель циркулирует теперь медленнее; следовательно, реже проходит через легкое; следовательно, дает зародышу меньше кислорода. А ничто так не снижает умственно-телесный уровень, как нехватка кислорода.

— А зачем нужно снижать уровень? — спросил один наивный студент.

Длинная пауза.

— Осел! — произнес Директор. — Как это не сообразить, что у эпсилон-зародыша должна быть не только наследственность эпсилона, но и питательная среда эпсилона.

Несообразительный студент готов был сквозь землю провалиться от стыда.

— Чем ниже каста, — сказал мистер Фостер, — тем меньше поступление кислорода. Нехватка прежде всего действует на мозг. Затем на скелет. При семидесяти процентах кислородной нормы получаются карлики. А ниже семидесяти — безглазые уродцы. Которые ни к чему уж не пригодны, — отметил мистер Фостер.

— А вот изобрети мы только, — мистер Фостер взволнованно и таинственно понизил голос, — найди мы только способ сократить время взросления, и какая бы это была победа, какое благо для общества! Обратимся для сравнения к лошади.

Слушатели обратились мыслями к лошади. В шесть лет она уже взрослая. Слон взрослеет к десяти годам. А человек и к тринадцати еще не созрел сексуально; полностью же вырастает к двадцати. Отсюда, понятно, и этот продукт замедленного развития — человеческий разум.

— Но от эпсилонов, — весьма убедительно вел далее мысль мистер Фостер, — нам человеческий разум не требуется.

Не требуется, стало быть, и не формируется. Но хотя мозг эпсилона кончает развитие в десятилетнем возрасте, тело эпсилона лишь к восемнадцати годам созревает для взрослой работы. Долгие потерянные годы непроизводительной незрелости. Если бы физическое развитие можно было ускорить, сделать таким же незамедленным, как, скажем, у коровы, — какая бы гигантская получилась экономическая выгода для общества!

— Гигантская! — шепотом воскликнули студенты, зараженные энтузиазмом мистера Фостера.

Он углубился в ученые детали: повел речь об анормальной координации эндокринных желез, вследствие которой люди и растут так медленно; ненормальность эту можно объяснить зародышевой мутацией. А можно ли устранить последствия этой мутации? Можно ли с помощью надлежащей методики вернуть каждый отдельный эпсилон-зародыш к былой нормальной, как у собак и у коров, скорости развития? Вот в чем проблема. И ее уже чуть было не решили.

Пилкингтону удалось в Момбасе получить особи, половозрелые к четырем годам и вполне выросшие к шести с половиной. Триумф науки! Но в общественном аспекте бесполезный. Шестилетние мужчины и женщины слишком глупы — не справляются даже с работой эпсилонов. А метод Пилкингтона таков, что середины нет — либо все, либо ничего не получаешь, никакого сокращения сроков. В Момбасе продолжаются поиски золотой середины между взрослением в двадцать и взрослением в шесть лет. Но пока безуспешные. Мистер Фостер вздохнул и покачал головой.

Странствия в вишневом сумраке привели студентов к ленте 9, к 170-му метру. Начиная от этой точки, лента 9 была закрыта с боков и сверху; бутыли совершали дальше свой маршрут как бы в туннеле; лишь кое-где виднелись открытые промежутки в два-три метра длиной.

— Формирование любви к теплу, — сказал мистер Фостер. — Горячие туннели чередуются с прохладными. Прохлада связана с дискомфортом в виде жестких рентгеновских лучей. К моменту раскупорки зародыши уже люто боятся холода. Им предназначено поселиться в тропиках или стать горнорабочими, прясть ацетатный шелк, плавить сталь. Телесная боязнь холода будет позже подкреплена воспитанием мозга. Мы приучаем их тело благоденствовать в тепле. А наши коллеги на верхних этажах внедрят любовь к теплу в их сознание, — заключил мистер Фостер.

— И в этом, — добавил назидательно Директор, — весь секрет счастья и добродетели: люби то, что тебе предначертано. Все воспитание тела и мозга как раз и имеет целью привить людям любовь к их неизбежной социальной судьбе.

В одном из межтуннельных промежутков действовала шприцем медицинская сестра — осторожно втыкала длинную тонкую иглу в студенистое содержимое очередной бутыли. Студенты и оба наставника с минуту понаблюдали за ней молча.

— Привет, Ленайна*, — сказал мистер Фостер, когда она вынула наконец иглу и распрямилась.

Девушка, вздрогнув, обернулась. Даже в этой мгле, багрянившей ее глаза и кожу, видно было, что она необычайно хороша собой — как куколка.

— Генри! — Она блеснула на него алой улыбкой, коралловым ровным оскалом зубов.

— О-ча-ро-вательна, — заворковал Директор, ласково потрепал ее сзади, в ответ на что девушка и его подарила улыбкой, но весьма почтительной.

— Какие производишь инъекции? — спросил мистер Фостер сугубо уже деловым тоном.

— Да обычные уколы, от брюшного тифа и сонной болезни.

— Работников для тропической зоны начинаем колоть на 150-м метре, — объяснил мистер Фостер студентам, — когда у зародыша еще жабры. Иммунизируем рыбу против болезней будущего человека. — И, повернувшись опять к Ленайне, сказал ей: — Сегодня, как всегда, без десяти пять на крыше.

— Очаровательна, — бормотнул снова Директор, дал прощальный шлепочек и отошел, присоединившись к остальным.

У грядущего поколения химиков — у длинной вереницы бутылей на ленте 10 — формировалась стойкость к свинцу, каустической соде, смолам, хлору. На ленте 3 партия из двухсот пятидесяти зародышей, предназначенных в бортмеханики ракетопланов, как раз подошла к тысяча сотому метру. Специальный механизм безостановочно переворачивал эти бутыли.

— Чтобы усовершенствовать их чувство равновесия, — разъяснил мистер Фостер. — Работа их ждет сложная: производить ремонт на внешней обшивке ракеты во время полета непросто. При нормальном положении бутыли скорость кровотока мы снижаем, и в это время организм зародыша голодает; зато в момент, когда зародыш повернут вниз головой, мы удваиваем приток кровезаменителя. Они приучаются связывать перевернутое положение с отличным самочувствием, и счастливы они по-настоящему бывают в жизни лишь тогда, когда находятся вверх тормашками.

— А теперь, — продолжал мистер Фостер, — я хотел бы показать вам кое-какие весьма интересные приемы формовки интеллектуалов альфа-плюс. Сейчас пропускаем по ленте 5 большую их партию. Нет, не на нижнем ярусе, на среднем, — остановил он двух студентов, двинувшихся было вниз.

— Это в районе 900-го метра, — пояснил он. — Формовку интеллекта практически бесполезно начинать прежде, чем зародыш становится бесхвостым. Пойдемте. Но Директор уже поглядел на часы.

— Без десяти минут три, — сказал он. — К сожалению, на интеллектуалов у нас не осталось времени. Нужно подняться в Питомник до того, как у детей кончится мертвый час.

Мистер Фостер огорчился.

— Тогда хоть на минуту заглянем в Зал раскупорки, — сказал он просяще.

— Согласен, — Директор снисходительно улыбнулся. — Но только на минуту.

ГЛАВА ВТОРАЯ

Оставив мистера Фостера в Зале раскупорки, Директор и студенты вошли в ближайший лифт и поднялись на шестой этаж.

«МЛАДОПИТОМНИК. ЗАЛЫ НЕОПАВЛОВСКОГО ФОРМИРОВАНИЯ РЕФЛЕКСОВ», — гласила доска при входе.

Директор открыл дверь. Они очутились в большом голом зале, очень светлом и солнечном: южная стена его была одно сплошное окно. Пять или шесть нянь в форменных брючных костюмах из белого вискозного полотна и в белых асептических, скрывающих волосы шапочках были заняты тем, что расставляли на полу цветы. Ставили в длинную линию большие вазы, переполненные пышными розами. Лепестки их были шелковисто гладки, словно щеки тысячного сонма ангелов — нежно-румяных индоевропейских херувимов, и лучезарно-чайных китайчат, и мексиканских смуглячков, и пурпурных от чрезмерного усердия небесных трубачей, и ангелов бледных как смерть, бледных мраморной надгробной белизною.

Директор вошел — няни встали смирно.

— Книги по местам, — сказал он коротко.

Няни без слов повиновались. Между вазами они разместили стоймя и раскрыли большеформатные детские книги, манящие пестро раскрашенными изображениями зверей, рыб, птиц.

— Привезти ползунков.

Няни побежали выполнять приказание и минуты через две возвратились; каждая катила высокую, в четыре сетчатых этажа, тележку, груженную восьмимесячными младенцами, как две капли воды похожими друг на друга (явно из одной группы Бокановского) и одетыми все в хаки (отличительный цвет касты «дельта»).

— Снять на пол.

Младенцев сгрузили с проволочных сеток.

— Повернуть лицом к цветам и книгам.

Завидя книги и цветы, детские шеренги смолкли и двинулись ползком к этим скопленьям цвета, к этим красочным образам, таким празднично-пестрым на белых страницах. А тут и солнце вышло из-за облачка. Розы вспыхнули, точно воспламененные внезапной страстью; глянцевитые страницы книг как бы озарились новым и глубинным смыслом. Младенцы поползли быстрей, возбужденно попискивая, гукая и щебеча от удовольствия.

— Превосходно! — сказал Директор, потирая руки. — Как по заказу получилось.

Самые резвые из ползунков достигли уже цели. Ручонки протянулись неуверенно, дотронулись, схватили, обрывая лепестки преображенных солнцем роз, комкая цветистые картинки. Директор подождал, пока все дети не присоединились к этому радостному занятию.

— Следите внимательно! — сказал он студентам. И подал знак вскинутой рукой.

Старшая няня, стоявшая у щита управления в другом конце зала, включила рубильник.

Что-то бахнуло, загрохотало. Завыла сирена, с каждой секундой все пронзительнее. Бешено зазвенели сигнальные звонки.

Дети трепыхнулись, заплакали в голос; личики их исказились от ужаса.

— А сейчас, — не сказал, а прокричал Директор (ибо шум стоял оглушительный), — сейчас мы слегка подействуем на них электротоком, чтобы закрепить преподанный урок.

Он опять взмахнул рукой, и Старшая включила второй рубильник. Плач детей сменился отчаянными воплями. Было что-то дикое, почти безумное в их резких судорожных вскриках. Детские тельца вздрагивали, цепенели; руки и ноги дергались, как у марионеток.

— Весь этот участок пола теперь под током, — проорал Директор в пояснение. — Но достаточно, — подал он знак Старшей.

Грохот и звон прекратился, вой сирены стих, иссяк. Тельца перестали дергаться, бесноватые вскрики и взрыды перешли в прежний нормальный перепуганный рев.

— Предложить им снова цветы и книги.

Няни послушно подвинули вазы, раскрыли картинки; но при виде роз и веселых кисок-мурок, петушков-золотых гребешков и черненьких бяшек дети съежились в ужасе; рев моментально усилился.

— Видите! — сказал Директор торжествующе. — Видите!

В младенческом мозгу книги и цветы уже опорочены, связаны с грохотом, электрошоком; а после двухсот повторений того же или сходного урока связь эта станет нерасторжимой. Что человек соединил, природа разделить бессильна.

— Они вырастут, неся в себе то, что психологи когда-то называли «инстинктивным» отвращением к природе. Рефлекс, привитый на всю жизнь. Мы их навсегда обезопасим от книг и от ботаники. — Директор повернулся к няням: — Увезти.

Все еще ревущих младенцев в хаки погрузили на тележки и укатили, остался только кисломолочный запах, и наконец-то наступила тишина.

Один из студентов поднял руку: он, конечно, вполне понимает, почему нельзя, чтобы низшие касты расходовали время Общества на чтение книг, и притом они всегда ведь рискуют прочесть что-нибудь могущее нежелательно расстроить тот или иной рефлекс, но вот цветы... насчет цветов неясно. Зачем класть труд на то, чтобы для дельт сделалась психологически невозможной любовь к цветам?

Директор терпеливо стал объяснять. Если младенцы теперь встречают розу ревом, то прививается это из высоких экономических соображений. Не так давно (лет сто назад) у гамм, дельт и даже у эпсилонов культивировалась любовь к цветам и к природе вообще. Идея была та, чтобы в часы досуга их непременно тянуло за город, в лес и поле, и, таким образом, они загружали бы транспорт.

— И что же, разве они не пользовались транспортом? — спросил студент.

— Транспортом-то пользовались, — ответил Директор. — Но на этом хозяйственная польза и кончалась.

У цветочков и пейзажей тот существенный изъян, что это блага даровые, подчеркнул Директор. Любовь к природе не загружает фабрик заказами. И решено было отменить любовь к природе — во всяком случае, у низших каст; отменить, но так, чтобы загрузка транспорта не снизилась. Оставалось существенно важным, чтобы за город ездили по-прежнему, хоть и питая отвращение к природе. Требовалось лишь подыскать более разумную с хозяйственной точки зрения причину для пользования транспортом, чем простая тяга к цветочкам и пейзажам. И причина была подыскана.

— Мы прививаем массам нелюбовь к природе. Но одновременно мы внедряем в них любовь к загородным видам спорта. Причем именно к таким, где необходимо сложное оборудование. Чтобы не только транспорт был загружен, но и фабрики спортивного инвентаря. Вот из чего проистекает связь цветов с электрошоком, — закруглил мысль Директор.

— Понятно, — произнес студент и смолк в безмолвном восхищении.

Пауза; откашлянувшись, Директор заговорил опять:

— В давние времена, еще до успения господа нашего Форда, жил-был мальчик по имени Рувим Рабинович. Родители Рувима говорили по-польски. — Директор приостановился. — Полагаю, вам известно, что такое «польский»?

— Это язык, мертвый язык.

— Как и французский, и как немецкий, — заторопился другой студент выказать свои познания.

— А «родители»? — вопросил Директор.

Неловкое молчание. Иные из студентов покраснели. Они еще не научились проводить существенное, но зачастую весьма тонкое различие между непристойностями и строго научной терминологией. Наконец один набрался храбрости и поднял руку.

— Люди были раньше... — Он замялся; щеки его залила краска. — Были, значит, живородящими.

— Совершенно верно. — Директор одобрительно кивнул.

— И когда у них дети раскупоривались...

— Рождались, — поправил Директор.

— Тогда, значит, они становились родителями, то есть не дети, конечно, а те, у кого... — Бедный юноша смутился окончательно.

— Короче, — резюмировал Директор, — родителями назывались отец и мать.

Гулко упали (трах! тарах!) в сконфуженную тишину эти ругательства, а в данном случае — научные термины.

— Мать, — повторил Директор громко, закрепляя термин, и, откинувшись в кресле, веско сказал: — Факты это неприятные, согласен. Но большинство исторических фактов принадлежит к разряду неприятных. Однако вернемся к Рувиму. Как-то вечером отец и мать (трах! тарах!) забыли выключить в комнате у Рувима радиоприемник. А вы должны помнить, что тогда, в эпоху грубого живородящего размножения, детей растили их родители, а не государственные воспитательные центры.

Мальчик спал, а в это время неожиданно в эфире зазвучала передача из Лондона; и на следующее утро, к изумлению его отца и матери (те из юнцов, что посмелей, отважились поднять глаза, перемигнуться, ухмыльнуться), проснувшийся Рувимчик слово в слово повторил переданную по радио длинную беседу Джорджа Бернарда Шоу. («Этот старинный писатель-чудак — один из весьма немногих литераторов, чьим произведениям было позволено дойти до нас».) По преданию, довольно достоверному, в тот вечер темой беседы была его, Шоу, гениальность. Рувимовы отец и мать (перемигиванье, тайные смешки) ни слова, конечно, не поняли и, вообразив, что их ребенок сошел с ума, позвали врача. К счастью, тот понимал по-английски, распознал текст вчерашней радиобеседы, уразумел важность случившегося и послал сообщение в медицинский журнал.

— Так открыли принцип гипнопедии, то есть обучения во сне. — Директор сделал внушительную паузу.

Открыть-то открыли; но много, много еще лет минуло, прежде чем нашли этому принципу полезное применение.

— Происшествие с Рувимом случилось всего лишь через двадцать три года после того, как господь наш Форд выпустил на автомобильный рынок первую модель «Т»*. — При сих словах Директор перекрестил себе живот знаком Т, и все студенты набожно последовали его примеру. — Но прошло еще…

Карандаши с бешеной быстротой бегали по бумаге. «Гипнопедия впервые официально применена в 214 г. э. Ф. Почему не раньше? По двум причинам. 1) ...»

— Эти ранние экспериментаторы, — говорил Директор, — действовали в ложном направлении. Они полагали, что гипнопедию можно сделать средством образования...

(Малыш, спящий на правом боку; правая рука свесилась с кроватки. Из репродуктора, из сетчатого круглого отверстия, звучит тихий голос:

— Нил — самая длинная река в Африке и вторая по длине среди рек земного шара. Хотя Нил и короче Миссисипи — Миссури, но он стоит на первом месте по протяженности бассейна, раскинувшегося на 35 градусов с юга на север...

Утром, когда малыш завтракает, его спрашивают:

— Томми, а какая река в Африке длиннее всех, ты знаешь?

— Нет, — мотает головой Томми.

— Но разве ты не помнишь, как начинается: «Нил — самая...»?

— «Нил-самая-длинная-река-в-Африке-и-вторая-по-длине-среди-рек-земного-шара. — Слова льются потоком. — Хотя-Нил-и-короче...»

— Так какая же река длиннее всех в Африке?

Глаза мальчугана ясны и пусты.

— Не знаю.

— А как же Нил?

— «Нил-самая-длинная-река-в-Африке-и-вторая...»

— Ну, так какая же река длинней всех, а, Томми?

Томми разражается слезами.

— Не знаю, — ревет он.)

Этот горестный рев обескураживал ранних исследователей, подчеркнул Директор. Эксперименты прекратились. Были оставлены попытки дать детям во сне понятие о длине Нила. И правильно сделали, что бросили эти попытки. Нельзя усвоить науку без понимания, без вникания в смысл.

— Но вот если бы они занялись нравственным воспитанием, — говорил Директор, ведя студентов к двери, а те продолжали поспешно записывать и на ходу, и пока поднимались в лифте. — Вот нравственное-то воспитание никогда, ни в коем случае не должно основываться на понимании.

— Тише... Тише... — зашелестел репродуктор, когда они вышли из лифта на пятнадцатом этаже, и шелестенье это сопровождало их по коридорам, неустанно исходя из раструба репродукторов, размещенных через равные промежутки. Студенты и даже сам Директор невольно пошли на цыпочках. Все они, конечно, были альфы; но и у альф рефлексы выработаны неплохо. «Тише... Тише...» — весь пятнадцатый этаж шелестел этим категорическим императивом.

Пройдя на цыпочках шагов сто, Директор осторожно открыл дверь. Они вошли и оказались в сумраке зашторенного спального зала. У стены стояли в ряд восемьдесят кроваток. Слышалось легкое, ровное дыхание и некий непрерывный бормоток, точно слабенькие голоса журчали в отдалении.

Навстречу вошедшим встала воспитательница и застыла навытяжку перед Директором.

— Какой проводите урок? — спросил он.

— Первые сорок минут были уделены началам секса, — ответила она. — А теперь переключила на основы кастового самосознания.

Директор медленно пошел вдоль шеренги кроваток. Восемьдесят мальчиков и девочек тихо дышали, разрумянившись от сна. Из-под каждой подушки тек шепот. Директор остановился и, нагнувшись над кроваткой, вслушался.

— Основы, говорите вы, кастового самосознания? Дадим-ка чуть погромче, через рупор.

В конце зала, на стене укреплен был громкоговоритель. Директор подошел, включил его.

— ...ходят в зеленом, — с полуфразы начал тихий, но очень отчетливый голос, — а дельты в хаки. Нет, нет, не хочу я играть с детьми-дельтами. А эпсилоны еще хуже. Они вовсе глупые, ни читать, ни писать не умеют. Да еще ходят в черном, а это такой гадкий цвет. Как хорошо, что я бета.

Дети-альфы ходят в сером. У альф работа гораздо трудней, чем у нас, потому что альфы страшно умные. Прямо чудесно, что я бета, что у нас работа легче. И мы гораздо лучше гамм и дельт. Гаммы глупые. Они ходят в зеленом, а дельты в хаки. Нет, нет, не хочу я играть с детьми-дельтами. А эпсилоны еще хуже. Они вовсе глупые, ни...

Директор нажал выключатель. Голос умолк. Остался только его призрак — слабый шепот, по-прежнему идущий из-под восьмидесяти подушек.

— До подъема им повторят это еще разочков сорок или пятьдесят; затем снова в четверг и в субботу. Трижды в неделю по сто двадцать раз в продолжение тридцати месяцев. После чего они перейдут к другому, усложненному уроку.

Розы и электрошок, дельты в хаки и струя чесночной вони — эта связь уже нерасторжимо закреплена, прежде чем ребенок научился говорить. Но бессловесное внедрение рефлексов действует грубо, огульно; с помощью его нельзя сформировать более тонкие и сложные шаблоны поведения. Для этой цели требуются слова, но вдумывания не нужно. Короче, требуется гипнопедия.

— Величайшая нравоучительная сила всех времен, готовящая к жизни в обществе.

Студенты записали это изречение в блокноты. Прямехонько из мудрых уст.

Директор опять включил рупор.

— ...страшно умные, — работал тихий, задушевный, неутомимый голос. — Прямо чудесно, что я бета, что у нас...

Словно это падает вода, капля за каплей, а ведь вода способна проточить самый твердый гранит; или, вернее, словно капает жидкий сургуч, и капли налипают, обволакивают и пропитывают, покуда бывший камень весь не обратится в ало-восковой комок.

— Покуда наконец все сознание ребенка не заполнится тем, что внушил голос, и то, что внушено, не станет в сумме своей сознанием ребенка. И не только ребенка, а и взрослого — на всю жизнь. Мозг рассуждающий, желающий, решающий — весь насквозь будет состоять из того, что внушено. Внушено нами! — воскликнул Директор торжествуя. — Внушено Государством! — Он ударил рукой по столику. — И, следовательно...

Шум заставил его обернуться.

— О господи Форде! — произнес он сокрушенно. — Надо же, детей перебудил.

ГЛАВА ТРЕТЬЯ

За зданием, в парке, было время игр. Под теплым июньским солнцем шестьсот-семьсот голеньких мальчиков и девочек бегали со звонким криком по газонам, играли в мяч или же уединялись по двое и по трое, присев и примолкнув в цветущих кустах. Благоухали розы, два соловья распевали в ветвях, кукушка куковала среди лип, слегка сбиваясь с тона. В воздухе плавало дремотное жужжанье пчел и вертопланов.

Директор со студентами постояли, понаблюдали, как детвора играет в центробежную лапту. Десятка два детей окружали башенку из хромистой стали. Мяч, закинутый на верхнюю ее площадку, скатывался внутрь и попадал на быстро вертящийся диск, так что мяч выбрасывало с силой через одно из многих отверстий в цилиндрическом корпусе башни, а дети, вставшие кружком, ловили.

— Странно, — размышлял вслух Директор, когда пошли дальше, — странно подумать, что даже при господе нашем Форде для большинства игр еще не требовалось ничего, кроме одного-двух мячей да нескольких клюшек или там сетки. Какая это была глупость — допускать игры, пусть и замысловатые, но нимало не способствующие росту потребления. Дикая глупость. Теперь же главно-управители не разрешают никакой новой игры, не удостоверясь прежде, что для нее необходимо по крайней мере столько же спортивного инвентаря, как для самой сложной из уже допущенных игр... Что за очаровательная парочка, — указал он вдруг рукой.

В траве на лужайке среди древовидного вереска двое детей — мальчик лет семи и девочка примерно годом старше — очень сосредоточенно, со всей серьезностью ученых, углубившихся в научный поиск, играли в примитивную сексуальную игру.

— Очаровательно, очаровательно! — повторил сентиментально Директор.

— Очаровательно, — вежливо поддакнули юнцы. Но в улыбке их сквозило снисходительное презрение. Сами лишь недавно оставив позади подобные детские забавы, они не могли теперь смотреть на это иначе, как свысока. Очаровательно? Да просто малыши балуются, и больше ничего. Возня младенческая.

— Я всегда вспоминаю, — продолжал Директор тем же слащавым тоном, но тут послышался громкий плач.

Из соседних кустов вышла няня, ведя за руку плачущего мальчугана. Следом семенила встревоженная девочка.

— Что случилось? — спросил Директор.

Няня пожала плечами.

— Ничего особенного, — ответила она. — Просто этот мальчик не слишком охотно участвует в обычной эротической игре. Я уже и раньше замечала. А сегодня опять. Расплакался вот...

— Ей-форду, — встрепенулась девочка, — я ничего такого нехорошего ему не делала. Ей-форду.

— Ну конечно же, милая, — успокоила ее няня. — И теперь, — продолжала она, обращаясь к Директору, — веду его к помощнику старшего психолога, чтобы проверить, нет ли каких ненормальностей.

— Правильно, ведите, — одобрил Директор, и няня направилась дальше со своим по-прежнему ревущим питомцем. — А ты останься в саду, деточка. Как тебя зовут?

— Полли Троцкая.

— Превосходнейшее имя, — похвалил Директор. — Беги-ка поищи себе другого напарничка.

Девочка вприпрыжку побежала прочь и скрылась в кустарнике.

— Прелестная малютка, — молвил Директор, глядя ей вслед, затем, повернувшись к студентам, сказал: — То, что я вам сообщу сейчас, возможно, прозвучит как небылица. Но для непривычного уха факты исторического прошлого в большинстве звучат как небылица.

И он сообщил им поразительную вещь. В течение долгих столетий до эры Форда и даже потом еще на протяжении нескольких поколений эротические игры детей считались чем-то ненормальным (взрыв смеха) и, мало того, аморальным («Да что вы!») и были поэтому под строгим запретом.

Студенты слушали изумленно и недоверчиво. Неужели бедным малышам не позволяли забавляться? Да как же так?

— Даже подросткам не позволяли, — продолжал Директор, — даже юношам, как вы...

— Быть того не может!

— И они, за исключением гомосексуализма и самоуслаждения, практикуемых украдкой и урывками, не имели ровно ничего.

— Ни-че-го?

— Да, в большинстве случаев ничего — до двадцатилетнего возраста.

— Двадцатилетнего? — хором ахнули студенты, не веря своим ушам.

— Двадцатилетнего, а то и дольше. Я ведь говорил вам, что историческая правда прозвучит как небылица.

— И к чему же это вело? — спросили студенты. — Что же получалось в результате?

— Результаты были ужасающие, — неожиданно вступил в разговор звучный бас.

Они оглянулись. Сбоку стоял незнакомый черноволосый человек, среднего роста, горбоносый, с сочными красными губами, с глазами очень проницательными и темными.

— Ужасающие, — повторил он.

Директор, присевший было на одну из каучуково-стальных скамей, удобно размещенных там и сям по парку, вскочил при виде незнакомца и ринулся к нему, широко распахнув руки, скаля все свои зубы, шумно ликуя.

— Главноуправитель! Какая радостная неожиданность! Представьте себе, юноши, сам Главноуправитель, Его Фордейшество Мустафа Монд!

Во всех четырех тысячах зал и комнат Центра четыре тысячи электрических часов одновременно пробили четыре. Зазвучали из репродукторов бесплотные голоса:

— Главная дневная смена кончена. Заступает вторая дневная. Главная дневная смена...

В лифте, поднимаясь к раздевальням, Генри Фостер и помощник главного Предопределителя подчеркнуто повернулись спиной к Бернарду Марксу, специалисту из отдела психологии, — отстранились от человечка со скверной репутацией.

Глухой рокот и гул машин по-прежнему колебал вишнево-сумрачную тишь эмбрионария. Смены могут приходить и уходить, одно лицо волчаночного цвета сменяться другим; но величаво и безостановочно ползут вперед конвейерные ленты, груженные будущими людьми.

Ленайна Краун упругим шагом пошла к выходу.

Его Фордейшество Мустафа Монд! Глаза дружно приветствующих студентов чуть не выскакивали из орбит. Мустафа Монд! Постоянный Главноуправитель Западной Европы! Один из десяти Главноуправителей мира. Один из Десяти, а запросто сел на скамью рядом с Директором — и посидит, побудет с ними, побеседует... да, да, они услышат слова из фордейших уст. Считай, из самих уст господних.

Двое детишек, бурых от загара, как вареные креветки, явились из зарослей, поглядели большими, удивленными глазами и вернулись в кусты к прежним играм.

— Все вы помните, — сказал Главноуправитель своим звучным басом, — все вы, я думаю, помните прекрасное и вдохновенное изречение господа нашего Форда: «История — сплошная чушь». История, — повторил он не спеша, — сплошная чушь.

Он сделал сметающий жест, словно невидимой метелкой смахнул горсть пыли, и пыль та была Ур Халдейский* и Хараппа*, смел древние паутинки, и то были Фивы*, Вавилон*, Кносс*, Микены*. Ширк, ширк метелочкой, — и где ты, Одиссей, где Иов*, где Юпитер, Гаутама*, Иисус? Ширк!— и прочь полетели крупинки античного праха, именуемые Афинами и Римом, Иерусалимом и Средним царством*. Ширк! — и пусто место, где была Италия. Ширк!— сметены соборы; ширк, ширк! — прощай, «Король Лир» и Паскалевы «Мысли»*. Прощайте, «Страсти»*, ау, «Реквием»; прощай, симфония; ширк! ширк!..

— Летишь вечером в ощущалку, Генри? — спросил помощник Предопределителя. — Я слышал, сегодня в «Альгамбре» первоклассная новая лента. Там любовная сцена есть на медвежьей шкуре, говорят, изумительная. Воспроизведен каждый медвежий волосок. Потрясающие осязательные эффекты.

— Потому-то вам и не преподают историю, — продолжал Главноуправитель. — Но теперь пришло время...

Директор взглянул на него обеспокоенно. Ходят ведь странные слухи о старых запрещенных книгах, спрятанных у Монда в кабинете, в сейфе. Поэзия, библии всякие — Форд знает что.

Мустафа Монд заметил этот беспокойный взгляд, и уголки его красных губ иронически дернулись.

— Не тревожьтесь, Директор, — сказал он с легкой насмешкой, — они не развратятся от моей беседы.

Директор устыженно промолчал.

Презирающих тебя сам встречай презрением. На лице Бернарда застыла надменная улыбка. Медвежий волосок — вот что они ценят.

— Обязательно слетаю, — сказал Генри Фостер.

Мустафа Монд подался вперед, к слушателям, потряс поднятым пальцем.

— Вообразите только, — произнес он таким тоном, что у юнцов под ложечкой похолодело, задрожало. — Попытайтесь вообразить, что это означало — иметь живородящую мать.

Опять это непристойное слово. Но теперь ни у кого на лице не мелькнуло и тени улыбки.

— Попытайтесь лишь представить, что означало «жить в семье».

Студенты попытались, но видно было, что без всякого успеха.

— А известно ли вам, что такое было «родной дом»?

— Нет, — покачали они головой.

Из своего сумрачно-вишневого подземелья Ленайна Краун взлетела в лифте на семнадцатый этаж и, выйдя там, повернула направо, прошла длинный коридор, открыла дверь с табличкой «ЖЕНСКАЯ РАЗДЕВАЛЬНАЯ» и окунулась в шум, гомон, хаос рук, грудей и женского белья. Потоки горячей воды с плеском вливались в сотню ванн, с бульканьем выливались. Все восемьдесят вибровакуумных массажных аппаратов трудились, гудя и шипя, разминая, сосуще массируя тугие загорелые тела восьмидесяти превосходных экземпляров женской особи, наперебой галдящих. Из автомата синтетической музыки звучала сольная трель суперкорнета.

— Привет, Фанни, — поздоровалась Ленайна с молоденькой своей соседкой по шкафчику.

Фанни работала в Укупорочном зале; фамилия ее была тоже Краун. Но поскольку на два миллиарда жителей планеты приходилось всего десять тысяч имен и фамилий, это совпадение не столь уж поражало.

Ленайна четырежды дернула книзу свои застежки-молнии: на курточке, справа и слева на брюках (быстрым движением обеих рук) и на комбилифчике. Сняв одежду, она в чулках и туфлях пошла к ванным кабинам.

Родной, родимый дом — в комнатенках его, как сельди в бочке, обитатели: мужчина, периодически рожающая женщина и разновозрастный сброд мальчишек и девчонок. Духота, теснота; настоящая тюрьма, притом антисанитарная; темень, болезни, вонь.

(Главноуправитель рисовал эту тюрьму так живо, что один студент, повпечатлительнее прочих, побледнел и его чуть не стошнило.)

Ленайна вышла из ванны, обтерлась насухо, взялась за длинный свисающий со стены шланг, приставила дульце к груди, точно собираясь застрелиться, и нажала гашетку. Струя подогретого воздуха обдула ее тончайшей тальковою пудрой. Восемь особых краников предусмотрено было над раковиной — восемь разных одеколонов и духов. Она отвернула третий слева, надушилась «Шипром» и с туфлями в руке направилась из кабины к освободившемуся виброваку.

А в духовном смысле родной дом был так же мерзок и грязен, как в физическом. Психологически это была мусорная яма, кроличья нора, жарко нагретая взаимным трением стиснутых в ней жизней, смердящая душевными переживаниями. Какая душная психологическая близость, какие опасные, дикие, смрадные взаимоотношения между членами семейной группы! Как помешанная, тряслась мать над своими детьми (своими! родными!) — ни дать ни взять как кошка над котятами, но кошка, умеющая говорить, умеющая повторять без устали: «Моя детка, моя крохотка». «О моя детка, как он проголодался, прильнул к груди, о эти ручонки, эта невыразимо сладостная мука! А вот и уснула моя крохотка, уснула моя детка, и на губах белеет пузырик молока. Спит мой родной...»

— Да, — покивал головой Мустафа Монд, — вас недаром дрожь берет.

— С кем развлекаешься сегодня вечером?
— Ни с кем.
Ленайна удивленно подняла брови.
— В последнее время я как-то не так себя чувствую, — объяснила Фанни. — Доктор Уотс прописал мне курс псевдобеременности.
— Но, милая, тебе всего только девятнадцать. А первая псевдобеременность не обязательна до двадцати одного года.
— Знаю, милочка. Но некоторым полезно начать раньше. Мне доктор Уотс говорил, что таким, как я, брюнеткам с широким тазом следует пройти первую псевдобеременность уже в семнадцать лет. Так что я не на два года раньше времени, а уже с опозданием на два года.
Открыв дверцу своего шкафчика, Фанни указала на верхнюю полку, уставленную коробочками и флаконами.
— «Сироп желтого тела, — стала Ленайна читать этикетки вслух. — Оварин, свежесть гарантируется; годен до 1 августа 632 г. э. Ф. Экстракт молочной железы; принимать три раза в день перед едой, разведя в небольшом количестве воды. Плацентин; по 5 миллилитров через каждые два дня внутривенно...» Брр! — поежилась Ленайна. — Ненавижу внутривенные.
— И я их тоже не люблю. Но раз они полезны...
Фанни была девушка чрезвычайно благоразумная.

Господь наш Форд — или Фрейд, как он по неисповедимой некой причине именовал себя, трактуя о психологических проблемах, — господь наш Фрейд первый раскрыл гибельные опасности семейной жизни. Мир кишел отцами — а значит, страданиями; кишел матерями — а значит, извращениями всех сортов, от садизма до целомудрия; кишел братьями, сестрами, дядьями, тетками — кишел помешательствами и самоубийствами.

— А в то же время у самоанских дикарей, на некоторых островах близ берегов Новой Гвинеи...

Тропическим солнцем, словно горячим медом, облиты нагие тела детей, резвящихся и обнимающихся без разбора среди цветущей зелени. А дом для них — любая из двадцати хижин, крытых пальмовыми листьями. На островах Тробриан зачатие приписывали духам предков; об отцовстве, об отцах там не было и речи.

— Крайности, — отметил Главноуправитель, — сходятся. Ибо так и задумано было, чтобы они сходились.

— Доктор Уэллс сказал, что трехмесячный курс псевдобеременности поднимет тонус, оздоровит меня на три-четыре года.

— Что ж, если так, — сказала Ленайна. — Но, Фанни, выходит, ты целых три месяца не должна будешь...

— Ну что ты, милая. Всего неделю-две, не больше. Я проведу сегодня вечер в клубе, за музыкальным бриджем. А ты, конечно, полетишь развлекаться?

Ленайна кивнула.

— С кем сегодня?

— С Генри Фостером.

— Опять? — сказала Фанни с удивленно-нахмуренным выражением, не идущим к ее круглому, как луна, добродушному лицу. — Неужели ты до сих пор все с Генри Фостером? — укорила она огорченно.

Отцы и матери, братья и сестры. Но были еще и мужья, жены, возлюбленные. Было еще единобрачие и романтическая любовь.

— Впрочем, вам эти слова, вероятно, ничего не говорят, — сказал Мустафа Монд.

— «Ничего», — помотали головами студенты.

Семья, единобрачие, любовная романтика. Повсюду исключительность и замкнутость, сосредоточенность влечения на одном предмете; порыв и энергия направлены в узкое русло.

— А ведь каждый принадлежит всем остальным, — привел Мустафа гипнопедическую пословицу.

Студенты кивнули в знак полного согласия с утверждением, которое от шестидесяти двух с лишним тысяч повторений в сумраке спальни сделалось не просто справедливым, а стало истиной бесспорной, самоочевидной и не требующей доказательств.

— Но, — возразила Ленайна, — я с Генри всего месяца четыре.

— Всего четыре месяца! Ничего себе! И вдобавок, — обвиняюще ткнула Фанни пальцем, — все это время, кроме Генри, ты ни с кем. Ведь ни с кем же?

Ленайна залилась румянцем. Но в глазах и в голосе ее осталась непокорность.

— Да, ни с кем, — огрызнулась она. — И не знаю, с какой такой стати я должна еще с кем-то.

— Она, видите ли, не знает, с какой стати, — повторила Фанни, обращаясь словно к незримому слушателю, вставшему за плечом у Ленайны, но тут же переменила тон. — Ну кроме шуток, — сказала она, — ну прошу тебя, веди ты себя осторожней. Нельзя же так долго все с одним да с одним — это ужасно неприлично. Уж пусть бы тебе было сорок или тридцать пять — тогда бы простительнее. Но в твоем-то возрасте, Ленайна! Нет, это никуда не годится. И ты же знаешь, как решительно наш Директор против всего чрезмерно пылкого и затянувшегося. Четыре месяца все с Генри Фостером и ни с кем кроме — да узнай Директор, он был бы вне себя...

— Представьте себе воду в трубе под напором. — Студенты представили себе такую трубу. — Пробейте в металле отверстие, — продолжал Главноуправитель. — Какой ударит фонтан! Если же проделать не одно отверстие, а двадцать, получим два десятка слабых струек.

То же и с эмоциями. «Моя детка. Моя крохотка!.. Мама!» — Безумие чувств заразительно. — «Любимый, единственный мой, дорогой и бесценный...»

Материнство, единобрачие, романтика любви. Ввысь бьет фонтан; неистово ярится пенная струя. У чувства одна узенькая отдушина. Мой любимый. Моя детка. Немудрено, что эти горемыки, люди дофордовских времен, были безумны, порочны и несчастны. Мир, окружавший их, не позволял жить беспечально, не давал им быть здоровыми, добродетельными, счастливыми. Материнство и влюбленность, на каждом шагу запрет (а рефлекс повиновения запрету не сформирован), соблазн и одинокое потом раскаяние, всевозможные болезни, нескончаемая боль, отгораживающая от людей, шаткое будущее, нищета — все это обрекало их на сильные переживания. А при сильных переживаниях — притом в одиночестве, в безнадежной разобщенности и обособленности — какая уж могла быть речь о стабильности?

— Разумеется, необязательно отказываться от Генри совсем. Чередуй его с другими, вот и все. Ведь он же не только с тобой?
— Не только, — сказала Ленайна.
— Ну разумеется. Уж Генри Фостер не нарушит правил жизни, он всегда корректен и порядочен. А подумай о Директоре. Ведь как неукоснительно Директор соблюдает этикет.
Ленайна кивнула:
— Да, он сегодня потрепал меня по ягодицам.
— Ну вот видишь, — торжествующе сказала Фанни. — Вот тебе пример того, как строжайше он держится приличий.

— Стабильность, — подчеркнул Главноуправитель, — устойчивость, прочность. Без стабильного общества немыслима цивилизация. А стабильное общество немыслимо без стабильного члена общества. — Голос Мустафы звучал как труба, в груди у слушателей тепло и ширилось.

Машина вертится, работает и должна вертеться непрерывно и вечно. Остановка означает смерть. Копошился прежде на земной коре миллиард обитателей. Завертелись шестерни машин. И через сто пятьдесят лет стало два миллиарда. Остановите машины. Через сто пятьдесят не лет, а недель население земли сократится вполовину. Один миллиард умрет с голоду.

Машины должны работать без перебоев, но они требуют ухода. Их должны обслуживать люди — такие же надежные, стабильные, как шестеренки и колеса, люди здоровые духом и телом, послушные, постоянно довольные.

А горемыкам, восклицавшим: «Моя детка, моя мама, мой любимый и единственный», стонавшим: «Мой грех, мой грозный Бог», кричавшим от боли, бредившим в лихорадке, оплакивавшим нищету и старость, — по плечу ли тем несчастным обслуживание машин? А если не будет обслуживания?.. Трупы миллиарда людей непросто было бы зарыть или сжечь.

— И в конце концов, — мягко уговаривала Фанни, — разве это тягостно, мучительно — иметь еще одного-двух в дополнение к Генри? Ведь не тяжело тебе, а значит, обязательно надо разнообразить мужчин...

— Стабильность, — подчеркнул опять Главноуправитель, — стабильность. Первооснова и краеугольный камень. Стабильность. Для достижения ее — все это. — Широким жестом он охватил громадные здания Центра, парк и детей, бегающих нагишом или укромно играющих в кустах.

Ленайна покачала головой, сказала в раздумье:
— Что-то в последнее время не тянет меня к разнообразию. А разве у тебя, Фанни, не бывает временами, что не хочется разнообразить?

Фанни кивнула сочувственно и понимающе.
— Но надо прилагать старания, — наставительно сказала она, — надо жить по правилам. Что ни говори, а каждый принадлежит всем остальным.

— Да, каждый принадлежит всем остальным, — повторила медленно Ленайна и, вздохнув, помолчала. Затем, взяв руку подруги, слегка сжала в своей: — Ты абсолютно права, Фанни. Ты всегда права. Я приложу старания.

Поток, задержанный преградой, взбухает и переливается, позыв обращается в порыв, в страсть, даже в помешательство; сила потока множится на высоту и прочность препятствия. Когда же преграды нет, поток стекает плавно по назначенному руслу в тихое море благоденствия.

— Зародыш голоден, и день-деньской питает его кровезаменителем насос, давая свои восемьсот оборотов в минуту. Заплакал раскупоренный младенец, и тут же подошла няня с бутылочкой млечно-секреторного продукта.

Эмоция таится в промежутке между позывом и его удовлетворением. Сократи этот промежуток, устрани все прежние ненужные препятствия.

— Счастливцы вы! — воскликнул Главноуправитель. — На вас не жалели трудов, чтобы сделать вашу жизнь в эмоциональном отношении легкой, оградить вас, насколько возможно, от эмоций и переживаний вообще.

— Форд в своем «форде» — и в мире покой, — продекламировал вполголоса Директор.

— Ленайна Краун? — застегнув брюки на молнию, отозвался Генри Фостер. — О, это девушка великолепная. Донельзя пневматична. Удивляюсь, как это ты не отведал ее до сих пор.

— Я и сам удивляюсь, — сказал помощник Предопределителя. — Непременно отведаю. При первой же возможности.

Со своего раздевального места в ряду напротив Бернард услышал этот разговор и побледнел.

— Признаться, — сказала Ленайна, — мне и самой это чуточку прискучивать начинает, каждый день Генри да Генри. — Она натянула левый чулок. — Ты Бернарда

Маркса знаешь? — спросила она слишком уж нарочито-небрежным тоном.

— Ты хочешь с Бернардом? — вскинулась Фанни.

— А что? Бернард ведь альфа-плюсовик. К тому же он приглашает меня слетать с ним в дикарский заповедник — в индейскую резервацию. А я всегда хотела побывать у дикарей.

— Но у Бернарда дурная репутация!

— А мне что за дело до его репутации?

— Говорят, он гольфа не любит.

— Говорят, говорят, — передразнила Ленайна.

— И потом он большую часть времени проводит нелюдимо, один, — с сильнейшим отвращением сказала Фанни.

— Ну, со мной-то он не будет один. И вообще, отчего все к нему так по-свински относятся? По-моему, он милый. — Она улыбнулась, вспомнив, как до смешного робок он был в разговоре. Почти испуган, как будто она Главноуправитель мира, а он дельта-минусовик из машинной обслуги.

— Поройтесь-ка в памяти, — сказал Мустафа Монд. — Наталкивались ли вы хоть раз на непреодолимые препятствия?

Студенты ответили молчанием, означавшим, что нет, не наталкивались.

— А приходилось ли кому-нибудь из вас долгое время пребывать в этом промежутке между позывом и его удовлетворением?

— У меня... — начал один из юнцов и замялся.

— Говорите же, — сказал Директор. — Его Фордейшество ждет.

— Мне однажды пришлось чуть не месяц ожидать, пока девушка согласилась.

— И, соответственно, желание усилилось?

— До невыносимости!

— Вот именно, до невыносимости, — сказал Главноуправитель. — Наши предки были так глупы и близоруки, что когда явились первые преобразователи и указали путь избавления от этих невыносимых эмоций, то их не желали слушать.

«Точно речь о бараньей котлете, — скрипнул зубами Бернард. — Не отведал, отведаю. Как будто она кусок мяса. Низводят ее до уровня бифштекса... Она сказала мне, что подумает, что даст до пятницы ответ. О господи Форде. Подойти бы да в физиономию им со всего размаха, да еще раз, да еще».

— Я тебе настоятельно ее рекомендую, — говорил между тем Генри Фостер приятелю.

— Взять хоть эктогенез. Пфицнер и Кавагучи разработали весь этот внетелесный метод размножения. Но правительства и во внимание его не приняли. Мешало нечто, именовавшееся христианством. Женщин и дальше заставляли быть живородящими.

— Он же страшненький! — сказала Фанни.
— А мне нравится, как он выглядит.
— И такого маленького роста, — поморщилась Фанни. (Низкорослость — типичный мерзкий признак низших каст.)
— А по-моему, он милый, — сказала Ленайна. — Его так и хочется погладить. Ну, как котеночка. Фанни брезгливо сказала:
— Говорят, когда он еще был в бутыли, кто-то ошибся, подумал, он гамма, и влил ему спирту в кровезаменитель. Оттого он и щуплый вышел.
— Вздор какой! — возмутилась Ленайна.

— В Англии запретили даже обучение во сне. Было тогда нечто, именовавшееся либерализмом. Парламент (известно ли вам это старинное понятие?) принял закон против гипнопедии. Сохранились архивы парламентских актов. Записи речей о свободе британского подданного. О праве быть неудачником и горемыкой. Неприкаянным, неприспособленным к жизни.

— Да что ты, дружище, я буду только рад. Милости прошу. — Генри Фостер похлопал друга по плечу. — Ведь каждый принадлежит всем остальным.

«По сотне повторений три раза в неделю в течение четырех лет, — презрительно подумал Бернард; он был специалист-гипнопед. — Шестьдесят две тысячи четыреста повторений — и готова истина. Идиоты!»

— Или взять систему каст. Постоянно предлагалась, и постоянно отвергалась. Мешало нечто, именовавшееся демократией. Как будто равенство людей заходит дальше физико-химического равенства.

— А я все равно полечу с ним, — сказала Ленайна.

«Ненавижу, ненавижу, — кипел внутренне Бернард. — Но их двое, они рослые, они сильные».

— Девятилетняя война началась в 141-м году эры Форда.

— Все равно, даже если бы ему и правда влили тогда спирту в кровезаменитель.

— Фосген, хлорпикрин, йодуксусный этил, дифенилцианарсин, слезоточивый газ, иприт. Не говоря уже о синильной кислоте.

— А никто не подливал, неправда, и не верю.

— Вообразите гул четырнадцати тысяч самолетов, налетающих широким фронтом. Сами же разрывы бомб, начиненных сибирской язвой, звучали на Курфюрстендамм и в восьмом парижском округе не громче бумажной хлопушки.

— А потому что хочу побывать в диком заповеднике.

— $CH_3C_6H_2(NO_2)_3 + H(CO)_2$, и что же в сумме? Большая воронка, груда щебня, куски мяса, комки слизи, нога в солдатском башмаке летит по воздуху и — шлеп! — приземляется среди ярко-красных гераней, так пышно цветших в то лето.

Ты неисправима, Ленайна, — остается лишь махнуть рукой.

— Русский способ заражать водоснабжение был особенно остроумен.

Повернувшись друг к дружке спиной, Фанни и Ленайна продолжали одеваться уже молча.

— Девятилетняя война, Великий экономический крах. Выбор был лишь между всемирной властью и полным разрушением. Между стабильностью и...

— Фанни Краун тоже девушка приятная, — сказал помощник Предопределителя.

В Питомнике уже отдолбили основы кастового самосознания, голоса теперь готовили будущего потребителя промышленных товаров. «Я так люблю летать, — шептали голоса, — я так люблю летать, так люблю носить все новое, так люблю...»

— Конечно, сибирская язва покончила с либерализмом, но все же нельзя было строить общество на принуждении.

— Но Ленайна гораздо пневматичней. Гораздо, гораздо.

— А старая одежда — бяка, — продолжалось неутомимое нашептывание. — Старье мы выбрасываем. Овчинки не стоят починки. Чем старое чинить, лучше новое купить; чем старое чинить, лучше...

— Править надо умом, а не кнутом. Не кулаками действовать, а на мозги воздействовать. Чтоб заднице не больно, а привольно. Есть у нас опыт: потребление уже однажды обращали в повинность.

— Вот я и готова, — сказала Ленайна, но Фанни по-прежнему молчала, не глядела. — Ну Фанни, милая, давай помиримся.

— Каждого мужчину, женщину, ребенка обязали ежегодно потреблять столько-то. Для процветания промышленности. А вызвали этим единственно лишь...

— Чем старое чинить, лучше новое купить. Прорехи зашивать — беднеть и горевать; прорехи зашивать — беднеть и...

— Не сегодня-завтра, — раздельно и мрачно произнесла Фанни, — твое поведение доведет тебя до беды.

— ...гражданское неповиновение в широчайшем масштабе. Движение за отказ от потребления. За возврат к природе.

— Я так люблю летать, я так люблю летать.

— За возврат к культуре. Даже к культуре, да-да. Ведь сидя за книгой, много не потребишь.

— Ну, как я выгляжу? — спросила Ленайна. На ней был ацетатный жакет бутылочного цвета, с зеленой вискозной опушкой на воротнике и рукавах.

— Уложили восемьсот сторонников простой жизни на Голдерс-Грин, скосили пулеметами.

— Чем старое чинить, лучше новое купить; чем старое чинить, лучше новое купить.

———

Зеленые плисовые шорты и белые, вискозной шерсти чулочки до колен.

— Затем устроили Мор книгочеев: переморили горчичным газом в читальне Британского музея две тысячи человек.

Бело-зеленый жокейский картузик с затеняющим глаза козырьком. Туфли на Ленайне ярко-зеленые, отлакированные.

— В конце концов, — продолжал Мустафа Монд, — Главноуправители поняли, что насилием немногого добьешься. Хоть и медленней, но несравнимо верней другой способ — способ эктогенеза, формирования рефлексов и гипнопедии...

А вокруг талии — широкий, из зеленого искусственного сафьяна, отделанный серебром пояс-патронташ, набитый уставным комплектом противозачаточных средств (ибо Ленайна не была неплодой).

— Применили наконец открытия Пфицнера и Кавагучи. Широко развернута была агитация против живородящего размножения.

— Прелестно, — воскликнула Фанни в восторге, она не умела долго противиться чарам Ленайны. — А какой дивный мальтузианский пояс!*

— И одновременно начат поход против Прошлого, закрыты музеи, взорваны исторические памятники (большинство из них, слава Форду, и без того уже сравняла с землей Девятилетняя война); изъяты книги, выпущенные до 150-го года э. Ф.

— Обязательно и себе такой достану, — сказала Фанни. — Были, например, сооружения, именовавшиеся пирамидами.

— Мой старый чернолаковый наплечный патронташ...

— И был некто, именовавшийся Шекспиром. Вас, конечно, не обременяли всеми этими наименованиями.

— Просто стыдно надевать мой чернолаковый.

— Таковы преимущества подлинно научного образования.

— Овчинки не стоят починки, овчинки не стоят..

— Дату выпуска первой модели «Т» господом нашим Фордом...

— Я уже чуть не три месяца его ношу.

— ...избрали начальной датой Новой эры.

— Чем старое чинить, лучше новое купить; чем старое...

— Как я уже упоминал, было тогда нечто, именовавшееся христианством.

— Лучше новое купить.

— Мораль и философия недопотребления...

— Люблю новое носить, люблю новое носить, люблю...

— ...была существенно необходима во времена недопроизводства; но в век машин, в эпоху, когда люди научились связывать свободный азот воздуха, недопотребление стало прямым преступлением против общества.

— Мне его Генри Фостер подарил.

— У всех крестов спилили верх — преобразовали в знаки Т. Было тогда некое понятие, именовавшееся Богом.

— Это настоящий искусственный сафьян.

— Теперь у нас Мировое Государство. И мы ежегодно празднуем День Форда, мы устраиваем вечера песнословия и сходки единения.

«Господи Форде, как я их ненавижу», — думал Бернард.

— Было нечто, именовавшееся Небесами; но тем не менее спиртное пили в огромном количестве.

«Как бифштекс, как кусок мяса».

— Было некое понятие — душа, и некое понятие — бессмертие.

— Пожалуйста, узнай у Генри, где он его достал.

— Но тем не менее употребляли морфий и кокаин.

«А хуже всего то, что она и сама думает о себе, как о куске мяса».

— В 178-м году э. Ф. были соединены усилия и финансированы изыскания двух тысяч фармакологов и биохимиков.

— А хмурый у малого вид, — сказал помощник Предопределителя, кивнув на Бернарда.

— Через шесть лет был налажен уже широкий выпуск. Наркотик получился идеальный.

— Давай-ка подразним его.

— Успокаивает, дает радостный настрой, вызывает приятные галлюцинации.

— Хмуримся, Бернард, хмуримся. — От хлопка по плечу Бернард вздрогнул, поднял глаза: это Генри Фостер, скотина отъявленная.
— Грамм сомы принять надо.

— Все плюсы христианства и алкоголя — и ни единого их минуса.

«Убил бы скотину». Но вслух он сказал только: — Спасибо, не надо, — и отстранил протянутые таблетки.

— Захотелось, и тут же устраиваешь себе сомотдых — отдых от реальности, и голова с похмелья не болит потом, и не засорена никакой мифологией.

— Да бери ты, — не отставал Генри Фостер, — бери.

— Это практически обеспечило стабильность.

— «Сомы грамм — и нету драм», — черпнул помощник Предопределителя из кладезя гипнопедической мудрости.

— Оставалось лишь победить старческую немощь.

— Катитесь вы от меня! — взорвался Бернард.
— Скажи пожалуйста, какие мы горячие.

— Половые гормоны, соли магния, вливание молодой крови...

— К чему весь тарарам, прими-ка сомы грамм. — И, посмеиваясь, они вышли из раздевальной.

———

— Все телесные недуги старости были устранены. А вместе с ними, конечно...

— Так не забудь, спроси у него насчет пояса, — сказала Фанни.

— А с ними исчезли и все старческие особенности психики. Характер теперь остается на протяжении жизни неизменным.

— ...до темноты успеть сыграть два тура гольфа с препятствиями. Надо лететь.

— Работа, игры — в шестьдесят лет наши силы и склонности те же, что были в семнадцать. В недобрые прежние времена старики отрекались от жизни, уходили от мира в религию, проводили время в чтении, в раздумье — сидели и думали!

«Идиоты, свиньи!» — повторял про себя Бернард, идя по коридору к лифту.

— Теперь же настолько шагнул прогресс — старые люди работают, совокупляются, беспрестанно развлекаются; сидеть и думать им некогда и недосуг, а если уж не повезет и в сплошной череде развлечений обнаружится разрыв, расселина, то ведь всегда есть сома, сладчайшая сома: принял полграмма — и получай небольшой сомотдых; принял грамм — нырнул в сомотдых вдвое глубже; два грамма унесут тебя в грезу роскошного Востока, а три умчат к луне на блаженную темную вечность. А возвратясь, окажешься уже на той стороне расселины, и снова ты на твердой и надежной почве ежедневных трудов и утех, снова резво порхаешь от ощущалки к ощущалке, от одной упругой девушки к другой, от электромагнитного гольфа к...

— Уходи, девочка! — прикрикнул Директор сердито. — Уходи, мальчик! Не видите разве, что мешаете Его

Фордейшеству? Найдите себе другое место для эротических игр.

— Пустите детей приходить ко мне[1], — произнес Главноуправитель.

Величаво, медленно, под тихий гул машин подвигались конвейеры — на тридцать три сантиметра в час. Мерцали в красном сумраке бессчетные рубины.

ГЛАВА ЧЕТВЕРТАЯ

1

Лифт был заполнен мужчинами из альфа-раздевален, и Ленайну встретили дружеские, дружные улыбки и кивки. Ее в обществе любили; почти со всеми ними — с одним раньше, с другим позже — провела она ночь.

Милые ребята, думала она, отвечая на приветствия. Чудные ребята! Жаль только, что Джордж Эдзел лопоух (быть может, ему крошечку лишнего впрыснули гормона паращитовидки на 328-м метре?). А взглянув на Бенито Гувера, она невольно вспомнила, что в раздетом виде он, право, чересчур уж волосат.

Глаза ее чуть погрустнели при мысли о чернокудрявости Гувера, она отвела взгляд и увидела в углу щуплую фигуру и печальное лицо Бернарда Маркса.

— Бернард! — Она подошла к нему. — А я тебя ищу. — Голос ее раздался звонко, покрывая гуденье скоростного идущего вверх лифта. Мужчины с любопытством оглянулись. — Я насчет нашей экскурсии в Нью-Мексико. — Уголком глаза она увидела, что Бенито Гувер удивленно открыл рот. «Удивляется, что не с ним горю желанием повторить поездку», — подумала она с легкой досадой. Затем вслух еще горячей продолжала: —

---

[1] Монд цитирует Евангелие от Марка: 10, 14.

Прямо мечтаю слетать на недельку с тобой в июле. (Как бы ни было, она открыто демонстрирует сейчас, что неверна Генри Фостеру. На радость Фанни, хотя новым партнером будет все же Бернард.) То есть, — Ленайна подарила Бернарду самую чарующе-многозначительную из своих улыбок, — если ты меня еще не расхотел.

Бледное лицо Бернарда залилось краской. «С чего он это?» — подумала она, озадаченная и в то же время тронутая этим странным свидетельством силы ее чар.

— Может, нам бы об этом потом, не сейчас, — пробормотал он, запинаясь от смущения.

«Как будто я что-нибудь стыдное сказала, — недоумевала Ленайна. — Так сконфузился, точно я позволила себе непристойную шутку: спросила, кто его мать или тому подобное».

— Не здесь, не при всех... — Он смолк, совершенно потерявшись.

Ленайна рассмеялась хорошим, искренним смехом.

— Какой же ты потешный! — сказала она, от души веселясь. — Только по крайней мере за неделю предупредишь меня, ладно? — продолжала она, отсмеявшись. — Мы ведь «Синей Тихоокеанской» полетим? Она с Черинг-Тийской башни* отправляется? Или из Хэмпстеда?

Не успел еще Бернард ответить, как лифт остановился.

— Крыша! — объявил скрипучий голосок.

Лифт обслуживало обезьяноподобное существо, одетое в черную форменную куртку минус-эпсилон-полукретина.

— Крыша!

Лифтер распахнул дверцы. В глаза ему ударило сиянье погожего летнего дня, он встрепенулся, заморгал.

— О-о, крыша! — повторил он восхищенно. Он как бы очнулся внезапно и радостно от глухой, мертвящей спячки. — Крыша!

Подняв свое личико к лицам пассажиров, он заулыбался им с каким-то собачьим обожаньем и надеждой. Те вышли из лифта, переговариваясь, пересмеиваясь. Лифтер глядел им вслед.

— Крыша? — произнес он вопросительно.

Тут послышался звонок, и с потолка кабины, из динамика, зазвучала команда, очень тихая и очень повелительная:

— Спускайся вниз, спускайся вниз. На девятнадцатый этаж. Спускайся вниз. На девятнадцатый этаж. Спускайся...

Лифтер захлопнул дверцы, нажал кнопку и в тот же миг канул в гудящий сумрак шахты, в сумрак обычной своей спячки.

Тепло и солнечно было на крыше. Успокоительно жужжали пролетающие вертопланы; рокотали ласково и густо ракетопланы, невидимо несущиеся в ярком небе, километрах в десяти над головой. Бернард набрал полную грудь воздуха. Устремил взгляд в небо, затем на голубые горизонты, затем на Ленайну.

— Красота какая! — голос его слегка дрожал.

Она улыбнулась ему задушевно, понимающе.

— Погода просто идеальная для гольфа, — упоенно молвила она. — А теперь, Бернард, мне надо лететь. Генри сердится, когда я заставляю его ждать. Значит, сообщишь мне заранее о дате поездки. — И, приветно махнув рукой, она побежала по широкой плоской крыше к ангарам.

Бернард стоял и глядел, как мелькают, удаляясь, белые чулочки, как проворно разгибаются и сгибаются — раз-два, раз-два — загорелые коленки и плавней, колебательней движутся под темно-зеленым жакетом плисовые, в обтяжку шорты. На лице Бернарда выражалось страданье.

— Ничего не скажешь, хороша, — раздался за спиной у него громкий и жизнерадостный голос.

Бернард вздрогнул, оглянулся. Над ним сияло красное щекастое лицо Бенито Гувера — буквально лучилось дружелюбием и сердечностью. Бенито славился своим добродушием. О нем говорили, что он мог бы хоть всю жизнь прожить без сомы. Ему не приходилось, как другим, глушить приступы дурного или злого настроения. Для Бенито действительность всегда была солнечна.

— И пневматична жутко! Но послушай, — продолжал Бенито, посерьезнев, — у тебя вид такой хмурый! Таблетка сомы, вот что тебе нужно. — Из правого кармана брюк он извлек флакончик. — Сомы грамм — и нету др... Куда ж ты?

Но Бернард, отстранившись, торопливо шагал уже прочь.

Бенито поглядел вслед, подумал озадаченно: «Что это с парнем творится?» — покачал головой и решил, что Бернарду и впрямь, пожалуй, влили спирту в кровезаменитель. «Видно, повредили мозг бедняге».

Он спрятал сому, достал пачку жевательной сексгормональной резинки, сунул брикетик за щеку и неторопливо двинулся к ангарам, жуя на ходу.

Фостеру выкатили уже из ангара вертоплан, и, когда Ленайна подбежала, он сидел в кабине, ожидая. Она села рядом.

— На четыре минуты опоздала, — кратко констатировал Генри. Запустил моторы, включил верхние винты. Машина взмыла вертикально. Генри нажал на акселератор; гуденье винтов из густого шмелиного стало осиным, затем истончилось в комариный писк; тахометр показывал, что скорость подъема равна почти двум километрам в минуту. Лондон шел вниз, уменьшаясь. Еще несколько секунд, и огромные плосковерхие здания обратились в кубистические подобия грибов, торчащих из садовой и парковой зелени. Среди них был гриб повыше и потоньше — это Черинг-Тийская башня взносила на тонкой ноге свою бетонную тарель, блестящую на солнце.

Как дымчатые торсы сказочных атлетов, висели в синих высях сытые громады облаков. Внезапно из облака выпала, жужжа, узкая, алого цвета букашка и устремилась вниз.

— «Красная Ракета» прибывает из Нью-Йорка, — сказал Генри. Взглянул на часики, прибавил: — На семь минут запаздывает, — и покачал головой. — Эти атлантические линии возмутительно непунктуальны.

Он снял ногу с акселератора. Шум лопастей понизился на полторы октавы — пропев снова осой, винты загудели шершнем, шмелем, хрущом и, еще басовей, жукомрогачом. Подъем замедлился; еще мгновенье — и машина повисла в воздухе. Генри двинул от себя рычаг; щелкнуло переключение. Сперва медленно, затем быстрей, быстрей завертелся передний винт и обратился в зыбкий круг. Все резче засвистел в расчалках ветер. Генри следил за стрелкой; когда она коснулась метки «1200», он выключил верхние винты. Теперь машину несла сама поступательная тяга.

Ленайна глядела в смотровое окно у себя под ногами, в полу. Они пролетали над шестикилометровой парковой зоной, отделяющей Лондон-центр от первого кольца пригородов-спутников. Зелень кишела копошащимися куцыми фигурками. Между деревьями густо мелькали, поблескивали башенки центробежной лапты. В районе Шепардс-Буш две тысячи бета-минусовых смешанных пар играли в теннис на римановых поверхностях. Не пустовали и корты для эскалаторного хэндбола, с обеих сторон окаймляющие дорогу от Ноттинг-Хилла до Уилсдена. На Илингском стадионе дельты проводили гимнастический парад и праздник песнословия.

— Какой у них гадкий цвет — хаки, — выразила вслух Ленайна гипнопедический предрассудок своей касты.

В Хаунслоу на семи с половиной гектарах раскинулась ощущальная киностудия. А неподалеку армия рабочих в хаки и черном обновляла стекловидное покрытие Большой западной магистрали. Как раз в этот момент открыли летку одного из передвижных плавильных тиглей. Слепящераскаленным ручьем тек по дороге каменный расплав; асбестовые тяжкие катки двигались взад-вперед; бело клубился пар из-под термозащищенной поливальной цистерны.

Целым городком встала навстречу фабрика Телекорпорации в Бретфорде.

— У них, должно быть, сейчас пересменка, — сказала Ленайна.

Подобно тлям и муравьям, роились у входов лиственно-зеленые гамма-работницы и черные полукретины или стояли в очередях к монорельсовым трамваям. Там и сям в толпе мелькали темно-красные бета-минусовики. Кипело движение на крыше главного здания: одни вертопланы садились, другие взлетали.

— А, ей-Форду, хорошо, что я не гамма, — проговорила Ленайна.

Десятью минутами поздней, приземлившись в Сток-Поджес, они начали уже свой первый круг гольфа с препятствиями.

2

Бернард торопливо шел по крыше, пряча глаза, если и встречался взглядом с кем-либо, то бегло, тут же снова потупляясь. Шел, точно за ним погоня и он не хочет видеть преследователей: а вдруг они окажутся еще враждебней даже, чем ему мнится, и тяжелее тогда станет ощущение какой-то вины и еще беспомощнее одиночество.

«Этот несносный Бенито Гувер!» А ведь Гувера не злоба толкала, а добросердечие. Но положение от этого лишь намного хуже. Не желающие зла точно так же причиняют ему боль, как и желающие. Даже Ленайна приносит страдание. Он вспомнил те недели робкой нерешительности, когда он глядел издали и тосковал, не отваживаясь подойти. Что если напорешься на унизительный, презрительный отказ? Но если скажет «да» — какое счастье! И вот Ленайна сказала «да», а он по-прежнему несчастлив, несчастлив потому, что она нашла погоду «идеальной для гольфа», что бегом побежала к Генри Фостеру, что он, Бернард, показался ей «потешным» из-за нежелания при всех говорить о самом интимном. Короче, потому несчастен, что она вела себя, как всякая здоровая и добродетельная жительница Англии, а не как-то иначе, странно, ненормально.

Он открыл двери своего ангарного отсека и подозвал двух лениво сидящих дельта-минусовиков из обслуживающего персонала, чтобы выкатили вертоплан на крышу. Персонал ангаров составляли близнецы из одной группы Бокановского — все тождественно маленькие, черненькие и безобразненькие. Бернард отдавал им приказания резким, надменным, даже оскорбительным тоном, к какому прибегает человек, не слишком уверенный в своем превосходстве. Иметь дело с членами низших каст было Бернарду всегда мучительно. Правду ли, ложь представляли слухи насчет спирта, по ошибке влитого в его кровезаменитель (а такие ошибки случались), но физические данные у Бернарда едва превышали уровень гаммовика. Бернард был на восемь сантиметров ниже, чем определено стандартом для альф, и соответственно щуплее нормального. При общении с низшими кастами он всякий раз болезненно осознавал свою невзрачность. «Я — это я; уйти бы от себя». Его мучило острое чувство неполноценности. Когда глаза его оказывались вровень с глазами дельтовика (а надо бы сверху вниз глядеть), он неизменно чувствовал себя униженным. Окажет ли ему должное уважение эта тварь? Сомнение его терзало. И не зря. Ибо гаммы, дельты и эпсилоны приучены были в какой-то мере связывать кастовое превосходство с крупнотелостью. Да и во всем обществе чувствовалось некоторое гипнопедическое предубеждение в пользу рослых, крупных. Отсюда смех, которым женщины встречали предложение Бернарда; отсюда шуточки мужчин, его коллег. Из-за насмешек он ощущал себя чужим, а стало быть, и вел себя как чужой — и этим усугублял предубеждение против себя, усиливал презрение и неприязнь, вызываемые его щуплостью. Что в свою очередь усиливало его чувство одиночества и чуждости. Из боязни наткнуться на неуважение он избегал людей своего круга, а с низшими вел себя преувеличенно гордо. Как жгуче завидовал он таким, как Генри Фостер и Бенито Гувер!

Им-то не надо кричать для того, чтобы эпсилон исполнил приказание; для них повиновенье низших каст само собою разумеется; они в системе каст — словно рыбы в воде — настолько дома, в своей уютной, благодетельной стихии, что не ощущают ни ее, ни себя в ней.

С прохладцей, неохотно, как показалось ему, обслуга выкатила вертоплан на крышу.

— Живей! — произнес Бернард раздраженно. Один из близнецов взглянул на него. Не скотская ли издевочка мелькнула в пустом взгляде этих серых глаз?

— Живей! — крикнул Бернард с каким-то уже скрежетом в голосе. Влез в кабину и полетел на юг, к Темзе.

Институт технологии чувств помещался в шестидесятиэтажном здании на Флит-стрит. Цокольный и нижние этажи были отданы редакциям и типографиям трех крупнейших лондонских газет, здесь издавались «Ежечасные радиовести» для высших каст, бледно-зеленая «Гамма-газета», а также «Дельта-миррор», выходящая на бумаге цвета хаки и содержащая слова исключительно односложные. В средних двадцати двух этажах находились разнообразные отделы пропаганды: телевизионной, ощущальной, синтетически-голосовой и синтетически-музыкальной. Над ними помещались исследовательские лаборатории и защищенные от шума кабинеты, где занимались своим тонким делом звукосценаристы и творцы синтетической музыки. На долю института приходились верхние восемнадцать этажей.

Приземлившись на крыше здания, Бернард вышел из кабины.

— Позвоните мистеру Гельмгольцу Уотсону, — велел он дежурному гамма-плюсовику, — скажите ему, что мистер Бернард Маркс ожидает на крыше.

Бернард присел, закурил сигарету.

Звонок застал Гельмгольца Уотсона за рабочим столом.

— Передайте, что я сейчас поднимусь, — сказал Гельмгольц и положил трубку; дописав фразу, он обратился к своей секретарше тем же безразлично-деловым тоном: —

Будьте так добры прибрать мои бумаги, — и, без внимания оставив ее лучезарную улыбку, энергичным шагом направился к дверям.

Гельмгольц был атлетически сложен, грудь колесом, плечист, массивен, но в движениях быстр и пружинист. Мощную колонну шеи венчала великолепная голова. Темные волосы вились, крупные черты лица отличались выразительностью. Он был красив резкой мужской красотой, настоящий альфа-плюсовик «от темени до пневматических подошв», как говаривала восхищенно секретарша. По профессии он был лектор-преподаватель, работал на институтской кафедре творчества и прирабатывал как технолог-формовщик чувств: сочинял ощущальные киносценарии, сотрудничал в «Ежечасных радиовестях», с удивительной легкостью и ловкостью придумывал гипнопедические стишки и рекламные броские фразы.

«Способный малый», — отзывалось о нем начальство. «Быть может, — и тут старшие качали головой, многозначительно понизив голос, — немножко даже чересчур способный».

Да, немножко чересчур; правы старшие. Избыток умственных способностей обособил Гельмгольца и привел почти к тому же, к чему привел Бернарда телесный недостаток. Бернарда отгородила от коллег невзрачность, щуплость, и возникшее чувство обособленности (чувство умственно-избыточное по всем нынешним меркам) в свою очередь стало причиной еще большего разобщения. А Гельмгольца — того талант заставил тревожно ощутить свою озабоченность и одинокость. Общим у обоих было сознание своей индивидуальности. Но физически неполноценный Бернард всю жизнь страдал от чувства отчужденности, а Гельмгольц совсем лишь недавно, осознав свою избыточную умственную силу, одновременно осознал и свою несхожесть с окружающими. Этот теннисист-чемпион, этот неутомимый любовник (говорили, что за каких-то неполных четыре года он переменил шестьсот сорок девушек), этот деятельнейший член комиссий и душа общества внезапно обнаружил, что спорт, женщины, общественная деятельность служат ему лишь плохонькой заменой чего-то другого. По-настоящему, глубинно его влечет иное. Но что именно? Вот об этом-то и хотел опять поговорить с ним Бернард, вернее, послушать, что скажет друг, ибо весь разговор вел неизменно Гельмгольц.

При выходе из лифта Уотсону преградили путь три обворожительных сотрудницы Синтетически-голосового отдела.

— Ах, душка Гельмгольц, пожалуйста, поедем с нами в Эксмур на ужин-пикничок, — стали они умоляюще льнуть к нему.

— Нет, нет, — покачал он головой, пробиваясь сквозь девичий заслон.

— Мы только тебя одного приглашаем!

Но даже эта заманчивая перспектива не поколебала Гельмгольца.

— Нет, — повторил он, решительно шагая. — Я занят.

Но девушки шли следом. Он сел в кабину к Бернарду, захлопнул дверцу. Вдогонку Гельмгольцу полетели прощальные укоры.

— Ох эти женщины! — сказал он, когда машина поднялась в воздух. — Ох эти женщины! — И покачал опять головой, нахмурился. — Беда прямо.

— Спасенья нет, — поддакнул Бернард, а сам подумал: «Мне бы иметь столько девушек и так запросто». Ему неудержимо захотелось похвастаться перед Гельмгольцем.

— Я беру Ленайну Краун с собой в Нью-Мексико, — сказал он как можно небрежней.

— Неужели, — произнес Гельмгольц без всякого интереса. И продолжал после небольшой паузы: — Вот уже недели две, как я отставил и все свои свидания и заседания. Ты не представляешь, какой из-за этого поднят шум в институте. Но игра, по-моему, стоит свеч. В результате... — Он помедлил. — Необычный получается результат, весьма необычный.

Телесный недостаток может повести к своего рода умственному избытку. Но получается, что и наоборот бывает.

Умственный избыток может вызвать в человеке сознательную, целенаправленную слепоту и глухоту умышленного одиночества, искусственную холодность аскетизма.

Остаток краткого пути они летели молча. Потом, удобно расположась на пневматических диванах в комнате у Бернарда, они продолжили разговор.

— Приходилось ли тебе ощущать, — очень медленно заговорил Гельмгольц, — будто у тебя внутри что-то такое есть и просится на волю, хочет проявиться? Будто некая особенная сила пропадает в тебе попусту, вроде как река стекает вхолостую, а могла бы вертеть турбины. — Он вопросительно взглянул на Бернарда.

— Ты имеешь в виду те эмоции, которые можно было перечувствовать при ином образе жизни?

Гельмгольц отрицательно мотнул головой.

— Не совсем. Я о странном ощущении, которое бывает иногда, будто мне дано что-то важное сказать и дана способность выразить это что-то, но только не знаю, что именно, и способность моя пропадает без пользы. Если бы по-другому писать... Или о другом о чем-то... — Он надолго умолк. — Видишь ли, — произнес он наконец, — я ловок придумывать фразы, слова, заставляющие встрепенуться, как от резкого укола, такие внешне новые и будоражащие, хотя содержание у них гипнопедически-банальное. Но этого мне как-то мало. Мало, чтобы фразы были хороши; надо, чтобы целость, суть, значительна была и хороша.

— Но, Гельмгольц, вещи твои и в целом хороши.

Гельмгольц пожал плечами.

— Для своего масштаба. Но масштаб-то у них крайне мелкий. Маловажные я даю вещи. А чувствую, что способен дать что-то гораздо более значительное. И более глубокое, взволнованное. Но что? Есть ли у нас темы более значительные? А то, о чем пишу, может ли оно меня взволновать? При правильном их применении слова способны быть всепроникающими, как рентгеновские лучи. Прочтешь — и ты уже пронизан и пронзен. Вот этому я и стараюсь среди прочего научить моих студентов —

искусству всепронизывающего слова. Но на кой нужна пронзительность статье об очередном фордослужении или о новейших усовершенствованиях в запаховой музыке? Да и можно ли найти слова по-настоящему пронзительные — подобные, понимаешь ли, самым жестким рентгеновским лучам, — когда пишешь на такие темы? Можно ли сказать нечто, когда перед тобой ничто? Вот к чему в конце концов сводится дело. Я стараюсь, силюсь...

— Тшш! — произнес вдруг Бернард и предостерегающе поднял палец. — Кто-то там, по-моему, за дверью, — прошептал он.

Гельмгольц встал, на цыпочках подошел к двери и распахнул ее рывком. Разумеется, никого там не оказалось.

— Прости, — сказал Бернард виновато, с глупо-сконфуженным видом. — Должно быть, нервы расшатались. Когда человек окружен недоверием, то начинает сам не доверять.

Он провел ладонью по глазам, вздохнул, голос его звучал горестно. Он продолжал оправдываться.

— Если бы ты знал, что я перетерпел за последнее время, — сказал он почти со слезами. На него нахлынула, его затопила волна жалости к себе. — Если бы ты только знал!

Гельмгольц слушал с чувством какой-то неловкости. Жалко ему было бедняжку Бернарда. Но в то же время и стыдновато за друга. Не мешало бы Бернарду иметь немного больше самоуважения.

ГЛАВА ПЯТАЯ

1

К восьми часам стало смеркаться. Из рупоров на башне Гольфклуба зазвучал синтетический тенор, оповещая о закрытии площадок. Ленайна и Генри прекратили игру и направились к домам клуба. Из-за ограды Треста внутренней и внешней секреции слышалось тысячеголосое мычание скота, чье молоко и чьи гормоны шли основным сырьем на большую фабрику в Фарнам-Ройал.

Непрестанный вертопланный гул полнил сумерки. Через каждые две с половиной минуты раздавался звонок отправления и сиплый гудок монорельсовой электрички, это низшие касты возвращались домой, в столицу, со своих игровых полей.

Ленайна и Генри сели в машину, взлетели. На двухсотметровой высоте Генри убавил скорость, и минуту-две они висели над меркнущим ландшафтом. Как налитая мраком заводь, простирался внизу лес от Бернам-Бичез к ярким западным небесным берегам. На горизонте там рдела последняя малиновая полоса заката, а выше небо тускнело, от оранжевых через желтые переходя к водянистым бледно-зеленым тонам. Правей, к северу электрически сияла над деревьями фарнам-ройалская фабрика, свирепо сверкала всеми окнами своих двадцати этажей. Прямо под ногами виднелись строения Гольф-клуба — обширные, казарменного вида постройки для низших каст и за разделяющей стеной дома поменьше, для альф и для бет. На подходах к моновокзалу черно было от муравьиного кишенья низших каст. Из-под стеклянного свода вынесся на темную равнину освещенный поезд. Проводив его к юго-востоку, взгляд затем уперся в здания-махины Слауского крематория. Для безопасности ночных полетов четыре высоченные дымовые трубы подсвечены были прожекторами, а верхушки обозначены багряными сигнальными огнями. Крематорий высился, как веха.

— Зачем эти трубы обхвачены как бы балкончиками? — спросила Ленайна.

— Фосфор улавливать, — лаконично стал объяснять Генри. — Поднимаясь по трубе, газы проходят четыре разные обработки. Раньше при кремации пятиокись фосфора выходила из кругооборота жизни. Теперь же более девяноста восьми процентов пятиокиси улавливается.

Что позволяет ежегодно получать без малого четыреста тонн фосфора от одной только Англии. — В голосе Генри было торжество и гордость, он радовался этому достижению всем сердцем, точно своему собственному. — Как приятно знать, что и после смерти мы продолжаем быть общественно полезными. Способствуем росту растений.

Ленайна между тем перевела взгляд ниже, туда, где виден был моновокзал.

— Приятно, — кивнула она. — Но странно, что от альф и бет растения растут не лучше, чем от этих противненьких гамм, дельт и эпсилонов, что копошатся вон там.

— Все люди в физико-химическом отношении равны, — нравоучительно сказал Генри. — Притом даже эпсилоны выполняют необходимые функции.

«Даже эпсилоны...» Ленайна вдруг вспомнила, как она, младшеклассница тогда, проснулась за полночь однажды и впервые услыхала наяву шепот, звучавший все ночи во сне. Лунный луч, шеренга белых кроваток; тихий голос произносит вкрадчиво (слова те после стольких повторений остались незабыты, сделались незабываемы): «Каждый трудится для всех других. Каждый нам необходим. Даже от эпсилонов польза. Мы не смогли бы обойтись без эпсилонов. Каждый трудится для всех других. Каждый нам необходим...» Ленайна вспомнила, как она удивилась сразу, испугалась; как полчаса не спала и думала, думала; как под действием этих бесконечных повторений мозг ее упокаивался, постепенно, плавно, и наползал, заволакивал сон...

— Наверно, эпсилона и не огорчает, что он эпсилон, — сказала она вслух.

— Разумеется, нет. С чего им огорчаться? Они же не знают, что такое быть не-эпсилоном. Мы-то, конечно, огорчались бы. Но ведь у нас психика иначе сформирована. И наследственность другая.

— А хорошо, что я не эпсилон, — сказала Ленайна с глубочайшим убеждением.

— А была бы эпсилоном, — сказал Генри, — и благодаря воспитанию точно так же радовалась бы, что ты не бета и не альфа.

Он включил передний винт и направил машину к Лондону. За спиной, на западе почти уже угасла малиновая с оранжевым заря; по небосклону в зенит всползла темная облачная гряда. Когда пролетали над крематорием, вертоплан подхватило потоком горячего газа из труб и тут же снова опустило прохладным нисходящим током окружающего воздуха.

— Чудесно колыхнуло, прямо как на американских горках, — засмеялась Ленайна от удовольствия.

— А отчего колыхнуло, знаешь? — произнес Генри почти с печалью. — Это окончательно, бесповоротно испарялась человеческая особь. Уходила вверх газовой горячей струей. Любопытно бы знать, кто это сгорел — мужчина или женщина, альфа или эпсилон?..

Он вздохнул, затем решительно и бодро закончил мысль:

— Во всяком случае, можем быть уверены в одном: кто б ни был тот человек, жизнь он прожил счастливую. Теперь каждый счастлив.

— Да, теперь каждый счастлив, — эхом откликнулась Ленайна. Эту фразу им повторяли по сто пятьдесят раз еженощно в течение двенадцати лет.

Приземляясь в Вестминстере на крыше сорокаэтажного жилого дома, где проживал Генри, они спустились прямиком в столовый зал. Отлично там поужинали в веселой и шумной компании. К кофе подали им сому. Ленайна приняла две полуграммовых таблетки, а Генри — три. В двадцать минут десятого они направились через улицу в Вестминстерское аббатство — в новооткрытое там кабаре. Небо почти расчистилось; настала ночь, безлунная и звездная; но этого, в сущности, удручающего факта Ленайна и Генри, к счастью, не заметили. Космическая тьма не видна была за световой рекламой. «КЭЛВИН СТОУПС И ЕГО ШЕСТНАДЦАТЬ СЕКСОФОНИСТОВ», — зазывно горели гигантские буквы на фасаде обновленного аббатства. «ЛУЧШИЙ В ЛОНДОНЕ ЦВЕТОЗАПАХОВЫЙ ОРГАН. ВСЯ НОВЕЙШАЯ СИНТЕТИЧЕСКАЯ МУЗЫКА».

Они вошли. На них дохнуло теплом и душным ароматом амбры и сандала. На купольном своде аббатства цветовой орган в эту минуту рисовал тропический закат. Шестнадцать сексофонистов исполняли номер, давно всеми любимый: «Обшарьте целый свет — такой бутыли нет, как милая бутыль моя». На лощеном полу двигались в файв-степе четыреста пар. Ленайна с Генри тут же составили четыреста первую. Как мелодичные коты под луной, взывали сексофоны, стонали в альтовом и теноровом регистрах, точно в смертной муке любви. Изобилуя обертонами, их вибрирующий хор рос, возносился к кульминации, звучал все громче, громче, и наконец по взмаху руки дирижера грянула финальная сверхчеловеческая, неземная нота, отбросив в небытие шестнадцать дудящих людишек, грянул гром в ля-бемоль мажоре. Затем, почти в бездыханности, почти в темноте, последовало плавное спадание, диминуэндо-медленное, четвертями тона, нисхождение в доминантовый аккорд, нескончаемо и тихо шепчущий поверх биения ритма (в размере 5/4) и наполняющий секунды напряженным ожиданием. И вот томление разрешилось, взорвалось, брызнуло солнечным восходом, и все шестнадцать заголосили:

> Бутыль моя, зачем нас разлучили?
> Укупорюсь опять в моей бутыли.
> Там вечная весна, небес голубизна,
> Лазурное блаженство забытья.
> Обшарьте целый свет — такой бутыли нет,
> Как милая бутыль моя.

Ленайна и Генри замысловато двигались по кругу вместе с остальными четырьмястами парами и в то же время пребывали в другом мире, в теплом, роскошно цветном, бесконечно радушном, праздничном мире сомы. Как добры, как хороши собой, как восхитительно забавны все вокруг! «Бутыль моя, зачем нас разлучили?..» Но для Ленайны и для Генри разлука эта кончилась... Они уже укупорились наглухо, надежно — вернулись под ясные небеса, в лазурное забытье. Изнемогшие шестнадцать положили свои сексофоны, и аппарат синтетической музыки вступил самоновейшим медленным мальтузианским блюзом, и колыхало, баюкало Генри с Ленайной, словно пару эмбрионов-близнецов на обутыленных волнах кровезаменителя.

— Спокойной ночи, дорогие друзья. Спокойной ночи, дорогие друзья, — стали прощаться репродукторы, смягчая приказ музыкальной и милой учтивостью тона. — Спокойной ночи, дорогие...

Послушно, вместе со всеми остальными Ленайна и Генри покинули Вестминстерское аббатство. Угнетающе дальние звезды уже переместились в небесах на порядочный угол. Но хотя завеса рекламных огней поредела, Ленайна с Генри по-прежнему блаженно не замечали ночи.

Повторная доза сомы, проглоченная за полчаса перед окончанием танцев, отгородила молодую пару и вовсе уж непроницаемой стеной от реального мира. Укупоренные, пересекли они улицу; укупоренные, поднялись к себе на двадцать девятый этаж. И однако, несмотря на укупоренность и на второй грамм сомы, Ленайна не забыла принять все предписанные правилами противозачаточные меры. Годы интенсивной гипнопедии в сочетании с мальтузианским тренажем, проводимым трижды в неделю с двенадцати до семнадцати лет, выработали в Ленайне навык, почти такой же автоматический, непроизвольный, как мигание.

— Да, кстати, — сказала она, вернувшись из ванной, — Фанни Краун интересуется, где ты раздобыл этот мой прелестный синсафьяновый патронташ.

2

Раз в две недели, по четвергам, Бернарду положено было участвовать в сходке единения. В день сходки, перед вечером, он пообедал с Гельмгольцем в «Афродитеуме»* (куда Гельмгольца недавно приняли, согласно второму параграфу клубного устава), затем простился с другом, сел на крыше в вертакси и велел пилоту лететь в Фордзоновский дворец* фордослужений. Поднявшись метров на триста, вертоплан понесся к востоку, и на развороте предстала глазам Бернарда великолепная громадина дворца. В прожекторной подсветке снежно сиял на Ладгейтском холме фасад «Фордзона» — триста двадцать метров искусственного белого каррарского мрамора; по четырем углам взлетно-посадочной площадки рдели в вечернем небе гигантские знаки «Т», а из двадцати четырех огромных золотых труб-рупоров лилась, рокоча, торжественная синтетическая музыка.

— Опаздываю, будь ты неладно, — пробормотал Бернард, увидев циферблат Большого Генри* на дворцовой башне. И в самом деле, не успел он расплатиться с таксистом, как зазвучали куранты.

— Форд, — буркнул густейший бас из золотых раструбов. — Форд, форд, форд... — и так девять раз. Бернард поспешил к лифтам.

В нижнем этаже дворца — грандиозный актовый зал для празднования Дня Форда и других массовых фордослужений. А над залом — по сотне на этаж — семь тысяч помещений, где группы единения проводят дважды в месяц свои сходки. Бернард мигом спустился на тридцать четвертый этаж, пробежал коридор, приостановился перед дверью № 3210, собравшись с духом, открыл ее и вошел.

Слава Форду, не все еще в сборе. Три стула из двенадцати, расставленных по окружности широкого стола, еще не заняты. Он поскорей, понезаметней сел на ближайший и приготовился встретить тех, кто придет еще позже, укоризненным качаньем головы.

— Ты сегодня в какой гольф играл — с препятствиями или в электромагнитный? — повернувшись к нему, спросила соседка слева.

Бернард взглянул на нее (господи Форде, это Моргана Ротшильд) и, краснея, признался, что не играл ни в какой. Моргана раскрыла глаза изумленно. Наступило неловкое молчание.

Затем Моргана подчеркнуто повернулась к своему соседу слева, не уклоняющемуся от спорта.

«Хорошенькое начало для сходки», — горько подумал Бернард, предчувствуя уже свою очередную неудачу — неполноту единения. Оглядеться надо было, прежде чем кидаться к столу! Ведь можно же было сесть между Фифи Брэдлоо и Джоанной Дизель. А вместо этого он слепо сунулся к Моргане. К Моргане! О господи! Эти черные ее бровищи, вернее, одна слитная бровища, потому что брови срослись над переносицей. Господи Форде! А справа — Клара Детердинг. Допустим, что у нее брови не срослись. Но Клара уж чересчур, чрезмерно пневматична. А вот Джоанна и Фифи — абсолютно в меру. Тугие блондиночки, не слишком крупные... И уже уселся между ними Том Кавагуци, верзила этот косолапый.

Последней пришла Сароджини Энгельс.

— Ты опоздала, — сурово сказал председатель группы. — Прошу, чтобы это не повторялось больше.

Сароджини извинилась и тихонько села между Джимом Бокановским и Гербертом Бакуниным. Теперь состав был полон, круг единения сомкнут и целостен. Мужчина, женщина, мужчина, женщина — чередование это шло по всему кольцу. Двенадцать сопричастников, чающих единения, готовых слить, сплавить, растворить свои двенадцать раздельных особей в общем большом организме.

Председатель встал, осенил себя знаком «Т» и включил синтетическую музыку — квазидуховой и суперструнный ансамбль, щемяще повторяющий под неустанное, негромкое биение барабанов колдовски-неотвязную короткую мелодию первой Песни единения. Опять, опять, опять — и не в ушах уже звучал этот пульсирующий ритм, а под сердцем где-то; звон и стон созвучий не головой воспринимались, а всем сжимающимся нутром.

Председатель снова сотворил знаменье «Т» и сел. Фордослужение началось. В центре стола лежали освященные таблетки сомы. Из рук в руки передавалась круговая чаша клубничной сомовой воды с мороженым, и, произнеся: «Пью за мое растворение», каждый из двенадцати в свой черед осушил эту чашу. Затем под звуки синтетического ансамбля пропели первую Песнь единения:

> Двенадцать воедино слей,
> Сбери нас, Форд, в поток единый,
> Чтоб понесло нас, как твоей
> Сияющей автомашиной...

Двенадцать зовущих к слиянию строф. Затем настало время пить по второй. Теперь тост гласил: «Пью за Великий Организм». Чаша обошла круг. Не умолкая играла музыка. Били барабаны. От звенящих, стенящих созвучий замирало, млело, таяло нутро. Пропели вторую Песнь единения, еще двенадцать куплетов.

> Приди, Великий Организм,
> И раствори в себе двенадцать.
> Большая, слившаяся жизнь
> Должна со смерти лишь начаться.

Сома стала уже оказывать свое действие. Заблестели глаза, разрумянились щеки, внутренним светом вселюбия и доброты озарились лица и заулыбались счастливо, сердечно. Даже Бернард и тот ощутил некоторое размягчение. Когда Моргана Ротшильд взглянула на него, лучась улыбкой он улыбнулся в ответ, как только мог лучисто. Но эта бровь, черная сплошная бровь, увы, бровища не исчезла; он не мог, не мог отвлечься от нее, как ни старался. Размягчение оказалось недостаточным. Возможно, если бы он сидел между Джоанной и Фифи... По третьей стали пить. «Пью за близость Его Пришествия!» — объявила Моргана, чья очередь была пускать чашу по кругу. Объявила громко, ликующе. Выпила и передала Бернарду. «Пью за близость Его Пришествия», — повторил он, искренне силясь ощутить близость Высшего Организма; но бровища чернела неотступно, и для Бернарда Пришествие оставалось до ужаса неблизким. Он выпил, передал чашу Кларе Детердинг. «Опять не сольюсь, — подумал. — Уж точно не сольюсь». Но продолжал изо всех сил улыбаться лучезарно.

Чаша пошла по кругу. Председатель поднял руку, и по ее взмаху запели хором третью Песнь единения.

> Его пришествие заслышав,
> Истай, восторга не тая!
> В великом Организме Высшем
> Я — это ты, ты — это я!

Строфа следовала за строфой, и голоса звучали все взволнованней. Воздух наэлектризованно вибрировал от близости Пришествия. Председатель выключил оркестр, и за финальной нотой финальной строфы настала полная тишина — тишь напрягшегося ожидания, дрожью, мурашками, морозом подирающего по спине. Председатель протянул руку; и внезапно Голос, глубокий звучный Голос, музыкальней всякого человеческого голоса, гуще, задушевней, богаче трепетной любовью, и томлением, и жалостью, таинственный, чудесный, сверхъестественный Голос раздался над их головами. «О Форд, Форд, Форд», — очень медленно произносил он, постепенно понижаясь, убывая. Сладостно растекалась в слушателях теплота — от солнечного сплетения к затылку и кончикам пальцев рук, ног; слезы подступали; сердце, все нутро взмывало и ворочалось. «О Форд!» — они истаивали; «Форд!» — растворялись, растворялись. И тут, внезапно и ошеломительно:

— Слушайте! — трубно воззвал Голос. — Слушайте!

Они прислушались. Пауза, и Голос сник до шепота, — до шепота, который потрясал сильнее вопля:

— Шаги Высшего Организма...

И опять:

— Шаги Высшего Организма...

И совсем уж замирая:

— Шаги Высшего Организма слышны на ступенях.

И вновь настала тишина; и напряжение ожидания, на миг ослабевшее, опять возросло, натянулось почти до предела. Шаги Высшего Организма — о, их слышно, их слышно теперь, они тихо звучат на ступенях, близясь, близясь, сходя по невидимым этим ступеням. Шаги Высшего, Великого... И напряжение внезапно достигло предела. Расширив зрачки, раскрыв губы, Моргана Ротшильд поднялась рывком.

— Я слышу его! — закричала она. — Слышу!
— Он идет! — крикнула Сароджини.
— Да, он идет. Я слышу. — Фифи Брэдлоо и Том Кавагучи вскочили одновременно.
— О, о, о! — нечленораздельно возгласила Джоанна.
— Он близится! — завопил Джим Бокановский.

Подавшись вперед, председатель нажал кнопку, и ворвался бедлам медных труб и тарелок, исступленный бой тамтамов.

— Близится! Ай! — взвизгнула, точно ее режут, Клара Детердинг.

Чувствуя, что пора и ему проявить себя, Бернард тоже вскочил и воскликнул:

— Я слышу, он близится!

Но неправда. Ничего он не слышал, и к нему никто не близился. Никто — невзирая на музыку, несмотря на растущее вокруг возбуждение. Но Бернард взмахивал руками, Бернард кричал, не отставая от других: и когда те начали приплясывать, притопывать, пришаркивать, то и он затанцевал и затоптался.

Хороводом пошли они по кругу, каждый положив руки на бедра идущему перед ним, каждый восклицая и притопывая в такт музыке, отбивая, отбивая этот такт на ягодицах впереди идущего; закружили, закружили хороводом, хлопая гулко и все как один — двенадцать пар ладоней по двенадцати плотным задам. Двенадцать как один, двенадцать как один. «Я слышу, слышу, он идет». Темп музыки ускорился; быстрее затопали ноги, быстрей, быстрей забили ритм ладони. И тут мощный синтетический бас зарокотал, возвещая наступленье единения, финальное слиянье Двенадцати в Одно, в осуществленный, воплощенный Высший Организм. «Пей-гу-ляй-гу», — запел бас под ярые удары тамтамов:

Пей-гу-ляй-гу, веселись,
Друг-подруга единись.
Слиться нас Господь зовет,
Обновиться нам дает.

— Пей-гу-ляй-гу, ве-се-лись, — подхватили пляшущие литургический запев, — друг-по-дру-га е-ди-нись...
Освещение начало медленно меркнуть, но в то же время теплеть, делаться краснее, рдяней, и вот уже они пляшут в вишневом сумраке Эмбрионария. «Пей-гу-ляй-гу...» В своем бутыльном, кровяного цвета мраке плясуны двигались вкруговую, отбивая, отбивая неустанно такт. «Ве-се-лись...» Затем хоровод дрогнул, распался, разделился, пары опустились на диваны, образующие внешнее кольцо вокруг стола и стульев. «Друг-по-дру-га...» Густо, нежно, задушевно ворковал могучий Голос; словно громадный негритянский голубь в красном сумраке благодетельно парил над лежащими теперь попарно плясунами.

Они стояли на крыше; Большой Генри только что проблаговестил одиннадцать. Ночь наступила тихая и теплая.
— Как дивно было! — сказала Фифи Брэдлоо, обращаясь к Бернарду. — Ну просто дивно!
Взгляд ее сиял восторгом, но в восторге этом не было ни следа волнения, возбуждения, ибо где полная удовлетворенность, там возбуждения уже нет. Восторг ее был тихим экстазом осуществленного слияния, покоем не пустоты, не серой сытости, а гармонии, жизненных энергий, приведенных в равновесие. Покой обогащенной, обновленной жизни. Ибо сходка единения не только взяла, но и дала, опустошила для того лишь, чтобы наполнить. Фифи всю, казалось, наполняло силами и совершенством; слияние для нее еще длилось.
— Ведь правда же, дивно? — не унималась она, устремив на Бернарда свои сверхъестественно сияющие глаза.
— Да, именно дивно, — солгал он, глядя в сторону; ее преображенное лицо было ему и обвинением, и

насмешливым напоминанием о его собственной неслиянности. Бернард был сейчас все так же тоскливо отъединен от прочих, как и в начале сходки, еще даже горше обособлен, ибо опустошен, но не наполнен, сыт, но мертвой сытостью. Оторван и далек в то время, когда другие растворялись в Высшем Организме; одинок даже в объятиях Морганы, одинок, как еще никогда в жизни, и безнадежней прежнего замурован в себе. Из вишневого сумрака в мир обычных электрических огней Бернард вышел с чувством отчужденности, обратившимся в настоящую муку. Он был до крайности несчастен, и, возможно (в том обвиняло сиянье глаз Фифи), — возможно, по своей же собственной вине.

— Именно дивно, — повторил он; но маячило в его мозгу по-прежнему одно — бровь Морганы.

ГЛАВА ШЕСТАЯ

1

Чудно́й, чудно́й, чудно́й — такое сложилось у Ленайны мнение о Бернарде. Чудной настолько, что в последовавшие затем недели она не раз подумывала, а не отменить ли поездку в Нью-Мексико и не слетать ли взамен с Бенито Гувером на Северный полюс. Но только была она уже на полюсе — недавно, прошлым летом, с Джорджем Эдзелом — и безотрадно оказалось там. Заняться нечем, отель до жути устарелый — спальни без телевизоров, и запахового органа нет, а только самая наидряннейшая синмузыка и всего-навсего двадцать пять эскалаторных кортов на двести с лишним отдыхающих. Нет, снова на полюс — брр! Притом она разочек только летала в Америку. И то на два лишь дня, на уикенд. Дешевая экскурсия в Нью-Йорк с Жаном Жаком Хабибуллой — или с Бокановским Джонсом? Забыла уже. Да и какая разница? А полететь туда теперь на целую неделю — так заманчиво! Да к тому же из этой недели три дня, если не больше, провести в индейской резервации! Во всем их Центре лишь человек пять-шесть побывали в диких заповедниках. А Бернард как психолог-высшекастовик имеет право на пропуск к дикарям — среди ее знакомых чуть ли не единственный с таким правом. Так что случай — из ряда вон. Но и странности у Бернарда настолько из ряда вон, что Ленайна всерьез колебалась: не пренебречь ли этой редкостной возможностью и не махнуть ли все-таки на полюс с волосатеньким Бенито? По крайней мере Бенито нормален. А вот Бернард...

Для Фанни-то все его чудаковатости объяснялись одним — добавкой спирта в кровезаменитель. Но Генри, с которым Ленайна как-то вечером в постели озабоченно стала обсуждать своего нового партнера, — Генри сравнил бедняжку Бернарда с носорогом.

— Носорога не выдрессируешь, — пояснил Генри в своей лаконично-энергичной манере. — Бывают и среди людей почти что носороги; формировке поддаются весьма туго. Бернард из таких горемык. Счастье его, что он работник неплохой. Иначе Директор давно бы с ним распростился. А впрочем, — прибавил Генри в утешение, — он, по-моему, вреда не причинит.

Вреда-то, может, и не причинит; но беспокойство очень даже причиняет. Взять хотя бы эту его манию уединяться, удаляться от общества. Ну чем можно заняться, уединясь вдвоем? (Не считая секса, разумеется, но невозможно же заниматься все время только этим.) Ну, правда, чем заняться, уйдя от общества? Да практически нечем. День, который они впервые проводили вместе, выдался особенно хороший. Ленайна предложила поплавать, покупаться в Торкийском пляжном клубе и затем пообедать в «Оксфорд-юнионе». Но Бернард возразил, что и в Торки[1], и в Оксфорде будет слишком людно.

— Ну тогда в Сент-Андрус[2], поиграем там в электромагнитный гольф.

---

[1] Город на южном побережье Англии.
[2] Город на восточном побережье Шотландии.

Но опять не хочет Бернард: не стоит, видите ли, на гольф тратить время.

— А на что же его тратить? — спросила Ленайна не без удивления.

На пешие, видите ли, прогулки по Озерному краю* — именно это предложил Бернард. Приземлиться на вершине горы Скиддо и побродить по вересковым пустошам.

— Вдвоем с тобой, Ленайна.
— Но, Бернард, мы всю ночь будем вдвоем.

Бернард покраснел, опустил глаза.

— Я хочу сказать — побродим, поговорим вдвоем, — пробормотал он.

— Поговорим? Но о чем?

Бродить и говорить — разве так проводят люди день?

В конце концов она убедила Бернарда, как тот ни упирался, слетать в Амстердам на четвертьфинал чемпионата по борьбе среди женщин-тяжеловесов.

— Опять в толпу, — ворчал Бернард. — Вечно в толпе.

И до самого вечера хмурился упрямо; не вступал в разговоры с друзьями Ленайны, которых они встречали во множестве в баре «Сомороженое» в перерывах между схватками, и наотрез отказался полечить свою хандру сомовой водой с малиновым пломбиром, как ни убеждала Ленайна.

— Предпочитаю быть самим собой, — сказал он. — Пусть хмурым, но собой. А не кем-то другим, хоть и развеселым.

— Дорога таблетка к невеселому дню, — блеснула Ленайна перлом мудрости, усвоенной во сне.

Бернард с досадой оттолкнул протянутый фужер (полграмма сомы в сливочно-малиновом растворе).

— Не надо раздражаться, — сказала Ленайна. — Помни: «Сому ам! — и нету драм».

— Замолчи ты, ради Форда! — воскликнул Бернард.

Ленайна пожала плечами.

— Лучше полграмма, чем ругань и драма, — возразила она с достоинством и выпила фужер сама.

На обратном пути через Ла-Манш Бернард из упрямства выключил передний винт, и вертоплан повис всего метрах в тридцати над волнами. Погода стала уже портиться; подул с юго-запада ветер, небо заволоклось.

— Гляди, — сказал он повелительно Ленайне.

Ленайна поглядела и отшатнулась от окна:

— Но там ведь ужас!

Ее устрашила ветровая пустыня ночи, черная вздымающаяся внизу вода в клочьях пены, бледный, смятенный, чахлый лик луны среди бегущих облаков.

— Включим радио. Скорей! — Она потянулась к щитку управления, к ручке приемника, повернула ее наудачу.

— «...Там вечная весна, — запели, тремолируя, шестнадцать фальцетов, — небес голубиз...»

— Ик! — щелкнуло и пресекло руладу. Это Бернард выключил приемник.

— Я хочу спокойно глядеть на море, — сказал он. — А этот тошный вой даже глядеть мешает.

— Но они очаровательно поют. И я не хочу глядеть.

— А я хочу, — не уступал Бернард. — От моря у меня такое чувство... — Он помедлил, поискал слова. — Я как бы становлюсь более собой. Понимаешь, самим собой, не вовсе без остатка подчиненным чему-то. Не просто клеточкой, частицей общественного целого. А на тебя, Ленайна, неужели не действует море?

Но Ленайна повторяла со слезами:

— Там ведь ужас, там ужас. И как ты можешь говорить, что не желаешь быть частицей общественного целого! Ведь каждый трудится для всех других. Каждый нам необходим. Даже от эпсилонов...

— Знаю, знаю, — сказал Бернард насмешливо. — «Даже от эпсилонов польза». И даже от меня. Но чихал я на эту пользу!

Ленайну ошеломило услышанное фордохульство.

— Бернард! — воскликнула она изумленно и горестно. — Как это ты можешь?

— Как это могу я? — Он говорил уже спокойней, задумчивей. — Нет, по-настоящему спросить бы надо:

«Как это я не могу?» — или, вернее (я ведь отлично знаю, отчего я не могу), «А что бы, если бы я мог, если б я был свободен, а не сформован по-рабьи?»

— Но, Бернард, ты говоришь ужаснейшие вещи.

— А ты бы разве не хотела быть свободной?

— Не знаю, о чем ты говоришь. Я и так свободна. Свободна веселиться, наслаждаться. Теперь каждый счастлив.

— Да, — засмеялся Бернард. — «Теперь каждый счастлив». Мы вдалбливаем это детям начиная с пяти лет. Но разве не манит тебя другая свобода — свобода быть счастливой как-то по-иному? Как-то, скажем, по-своему, а не на общий образец?

— Не знаю, о чем ты, — повторила она и, повернувшись к нему, сказала умоляюще: — О Бернард, летим дальше! Мне здесь невыносимо.

— Разве ты не хочешь быть со мной?

— Да хочу же! Но не среди этого ужаса.

— Я думал, здесь... думал, мы сделаемся ближе друг другу, здесь, где только море и луна. Ближе, чем в той толпе, чем даже дома у меня. Неужели тебе не понять?

— Ничего не понять мне, — решительно сказала она, утверждаясь в своем непонимании. — Ничего. И непонятней всего, — продолжала она мягче, — почему ты не примешь сому, когда у тебя приступ этих мерзких мыслей. Ты бы забыл о них тут же. И не тосковал бы, а веселился. Со мною вместе. — И сквозь тревогу и недоумение она улыбнулась, делая свою улыбку чувственной, призывной, обольстительной.

Он молча и очень серьезно смотрел на нее, не отвечая на призыв, смотрел пристально. И через несколько секунд Ленайна дрогнула и отвела глаза с неловким смешком; хотела замять неловкость и не нашлась, что сказать. Пауза тягостно затянулась.

Наконец Бернард заговорил, тихо и устало.

— Ну ладно, — произнес он, — летим дальше. — И, выжав педаль акселератора, послал машину резко ввысь. На километровой высоте он включил передний винт.

Минуты две они летели молча. Затем Бернард неожиданно начал смеяться. «По-чудному как-то, — подумалось Ленайне, — но все же засмеялся».

— Лучше стало? — рискнула она спросить.

Вместо ответа он снял одну руку со штурвала и обнял ее этой рукой, нежно поглаживая груди.

«Слава Форду, — подумала она, — вернулся в норму».

Еще полчаса — и они уже в квартире Бернарда. Он проглотил сразу четыре таблетки сомы, включил телевизор и радио и стал раздеваться.

— Ну как? — спросила Ленайна многозначительно-лукаво, когда назавтра они встретились под вечер на крыше. — Ведь славно же было вчера?

Бернард кивнул. Они сели в машину. Вертоплан дернулся, взлетел.

— Все говорят, что я ужасно пневматична, — задумчивым тоном сказала Ленайна, похлопывая себя по бедрам.

— Ужасно, — подтвердил Бернард, но в глазах его мелькнула боль.

«Будто о куске мяса говорят», — подумал он.

Ленайна поглядела на него с некоторой тревогой:

— А не кажется тебе, что я чересчур полненькая?

«Нет», — успокоительно качнул он головой. («Будто о куске мяса...»)

— Я ведь как раз в меру?

Бернард кивнул.

— По всем статьям хороша?

— Абсолютно по всем, — заверил он и подумал: «Она и сама так на себя смотрит. Ей не обидно быть куском мяса».

Ленайна улыбнулась торжествующе. Но, как оказалось, прежде времени.

— А все же, — продолжал он, помолчав, — пусть бы кончилось у нас вчера по-другому.

— По-другому? А какие другие бывают концы?

— Я не хотел, чтобы кончилось у нас вчера постелью, — уточнил он.

Ленайна удивилась.

— Пусть бы не сразу, не в первый же вечер.

— Но чем же тогда?..

В ответ Бернард понес несусветную и опасную чушь. Ленайна мысленно заткнула себе уши поплотней; но отдельные фразы то и дело прорывались в ее сознание.

— ...попробовать бы, что получится, если застопорить порыв, отложить исполнение желания...

Слова эти задели некий рычажок в ее мозгу.

— Не откладывай на завтра то, чем можешь насладиться сегодня, — с важностью произнесла она.

— Двести повторений дважды в неделю с четырнадцати до шестнадцати с половиной лет, — сухо отозвался он на это. И продолжал городить свой дикий вздор.

— Я хочу познать страсть, — доходили до Ленайны фразы. — Хочу испытать сильное чувство.

— Когда страстями увлекаются, устои общества шатаются, — молвила Ленайна.

— Ну и пошатались бы, что за беда.

— Бернард!

Но Бернарда не унять было.

— В умственной сфере и в рабочие часы мы взрослые. А в сфере чувства и желания — младенцы.

— Господь наш Форд любил младенцев.

Словно не слыша, Бернард продолжал:

— Меня осенило на днях, что возможно ведь быть взрослым во всех сферах жизни.

— Не понимаю, — твердо возразила Ленайна.

— Знаю, что не понимаешь. Потому-то мы и легли сразу в постель, как младенцы, а не повременили с этим, как взрослые.

— Но было же славно, — не уступала Ленайна. — Ведь славно?

— Еще бы не славно, — ответил он, но таким скорбным тоном, с такой унылостью в лице, что весь остаток торжества Ленайны улетучился.

«Видно, все-таки показалась я ему слишком полненькой».

— Предупреждала я тебя, — только и сказала Фанни, когда Ленайна поделилась с ней своими печалями. — Это все спирт, который влили ему в кровезаменитель.

— А все равно он мне нравится, — не сдалась Ленайна. — У него ужасно ласковые руки. И плечиками вздергивает до того мило. — Она вздохнула. — Жалко лишь, что он такой чудной.

2

Перед дверью директорского кабинета Бернард перевел дух, расправил плечи, зная, что за дверью его ждет неодобрение и неприязнь, и готовя себя к этому. Постучал и вошел.

— Нужна ваша подпись на пропуске, — сказал он как можно беззаботнее и положил листок Директору на стол.

Директор покосился на Бернарда кисло. Но пропуск был со штампом канцелярии Главноуправителя, и внизу размашисто чернело: Мустафа Монд. Все в полнейшем порядке. Придраться было не к чему. Директор поставил свои инициалы — две бледных приниженных буковки в ногах у жирной подписи Главноуправителя — и хотел уже вернуть листок без всяких комментариев и без напутственного дружеского «С Фордом!», но тут взгляд его наткнулся на слово «Нью-Мексико».

— Резервация в Нью-Мексико? — произнес он, и в голосе его неожиданно послышалось — и на лице, поднятом к Бернарду, изобразилось — взволнованное удивление.

В свою очередь удивленный, Бернард кивнул. Пауза. Директор откинулся на спинку кресла, хмурясь.

— Сколько же тому лет? — проговорил он, обращаясь больше к себе самому, чем к Бернарду. — Двадцать, пожалуй. Если не все двадцать пять. Я был тогда примерно в вашем возрасте... — Он вздохнул, покачал головой.

Бернарду стало неловко в высшей степени. Директор, человек предельно благопристойный, щепетильно корректный, и на тебе — совершает такой вопиющий ляпсус! Бернарду хотелось отвернуться, выбежать из кабинета. Не то чтобы он сам считал в корне предосудительным вести речь об отдаленном прошлом — от подобных гипнопедических предрассудков он уже полностью освободился, как ему казалось. Конфузно ему стало оттого, что Директор был ему известен как ярый враг нарушений приличия, и вот этот же самый Директор нарушал теперь запрет. Что же его понудило, толкнуло предаться воспоминаниям? Подавляя неловкость, Бернард жадно слушал.

— Мне, как и вам, — говорил Директор, — захотелось взглянуть на дикарей. Я взял пропуск в Нью-Мексико и отправился туда на краткий летний отдых. С девушкой, моей очередной подругой. Она была бета-минусовичка и, кажется... (он закрыл глаза), кажется, русоволосая. Во всяком случае, пневматична, чрезвычайно пневматична — это я помню. Ну-с, глядели мы там на дикарей, на лошадях катались и тому подобное. А потом, в последний уже почти день моего отпуска, потом вдруг... пропала без вести моя подруга. Мы с ней поехали кататься на одну из этих мерзких гор, было невыносимо жарко, душно, и, поев, мы прилегли и уснули. Вернее, я уснул. Она же, видимо, встала и пошла прогуляться. Когда я проснулся, ее рядом не было. А разразилась ужасающая гроза, буквально ужасающая. Лило, грохотало, слепило молниями; лошади наши сорвались с привязи и ускакали; я упал, пытаясь удержать их, и ушиб колено, да так, что вконец охромел. Но все же я искал, звал, разыскивал. Нигде ни следа. Тогда я подумал, что она, должно быть, вернулась одна на туристский пункт отдыха. Чуть не ползком стал спускаться обратно в долину. Колено болело мучительно, а свои таблетки сомы я потерял. Спускался я не один час. Уже после полуночи добрался до пункта. И там ее не было; там ее не было, — повторил Директор. Помолчал. — На следующий день провели поиски. Но найти мы ее не смогли. Должно быть, упала в ущелье куда-нибудь, или растерзал ее кугуар. Одному

Форду известно. Так или иначе, происшествие ужасное. Расстроило меня чрезвычайно. Я бы даже сказал, чрезмерно. Ибо, в конце концов, несчастный случай такого рода может произойти с каждым; и, разумеется, общественный организм продолжает жить, несмотря на смену составляющих его клеток. — Но, по-видимому, это гипнопедическое утешение не вполне утешало Директора. Опустив голову, он тихо сказал: — Мне даже снится иногда, как я вскакиваю от удара грома, а ее нет рядом; как ищу, ищу, ищу ее в лесу. — Он умолк, ушел в воспоминания.

— Большое вы испытали потрясение, — сказал Бернард почти с завистью.

При звуке его голоса Директор вздрогнул и очнулся; бросил какой-то виноватый взгляд на Бернарда, опустил глаза, побагровел; метнул на Бернарда новый взгляд — опасливый — и с гневным достоинством произнес:

— Не воображайте, будто у меня с девушкой было что-либо неблагопристойное. Ровно ничего излишне эмоционального или не в меру продолжительного. Взаимопользование наше было полностью здоровым и нормальным. — Он вернул Бернарду пропуск. — Не знаю, зачем я рассказал вам этот незначительный и скучный эпизод.

И с досады на то, что выболтал постыдный свой секрет, Директор вдруг свирепо накинулся на Бернарда:

— И я хотел бы воспользоваться случаем, мистер Маркс (в глазах Директора теперь была откровенная злоба), чтобы сообщить вам, что меня нимало не радуют сведения, которые я получаю о вашем внеслужебном поведении. Вы скажете, что это меня не касается. Нет, касается. На мне лежит забота о репутации нашего Центра. Мои работники должны вести себя безупречно, в особенности члены высших каст. Формирование альфовиков не предусматривает бессознательного следования инфантильным нормам поведения. Но тем сознательнее и усерднее должны альфовики следовать этим нормам. Быть инфантильными, младенчески нормальными даже вопреки своим склонностям — их прямой долг. Итак, вы предупреждены. — Голос Директора звенел от гнева, уже вполне самоотрешенного и праведного, был уже голосом всего осуждающего Общества. — Если я опять услышу о каком-либо вашем отступлении от младенческой благовоспитанности и нормальности, то осуществлю ваш перевод в один из филиалов Центра, предпочтительно в Исландию. Честь имею. — И, повернувшись в своем вращающемся кресле прочь от Бернарда, он взял перо, принялся что-то писать.

«Привел в чувство голубчика», — думал Директор. Но он ошибался: Бернард вышел гордо, хлопнув дверью, ликуя от мысли, что он один геройски противостоит всему порядку вещей; его окрыляло, пьянило сознание своей особой важности и значимости. Даже мысль о гонениях не угнетала, а скорей бодрила. Он чувствовал в себе довольно сил, чтобы бороться с бедствиями и преодолевать их, даже Исландия его не пугала. И тем увереннее был он в своих силах, что ни на секунду не верил в серьезность опасности. За такой пустяк людей не переводят. Исландия — не больше чем угроза. Бодрящая, живительная угроза. Шагая коридором, он даже насвистывал.

Вечером он поведал Гельмгольцу о стычке с Директором, и отвагою дышала его повесть. Заканчивалась она так:

— А в ответ я попросту послал его в Бездну Прошлого и круто вышел вон. И точка.

Он ожидающе глянул на Гельмгольца, надеясь, что друг наградит его должной поддержкой, пониманием, восхищением. Но не тут-то было. Гельмгольц сидел молча, уставившись в пол.

Он любил Бернарда, был благодарен ему за то, что с ним единственным мог говорить о вещах по-настоящему важных. Однако были в Бернарде неприятнейшие черты. Это хвастовство, например. И чередуется оно с приступами малодушной жалости к себе. И эта удручающая привычка храбриться после драки, задним числом выказывать необычайное присутствие духа, ранее отсутствовавшего. Гельмгольц терпеть этого не мог — именно потому, что любил Бернарда. Шли минуты. Гельмгольц упорно не поднимал глаз. И внезапно Бернард покраснел и отвернулся.

3

Полет был ничем не примечателен. «Синяя Тихоокеанская ракета» в Новом Орлеане села на две с половиной минуты раньше времени, затем потеряла четыре минуты, попав в ураган над Техасом, но, подхваченная на 95-м меридиане попутным воздушным потоком, сумела приземлиться в Санта-Фе с менее чем сорокасекундным опозданием.

— Сорок секунд на шесть с половиной часов полета. Не так уж плохо, — отдала должное экипажу Ленайна.

В Санта-Фе и заночевали. Отель там оказался отличный — несравненно лучше, скажем, того ужасного «Полюсного сияния», где Ленайна так томилась и скучала прошлым летом. В каждой спальне здесь подача сжиженного воздуха, телевидение, вибровакуумный массаж, радио, кипящий раствор кофеина, подогретые противозачаточные средства и на выбор восемь краников с духами. В холле встретила их синтетическая музыка, не оставляющая желать лучшего. В лифте плакатик доводил до сведения, что при отеле шестьдесят эскалаторно-теннисных кортов, и приглашал в парк, на гольф — как электромагнитный, так и с препятствиями.

— Но это просто замечательно! — воскликнула Ленайна. — Прямо ехать никуда больше не хочется. Шестьдесят кортов!..

— А в резервации ни одного не будет, — предупредил Бернард. — И ни духов, ни телевизора, ни даже горячей воды. Если ты без этого не сможешь, то оставайся и жди меня здесь.

Ленайна даже обиделась:

— Отчего же не смогу? Я только сказала, что тут замечательно, потому что... ну потому, что замечательная же вещь прогресс.

— Пятьсот повторений, раз в неделю, от тринадцати до семнадцати, — уныло пробурчал Бернард себе под нос.

— Ты что-то сказал?

— Я говорю, прогресс — замечательная вещь. Поэтому, если тебе не слишком хочется в резервацию, то и не надо.

— Но мне хочется.

— Ладно, едем, — сказал Бернард почти угрожающе.

На пропуске полагалась еще виза Хранителя резервации, и утром они явились к нему. Негр, эпсилон-плюсовик, отнес в кабинет визитную карточку Бернарда, и почти сразу же их пригласили туда.

Хранитель был коренастенький альфа-минусовик, короткоголовый блондин с круглым красным лицом и гудящим, как у лектора-гипнопеда, голосом. Он немедленно засыпал их нужной и ненужной информацией и непрошеными добрыми советами. Раз начав, он уже не способен был остановиться.

— ...пятьсот шестьдесят тысяч квадратных километров и разделяется на четыре обособленных участка, каждый из которых окружен высоковольтным проволочным ограждением.

Тут Бернард почему-то вспомнил вдруг, что в ванной у себя дома не завернул, забыл закрыть одеколонный краник.

— Ток в ограду поступает от Гранд-Каньонской гидростанции.

«Пока вернусь в Лондон, вытечет на колоссальную сумму», — Бернард мысленно увидел, как стрелка расходомера ползет и ползет по кругу, муравьино, неустанно.

«Быстрей позвонить Гельмгольцу».

— ...пять с лишним тысяч километров ограды под напряжением в шестьдесят тысяч вольт.

Хранитель сделал драматическую паузу, и Ленайна учтиво изумилась:

— Неужели!

Она понятия не имела, о чем гудит Хранитель. Как только он начал разглагольствовать, она незаметно проглотила таблетку сомы и теперь сидела, блаженно не слушая и ни о чем не думая, но неотрывным взором больших синих глаз выражая упоенное внимание.

— Прикосновение к ограде влечет моментальную смерть, — торжественно сообщил Хранитель. — Отсюда вытекает невозможность выхода из резервации.

Слово «вытекает» подстегнуло Бернарда.

— Пожалуй, — сказал он, привставая, — мы уже отняли у вас довольно времени.

(Черная стрелка спешила, ползла юрким насекомым, сгрызая время, пожирая деньги Бернарда.)

— Из резервации выход невозможен, — повторил Хранитель, жестом веля Бернарду сесть; и, поскольку пропуск не был еще завизирован, Бернарду пришлось подчиниться.

— Для тех, кто там родился, — а не забывайте, дорогая моя девушка, — прибавил он, масляно глядя на Ленайну и переходя на плотоядный шепот, — не забывайте, что в резервации дети все еще родятся, именно рож-да-ют-ся, как ни отталкивающе это звучит...

Он надеялся, что непристойная тема заставит Ленайну покраснеть; но она лишь улыбнулась, делая вид, что слушает и вникает, и сказала:

— Неужели!

Хранитель разочарованно продолжил:

— Для тех, повторяю, кто там родился, вся жизнь до последнего дня должна протечь в пределах резервации.

Протечь... Сто кубиков одеколона каждую минуту. Шесть литров в час.

— Пожалуй, — опять начал Бернард, — мы уже...

Хранитель, наклоняясь вперед, постучал по столу указательным пальцем.

— Вы спросите меня, какова численность жителей резервации. А я отвечу вам, — прогудел он торжествующе, — я отвечу, что мы не знаем. Оцениваем лишь предположительно.

— Неужели!

— Именно так, милая моя девушка.

Шесть помножить на двадцать четыре, нет, уже тридцать шесть часов протекло почти. Бернард бледнел, дрожал от нетерпения. Но Хранитель неумолимо продолжал гудеть:

— ...тысяч примерно шестьдесят индейцев и метисов... полнейшие дикари... наши инспектора навещают время от времени... никакой иной связи с цивилизованным миром... по-настоящему хранят свой отвратительный уклад жизни... вступают в брак, но вряд ли вам, милая девушка, знаком этот термин; живут семьями... о научном формировании психики нет и речи... чудовищные суеверия... христианство, тотемизм, поклонение предкам... говорят лишь на таких вымерших языках, как зуньи, испанский, атапаскский... дикобразы, пумы и прочее свирепое зверье... заразные болезни... жрецы... ядовитые ящерицы...

— Неужели!

Наконец им все же удалось уйти. Бернард кинулся к телефону. Скорей, скорей; но чуть не целых три минуты его соединяли с Гельмгольцем.

— Словно мы уже среди дикарей, — пожаловался он Ленайне. — Безобразно медленно работают!

— Прими таблетку, — посоветовала Ленайна.

Он отказался, предпочитая злиться. И наконец его соединили, Гельмгольц слушает; Бернард объяснил, что случилось, и тот пообещал незамедлительно, сейчас же слетать туда, закрыть кран, да-да, сейчас же, но сообщил, кстати, Бернарду, что Директор Инкубатория вчера вечером объявил...

— Как? Ищет психолога на мое место? — повторил Бернард горестным голосом. — Уже и решено? Об Исландии упомянул? Господи Форде! В Исландию... — Он положил трубку, повернулся к Ленайне. Лицо его было как мел, вид — убитый.

— Что случилось? — спросила она.

— Случилось... — Он тяжело опустился на стул. — Меня отправляют в Исландию.

Часто он, бывало, раньше думал, что не худо бы перенести какое-нибудь суровое испытание, мучение, гонение, причем без сомы, опираясь лишь на собственную силу духа; ему прямо мечталось об ударе судьбы. Всего неделю назад, у Директора, он воображал, будто способен бесстрашно противостоять насилию, стоически, без слова жалобы, страдать. Угрозы Директора только окрыляли его, возносили над жизнью. Но, как теперь он понял, потому лишь окрыляли, что он не принимал их полностью всерьез; он не верил, что Директор в самом деле будет действовать. Теперь, когда угрозы, видимо, осуществлялись, Бернард пришел в ужас. От воображаемого стоицизма, от сочиненного бесстрашия не осталось и следа.

Он бесился на себя: какой же я дурак! Бесился на Директора: как это несправедливо — не дать возможности исправиться (а он теперь не сомневался, что хотел, ей-Форду, хотел исправиться). И в Исландию, в Исландию...

Ленайна покачала головой.

— «Примет сому человек — время прекращает бег, — напомнила она. — Сладко человек забудет и что было, и что будет».

В конце концов она уговорила его проглотить четыре таблетки сомы. И в несколько минут прошлое с будущим исчезло; розово расцвел цвет настоящего. Позвонил портье отеля и сказал, что по распоряжению Хранителя прилетел за ними охранник из резервации и ждет с вертопланом на крыше. Они без промедления поднялись туда. Очень светлый мулат в гамма-зеленой форме поприветствовал их и ознакомил с программой сегодняшней экскурсии.

В первой половине дня — облет и обзор сверху десяти-двенадцати основных поселений-пуэбло, затем приземление и обед в долине Мальпаис. Там неплохой туристский пункт, а наверху, в пуэбло, у дикарей летнее празднество должно быть. Закончить день там будет интереснее всего.

Они сели в вертоплан, поднялись в воздух. Через десять минут они были уже над рубежом, отделяющим цивилизацию от дикости. Пересекая горы и долы, солончаки и пески, леса и лиловые недра каньонов, через утесы, острые пики и плоские месы[1] гордо и неудержимо по прямой шла вдаль ограда — геометрический символ победной воли человека. А у ее подножия там и сям белела мозаика сухих костей, темнел еще не сгнивший труп на рыжеватой почве, отмечая место, где коснулся смертоносных проводов бык или олень, кугуар, дикобраз или койот или слетел на мертвечину гриф и сражен был током, словно небесной карой за прожорливость.

— Нету им науки, — сказал зеленый охранник-пилот, указывая на белые скелеты внизу. — Неграмотная публика, — прибавил он со смехом, будто торжествуя личную победу над убитыми током животными.

Бернард тоже засмеялся; после принятых двух граммов сомы шуточка мулата показалась забавной. А посмеявшись, тут же и уснул и сонный пролетел над Таосом и Тесукве; над Намбе, Пикурисом и Похоакве, над Сиа и Кочити, над Лагуной, Акомой* и Заколдованной Месой, над Зуньи, Сиболой и Охо-Кальенте, когда же проснулся, вертоплан стоял уже на земле, Ленайна с чемоданами в руках входила в квадратное зданьице, а зеленый пилот говорил на непонятном языке с хмурым молодым индейцем.

— Прилетели, — сказал пилот вышедшему из кабины Бернарду. — Мальпаис, туристский пункт. А ближе к вечеру в пуэбло будет пляска. Он проведет вас. — Мулат кивнул на индейца. — Потеха там, думаю, будет. — Он широко ухмыльнулся. — Они все делают потешно. — И с этими словами он сел в кабину, запустил моторы. — Завтра я вернусь. Не беспокойтесь, — сказал он Ленайне, — они не тронут; дикари полностью ручные. Химические бомбы отучили их кусаться. — Ухмыляясь, он включил верхние винты, нажал на акселератор и улетел.

---

[1] Меса — плосковерхий холм-останец.

ГЛАВА СЕДЬМАЯ

Меса была как заштилевший корабль среди моря светло-бурой пыли, вернее, среди извилистого неширокого пролива. Между крутыми его берегами, по дну долины косо шла зеленая полоса — река с приречными полями. А на каменном корабле месы, на носу корабля, стояло поселение-пуэбло Мальпаис и казалось скальным выростом четких, прямых очертаний. Древние дома вздымались многоярусно, как ступенчатые усеченные пирамиды. У подошвы их был ералаш низеньких построек, путаница глиняных заборов, и затем отвесно падали обрывы на три стороны в долину. Несколько прямых столбиков дыма таяло в безветренной голубой вышине.

— Странно здесь, — сказала Ленайна. — Очень странно. «Странно» было у Ленайны словом осуждающим.

— Не нравится мне. И человек этот не нравится. — Она кивнула на индейца-провожатого.

Неприязнь была явно обоюдной: даже спина индейца, шедшего впереди, выражала враждебное, угрюмое презрение.

— И потом, — прибавила она вполголоса, — от него дурно пахнет.

Бернард не стал отрицать этот факт. Они продолжали идти.

Неожиданно воздух весь ожил, запульсировал, словно наполнившись неустанным сердцебиением. Это сверху, из Мальпаиса, донесся барабанный бой. Они ускорили шаги, подчиняясь ритму таинственного этого сердца. Тропа привела их к подножию обрыва. Над ними возносил свои борта почти на сотню метров корабль месы.

— Ах, зачем с нами нет вертоплана, — сказала Ленайна, обиженно глядя на голую кручу. — Ненавижу пешее карабканье. Стоя под горой, кажешься такою маленькой.

Прошагали еще некоторое расстояние в тени холма, обогнули скальный выступ и увидели рассекающую склон ложбину, овражную промоину. Стали подниматься по ней, как по корабельному трапу. Тропинка шла крутым зигзагом. Пульс барабанов делался иногда почти неслышен, а порой казалось, что они бьют совсем где-то рядом.

На половине подъема орел пролетел мимо них, так близко, что в лицо им дохнул холодноватый ветер крыльев. Куча костей валялась в расщелине. Все было угнетающе-странным, и от индейца пахло все сильнее. Наконец они вышли наверх, в яркий солнечный свет. Меса лежала перед ними плоской каменной палубой.

— Как будто мы на диске Черинг-Тийской башни, — обрадовалась Ленайна.

Но недолго пришлось ей радоваться этому успокоительному сходству. Мягкий топот ног заставил их обернуться. Темно-коричневые, обнаженные от горла до пупка и разрисованные белыми полосами («...как теннисные корты на асфальте», — рассказывала потом Ленайна), с лицами, нелюдски заляпанными алым, черным и охряным, по тропе навстречу им бежали два индейца. В их черные косы были вплетены полоски лисьего меха и красные лоскуты. Легкие, индюшиного пера накидки развевались за плечами; окружая голову, пышнели высокие короны перьев. На бегу звенели и бряцали серебряные их браслеты, тяжелые мониста из костяных и бирюзовых бус. Они бежали молча, спокойно в своих оленьих мокасинах. Один держал метелку из перьев; у другого в каждой руке было три или четыре толстых веревки. Одна веревка косо дернулась, извилась, и Ленайна вдруг увидела, что это змеи.

Бегущие близились, близились; их черные глаза смотрели на Ленайну, но как бы совершенно не видя, как будто она пустое место. Змея, дернувшись, опять обвисла. Индейцы пробежали мимо.

— Не нравится мне, — сказала Ленайна. — Не нравится мне.

Но еще меньше понравилось ей то, что встретило при входе в пуэбло, где индеец их оставил, а сам пошел сказать о гостях. Грязь их встретила, кучи отбросов, пыль, собаки, мухи. Лицо Ленайны сморщилось в гадливую гримасу. Она прижала к носу платочек.

— Да как они могут так жить? — воскликнула она негодуя, не веря глазам.

Бернард пожал философски плечами.

— Они ведь не со вчерашнего дня так живут, — сказал он. — За пять-шесть тысяч лет попривыкли, должно быть.

— Но чистота — залог благофордия, — не успокаивалась Ленайна.

— Конечно. И без стерилизации нет цивилизации, — насмешливо процитировал Бернард заключительную фразу второго гипнопедического урока по основам гигиены. — Но эти люди никогда не слышали о господе нашем Форде, они не цивилизованы. Так что не имеет смысла...

— Ой! — Она схватила его за руку. — Гляди.

С нижней террасы соседнего дома сходил очень медленно по лесенке почти нагой индеец — спускался с перекладины на перекладину с трясучей осторожностью глубокой старости. Лицо его было изморщинено и черно, как обсидиановая маска. Беззубый рот ввалился. По углам губ и с боков подбородка торчали редкие длинные щетинки, белесо поблескивая на темной коже. Незаплетенные волосы свисали на плечи и грудь седыми космами. Тело было сгорбленное, тощее — кожа, присохшая к костям. Мешкотно, медлительно спускался он, останавливаясь на каждой перекладинке.

— Что с ним такое? — шепнула пораженная Ленайна, широкоглазая от ужаса.

— Старость, вот и все, — ответил Бернард самым небрежным тоном. Он тоже был ошеломлен, но крепился и не подавал вида.

— Старость? — переспросила она. — Но и наш Директор стар, многие стары; но у них же ничего подобного.

— Потому что мы не даем им дряхлеть. Мы ограждаем их от болезней. Искусственно поддерживаем их внутренне-секреторный баланс на юношеском уровне. Не позволяем магниево-кальциевому показателю упасть ниже цифры, соответствующей тридцати годам. Вливаем им молодую кровь. Постоянно стимулируем у них обмен веществ. И, конечно, они выглядят иначе. Отчасти потому, — прибавил он, — что они в большинстве своем умирают задолго до возраста, какого достигла эта развалина. У них молодость сохраняется почти полностью до шестидесяти лет, а затем хруп! — и конец.

Но Ленайна не слушала. Она смотрела на старика. Медленно, медленно спускался он. Ноги его коснулись наконец земли. Тело повернулось. Глубоко запавшие глаза были еще необычайно ясны. Они неторопливо поглядели на Ленайну, не выразив ни удивления, ничего, словно ее здесь и не было. Сутуло, медленно старик проковылял мимо и скрылся.

— Но это ужас, — прошептала Ленайна. — Это страх и ужас. Нельзя было нам сюда ехать.

Она сунула руку в карман за сомой и обнаружила, что по оплошности, какой с ней еще не случалось, забыла свой флакончик на туристском пункте. У Бернарда карманы тоже были пусты.

Приходилось противостоять ужасам Мальпаиса без крепительной поддержки. А ужасы наваливались на Ленайну один за другим. Вон две молодые женщины кормят грудью младенцев — Ленайна вспыхнула и отвернулась. Никогда в жизни не сталкивалась она с таким непристойным зрелищем. А тут еще Бернард, вместо того чтобы тактично не заметить, принялся вслух комментировать эту омерзительную сценку из быта живородящих. У него уже кончилось действие сомы, и, стыдясь слабонервности, проявленной утром в отеле, он теперь всячески старался показать, как он силен и независим духом.

— Что за чудесная, тесная близость существ, — восхитился он, намеренно порывая с приличиями. — И какую должна она порождать силу чувства! Я часто думаю: быть может, мы теряем что-то, не имея матери. И, возможно, ты теряешь что-то, лишаясь материнства. Вот представь, Ленайна, ты сидишь там, кормишь свое родное дитя...

— Бернард! Как не стыдно!

В это время прошла перед ними старуха с воспалением глаз и болезнью кожи, и Ленайна уж и возмущаться перестала.

— Уйдем отсюда, — сказала она просяще. — Мне противно.

Но тут вернулся провожатый и, сделав знак, повел их узкой улочкой между домами. Повернули за угол. Дохлый пес валялся на куче мусора; зобастая индианка искала в голове у маленькой девочки. Проводник остановился у приставной лестницы, махнул рукою сперва вверх, затем вперед. Они повиновались этому молчаливому приказу — поднялись по лестнице и через проем в стене вошли в длинную узкую комнату; там было сумрачно и пахло дымом, горелым жиром, заношенной, нестираной одеждой. Сквозь дверной проем в другом конце комнаты падал на пол свет солнца и доносился бой барабанов, громкий, близкий.

Пройдя туда, они оказались на широкой террасе. Под ними, плотно окруженная уступчатыми домами, была площадь, толпился у домов народ. Пестрые одеяла, перья в черных волосах, мерцанье бирюзы, темная кожа, влажно блестящая от зноя. Ленайна снова прижала к носу платок. Посреди площади виднелись из-под земли две круговые каменные кладки, накрытые плоскими кровлями, видимо, верха двух подземных помещений; в центре каждой кровли — круглой, глиняной, утоптанной — открытый люк, и торчит из темноты оттуда деревянная лестница. Там, внизу, играют на флейтах, но звук их почти заглушен ровным, неумолимо-упорным боем барабанов.

Барабаны Ленайне понравились. Она закрыла глаза, и рокочущие барабанные раскаты заполнили ее сознание, заполонили, и вот уже остался в мире один этот густой рокот. Он успокоительно напоминал синтетическую музыку на сходках единения и празднования Дня Форда.

«Пей-гу-ляй-гу», — мурлыкнула Ленайна. Ритм в точности такой же.

Раздался внезапный взрыв пения: сотни мужских голосов в унисон металлически-резко взяли несколько свирепых длинных нот. И — тишина, раскатистая тишина барабанов; затем пронзительный, заливчатый хор женщин дал ответ. И снова барабаны; и опять дикое, медное утвержденье мужского начала.

Странно? Да, странно. Обстановка странная, и музыка, и одежда странная, и зобы, и кожные болезни, и старики. Но в самом хоровом действе вроде ничего такого уж и странного.

— Похоже на праздник песнословия у низших каст, — сказала Ленайна Бернарду.

Однако сходство с тем невинным праздником тут же стало и кончаться. Ибо неожиданно из круглых подземелий повалила целая толпа устрашающих чудищ. В безобразных масках или размалеванные до потери человеческого облика, они пустились в причудливый пляс — вприхромку, топочуще, с пением; сделали по площади круг, другой, третий, четвертый, убыстряя пляску с каждым новым кругом; и барабаны убыстрили ритм, застучавший лихорадочно в ушах; и народ запел вместе с плясунами, громче и громче; и сперва одна из женщин испустила истошный вопль, а за ней еще, еще; затем вдруг головной плясун выскочил из круга, подбежал к деревянному сундуку, стоявшему на краю площади, откинул крышку и выхватил оттуда двух черных змей.

Громким криком отозвалась площадь, и остальные плясуны все побежали к нему, протягивая руки. Он кинул змей тем, что подбежали первыми, и опять нагнулся к сундуку. Все новых змей — черных, коричневых, крапчатых — доставал он, бросал плясунам. И танец начался снова, в ином ритме. Со змеями в руках пошли они по кругу, змеисто сами извиваясь, волнообразно изгибаясь в коленях и бедрах. Сделали круг, и еще. Затем, по знаку головного, один за другим побросали змей в центр площади; поднялся из люка старик и сыпнул на змей кукурузной мукой, а из другого подземелья вышла женщина и окропила их водой из черного кувшина. Затем старик поднял руку, и — жуткая, пугающая — мгновенно воцарилась тишина. Смолкли барабаны, жизнь словно разом оборвалась. Старик простер руки к отверстиям, устьям подземного мира. И медленно возносимые — а кем, сверху не видно — возникли два раскрашенных изваяния; из первого люка — орел, из второго — нагой человек, пригвожденный к кресту. Изваяния повисли, точно сами собой держась в воздухе и глядя на толпу. Старик хлопнул в ладоши. Из толпы выступил юноша лет восемнадцати в одной лишь набедренной белой повязке и встал перед стариком, сложив руки на груди, склонив голову. Старик перекрестил его. Медленно юноша пошел вокруг кучи змей, спутанно шевелящейся. Совершил один круг, начал другой, и в это время, отделясь от плясунов, рослый человек в маске койота направился к нему с ременной плетью в руке. Юноша продолжал идти, как бы не замечая человека-койота. Тот поднял плеть; долгий миг ожидания, резкое движенье, свист плети, хлесткий удар по телу. Юноша дернулся весь; но он не издал ни звука, он продолжал идти тем же неторопливым, мерным шагом. Койот хлестнул опять, опять; каждый удар толпа встречала коротким общим вздохом и глухим стоном. Юноша продолжал идти. Два, три, четыре раза обошел он круг. Кровь струилась по телу. Пятый, шестой раз обошел. Ленайна вдруг закрыла лицо руками, зарыдала.

— Пусть прекратят, пусть прекратят, — взмолилась она.

Но плеть хлестала неумолимо. Седьмой круг сделал юноша. И тут пошатнулся и — по-прежнему без звука — рухнул плашмя, лицом вниз. Наклонясь над ним, старик коснулся его спины длинным белым пером, высоко поднял это перо, обагренное, показал людям и трижды тряхнул им над змеями. Несколько капель упало с пера; и внезапно барабаны ожили, рассыпались тревожной дробью; раздался гулкий клич. Плясуны кинулись, похватали змей и пустились бегом. За ними побежала вся толпа — мужчины, женщины, дети. Через минуту площадь была уже пуста, только юноша недвижно лежал там, где лег. Три старухи вышли из ближнего дома, подняли его с трудом и внесли туда. Над площадью остались нести караул двое — орел и распятый; затем и они, точно насмотревшись вдоволь, неспешно канули в люки, в подземное обиталище.

Ленайна по-прежнему плакала.

— Невыносимо, — всхлипывала она, и Бернард был бессилен ее утешить. — Невыносимо! Эта кровь! — Она передернулась. — О, где моя сома!

У них за спиной, в комнате, раздались шаги.

Ленайна не пошевелилась, сидела, спрятав лицо в ладони, погрузившись в свое страдание. Бернард оглянулся.

На террасу вышел молодой человек в одежде индейца; но косы его были цвета соломы, глаза голубые, и бронзово загорелая кожа была кожей белого.

— День добрый и привет вам, — сказал незнакомец на правильном, но необычном английском языке. — Вы цивилизованные? Вы оттуда, из Заоградного мира?

— А вы-то сами?.. — изумленно начал Бернард.

Молодой человек вздохнул, покачал головой.

— Пред вами несчастливец. — И, указав на кровь в центре площади, произнес голосом, вздрагивающим от волнения: — «Видите вон то проклятое пятно?»[1]

— Лучше полграмма, чем ругань и драма, — машинально откликнулась Ленайна, не открывая лица.

— Там бы по праву следовало быть мне, — продолжал незнакомец. — Они не захотели, чтобы жертвой был я. А я бы десять кругов сделал, двенадцать, пятнадцать. Палохтива сделал только семь. Я дал бы им вдвое больше крови. Просторы обагрянил бы морей. — Он распахнул руки в широком жесте, тоскливо уронил их опять. —

---

[1] «Макбет» (акт V, сц. I). В речи молодого человека часты шекспировские слова и фразы.

Но не позволяют мне. Нелюбим я за белокожесть. От века нелюбим. Всегда. — На глазах у него выступили слезы; он отвернулся, стыдясь этих слез.

От удивления Ленайна даже горевать перестала. Отняв ладони от лица, она взглянула на незнакомца.

— То есть вы хотели, чтобы плетью били вас?

Молодой человек кивнул, не оборачиваясь.

— Да. Для блага пуэбло — чтоб дожди шли и тучнела кукуруза. И в угоду Пуконгу и Христу. И чтобы показать, что могу выносить боль не крикнув. Да. — Голос его зазвенел, он гордо расправил плечи, гордо, непокорно вздернул голову, повернулся. — Показать, что я мужчи... — Ему перехватило дух, он так и застыл, не закрыв рта: впервые в жизни увидел он девушку с лицом не бурым, а светлым, с золотисто-каштановой завивкой, и глядит она с дружелюбным интересом (вещь небывалая!). Ленайна улыбнулась ему; такой привлекательный мальчик, подумала она, и тело по-настоящему красиво. Темный румянец залил щеки молодого человека; он опустил глаза, поднял опять, увидел все ту же улыбку и до того уже смутился, что даже отвернулся, сделал вид, будто пристально разглядывает что-то на той стороне площади.

Выручил его Бернард — своими расспросами. Кто он? Каким образом? Когда? Откуда? Не отрывая взгляда от Бернарда (ибо так тянуло молодого человека к улыбке Ленайны, что он просто не смел повернуть туда голову), он стал объяснять. Он с Линдой — Линда его мать (Ленайна поежилась) — они здесь чужаки. Линда прилетела из Того мира, давно, еще до его рожденья, вместе с отцом его. (Бернард навострил уши.) Пошла гулять одна в горах, что к северу отсюда, и сорвалась, упала и поранила голову. («Продолжайте, продолжайте», — возбужденно сказал Бернард). Мальпаисские охотники наткнулись на нее и принесли в пуэбло. А отца его Линда больше так и не увидела. Звали отца Томасик. (Так, так, имя Директора — Томас.) Он, должно быть, улетел себе обратно в Заградный мир, а ее бросил — черствый, жестокий сердцем человек.

— В Мальпаисе я и родился, — закончил он. — В Мальпаисе. — И грустно покачал головой.

Хибара за пустырем на окраине пуэбло. Какое убожество, грязь!

Пыльный пустырь завален мусором. У входа в хибару два оголодалых пса роются мордами в мерзких отбросах. А внутри — затхлый, гудящий мухами сумрак.

— Линда! — позвал молодой человек.

— Иду, — отозвался из другой комнатки довольно сиплый женский голос.

Пауза ожидания. В мисках на полу — недоеденные остатки.

Дверь отворилась. Через порог шагнула белесоватая толстуха-индианка и остановилась, пораженно выпучив глаза, раскрыв рот. Ленайна с отвращением заметила, что двух передних зубов во рту нет. А те, что есть, жуткого цвета… Брр! Она гаже того старика. Жирная такая. И все эти морщины, складки дряблого лица. Обвислые щеки в лиловых пятнах прыщей. Красные жилки на носу, на белках глаз. И эта шея, эти подбородки; и одеяло накинуто на голову, рваное, грязное. А под коричневой рубахой-балахоном эти бурдюки грудей, это выпирающее брюхо, эти бедра. О, куда хуже старика, куда гаже! И вдруг существо это разразилось потоком слов, бросилось к ней с распахнутыми объятиями и — господи Форде! как противно, вот-вот стошнит — прижало к брюху, к грудям и стало целовать. Господи! слюнявыми губами, и от тела запах скотский, видимо, не принимает ванны никогда, и разит изо рта ядовитой этой мерзостью, которую подливают в бутыли дельтам и эпсилонам (а Бернарду не влили, неправда), буквально разит алкоголем. Ленайна поскорей высвободилась из объятий.

На нее глядело искаженное, плачущее лицо.

— Ох, милая, милая вы моя, — причитало, хлюпая, существо. — Если б вы знали, как я рада! Столько лет не видеть цивилизованного лица. Цивилизованной одежды. Я уж думала, так и не суждено мне увидеть опять настоящий ацетатный шелк. — Она стала щупать рукав блузки. Ногти ее были черны от грязи. — А эти дивные вискозно-плисовые шорты! Представьте, милая, я еще храню, прячу в сундуке свою одежду, ту, в которой прилетела. Я покажу вам потом. Но, конечно, ацетат стал весь как решето. А такой прелестный у меня белый патронташ наплечный — хотя, должна признаться, ваш сафьяновый зеленый еще даже прелестнее. Ах, подвел меня мой патронташ! — Слезы опять потекли по щекам. — Джон вам, верно, рассказал уже. Что мне пришлось пережить — и без единого грамма сомы. Разве что Попе принесет москаля выпить. Попе ходил ко мне раньше. Но выпьешь, а после так плохо себя чувствуешь от мескаля, и от пейотля* тоже; и притом назавтра протрезвишься, и еще ужаснее, еще стыднее делается. Ах, мне так стыдно было. Подумать только — я, бета, и ребенка родила; поставьте себя на мое место. (Ленайна поежилась.) Но, клянусь, я тут не виновата; я до сих пор не знаю, как это стряслось; ведь я же все мальтузианские приемы выполняла, знаете, по счету: раз, два, три, четыре — всегда, клянусь вам, и все же забеременела; а, конечно, абортариев здесь нет и в помине. Кстати, абортарий наш и теперь в Челси? (Ленайна кивнула.) И, как раньше, освещен весь прожекторами по вторникам и пятницам? (Ленайна снова кивнула.) Эта дивная из розового стекла башня! — Бедная Линда, закрыв глаза, экстатически закинув голову, воскресила в памяти светлое виденье абортария. — А вечерняя река! — прошептала она. — Крупные слезы медленно выкатились из-под ее век. — Летишь, бывало, вечером обратно в город из Сток-Поджес. И ждет тебя горячая ванна, вибровакуумный массаж... Но что уж об этом. — Она тяжко вздохнула, покачав головой, открыла глаза, сопнула носом раз-другой, высморкалась в пальцы и вытерла их о подол рубахи. — Ох, простите меня, — воскликнула она, заметив невольную гримасу отвращения на лице Ленайны. — Как я могла так... Простите. Но что делать, если нет носовых платков? Я помню, как переживала раньше из-за всей этой нечистоты, сплошной нестерильности. Меня с гор принесли сюда с разбитой головой. Вы не можете себе представить, что они прикладывали к моей ране. Грязь, буквальнейшую грязь. Учу их: «Без стерилизации нет цивилизации». Говорю им: «Смой стрептококков и спирохет. Да здравствует ванна и туалет», как маленьким детям. А они, конечно, не понимают. Откуда им понять? И в конце концов я, видимо, привыкла. Да и как можно держать себя и вещи в чистоте, если нет крана с горячей водой? А поглядите на одежду здешнюю. Эта мерзкая шерсть — это вам не ацетат. Ей износу нет. А и порвется, так чини ее изволь. Но я ведь бета; я в Зале оплодотворения работала; меня не учили заплаты ставить. Я другим занималась. Притом чинить ведь вообще у нас не принято. Начинает рваться — выбрось и новое купи. «Прорехи зашивать — беднеть и горевать». Верно же? Чинить старье — антиобщественно. А тут все наоборот. Живешь, как среди ненормальных. Все у них по-безумному. — Она оглянулась, увидела, что Бернард с Джоном вышли и прохаживаются по пустырю, но понизила тем не менее голос, пододвинулась близко, так что ядовито-алкогольное ее дыхание шевельнуло прядку у Ленайны на щеке, и та сжалась вся. — Послушайте, к примеру, — зашептала Линда сипло, — как они тут взаимопользуются. Ведь каждый принадлежит всем остальным, ведь по-цивилизованному так? Ведь так же? — напирала она, дергая Ленайну за рукав.

Ленайна кивнула, полуотвернувшись, делая украдкой вдох, набирая воздуху почище.

— А здесь, — продолжала Линда, — каждый должен принадлежать только одному, и никому больше. Если же ты взаимопользуешься по-цивилизованному, то считаешься порочной и антиобщественной. Тебя ненавидят, презирают. Один раз явились сюда женщины со скандалом: почему, мол, их мужчины ко мне ходят? А почему б им не ходить? И как накинутся женщины на меня скопом... Нет, невыносимо и вспоминать. — Линда, содрогнувшись, закрыла лицо руками. — Здешние женщины ужасно злобные. Безумные, безумные и жестокие. И понятия, конечно, не имеют о мальтузианских приемах, о бутылях, о раскупорке. И потому рожают беспрерывно, как собаки. Прямо омерзительно. И подумать, что я... О господи, господи Форде. Но все же Джон был мне большим утешением. Не знаю, как бы я тут без него. Хотя он и переживал страшно всякий раз, как придет мужчина... Даже когда совсем еще был малышом. Однажды (он тогда уже подрос) чуть было не убил бедного Попе — или Вайхусиву? — за то лишь, что они ко мне ходили. Сколько ему втолковывала, что у цивилизованных людей иначе и нельзя, но так и не втолковала. Безумие, видимо, заразительно. Джон, во всяком случае, заразился от индейцев. Он водится с ними. Несмотря на то что они всегда относились к нему по-свински, не позволяли быть наравне с остальными мальчиками. Но это в некотором смысле к лучшему, потому что облегчало мне задачу — позволяло хоть слегка формировать его. Но вы себе вообразить не можете, как это трудно. Ведь столького сама не знаешь; от меня и не требовалось знать. Допустим, спрашивает ребенок, как устроен вертоплан или кем создан мир, — ну, что будешь ему отвечать, если ты бета и работала в Зале оплодотворения? Ну, что ему ответишь?

ГЛАВА ВОСЬМАЯ

Джон с Бернардом прохаживались взад-вперед на пустыре, среди пыли и мусора. (В отбросах рылось теперь уже четыре собаки.)

— Так трудно мне представить, постигнуть, — говорил Бернард. — Мы словно с разных планет, из разных столетий. Мать, и грязь вся эта, и боги, и старость, и болезни... — Он покачал головой. — Почти непостижимо. Немыслимо понять, если вы не поможете, не объясните.

— Что объясню?

— Вот это. — Он указал на пуэбло. — И это. — Кивнул на хибару. — Все. Всю вашу жизнь.

— Но что ж тут объяснять?

— Все с самого начала. С первых ваших воспоминаний.

— С первых моих... — Джон нахмурился. Долго молчал, припоминая.

Жара. Наелись лепешек, сладкой кукурузы.

— Иди сюда, малыш, приляг, — сказала Линда.

Он лег возле, на большой постели.

— Спой, — попросил, и Линда запела. Спела «Да здравствует ванна и туалет» и «Баю-баю, тили-тили, скоро детке из бутыли». Голос ее удалялся, слабел...

Он вздрогнул и проснулся от громкого шума. У постели стоит человек, большущий, страшный. Говорит что-то Линде, а Линда смеется. Закрылась одеялом до подбородка, а тот стягивает. У страшилы волосы заплетены, как два черных каната, и на ручище серебряный браслет с голубыми камешками. Браслет красивый; но ему страшно; он жмется лицом к материну боку. Линда обнимает его рукой, и страх слабеет. Другими, здешними словами, которые не так понятны, Линда говорит:

— Нет, не при Джоне.

Человек смотрит на него, опять на Линду, тихо говорит несколько слов.

— Нет, — говорит Линда. — Но тот наклоняется к нему, лицо громадно, грозно; черные канаты кос легли на одеяло.

— Нет, — говорит опять Линда и сильней прижимает Джона к себе. — Нет, нет.

Но страшила берет его за плечо, больно берет. Он вскрикивает. И другая ручища берет, поднимает. Линда не выпускает, говорит:

— Нет, нет.

Тот говорит что-то коротко, сердито, и вот уже отнял Джона.

— Линда, Линда. — Джон бьет ногами, вырывается; но тот несет его за дверь, сажает на пол там среди комнаты и уходит к Линде, закрыв за собой дверь. Он встает, он бежит к двери. Поднявшись на цыпочки, дотягивается до деревянной щеколды. Двигает ее, толкает дверь, но дверь не поддается.

— Линда, — кричит он.

Не отвечает Линда.

Вспоминается обширная комната, сумрачная; в ней стоят деревянные рамы с навязанными нитями, и у рам много женщин — одеяла ткут, сказала Линда. Она велела ему сидеть в углу с другими детьми, а сама пошла помогать женщинам. Он играет с мальчиками, долго. Вдруг у рам заговорили очень громко, и женщины отталкивают Линду прочь, а она плачет, идет к дверям. Он побежал за ней. Спрашивает, почему на нее рассердились.

— Я сломала там что-то, — говорит Линда. И сама рассердилась. — Откуда мне уметь их дрянные одеяла ткать, — говорит. — Дикари противные.

— А что такое дикари? — спрашивает он.

Дома у дверей ждет Попе и входит вместе с ними. Он принес большой сосуд из тыквы, полный воды не воды — вонючая такая, и во рту печет, так что закашляешься. Линда выпила, и Попе выпил, и Линда смеяться стала и громко говорить; а потом с Попе ушла в другую комнату. Когда Попе отправился домой, он вошел туда. Линда лежала в постели, спала так крепко, что не добудиться было.

Попе часто приходил. Ту воду в тыкве он называл «мескаль», а Линда говорила, что можно бы называть «сома», если бы от нее не болела голова. Он терпеть не мог Попе. Он всех их не терпел — мужчин, ходивших к Линде. Как-то, наигравшись с детьми — было, помнится, холодно, на горах лежал снег, — он днем пришел домой и услыхал сердитые голоса в другой комнате. Женские голоса, а слов не понял; но понял, что это злая ругань. Потом вдруг — грох! — опрокинули что-то; завозились, еще что-то шумно упало, и точно мула ударили хлыстом, но только звук мягче, мясистей; и крик Линды; «Не бейте, не бейте!» Он кинулся туда. Там три женщины в темных одеялах. А Линда — на постели. Одна держит ее за руки. Другая легла поперек, на ноги ей, чтоб не брыкалась. Третья бьет ее плетью. Раз ударила, второй, третий; и при каждом ударе Линда кричит. Он плача стал просить бьющую, дергать за кромку одеяла:

— Не надо, не надо.

Свободной рукой женщина отодвинула его. Плеть снова хлестнула, опять закричала Линда. Он схватил огромную коричневую руку женщины обеими своими и укусил что было силы. Та охнула, вырвала руку, толкнула его так, что он упал. И ударила трижды плетью. Ожгло огнем — больней всего на свете. Снова свистнула, упала плеть. Но закричала на этот раз Линда.

— Но за что они тебя, Линда? — спросил он вечером. Красные следы от плети на спине еще болели, жгли, и он плакал. Но еще и потому плакал, что люди такие злые и несправедливые, а он малыш и драться с ними слаб. Плакала Линда. Она хоть и взрослая, но от троих отбиться разве может? И разве это честно — на одну втроем?

— За что они тебя, Линда?

— Не знаю. Не понимаю. — Трудно было разобрать ее слова, она лежала на животе, лицом в подушку. — Мужчины, видите ли, принадлежат им, — говорила Линда, точно не к нему обращаясь вовсе, а к кому-то внутри себя. Говорила долго, непонятно; а кончила тем, что заплакала громче прежнего.

— О, не плачь, Линда, не плачь.

Он прижался к ней. Обнял рукой за шею.

— Ай, — взвизгнула Линда, — не тронь. Не тронь плечо. Ай! — и как пихнет его от себя, он стукнулся головой о стену.

— Ты, идиотик! — крикнула Линда и вдруг принялась его бить. Шлеп! Шлеп!..

— Линда! Не бей, мама!

— Я тебе не мама. Не хочу быть твоей матерью.

— Но, Линд... — Она шлепнула его по щеке.

— В дикарку превратилась, — кричала она. — Рожать начала, как животные... Если б не ты, я бы к инспектору пошла, вырвалась отсюда. Но с ребенком как же можно. Я бы не вынесла позора.

Она опять замахнулась, и он заслонился рукой.

— О, не бей, Линда, не надо.

— Дикаренок! — Она отдернула его руку от лица.

— Не надо. — Он закрыл глаза, ожидая удара.

Но удара не было. Помедлив, он открыл глаза и увидел, что она смотрит на него. Улыбнулся ей робко. Она вдруг обняла его и стала целовать.

Случалось, Линда по нескольку дней не вставала с постели. Лежала и грустила. Или пила мескаль, смеялась, смеялась, потом засыпала. Иногда болела. Часто забывала умыть его, и нечего было поесть, кроме черствых лепешек. И помнит он, как Линда в первый раз нашла этих сереньких тлей у него в голове, как она заахала, запричитала.

Сладчайшею отрадой было слушать, как она рассказывает о Том, о Заоградном мире.

— И там правда можно летать когда захочешь?

— Когда захочешь.

И рассказывала ему про дивную музыку, льющуюся из ящичка, про прелестные разные игры, про вкусные блюда, напитки, про свет — надавишь в стене штучку, и он вспыхивает, — и про живые картины, которые не только видишь, но и слышишь, обоняешь, осязаешь пальцами, и про ящик, создающий дивные запахи, и про голубые, зеленые, розовые, серебристые дома, высокие, как горы, и каждый счастлив там, и никто никогда не грустит и не злится, и каждый принадлежит всем остальным, и экран включишь — станет видно и слышно, что происходит на другом конце мира. И младенцы все в прелестных, чистеньких бутылях, все такое чистое, ни вони и ни грязи, и никогда никто не одинок, а все вместе живут, и радостные все, счастливые, как на летних плясках в Мальпаисе, здесь, но гораздо счастливее, и счастье там всегда, всегда... Он слушал и заслушивался.

Порою также, когда он и другие дети садились, устав от игры, кто-нибудь из стариков племени заводил на здешнем языке рассказ о великом Претворителе Мира, о долгой битве между Правой Рукой и Левой Рукой, между Хлябью и Твердью; о том, как Авонавилона* задумался в ночи и сгустились его мысли во Мглу Возрастания, а из той туманной мглы сотворил он весь мир; о Матери-Земле и Отце-Небе; об Агаюте и Марсайлеме — близнецах Войны и Удачи; об Иисусе и Пуконге; о Марии и об Этсанатлеи — женщине, вечно омолаживающей себя; о лагунском Черном Камне, о великом Орле и Богоматери Акомской. Диковинные сказы, звучавшие еще чудесней оттого, что сказывали их здешними словами, не полностью понятными. Лежа в постели, он рисовал в воображении Небо и Лондон, Богоматерь Акомскую и длинные ряды младенцев в чистеньких бутылях, и как Христос возносится и Линда взлетает; воображал всемирного начальника инкубаториев и великого Авонавилону.

Много ходило к Линде мужчин. Мальчишки стали уже тыкать на него пальцами. На своем, на здешнем, языке они называли Линду скверной; ругали ее непонятно, однако он знал, что слова это гнусные. Однажды запели о ней песню, и опять, и опять — не уймутся никак. Он стал кидать в них камнями. А они — в него; острым камнем рассекли ему щеку. Кровь текла долго; он весь вымазался.

Линда научила его читать. Углем она рисовала на стене картинки — сидящего зверька, младенца в бутыли; а под ними писала: КОТ НЕ СПИТ. МНЕ ТУТ РАЙ. Он усваивал легко и быстро. Когда выучился читать все, что она писала на стене, Линда открыла свой деревянный сундук и достала из-под тех красных куцых штанов, которых никогда не надевала, тоненькую книжицу. Он ее и раньше не раз видел. «Будешь читать, когда подрастешь», — говорила Линда. Ну вот и подрос, подумал он гордо.

— Вряд ли эта книга тебя очень увлечет, — сказала Линда. — Но других у меня нет. — Она вздохнула. —

Видел бы ты, какие прелестные читальные машины у нас в Лондоне!

Он принялся читать. «Химическая и бактериологическая обработка зародыша. Практическое руководство для бета-лаборантов эмбрионария». Четверть часа ушло на одоление слов этого заглавия. Он швырнул книжку на пол.

— Дрянь ты, а не книга! — сказал он и заплакал.

По-прежнему мальчишки распевали свою гнусную дразнилку о Линде. Смеялись и над тем, какой он оборванный. Линда не умела чинить рваное. В Заоградном мире, говорила она ему, если что порвется, сразу же выбрасывают и надевают новое. «Оборвыш, оборвыш!» — дразнили мальчишки. «Зато я читать умею, — утешал он себя, — а они нет. Не знают даже, что значит — читать». Утешаясь этим, было легче делать вид, что не слышишь насмешек. Он снова попросил у Линды ту книжку.

Чем злее дразнились мальчишки, тем усерднее читал он книгу. Скоро уже он разбирал в ней все слова. Даже самые длинные. Но что они обозначают? Он спрашивал у Линды; но даже когда она и в состоянии была ответить, то ясности особой не вносила. Обычно же ответить не могла.

— Что такое химикаты? — спрашивал он.

— А это соли магния или спирт, которым глушат рост и отупляют дельт и эпсилонов, или углекислый кальций для укрепления костей и тому подобные вещества.

— А как делают химикаты, Линда? Где их добывают?

— Не знаю я. Они во флаконах. Когда флакон кончается, то спускают новый из Химикатохранилища. Там их и делают, наверное. Или же с фабрики получают. Не знаю. Я химией не занималась. Я работала всегда с зародышами.

И так вечно, что ни спроси. Никогда Линда не знает. Старики племени отвечают куда определеннее.

«Семена людей и всех созданий, семя солнца и земли и неба — все семена сгустил Авонавилона из Мглы Возрастания. Есть у мира четыре утробы; в нижнюю и поместил он семена. И постепенно взрастали они...»

Придя как-то домой (Джон прикинул позже, что было это на тринадцатом году жизни), он увидел, что в комнате на полу лежит незнакомая книга. Толстая и очень старая на вид. Переплёт обгрызли мыши; порядком растрёпана вся. Он поднял книгу, взглянул на заглавный лист: «Сочинения Уильяма Шекспира в одном томе».

Линда лежала в постели, потягивая из чашки мерзкий свой вонючий мескаль.

— Её Попе принёс, — сказала Линда сиплым, грубым, чужим голосом. — Валялась в Антилопьей киве[1], в одном из сундуков. Сотни лет уже провалялась, говорят. И не врут, наверно, потому что полистала я, а там полно вздора. Нецивилизованность жуткая. Но тебе пригодится — для тренировки в чтении. — Она допила, опустила чашку на пол, повернулась на бок, икнула раза два и заснула.

Он раскрыл книгу наугад:

> Похоти рабой
> Жить, прея в сальной духоте постели,
> Елозя и любясь в свиной грязи...[2]

Необычайные эти слова раздались, раскатились громово в мозгу, как барабаны летних плясок, но барабаны говорящие; как хор мужчин, поющий Песнь зерна, красиво, красиво до слёз; как волшба старого Митсимы над молитвенными перьями и резными палочками, костяными и каменными фигурками: кьятла тсилу силокве силокве силокве. Кьяи силу силу, тситль — но сильнее, чем волшба Митсимы, потому что эти слова больше значат и обращены к нему, говорят ему чудесно и наполовину лишь понятно — грозная, прекрасная новая волшба, говорящая

---

[1] Кива — подземное обрядовое помещение у индейцев-пуэбло.
[2] Слова Гамлета, обращённые к королеве (акт III, сц. 4).

о Линде; о Линде, что храпит в постели, и пустая чашка рядом на полу; о Линде и о Попе, о них обоих.

Все горячей ненавидел он Попе. Да, можно улыбаться, улыбаться — и быть мерзавцем. Безжалостным, коварным, похотливым. Слова он понимал не до конца. Но их волшба была могуча, они звучали в памяти, и было так, словно теперь только начал он по-настоящему ненавидеть Попе, потому что не мог раньше облечь свою ненависть в слова. А теперь есть у него слова, волшебные, поющие, гремящие, как барабаны. Слова эти и странный, странный сказ, из которого слова взяты (темен ему этот сказ, но чудесен, все равно чудесен), они обосновали ненависть, сделали ее острей, живей; самого даже Попе сделали живей.

Однажды, наигравшись, он пришел домой — дверь спальной комнатки растворена, и он увидел их, спящих вдвоем в постели, — белую Линду и рядом Попе, почти черного; Линда лежит у Попе на руке, другая темная рука на груди у нее, и одна из длинных кос индейца упала ей на горло, точно черная змея хочет задушить. На полу возле постели — тыква, принесенная Попе, и чашка. Линда храпит.

Сердце в нем замерло, исчезло, и осталась пустота. Пустота, озноб, мутит слегка, и голова кружится. Он прислонился к стене. Безжалостный, коварный, похотливый... Волшбой, поющим хором, барабанами гремят слова. Озноб ушел, ему стало вдруг жарко, щеки загорелись, комната поплыла перед ним, темнея. Он скрежетнул зубами. «Я убью его, убью, убью». И загремело в мозгу:

> Когда он в лежку пьян, когда им ярость
> Владеет или кровосмесный пыл...[1]

Волшба — на его стороне, волшба все проясняет, и дает приказ. Он шагнул обратно, за порог. «Когда он в лежку пьян...» У очага на полу — мясной нож. Поднял его и на цыпочках — опять в дверь спальной комнаты.

---

[1] «Гамлет» (акт III, сц. 3).

«Когда он в лежку пьян, в лежку пьян...» Бегом к постели, ткнул ножом, — ага, кровь! — снова ткнул (Попе взметнулся тяжко, просыпаясь), хотел в третий раз ударить, но почувствовал, что руку его схватили, сжали и — ох! — выворачивают. Он пойман, двинуться не может, черные медвежьи глазки Попе глядят в упор, вплотную. Он не выдержал их взгляда, опустил глаза. На левом плече у Попе — две ножевых ранки.

— Ах, кровь течет! — вскрикнула Линда. — Кровь течет! (Вида крови она не выносит.)

Попе поднял свободную руку — чтобы ударить, конечно. Джон весь напрягся в ожидании удара. Но рука взяла его за подбородок, повернула лицом к себе, и опять пришлось смотреть глаза в глаза. Долго, нескончаемо долго. И вдруг, как ни пересиливал себя, он заплакал. Попе рассмеялся.

— Ступай, — сказал он по-индейски. — Ступай, отважный Агаюта.

Он выбежал в другую комнату, пряча постыдные слезы.

— Тебе пятнадцать лет, — сказал старый Митсима индейскими словами. — Теперь можно учить тебя гончарству.

Они намесили глины, присев у реки.

— С того начинаем, — сказал Митсима, взявши в ладони ком влажной глины, — что делаем подобие луны. — Старик сплюснул ком в круглую луну, загнул края, и луна превратилась в неглубокую чашку.

Медленно и неумело повторил Джон точные, тонкие движения стариковских рук.

— Луна, чашка, а теперь змея. — Взяв другой ком глины, Митсима раскатал его в длинную колбаску, свел ее в кольцо и налепил на ободок чашки. — И еще змея. И еще. И еще. — Кольцо за кольцом наращивал Митсима бока сосуда; узкий внизу, сосуд выпукло расширялся, опять сужался к горлышку. Митсима мял, прихлопывал, оглаживал, ровнял; и вот наконец стоит перед ним мальпаисский сосуд для воды, но не черный, обычный, а кремово-белый и еще мягкий на ощупь. А рядом — его собственное изделие, кривобокая пародия на сосуд Митсимы. Сравнив их, Джон поневоле рассмеялся.

— Но следующий будет лучше, — сказал он, намешивая еще глины.

Лепить, придавать форму, ощущать, как растет уменье и сноровка в пальцах, было необычайно приятно.

— А, бе, це, витамин Д, — напевал он, работая. — Жир в тресковой печени, а треска в воде.

Пел и Митсима — песню о том, как добывают медведя. Весь день они работали, и весь тот день переполняло Джона чувство глубокого счастья.

— А зимой, — сказал старый Митсима, — научу тебя делать охотничий лук.

Долго стоял он у дома; наконец, обряд внутри кончился. Дверь распахнулась, стали выходить. Первым шел Котлу, вытянув правую руку и сжав в кулак, точно неся в ней драгоценный камень. За ним вышла Кьякиме, тоже вытянув сжатую руку. Они шли молча, и молча следовали за ними братья, сестры, родичи и толпа стариков.

Вышли из пуэбло, прошли месу. Встали над обрывом — лицом к утреннему солнцу. Котлу раскрыл ладонь. На ладони лежала горстка кукурузной муки; он дохнул на нее, прошептал несколько слов и бросил эту щепоть белой пыли навстречу встающему солнцу. То же сделала и Кьякиме. Выступил вперед отец ее и, держа над собой оперенную молитвенную палочку, произнес длинную молитву, затем бросил и палочку навстречу солнцу.

— Кончено, — возгласил старый Митсима. — Они вступили в брак.

— Одного я не понимаю, — сказала Линда, возвращаясь в пуэбло вместе с Джоном, — зачем столько шума и возни по пустякам. В цивилизованных краях, когда парень хочет девушку, он просто... Но куда же ты, Джон?

Но Джон бежал не останавливаясь, не желая слушать, прочь, прочь, куда-нибудь, где нет никого.

Кончено. В ушах раздавался голос старого Митсимы. Кончено, кончено... Издали, молча, но страстно, отчаянно и безнадежно он любил Кьякиме. А теперь кончено. Ему было шестнадцать лет.

В полнолуние в Антилопьей киве тайны будут звучать, тайны будут вершиться и передаваться. Они сойдут в киву мальчиками, а поднимутся оттуда мужчинами. Всем им было боязно, и в то же время нетерпение брало. И вот наступил этот день. Солнце село, показалась луна. Он шел вместе с остальными. У входа в киву стояли темной группой мужчины; уходила вниз лестница, в освещенную красную глубь. Идущие первыми стали уже спускаться. Внезапно один из мужчин шагнул вперед, взял его за руку и выдернул из рядов. Он вырвал руку, вернулся, пятясь, на свое место. Но мужчина ударил его, схватил за волосы.

— Не для тебя это, белобрысый!

— Не для сына блудливой сучки, — сказал другой.

Подростки засмеялись.

— Уходи отсюда. — И видя, что он медлит, стоит неподалеку, опять крикнули мужчины: — Уходи!

Один из них нагнулся, поднял камень, швырнул.

— Уходи отсюда, уходи!

Камни посыпались градом. Окровавленный, побежал он в темноту. А из красных недр кивы доносилось пение. Уже все подростки туда спустились. Он остался совсем один.

Совсем один, за чертой пуэбло, на голой скальной равнине месы. В лунном свете скала — точно кости, побелевшие от времени. Внизу, в долине, воют на луну койоты. Ушибы от камней болят, кровь еще течет; но не от боли он рыдает, а оттого, что одинок, что выгнан вон, в этот безлюдный, кладбищенский мир камня и лунного света. Он опустился на край обрыва, спиной к луне. Глянул вниз, в черную тень месы, в черную сень смерти. Один только шаг, один прыжок... Он повернул к свету правую руку. Из рассеченной кожи на запястье сочилась еще кровь. Каждые несколько секунд падала капля, темная, почти черная в мертвенном свете. Кап, кап, кап. Завтра, и снова завтра, снова завтра...

Ему открылись Время, Смерть, Бог.

— Всегда, всегда один и одинок.

Эти слова Джона щемящим эхом отозвались в сердце Бернарда. Один и одинок...

— Я тоже одинок, — вырвалось у него. — Страшно одинок.

— Неужели? — удивился Джон. — Я думал, в Том мире... Линда же говорит, что там никто и никогда не одинок.

Бернард смущенно покраснел.

— Видите ли, — пробормотал он, глядя в сторону, — я, должно быть, не совсем такой, как большинство. Если раскупориваешься не таким...

— Да, в этом все дело, — кивнул Джон. — Если ты не такой, как другие, то обречен на одиночество. Относиться к тебе будут подло. Мне ведь нет ни к чему доступа. Когда мальчиков посылали провести ночь на горах — ну, чтобы увидеть там во сне тайного твоего покровителя, твое священное животное, — то меня не пустили с ними; не хотят приобщать меня к тайнам. Но я сам все равно приобщился. Пять суток ничего не ел, а затем ночью один поднялся на те вон горы. — Он указал рукой.

Бернард улыбнулся снисходительно:

— И вам явилось что-нибудь во сне?

Джон кивнул.

— Но что явилось, открывать нельзя. — Он помолчал, потом продолжал негромко: — А однажды летом я сделал такое, чего другие никто не делали: простоял под жарким солнцем, спиной к скале, раскинув руки, как Иисус на кресте...

— А с какой стати?

— Хотел испытать, каково быть распятым. Висеть на солнцепеке.

— Да зачем вам это?

— Зачем?.. — Джон помялся. — Я чувствовал, что должен. Раз Иисус вытерпел. И потом, я тогда худое сделал... И еще тосковал я, вот еще почему.

— Странный способ лечить тоску, — заметил Бернард. Но, чуть подумав, решил, что все же в этом есть некоторый смысл. Чем глотать сому...

— Стоял, пока не потерял сознание, — сказал Джон. — Упал лицом в камни. Видите метину? — Он поднял со лба густые желто-русые пряди. На правом виске обнажился неровный бледный шрам.

Бернард глянул и, вздрогнув, быстренько отвел глаза. Воспитание, формирование сделало его не то чтобы жалостливым, но до крайности брезгливым. Малейший намек на болезнь или рану вызывал в нем не просто ужас, а отвращение и даже омерзение. Брр! Это как грязь, или уродство, или старость. Он поспешно сменил тему разговора.

— Вам не хотелось бы улететь с нами в Лондон? — спросил он, делая этим первый ход в хитрой военной игре, стратегию которой начал втихомолку разрабатывать, как только понял, кто является так называемым отцом этого молодого дикаря. — Вы бы не против?

Лицо Джона все озарилось.

— А вы правда возьмете с собой?

— Конечно, то есть если получу разрешение.

— И Линду возьмете?

— Гм... — Бернард заколебался. Взять это отвратное существо? Нет, немыслимо. А впрочем, впрочем... Бернарда вдруг осенило, что именно ее отвратность может оказаться мощнейшим козырем в игре.

— Ну конечно же! — воскликнул он, чрезмерной и шумной сердечностью заглаживая свое колебание.

Джон глубоко и счастливо вздохнул:

— Подумать только, осуществится то, о чем мечтал всю жизнь. Помните, что говорит Миранда[1]?

---

[1] Героиня шекспировской «Бури». Далее следуют ее слова (акт V, сц. 1).

— Кто?

Но молодой человек, видимо, не слышал переспроса.

— «О чудо! — произнес он, сияя взглядом, разрумянившись. — Сколько вижу я красивых созданий! Как прекрасен род людской!» — Румянец стал гуще; Джон вспомнил о Ленайне — об ангеле, одетом в темно-зеленую вискозу, с лучезарно юной, гладкой кожей, напоенной питательными кремами, с дружелюбной улыбкой. Голос его дрогнул умиленно. — «О дивный новый мир...» — Но тут он вдруг осекся; кровь отхлынула от щек, он побледнел как смерть. — Она за вами замужем? — выговорил он.

— За мной — что?

— Замужем. Вступила с вами в брак. Это провозглашается индейскими словами и нерушимо вовек.

— Да нет, какой там брак! — Бернард невольно рассмеялся.

Рассмеялся и Джон, но по другой причине — от буйной радости.

— «О дивный новый мир, — повторил он. — О дивный новый мир, где обитают такие люди. Немедля же в дорогу!»

— У вас крайне эксцентричный способ выражаться, — сказал Бернард, озадаченно взирая на молодого человека. — Да и не лучше ли подождать с восторгами, увидеть прежде этот дивный мир?

ГЛАВА ДЕВЯТАЯ

Ленайна чувствовала себя вправе — после дня, наполненного странным и ужасным, — предаться абсолютнейшему сомотдыху. Как только вернулись на туристский пункт, она приняла шесть полуграммовых таблеток сомы, легла в кровать и минут через десять плыла уже в лунную вечность. Очнуться, очутиться опять во времени ей предстояло лишь через восемнадцать часов, а то и позже.

А Бернард лежал, бессонно глядя в темноту и думая. Было уже за полночь, когда он уснул. Далеко за полночь; но бессонница дала плоды — он выработал план действий.

На следующее утро, точно в десять часов, мулат в зеленой форме вышел из приземлившегося вертоплана. Бернард ждал его среди агав.

— Мисс Краун отдыхает, — сказал Бернард. — Вернется из сомотдыха часам к пяти, не раньше. Так что у нас в распоряжении семь часов.

(«Слетаю в Санта-Фе, — решил Бернард, — сделаю там все нужное и вернусь, а она еще спать будет».)

— Безопасно ей будет здесь одной? — спросил он мулата.

— Как в кабине вертоплана, — заверил тот.

Сели в машину, взлетели. В десять тридцать четыре они приземлились на крыше сантафейского почтамта; в десять тридцать семь Бернарда соединили с канцелярией Главноуправителя на Уайтхолле[1]; в десять тридцать девять он уже излагал свое дело четвертому личному секретарю Его Фордейшества; в десять сорок четыре повторял то же самое первому секретарю, а в десять сорок семь с половиной в его ушах раздался звучный бас самого Мустафы Монда.

— Я взял на себя смелость предположить, — запинаясь, докладывал Бернард, — что вы, Ваше Фордейшество, сочтете случай этот представляющим достаточный научный интерес...

— Да, случай, я считаю, представляет достаточный научный интерес, — отозвался бас. — Возьмите с собой в Лондон обоих индивидуумов.

— Вашему Фордейшеству известно, разумеется, что мне будет необходим специальный пропуск...

— Соответствующее распоряжение, — сказал Мустафа, — уже передается в данный момент Хранителю

---

[1] Улица в Лондоне, где расположены британские правительственные учреждения.

резервации. К нему и обратитесь безотлагательно. Всего наилучшего.

Трубка замолчала. Бернард положил ее и побежал на крышу.

— Летим к Хранителю, — сказал он мулату в зеленом.

В десять пятьдесят четыре Хранитель тряс руку Бернарду, здороваясь.

— Рад вас видеть, мистер Маркс, рад вас видеть, — гудел он почтительно. — Мы только что получили специальное распоряжение...

— Знаю, — не дал ему кончить Бернард. — Я разговаривал сейчас по телефону с Его Фордейшеством. — Небрежно-скучающий тон Бернарда давал понять, что разговоры с Главноуправителем — вещь для Бернарда самая привычная и будничная. Он опустился в кресло. — Будьте добры совершить все формальности. Поскорей, будьте добры, — повторил он с нажимом. Он упивался своей новой ролью.

В три минуты двенадцатого все необходимые бумаги были уже у него в кармане.

— До свидания, — покровительственно кивнул он Хранителю, проводившему его до лифта. — До свидания.

В отеле, расположенном неподалеку, он освежил себя ванной, вибровакуумным массажем, выбрился электролизной бритвой, прослушал утренние известия, провел полчасика у телевизора, отобедал не торопясь, со вкусом, и в половине третьего полетел с мулатом обратно в Мальпаис.

— Бернард, — позвал Джон, стоя у туристского пункта. — Бернард!

Ответа не было. Джон бесшумно взбежал на крыльцо в своих оленьих мокасинах и потянул дверную ручку. Дверь заперта.

Уехали! Улетели! Такой беды с ним еще не случалось. Сама приглашала прийти, а теперь нет их. Он сел на ступеньки крыльца и заплакал.

Полчаса прошло, прежде чем он догадался заглянуть в окно. И сразу увидел там небольшой зеленый чемодан с инициалами Л. К. на крышке. Радость вспыхнула в нем пламенем. Он схватил с земли голыш. Зазвенело, падая, разбитое стекло. Мгновенье — и он уже в комнате. Раскрыл зеленый чемодан, и тут же в ноздри, в легкие хлынул запах Ленайны, ее духи, ее эфирная сущность. Сердце забилось гулко; минуту он был близок к обмороку. Наклонясь к драгоценному вместилищу, он стал перебирать, вынимать, разглядывать. Застежки-молнии на вискозных шортах озадачили его сперва, а затем — когда решил загадку молний — восхитили. Дерг туда, дерг обратно, жжик-жжик, жжик-жжик; он был в восторге. Зеленые туфельки ее — ничего чудесней в жизни он не видел. Развернув комбилифчик с трусиками, он покраснел, поспешно положил на место; надушенный ацетатный носовой платок поцеловал, а шарфик повязал себе на шею. Раскрыл коробочку — и окутался облаком просыпавшейся ароматной пудры. Запорошил все пальцы себе. Он вытер их о грудь свою, о плечи, о загорелые предплечья. Как пахнет! Он закрыл глаза; он потерся щекой о запудренное плечо. Прикосновение гладкой кожи, аромат этой мускусной пыльцы, будто сама Ленайна здесь.

— Ленайна! — прошептал он. — Ленайна!

Что-то ему послышалось, он вздрогнул, оглянулся виновато. Сунул вынутые воровским образом вещи обратно, придавил крышкой; опять прислушался и огляделся. Ни звука, ни признака жизни. Однако ведь он явственно слышал — не то вздох, не то скрип половицы. Он подкрался на цыпочках к двери, осторожно отворил, за дверью оказалась широкая лестничная площадка. А за площадкой — еще дверь, приоткрытая. Он подошел, открыл пошире, заглянул.

Там, на низкой кровати, сбросив с себя простыню, в комбинированной розовой пижамке на молниях лежала и спала крепким сном Ленайна — и была так прелестна в ореоле кудрей, так была детски-трогательна, со своим серьезным личиком и розовыми пальчиками ног, так беззащитно и доверчиво разбросала руки, что на глаза Джону навернулись слезы.

С бесконечными и совершенно ненужными предосторожностями — ибо досрочно вернуть Ленайну из ее сомотдыха мог разве что гулкий пистолетный выстрел — он вошел, он опустился на колени у кровати. Глядел, сложив молитвенно руки, шевеля губами. «Ее глаза», — шептал он.

> Ее глаза, лицо, походка, голос;
> Упомянул ты руки — их касанье
> Нежней, чем юный лебединый пух,
> А перед царственной их белизною
> Любая белизна черней чернил...[1]

Муха, жужжа, закружилась над ней; взмахом руки он отогнал муху. И вспомнил:

> Мухе — и той доступно сесть
> На мраморное чудо рук Джульетты,
> Мухе — и той дозволено похитить
> Бессмертное благословенье с губ,
> Что разалелись от стыда, считая
> Грехом невольный этот поцелуй;
> О чистая и девственная скромность![2]

Медленно-медленно, неуверенным движением человека, желающего погладить пугливую дикую птицу, которая и клюнуть может, он протянул руку. Дрожа, она остановилась в сантиметре от сонного локтя, почти касаясь. Посметь ли! Посметь ли осквернить прикосновеньем низменной руки... Нет, нельзя. Слишком опасна птица и опаслива. Он убрал руку. Как прекрасна Ленайна! Как прекрасна!

Затем он вдруг поймал себя на мысли, что стоит лишь решительно и длинно потянуть вниз эту застежку у нее на шее... Он закрыл глаза, он тряхнул головой, как встряхивается, выходя из воды, ушастый пес. Пакостная

---
[1] «Троил и Крессида» (акт I, сц. 1).
[2] «Ромео и Джульетта» (акт III, сц. 3).

мысль! Стыд охватил его. «О чистая и девственная скромность!..»

В воздухе послышалось жужжание. Опять хочет муха похитить бессмертное благословенье? Или оса? Он поднял глаза — не увидел ни осы, ни мухи. Жужжание делалось все громче, и стало ясно, что оно идет из-за ставней, снаружи. Вертоплан! В панике Джон вскочил на ноги, метнулся вон, выпрыгнул в разбитое окно и, пробежав по тропке между высокими агавами, поспел как раз к приземленью вертоплана.

ГЛАВА ДЕСЯТАЯ

На всех четырех тысячах электрических часов во всех четырех тысячах залов и комнат Центра стрелки показывали двадцать семь минут третьего. В «нашем трудовом улье», как любил выражаться Директор, стоял рабочий шум. Все и вся трудилось, упорядоченно двигалось. Под микроскопами, яростно двигая длинными хвостиками, сперматозоиды бодливо внедрялись в яйцеклетки и оплодотворенные яйца разрастались, делились или же, пройдя бокановскизацию, почковались, давая целые популяции близнецов. С урчанием шли эскалаторы из Зала предопределения вниз, в Эмбрионарий, и там, в вишневом сумраке, прея на подстилках из свиной брюшины, насыщаясь кровезаменителем и гормонами, росли зародыши или, отравленные спиртом, прозябали, превращались в щуплых эпсилонов. С тихим рокотом ползли конвейерные ленты незаметно глазу — сквозь недели, месяцы и сквозь биологические эры, повторяемые эмбрионами в своем развитии, — в Зал раскупорки, где новораскупоренные младенцы издавали первый вопль изумления и ужаса.

Гудели в подвальном этаже электрогенераторы, мчались вверх и вниз грузоподъемнички. На всех одиннадцати этажах Младопитомника было время кормления. Восемнадцать сотен снабженных ярлыками младенцев дружно тянули из восемнадцати сотен бутылок свою порцию пастеризованного млечного продукта.

Над ними в спальных залах, на десяти последующих этажах, малыши и малышки, кому полагался по возрасту послеобеденный сон, и во сне этом трудились не менее других, хотя и бессознательно, усваивали гипнопедические уроки гигиены и умения общаться, основы кастового самосознания и начала секса. А еще выше помещались игровые залы, где по случаю дождя девятьсот детишек постарше развлекались кубиками, лепкой, прятками и эротической игрой.

Жж-жж! — деловито, жизнерадостно жужжал улей. Весело напевали девушки над пробирками; насвистывая, занимались своим делом предназначатели; а какие славные остроты можно было слышать над пустыми бутылями в Зале раскупорки! Но у Директора, входящего с Генри Фостером в Зал оплодотворения, лицо выражало серьезность, деревянную суровость.

— ...В назидание всем, — говорил Директор. — И в этом зале, поскольку здесь наибольшее у нас число работников высших каст. Я велел ему явиться сюда в два тридцать.

— Работник он очень хороший, — лицемерно свеликодушничал Генри.

— Знаю. Но тем оправданнее будет суровость наказания. Повышенные умственные данные налагают и повышенную нравственную ответственность. Чем одаренней человек, тем способнее он разлагать окружающих. Лучше, чтобы пострадал один, но спасены были от порчи многие. Рассудите дело беспристрастно, мистер Фостер, и вы согласитесь, что нет преступления гнусней, чем нарушение общепринятых норм поведения. Убийство означает гибель особи, а, собственно, что для нас одна особь? — Взмахом руки Директор охватил ряды микроскопов, пробирки, инкубаторы. — Мы с величайшей легкостью можем сотворить сколько угодно новых. Нарушение же принятых норм ставит под угрозу нечто большее, чем жизнь какой-то особи, наносит удар всему Обществу.

Да, всему Обществу, — повторил он. — Но вот и сам преступник.

Бернард приближался уже к ним, шел между рядами оплодотворителей. Вид у него был бойкий, самоуверенный, но из-под этой маскировки проглядывала тревога.

— Добрый день, Директор, — произнес он до нелепости громко; заметив это сам, он тут же сбавил тон чуть не до шепота и пискнул: — Вы назначили мне встречу здесь.

— Да, — сказал Директор важно и зловеще. — Назначил встречу здесь. Вы вернулись, как я понимаю, из своего отпуска.

— Да, — сказал Бернард.

— Так-с-сс, — змеино протянул звук «с» Директор и, внезапно повысив голос, трубно воззвал:

— Леди и джентльмены, дамы и господа.

Вмиг прекратилось мурлыканье лаборанток над пробирками, сосредоточенное посвистывание микроскопистов. Наступило молчание; лица всех обратились к Директору.

— Дамы и господа, — повторил он еще раз. — Простите, что прерываю ваш труд. Меня к тому вынуждает тягостный долг. Под угрозу поставлены безопасность и стабильность Общества. Да, поставлены под угрозу, дамы и господа. Этот человек, — указал он обвиняюще на Бернарда, — человек, стоящий перед вами, этот альфа-плюсовик, которому так много было дано и от которого, следовательно, так много ожидалось, этот ваш коллега грубо обманул доверие Общества. Своими еретическими взглядами на спорт и сому, своими скандальными нарушениями норм половой жизни, своим отказом следовать учению Господа нашего Форда и вести себя во внеслужебные часы «как дитя в бутыли», — Директор осенил себя знаком Т, — он разоблачил себя, дамы и господа, как враг Общества, как разрушитель Порядка и Стабильности, как злоумышленник против самой Цивилизации. Поэтому я намерен снять его, отстранить с позором от занимаемой должности; я намерен немедленно осуществить его перевод в третьестепенный филиал, причем как можно более удаленный от крупных населенных центров, так будет в интересах Общества. В Исландии ему представится мало возможностей сбивать людей с пути своим фордохульственным примером.

Директор сделал паузу; скрестив руки на груди, повернулся величаво к Бернарду.

— Можете ли вы привести убедительный довод, который помешал бы мне исполнить вынесенный вам приговор?

— Да, могу! — не сказал, а крикнул Бернард.

Несколько опешив, но все еще величественно, Директор промолвил:

— Так приведите этот довод.

— Пожалуйста. Мой довод в коридоре. Сейчас приведу. — Бернард торопливо пошел к двери, распахнул ее. — Входите, — сказал он, и довод явился и предстал перед всеми.

Зал глухо ахнул, по нему прокатился ропот удивления и ужаса; взвизгнула юная лаборантка; кто-то вскочил на стул, чтобы лучше видеть, и при этом опрокинул две пробирки, полные сперматозоидов. Оплывшая, обрюзгшая — устрашающее воплощение безобразной немолодости среди этих молодых, крепкотелых, туголицых, — Линда вошла в зал, кокетливо улыбаясь своей щербатой, линялой улыбкой и роскошно, как ей казалось, колебля на ходу свои окорока. Бернард шел рядом с ней.

— Вот он, — указал Бернард на Директора.

— Будто я уж такая беспамятная, — даже обиделась Линда и, повернувшись к Директору, воскликнула: — Ну конечно, я узнала, Томасик, я бы тебя узнала среди тысячи мужчин! А неужели ты меня забыл? Не узнаешь? Не помнишь меня, Томасик? Твою Линдочку. — Она глядела на него, склонив голову набок, продолжая улыбаться, но на лице Директора застыло такое отвращение, что улыбка Линды делалась все неувереннней, растеряннней и угасла наконец. — Не помнишь, Томасик? —

повторила она дрожащим голосом. В глазах ее была тоска и боль. Дряблое, в пятнах лицо перекосилось горестной гримасой. — Томасик! — Она протянула к нему руки. Раздался чей-то смешок.

— Что означает, — начал Директор, — эта чудовищная...

— Томасик! — она подбежала, волоча свою накидку-одеяло, бросилась Директору на шею, уткнулась лицом ему в грудь.

Зал взорвался безудержным смехом.

— ...эта чудовищная шутка? — возвысил голос Директор. Весь побагровев, он вырвался из объятий. Она льнула к нему цепко и отчаянно.

— Но я же Линда. Я же Линдочка.

Голос ее тонул в общем смехе.

— Но я же родила от тебя, — прокричала она, покрывая шум. И внезапно, грозно воцарилась тишина; все смолкли, пряча глаза в замешательстве. Директор побледнел, перестал вырываться, так и замер, ухватясь за руки Линды, глядя на нее остолбенело.

— Да, родила, стала матерью.

Она бросила это, как вызов, в потрясенную тишину; затем, отстранясь от Директора, объятая стыдом, закрыла лицо, зарыдала.

— Я не виновата, Томасик. Я же всегда выполняла все приемы. Всегда-всегда... Я не знаю, как это... Если бы ты только знал, Томасик, как ужасно... Но все равно он был мне утешением. — И, повернувшись к двери, позвала:

— Джон! Джон!

Джон тут же появился на пороге, остановился, осмотрелся, затем быстро, бесшумно в своих мокасинах пересек зал, опустился на колени перед Директором и звучно произнес:

— Отец мой!

Слово это (ибо ругательство «отец» менее прямо, чем «мать», связанное с мерзким и аморальным актом деторождения, звучит не столь похабно, сколь попросту навозно), комически-грязное это словцо разрядило атмосферу напряжения, ставшего уже невыносимым. Грянул хохот-рев, оглушительный и нескончаемый. «Отец мой» — и кто же? Директор! Отец! О господи Фо-хо-хо-хо!.. Да это ж фантастика! Все новые, новые приступы, взрывы — лица раскисли от хохота, слезы текут. Еще шесть пробирок спермы опрокинули. Отец мой!

Бледный, вне себя от унижения, Директор огляделся затравленно вокруг дикими глазами.

Отец мой! Хохот, начавший было утихать, раскатился опять, громче прежнего. Зажав руками уши, Директор кинулся вон из зала.

ГЛАВА ОДИННАДЦАТАЯ

После скандала в Зале оплодотворения все высшекастовое лондонское общество рвалось увидеть этого восхитительного дикаря, который упал на колени перед Директором Инкубатория (вернее сказать, перед бывшим Директором, ибо бедняга тотчас ушел в отставку и больше уж не появлялся в Центре), который бухнулся на колени и обозвал Директора отцом, — юмористика почти сказочная! Линда же, напротив, не интересовала никого. Назваться матерью — это уже не юмор, а похабщина. Притом она ведь не настоящая дикарка, а из бутыли вышла, сформирована, как все, и подлинной эксцентричностью понятий блеснуть не может. Наконец — и это наивесомейший резон, чтобы не знаться с Линдой, — ее внешний вид. Жирная, утратившая свою молодость, со скверными зубами, с пятнистым лицом, с безобразной фигурой — при одном взгляде на нее буквально делается дурно. Так что лондонские сливки общества решительно не желали видеть Линду. Да и Линда со своей стороны нимало не желала их видеть. Для нее возврат в цивилизацию значил возвращение к соме, означал возможность лежать в постели и предаваться непрерывному сомотдыху без похмельной рвоты или головной боли, без того чувства, какое бывало всякий раз после пейотля, будто совершила что-то жутко антиобщественное, навек опозорившее. Сома не играет с тобой таких шуток. Она — средство идеальное, а если, проснувшись наутро, испытываешь неприятное ощущение, то неприятное не само по себе, а лишь сравнительно с радостями забытья. И поправить положение можно — можно сделать забытье непрерывным. Линда жадно требовала все более крупных и частых доз сомы. Доктор Шоу вначале возражал; потом махнул рукой. Она глотала до двадцати граммов ежесуточно.

— И это ее прикончит в месяц-два, — доверительно сообщил доктор Бернарду. — В один прекрасный день ее дыхательный центр окажется парализован. Дыхание прекратится. Наступит конец. И тем лучше. Если бы мы умели возвращать молодость, тогда бы дело другое. Но мы не умеем.

Ко всеобщему удивлению (ну и пускай себе спит Линда и никому не мешает), Джон пытался возражать.

— Ведь закармливая этими таблетками, вы укорачиваете ей жизнь!

— В некотором смысле укорачиваем, — соглашался доктор Шоу, — но в другом даже удлиняем. (Джон глядел на него непонимающе.) Пусть сома укорачивает временное протяжение вашей жизни на столько-то лет, — продолжал врач. — Зато какие безмерные вневременные протяжения она способна вам дарить. Каждый сомотдых — это фрагмент того, что наши предки называли вечностью.

— «Вечность была у нас в глазах и на устах»[1], — пробормотал Джон, начиная понимать.

— Как? — не расслышал доктор Шоу.

— Ничего. Так.

— Конечно, — продолжал доктор Шоу, — нельзя позволять людям то и дело отправляться в вечность, если они выполняют серьезную работу. Но поскольку у Линды такой работы нет...

---

[1] Слова Клеопатры; «Антоний и Клеопатра» (акт I, сц. 3).

— Все равно, — не успокаивался Джон, — по-моему, нехорошо это.

Врач пожал плечами.

— Что ж, если вы предпочитаете, чтобы она вопила и буянила, домогаясь сомы...

В конце концов Джону пришлось уступить. Линда добилась своего. И залегла окончательно в своей комнатке на тридцать восьмом этаже дома, в котором жил Бернард. Радио, телевизор включены круглые сутки, из краника чуть-чуть покапывают духи пачули, и тут же под рукой таблетки сомы — так лежала она у себя в постели; и в то же время пребывала где-то далеко, бесконечно далеко, в непрерывном сомотдыхе, в ином каком-то мире, где радиомузыка претворялась в лабиринт звучных красок, трепетно скользящий лабиринт, ведущий (о, какими прекрасно-неизбежными извивами!) к яркому средоточью полного, уверенного счастья; где танцующие телевизионные образы становились актерами в неописуемо дивном суперпоющем ощущальном фильме; где аромат каплющих духов разрастался в солнце, в миллион сексофонов, — в Попе, обнимающего, любящего, но неизмеримо сладостней, сильней — и нескончаемо.

— Нет, возвращать молодость мы не умеем. Но я крайне рад этой возможности понаблюдать одряхление на человеке. Сердечное спасибо, что пригласили меня. — И доктор Шоу горячо пожал Бернарду руку.

Итак, видеть жаждали Джона. А поскольку доступ к Джону был единственно через его официального опекуна и гида Бернарда, то к Бернарду впервые в жизни стали относиться по-человечески, даже более того, словно к очень важной особе. Теперь и речи не было про спирт, якобы подлитый в его кровезаменитель; не было насмешек над его наружностью. Генри Фостер весь излучал радушие; Бенито Гувер подарил шесть пачек секс-гормональной жевательной резинки; пришел помощник Предопределителя и чуть ли не подобострастно стал напрашиваться в гости — на какой-либо из званых вечеров, устраиваемых Бернардом. Что же до женщин, то Бернарду стоило лишь поманить их приглашением на такой вечер, и доступна делалась любая.

— Бернард пригласил меня на будущую среду, познакомит с Дикарем, — объявила торжествующе Фанни.

— Рада за тебя, — сказала Ленайна. — А теперь признайся, что ты неверно судила о Бернарде. Ведь правда же, он мил?

Фанни кивнула.

— И не скрою, — сказала Фанни, — что я весьма приятно удивлена.

Начальник Укупорки, Главный предопределитель, трое заместителей помощника Главного оплодотворителя, профессор ощущального искусства из Института технологии чувств, Настоятель Вестминстерского храма песнословия, Главный бокановскизатор — бесконечен был перечень светил и знатных лиц, бывавших на приемах у Бернарда.

— А девушек я на прошлой неделе имел шесть штук, — похвастался Бернард перед Гельмгольцем. — Одну в понедельник, двух во вторник, двух в пятницу и одну в субботу. И еще по крайней мере дюжина набивалась, да не было времени и желания...

Гельмгольц слушал молча, с таким мрачным неодобрением, что Бернард обиделся.

— Тебе завидно, — сказал Бернард.

— Нет, попросту грустновато, — ответил он.

Бернард ушел рассерженный. Никогда больше, дал он себе зарок, никогда больше не заговорит он с Гельмгольцем.

Шли дни. Успех кружил Бернарду голову, как шипучий пьянящий напиток, и (подобно всякому хорошему опьяняющему средству) полностью примирил его с порядком вещей, прежде таким несправедливым. Теперь этот мир был хорош, поскольку признал Бернардову значимость. Но, умиротворенный, довольный своим успехом, Бернард однако не желал отречься от привилегии критиковать порядок вещей. Ибо критика усиливала в Бернарде чувство значимости, собственной весомости. К тому же критиковать есть что — в этом он убежден был искренно. (Столь же искренне ему хотелось и нравилось иметь успех, иметь девушек по желанию.) Перед теми, кто теперь любезничал с ним ради доступа к Дикарю, Бернард щеголял язвительным инакомыслием. Его слушали учтиво. Но за спиной у него покачивали головами и пророчили: «Этот молодой человек плохо кончит». Пророчили тем увереннее, что сами намерены были в должное время позаботиться о плохом конце. «И не выйдет он вторично сухим из воды — не вечно ему козырять дикарями», — прибавляли они. Пока же этот козырь у Бернарда был, и с Бернардом держались любезно. И Бернард чувствовал себя монументальной личностью, колоссом — и в то же время ног под собой не чуял, был легче воздуха, парил в поднебесье.

— Он легче воздуха, — сказал Бернард, показывая вверх.

Высоко-высоко там висел привязанный аэростат службы погоды и розово отсвечивал на солнце, как небесная жемчужина.

«...упомянутому Дикарю, — гласила инструкция, данная Бернарду, — надлежит наглядно показать цивилизованную жизнь во всех ее аспектах...»

Сейчас Дикарю показывали ее с высоты птичьего полета — со взлетно-посадочного диска Черинг-Тийской башни. Экскурсоводами служили начальник этого аэропорта и штатный метеоролог. Но говорил главным образом Бернард. Опьяненный своей ролью, он вел себя так, словно был по меньшей мере Главноуправителем. Он парил в поднебесье.

Оттуда, из этих небес, упала на диск «Бомбейская Зеленая ракета». Пассажиры сошли. Из восьми иллюминаторов салона выглянули восемь одетых в хаки бортпроводников — восьмерка тождественных близнецов-дравидов.

— Тысяча двести пятьдесят километров в час, — внушительно сказал начальник аэропорта. — Скорость приличная, не правда ли, мистер Дикарь?

— Да, — сказал Дикарь. — Однако Ариель способен был в сорок минут всю землю опоясать[1].

«Дикарь, — писал Бернард Мустафе Монду в своем отчете, — выказывает поразительно мало удивления или страха перед изобретениями цивилизации. Частично это объясняется, без сомнения, тем, что ему давно рассказывала о них Линда, его м…».

Мустафа Монд нахмурился. «Неужели этот дурак думает, что шокирует меня, если напишет слово полностью?»

«Частично же тем, что интерес его сосредоточен на фикции, которую он именует душой и упорно считает существующей реально и помимо вещественной среды; я же убеждаю его в том, что…»

Главноуправитель пропустил, не читая, Бернардовы рассуждения и хотел уже перевернуть страницу в поисках чего-либо конкретней, интересней, как вдруг наткнулся взглядом на весьма странные фразы. «…Хотя должен признаться, — прочел он, — что здесь я согласен с Дикарем и тоже нахожу нашу цивилизованную безмятежность чувств слишком легко нам достающейся, слишком, как выражается Дикарь, дешевой; и, пользуясь случаем, я хотел бы привлечь внимание Вашего Фордейшества к…»

Мустафа не знал, гневаться ему или смеяться. Этот нуль суется читать лекции о жизнеустройстве ему, Мустафе Монду! Такое уж ни в какие ворота не лезет! Да он с ума сошел! «Человечку необходим урок», — решил Главноуправитель; но тут же густо рассмеялся, закинув голову. И мысль об уроке отодвинулась куда-то вдаль.

---

[1] Точнее говоря, такой скоростью полета обладал Пак — персонаж «Сна в летнюю ночь» (см. акт II, сц. 1, с. 175).

Посетили небольшой завод осветительных устройств для вертопланов, входящий в Корпорацию электрооборудования. Уже на крыше были встречены и главным технологом, и администратором по кадрам (ибо рекомендательное письмо-циркуляр Главноуправителя обладало силой магической). Спустились в производственные помещения.

— Каждый процесс, — объяснял администратор, — выполняется по возможности одной группой Бокановского.

И действительно, холодную штамповку выполняли восемьдесят три чернявых, круглоголовых и почти безносых дельтовика. Полсотни четырехшпиндельных токарно-револьверных автоматов обслуживались полусотней горбоносых рыжих гамм. Персонал литейной составляли сто семь сенегальцев-эпсилонов, с бутыли привычных к жаре. Резьбу нарезали тридцать три желто-русые, длинноголовые, узкобедрые дельтовички, ростом все как одна метр шестьдесят девять сантиметров (с допуском плюс-минус 20 мм). В сборочном цехе два выводка гамма-плюсовиков карликового размера стояли на сборке генераторов. Ползла конвейерная лента с грузом частей; по обе стороны ее тянулись низенькие рабочие столы; и друг против друга стояли сорок семь темноволосых карликов и сорок семь светловолосых. Сорок семь носов крючком — и сорок семь курносых; сорок семь подбородков, выдающихся вперед, — и сорок семь срезанных. Проверку собранных генераторов производили восемнадцать схожих как две капли воды курчавых шатенок в зеленой гамма-форме; упаковкой занимались тридцать четыре коротконогих левши из разряда «дельта-минус», а погрузкой в ожидающие тут же грузовики и фургоны — шестьдесят три голубоглазых, льнянокудрых и веснушчатых эпсилон-полукретина.

«О дивный новый мир...» Память злорадно подсказала Дикарю слова Миранды. «О дивный новый мир, где обитают такие люди».

— И могу вас заверить, — подытожил администратор на выходе из завода, — с нашими рабочими практически никаких хлопот. У нас всегда...

Но Дикарь уже убежал от своих спутников за лавровые деревца, и там его вырвало так, будто не на твердой земле он находился, а в вертоплане, попавшем в болтанку.

«Дикарь, — докладывал письменно Бернард, — отказывается принимать сому, и, по-видимому, его очень удручает то, что Линда, его м..., пребывает в постоянном сомотдыхе. Стоит отметить, что, несмотря на одряхление и крайне отталкивающий вид его м... Дикарь зачастую ее навещает и весьма привязан к ней — любопытный пример того, как ранняя обработка психики способна смягчить и даже подавить естественные побуждения (в данном случае — побуждение избежать контакта с неприятным объектом)».

В Итоне они приземлились на крыше школы. Напротив, за прямоугольным двором, ярко белела на солнце пятидесятидвухэтажная Лаптонова Башня. Слева — колледж, а справа — Итонский храм песнословия возносили свои веками освященные громады из железобетона и витагласа[1]. В центре прямоугольника, ограниченного этими четырьмя зданиями, стояло причудливо-старинное изваяние господа нашего Форда из хромистой стали.

Вышедших из кабины Дикаря и Бернарда встретили доктор Гэфни, ректор и мисс Кийт, директриса.

— А близнецов у вас здесь много? — тревожно спросил Дикарь, когда приступили к обходу.

— О нет, — ответил ректор. — Итон предназначен исключительно для мальчиков и девочек из высших каст. Одна яйцеклетка — один взрослый организм. Это, разумеется, затрудняет обучение. Но поскольку нашим питомцам предстоит брать на плечи ответственность, принимать решения в непредвиденных и чрезвычайных обстоятельствах, бокановскизация для них не годится. — Ректор вздохнул.

---

[1] Стекло, пропускающее ультрафиолетовые лучи.

Бернарду между тем весьма пришлась по вкусу мисс Кийт.

— Если вы свободны вечером в любой понедельник, среду или пятницу, милости прошу, — говорил он ей. — Субъект, знаете ли, занятный, — прибавил он, кивнув на Дикаря. — Оригинал.

Мисс Кийт улыбнулась (и Бернард счел улыбку очаровательной), промолвила: «Благодарю вас», сказала, что с удовольствием принимает приглашение.

Ректор открыл дверь в аудиторию, где шли занятия с плюс-плюс-альфами. Послушав минут пять, Джон озадаченно повернулся к Бернарду.

— А что это такое — элементарная теория относительности? — шепотом спросил он. Бернард начал было объяснять, затем предложил пойти лучше послушать, как обучают другим предметам.

В коридоре, ведущем в географический зал для минус-бет, они услышали за одной из дверей звонкое сопрано:

— Раз, два, три, четыре, — и тут же новую, устало-раздраженную команду: — Отставить.

— Мальтузианские приемы, — объяснила директриса. — Наши девочки, конечно, в большинстве своем неплоды. Как и я сама, — улыбнулась она Бернарду. — Но есть у нас учениц восемьсот нестерилизованных, и они нуждаются в постоянной тренировке.

В географическом зале Джон услышал, что «дикая резервация — это местность, где вследствие неблагоприятных климатических или геологических условий не окупились бы расходы на цивилизацию». Щелкнули ставни; свет в зале погас; и внезапно на экране, над головой у преподавателя, возникли penitentes[1], павшие ниц пред богоматерью Акомской (знакомое Джону зрелище); стеная, каялись они в грехах перед распятым Иисусом, перед Пуконгом в образе орла. А юные итонцы в зале надрывали животики от смеха. Penitentes поднялись,

---

[1] Кающиеся *(исп.)*.

причитая, на ноги, сорвали с себя верхнюю одежду и узловатыми бичами принялись себя хлестать. Смех в зале до того разросся, что заглушил даже стоны бичующихся, усиленные звукоаппаратурой.

— Но почему они смеются? — спросил Дикарь с недоумением и болью в голосе.

— Почему? — Ректор обернулся к нему, улыбаясь во весь рот. — Да потому что смешно до невозможности.

В кинематографической полумгле Бернард отважился на то, на что в прошлом вряд ли решился бы даже в полной темноте. Окрыленный своей новой значимостью, он обнял директрису за талию. Талия гибко ему покорилась. Он хотел уже сорвать поцелуйчик-другой или нежно щипнуть, но тут снова щелкнули, открылись ставни.

— Пожалуй, продолжим осмотр, — сказала мисс Кийт, вставая.

— Вот здесь у нас, — указал ректор, пройдя немного по коридору, — гипнопедическая аппаратная.

Вдоль трех стен помещения стояли стеллажи с сотнями проигрывателей — для каждой спальной комнаты свой проигрыватель; четвертую стену всю занимали полки-ячейки с бумажными роликами, содержащими разнообразные гипнопедические уроки.

— Ролик вкладываем сюда, — сказал Бернард, перебивая ректора, — нажимаем эту кнопку...

— Нет, вон ту, — поправил досадливо ректор.

— Да, вон ту. Ролик разматывается, печатная запись считывается, световые импульсы преобразуются селеновыми фотоэлементами в звуковые волны и...

— И происходит обучение во сне, — закончил доктор Гэфни.

— А Шекспира они читают? — спросил Дикарь, когда, направляясь в биохимические лаборатории, они проходили мимо школьной библиотеки.

— Ну разумеется, нет, — сказала директриса, зардевшись.

— Библиотека наша, — сказал доктор Гэфни, — содержит только справочную литературу. Развлекаться наша молодежь может в ощущальных кинозалах. Мы не поощряем развлечений, связанных с уединением.

По остеклованной дороге прокатили мимо пять автобусов, заполненных мальчиками и девочками; одни пели, другие сидели в обнимку, молча.

— Возвращаются из Слау, из крематория, — пояснил ректор (Бернард в это время шепотом уговаривался с директрисой о свидании сегодня же вечером). — Смертовоспитание начинается с полутора лет. Каждый малыш дважды в неделю проводит утро в Умиральнице. Там его ожидают самые интересные игрушки и шоколадные пирожные. Ребенок приучается воспринимать умирание, смерть как нечто само собою разумеющееся.

— Как любой другой физиологический процесс, — вставила авторитетно директриса.

Итак, с нею договорено. В восемь часов вечера, в «Савое».

На обратном пути в Лондон они сделали краткую остановку на крыше Брентфордской фабрики телеоборудования.

— Подожди, пожалуйста, минутку, я схожу позвоню, — сказал Бернард.

Ожидая, Дикарь глядел вокруг. Главная дневная смена как раз кончилась. Рабочие низших каст толпились, выстраивались в очередь у моновокзала — сотен семь или восемь гамм, дельт и эпсилонов обоего пола, то есть не более дюжины одноликих и однорослых выводков. Длинной гусеницей ползла очередь к окошку. Вместе с билетом кассир совал каждому картонную коробочку.

— Что в этих... этих малых ларчиках? — вспомнив слово из «Венецианского купца», спросил Дикарь возвратившегося Бернарда.

— Дневная порция сомы, — ответил Бернард слегка невнятно; он подкреплял энергию — жевал Гуверову секс-гормональную резинку. — Кончил смену — получай сому. Четыре полуграммовых таблетки. А по субботам — шесть.

Он взял Джона дружески под руку и направился с ним к вертоплану.

Ленайна вошла в раздевальню, напевая.

— У тебя такой довольный вид, — сказала Фанни.

— Да, у меня радость, — отвечала Ленайна. (Жжик! — расстегнула она молнию.) — Полчаса назад позвонил Бернард. (Жжик, жжик! — сняла она шорты.) У него непредвиденная встреча. (Жжик!) Попросил сводить Дикаря вечером в ощущалку. Надо скорей лететь. — И она побежала в ванную кабину.

«Везет же девушке», — подумала Фанни, глядя вслед Ленайне. Подумала без зависти; добродушная Фанни просто констатировала факт. Действительно, Ленайне повезло. Не на одного лишь Бернарда, но в щедрой мере и на нее падали лучи славы Дикаря (самая модная, самая громкая сенсация момента!) и озаряли ее малозначительную личность. Ведь сама руководительница Фордианского союза женской молодежи[1] попросила ее прочесть лекцию о Дикаре! Ведь Ленайну пригласили на ежегодный званый обед клуба «Афродитеум»! Ведь ее уже показывали в «Ощущальных новостях» — зримо, слышимо и осязаемо явили сотням миллионов жителей планеты!

Едва ль менее лестной для Ленайны была благосклонность видных лиц. Второй секретарь Главноуправителя пригласил ее на ужин-завтрак. Один из своих уикендов Ленайна провела с верховным судьей, другой — с архипеснословом Кентерберийским. Ей то и дело звонил глава Корпорации секреторных продуктов, а с заместителем управляющего Европейским банком она слетала в Довиль[2].

— Чудесно, что и говорить. Но, — призналась Ленайна подруге, — у меня какое-то такое чувство, точно я получаю все это обманом. Потому что первым делом,

---

[1] Здесь и в других местах автор иронически переиначивает названия известных буржуазных учреждений и организаций (Христианский союз женской молодежи, клуб «Атенум» и т. д.)

[2] Приморский город во Франции.

конечно, все они допытываются, какой из Дикаря любовник. И приходится отвечать, что не знаю. — Она поникла головой. — Конечно, почти никто не верит мне. Но это правда. И жаль, что правда, — прибавила она грустно и вздохнула. — Он страшно же красивый, верно?

— А разве ты ему не нравишься? — спросила Фанни.

— Иногда мне кажется — нравлюсь, а иногда нет. Он избегает меня все время; стоит мне войти в комнату, как он уходит; не коснется рукой никогда, глядит в сторону. Но, бывает, обернусь неожиданно и ловлю его взгляд на себе; и тогда — ну, сама знаешь, какой у мужчин взгляд, когда им нравишься.

Фанни кивнула.

— Так что не пойму я, — дернула Ленайна плечом. Она недоумевала, она была сбита с толку и удручена. — Потому что, понимаешь, Фанни, он-то мне нравится.

«Нравится все больше, все сильней. И вот теперь свидание», — думала она, прыскаясь духами после ванны. Здесь, и здесь, и здесь чуточку... Наконец, наконец-то свидание! Она весело запела:

> Крепче жми меня, мой кролик,
> Целуй до истомы.
> Ах, любовь острее колик
> И волшебней сомы.

Запаховый орган исполнил восхитительно бодрящее «Травяное каприччио» — журчащие арпеджио тимьяна и лаванды, розмарина, мирта, эстрагона; ряд смелых модуляций по всей гамме пряностей, кончая амброй; и медленный возврат через сандал, камфару, кедр и свежескошенное сено (с легкими порою диссонансами — запашком ливера, слабеньким душком свиного навоза), возврат к цветочным ароматам, с которых началось каприччио. Повеяло на прощанье тимьяном; раздались аплодисменты; свет вспыхнул ярко. В аппарате синтетической музыки завертелся ролик звукозаписи, разматываясь. Трио для экстраскрипки, супервиолончели и гипергобоя наполнило воздух своей мелодической негой. Тактов тридцать или сорок, а затем на этом инструментальном фоне запел совершенно сверхчеловеческий голос: то грудной, то головной, то чистых, как флейта, тонов, то насыщенный томящими обертонами, голос этот без усилия переходил от рекордно басовых нот к почти ультразвуковым переливчатым верхам, далеко превосходящим высочайшее «до», которое, к удивлению Моцарта, пронзительно взяла однажды Лукреция Аюгари* единственный в истории музыки раз — в 1770 году, в Герцогской опере города Пармы.

Глубоко уйдя в свои пневматические кресла, Ленайна и Дикарь обоняли и слушали. А затем пришла пора глазам и коже включиться в восприятие.

Свет погас; из мрака встали жирные огненные буквы: ТРИ НЕДЕЛИ В ВЕРТОПЛАНЕ. СУПЕРПОЮЩИЙ, СИНТЕТИКО-РЕЧЕВОЙ, ЦВЕТНОЙ СТЕРЕОСКОПИЧЕСКИЙ ОЩУЩАЛЬНЫЙ ФИЛЬМ. С СИНХРОННЫМ ОРГАНО-ЗАПАХОВЫМ СОПРОВОЖДЕНИЕМ.

— Возьмитесь за шишечки на подлокотниках кресла, — шепнула Ленайна. — Иначе не дойдут ощущальные эффекты.

Дикарь взялся пальцами за обе шишечки.

Тем временем огненные буквы погасли; секунд десять длилась полная темнота; затем вдруг ослепительно великолепные в своей вещественности — куда живей живого, реальней реального — возникли стереоскопические образы великана-негра и золотоволосой юной круглоголовой бета-плюсовички. Негр и бета сжимали друг друга в объятиях.

Дикарь вздрогнул. Как зачесались губы! Он поднял руку ко рту; щекочущее ощущение пропало; опустил руку на металлическую шишечку — губы опять защекотало. А орган между тем источал волны мускуса. Из репродукторов шло замирающее суперворкованье: «Оо-оо»; и сверхафриканский густейший басище (частотой всего тридцать два колебания в секунду) мычал в ответ воркующей золотой горлице: «Мм-мм». Опять слились стереоскопические губы — «Оо-ммм! Оо-ммм!» — и снова у шести тысяч зрителей, сидящих в «Альгамбре», зазудели эротогенные зоны лица почти невыносимо приятным гальваническим зудом. «Ооо...»

Сюжет фильма был чрезвычайно прост. Через несколько минут после первых воркований и мычаний (когда любовники спели дуэт, пообнимались на знаменитой медвежьей шкуре, каждый волосок которой — совершенно прав помощник Предопределителя! — был четко и раздельно осязаем), негр попал в воздушную аварию, ударился об землю головой. Бум! Какая боль прошила лбы у зрителей! Раздался хор охов и ахов.

От сотрясения полетело кувырком все формированье-воспитанье негра. Он воспылал маниакально-ревнивой страстью к златовласой бете. Она протестовала. Он не унимался. Погони, борьба, нападение на соперника; наконец, захватывающее дух похищение. Бета унесена ввысь, вертоплан три недели висит в небе, и три недели длится этот дико антиобщественный тет-а-тет блондинки с черным маньяком. В конце концов после целого ряда приключений и всяческой воздушной акробатики трем юным красавцам-альфовикам удается спасти девушку. Негра отправляют в Центр переформовки взрослых, и фильм завершается счастливо и благопристойно — девушка дарит своей любовью всех троих спасителей. На минуту они прерывают это занятие, чтобы спеть синтетический квартет под мощный супероркестровый аккомпанемент, в органном аромате гардений. Затем еще раз напоследок медвежья шкура — и под звуки сексофонов экран меркнет на финальном стереоскопическом поцелуе, и на губах у зрителей гаснет электрозуд, как умирающий мотылек, что вздрагивает, вздрагивает крылышками все слабей и бессильней — и вот уже замер, замер окончательно.

Но для Ленайны мотылек не оттрепетал еще. Зажегся уже свет, и они с Джоном медленно подвигались в зрительской толпе к лифтам, а призрак мотылька все щекотал ей губы, чертил на коже сладостно-тревожные ознобные дорожки. Щеки Ленайны горели, глаза влажно сияли, грудь вздымалась. Она взяла Дикаря под руку, прижала его локоть к себе. Джон покосился на нее, бледный, страдая, вожделея и стыдясь своего желания. Он недостоин, недос... Глаза их встретились на миг. Какое обещание в ее взгляде! Какие царские сокровища любви! Джон поспешно отвел глаза, высвободил руку. Он бессознательно страшился, как бы Ленайна не сделалась такой, какой он уже не будет недостоин.

— По-моему, это вам вредно, — проговорил он, торопясь снять с нее и перенести на окружающее вину за всякие прошлые или будущие отступления Лснайны от совершенства.

— Что вредно, Джон?

— Смотреть такие мерзкие фильмы.

— Мерзкие? — искренно удивилась Ленайна. — А мне фильм показался прелестным.

— Гнусный фильм, — сказал Джон негодующе. — Позорный.

— Не понимаю вас, — покачала она головой. Почему Джон такой чудак? Почему он так упорно хочет все испортить?

В вертакси он избегал на нее смотреть. Связанный нерушимыми обетами, никогда не произнесенными, покорный законам, давно уже утратившим силу, он сидел отвернувшись и молча. Иногда — будто чья-то рука дергала тугую, готовую лопнуть струну — по телу его пробегала внезапная нервная дрожь.

Вертакси приземлилось на крыше дома, где жила Ленайна. «Наконец-то», — ликующе подумала она, выходя из кабины. Наконец-то, хоть он и вел себя сейчас так непонятно. Остановившись под фонарем, она погляделась в свое зеркальце. Наконец-то. Да, нос чуть-чуть лоснится. Она отряхнула пуховку. Пока Джон расплачивается с таксистом, можно привести лицо в порядок. Она заботливо прошлась пуховкой, говоря себе: «Он ужасно красив. Ему-то незачем робеть, как Бернарду. А он робеет... Любой другой давно бы уже. Но теперь наконец-то». Из круглого зеркальца ей улыбнулись нос и полщеки, уместившиеся там.

— Спокойной ночи, — произнес за спиной у нее сдавленный голос. Ленайна круто обернулась: Джон стоял в дверях кабины, глядя на Ленайну неподвижным взглядом; должно быть, он стоял так и глядел все время, пока она пудрилась, и ждал — но чего? — колебался, раздумывал, думал — но о чем? Что за чудак, уму непостижимый...

— Спокойной ночи, Ленайна, — повторил он, страдальчески морща лицо в попытке улыбнуться.

— Но, Джон... Я думала, вы... То есть, разве вы не?..

Дикарь, не отвечая, закрыл дверцу, наклонился к пилоту, что-то сказал ему. Вертоплан взлетел.

Сквозь окошко в полу Дикарь увидел лицо Ленайны, бледное в голубоватом свете фонарей. Рот ее открыт, она зовет его. Укороченная в ракурсе фигурка Ленайны понеслась вниз; уменьшаясь, стал падать во тьму квадрат крыши.

Через пять минут Джон вошел к себе в комнату. Из ящика в столе он вынул обгрызенный мышами том и, полистав с благоговейной осторожностью мятые, захватанные страницы, стал читать «Отелло». Он помнил, что, подобно герою «Трех недель в вертоплане», Отелло — чернокожий.

Ленайна отерла слезы, направилась к лифту. Спускаясь с крыши на свой двадцать восьмой этаж, она вынула флакончик с сомой. Грамма, решила она, будет мало; печаль ее не из однограммовых. Но если принять два грамма, то, чего доброго, проспишь, опоздаешь завтра на работу. «Приму полтора», — и она вытряхнула на ладонь три таблетки.

ГЛАВА ДВЕНАДЦАТАЯ

Бернарду пришлось кричать сквозь запертую дверь; Дикарь упорно не открывал.

— Но все уже собрались и ждут тебя.

— Пускай ждут на здоровье, — глухо донеслось из-за двери.

— Но, Джон, ты ведь отлично знаешь, — (как, однако, трудно придавать голосу убедительность, когда кричишь), — что я их пригласил именно на встречу с тобой.

— Прежде надо было меня спросить, хочу ли я с ними встретиться.

— Ты ведь никогда раньше не отказывался.

— А вот теперь отказываюсь. Хватит.

— Но ты же не подведешь друга, — льстиво проорал Бернард. — Ну сделай одолжение, Джон.

— Нет.

— Ты это серьезно?

— Да.

— Но мне что же прикажешь делать? — простонал в отчаянии Бернард.

— Убирайся к черту! — рявкнуло раздраженно за дверью.

— Но у нас сегодня сам архипеснослов Кентерберийский! — чуть не плача, крикнул Бернард.

— Аи яа такваǃ — Единственно лишь на языке зуньи способен был Дикарь с достаточной силой выразить свое отношение к архипеснослову. — Хани! — послал он новое ругательство и добавил со свирепой насмешкой: — Сонс эсо це-на. — И плюнул на пол, как плюнул бы Попе.

Так и пришлось сникшему Бернарду вернуться ни с чем и сообщить нетерпеливо ожидающим гостям, что Дикарь сегодня не появится. Весть эта была встречена негодованием. Мужчины гневались, поскольку впустую потратили свои любезности на замухрышку Бернарда с его дурной репутацией и еретическими взглядами. Чем выше их положение в общественной иерархии, тем сильней была их досада.

— Сыграть такую шуточку со мной! — восклицал архипеснослов. — Со мной!

Дам же бесило то, что ими под ложным предлогом попользовался жалкий субъект, хлебнувший спирта во младенчестве, человечек с тельцем гамма-минусовика. Это просто безобразие — и они возмущались все громче и громче. Особенно язвительна была итонская директриса.

Только Ленайна молчала. Она сидела в углу бледная, синие глаза ее туманились непривычной грустью, и эта грусть отгородила, обособила ее от окружающих. А шла она сюда, исполненная странным чувством буйной и тревожной радости. «Еще несколько минут, — говорила она себе, входя, — и я увижу его, заговорю с ним, скажу (она уже решилась ему открыться), что он мне нравится — больше всех, кого я знала в жизни. И тогда, быть может, он мне скажет...»

— Скажет — что? Ее бросало в жар и краску.

«Почему он так непонятно вел себя после фильма? Так по-чудному. И все же я уверена, что на самом деле ему нравлюсь. Абсолютно уверена...»

И в этот-то момент вернулся Бернард со своей вестью: Дикарь не выйдет к гостям.

Ленайна испытала внезапно все то, что обычно испытывают сразу после приема препарата ЗБС (заменитель бурной страсти), — чувство ужасной пустоты, теснящую дыхание тоску, тошноту. Сердце словно перестало биться.

«Возможно, оттого не хочет выйти, что не нравлюсь я ему», — подумала она. И тотчас же возможность эта сделалась в ее сознании неопровержимым фактом: не нравится она ему. Не нравится...

— Это уж он Форд знает, что себе позволяет, — говорила между тем директриса заведующему крематориями и утилизацией фосфора. — И подумать, что я даже...

— Да, да, — слышался голос Фанни Краун, — насчет спирта все чистейшая правда. Знакомая моей знакомой как раз работала тогда в эмбрионарии. Знакомая сама слышала от этой знакомой...

— Скверная шуточка, скверная, — поддакнул архипеснослову Генри Фостер. — Вам небезынтересно будет узнать, что бывший наш Директор, если бы не ушел, то перевел бы его в Исландию.

Пронзаемый каждым новым словом, тугой воздушный шар Бернардова самодовольства съеживался на глазах, соча газ из тысячи проколов. Смятенный, потерянный, бледный и жалкий, Бернард метался среди гостей, бормотал бессвязные извинения, заверял, что в следующий раз Дикарь непременно будет, усаживал и упрашивал угоститься каротинным сандвичем, отведать пирога с витамином А, выпить искусственного шампанского. Гости ели, но Бернарда уже знать не хотели; пили и либо ему грубили, либо же переговаривались о нем громко и оскорбительно, точно его не было с ними рядом.

— А теперь, друзья мои, — плотно подзакусив, промолвил архипеснослов Кентерберийский этим своим великолепным медным голосом, что вершит и правит празднованиями Дня Форда, — теперь, друзья мои, пора уже, я думаю... — Он встал с кресла, поставил бокал, стряхнул с пурпурного вискозного жилета крошки и направил стопы свои к выходу.

Бернард ринулся на перехват:

— Неужели?.. Ведь так еще рано... Я питал надежду, что ваше...

Да, каких только надежд он не питал, после того как Ленайна сообщила ему по секрету, что архипеснослов примет приглашение, если таковое будет послано. «А знаешь, он очень милый». И показала Бернарду золотую Т-образную застежечку, которую архипеснослов подарил ей в память уикенда, проведенного Ленайной в его резиденции. «Званый вечер с участием архипеснослова Кентерберийского и м-ра Дикаря» — эти триумфальные слова красовались на всех пригласительных билетах. Но именно этот-то вечер избрал Дикарь, чтобы запереться у себя и отвечать на уговоры ругательствами «Хани!» и даже «Сонс эсо це-на!» (счастье Бернарда, что он не знает языка зуньи). То, что должно было стать вершинным мигом всей жизни Бернарда, стало мигом его глубочайшего унижения.

— Я так надеялся... — лепетал он, глядя на верховного фордослужителя молящими и горестными глазами.

— Молодой мой друг, — изрек архипеснослов торжественно-сурово; все кругом смолкло. — Позвольте преподать вам совет. Добрый совет. — Он погрозил Бернарду пальцем. — Исправьтесь, пока еще не поздно. — В голосе его зазвучали гробовые ноты. — Прямыми сделайте стези ваши, молодой мой друг. — Он осенил Бернарда знаком Т и отворотился от него. — Ленайна, радость моя, — произнес он, меняя тон. — Прошу со мной.

Послушно, однако без улыбки и без восторга, совершенно не сознавая, какая оказана ей честь, Ленайна пошла следом. Переждав минуту из почтения к архипеснослову, двинулись к выходу и остальные гости. Последний хлопнул, уходя, дверью. Бернард остался один.

Совершенно убитый, он опустился на стул, закрыл лицо руками и заплакал. Поплакав несколько минут, он прибегнул затем к средству действеннее слез — принял четыре таблетки сомы.

Наверху, в комнате у себя, Дикарь был занят чтением «Ромео и Джульетты».

Вертоплан доставил архипеснослова и Ленайну на крышу Собора песнословия.

— Поторопитесь, молодой мой... то есть Ленайна, — позвал нетерпеливо архипеснослов, стоя у дверей лифта. Ленайна, замешкавшаяся на минуту — глядевшая на луну, — опустила глаза и поспешила к лифту.

«Новая биологическая теория» — так называлась научная работа, которую кончил в эту минуту читать Мустафа Монд. Он посидел, глубокомысленно хмурясь, затем взял перо и поперек заглавного листа начертал: «Предлагаемая автором математическая трактовка концепции жизненазначения является новой и весьма остроумной, но еретической и по отношению к общественному порядку опасной и потенциально разрушительной. Публикации не подлежит (эту фразу он подчеркнул). Автора держать под надзором. Потребуется, возможно, перевод его на морскую биостанцию на острове Святой Елены». А жаль, подумал он, ставя свою подпись. Работа сделана мастерски.

Но только позволь им начать рассуждать о назначении жизни — и Форд знает, до чего дорассуждаются. Подобными идеями легко сбить с толку тех высшекастовиков, чьи умы менее устойчивы, разрушить их веру в счастье как Высшее Благо и убедить в том, что жизненная цель находится где-то дальше, где-то вне нынешней сферы людской деятельности; что назначение жизни состоит не в поддержании благоденствия, а в углублении, облагорожении человеческого сознания, в обогащении человеческого знания. И вполне возможно, подумал Главноуправитель, что такова и есть цель жизни. Но в нынешних условиях это не может быть допущено. Он снова взял перо и вторично подчеркнул слова «Публикации не подлежит», еще гуще и чернее; затем вздохнул. «Как бы интересно стало жить на свете, — подумал он, — если бы можно было отбросить заботу о счастье».

Закрыв глаза, с восторженно-сияющим лицом, Дикарь тихо декламировал в пространство:

> Краса бесценная и неземная,
> Все факелы собою затмевая,
> Она горит у ночи на щеке,
> Как бриллиант в серьге у эфиопки...[1]

Золотой Т-образный язычок блестел у Ленайны на груди. Архипеснослов игриво взялся за эту застежечку, игриво дернул, потянул.

— Я, наверно... — прервала долгое свое молчание Ленайна. — Я, пожалуй, приму грамма два сомы.

Бернард к этому времени уже крепко спал и улыбался своим райским снам. Улыбался, радостно улыбался. Но неумолимо каждые тридцать секунд минутная стрелка электрочасов над его постелью совершала прыжочек вперед, чуть слышно щелкнув. Щелк, щелк, щелк, щелк... И настало утро. Бернард вернулся в пространство и время — к своим горестям. В полном унынии отправился он на

---

[1] «Ромео и Джульетта» (акт I, сц. 5).

службу, в Воспитательный центр. Недели опьянения кончились; Бернард очутился в прежней житейской оболочке; и, упавшему на землю с поднебесной высоты, ему, как никогда, тяжело было влачить эту постылую оболочку.

К Бернарду, подавленному и протрезвевшему, Дикарь неожиданно отнесся с сочувствием.

— Теперь ты снова похож на того, каким был в Мальпаисе, — сказал он, когда Бернард поведал ему о печальном финале вечера. — Помнишь наш первый разговор? На пустыре у нас. Ты теперь опять такой.

— Да, потому что я опять несчастен.

— По мне лучше уж несчастье, чем твое фальшивое, лживое счастье прошлых недель.

— Ты б уж молчал, — горько сказал Бернард. — Ведь сам же меня подкосил. Отказался сойти к гостям и всех их превратил в моих врагов.

Бернард сознавал, что слова его несправедливы до абсурда; он признавал в душе — и даже признал вслух — правоту Дикаря, возражавшего, что грош цена приятелям, которые, чуть что, превращаются во врагов и гонителей. Но сознавая и признавая все это, дорожа поддержкой, сочувствием друга и оставаясь искренне к нему привязанным, Бернард упрямо все же затаил на Дикаря обиду и обдумывал, как бы расквитаться с ним. На архипеснослова питать обиду бесполезно; отомстить Главному укупорщику или помощнику Предопределителя у Бернарда не было возможности. Дикарь же в качестве жертвы обладал тем огромным преимуществом, что был в пределах досягаемости. Одно из главных назначений друга — подвергаться (в смягченной и символической форме) тем карам, что мы хотели бы, да не можем обрушить на врагов.

Вторым жертвой-другом у Бернарда был Гельмгольц. Когда, потерпев крушение, он пришел к Гельмгольцу, чтобы возобновить дружбу, которую в дни успеха решил разорвать, Гельмгольц встретил его радушно, без слова упрека, словно не было у них никакой ссоры. Бернард был тронут и в то же время унижен этим великодушием, этой сердечной щедростью, тем более необычайной (и оттого вдвойне унизительной), что объяснялась она отнюдь не воздействием сомы. Простил и забыл Гельмгольц трезвый и будничный, а не Гельмгольц, одурманенный таблеткой. Бернард, разумеется, был благодарен (дружба с Гельмгольцем теперь — утешение огромное) и, разумеется, досадовал (а приятно будет как-нибудь наказать друга за его великодушие и благородство).

В их первую же встречу Бернард излил перед другом свои печали и услышал слова ободрения. Лишь спустя несколько дней он узнал, к своему удивлению — и стыду тоже, — что не один теперь в беде. Гельмгольц сам оказался в конфликте с Властью.

— Из-за своего стишка, — объяснил Гельмгольц. — Я читаю третьекурсникам спецкурс по технологии чувств. Двенадцать лекций, из них седьмая — о стихах. Точнее, «О применении стихов в нравственной пропаганде и рекламе». Я всегда обильно ее иллюстрирую конкретными примерами. В этот раз пришла мне мысль попотчевать студентов стишком, только что сочиненным. Мысль сумасшедшая, конечно, но уж очень захотелось. — Гельмгольц засмеялся. — К тому же, — прибавил он более серьезным тоном, — хотелось проверить себя как специалиста: смогу ли я внушить то чувство, какое испытывал сам, когда писал. Господи Форде! — засмеялся он опять. — Какой поднялся шум! Шеф вызвал меня к себе и пригрозил немедленно уволить. Отныне я взят на заметку.

— А о чем твой стишок? — спросил Бернард.
— О ночной уединенности.

Бернард поднял брови.

— Если хочешь, прочту. — И Гельмгольц начал:

> Кончено заседание.
> В Сити — полночный час.
> Палочки барабанные
> Немы. Оркестр угас.
> Сор уснул на панели.
> Спешка прекращена.

Там, где толпы кишели,
Радуется тишина.
Радуется и плачет,
Шепотом или навзрыд.
Что она хочет и значит?
Голосом чьим говорит?
Вместо одной из многих
Сюзанн, Марианн, Услад
(У каждой плечи и ноги
И аппетитный зад), —
Со мной разговор затевает,
Все громче свое запевает
Химера? абсурд? пустота? —
И ею ночь городская
Гуще, плотней занята,
Чем всеми теми многими,
С кем спариваемся мы.
И кажемся мы убогими
Жителями тьмы.

Я привел им это в качестве примера, а они донесли шефу.

— Что ж удивляться, — сказал Бернард. — Стишок этот идет вразрез со всем, что они с детства усвоили во сне. Вспомни, им по крайней мере четверть миллиона раз повторили в той или иной форме, что уединение вредно.

— Знаю. Но мне хотелось проверить действие стиха на слушателях.

— Ну вот и проверил.

В ответ Гельмгольц только рассмеялся.

— У меня такое ощущение, — сказал он, помолчав, — словно брезжит передо мной что-то, о чем стоит писать. Словно начинает уже находить применение бездействовавшая во мне сила — та скрытая, особенная сила. Что-то во мне пробуждается.

«Попал в беду, а рад и светел», — подумал Бернард.

Гельмгольц с Дикарем сдружились сразу же. Такая тесная завязалась у них дружба, что Бернарда даже кольнула в сердце ревность. За все эти недели ему не удалось так сблизиться с Дикарем, как Гельмгольцу с первого же дня. Глядя на них, слушая их разговоры,

Бернард иногда жалел сердито, что свел их вместе. Этого чувства он стыдился и пытался его подавить то сомой, то усилием воли. Но волевые усилия мало помогали, а сому непрерывно ведь не будешь глотать. И гнусная зависть, ревность мучили снова и снова.

В третье свое посещенье Дикаря Гельмгольц прочел ему злополучный стишок.

— Ну, как впечатление? — спросил он, кончив.

Дикарь покрутил головой.

— Вот послушай-ка лучше, — сказал он и, отомкнув ящик, вынув заветную замызганную книгу, раскрыл ее и стал читать:

> Птица звучного запева,
> Звонкий заревой трубач!
> Воструби, воспой, восплачь
> С веток Фениксова древа...[1]

Гельмгольц слушал с растущим волнением. Уже с первых строк он встрепенулся; улыбнулся от удовольствия, услышав «ухающая сова»; от строки «Хищнокрылые созданья» щекам вдруг стало жарко, а при словах «Скорбной музыкою смерти» он побледнел, вдоль спины дернуло не испытанным еще ознобом. Дикарь читал дальше:

> Стало Самости тревожно,
> Что смешались «я» и «ты»;
> Разделяющей черты
> Уж увидеть невозможно.
> Разум приведен в тупик
> Этим розного слияньем...

— «Слиться нас господь зовет», — перебил Бернард, хохотнув ехидно. — Хоть пой эту абракадабру на сходках единения. — Он мстил обоим — Дикарю и Гельмгольцу.

В течение последующих двух-трех встреч он часто повторял свои издевочки. Месть несложная и чрезвычайно действенная, ибо и Гельмгольца, и Дикаря ранило до глубины души это осквернение, растаптыванье хрусталя

---

[1] Дикарь читает стихотворение Шекспира «Феникс и голубка».

поэзии. Наконец Гельмгольц пригрозил вышвырнуть Бернарда из комнаты, если тот перебьет Джона снова. Но как ни странно, а прервал в следующий раз чтение сам Гельмгольц, и еще более грубым образом.

Дикарь читал «Ромео и Джульетту» — с дрожью, с пылом страсти, ибо в Ромео видел самого себя, а в Джульетте — Ленайну. Сцену их первой встречи Гельмгольц прослушал с недоуменным интересом. Сцена в саду восхитила его своей поэзией; однако чувства влюбленных вызвали улыбку. Так взвинтить себя из-за взаимопользования — смешновато как-то. Но, если взвесить каждую словесную деталь, что за превосходный образец инженерии чувств!

— Перед стариканом Шекспиром, — признал Гельмгольц, — лучшие наши специалисты — ничто.

Дикарь торжествующе улыбнулся и продолжил чтение. Все шло гладко до той последней сцены третьего акта, где супруги Капулетти понуждают дочь выйти замуж за Париса. На протяжении всей сцены Гельмгольц поерзывал; когда же, прочувственно передавая мольбу Джульетты, Дикарь прочел:

> Все мое горе видят небеса.
> Ужели нету жалости у неба?
> О, не гони меня, родная мать!
> Отсрочку дай на месяц, на неделю;
> А если нет, то брачную постель
> Стелите мне в могильном мраке склепа,
> Где погребен Тибальт...[1]

Тут уж Гельмгольц безудержно расхохотался: отец и мать (непотребщина в квадрате!) тащат, толкают дочку к взаимопользованию с неприятным ей мужчиной! А дочь, идиотка этакая, утаивает, что взаимопользуется с другим, кого (в данный момент, во всяком случае) предпочитает! Дурацки-непристойная ситуация, в высшей степени комичная. До сих пор Гельмгольцу еще удавалось героическим усилием подавлять разбиравший его смех; но «родная мать» (страдальчески, трепетно произнес это

---

[1] «Ромео и Джульетта» (акт III, сц. 5).

Дикарь) и упоминание о мертвом Тибальте, лежащем во мраке склепа — очевидно, без кремации, так что весь фосфор пропадает зря, — мать с Тибальтом доконали Гельмгольца. Он хохотал и хохотал, уже и слезы текли по лицу, и все не мог остановиться; а Дикарь глядел на него поверх страницы, бледнея оскорбленно, и наконец с возмущением захлопнул книгу, встал и запер ее в стол — спрятал бисер от свиней.

— И однако, — сказал Гельмгольц отдышавшись, извиняясь и несколько смягчив Дикаря, — я вполне сознаю, что подобные нелепые, безумные коллизии необходимы драматургу; ни о чем другом нельзя написать по-настоящему захватывающе. Ведь почему этот старикан был таким замечательным технологом чувств? Потому что писал о множестве вещей мучительных, бредовых, которые волновали его. А так и надо — быть до боли взволнованным, задетым за живое; иначе не изобретешь действительно хороших, всепроникающих фраз. Но «отец»! Но «мать»! — Он покачал головой. — Уж тут, извини, сдержать смех немыслимо. Да и кого из нас взволнует то, попользуется парень девушкой или нет? (Дикаря покоробило, но Гельмгольц, потупившийся в раздумье, ничего не заметил.) — Нет, — подытожил он со вздохом, — сейчас такое не годится. Требуется иной род безумия и насилия. Но какой именно? Что именно? Где его искать? — Он помолчал; затем, мотнув головой, сказал наконец: — Не знаю. Не знаю.

ГЛАВА ТРИНАДЦАТАЯ

В красном сумраке эмбрионария замаячил Генри Фостер.

— В ощущалку вечером махнем?

Ленайна молча покачала головой.

— А с кем ты сегодня? — Ему интересно было знать, кто из его знакомых с кем взаимопользуется. — С Бенито?

Она опять качнула головой.

Генри заметил усталость в этих багряных глазах, бледность под ало-волчаночной глазурью, грусть в уголках неулыбающегося малинового рта.

— Нездоровится тебе, что ли? — спросил он слегка обеспокоенно (а вдруг у нее одна из немногочисленных еще оставшихся заразных болезней?).

Но снова Ленайна покачала головой.

— Все-таки зайди к врачу, — сказал Генри. — «Прихворну хотя бы чуть, сразу к доктору лечу», — бодро процитировал он гипнопедическую поговорку, для вящей убедительности хлопнув Ленайну по плечу. — Возможно, тебе требуется псевдобеременность. Или усиленная доза ЗБС. Иногда, знаешь, обычной бывает недоста...

— Ох, замолчи ты ради Форда, — вырвалось у Ленайны. И она повернулась к бутылям на конвейерной ленте, от которых отвлек ее Генри.

Вот именно, ЗБС ей нужен, заменитель бурной страсти! Она рассмеялась бы Генри в лицо, да только боялась расплакаться. Как будто мало у нее своей БС! С тяжелым вздохом набрала она в шприц раствора.

— Джон, — шепнула она тоскующе, — Джон...

«Господи Форде, — спохватилась она, — сделала я уже этому зародышу укол или не сделала? Совершенно не помню. Еще вторично впрысну, чего доброго». Решив не рисковать этим, она занялась следующей бутылью. (Через двадцать два года восемь месяцев и четыре дня молодой, подающий надежды альфа-минусовик, управленческий работник в Мванза-Мванза, умрет от сонной болезни — это будет первый случай за полстолетия с лишним.) Вздыхая, Ленайна продолжала действовать иглой.

— Но это абсурд — так себя изводить, — возмущалась Фанни в раздевальне час спустя. — Просто абсурд, — повторила она. — И притом из-за чего? Из-за мужчины, одного какого-то мужчины.

— Но я именно его хочу.

— Как будто не существуют на свете миллионы других.

— Но их я не хочу.
— А ты прежде попробуй, потом говори.
— Я пробовала.
— Ну скольких ты перепробовала? — Фанни пожала насмешливо плечиком. — Одного, двух?
— Несколько десятков. Но эффекта никакого.
— Пробуй не покладая рук, — назидательно сказала Фанни. Но было видно, что в ней уже поколебалась вера в этот рецепт. — Без усердия ничего нельзя достичь.
— Усердие усердием, но я...
— Выбрось его из мыслей.
— Не могу.
— А ты сому принимай.
— Принимаю.
— Ну и продолжай принимать.
— Но в промежутках он не перестает мне нравиться. И не перестанет никогда.
— Что ж, если так, — сказала Фанни решительно, — тогда просто-напросто пойди и возьми его. Все равно, хочет он или не хочет.
— Но если бы ты знала, какой он ужасающий чудак!
— Тем более необходима с ним твердость.
— Легко тебе говорить.
— Знать ничего не знай. Действуй. — Голос у Фанни звучал теперь фанфарно, словно у лекторши из ФСЖМ[1], проводящей вечернюю беседу с двенадцатилетними бетаминусовичками. — Да, действуй, и безотлагательно. Сейчас.
— Боязно мне, — сказала Ленайна.
— Прими сперва таблетку сомы — и все дела. Ну, я пошла мыться. — Подхватив мохнатую простыню, Фанни зашагала к кабинкам.

В дверь позвонили, и Дикарь вскочил и бросился открывать, он решил наконец сказать Гельмгольцу, что любит Ленайну, и теперь ему уж не терпелось.

---

[1] Фордианский союз женской молодежи.

— Я предчувствовал, что ты придешь, — воскликнул он, распахивая дверь.

На пороге, в белом, ацетатного атласа матросском костюме и в круглой белой шапочке, кокетливо сдвинутой на левое ухо, стояла Ленайна.

Дикарь так и ахнул, точно его ударили с размаха.

Полграмма сомы оказалось Ленайне достаточно, чтобы позабыть колебанья и страхи.

— Здравствуй, Джон, — сказала она с улыбкой и прошла в комнату.

Машинально закрыл он дверь и пошел следом. Ленайна села. Наступило длинное молчание.

— Ты вроде бы не рад мне, Джон, — сказала наконец Ленайна.

— Не рад? — В глазах Джона выразился упрек; он вдруг упал перед ней на колени, благоговейно поцеловал ей руку. — Не рад? О, если бы вы только знали, — прошептал он и, набравшись духу, взглянул ей в лицо. — О восхитительнейшая Ленайна, достойная самого дорогого, что в мире есть. — (Она улыбнулась, обдав его нежностью.) — О, вы так совершенны (приоткрыв губы, она стала наклоняться к нему), так совершенны и так несравненны (ближе, ближе); чтобы создать вас, у земных созданий взято все лучшее (еще ближе...) — Дикарь внезапно поднялся с колен. — Вот почему, — сказал он, отворачивая лицо, — я хотел сперва совершить что-нибудь... Показать то есть, что достоин вас. То есть я всегда останусь недостоин. Но хоть показать, что не совсем уж... Свершить что-нибудь.

— А зачем это необходимо... — начала и не кончила Ленайна. В голосе ее прозвучала раздраженная нотка. Когда наклоняешься, тянешься губами ближе, ближе, а вдруг дуралей-партнер вскакивает и ты как бы проваливаешься в пустоту, то поневоле возьмет досада, хотя в крови твоей и циркулирует полграмма сомы.

— В Мальпаисе, — путано бормотал Дикарь, — надо принести шкуру горного льва, кугуара. Когда сватаешься то есть. Или волчью.

— В Англии нет львов, — сказала Ленайна почти резко.

— Да если б и были, — неожиданно проговорил Дикарь с брезгливым возмущением, — то их бы с вертопланов, наверное, стреляли, газом бы травили. Не так бы я сражался со львом, Ленайна. — Расправив плечи, расхрабрившись, он повернулся к Ленайне и увидел на лице у нее досаду и непонимание. — Я что угодно совершу, — продолжал он в замешательстве, все больше путаясь. — Только прикажите. Среди забав бывают и такие, где нужен тяжкий труд. Но оттого они лишь слаще. Вот и я бы. Прикажи вы только, я полы бы мел.

— Но на это существуют пылесосы, — сказала недоуменно Ленайна. — Мести полы нет необходимости.

— Необходимости-то нет. Но низменная служба бывает благородно исполнима. Вот и я хотел бы исполнить благородно.

— Но раз у нас есть пылесосы...

— Не в том же дело.

— И есть эпсилон-полукретины, чтобы пылесосить, — продолжала Ленайна, — то зачем это тебе, ну зачем?

— Зачем? Но для вас, Ленайна. Чтобы показать вам, что я...

— И какое отношение имеют пылесосы ко львам?..

— Показать, как сильно...

— Или львы к нашей встрече?.. — Она раздражалась все больше.

— ...как вы мне дороги, Ленайна, — выговорил он с мукой в голосе.

Волна радости затопила Ленайну, волна румянца залила ей щеки.

— Ты признаешься мне в любви, Джон?

— Но мне еще не полагалось признаваться, — вскричал Джон, чуть ли не ломая себе руки. — Прежде следовало... Слушайте, Ленайна, в Мальпаисе влюбленные вступают в брак.

— Во что вступают? — Ленайна опять уже начинала сердиться: что это он мелет?

— Навсегда. Дают клятву жить вместе навек.

— Что за бредовая мысль! — Ленайна не шутя была шокирована.

— «Пускай увянет внешняя краса, но обновлять в уме любимый облик быстрей, чем он ветшает»[1].

— Что такое?

— И Шекспир ведь учит: «Не развяжи девичьего узла до совершения святых обрядов во всей торжественной их полноте...» [2]

— Ради Форда, Джон, говори по-человечески. Я не понимаю ни слова. Сперва пылесосы, теперь узлы. Ты с ума меня хочешь свести. — Она рывком встала и, словно опасаясь, что и сам Джон ускользнет от нее, как ускользает смысл его слов, схватила Джона за руку. — Отвечай мне прямо — нравлюсь я тебе или не нравлюсь?

Пауза; чуть слышно он произнес:

— Я люблю вас сильней всего на свете.

— Тогда почему же молчал, не говорил! — воскликнула она. И так выведена была Ленайна из себя, что острые ноготки ее вонзились Джону в кожу. — Городишь чепуху об узлах, пылесосах и львах. Лишаешь меня радости все эти недели.

Она выпустила его руку, отбросила ее сердито от себя.

— Если бы ты мне так не нравился, — проговорила она, — я бы страшно на тебя разозлилась.

И вдруг обвила его шею, прижалась нежными губами к губам. Настолько сладостен, горяч, электризующ был этот поцелуй, что Джону не могли не вспомниться стереоскопически зримые и осязаемые объятия в «Трех неделях на вертоплане». Воркование блондинки и мычанье негра. Ужас, мерзость... он попытался высвободиться, но Ленайна обняла еще тесней.

— Почему ты молчал? — прошептала она, откинув голову и взглянув на него. В глазах ее был ласковый укор.

---

[1] «Троил и Крессида» (акт III, сц. 2).
[2] «Буря» (акт IV, сцена 1).

«Ни злобный гений, пламенящий кровь, ни злачный луг, ни темная пещера, — загремел голос поэзии и совести, — ничто не соблазнит меня на блуд и не расплавит моей чести в похоть»[1]. «Ни за что, ни за что», — решил Джон мысленно.

— Глупенький, — шептала Ленайна. — Я так тебя хотела. А раз и ты хотел меня, то почему же?..

— Но, Ленайна, — начал он; она тут же разомкнула руки, отшагнула от него, и он подумал на минуту, что Ленайна поняла его без слов. Но она расстегнула белый лакированный пояс с кармашками, аккуратно повесила на спинку стула.

— Ленайна, — повторил он, предчувствуя недоброе.

Она подняла руку к горлу, дернула молнию, распахнув сверху донизу свою белую матроску; тут уж предчувствие сгустилось в непреложность.

— Ленайна, что вы делаете!

Жжик, жжик! — прозвучало в ответ. Она сбросила брючки клеш и осталась в перламутрово-розовом комби. На груди блестела золотая Т-образная застежка, подарок архипеснослова.

«Ибо эти соски, что из решетчатых окошек разят глаза мужчин...»[2] Вдвойне опасной, вдвойне обольстительной становилась она в ореоле певучих, гремучих, волшебных слов. Нежна, мягка, но как разяща! Вонзается в мозг, пробивает, буравит решимость. «Огонь в крови сжирает, как солому, крепчайшие обеты. Будь воздержней, не то...»[3]

Жжик! Округлая розовость комби распалась пополам, как яблоко, разрезанное надвое. Сбрасывающее движенье рук, затем ног — правой, левой — и комби легло безжизненно и смято на пол. В носочках, туфельках и в белой круглой шапочке набекрень Ленайна пошла к Джону.

---

[1] «Буря» (акт IV, сц. 1).
[2] «Тимон Афинский» (акт IV, сц. 3).
[3] «Буря» (акт IV, сц. 1).

— Милый! Милый мой! Почему же ты раньше молчал! — Она распахнула руки.

Но, вместо того чтобы ответить: «Милая!» — и принять ее в объятия, Дикарь в ужасе попятился, замахав на нее, точно отгоняя опасного и напирающего зверя. Четыре попятных шага, и он уперся в стену.

— Любимый! — сказала Ленайна и, положив Джону руки на плечи, прижалась к нему.

— Обними же меня, — приказала она. — Крепче жми меня, мой кролик. — У нее в распоряжении тоже была поэзия, слова, которые поют, колдуют, бьют в барабаны. — Целуй, — она закрыла глаза, обратила голос в дремотный шепот, — целуй до истомы. Ах, любовь острее...

Дикарь схватил ее за руки, оторвал от своих плеч, грубо отстранил, не разжимая хватки.

— Ай, мне больно, мне... ой! — Она вдруг замолчала. Страх заставил забыть о боли — открыв глаза, она увидела его лицо; нет, чье-то чужое, бледное, свирепое лицо, перекошенное, дергающееся в необъяснимом, сумасшедшем бешенстве. Оторопело она прошептала:

— Но что с тобой, Джон?

Он не отвечал, упирая в нее свой исступленный взгляд. Руки, сжимающие ей запястья, дрожали. Он дышал тяжело и неровно. Слабый, чуть различимый, но жуткий, послышался скрежет его зубов.

— Да что с тобой? — вскричала она.

И словно очнувшись от этого вскрика, он схватил ее за плечи и затряс.

— Блудница! Шлюха! Наглая блудница!

— Ой, не на-а-адо! — Джон тряс ее, и голос прерывался блеюще.

— Шлюха!

— Прошу-у те-бя-а-а.

— Шлюха мерзкая!

— Лучше полгра-а-амма, чем...

Дикарь с такой силой оттолкнул ее, что она не удержалась на ногах, упала.

— Беги, — крикнул он, грозно высясь над нею. — Прочь с глаз моих, не то убью. — Он сжал кулаки.

Ленайна заслонилась рукой.

— Умоляю тебя, Джон...

— Беги. Скорее!

Загораживаясь рукой, устрашенно следя за каждым его движением, она вскочила на ноги и, пригибаясь, прикрывая голову, бросилась в ванную.

Дикарь дал ей, убегающей, шлепок, сильный и звонкий, как выстрел.

— Ай! — сделала скачок Ленайна.

Запершись в ванной от безумца, отдышавшись, она повернулась к зеркалу спиной, взглянула через левое плечо. На жемчужной коже отчетливо алел отпечаток пятерни. Она осторожно потерла алый след.

А за стенкой Дикарь мерил шагами комнату под стучащие в ушах барабаны, в такт колдовским словам: «Пичугой малой, золоченой мушкой — и теми откровенно правит похоть, — сумасводяще гремели слова. — Разнузданней хоря во время течки и кобылиц раскормленных ярей. Вот что такое женщины — кентавры, и богова лишь верхняя их часть, а ниже пояса — все дьяволово. Там ад и мрак, там серная геенна смердит, и жжет, и губит. Тьфу, тьфу, тьфу! Дай-ка, друг аптекарь, унцию цибета — очистить воображение»[1].

— Джон! — донесся робеюще-вкрадчивый голосок из ванной. — Джон!

«О сорная трава, как ты прекрасна, и ароматна так, что млеет сердце. На то ль предназначали эту книгу, чтобы великолепные листы носили на себе клеймо «блудница»? Смрад затыкает ноздри небесам...»[2].

Но в ноздрях у Джона еще благоухали духи Ленайны, белела пудра на его куртке, там, где касалось ее бархатистое тело. «Блудница наглая, блудница наглая, — неумолимо стучало в сознании. — Блудница...»

---

[1] «Король Лир» (акт IV, сц. 6).
[2] «Отелло» (акт IV, сц. 2).

— Джон, мне бы одежду мою.

Он поднял с пола брючки клеш, комби, матроску.

— Открой! — сказал он, толкая ногой дверь.

— Нет уж, — испуганно и строптиво ответил голосок.

— А как же передать?

— В отдушину над дверью.

Он протянул туда одежки и снова зашагал смятенно взад-вперед по комнате. «Блудница наглая, блудница наглая. Как зудит в них жирнозадый бес любострастия...»[1]

— Джон...

Он не ответил. «Жирнозадый бес».

— Джон...

— Что нужно? — угрюмо спросил он.

— Мне бы еще мой мальтузианский пояс.

Сидя в ванной, Ленайна слушала затем, как он вышагивает за стеной. Сколько еще будет длиться это шаганье? Вот так и ждать, пока ему заблагорассудится уйти? Или, повременив, дав его безумию утихнуть, решиться на бросок из ванной к выходу?

Эти ее тревожные раздумья прервал телефонный звонок, раздавшийся в комнате. Шаги прекратились. Голос Джона повел диалог с тишиной.

— Алло.

.....

— Да.

.....

— Да, если не присвоил сам себя.

.....

— Говорю же вам — да. Мистер Дикарь вас слушает.

.....

— Что? Кто заболел? Конечно, интересует.

.....

— Больна серьезно? В тяжелом? Сейчас же буду у нее...

.....

---

[1] «Троил и Крессида» (акт V, сц. 2).

— Не дома у себя? А где же она теперь?
.....
— О боже! Дайте адрес!
.....
— Парк-Лейн, дом три? Три? Спасибо.

Стукнула трубка. Торопливые шаги. Хлопнула дверь. Тишина. В самом деле ушел?

С бесконечными предосторожностями приоткрыла она дверь на полсантиметра; глянула в щелочку — там пусто; осмелев, открыла дверь пошире и выставила голову; вышла наконец на цыпочках из ванной; с колотящимся сердцем постояла несколько секунд, прислушиваясь; бросилась к наружной двери, открыла, выскользнула, затворила, кинулась бегом. Только в лифте, уносящем ее вниз, почувствовала она себя в безопасности.

ГЛАВА ЧЕТЫРНАДЦАТАЯ

Умиральница на Парк-Лейн представляла собой дом-башню, облицованный лимонного цвета плиткой. Когда Дикарь выходил из вертакси, с крыши взлетела вереница ярко раскрашенных воздушных катафалков и понеслась над парком на запад, к Слаускому крематорию. Восседающая у входа в лифт вахтерша дала ему нужные сведения, и он спустился на восемнадцатый этаж, где лежала Линда в палате 81 (одной из палат скоротечного угасания, как пояснила вахтерша).

В большой этой палате, яркой от солнца и от желтой краски, стояло двадцать кроватей, все занятые. Линда умирала отнюдь не в одиночестве и со всеми современными удобствами. В воздухе не умолкая звучали веселые синтетические мелодии. У каждой скоротечницы в ногах постели помещался телевизор, непрерывно, с утра до ночи, включенный. Каждые четверть часа аромат, преобладавший в запаховой гамме, автоматически сменялся новым.

— Мы стремимся, — любезно стала объяснять медсестра, которая встретила Дикаря на пороге палаты, — мы стремимся создать здесь вполне приятную атмосферу, — нечто среднее, так сказать, между первоклассным отелем и ощущальным кинодворцом.

— Где она? — перебил Дикарь, не слушая.

— Вы, я вижу, торопитесь, — обиженно заметила сестра.

— Неужели нет надежды? — спросил он.

— Вы хотите сказать — надежды на выздоровление?

Он кивнул.

— Разумеется, нет ни малейшей. Когда уж направляют к нам, то...

На бледном лице Дикаря выразилось такое горе, что она остановилась, изумленная.

— Но что с вами? — спросила сестра. Она не привыкла к подобным эмоциям у посетителей. (Да и посетителей такого рода бывало здесь немного; да и зачем бы им сюда являться?) — Вам что, нездоровится?

Он мотнул головой.

— Она моя мать, — произнес он чуть слышно.

Сестра вздрогнула, глянула на него с ужасом и тут же потупилась. Лицо ее и шея запылали.

— Проведите меня к ней, — попросил Дикарь, силясь говорить спокойно.

Все еще краснея от стыда, она пошла с ним вдоль длинного ряда кроватей. К Дикарю поворачивались лица — свежие, без морщин (умирание шло так быстро, что не успевало коснуться щек, гасило лишь мозг и сердце). Дикаря провожали тупые, безразличные глаза впавших в младенчество людей. Его от этих взглядов пробирала дрожь.

Кровать Линды была крайняя в ряду, стояла у стены. Лежа высоко на подушках, Линда смотрела полуфинал южноамериканского чемпионата по теннису на римановых поверхностях. Фигурки игроков беззвучно метались по освещенному квадрату телеэкрана, как рыбы за стеклом аквариума — немые, но мятущиеся обитатели другого мира.

Линда глядела с зыбкой, бессмысленной улыбкой. На ее тусклом, оплывшем лице было выражение идиотического счастья. Веки то и дело смыкались, она слегка задремывала. Затем, чуть вздрогнув, просыпалась, опять в глазах ее мелькали, рыбками носились теннисные чемпионы; в ушах пело «Крепче жми меня, мой кролик», исполняемое электронным синтезатором «Супер-Вокс-Вурлицериана»*; из вентилятора над головой шел теплый аромат вербены — и все эти образы, звуки и запахи, радужно преображенные сомой, сплетались в один чудный сон, и Линда снова улыбалась своей щербатой, блеклой, младенчески-счастливой улыбкой.

— Я вас покину, — сказала сестра. — Сейчас придет моя группа детей. И надо следить за пациенткой № 3. — Она кивнула на кровать ближе к двери. — С минуты на минуту может кончиться. А вы садитесь, будьте как дома. — И ушла бодрой походкой.

Дикарь сел у постели.

— Линда, — прошептал он, взяв ее за руку.

Она повернулась на звук своего имени. Мутный взгляд ее просветлел узнавая. Она улыбнулась, пошевелила губами; затем вдруг уронила голову на грудь. Уснула. Он вглядывался, проницая взором усталую дряблую оболочку, мысленно видя молодое, светлое лицо, склонявшееся над его детством; закрыв глаза, вспоминал ее голос, ее движения, всю их жизнь в Мальпаисе. «Баю-баю, тили-тили, скоро детке из бутыли...» Как она красиво ему пела! Как волшебно странны и таинственны были они, детские эти стишки!

> А, бе́, це, витамин Д —
> Жир в тресковой печени, а треска в воде.

В памяти оживал поющий голос Линды, и к глазам подступали горячие слезы. А уроки чтения: «Кот не спит. Мне тут рай», а «Практическое руководство для бета-лаборантов эмбрионария». А ее рассказы в долгие вечера у очага или в летнюю пору на кровле домишка — о

Заградном мире, о дивном, прекрасном Том мире, память о котором, словно память о небесном рае добра и красоты, до сих пор жива в нем невредимо, не оскверненная и встречей с реальным Лондоном, с этими реальными цивилизованными людьми.

За спиной у него внезапно раздались звонкие голоса, и он открыл глаза, поспешно смахнул слезы, оглянулся. В палату лился, казалось, нескончаемый поток, состоящий из восьмилетних близнецов мужского пола. Близнец за близнецом, близнец за близнецом — как в кошмарном сне. Их личики (вернее, бесконечно повторяющееся лицо, одно на всех) таращились белесыми выпуклыми глазками, ноздрястые носишки были как у курносых мопсов. На всех форма цвета хаки. Рты у всех раскрыты. Перекрикиваясь, тараторя, ворвались они в палату и закишели повсюду. Они копошились в проходах, карабкались через кровати, пролезали под кроватями, заглядывали в телевизоры, строили рожи пациенткам.

Линда их удивила и встревожила. Кучка их собралась у ее постели, пялясь с испуганным и тупым любопытством зверят, столкнувшихся нос к носу с неведомым.

— Глянь-ка, глянь! — переговаривались они тихо. — Что с ней такое? Почему она жирнющая такая?

Им не приходилось видеть ничего подобного — у всех и всегда ведь лицо молодое, кожа тугая, тело стройное, спина прямая. У всех лежащих здесь шестидесятилетних скоротечниц внешность девочек. Сравнительно с ними Линда в свои сорок четыре года — обрюзглое дряхлое чудище.

— Какая страховидная, — шептались дети. — Ты на ее зубы глянь!

Неожиданно из-под кровати, между стулом Джона и стеной, вынырнул курносый карапуз и уставился на спящее лицо Линды.

— Ну и... — начал он, но завизжал, не кончив. Ибо Дикарь поднял его за шиворот, пронес над стулом и отогнал подзатыльником.

На визг прибежала старшая медсестра.

— Как вы смеете трогать ребенка! — накинулась она на Дикаря. — Я не позволю вам бить детей.

— А вы зачем пускаете их к кровати? — Голос Дикаря дрожал от возмущения. — И вообще зачем тут эти чертенята? Это просто безобразие!

— Как безобразие? Вы что? Им же здесь прививают смертонавыки. Имейте в виду, — сказала она зло, — если вы и дальше будете мешать их смертовоспитанию, я пошлю за санитарами и вас выставят отсюда.

Дикарь встал и шагнул к старшей сестре. Надвигался он и глядел так грозно, что та отшатнулась в испуге. С превеликим усилием он сдержал себя, молча повернулся, сел опять у постели.

Несколько ободрясь, но еще нервозно, неуверенно сестра сказала:

— Я вас предупредила. Так что имейте в виду.

Но все же она увела чересчур любознательных близнецов в дальний конец палаты, там другая медсестра организовала уже круговую сидячую игру в «поймай молнию».

— Беги, милая, подкрепись чашечкой кофеинораствора, — велела ей старшая сестра. Велела — и от этого вернулись к старшей уверенность и бодрый настрой.

— Ну-ка, детки! — повела она игру.

А Линда, пошевелившись неспокойно, открыла глаза, огляделась зыбким взглядом и опять забылась сном. Сидя рядом, Дикарь старался снова умилить душу воспоминаниями. «А, бе, це, витамин Д», — повторял он про себя, точно магическое заклинание. Но волшба не помогала. Милые воспоминания отказывались оживать; воскресало в памяти лишь ненавистное, мерзкое, горестное. Попе с пораненным и кровоточащим плечом; Линда в безобразно пьяном сне, и мухи жужжат над мескалем, расплесканным на полу у постели; мальчишки, орущие ей вслед позорные слова... Ох, нет, нет! Он зажмурился, замотал головой, гоня от себя эти образы. «А, бе, це, витамин Д...» Он силился представить, как, посадив на колени к себе, обняв, она поет ему, баюкает, укачивает: «А, бе, це, витамин Д, витамин Д, витамин Д...»

Волна суперэлектронной музыки поднялась к томящему крещендо; и в системе запахоснабжения вербена разом сменилась густой струею пачулей. Линда заворочалась, проснулась, уставилась непонимающе на полуфиналистов в телевизоре, затем, подняв голову, вдохнула обновленный аромат и улыбнулась ребячески-блаженно.

— Попе! — пробормотала она и закрыла глаза. — О, как мне хорошо, как... — Со вздохом она опустилась на подушку.

— Но, Линда! — произнес Джон. — Неужели ты не узнаешь меня? — Так мучительно он гонит от себя былую мерзость; почему же у Линды опять Попе на уме и на языке? Чуть не до боли сжал Дикарь ее вялую руку, как бы желая силой пробудить Линду от этих постыдных утех, от низменных и ненавистных образов прошлого, вернуть Линду в настоящее, в действительность; в страшную действительность, в ужасную, но возвышенную, значимую, донельзя важную именно из-за неотвратимости и близости того, что наполняет эту действительность ужасом. — Неужели не узнаешь меня, Линда?

Он ощутил слабое ответное пожатие руки. Глаза его наполнились слезами. Он наклонился, поцеловал Линду.

Губы ее шевельнулись.

— Попе! — прошептала она, и точно ведром помоев окатили Джона.

Гнев вскипел в нем. Яростное горе, которому вот уже дважды помешали излиться слезами, обратилось в горестную ярость.

— Но я же Джон! Я Джон! — И в страдании, в неистовстве своем он схватил ее за плечо и потряс.

Веки Линды дрогнули и раскрылись; она увидела его, узнала — «Джон!» — но перенесла это лицо, эти реальные, больно трясущие руки в воображаемый, внутренний свой мир дивно претворенной супермузыки и пачулей, расцвеченных воспоминаний, причудливо смещенных восприятий. Это Джон, ее сын, но ей вообразилось, что он вторгся в райский Мальпаис, где она наслаждалась сомотдыхом с Попе. Джон сердится, потому что она любит Попе; Джон трясет ее, потому что Попе с ней рядом в постели, — и разве в этом что-то нехорошее, разве не все цивилизованные люди так любятся?

— Каждый принадлежит вс...

Голос ее вдруг перешел в еле слышное, задыхающееся хрипенье; рот раскрылся, отчаянно хватая воздух, но легкие словно разучились дышать. Она тужилась крикнуть — и не могла издать ни звука; лишь выпученные глаза вопили о лютой муке. Она подняла руки к горлу, скрюченными пальцами ловя воздух, — воздух, который не могла уже поймать, которым кончила уже дышать.

Дикарь вскочил, нагнулся ближе.

— Что с тобой, Линда? Что с тобой? — В голосе его была мольба; он словно хотел, чтобы его разуверили, успокоили.

Во взгляде Линды он прочел невыразимый ужас и, как показалось ему, упрек. Она приподнялась, упала опять в подушки, лицо все искажено, губы синие.

Дикарь кинулся за помощью.

— Скорей, скорей! — кричал он. — Скорее же!

Стоявшая в центре игрового круга старшая сестра обернулась к Дикарю. На лице ее мелькнуло удивление и тут же уступило место осуждению.

— Не кричите! Подумайте о детях, — сказала она, хмурясь. — Вы можете расстроить... Да что это вы делаете? (Он ворвался в круг.) Осторожней! (Задетый им ребенок запищал.)

— Скорее, скорее! — Дикарь схватил ее за рукав, потащил за собой. — Скорей! Произошло несчастье. Я убил ее.

К тому времени, как он вернулся к материной постели, Линда была уже мертва.

Дикарь застыл в оцепенелом молчании, затем упал у изголовья на колени и, закрыв лицо руками, разрыдался.

В нерешимости сестра стояла, глядя то на коленопреклоненного (постыднейшая невоспитанность!), то на близнецов (бедняжки дети!), которые, прекратив игру, пялились с того конца палаты, таращились и глазами, и ноздрями на скандальное зрелище. Заговорить с ним? Попытаться его урезонить? Чтобы он вспомнил, где находится, осознал, какой роковой вред наносит бедным малюткам, как расстраивает все их здоровые смертонавыки этим своим отвратительным взрывом эмоций... Как будто смерть — что-то ужасное, как будто из-за какой-то одной человеческой особи нужно рыдать! У детей могут возникнуть самые пагубные представления о смерти, могут укорениться совершенно неверные, крайне антиобщественные рефлексы и реакции.

Подойдя вплотную к Дикарю, она тронула его за плечо.

— Нельзя ли вести себя прилично! — негромко, сердито сказала она. Но тут, оглянувшись, увидела, что игровой круг распадается, что полдесятка близнецов уже поднялось на ноги и направляется к Дикарю. Еще минута, и... Нет, этим рисковать нельзя; смертовоспитание всей группы может быть отброшено назад на шесть-семь месяцев. Она поспешила к своим питомцам, оказавшимся под такой угрозой.

— А кому дать шоколадное пирожное? — спросила она громко и задорно.

— Мне! — хором заорала вся группа Бокановского. И тут же кровать № 20 была позабыта.

«О Боже, Боже, Боже...» — твердил мысленно Дикарь. В сумятице горя и раскаяния, наполнявшей его мозг, одно лишь четкое осталось это слово.

— Боже! — прошептал он. — Боже...

— Что это он бормочет? — звонко раздался рядом голосок среди трелей супермузыки.

Сильно вздрогнув, Дикарь отнял руки от лица, обернулся. Пятеро одетых в хаки близнецов — в правой руке у всех недоеденное пирожное, и одинаковые лица по-разному измазаны шоколадным кремом — стояли рядком и таращились на него, как мопсы.

Он повернулся к ним — они дружно и весело оскалили зубки. Один ткнул в Линду недоеденным пирожным.

— Умерла уже? — спросил он.

Дикарь молча поглядел на них. Молча встал, молча и медленно пошел к дверям.

— Умерла уже? — повторил любознательный близнец, семеня у Дикаря под локтем.

Дикарь покосился на него и, по-прежнему молча, оттолкнул прочь. Близнец упал на пол и моментально заревел. Дикарь даже не оглянулся.

ГЛАВА ПЯТНАДЦАТАЯ

Низший обслуживающий персонал Парк-лейнской умиральницы состоял из двух групп Бокановского, а именно из восьмидесяти четырех светло-рыжих дельтовичек и семидесяти восьми чернявых длинноголовых дельтовиков. В шесть часов, когда заканчивался их рабочий день, обе эти близнецовые группы собирались в вестибюле умиральницы и помощник подказначея выдавал им дневную порцию сомы.

Выйдя из лифта, Дикарь очутился в их гуще. Но мыслями его по-прежнему владели смерть, скорбь, раскаяние; рассеянно и машинально он стал проталкиваться сквозь толпу.

— Чего толкается? Куда он прется?

Из множества ртов (с двух уровней — повыше и пониже) звучали всего лишь два голоса — тоненький и грубый. Бесконечно повторяясь, точно в коридоре зеркал, два лица — гладкощекий, веснушчатый лунный лик в оранжевом облачке волос и узкая, клювастая, со вчера небритая физиономия — сердито поворачивались к нему со всех сторон. Ворчанье, писк, острые локти дельт, толкающие под ребра, заставили его очнуться. Он огляделся и с тошнотным чувством ужаса и отвращения увидел, что снова его окружает неотвязный бред, круглосуточный кошмар роящейся, неразличимой одинаковости. Близнецы, близнецы... Червячками кишели они в палате Линды, оскверняя таинство ее смерти. И здесь опять кишат, но уже взрослыми червями, ползают по его горю и страданию. Он остановился, испуганными глазами окинул эту одетую в хаки толпу, над которой возвышался на целую голову. «Сколько вижу я красивых созданий! — всплыли в памяти, дразня и насмехаясь, поющие слова. — Как прекрасен род людской! О дивный новый мир...»[1]

— Начинаем раздачу сомы! — объявил громкий голос. — Прошу в порядке очереди. Без задержек.

В боковую дверь уже внесли столик и стул. Объявивший о раздаче бойкий молодой альфовик принес с собой черный железный сейфик. Толпа встретила раздатчика негромким и довольным гулом. О Дикаре уже забыли. Внимание сосредоточилось на черном ящике, поставленном на стол. Альфовик отпер его. Поднял крышку.

— О-о! — выдохнули разом все сто шестьдесят две дельты, точно перед ними вспыхнул фейерверк.

Раздатчик вынул горсть коробочек.

— Ну-ка, — сказал он повелительно, — прошу подходить. По одному, без толкотни.

По одному и без толкотни близнецы стали подходить. Двое чернявых, рыжая, еще чернявый, за ним три рыжие, за ними...

Дикарь все глядел. «О дивный мир! О дивный новый мир...» Поющие слова зазвучали уже по-иному. Уже не насмешкой над ним, горюющим и кающимся, не злорадной и наглой издевкой. Не дьявольским смехом, усугубляющим гнусное убожество, тошное уродство кошмара. Теперь они вдруг зазвучали трубным призывом к обновлению, к борьбе. «О дивный новый мир!» Миранда возвещает, что мир красоты возможен, что даже этот кошмар можно преобразить в нечто прекрасное и высокое. «О дивный новый мир!» Это призыв, приказ.

— Кончайте толкотню! — гаркнул альфовик. Захлопнул крышку ящика. — Я прекращу раздачу, если не восстановится порядок.

---

[1] Слова Миранды в «Буре» (акт V, сц. 1).

Дельты поворчали, потолкались и успокоились. Угроза подействовала. Остаться без сомы — какой ужас!

— Вот так-то, — сказал альфовик и опять открыл ящик.

Линда жила и умерла рабыней; остальные должны жить свободными, мир нужно сделать прекрасным. В этом его долг, его покаяние. И внезапно Дикаря озарило, что́ именно надо сделать, точно ставни распахнулись, занавес отдернулся.

— Следующий, — сказал раздатчик.

— Остановитесь! — воскликнул Дикарь громогласно. — Остановитесь!

Он протиснулся к столу; дельты глядели на него удивленно.

— Господи Форде! — пробормотал раздатчик. — Это Дикарь. — Раздатчику стало страшновато.

— Внемлите мне, прошу вас, — произнес горячо Дикарь. — Приклоните слух… — Ему никогда прежде не случалось говорить публично, и очень трудно было с непривычки найти нужные слова. — Не троньте эту мерзость. Это яд, это отрава.

— Послушайте, мистер Дикарь, — сказал раздатчик, улыбаясь льстиво и успокоительно. — Вы мне позволите…

— Отрава и для тела, и для души.

— Да, но позвольте мне, пожалуйста, продолжить мою работу. Будьте умницей. — Осторожным, мягким движением человека, имеющего дело с заведомо злобным зверем, он погладил Дикаря по руке. — Позвольте мне только…

— Ни за что! — крикнул Дикарь.

— Но поймите, дружище…

— Не раздавайте, а выкиньте вон всю эту мерзкую отраву.

Слова «выкиньте вон» пробили толщу непонимания, дошли до мозга дельт. Толпа сердито загудела.

— Я пришел дать вам свободу, — воскликнул Дикарь, поворачиваясь опять к дельтам. — Я пришел…

Дальше раздатчик уже не слушал; выскользнув из вестибюля в боковую комнату, он спешно залистал там телефонную книгу.

— Итак, дома его нет. И у меня его нет, и у тебя нет, — недоумевал Бернард. — И в «Афродитеуме», и в Центре, и в институте его нет. Куда ж он мог деваться?
Гельмгольц пожал плечами. Они ожидали, придя с работы, застать Дикаря в одном из обычных мест встречи, но тот как в воду канул. Досадно — они ведь собрались слетать сейчас в Биарриц на четырехместном спортолете Гельмгольца. Так и к обеду можно опоздать.
— Подождем еще пять минут, — сказал Гельмгольц. — И если не явится, то...
Зазвенел телефон. Гельмгольц взял трубку.
— Алло. Я вас слушаю. — Длинная пауза, и затем: — Форд побери! — выругался Гельмгольц. — Буду сейчас же.
— Что там такое? — спросил Бернард.
— Это знакомый — из Парк-лейнской умиральницы. Там у них Дикарь буйствует. Видимо, помешался. Времени терять нельзя. Летишь со мной?
И они побежали к лифту.

— Неужели вам любо быть рабами? — услышали они голос Дикаря, войдя в вестибюль умиральницы. Дикарь раскраснелся, глаза горели страстью и негодованием. — Любо быть младенцами? Вы — сосунки, могущие лишь вякать и мараться, — бросил он дельтам в лицо, выведенный из себя животной тупостью тех, кого пришел освободить. Но оскорбления отскакивали от толстого панциря; в непонимающих взглядах была лишь тупая и хмурая неприязнь.
— Да, сосунки! — еще громче крикнул он. Скорбь и раскаяние, сострадание и долг — теперь все было позабыто, все поглотила густая волна ненависти к этим недочеловекам. — Неужели не хотите быть свободными, быть людьми? Или вы даже не понимаете, что такое

свобода и что значит быть людьми? — Гнев придал ему красноречия, слова лились легко. — Не понимаете? — повторил он и опять не получил ответа. — Что ж, хорошо, — произнес он сурово. — Я научу вас, освобожу вас наперекор вам самим. — И, растворив толчком окно, выходящее во внутренний двор, он стал горстями швырять туда коробочки с таблетками сомы.

При виде такого святотатства одетая в хаки толпа окаменела от изумления и ужаса.

— Он сошел с ума, — прошептал Бернард, широко раскрыв глаза. — Они убьют его. Они...

Толпа взревела, грозно качнулась, двинулась на Дикаря.

— Спаси его Форд, — сказал Бернард, отворачиваясь.

— На Форда надейся, а сам не плошай! — И со смехом (да, с ликующим смехом!) Гельмгольц кинулся на подмогу сквозь толпу.

— Свобода, свобода! — восклицал Дикарь, правой рукой вышвыривая сому, а левой, сжатой в кулак, нанося удары по лицам, неотличимым одно от другого. — Свобода!

И внезапно рядом с ним оказался Гельмгольц. «Молодчина Гельмгольц!» И тоже стал швырять горстями отраву в распахнутое окно.

— Да, люди, люди! — И вот уже выкинута вся сома. Дикарь схватил ящик, показал дельтам черную его пустоту:

— Вы свободны!

С ревом, с удвоенной яростью толпа опять хлынула на обидчиков.

— Они пропали, — вырвалось у Бернарда, в замешательстве стоявшего в стороне от схватки. И, охваченный внезапным порывом, он бросился было на помощь друзьям; остановился, колеблясь; устыженно шагнул вперед; снова замялся и так стоял в муке стыда и боязни — без него ведь их убьют, а если присоединится, самого его убить могут. Но тут (благодарение Форду!) в вестибюль вбежали полицейские в очкастых свинорылых противогазных масках.

Бернард метнулся им навстречу. Замахал руками — теперь и он участвовал, делал что-то! Закричал.

— Спасите! Спасите! — все громче и громче, точно этим криком и сам спасал. — Спасите! Спасите!

Оттолкнув его, чтоб не мешал, полицейские принялись за дело. Трое, действуя заплечными распылителями, заполнили весь воздух клубами парообразной сомы. Двое завозились у переносного устройства синтетической музыки. Еще четверо — с водяными пистолетами в руках, заряженными мощным анестезирующим средством, — врезались в толпу и методически стали валить с ног самых ярых бойцов одного за другим.

— Быстрей, быстрей! — вопил Бернард. — Быстрей, а то их убьют. Упп... — Раздраженный его криками, один из полицейских пальнул в него из водяного пистолета. Секунду-две Бернард покачался на ногах, ставших ватными, желеобразными, жидкими, как вода, и мешком свалился на пол.

Из музыкального устройства раздался Голос. Голос Разума, Голос Добросердия. Зазвучал синтетический «Призыв к порядку» № 2 (средней интенсивности).

— Друзья мои, друзья мои! — воззвал Голос из самой глубины своего несуществующего сердца с таким бесконечно ласковым укором, что даже глаза полицейских за стеклами масок на миг замутились слезами. — Зачем вся эта сумятица? Зачем? Соединимся в счастье и добре. В счастье и добре, — повторил Голос. — В мире и покое. — Голос дрогнул, сникая до шепота, истаивая. — О, как хочу я, чтоб вы были счастливы, — зазвучал он опять с тоскующей сердечностью. — Как хочу я, чтобы вы были добры! Прошу вас, прошу вас, отдайтесь добру и...

В две минуты Голос, при содействии паров сомы, сделал свое дело. Дельты целовались в слезах и обнимались по пять-шесть близнецов сразу. Даже Гельмгольц и Дикарь чуть не плакали. Из хозяйственной части принесли упаковки сомы; спешно организовали новую раздачу, и под задушевные, сочно-баритональные напутствия Голоса дельты разошлись восвояси, растроганно рыдая.

— До свидания, милые-милые мои, храни вас Форд! До свидания, милые-милые мои, храни вас Форд. До свидания, милые-милые...

Когда ушли последние дельты, полицейский выключил устройство. Ангельский Голос умолк.

— Пойдете по-хорошему? — спросил сержант. — Или придется вас анестезировать? — Он с угрозой мотнул своим водяным пистолетом.

— Пойдем по-хорошему, — ответил Дикарь, утирая кровь с рассеченной губы, с исцарапанной шеи, с укушенной левой руки. Прижимая к разбитому носу платок, Гельмгольц кивнул подтверждающе.

Очнувшись, почувствовав под собой ноги, Бернард понезаметней направился в этот момент к выходу.

— Эй, вы там! — окликнул его сержант, и свинорылый полисмен пустился следом, положил руку Бернарду на плечо.

Бернард обернулся с невинно-обиженным видом. Что вы! У него и в мыслях не было убегать.

— Хотя для чего я вам нужен, — сказал он сержанту, — понятия не имею.

— Вы ведь приятель задержанных?

— Видите ли... — начал Бернард и замялся. Нет, отрицать невозможно. — А что в этом такого? — спросил он.

— Пройдемте, — сказал сержант и повел их к ожидающей у входа полицейской машине.

ГЛАВА ШЕСТНАДЦАТАЯ

Всех троих пригласили войти в кабинет Главноуправителя.

— Его Фордейшество спустится через минуту. — И дворецкий в гамма-ливрее удалился.

— Нас будто не на суд привели, а на кофеинопитие, — сказал со смехом Гельмгольц, погружаясь в самое роскошное из пневматических кресел. — Не вешай носа, Бернард, — прибавил он, взглянув на друга, зеленовато-бледного от тревоги. Но Бернард не поднял головы; не отвечая, даже не глядя на Гельмгольца, он присел на самом жестком стуле в смутной надежде как-то отвратить этим гнев Власти.

А Дикарь неприкаянно бродил вдоль стен кабинета, скользя рассеянным взглядом по корешкам книг на полках, по нумерованным ячейкам с роликами звукозаписи и бобинами для читальных машин. На столе под окном лежал массивный том, переплетенный в мягкую черную искусственную кожу, на которой были вытиснены большие золотые знаки Т. Дикарь взял том в руки, раскрыл. «Моя жизнь и работа», писание Господа нашего Форда. Издано в Детройте Обществом фордианских знаний. Полистав страницы, прочтя тут фразу, там абзац, он сделал вывод, что книга неинтересная, и в это время отворилась дверь, и энергичным шагом вошел Постоянный Главноуправитель Западной Европы.

Пожав руки всем троим, Мустафа Монд обратился к Дикарю.

— Итак, вам не очень-то нравится цивилизация, мистер Дикарь.

Дикарь взглянул на Главноуправителя. Он приготовился лгать, шуметь, молчать угрюмо; но лицо Монда светилось беззлобным умом, и ободренный Дикарь решил говорить правду напрямик.

— Да, не нравится.

Бернард вздрогнул, на лице его выразился страх. Что подумает Главноуправитель? Числиться в друзьях человека, который говорит, что ему не нравится цивилизация, говорит открыто, и кому? Самому Главноуправителю! Это ужасно.

— Ну что ты, Джон... — начал Бернард. Взгляд Мустафы заставил его съежиться и замолчать.

— Конечно, — продолжал Дикарь, — есть у вас и хорошее. Например, музыка, которой полон воздух...

— «Порой тысячеструнное бренчанье кругом, и голоса порой звучат»[1].

Дикарь вспыхнул от удовольствия.

— Значит, и вы его читали? Я уж думал, тут, в Англии, никто Шекспира не знает.

— Почти никто. Я один из очень немногих, с ним знакомых. Шекспир, видите ли, запрещен. Но поскольку законы устанавливаю я, то я могу и нарушать их. Причем безнаказанно, — прибавил он, поворачиваясь к Бернарду. — Чего, увы, о вас не скажешь.

Бернард еще безнадежней и унылей поник головой.

— А почему запрещен? — спросил Дикарь. Он так обрадовался человеку, читавшему Шекспира, что на время забыл обо всем прочем.

Главноуправитель пожал плечами.

— Потому что он — старье; вот главная причина. Старье нам не нужно.

— Но старое ведь бывает прекрасно.

— Тем более. Красота притягательна, и мы не хотим, чтобы людей притягивало старье. Надо, чтобы им нравилось новое.

— Но ваше новое так глупо, так противно. Эти фильмы, где все только летают вертопланы и ощущаешь, как целуются. — Он сморщился брезгливо. — Мартышки и козлы! — Лишь словами Отелло мог он с достаточной силой выразить свое презрение и отвращение.

— А ведь звери это славные, нехищные, — как бы в скобках, вполголоса заметил Главноуправитель.

— Почему вы не покажете людям «Отелло» вместо этой гадости?

— Я уже сказал — старья мы не даем им. К тому же они бы не поняли «Отелло».

Да, это верно. Дикарь вспомнил, как насмешила Гельмгольца Джульетта.

— Что ж, — сказал он после паузы, — тогда дайте им что-нибудь новое в духе «Отелло», понятное для них.

---

[1] «Буря» (акт III, сц. 2).

— Вот именно такое нам хотелось бы написать, — вступил наконец Гельмгольц в разговор.

— И такого вам написать не дано, — возразил Монд. — Поскольку, если оно и впрямь будет в духе «Отелло», то никто его не поймет, в какие новые одежды ни рядите. А если будет ново, то уж никак не сможет быть в духе «Отелло».

— Но почему не сможет?

— Да, почему? — подхватил Гельмгольц. Он тоже отвлекся на время от неприятной действительности. Не забыл о ней лишь Бернард, совсем позеленевший от злых предчувствий; но на него не обращали внимания.

— Почему?

— Потому что мир наш — уже не мир «Отелло». Как для «фордов» необходима сталь, так для трагедий необходима социальная нестабильность. Теперь же мир стабилен, устойчив. Люди счастливы; они получают все то, что хотят, и не способны хотеть того, чего получить не могут. Они живут в достатке, в безопасности; не знают болезней; не боятся смерти; блаженно не ведают страсти и старости; им не отравляют жизнь отцы с матерями; нет у них ни жен, ни детей, ни любовей — и, стало быть, нет треволнений; они так сформованы, что практически не могут выйти из рамок положенного. Если же и случаются сбои, то к нашим услугам сома. А вы ее выкидываете в окошко, мистер Дикарь, во имя свободы. Свободы! — Мустафа рассмеялся. — Вы думали, дельты понимают, что такое свобода! А теперь надеетесь, что они поймут «Отелло»! Милый вы мой мальчик!

Дикарь промолчал. Затем сказал упрямо:

— Все равно «Отелло» — хорошая вещь, «Отелло» лучше ощущальных фильмов.

— Разумеется, лучше, — согласился Главноуправитель. — Но эту цену нам приходится платить за стабильность. Пришлось выбирать между счастьем и тем, что называли когда-то высоким искусством. Мы пожертвовали высоким искусством. Взамен него у нас ощущалка и запаховый орган.

— Но в них нет и тени смысла.
— Зато в них масса приятных ощущений для публики.
— Но ведь это... это бредовой рассказ кретина[1].
— Вы обижаете вашего друга мистера Уотсона, — засмеявшись, сказал Мустафа. — Одного из самых выдающихся специалистов по инженерии чувств...
— Однако он прав, — сказал Гельмгольц хмуро. — Действительно, кретинизм. Пишем, а сказать-то нечего...
— Согласен, нечего. Но это требует колоссальной изобретательности. Вы делаете вещь из минимальнейшего количества стали — создаете художественные произведения почти что из одних голых ощущений.

Дикарь покачал головой.
— Мне все это кажется просто гадким.
— Ну разумеется. В натуральном виде счастье всегда выглядит убого рядом с цветистыми прикрасами несчастья. И, разумеется, стабильность куда менее колоритна, чем нестабильность. А удовлетворенность совершенно лишена романтики сражений со злым роком, нет здесь красочной борьбы с соблазном, нет ореола гибельных сомнений и страстей. Счастье лишено грандиозных эффектов.
— Пусть так, — сказал Дикарь, помолчав. — Но неужели нельзя без этого ужаса — без близнецов? — Он провел рукой по глазам, как бы желая стереть из памяти эти ряды одинаковых карликов у сборочного конвейера, эти близнецовые толпы, растянувшиеся очередью у входа в Брентфордский моновокзал, эти человечьи личинки, кишащие у смертного одра Линды, эту атакующую его одноликую орду. Он взглянул на свою забинтованную руку и поежился. — Жуть какая!
— Зато польза какая! Вам, я вижу, не по вкусу наши группы Бокановского; но, уверяю вас, они — фундамент,

---

[1] «Макбет» (акт V, сц. 5):

Жизнь — это бредовой
Рассказ кретина; ярости и шуму
Хоть отбавляй, а смысла не ищи.

на котором строится все остальное. Они — стабилизирующий гироскоп, который позволяет ракетоплану государства устремлять свой полет, не сбиваясь с курса. — Главноуправительский бас волнительно вибрировал; жесты рук изображали ширь пространства и неудержимый лет ракетоплана; ораторское мастерство Мустафы Монда достигало почти уровня синтетических стандартов.

— А разве нельзя обойтись вовсе без них? — упорствовал Дикарь. — Ведь вы можете получать что угодно в ваших бутылях. Раз уж на то пошло, почему бы не выращивать всех плюс-плюс-альфами?

— Ну нет, нам еще жить не надоело, — отвечал Монд со смехом. — Наш девиз — счастье и стабильность. Общество же, целиком состоящее из альф, обязательно будет нестабильно и несчастливо. Вообразите вы себе завод, укомплектованный альфами, то есть индивидуумами разными и розными, обладающими хорошей наследственностью и по формовке своей способными — в определенных пределах — к свободному выбору и ответственным решениям. Вы только вообразите.

Дикарь попробовал вообразить, но без особого успеха.

— Это же абсурд. Человек, сформованный, воспитанный как альфа, сойдет с ума, если его поставить на работу эпсилон-полукретина, сойдет с ума или примется крушить и рушить все вокруг. Альфы могут быть вполне добротными членами общества, но при том лишь условии, что будут выполнять работу альф. Только от эпсилона можно требовать жертв, связанных с работой, эпсилона, — по той простой причине, что для него это не жертвы, а линия наименьшего сопротивления, привычная жизненная колея, по которой он движется, по которой двигаться обречен всем своим формированием и воспитанием. Даже после раскупорки он продолжает жить в бутыли — в невидимой бутыли рефлексов, привитых эмбриону и ребенку. Конечно, и каждый из нас, — продолжал задумчиво Главноуправитель, — проводит жизнь свою в бутыли. Но если нам выпало быть альфами, то бутыли наши огромного размера, сравнительно с бутылями низших каст. В бутылях поменьше объемом мы страдали бы мучительно. Нельзя разливать альфа-винозаменитель в эпсилон-мехи. Это ясно уже теоретически. Да и практикой доказано. Кипрский эксперимент дал убедительные результаты.

— А что это был за эксперимент? — спросил Дикарь.

— Можете назвать его экспериментом по винорозливу, — улыбнулся Мустафа Монд. — Начат он был в 473-м году эры Форда. По распоряжению Главноуправителей мира остров Кипр был очищен от всех его тогдашних обитателей и заново заселен специально выращенной партией альф численностью в двадцать две тысячи. Им дана была вся необходимая сельскохозяйственная и промышленная техника и предоставлено самим вершить свои дела. Результат в точности совпал с теоретическими предсказаниями. Землю не обрабатывали как положено; на всех заводах бастовали; законы в грош не ставили, приказам не повиновались; все альфы, назначенные на определенный срок выполнять черные работы, интриговали и ловчили как могли, чтобы перевестись на должность почище, а все, кто сидел на чистой работе, вели встречные интриги, чтобы любым способом удержать ее за собой. Не прошло и шести лет, как разгорелась самая настоящая гражданская война. Когда из двадцати двух тысяч девятнадцать оказались перебиты, уцелевшие альфы обратились к Главноуправителям с единодушной просьбой снова взять в свои руки правление. Просьба была удовлетворена. Так пришел конец единственному в мировой истории обществу альф.

Дикарь тяжко вздохнул.

— Оптимальный состав народонаселения, — говорил далее Мустафа, — смоделирован нами с айсберга, у которого восемь девятых массы под водой, одна девятая над водой.

— А счастливы ли те, что под водой?

— Счастливее тех, что над водой. Счастливее, к примеру, ваших друзей, — кивнул Монд на Гельмгольца и Бернарда.

— Несмотря на свой отвратный труд?

— Отвратный? Им он вовсе не кажется таковым. Напротив, он приятен им. Он не тяжел, детски прост. Не перегружает ни головы, ни мышц. Семь с половиной часов умеренного, неизнурительного труда, а затем сома в таблетках, игры, беззапретное совокупление и ощущалки. Чего еще желать им? — вопросил Мустафа. — Ну правда, они могли бы желать сокращения рабочих часов. И, разумеется, можно бы и сократить. В техническом аспекте проще простого было бы свести рабочий день для низших каст к трем-четырем часам. Но от этого стали бы они хоть сколько-нибудь счастливей? Отнюдь нет. Эксперимент с рабочими часами был проведен еще полтора с лишним века назад. Во всей Ирландии ввели четырехчасовой рабочий день. И что же это дало в итоге? Непорядки и сильно возросшее потребление сомы — и больше ничего. Три с половиной лишних часа досуга не только не стали источником счастья, но даже пришлось людям глушить эту праздность сомой. Наше Бюро изобретений забито предложениями по экономии труда. Тысячами предложений! — Монд широко взмахнул рукой. — Почему же мы не проводим их в жизнь? Да для блага самих же рабочих; было бы попросту жестоко обрушивать на них добавочный досуг. То же и в сельском хозяйстве. Вообще можно было бы индустриально синтезировать все пищевые продукты до последнего кусочка, пожелай мы только. Но мы не желаем. Мы предпочитаем держать треть населения занятой в сельском хозяйстве. Ради их же блага — именно потому, что сельскохозяйственный процесс получения продуктов берет больше времени, чем индустриальный. Кроме того, нам надо заботиться о стабильности. Мы не хотим перемен. Всякая перемена — угроза для стабильности. И это вторая причина, по которой мы так скупо вводим в жизнь новые изобретения. Всякое чисто научное открытие является потенциально разрушительным; даже и науку приходится иногда рассматривать как возможного врага. Да, и науку тоже.

Науку?.. Дикарь сдвинул брови. Слово это он знает. Но не знает его точного значения. Старики-индейцы о науке не упоминали. Шекспир о ней молчит, а из рассказов Линды возникло лишь самое смутное понятие: наука позволяет строить вертопланы, наука поднимает на смех индейские пляски, наука оберегает от морщин и сохраняет зубы. Напрягая мозг, Дикарь старался вникнуть в слова Главноуправителя.

— Да, — продолжал Мустафа Монд. — И это также входит в плату за стабильность. Не одно лишь искусство несовместимо со счастьем, но и наука. Опасная вещь наука; приходится держать ее на крепкой цепи и в наморднике.

— Как так? — удивился Гельмгольц. — Но ведь мы же вечно трубим: «Наука превыше всего». Это же избитая гипнопедическая истина.

— Внедряемая трижды в неделю, с тринадцати до семнадцати лет, — вставил Бернард.

— А вспомнить всю нашу институтскую пропаганду науки...

— Да, но какой науки? — возразил Мустафа насмешливо. — Вас не готовили в естествоиспытатели, и судить вы не можете. А я был неплохим физиком в свое время. Слишком даже неплохим; я сумел осознать, что вся наша наука — нечто вроде поваренной книги, причем правоверную теорию варки никому не позволено брать под сомнение и к перечню кулинарных рецептов нельзя ничего добавлять иначе, как по особому разрешению главного повара. Теперь я сам — главный повар. Но когда-то я был пытливым поваренком. Пытался варить по-своему. По неправоверному, недозволенному рецепту. Иначе говоря, попытался заниматься подлинной наукой. — Он замолчал.

— И чем же кончилось? — не удержался Гельмгольц от вопроса.

— Чуть ли не тем же, чем кончается у вас, молодые люди, — со вздохом ответил Главноуправитель. — Меня чуть было не сослали на остров.

Слова эти побудили Бернарда к действиям бурным и малопристойным.

— Меня сошлют на остров? — Он вскочил и подбежал к Главноуправителю, отчаянно жестикулируя. — Но за что же? Я ничего не сделал. Это все они. Клянусь, это они. — Он обвиняюще указал на Гельмгольца и Дикаря. — О, прошу вас, не отправляйте меня в Исландию. Я обещаю, что исправлюсь. Дайте мне только возможность. Прошу вас, дайте мне исправиться. — Из глаз его потекли слезы. — Ей-форду, это их вина, — зарыдал он. — О, только не в Исландию. О, пожалуйста, ваше Фордейшество, пожалуйста... — И в припадке малодушия он бросился перед Мондом на колени. Тот пробовал поднять его, но Бернард продолжал валяться в ногах; молящие слова лились потоком. В конце концов Главноуправителю пришлось нажатием кнопки вызвать четвертого своего секретаря.

— Позовите трех служителей, — приказал Мустафа, — отведите его в спальную комнату. Дайте ему вдосталь подышать парами сомы, уложите в постель, и пусть проспится.

Четвертый секретарь вышел и вернулся с тремя близнецами-лакеями в зеленых ливреях. Кричащего, рыдающего Бернарда унесли.

— Можно подумать, его убивают, — сказал Главноуправитель, когда дверь за Бернардом закрылась. — Имей он хоть крупицу смысла, он бы понял, что наказание его является, по существу, наградой. Его ссылают на остров. То есть посылают туда, где он окажется в среде самых интересных мужчин и женщин на свете. Это все те, в ком почему-либо развилось самосознание до такой степени, что они стали непригодными к жизни в нашем обществе. Все те, кого не удовлетворяет правоверность, у кого есть свои самостоятельные взгляды. Словом, все те, кто собой что-то представляет. Я почти завидую вам, мистер Уотсон.

Гельмгольц рассмеялся.

— Тогда почему же вы сами не на острове? — спросил он.

— Потому что все-таки предпочел другое, — ответил Главноуправитель. — Мне предложили выбор — либо ссылка на остров, где я смог бы продолжать свои занятия чистой наукой, либо же служба при Совете Главноуправителей с перспективой занять впоследствии пост Главноуправителя. Я выбрал второе и простился с наукой. Временами я жалею об этом, — продолжал он, помолчав. — Счастье — хозяин суровый. Служить счастью, особенно счастью других, гораздо труднее, чем служить истине, если ты не сформован так, чтобы служить слепо. — Он вздохнул, опять помолчал, затем заговорил уже бодрее. — Но долг есть долг. Он важней, чем собственные склонности. Меня влечет истина. Я люблю науку. Но истина грозна; наука опасна для общества. Столь же опасна, сколь была благотворна. Наука дала нам самое устойчивое равновесие во всей истории человечества. Китай по сравнению с нами был безнадежно неустойчив; даже первобытные матриархии были не стабильней нас. И это, повторяю, благодаря науке. Но мы не можем позволить, чтобы наука погубила свое же благое дело. Вот почему мы так строго ограничиваем размах научных исследований, вот почему я чуть не оказался на острове. Мы даем науке заниматься лишь самыми насущными сиюминутными проблемами. Всем другим изысканиям неукоснительнейше ставятся препоны. А занятно бывает читать, — продолжил Мустафа после короткой паузы, — что писали во времена Господа нашего Форда о научном прогрессе. Тогда, видимо, воображали, что науке можно позволить развиваться бесконечно и невзирая ни на что. Знание считалось верховным благом, истина — высшей ценностью; все остальное — второстепенным, подчиненным. Правда, и в те времена взгляды начинали уже меняться. Сам Господь наш Форд сделал многое, чтобы перенести упор с истины и красоты на счастье и удобство. Такого сдвига требовали интересы массового производства. Всеобщее счастье способно безостановочно двигать машины; истина же и красота — не способны. Так что, разумеется, когда властью завладевали массы, верховной ценностью становилось всегда счастье, а не истина с красотой. Но, несмотря на все это, научные исследования по-прежнему еще не ограничивались. Об истине и красоте продолжали толковать так, точно они оставались высшим благом. Это длилось вплоть до Девятилетней войны. Война-то заставила запеть по-другому. Какой смысл в истине, красоте или познании, когда кругом лопаются сибиреязвенные бомбы? После той войны и была впервые взята под контроль наука. Люди тогда готовы были даже свою жажду удовольствий обуздать. Все отдавали за тихую жизнь. С тех пор мы науку держим в шорах. Конечно, истина от этого страдает. Но счастье процветает. А даром ничто не дается. За счастье приходится платить. Вот вы и платите, мистер Уотсон, потому что слишком заинтересовались красотой. Я же слишком увлекся истиной и тоже поплатился.

— Но вы ведь не отправились на остров, — произнес молчаливо слушавший Дикарь.

Главноуправитель улыбнулся.

— В том и заключалась моя плата. В том, что я остался служить счастью. И не своему, а счастью других. Хорошо еще, — прибавил он после паузы, — что в мире столько островов. Не знаю, как бы мы обходились без них. Пришлось бы, вероятно, всех еретиков отправлять в умертвительную камеру. Кстати, мистер Уотсон, подойдет ли вам тропический климат? Например, Маркизские острова или Самоа? Или же дать вам атмосферу пожестче?

— Дайте мне климат крутой и скверный, — ответил Гельмгольц, вставая с кресла. — Я думаю, в суровом климате лучше будет писаться. Когда кругом ветра и штормы...

Монд одобрительно кивнул.

— Ваш подход мне нравится, мистер Уотсон. Весьма и весьма нравится — в такой же мере, в какой по долгу службы я обязан вас порицать. — Он снова улыбнулся. — Фолклендские острова вас устроят?

— Да, устроят, пожалуй, — ответил Гельмгольц. — А теперь, если позволите, я пойду к бедняге Бернарду, погляжу, как он там.

ГЛАВА СЕМНАДЦАТАЯ

— Искусством пожертвовали, наукой, — немалую вы цену заплатили за ваше счастье, — сказал Дикарь, когда они с Главноуправителем остались одни. — А может, еще чем пожертвовали?

— Ну, разумеется, религией, — ответил Мустафа. — Было некое понятие, именуемое Богом — до Девятилетней войны. Но это понятие, я думаю, вам очень знакомо.

— Да... — начал Дикарь и замялся. Ему хотелось бы сказать про одиночество, про ночь, про плато месы в бледном лунном свете, про обрыв и прыжок в черную тень, про смерть. Хотелось, но слов не было. Даже у Шекспира слов таких нет.

Главноуправитель тем временем отошел в глубину кабинета, отпер большой сейф, встроенный в стену между стеллажами. Тяжелая дверца открылась.

— Тема эта всегда занимала меня чрезвычайно, — сказал Главноуправитель, роясь в темной внутренности сейфа. Вынул оттуда толстый черный том. — Ну вот, скажем, книга, которой вы не читали.

Дикарь взял протянутый том.

— «Библия, или Книги Священного писания Ветхого и Нового завета», — прочел он на титульном листе.

— И этой не читали, — Монд протянул потрепанную, без переплета книжицу.

— «Подражание Христу»*.

— И этой, — вынул Монд третью книгу.

— Уильям Джеймс* «Многообразие религиозного опыта».

— У меня еще много таких, — продолжал Мустафа Монд, снова садясь. — Целая коллекция порнографических старинных книг. В сейфе Бог, а на полках Форд, —

указал он с усмешкой на стеллажи с книгами, роликами, бобинами.

— Но если вы о Боге знаете, то почему же не говорите им? — горячо сказал Дикарь. — Почему не даете им этих книг?

— По той самой причине, по которой не даем «Отелло», — книги эти старые; они — о Боге, каким он представлялся столетия назад. Не о Боге нынешнем.

— Но ведь Бог не меняется.

— Зато люди меняются.

— А какая от этого разница?

— Громаднейшая, — сказал Мустафа Монд. Он встал, подошел опять к сейфу. — Жил когда-то человек — кардинал Ньюмен*. Кардинал, — пояснил Монд в скобках, — это нечто вроде теперешнего архипесносло́ва.

— «Я, Пандульф, прекрасного Милана кардинал»[1]. Шекспир о кардиналах упоминает.

— Да, конечно. Так, значит, жил когда-то кардинал Ньюмен. Ага, вот и книга его. — Монд извлек ее из сейфа. — А кстати, выну и другую. Написанную человеком по имени Мен де Биран*. Он был философ. Что такое философ, знаете?

— Мудрец, которому и не снилось, сколько всякого есть в небесах и на земле, — без промедления ответил Дикарь[2].

— Именно. Через минуту я вам прочту отрывок из того, что ему, однако, снилось. Но прежде послушаем старого архипесносло́ва. — И, раскрыв книгу на листе, заложенном бумажкой, он стал читать: — «Мы не принадлежим себе, равно как не принадлежит нам то, что мы имеем. Мы себя не сотворили, мы главенствовать над собой не можем. Мы не хозяева себе. Бог нам хозяин. И разве

---

[1] «Король Иоанн» (акт III, сц. 1).
[2] Дикарь помнит слова Гамлета:
    Немало есть такого в небесах
    И на земле, что и не снилось нашей,
    Горацио, философии.

такой взгляд на вещи не составляет счастье наше? Разве есть хоть кроха счастья или успокоения в том, чтобы полагать, будто мы принадлежим себе? Полагать так могут люди молодые и благополучные. Они могут думать, что очень это ценно и важно: делать все, как им кажется, по-своему, ни от кого не зависеть, быть свободным от всякой мысли о незримо сущем, от вечной и докучной подчиненности, вечной молитвы, от вечного соотнесения своих поступков с чьей-то волей. Но с возрастом и они в свой черед обнаружат, что независимость — не для человека, что она для людей не естественна и годится разве лишь ненадолго, а всю жизнь с нею не прожить...» — Мустафа Монд замолчал, положил томик и стал листать страницы второй книги. Ну вот, например, из Бирана, — сказал он и снова забасил: — «Человек стареет; он ощущает в себе то всепроникающее чувство слабости, вялости, недомогания, которое приходит с годами; и, ощутив это, воображает, что всего-навсего прихворнул; он усыпляет свои страхи тем, что, дескать, его бедственное состояние вызвано какой-то частной причиной, и надеется причину устранить, от хвори исцелиться. Тщетные надежды! Хворь эта — старость; и грозный она недуг. Говорят, будто обращаться к религии в пожилом возрасте заставляет людей страх перед смертью и тем, что будет после смерти. Но мой собственный опыт убеждает меня в том, что религиозность склонна с годами развиваться в человеке совершенно помимо всяких таких страхов и фантазий; ибо, по мере того как страсти утихают, а воображение и чувства реже возбуждаются и становятся менее возбудимы, разум наш начинает работать спокойней, меньше мутят его образы, желания, забавы, которыми он был раньше занят; и тут-то является Бог, как из-за облака; душа наша воспринимает, видит, обращается к источнику всякого света, обращается естественно и неизбежно; ибо теперь, когда все, дававшее чувственному миру жизнь и прелесть, уже стало от нас утекать, когда чувственное бытие более не укрепляется впечатлениями изнутри или извне, — теперь мы испытываем потребность опереться на нечто прочное, неколебимое и безобманное — на реальность, на правду бессмертную и абсолютную. Да, мы неизбежно обращаемся к Богу; ибо это религиозное чувство по природе своей так чисто, так сладостно душе, его испытывающей, что оно возмещает нам все наши утраты». — Мустафа Монд закрыл книгу, откинулся в кресле. — Среди множества прочих вещей, сокрытых в небесах и на земле, этим философам не снилось и все теперешнее, — он сделал рукой охватывающий жест, — мы, современный мир. «От Бога можно не зависеть лишь пока ты молод и благополучен; всю жизнь ты независимым не проживешь». А у нас теперь молодости и благополучия хватает на всю жизнь. Что же отсюда следует? Да то, что мы можем не зависеть от Бога. «Религиозное чувство возместит нам все наши утраты». Но мы ничего не утрачиваем, и возмещать нечего; религиозность становится излишней. И для чего нам искать замену юношеским страстям, когда страсти эти в нас не иссякают никогда? Замену молодым забавам, когда мы до последнего дня жизни резвимся и дурачимся по-прежнему? Зачем нам отдохновение, когда наш ум и тело всю жизнь находят радость в действии? Зачем успокоение, когда у нас есть сома? Зачем неколебимая опора, когда есть прочный общественный порядок?

— Так, по-вашему, Бога нет?

— Вполне вероятно, что он есть.

— Тогда почему?..

Мустафа не дал ему кончить вопроса.

— Но проявляет он себя по-разному в разные эпохи. До эры Форда он проявлял себя, как описано в этих книгах. Теперь же...

— Да, теперь-то как? — спросил нетерпеливо Дикарь.

— Теперь проявляет себя своим отсутствием; его как бы и нет вовсе.

— Сами виноваты.

— Скажите лучше, виновата цивилизация. Бог несовместим с машинами, научной медициной и всеобщим счастьем. Приходится выбирать. Наша цивилизация выбрала машины, медицину, счастье. Вот почему я прячу эти книжки в сейфе. Они непристойны. Они вызвали бы возмущение у чита...

— Но разве не естественно чувствовать, что Бог есть? — не вытерпел Дикарь.

— С таким же правом можете спросить: «Разве не естественно застегивать брюки молнией?» — сказал Главноуправитель саркастически. — Вы напоминаете мне одного из этих пресловутых мудрецов — напоминаете Бредли*. Он определял философию как отыскивание сомнительных причин в обоснованье того, во что веришь инстинктивно. Как будто можно верить инстинктивно! Веришь потому, что тебя так сформировали, воспитали. Обоснование сомнительными причинами того, во что веришь по другим сомнительным причинам, — вот как надо определить философию. Люди верят в Бога потому, что их так воспитали.

— А все равно, — не унимался Дикарь, — в Бога верить естественно, когда ты одинок, совсем один в ночи, и думаешь о смерти...

— Но у нас одиночества нет, — сказал Мустафа. — Мы внедряем в людей нелюбовь к уединению и так строим их жизнь, что оно почти невозможно.

Дикарь хмуро кивнул. В Мальпаисе он страдал потому, что был исключен из общинной жизни, а теперь, в цивилизованном Лондоне, — оттого, что нельзя никуда уйти от этой общественной жизни, нельзя побыть в тихом уединении.

— Помните в «Короле Лире»? — произнес он, подумав. — «Боги справедливы, и обращаются в орудия кары пороки, услаждающие нас; тебя зачал он в темном закоулке — и был покаран темной слепотой». И Эдмунд в ответ говорит (а Эдмунд ранен, умирает): «Да, это правда. Колесо судьбы свершило полный круг, и я сражен»[1]. Что вы на это скажете? Есть, стало быть, Бог, который управляет всем, наказывает, награждает?

---

[1] «Король Лир» (акт V, сц. 3).

— Есть ли? — в свою очередь спросил Монд. — Ведь можете услаждаться с девушкой-неплодой сколько и как вам угодно, не рискуя тем, что любовница вашего сына впоследствии вырвет вам глаза. «Колесо судьбы свершило полный круг, и я сражен». Но сражен ли современный Эдмунд? Он сидит себе в пневматическом кресле в обнимку с девушкой, жует секс-гормональную резинку и смотрит ощущальный фильм. Боги справедливы. Не спорю. Но божий свод законов диктуется в конечном счете людьми, организующими общество; Провидение действует с подсказки человека.

— Вы уверены? — возразил Дикарь. — Вы так уж уверены, что ваш Эдмунд в пневматическом кресле не понес кару столь же тяжкую, как Эдмунд, смертельно раненный, истекающий кровью? Боги справедливы. Разве не обратили они пороки, услаждающие современного Эдмунда, в орудья его унижения?

— Унижения? Соотносительно с чем? Как счастливый, работящий, товаропотребляющий гражданин Эдмунд стоит очень высоко. Конечно, если взять иной, отличный от нашего, критерий оценки, то не исключено, что можно будет говорить об унижении. Но надо ведь держаться одного набора правил. Нельзя играть в электромагнитный гольф по правилам эскалаторного хэндбола.

— «Но ценность независима от воли, — процитировал Дикарь из «Троила и Крессиды». — Достойное само уж по себе достойно, не только по оценке чьей-нибудь»[1].

— Ну-ну-ну, — сказал Мустафа. — Утверждение весьма спорное, не так ли?

— Если бы вы допустили к себе мысль о Боге, то не унижались бы до услаждения пороками. Был бы тогда у вас резон, чтобы стойко переносить страдания, совершать мужественные поступки. Я видел это у индейцев.

— Не сомневаюсь, — сказал Мустафа Монд. — Но мы-то не индейцы. Цивилизованному человеку нет нужды

---

[1] «Троил и Крессида» (акт II, сц. 2).

переносить страдания, а что до совершения мужественных поступков, то сохрани Форд от подобных помыслов. Если люди начнут действовать на свой риск, весь общественный порядок полетит в тартарары.

— Ну а самоотречение, самопожертвование? Будь у вас Бог, был бы тогда резон для самоотречения.

— Но индустриальная цивилизация возможна лишь тогда, когда люди не отрекаются от своих желаний, а, напротив, потворствуют им в самой высшей степени, какую только допускают гигиена и экономика. В самой высшей, иначе остановятся машины.

— Был бы тогда резон для целомудрия! — проговорил Дикарь, слегка покраснев.

— Но целомудрие рождает страсть, рождает неврастению. А страсть с неврастенией порождают нестабильность. А нестабильность означает конец цивилизации. Прочная цивилизация немыслима без множества услаждающих пороков.

— Но в Боге заключается резон для всего благородного, высокого, героического. Будь у вас...

— Милый мой юноша, — сказал Мустафа Монд. — Цивилизация абсолютно не нуждается в благородстве или героизме. Благородство, героизм — это симптомы политической неумелости. В правильно, как у нас, организованном обществе никому не доводится проявлять эти качества. Для их проявления нужна обстановка полнейшей нестабильности. Там, где войны, где конфликт между долгом и верностью, где противление соблазнам, где защита тех, кого любишь, или борьба за них, — там, очевидно, есть некий смысл в благородстве и героизме. Но теперь нет войн. Мы неусыпнейше предотвращаем всякую чрезмерную любовь. Конфликтов долга не возникает; люди так сформованы, что попросту не могут иначе поступать, чем от них требуется. И то, что от них требуется, в общем и целом так приятно, стольким естественным импульсам дается теперь простор, что, по сути, не приходится противиться соблазнам. А если все же приключится в кои веки неприятность, так ведь у вас всегда есть сома, чтобы отдохнуть от реальности. И та же сома остудит ваш гнев, примирит с врагами, даст вам терпение и кротость. В прошлом, чтобы достичь этого, вам требовались огромные усилия, годы суровой нравственной выучки. Теперь же вы глотаете две-три таблетки — и готово дело. Ныне каждый может быть добродетелен. По меньшей мере половину вашей нравственности вы можете носить с собою во флакончике. Христианство без слез — вот что такое сома.

— Но слезы ведь необходимы. Вспомните слова Отелло: «Если каждый шторм кончается такой небесной тишью, пусть сатанеют ветры, будя смерть»[1]. Старик-индеец нам сказывал о девушке из Мацаки. Парень, захотевший на ней жениться, должен был взять мотыгу и проработать утро в ее огороде. Работа вроде бы легкая; но там летали мухи и комары, не простые, а волшебные. Женихи не могли снести их укусов и жал. Но один стерпел — и в награду получил ту девушку.

— Прелестно! — сказал Главноуправитель. — Но в цивилизованных странах девушек можно получать и не мотыжа огороды; и нет у нас жалящих комаров и мух. Мы всех их устранили столетия тому назад.

— Вот, вот, устранили, — кивнул насупленно Дикарь. — Это в вашем духе. Все неприятное вы устраняете — вместо того, чтобы научиться стойко его переносить. «Благородней ли терпеть судьбы свирепой стрелы и каменья или, схватив оружие, сразиться с безбрежным морем бедствий...»[2] А вы и не терпите, и не сражаетесь. Вы просто устраняете стрелы и каменья. Слишком это легкий выход.

Он замолчал — вспомнил о матери. О том, как в комнатке на тридцать восьмом этаже Линда дремотно плыла в море поющих огней и ароматных ласк, уплывала

---

[1] «Отелло» (акт II, сц. 1).
[2] «Гамлет», (акт III, сц. 1).

из времени и пространства, из тюрьмы своего прошлого, своих привычек, своего обрюзгшего, дряхлеющего тела. Да и ее милый Томасик, бывший Директор Инкубатория и Воспитательного Центра, до сих пор ведь на сомотдыхе — заглушил сомой унижение и боль и пребывает в мире, где не слышно ни тех ужасных слов, не издевательского хохота, где нет перед ним мерзкого лица, липнущих к шее дряблых, влажных рук. Директор отдыхает в прекрасном мире...

— Вам бы именно слезами сдобрить вашу жизнь, — продолжал Дикарь, — а то здесь слишком дешево все стоит.

(«Двенадцать с половиной миллионов долларов, — возразил Генри Фостер, услышав ранее от Дикаря этот упрек. — Двенадцать с половиной миллиончиков, и ни долларом меньше. Вот сколько стоит новый наш Воспитательный Центр».)

— «Смертного и хрупкого себя подставить гибели, грозе, судьбине за лоскуток земли»[1]. Разве не заманчиво? — спросил Дикарь, подняв глаза на Мустафу. — Если даже оставить Бога в стороне, хотя, конечно, за Бога подставлять себя грозе был бы особый резон. Разве нет смысла и радости в жизненных грозах?

— Смысл есть, и немалый, — ответил Главноуправитель. — Время от времени необходимо стимулировать у людей работу надпочечников.

— Работу чего? — переспросил непонимающе Дикарь.

— Надпочечных желез. В этом одно из условий крепкого здоровья и мужчин, и женщин. Потому мы и ввели обязательный прием ЗБС.

— Зебеэс?

— Заменителя бурной страсти. Регулярно, раз в месяц. Насыщаемым организм адреналином. Даем людям полный физиологический эквивалент страха и ярости — ярости Отелло, убивающего Дездемону, и страха убиваемой Дездемоны. Даем весь тонизирующий эф-

---

[1] «Гамлет» (акт IV, сц. 4).

фект этого убийства — без всяких сопутствующих неудобств.

— Но мне любы неудобства.

— А нам — нет, — сказал Главноуправитель. — Мы предпочитаем жизнь с удобствами.

— Не хочу я удобств. Я хочу Бога, поэзии, настоящей опасности, хочу свободы, и добра, и греха.

— Иначе говоря, вы требуете права быть несчастным, — сказал Мустафа.

— Пусть так, — с вызовом ответил Дикарь. — Да, я требую.

— Прибавьте уж к этому право на старость, уродство, бессилие; право на сифилис и рак; право на недоедание; право на вшивость и тиф; право жить в вечном страхе перед завтрашним днем; право мучиться всевозможными лютыми болями.

Длинная пауза.

— Да, это все мои права, и я их требую.

— Что ж, пожалуйста, осуществляйте эти ваши права, — сказал Мустафа Монд, пожимая плечами.

ГЛАВА ВОСЕМНАДЦАТАЯ

Дверь не заперта, приоткрыта; они вошли.

— Джон!

Из ванной донесся неприятный характерный звук.

— Тебе что, нехорошо? — громко спросил Гельмгольц.

Ответа не последовало. Звук повторился, затем снова; наступила тишина. Щелкнуло, дверь ванной отворилась, и вышел Дикарь, очень бледный.

— У тебя, Джон, вид совсем больной! — сказал Гельмгольц участливо.

— Съел что-нибудь неподходящее? — спросил Бернард.

Дикарь кивнул.

— Я вкусил цивилизации.

— ??

— И отравился ею; душу загрязнил. И еще, — прибавил он, понизив голову, — я вкусил своей собственной скверны.

— Да, но что ты съел конкретно?.. Тебя ведь сейчас...

— А сейчас я очистился, — сказал Дикарь. — Я выпил теплой воды с горчицей.

Друзья поглядели на него удивленно.

— То есть ты намеренно вызвал рвоту? — спросил Бернард.

— Так индейцы всегда очищаются. — Джон сел, вздохнул, провел рукой по лбу. — Передохну. Устал.

— Немудрено, — сказал Гельмгольц.

Сели и они с Бернардом.

— А мы пришли проститься, — сказал Гельмгольц. — Завтра утром улетаем.

— Да, завтра улетаем, — сказал Бернард; Дикарь еще не видел у него такого выражения — решительного, успокоенного. — И, кстати, Джон, — продолжал Бернард, подавшись к Дикарю и рукой коснувшись его колена, — прости меня, пожалуйста, за все вчерашнее. — Он покраснел. — Мне так стыдно, — голос его задрожал, — так...

Дикарь не дал ему договорить, взял руку его, ласково пожал.

— Гельмгольц — молодчина. Ободрил меня, — произнес Бернард. — Без него я бы...

— Да ну уж, — сказал Гельмгольц.

Помолчали. Грустно было расставаться, потому что они привязались друг к другу, но и хорошо было всем троим чувствовать свою сердечную приязнь и грусть.

— Я утром был у Главноуправителя, — нарушил наконец молчание Дикарь.

— Зачем?

— Просился к вам на острова.

— И разрешил он? — живо спросил Гельмгольц.

Джон покачал головой:

— Нет, не разрешил.

— А почему?

— Сказал, что хочет продолжить эксперимент. Но будь я проклят, — взорвался бешено Дикарь, — будь я проклят, если дам экспериментировать над собой и дальше! Хоть проси меня все Главноуправители мира. Завтра я тоже уберусь отсюда.

— А куда? — спросили Гельмгольц с Бернардом.

Дикарь пожал плечами.

— Мне все равно куда. Куда-нибудь, где смогу быть один.

От Гилфорда авиатрасса Лондон—Портсмут идет вдоль Уэйской долины к Годалмингу, а оттуда над Милфордом и Уитли к Хейлзмиру и дальше, через Питерсфилд, на Портсмут. Почти параллельно этой воздушной линии легла трасса возвратная — через Уорплесдон, Тонгам, Патнам, Элстед и Грейшот. Между Хогсбэкской грядой и Хайндхедом были места, где эти трассы раньше проходили всего в шести-семи километрах друг от друга. Близость, опасная для беззаботных летунов, в особенности ночью или когда принял полграмма лишних. Случались аварии. Даже катастрофы. Решено было отодвинуть трассу Портсмут—Лондон на несколько километров к западу. И вехами старой трассы между Грейшотом и Тонгамом остались четыре покинутых авиамаяка. Небо над ними тихо и пустынно. Зато над Селборном, Борденом и Фарнамом теперь не умолкает гул и рокот вертопланов.

Дикарь избрал своим прибежищем старый авиамаяк, стоящий на гребне песчаного холма между Патнамом и Элстедом. Маяк построен из железобетона и отлично сохранился.

«Слишком даже здесь уютно будет, — подумал Дикарь, оглядев помещение, — слишком по-цивилизованному». Он успокоил свою совесть, решив тем строже держать себя в струне и очищение совершать тем полнее и тщательнее. Первую ночь здесь он провел без сна всю напролет. Простоял на коленях, молясь — то небесам (у которых некогда молил прощенья преступный Клавдий), то Авонавилоне (по-зунийски), то Иисусу и Пуконгу, то своему заветному хранителю — орлу. Временами Джон раскидывал руки, точно распятый, и подолгу держал их так, и боль постепенно разрасталась в жгучую муку; не опуская дрожащих рук, он повторял сквозь стиснутые зубы (а пот ручьями тек по лицу): «О, прости меня! О, сделай меня чистым! О, помоги мне стать хорошим!» Повторял снова и снова, почти уже теряя сознание от боли.

Когда наступило утро, он почувствовал, что имеет теперь право жить на маяке; да, имеет — даром что в окнах почти все стекла уцелели, даром что вид с верхней площадки открывается великолепный. Потому Дикарь и выбрал этот маяк и потому чуть было сразу же и не ушел отсюда. Вид сверху так чудесен — глазам как бы предстает воплощенье божества. Но кто Дикарь такой, чтобы нежить взор беспрерывным зрелищем красоты? Кто он такой, чтобы жить в зримом присутствии Бога? Ему бы по его заслугам обитать в свином хлеву, в слепой норе... Тело Дикаря одеревенело, плечи ныли после долгой ночной муки, но этим-то и был он внутренне ободрен, и, поднявшись на верх своей башни, он окинул взглядом яркий рассветный мир, в котором обрел право жить. На северном горизонте тянулась Хогсбэкская меловая гряда, за ее восточной оконечностью вставали семь узких небоскребов, составляющих Гилфорд. При виде их Дикарь поморщился; но он вскоре с ними примирится, ибо по ночам они сверкают огнями, как веселые и симметричные созвездия, или же в сплошной прожекторной подсветке высятся, наподобие светозарных перстов, указующих вверх, в непроницаемые тайны неба (хоть жеста этого никто в Англии теперь не понимает, кроме Дикаря).

В долине, отделяющей Хогсбэкскую гряду от холма с маяком, виден Патнам — скромный девятиэтажный поселочек с силосными башнями, птицефермой и фабрикой, производящей витамин Д. А на юг от маяка пологие вересковые склоны спускаются к прудам.

За цепочкою прудов, над лесом встает четырнадцатиэтажной башней Элстед. Подернутые смутной английской дымкой, Хайндхед и Селборн манят глаз в голубую романтическую даль. Но не только дали манят; приманчива и близь. Леса, открытые пространства, поросшие вереском и желтым от цветов утесником, группы сосен, поблескивающие пруды с прибрежными березами, с кувшинками и зарослями камыша — все это красиво и поражает глаз, привыкший к бесплодию американской пустыни. А уединенность какая! Целыми днями не увидишь человеческой фигурки. От маяка всего лишь четверть часа лететь до Черинг-Тийской лондонской башни; но даже и холмы Мальпаиса не пустыннее этих суррейских вересковых пустошей. Толпы, ежедневно устремляющиеся из Лондона, летят играть в электромагнитный гольф или в теннис. В Патнаме игровых полей нет; ближайшие римановы поверхности находятся в Гилфорде, а здесь — только цветы да пейзажи. Так что лететь сюда незачем. Первые дни Дикарь прожил, никем не тревожимый.

Большую часть денег, что по прибытии в Англию Джон получил на личные расходы, он потратил теперь, покидая Лондон. Купил четыре одеяла из вискозной шерсти, нужный инструмент, гвоздей, веревок и бечевок, клею, спичек (с намереньем, однако, смастерить потом дрель для добывания огня), купил простейшую кухонную утварь, пакетов двадцать семян и десять килограммов пшеничной муки. «Нет, не нужен мне мучной суррогат из синтетического крахмала и пакли, — твердо заявил он продавцу. — Пусть суррогат питательней, не надо». Но полигормональное печенье и витаминизированную эрзац-говядину ему все-таки всучили. Тьфу, цивилизованная гадость! «С голоду помру, а не притронусь. Я им покажу!» — давал он мысленно свирепый зарок. И себе покажет тоже, слабаку!

Он пересчитал деньги. Осталось мало, но все же хватит, наверное, чтобы перебиться до весны. А там огород даст ему независимость от внешнего мира. И можно пока что охотиться. Тут кругом водятся кролики, и на прудах есть дикая птица. Он принялся не мешкая делать лук и стрелы.

Поблизости от маяка росли ясени, а для стрел была целая заросль молодого, прямого орешника. Он начал с того, что срубил ясенек, снял со ствола, свободного от сучьев, кору, стал осторожно и тонко, как учил старый Митсима, обстругивать и выстругал шестифутовое, в собственный рост, древко с довольно толстой средней частью и суженными, гибкими, упругими концами. Работалось сладко и радостно. После всех этих бездельных недель в Лондоне, где только кнопки нажимай да выключателями щелкай, он изголодался по труду, требующему сноровки и терпения.

Он почти уже кончил строгать, как вдруг поймал себя на том, что напевает! Поет! Он виновато покраснел, точно разоблачил себя внезапно, застиг на месте преступления. Ведь не петь и веселиться он сюда приехал, а спасаться от цивилизованной скверны, заразы, чтобы стать здесь чистым и хорошим; чтобы покаянным трудом загладить свою вину. Смятенно он спохватился, что углубясь в работу, забыл то, о чем клялся постоянно помнить, — бедную Линду забыл, и свою убийственную к ней жестокость, и этих мерзких близнецов, кишевших, точно вши, у ее одра, оскорбительно, кощунственно кишевших. Он поклялся помнить и неустанно заглаживать вину. А теперь вот сидит, строгает весело и поет, да-да, поет...

Он пошел, открыл пачку горчицы, поставил чайник на огонь.

Получасом позже проезжали мимо, направляясь в Элстед, трое патнамских сельхозрабочих-близнецов, минус-дельтовиков, и на холме увидели такое зрелище: стоит у маяка парень, обнаженный до пояса, и хлещет себя веревочным бичом. Спина у парня вся в багровых поперечных полосах, и струйками сочится кровь. Остановив свой грузовик на обочине, они стали глядеть издали с разинутыми ртами и считать удары. Один, два, три... После восьмого удара парень прервал бичевание, отбежал к опушке, и там его стошнило. Затем он схватил бич и захлестал себя снова. Девять, десять, одиннадцать, двенадцать...

— Форд! — прошептал водитель. Братья его были ошарашены не меньше.

— Фордики-моталки! — вырвалось у них.

Через три дня, как стервятники на падаль, налетели репортеры.

Древко было уже закалено, высушено над слабым, из сырых веток, огнем — лук был готов. Дикарь занялся стрелами. Он огладил ножом и высушил тридцать ореховых прутов, снабдил их острыми гвоздями-наконечниками, а на другом конце каждой стрелы аккуратно сделал выемку для тетивы. Совершив ночной набег на патнамскую птицеферму, он запасся перьями в количестве, достаточном для целого арсенала арбалетов и луков. За опереньем стрел и застал Дикаря репортер, прилетевший первым. Он подошел сзади бесшумно на своих пневматических подошвах.

— Здравствуйте, мистер Дикарь, — произнес он. — Я из «Ежечасных радиовестей».

Дикарь вскинулся, как от змеиного укуса, вскочил, рассыпая стрелы, перья, опрокинув клей, уронив кисть для клея.

— Прошу извинить, — искренне и сокрушенно сказал репортер. — Я вовсе не хотел... — Он коснулся своей шляпы — алюминиевого цилиндра, в котором был смонтирован приемопередатчик. — Простите, что не снимаю шляпы. Слегка тяжеловата. Как я уже сказал, я представляю «Ежечасные...»

— Что надо? — спросил Дикарь, грозно хмурясь.

Репортер ответил самой своей обворожительной улыбкой.

— Ну разумеется, наши читатели с огромным интересом... — Он склонил голову на бочок, улыбка его сделалась почти кокетливой. — Всего лишь несколько слов, мистер Дикарь. — Последовал ряд быстрых ритуальных жестов: мигом размотаны два проводка от поясной портативной батареи и воткнуты сразу с обоих боков алюминиевой шляпы-цилиндра; нажата пружинка на тулье цилиндра — и тараканьими усами выросли антенны; нажата другая, спереди на полях — и, как чертик из коробочки, выскочил микрофон, закачался у репортера пред носом; опущены радионаушники, нажат включатель слева на тулье — и в цилиндре раздалось слабое осиное жужжанье; повернута ручка справа — к жужжанию присоединились легочные хрипы, писк, икота, присвист.

— Алло, — сказал репортер в микрофон, — алло, алло... — В цилиндре вдруг раздался звон. — Это ты, Эдзел? Говорит Примо Меллон. Да, дело в шляпе. Сейчас мистер Дикарь возьмет микрофон, скажет несколько слов. Пожалуйста, мистер Дикарь. — Он взглянул на Дикаря, одарил его еще одной своей победительной улыбкой. — Объясните в двух словах нашим читателям, зачем вы поселились здесь. Почему так внезапно покинули Лондон. (Не уходи с приема, Эдзел!) И, конечно же, зачем бичуетесь. (Дикарь вздрогнул: откуда им про бич известно?) Все мы безумно жаждем знать разгадку бича. А потом что-нибудь о цивилизации. «Мое мнение о цивилизованной девушке» — в этом духе. Пять-шесть слов всего, не больше...

Дикарь исполнил просьбу с огорошивающей пунктуальностью. Пять слов он произнес — и не больше, — тех самых индейских слов, которые услышал от него Бернард в ответ на просьбу выйти к важному гостю — архипеснослову Кентерберийскому.

— Хани! Сонс эсо це-на! — И, схватив репортера за плечи, повернул его задом к себе (зад оказался заманчиво выпуклым), примерился и дал пинка со всей силой и точностью чемпиона-футболиста.

Восемь минут спустя на улицах Лондона уже продавали новейший выпуск «Ежечасных радиовестей». Через первую полосу было пущено жирно: «Загадочный ДИКАРЬ ФУТБОЛИТ нашего корреспондента. СНОГСШИБАТЕЛЬНАЯ НОВОСТЬ».

«Что верно, то верно — сногсшибательная», — подумал репортер, когда по возвращении в Лондон прочел заголовок. Осторожненько, морщась от боли, он сел обедать.

Не устрашенные этим предостерегающим ударом по копчику коллеги, еще четверо репортеров — из нью-йоркской «Таймс», франкфуртского «Четырехмерного континуума», бостонской «Фордианской науки», а также из «Дельта миррор» — явились в этот день на маяк, и Дикарь встречал их со все возрастающей свирепостью.

— Закоснелый глупец! — с безопасного расстояния кричал ему корреспондент «Фордианской науки», потирая свои ягодицы. — Прими сому!

— Убирайся! — Дикарь погрозил кулаком.

Ученый репортер отошел еще дальше и снова закричал:

— Прими два грамма, и зло обратится в нереальность.

— Кохатва ияттокай! — послал ему в ответ Дикарь зловеще и язвительно.

— Боль — всего лишь обман чувств.

— Ах, всего лишь? — и Дикарь, схватив палку, шагнул к репортеру — тот шарахнулся к своему вертоплану.

После этого Дикарь был на время оставлен в покое. Прилетали, правда, вертопланы, кружили любознательно над башней. Дикарь послал стрелу в самый ближний и назойливый. Стрела пробила алюминиевый пол кабины; раздался вопль, и машина газанула ввысь со всей прытью, на какую была способна. С тех пор вертопланы держались на почтительной дистанции от маяка. Не обращая внимания на их зудливый рокот, сравнивая себя мысленно со стойким индейским женихом, не поддающимся кровожадному гнусу, Дикарь вскапывал свой огород. Позудев над головой и, видимо, соскучась, вертопланное комарье улетало; небеса на целые часы пустели, затихали, только жаворонок пел.

Было безветренно и душно, пахло грозой. Все утро он копал и теперь прилег отдохнуть на полу. И внезапно им овладел образ Ленайны — реальной, в туфельках, нагой, осязаемой, благоуханной. «Милый! Обними же меня!» — зазвучало в ушах. Блудница наглая! Ох, но обвившиеся руки, приподнявшиеся груди, приникшие губы! Вечность была у нас в глазах и на устах. Ленайна... Нет, нет, нет, нет! Он вскочил на ноги и как был, полуголый, выбежал во двор. На краю пустоши кучно росли сизые можжевеловые кусты. Он грудью кинулся на можжевельник, хватая в объятия не бархатное желанное тело, а охапку жестких игл. Тысяча острых уколов его обожгла. Он попытался вернуться мыслью к бедной Линде, задыхающейся немо, к скрюченным ее пальцам, к диким от ужаса глазам Линды. Линды, о которой он поклялся помнить. Но по-прежнему владел им образ Ленайны, которую он поклялся забыть. Даже колющие, жалящие иголки можжевельника не могли погасить этот образ, живой, неотступный. «Милый, милый... А раз и ты хотел меня, то почему же...»

Бич висел на гвозде за дверью — на случай нового вторжения репортеров. Вне себя Дикарь бросился к бичу, схватил, взмахнул. Узловато перевитая веревка впилась в тело.

— Шлюха! Шлюха! — восклицал он при каждом ударе, точно под бичом была Ленайна (и как он яростно и сам того не сознавая желал, чтобы она явилась!), белая, горячая, душистая, бесстыжая. — Распутница! — И взывал в отчаянии: — О Линда, прости меня! Прости меня, Боже! Я скверный. Я мерзкий. Я... Нет же, нет, шлюха ты, шлюха!

Из своего укрытия, хитро устроенного в лесу, метрах в трехстах от маяка, Дарвин Бонапарт, самый искусный из репортеров — киноохотников за крупной дичью, видел все происходящее. Его уменье и терпенье были наконец-то вознаграждены. Три дня просидел он внутри своего скрадка, имеющего вид высокого дубового пня, три ночи проползал на животе среди утесника и вереска, пряча микрофоны в кусточках, присыпая провода серым мелким песком. Трое суток жесточайших неудобств. Зато теперь настал звездный миг — миг самой крупной удачи (успел подумать Дарвин Бонапарт, приводя в действие аппаратуру), самой крупной с тех пор, как удалось снять тот знаменитый стереовоющий фильм о свадьбе горилл. «Прелестно! — мысленно воскликнул Бонапарт, когда Дикарь начал свой поразительный спектакль. — Прелестно!» Он тщательно навел телескопические камеры, прильнул к визиру, следуя за движениями Дикаря; надел насадку, чтобы крупным планом снять перекошенное бешено лицо (превосходно!); на полминуты включил ускоренную съемку (замедленность движений даст изумительный комический эффект!); послушал удары, стоны, дикие бредовые слова, записываемые на звуковую дорожку, попробовал слегка их усилить (да, так будет, безусловно, лучше); восхитился контрастом, услыхав и записав в промежутке затишья звонкое пение жаворонка; подумал: вот если бы Дикарь повернулся, дал заснять крупным планом кровь на спине; и почти тотчас (везет же сегодня!) Дикарь услужливо повернулся, как надо, и подарил великолепный кадр.

«Грандиозно! — поздравил себя Дарвин, кончив съемку. — Просто грандиозно!» Он вытер потное лицо. Присоединят на студии ощущальные эффекты, и замечательный получится фильм. Почти не хуже «Любовной жизни кашалота», а этим что-нибудь да сказано!

Через двенадцать дней «Неистовый Дикарь» был выпущен Ощущальной корпорацией на экраны всех перворазрядных кинодворцов Западной Европы — смотрите, слушайте, ощущайте!

Фильм подействовал незамедлительно и мощно. На следующий же день после премьеры, под вечер, уединение Джона было нарушено целой ордой вертопланов.

Джон копал гряды — и в то же время вскапывал усердно свой духовный огород, ворошил, ворочал мысли. «Смерть», — и он вонзил лопату в землю. «И каждый день прошедший освещал глупцам дорогу в смерть и прах могилы»[1]. Вон и в небе дальний гром рокочет подтверждающе. Джон вывернул лопатой ком земли. Почему Линда умерла? Почему ей дали постепенно превратиться в животное, а затем... Он поежился. В целуемую солнцем падаль. Яростно нажав ступней, он вогнал лопату в плотную почву. «Мы для богов, что мухи для мальчишек; себе в забаву давят нас они»[2]. И рокот в небе — подтверждением этих слов, которые правдивей самой правды. Однако тот же Глостер назвал богов вечноблагими. И притом «сон — лучший отдых твой, ты то и дело впадаешь в сон — и все же трусишь смерти, которая не более чем сон»[3]. Не более. Уснуть. И видеть сны, быть может. Лезвие уперлось в камень; нагнувшись, он отбросил камень прочь. Ибо в том смертном сне какие сны приснятся?

Рокот над головой обратился в рев; и Джона вдруг покрыла тень, заслонившая солнце. Он поднял глаза, пробуждаясь от мыслей, отрываясь от копки; взглянул недоуменно, все еще блуждая разумом и памятью в мире слов, что правдивей правды, среди необъятностей божества и смерти; взглянул — и увидел близко над собой нависшие густо вертопланы. Саранчовой тучей они надвигались, висели, опускались повсюду на вереск. Из брюха каждого севшего саранчука выходила парочка — мужчина в белой вискозной фланели и женщина в пижамке из ацетатной чесучи (по случаю жары) или в плисовых шортах и майке. Через несколько минут уже десятки зрителей стояли, образовав у маяка широкий полукруг, глазея, смеясь, щелкая камерами, кидая Джону, точно обезьяне, орехи, жвачку, полигормональные пряники. И с каждой минутой благодаря авиасаранче, летящей беспрерывно из-за Хогсбэкской гряды, число их росло. Они множились, будто в страшном сне, десятки становились сотнями.

---

[1] «Макбет» (акт V, сц. 5).
[2] «Король Лир» (акт IV, сц. 1).
[3] «Мера за меру» (акт III, сц. 1).

Дикарь отступил к маяку и, как окруженный собаками зверь, прижался спиной к стене, в немом ужасе переводя взгляд с лица на лицо, словно лишась рассудка.

Метко брошенная пачка секс-гормональной резинки ударила Дикаря в щеку. Внезапная боль вывела его из оцепенения, он очнулся, гнев охватил его.

— Уходите! — крикнул он.

Обезьяна заговорила! Раздались аплодисменты, смех.

— Молодец, Дикарь! Ура! Ура!

И сквозь разноголосицу донеслось:

— Бичеванье покажи нам, бичеванье!

Показать? Он сдернул бич с гвоздя и потряс им, грозя своим мучителям.

Жест этот был встречен насмешливо-одобрительным возгласом толпы.

Дикарь угрожающе двинулся вперед. Вскрикнула испуганно женщина. Кольцо зрителей дрогнуло, качнулось перед Дикарем и опять застыло. Ощущенье своей подавляющей численности и силы придало этим зевакам храбрости, которой Дикарь от них не ожидал. Не зная, что делать, он остановился, огляделся.

— Почему вы мне покоя не даете? — В гневном этом вопросе прозвучала почти жалобная нотка.

— На вот миндаль с солями магния! — сказал стоящий прямо перед Дикарем мужчина, протягивая пакетик. — Ей-форду, очень вкусный, — прибавил он с неуверенной, умиротворительной улыбкой. — А соли магния сохраняют молодость.

Дикарь не взял пакетика.

— Что вы от меня хотите? — спросил он, обводя взглядом ухмыляющиеся лица. — Что вы от меня хотите?

— Бича хотим, — ответила нестройно сотня голосов. — Бичеванье покажи нам. Хотим бичеванья. — Хотим бича, — дружно начала группа поодаль, неторопливо и твердо скандируя. — Хо-тим би-ча.

Другие тут же подхватили, как попугаи, раскатывая фразу все громче, и вскоре уже все кольцо ее твердило:

— Хо-тим би-ча!

Кричали все как один; и, опьяненные криком, шумом, чувством ритмического единения, они могли, казалось, скандировать так бесконечно. Но на двадцать примерно пятом повторении случилась заминка. Из-за Хогсбэкской гряды прилетел очередной вертоплан и, повисев над толпой, приземлился в нескольких метрах от Дикаря, между зрителями и маяком. Рев воздушных винтов на минуту заглушил скандирование; но, когда моторы стихли, снова зазвучало: «Хотим би-ча, хо-тим би-ча», — с той же громкостью, настойчивостью и монотонностью.

Дверца вертоплана открылась, и вышел белокурый и румяный молодой человек, а за ним — девушка в зеленых шортах, белой блузке и жокейском картузике.

При виде ее Дикарь вздрогнул, подался назад, побледнел.

Девушка стояла, улыбаясь ему — улыбаясь робко, умоляюще, почти униженно. Вот губы ее задвигались, она что-то говорит; но слов не слышно за скандирующим хором.

— Хо-тим би-ча! Хо-тим би-ча!

Девушка прижала обе руки к груди, слева, и на кукольно красивом, нежно-персиковом ее лице выразилась горестная тоска, странно не вяжущаяся с этим личиком. Синие глаза ее словно бы стали больше, ярче; и внезапно две слезы скатились по щекам. Она опять проговорила что-то; затем быстро и пылко протянула руки к Дикарю, шагнула.

— Хо-тим би-ча! Хо-тим би...

И неожиданно зрители получили желаемое.

— Распутница! — Дикарь кинулся к ней, точно полоумный. — Хорек блудливый! — И, точно полоумный, ударил ее бичом.

Перепуганная, она бросилась было бежать, споткнулась, упала в вереск.

— Генри, Генри! — закричала она. Но ее румяный спутник пулей метнулся за вертоплан — подальше от опасности.

Кольцо зрителей смялось, с радостным кличем бросились они все разом к магнетическому центру притяжения. Боль ужасает людей — и притягивает.

— Жги, похоть, жги! — Дикарь исступленно хлестнул бичом.

Алчно сгрудились зеваки вокруг, толкаясь и топчась, как свиньи у корыта.

— Умертвить эту плоть! — Дикарь скрипнул зубами, ожег бичом собственные плечи. — Убить, убить!

Властно притянутые жутью зрелища, приученные к стадности, толкаемые жаждой единения, неискоренимо в них внедренной, зрители невольно заразились неистовством движений Дикаря и стали ударять друг друга — в подражание ему.

— Бей, бей, бей... — кричал Дикарь, хлеща то свою мятежную плоть, то корчащееся в траве гладкотелое воплощенье распутства.

Тут кто-то затянул:

— Бей-гу-ляй-гу...

И вмиг все подхватили, запели и заплясали.

— Бей-гу-ляй-гу, — пошли они хороводом, хлопая друг друга в такт, — ве-се-лись...

Было за полночь, когда улетел последний вертоплан.

Изнуренный затянувшейся оргией чувственности, одурманенный сомой, Дикарь лежал среди вереска, спал. Проснулся — солнце уже высоко. Полежал, щурясь, моргая по-совиному, не понимая; затем внезапно вспомнил все.

— О Боже, Боже мой! — Он закрыл лицо руками.

Под вечер из-за гряды показались вертопланы, летящие темной тучей десятикилометровой длины. (Во всех газетах была описана вчерашняя оргия единения.)

— Дикарь! — позвали лондонец и лондонка, приземлившиеся первыми. — Мистер Дикарь!

Ответа нет.

Дверь маяка приоткрыта. Они толкнули ее, вошли в сумрак башни. В глубине комнаты — сводчатый выход на лестницу, ведущую в верхние этажи. Высоко за аркой там виднеются две покачивающиеся ступни.

— Мистер Дикарь!

Медленно-медленно, подобно двум неторопливым стрелкам компаса, ступни поворачиваются вправо — с севера на северо-восток, восток, юго-восток, юг; остановились, повисели и так же неспешно начали обратный поворот. Юг, юго-восток, восток...

1932

ЧЕРЕЗ МНОГО ЛЕТ

Роман

Деревьев жизнь прейдет, леса поникнут,
Туман прольется тихою слезою,
И пашня примет пахаря в объятья,
И лебедь через много лет умрет.

Теннисон

ЧАСТЬ ПЕРВАЯ

ГЛАВА ПЕРВАЯ

Все было оговорено в телеграммах: Джереми Пордиджу следовало искать цветного шофера в серой форменной одежде с гвоздикой в петлице, а цветному шоферу — англичанина средних лет с томиком стихов Вордсворта. Несмотря на вокзальную сутолоку, они без труда нашли друг друга.

— Вы шофер мистера Стойта?

— Мистер Пордидж, саа?

Джереми кивнул и слегка развел руками — жест манекена, Вордсворт в одной руке, зонтик в другой, — как бы показывая, что прекрасно сознает все свои недостатки и сам посмеивается над ними: этакая жалкая фигура, и к тому же в самом нелепом облачении. «Настоящий заморыш, — словно говорила его поза, — да уж какой есть». Оборонительное и, так сказать, профилактическое самоуничижение вошло у Джереми в привычку. Он прибегал к этому средству на каждом шагу. Вдруг новая мысль поставила его в тупик. Не принято ли здесь, на этом их демократическом Дальнем Западе, пожимать руки шоферам — особенно неграм, просто чтобы показать, что ты не корчишь из себя важную птицу, хотя твоей стране и выпало на долю нести бремя Белого Человека?* В конце концов он решил воздержаться. Точнее говоря, решение было принято за него — как всегда, подумал он про себя, испытывая от сознания собственных недостатков странное извращенное удовольствие. Пока он гадал, как поступить, шофер снял картуз и, щеголяя старомодной учтивостью черной прислуги, но немного переигрывая, поклонился и сказал с широкой белозубой улыбкой: «Добро пожаловать в Лос-Анджелес, мистер

Пордидж, саа! — Затем, сменив тональность своего распева с торжественной на доверительную, продолжал: — Я признал бы вас даже по голосу, мистер Пордидж. И без книги».

Джереми чуть смущенно усмехнулся. Проведя в Америке неделю, он стал стесняться своего голоса. Плод обучения в стенах кембриджского Тринити-колледжа за десять лет до войны, он был тонок и мелодичен, звучание его напоминало вечернюю молитву в английском соборе. Дома никто этого не замечал. Джереми никогда не приходилось ради самообороны подшучивать над своим голосом, не то что над внешностью или над возрастом. Здесь же, в Америке, все было иначе. Стоило ему заказать чашечку кофе или спросить дорогу в уборную (которая в этой непостижимой стране и уборной-то не называлась), как на него начинали глазеть с беспардонным любопытством, словно на забавного уродца в парке аттракционов. Это уже переходило всякие границы.

— Где мой носильщик? — поспешно сказал он, чтобы сменить тему разговора.

Через несколько минут они были в пути. Устроившись на заднем сиденье, подальше от шофера, чтобы не быть втянутым в беседу, Джереми Пордидж с удовольствием отдался чистому наблюдению. За окном бежала Южная Калифорния; оставалось только глядеть и не зевать.

Первыми перед его взором предстали бедные кварталы, где жили африканцы и филиппинцы, японцы и мексиканцы. Какие перетасовки и комбинации черного, желтого и коричневого! Какое сложное смешение кровей! А девушки — как они были прекрасны в этих платьях из искусственного шелка! «В муслине белом леди-негритянки». Его любимая строка из «Прелюдии»*. Он улыбнулся про себя. А трущобы тем временем уступили место высоким зданиям делового района.

Народ на улицах пошел посветлее. На каждом углу — закусочная. Мальчишки продавали газеты с заголовками, кричащими о наступлении Франко на Барселону. Большинство девушек, казалось, молятся про себя на ходу; но потом, поразмыслив, он решил, что они просто пережевывают жвачку. Жуют, а не молятся. Затем автомобиль внезапно нырнул в туннель и выскочил в другом мире — просторном, неопрятном мире пригородов, бензоколонок и афиш, маленьких коттеджей с садиками, незастроенных участков и бумажного мусора, разбросанных там и сям магазинчиков, контор и церквей — церквей примитивных методистов*, выстроенных, как ни странно, в стиле гранадской Картухи*, католических церквей, похожих на Кентерберийский собор, синагог, замаскированных под Айя-Софию*, сциентистских церквей* с колоннами и фронтонами, точно банки. Был зимний день и раннее утро; но солнце сияло ярко, на небе ни облачка. Машина ехала на запад, и косые солнечные лучи по очереди высвечивали перед нею, словно прожектором, каждое здание, каждую рекламу и афишу, будто специально демонстрируя новоприбывшему все здешние виды.

ЗАКУСКИ. КОКТЕЙЛИ. КРУГЛОСУТОЧНО. ДЖАМБО-ЭЛЬ.

ДЕЛАЙТЕ ДЕЛО, ЕЗДИТЕ СМЕЛО НА КОНСОЛЬ-СУПЕРБЕНЗИНЕ!

ЧУДО-ПОХОРОНЫ В БЕВЕРЛИ-ПАНТЕОНЕ ОБОЙДУТСЯ *НЕДОРОГО*.

Автомобиль катил дальше, и вот на открытом месте возник ресторан в виде сидящего бульдога, вход меж передних лап, глаза освещены изнутри.

«Зооморф, — пробормотал себе под нос Джереми Пордидж, и еще раз: — Зооморф». Как истый ученый, он любил смаковать слова. Бульдог канул в прошлое.

АСТРОЛОГИЯ, НУМЕРОЛОГИЯ*, ВРАЧЕВАНИЕ ДУШ.

ОТВЕДАЙТЕ НАШИХ НАТБУРГЕРОВ — что это за штуки? Он решил попробовать, как только подвернется случай. И запить джамбо-элем.

ОСТАНОВИСЬ И ЗАЛЕЙ КОНСОЛЬ-СУПЕРБЕНЗИНА.

Шофер неожиданно остановил машину.

— Десять галлонов самого лучшего, — распорядился он и, обернувшись к Джереми, пояснил: — Это наша компания. Мистер Стойт, вот кто ее президент. — Он указал через улицу на другую вывеску.

ССУДЫ НАЛИЧНЫМИ ЗА ПЯТНАДЦАТЬ МИНУТ, — прочел Джереми, — КОНСУЛЬТАЦИИ ДЛЯ НАСЕЛЕНИЯ, ФИНАНСОВАЯ КОРПОРАЦИЯ.

— Эта тоже наша, — гордо сказал шофер.

Они тронулись дальше. С огромной афиши глядело лицо прекрасной девушки, искаженное страданием, — ни дать ни взять Магдалина.

РАЗБИТАЯ ЛЮБОВЬ, — гласила надпись. — ПО НАУЧНЫМ ДАННЫМ, 73 ПРОЦЕНТА ВЗРОСЛЫХ СТРАДАЮТ ГАЛИТОЗОМ*.

В ПЕЧАЛЬНУЮ МИНУТУ ПОЗВОЛЬТЕ БЕВЕРЛИ-ПАНТЕОНУ СТАТЬ ВАШИМ ДРУГОМ.

МАССАЖ ЛИЦА, ПЕРМАНЕНТ, МАНИКЮР.

БУДУАРЧИК БЕТТИ.

Сразу за будуарчиком было отделение «Уэстерн юнион». Отправить телеграмму матери... Боже милосердный, он едва не забыл! Джереми подался вперед и извиняющимся тоном, каким всегда говорил с прислугой, попросил шофера на минутку остановиться. Машина встала. С озабоченным выражением на робком, кроличьем личике Джереми вылез и затрусил через улицу в отделение.

«Миссис Пордидж, "Араукарии", Уокинг, Англия», — написал он, чуть улыбаясь. Изысканная нелепость этого адреса служила ему постоянным источником удовольствия. «Араукарии», Уокинг. Купив дом, мать хотела изменить его название как слишком претенциозно-буржуазное, слишком похожее на шутки Хилери Беллока*. «Но в этом же вся прелесть, — запротестовал он. — Это же очаровательно». И он стал объяснять ей, как великолепно подходит им этот адрес. Какое изящное комическое несоответствие между названием дома и внутренним обликом его обитателей! И какой тонкий, парадоксально перевернутый смысл в том обстоятельстве, что старая подруга Оскара Уайльда, умудренная жизнью, изысканная миссис Пордидж будет писать свои блестящие письма из «Араукарий», и из этих же самых «Араукарий», находящихся, заметьте, в *Уокинге,* будут появляться труды, полные разносторонней учености и особого рафинированного остроумия, коими ее сын снискал себе репутацию. Миссис Пордидж почти сразу сообразила, куда он клонит. Слава Богу, ей не приходилось ничего разжевывать. Ей было вполне достаточно намеков и анаколуфов*; уж она-то схватывала все на лету. «Араукарии» остались «Араукариями».

Надписав адрес, Джереми помешкал, задумчиво сдвинул брови и начал было грызть кончик карандаша — фамильная привычка, — но тут же, сбитый с толку, обнаружил, что у *этого* карандаша имеется латунный наконечник, а от него тянется цепочка. «Миссис Пордидж, "Араукарии", Уокинг, Англия», — прочел он вслух, надеясь, что эти слова вдохновят его и он сочинит правильное, безупречное послание — именно такое, какого ждет от него мать, одновременно и нежное, и остроумное, полное искреннего почтения, скрытого за ироничными фразами, признающее ее материнское превосходство, но и подшучивающее над ним, дабы старая леди могла потешить свою совесть, воображая сына совершенно свободным, а себя — матерью, лишенной всяких тиранических притязаний. Это было нелегко, да еще с карандашом на цепочке. После нескольких бесплодных попыток он остановился на таком, хотя и явно неудовлетворительном, варианте: «Ввиду субтропического климата рискую нарушить обещание насчет белья точка Хотел бы видеть тебя здесь но только ради себя ведь ты вряд ли оценишь этот недоделанный Борнмут без конца и края точка».

— Недоделанный что? — спросила молодая женщина за стойкой.

— Б-о-р-н-м-у-т, — продиктовал Джереми. Голубые глаза его блеснули за бифокальными стеклами очков; он улыбнулся и погладил свою лысую макушку — жест, которого сам он никогда не замечал, но которым непроизвольно предварял все свои обычные шуточки. — Это, знаете ли, такое мутное местечко, — сказал он особенно мелодичным голосом, — куда никто по доброй воле не поплывет.

Девица непонимающе поглядела на него; потом, заключив по его виду, что было сказано нечто смешное, и памятуя о том, что Вежливость с Посетителями — девиз «Уэстерн юнион», изобразила ослепительную улыбку, которой явно домогался несчастный старый болван, и продолжала читать: «Надеюсь ты хорошо проведешь время в Грасе точка Нежно целую Джереми».

Телеграмма получилась дорогая; но, к счастью, подумал он, вынимая бумажник, к счастью, мистер Стойт переплатил ему огромного лишку. Три месяца работы, шесть тысяч долларов. Так что можно кутнуть.

Он вернулся в автомобиль, и они поехали дальше. Миля за милей оставались позади, а пригородные дома, бензоколонки, пустыри, церковки, магазины по-прежнему неотрывно сопровождали их. Улицы огромного жилого района, тянущиеся справа и слева в просветах между пальмами, перечными деревьями, акациями, постепенно сходили на нет.

ПЕРВОКЛАССНЫЕ БЛЮДА. ГОРЫ МОРОЖЕНОГО.

ИИСУС СПАСЕТ МИР.

ГАМБУРГЕРЫ.

Снова путь им преградил красный свет. К окну подошел мальчишка-газетчик. «Франко добивается успехов в Каталонии», — прочел Джереми и отвернулся. Ужасы этого мира достигли предела, за которым они только докучали ему. Из автомобиля перед ними вышли две пожилые леди, обе с перманентной завивкой и в малиновых брюках, у обеих на руках по йоркширскому терьеру. Собак посадили на тротуар у подножия светофора. Не успели зверьки собраться с мыслями, чтобы извлечь выгоду из этого удобного соседства, как зажегся зеленый свет. Негр включил первую скорость, и машина покатила вперед, в будущее. Джереми думал о матери. Малоприятно, но у нее тоже был йоркширский терьер.

ТОНКИЕ ВИНА.

САНДВИЧИ С ИНДЕЙКОЙ.

ЦЕРКОВЬ ПОДНИМЕТ ВАМ НАСТРОЕНИЕ НА ВСЮ НЕДЕЛЮ.

ПОЛЬЗА ДЛЯ БИЗНЕСА — ЭТО ПОЛЬЗА ДЛЯ ВАС.

Откуда ни возьмись выплыл второй зооморф, на сей раз агентство по недвижимости в виде египетского сфинкса.

ГРЯДЕТ ПРИШЕСТВИЕ ИИСУСА.

БЮСТГАЛЬТЕРЫ «ТРИЛЛФОРМА» ПОМОГУТ ВАМ СОХРАНИТЬ ВЕЧНУЮ ЮНОСТЬ.

БЕВЕРЛИ-ПАНТЕОН — НЕОБЫКНОВЕННОЕ КЛАДБИЩЕ.

С самодовольством Кота в Сапогах, демонстрирующего владения маркиза Карабаса, негр оглянулся на Джереми, повел рукой в сторону вывески и сказал:

— И это тоже наше.

— Вы имеете в виду Беверли-пантеон?

Шофер кивнул.

— Это лучшее кладбище в мире, верно говорю, — сказал он и после минутного молчания добавил: — Может, вы захотите поглядеть его. Нам почти по пути.

— Премного благодарен, — сказал Джереми с самой изысканной английской любезностью. Затем, чувствуя, что ему следовало бы выразить свое согласие в более теплой и демократичной форме, прокашлялся и с сознательным намерением воспроизвести местный диалект добавил, что это будет просто *шикарно*. Последнее слово, сказанное тринити-колледжским голосом, прозвучало так неестественно, что он покраснел от смущения. К счастью, шофер, занятый дорогой, ничего не заметил.

Они свернули направо, миновали храм розенкрейцеров*, две больницы для кошек и собак, школу военных барабанщиц и еще две рекламы Беверли-пантеона. Когда повернули влево, на бульвар Сансет, Джереми мельком увидел молодую женщину, которая что-то покупала; на ней были светло-лиловый купальник без бретелек, платиновые серьги и черный меховой жакет. Потом и ее закружило и унесло в прошлое.

В настоящем же осталась дорога у подножия крутой холмистой гряды, дорога, окаймленная небольшими фешенебельными магазинчиками, ресторанами, ночными клубами, зашторенными от дневного света, учреждениями и многоквартирными домами. Затем и они в свою очередь безвозвратно исчезли. Придорожный знак известил путешественников, что автомобиль пересек границу Беверли-Хиллс*. Окрестности изменились. Вдоль дороги потянулись сады богатого жилого района. Сквозь деревья Джереми видел фасады домов, всех без исключения новых, выстроенных почти без исключения со вкусом: элегантных, изящных стилизаций под усадьбы Лаченса*, под Малый Трианон*, под Монтичелло*; беспечных пародий на торжественные сооружения Ле Корбюзье; фантастических калифорнийских вариантов мексиканских асиенд и новоанглийских ферм.

Свернули направо. Вдоль дороги замелькали огромные пальмы. Заросли мезембриантемы* вспыхивали под солнечными лучами ярким багрянцем. Дома следовали друг за дружкой, словно павильоны бесконечной международной выставки. Глостершир сменял Андалусию и сменялся по очереди Туренью и Оахакой, Дюссельдорфом и Массачусетсом.

— Здесь живет Гарольд Ллойд*, — объявил шофер, указывая на нечто вроде Боболи*. — А здесь Чарли Чаплин. А здесь Пикфэйр*.

Дорога стала резко подниматься вверх. Шофер показал через глубокую затененную прогалину на противоположный холм, где виднелось строение, похожее на жилище тибетского ламы.

— А там Джинджер Роджерс*. Да, *сэр*, — он важно кивнул, крутанув баранку.

Еще пять-шесть поворотов, и автомобиль оказался на вершине холма. Внизу и позади них была равнина с городом, распростертым по ней, точно карта, уходящая далеко в розовое марево.

Впереди же и по бокам высились горы — гряда за грядою, насколько хватал глаз, лежала высушенная Шотландия, пустынный край под однообразным голубым небом.

Машина обогнула оранжевый скалистый уступ, и тут же на очередной вершине, до сих пор скрытой из поля зрения, показалась гигантская надпись из шестифутовых неоновых трубок: «БЕВЕРЛИ-ПАНТЕОН, КЛАДБИЩЕ ЗНАМЕНИТОСТЕЙ», — а над нею, на самом верху, копия Пизанской башни в натуральную величину, только эта стояла ровно.

— Видите? — значительно произнес негр. — Башня Воскресения. В двести тысяч долларов, вот во сколько она обошлась. Да, *сэр*, — он говорил с подчеркнутой торжественностью. Можно было подумать, что эти деньги выложены им из собственного кармана.

ГЛАВА ВТОРАЯ

Час спустя они уже вновь были в пути, успев повидать все. Абсолютно все. Покатые лужайки, словно зеленый оазис посреди скалистой пустыни. Живописные рощицы. Могильные плиты в траве. Кладбище домашних животных с мраморной группой по мотивам лэндсировского* «Величия и бесстыдства». Крохотную Церковь Поэта, миниатюрную копию церкви Святой Троицы в Стратфорд-он-Эйвоне, укомплектованную могилой Шекспира и круглосуточной органной службой — ее имитировал автомат Вурлицера*, а скрытые динамики разносили по всему кладбищу.

Потом, вплотную к ризнице, Комнату Невесты (ибо в церкви-малютке и женили, и отпевали) — эта Комната, объяснил шофер, только что заново отделана под будуар Нормы Ширер в «Марии Антуанетте». А рядом с Комнатой Невесты — изысканный, черного мрамора Вестибюль Праха, ведущий в Крематорий, где на всякий экстренный случай постоянно грелись три новенькие, работающие на самом современном топливе печи для кремации.

Затем под неутихающий аккомпанемент «Вурлицера» они пошли осматривать Башню Воскресения — но только снаружи, поскольку внутри ее занимали исполнительные учреждения «Корпорации кладбищ Западного побережья». Затем Детский Уголок со статуями Питера Пэна и Младенца Христа, с группками алебастровых детей, играющих с бронзовыми кроликами, прудом, где плавали лилии, и устройством, именуемым «Фонтан Радужной Музыки», из которого непрерывно извергались вода, подсвеченная разноцветными огнями, и тремоло вездесущего «Вурлицера». Затем быстро, подряд, осмотрели Садик Тишины, крошечный Тадж-Махал, покойницкую образца Старого Света. И, прибереженный шофером напоследок как главное, самое сногсшибательное свидетельство величия его босса, собственно Пантеон.

Возможно ли, спрашивал себя Джереми, чтобы *такое* действительно существовало? Это казалось просто невероятным. Беверли-пантеон был лишен всякого правдоподобия, на *такое* у Джереми никогда не хватило бы фантазии. И именно этот факт доказывал, что он его действительно видел. Он закрыл глаза, чтобы не мешало мелькание за окном, и попытался восстановить в памяти детали этой невероятной реальности. Здание, построенное по мотивам бёклиновского* «Острова мертвых». Круговой вестибюль. Копия роденовского «Поцелуя», залитая розовым светом невидимых прожекторов. И эти лестницы из черного мрамора. Семиэтажный колумбарий, бесконечные галереи, ярус за ярусом — могильные плиты. Бронзовые и серебряные погребальные урны, похожие на спортивные кубки. В окнах — витражи, напоминающие работы Бёрн-Джонса*. Начертанные на мраморных скрижалях библейские изречения. На каждом этаже — проникновенное мурлыканье «Вурлицера». Скульптуры...

Вот что было самым невероятным, подумал Джереми, не открывая глаз. Скульптуры, вездесущие, как «Вурлицер». Статуи на каждом шагу — сотни статуй, закупленных, скорее всего, оптом у какого-нибудь гигантского концерна по их производству в Карраре или Пьетрасанте. Сплошь женские фигуры, все обнаженные, все с самыми роскошными формами. Такого рода статуи прекрасно смотрелись бы в холле первоклассного борделя где-нибудь в Рио-де-Жанейро. «О Смерть, — вопрошала мраморная скрижаль у входа в каждую галерею, — где твое жало?»* Безмолвно, но красноречиво статуи предлагали свой утешительный ответ. Статуи юных прелестниц без одеяний — одни лишь тугие пояса с берниниевской* реалистичностью врезались в их паросскую плоть*. Статуи юных прелестниц, чуть подавшихся вперед; юных прелестниц, скромно прикрывающихся обеими руками; юных прелестниц, сладко потягивающихся, или изогнувшихся, или наклонившихся завязать ремешок сандалии, а заодно и продемонстрировать свои великолепные ягодицы, или обольстительно откинувшихся назад. Юных прелестниц с голубками, с пантерами, с другими юными прелестницами, с очами, возведенными горе в знак пробуждения души. «Я есмь воскресение и жизнь»*, — провозглашали надписи. — «Господь — Пастырь мой; и оттого я ни в чем не буду нуждаться»*. Ни в чем, даже в «Вурлицере», даже в прелестницах, туго перетянутых поясами. «Поглощена смерть победою»* — и победой не духа, но тела, хорошо упитанного, неутомимого в спорте и в сексе, вечно юного тела. В мусульманском парадизе совокупления длились шесть веков. Этот же новый христианский рай благодаря прогрессу выдвигал сроки, близкие к тысячелетним, и добавлял к сексуальным радости вечного тенниса, непреходящего гольфа и плавания.

Неожиданно дорога пошла под уклон. Джереми вновь открыл глаза и увидел, что они достигли дальнего края гряды холмов, среди которых располагался Пантеон.

Внизу лежала коричневая долина с разбросанными там и сям зелеными лоскутами и белыми точками домов. На дальнем ее конце, милях в пятнадцати-двадцати отсюда, горизонт украшала ломаная линия розоватых гор.

— Что это? — спросил Джереми.

— Долина Сан-Фернандо, — ответил шофер. Он показал куда-то недалеко. — Там живет Граучо Маркс*, — объяснил он. — Да, *сэр*.

У подножия холма автомобиль свернул влево, на широкую дорогу, которая бетонной лентой в окаймлении пригородных коттеджей пересекала равнину. Шофер прибавил скорость; щиты на обочине мелькали друг за другом с обескураживающей быстротой. ЭЛЬ ДОРОЖНЫЙ ПРИЮТ ОБЕД И ТАНЦЫ В ЗАМКЕ ГОНОЛУЛУ ДУХОВНОЕ ИСЦЕЛЕНИЕ И ПРОМЫВАНИЕ КИШЕЧНИКА К ЖИЛОМУ МАССИВУ ГОРЯЧИЕ СОСИСКИ КУПИТЕ ГРЕЗУ О ДЕТСТВЕ *ЗДЕСЬ*. А за полосой щитов проносились мимо безукоризненно ровные ряды абрикосовых и ореховых деревьев — уходящие в сторону от дороги аллеи сменяли одна другую, вырастая и уносясь взмахами гигантского опахала.

Огромными каре с квадратную милю величиной слаженно передвигались апельсиновые сады, темно-зеленые и золотые, отблескивающие на солнце. Вдали маячил таинственный крутой росчерк горного хребта.

— Тарзана, — неожиданно произнес шофер; и впрямь, над дорогой возникло это слово, выписанное белыми буквами. — Тарзана-колледж, — продолжал негр, указывая на несколько дворцов в испанском колониальном стиле, скучившихся вокруг романской базилики. — Мистер Стойт только что подарил им Аудиторию.

Они повернули направо, на дорогу поуже. Деревья пропали, уступив место необъятным полям люцерны и заплесневелым лугам, но через несколько миль появились опять, еще более великолепные. Тем временем горы на северном краю долины приблизились, а слева туманно вырисовался другой хребет, сбегающий в долину с запада. Они ехали дальше. Вдруг дорога сделала резкий поворот, словно направляясь в точку, где два хребта должны были сойтись. И тут неожиданно, в просвете между двумя фруктовыми садами, взору Джереми открылась совершенно ошеломительная картина. Примерно в полумиле от подножия гор, точно островок неподалеку от береговых скал, вздымался ввысь каменистый холм с крутыми, а кое-где и отвесными стенами. На его вершине, как бы естественным образом вырастая из нее, стоял замок. Но какой! Главная башня его походила на небоскреб, угловые низвергались к основанию холма со стремительной плавностью бетонных дамб. Замок был готический, средневековый, феодальный — вдвойне феодальный, готический, так сказать, до предела, более средневековый, чем любая постройка тринадцатого столетия. Ибо это... это Чудище — иначе Джереми не мог его назвать — было средневековым отнюдь не вследствие пошлой исторической необходимости, подобно Куси* или, допустим, Алнику*, но благодаря чистой прихоти и капризу воображения, как бы платонически. Оно было средневековым в той мере, в какой мог позволить себе быть средневековым только остроумный и беспечный современный архитектор, в какой это могли технически реализовать самые умелые современные инженеры.

Джереми был так поражен, что даже заговорил.

— Господи, что это? — спросил он, указывая на выперший из холма кошмар.

— Как что? Дом мистера Стойта, — ответил слуга; и, улыбнувшись еще раз с гордостью полномочного заместителя владельца всех этих богатств, добавил: — Не дом, а картинка, верно говорю.

Апельсиновые рощи опять сомкнулись; откинувшись на сиденье, Джереми Пордидж невесело размышлял: не слишком ли он поторопился, ответив Стойту согласием? Плата была царская; работа, составление каталога почти легендарного архива Хоберков, обещала быть весьма увлекательной. Но это кладбище, это... Чудище, — Джереми потряс головой. Он, конечно, знал, что Стойт богат, собирает картины, а его усадьба считается калифорнийской достопримечательностью. Но никто никогда не намекал ему, что здесь его ждет *это*. Его тонкий вкус, вкус добродушного аскета, был жестоко оскорблен; его страшила перспектива встретиться с человеком, способным на такую чудовищную безвкусицу. Какая связь, какая близость мысли или чувства могут возникнуть между этим человеком и скромным ученым? Зачем он просил ученого приехать? Очевидно, не из-за особой любви к трудам этого ученого. Да и читал ли он их вообще? Представлял ли он себе хоть чуть-чуть облик этого ученого? Способен ли он, к примеру, понять, почему ученый не захотел изменить название «Араукарии»? А сможет ли он оценить точку зрения ученого на...

Эти тревожные думы были прерваны автомобильным гудком — шофер сигналил с громкой и оскорбительной настойчивостью. Джереми поднял глаза. Впереди, ярдах в пятидесяти, по дороге еле-еле полз дряхлый «форд». К его крыше, подножкам, багажнику был с грехом пополам приторочен убогий домашний скарб — старая железная плита, скатанные матрацы, корзина с кастрюлями и сковородками, сложенная палатка, жестяная ванночка. Проносясь мимо, Джереми мельком заметил троих хилых детей с равнодушными взглядами, женщину в наброшенной на плечи дерюге, ее худого, небритого мужа.

— Сезонники, — презрительно пояснил шофер.
— А кто это? — спросил Джереми.
— Да сезонники же, — повторил негр с ударением, будто оно все объясняло. — Эти, по-моему, из Пыльного края*. Номер канзасский. Они у нас навели собирают.
— Навели собирают? — недоуменно отозвался Джереми.
— Ну, апельсины, навели. Сейчас сезон. Хороший для них год выдался, верно говорю.

Они опять выехали на открытое место, и опять впереди появилось Чудище, на сей раз выросшее в размерах. Теперь у Джереми хватило времени рассмотреть его как следует. Одна стена с башнями ограждала холм у основания, а на полдороге к вершине, в соответствии с самой надежной средневековой моделью, разработанной после крестовых походов, имелась вторая линия обороны. На макушке стояла главная крепость, квадратная, окруженная более мелкими строениями.

С главной башни Джереми перевел взгляд на кучку домиков в долине, недалеко от подножия холма. На фасаде самого большого из них красовалась надпись: «Приют Стойта для больных детей». Два флага, один звездно-полосатый, другой с алой буквой «S» на белом поле, развевались на ветру. Затем все вновь скрылось из виду за рощей облетевших ореховых деревьев. Почти в тот же миг шофер переключил скорость и нажал на тормоз. Автомобиль плавно остановился, догнав человека, быстро идущего по траве вдоль обочины.

— Подвезти, мистер Проптер? — окликнул шофер.

Незнакомец повернул голову, улыбнулся шоферу в знак приветствия и подошел к окошку. Это был крупный мужчина, широкоплечий, но довольно сутулый; в темных волосах его пробивалась седина, а лицо, подумал Джереми, походило на лица тех статуй, которые готические скульпторы помещали высоко на западных фронтонах соборов: выдающиеся части перемежались на нем с глубокими затененными складками и впадинами, вырезанными подчеркнуто грубо, чтобы их было видно даже издалека. Но это любопытное лицо, продолжал он свои наблюдения, не только било на эффект, выигрывало не только на расстоянии; оно смотрелось и вблизи, в нем была и теплота, — выразительное лицо, говорящее об уме и восприимчивости наряду с внутренней силой, о мягкой и ироничной открытости вкупе с энергией и напором.

— Привет, Джордж, — сказал незнакомец, обращаясь к шоферу. — Это очень мило с твоей стороны.

— Да я ж так рад видеть вас, мистер Проптер, — искренне сказал негр. Затем, полуобернувшись, повел рукой в сторону Джереми и с витиеватой церемонностью произнес: — Позвольте познакомить вас с мистером Пордиджем из Англии. Мистер Пордидж, это мистер Проптер.

Двое мужчин пожали друг другу руки, и после обмена любезностями Проптер уселся в автомобиль.

— Вы к Стойту в гости? — спросил он, когда машина тронулась.

Джереми покачал головой. Нет, он по делу; приехал поглядеть кое-какие рукописи — бумаги Хоберков, если уж быть точным.

Проптер слушал внимательно, время от времени кивая, а когда Джереми кончил говорить, с минуту сидел молча.

— Взять неверующего христианина, — наконец сказал он задумчиво, — и остатки стоика; тщательно перемешать с хорошими манерами и старосветским образованием, добавить немного деньжат и варить несколько лет в университете. Получится блюдо под названием «ученый и джентльмен». Что ж, бывают и худшие разновидности человеческих особей. — Он издал легкий смешок. — Пожалуй, я и сам мог бы считать себя таковым — когда-то, давным-давно.

Джереми испытующе посмотрел на него.

— Вы не Уильям ли Проптер, а? — спросил он. — «Очерки о Контрреформации» часом не ваши?

Его собеседник чуть поклонился.

Джереми поглядел на него в изумлении и восторге. Да разве это возможно? — спрашивал он себя. Эти «Очерки» были одной из его любимых книг — образцовой, как он всегда считал, в своем роде.

— Обалдеть можно! — вслух сказал он, намеренно и как бы в кавычках употребляя школьное словцо. Он давно обнаружил, что и в разговоре, и на письме можно добиться замечательного эффекта, если с толком употребить в культурном, серьезном контексте какую-нибудь жаргонную фразочку, ввернуть что-нибудь по-детски невежественное и беспардонное. — Будь я проклят! — снова выпалил он, и нарочитая глуповатость этих реплик заставила его погладить лысину и откашляться.

Опять наступило молчание. Затем, вместо того чтобы заговорить об «Очерках», как ожидал Джереми, Проптер покачал головой и сказал:

— Да мы почти все.

— Что почти все? — спросил Джереми.

— Обалдели, — ответил Проптер. — И прокляты. В психологическом смысле слова, — добавил он.

Ореховая рощица кончилась, и впереди, по правому борту, опять показалось Чудище. Проптер кивнул в его сторону.

— Бедняга Джо Стойт! — промолвил он. — Это ж надо повесить себе на шею такой жернов! Не говоря уж обо всех остальных жерновах в придачу. Нам с вами здорово повезло, правда? Ведь у нас никогда не было возможности стать чем-нибудь похуже ученого и джентльмена! — И, еще немного помолчав, продолжал с улыбкой: — Бедняга Джо. К нему эти определения никак не подходят. Вам он покажется труднопереносимым. Ведь он наверняка станет вам грубить просто потому, что людей вашего типа по традиции уважают больше, чем его. К тому же, — добавил он, глядя Джереми в лицо со смешанным выражением симпатии и сочувствия, — вы, вероятно, из тех, кто сам располагает ко всякого рода нападкам. Боюсь, кроме ученого и джентльмена, вы еще и немножко мученик.

Слегка задетый нетактичностью нового знакомого и одновременно тронутый его дружелюбием, Джереми натянуто улыбнулся и кивнул.

— Возможно, — продолжал Проптер, — возможно, Джо Стойт будет меньше действовать вам на нервы, если вы узнаете, что заставило его обалдеть именно на такой лад. — И он снова указал на Чудище. — Мы с ним вместе ходили в школу, Джо и я, — только тогда-то никто его по имени не звал. Мы звали его Квашня или Пузо. Потому что, как вы понимаете, Джо был нашим школьным толстяком, единственным толстяком среди нас в те годы. — Он чуть помолчал, затем продолжал другим тоном: — Я часто думал, отчего это над толстяками всегда смеются. Вероятно, в самой излишней полноте кроется что-то неладное. Нет, например, ни одного святого, который был бы толстяком, кроме, конечно, Фомы Аквинского; но я не вижу оснований считать Фому настоящим святым, святым в популярном смысле слова, а это, между прочим, и есть его истинный смысл. Если Фома святой, то Винсент де Поль* — нет. А если святой — Винсент, в чем нет никаких сомнений, тогда нельзя считать святым Фому. И, возможно, его толстый живот сыграл здесь свою роль. Кто знает? Впрочем, все это пустяки. Мы ведь говорили о Джо Стойте. А бедняга Джо, как я уже сказал, был толстяком и, будучи таковым, служил нам вечной мишенью для насмешек. Боже, как мы карали его за его гормональные нарушения! А его отклик оказался таким, что хуже не придумаешь. Сверхкомпенсация... Ну вот я и дома, — добавил он, выглядывая из окошка: автомобиль сбавил скорость и остановился перед маленьким белым бунгало посреди небольшой эвкалиптовой кущи. — Мы еще побеседуем об этом в другой раз. Но не забудьте, если бедняга Джо чересчур обнаглеет, вспомните, кем он был в школе, и пусть вам станет жалко его — его, а не себя.

Он выбрался из машины, хлопнул дверцей и, помахав шоферу, быстро пошел по тропинке к домику.

Автомобиль тронулся дальше. Озадаченный и в то же время приободренный встречей с автором «Очерков», Джереми сидел, спокойно глядя в окно. Они были уже совсем близко от Чудища, и вдруг он в первый раз заметил, что холм с замком окружен рвом. В нескольких сотнях ярдах от края воды автомобиль проехал меж двух колонн, увенчанных геральдическими львами. В это мгновение он, очевидно, пересек невидимый луч, направленный на фотоэлемент, ибо не успели они миновать львов, как подъемный мост начал опускаться. За пять секунд до того как они достигли рва, мост лег на место; машина прокатила по нему и затормозила у главных ворот во внешней стене замка. Шофер вышел и, сняв телефонную трубку, удобно укрытую в одной из бойниц, доложил о прибытии. Бесшумно поднялась хромированная решетка, распахнулись двери из нержавеющей стали. Они въехали внутрь. Машина стала подниматься в гору. Во второй линии укреплений тоже имелись ворота, автоматически раскрывшиеся при их приближении. Между внутренней стороной этой второй стены и склоном холма был сооружен железобетонный мост, на котором легко умещался теннисный корт. Внизу, в тени, Джереми заметил что-то знакомое. Секундой позже он опознал копию Лурдского грота*.

— Мисс Монсипл — католичка, — заметил шофер, ткнув пальцем в сторону грота. — Вот он и сделал его для нее. У *нас-то* в семье все пресвитериане, — добавил он.

— А кто такая мисс Монсипл?

Шофер замялся.

— Это молодая леди, она вроде как дружит с мистером Стойтом, — наконец пояснил он; потом сменил тему.

Они по-прежнему ехали в гору. За гротом оказался большой кактусовый сад. Потом дорога завернула на северный склон холма, и кактусы сменились травой и кустарником. На небольшой терраске, словно сойдя со страниц какого-нибудь мифического журнала мод для жительниц Олимпа, стояла сверхэлегантная нимфа работы Джамболоньи*; из ее безупречно отполированных грудей извергались две водяные струи. Чуть поодаль, за проволочной сеткой, сидели среди камней или прохаживались, бесстыдно демонстрируя голые зады, несколько бабуинов.

Все еще поднимаясь, автомобиль снова повернул и добрался наконец до круглой бетонной площадки, вынесенной на кронштейнах над пропастью. Сняв шляпу, шофер опять разыграл сценку приветствия старозаветным слугой юного плантатора, прибывшего в свои владения, затем начал разгружать багаж.

Джереми Пордидж подошел к балюстраде и заглянул вниз. Под площадкой был почти отвесный обрыв футов в сто, потом склон круто сбегал к внутренней кольцевой стене, а за нею — к внешним укреплениям. Дальше блестел ров, а на другом его берегу раскинулись апельсиновые сады. «Im dunklen Laub die goldn' Orangen glühen»[1], — пробормотал он про себя, а затем: — «Меж ветвей блестят они. Как фонарики в тени»*. У Марвелла, решил он, лучше, чем у Гёте. И апельсины словно заблестели ярче, обрели бо́льшую значимость. Джереми всегда было трудно переваривать прямые, непосредственные впечатления, это всегда более или менее выводило его из равновесия. Жизнь становилась безопасной, вещи обретали смысл, только если их переводили в слова и заключали в книжный переплет. Апельсины заняли подобающее место; но замок? Он обернулся и, опершись на парапет, посмотрел вверх. Чудище нависало над ним, громадное, наглое. Нет, с *этим* в поэзии никто дела не имел. Ни Чайлд Роланд, ни Король Фулы, ни Мармион, ни леди Шалотт, ни сэр Леолайн*. Сэр Леолайн, повторил он про себя с

---

[1] К листве, горя, там померанцы льнут («Миньона», пер. С. Шервинского).

удовлетворением знатока, смакующего романтическую абсурдность, сэр Леолайн, богатый феодал, чей замок — как там? — пес беззубый охранял. Но у мистера Стойта не было беззубого пса — у него были бабуины и Священный грот, у него была хромированная решетка и бумаги Хоберков, у него было кладбище, похожее на увеселительный парк, и башня, похожая на...

Внезапно послышался раскатистый шум; огромные, обитые гвоздями двери в глубине раннеанглийского портика разъехались, и на площадку, словно подхваченный ураганом, вылетел плотный краснолицый человечек с густой снежно-белой шевелюрой. Коротышка устремился прямо к Джереми, нисколько не меняясь в лице. Оно сохраняло то замкнутое, хмурое выражение, при помощи которого американские деловые люди, игнорируя общепринятые любезности, сразу дают иностранцам понять, что они жители свободной страны и на мякине их не проведешь.

Поскольку Джереми воспитывали не в свободной стране, он автоматически заулыбался навстречу этому несущемуся на него человеку, в котором угадал своего хозяина и работодателя. Обескураженный непоколебимой мрачностью его лица, он вдруг почувствовал свою улыбку — почувствовал, что она неуместна, что с нею он, должно быть, выглядит круглым дураком. Глубоко смущенный, он попытался прогнать ее.

— Мистер Пордидж? — хриплым, лающим голосом спросил незнакомец. — Рад видеть. А я Стойт. — Во время рукопожатия он по-прежнему пристально, без улыбки вглядывался Джереми в лицо. — Вы старше, чем я думал, — прибавил он.

Во второй раз за это утро Джереми воспроизвел свою самоуничижительную позу, извиняющуюся позу манекена.

— Гонимый ветром палый лист, — сказал он. — Годы берут свое. Годы...

Стойт оборвал его.

— Сколько вам лет? — громким повелительным тоном, точно полицейский сержант у пойманного воришки, спросил он.

— Пятьдесят четыре.

— Всего пятьдесят четыре? — Стойт покачал головой. — В пятьдесят четыре еще молодцом надо быть. Как у вас с половой жизнью? — неожиданно спросил он.

В замешательстве Джереми попытался отшутиться. Он замигал; он похлопал себя по лысине.

— Mon beau printemps et mon été ont fait le sault par la fenêtre[1], — процитировал он.

— Чего? — нахмурясь, сказал Стойт. — Со мной по-иностранному говорить без толку. У меня и образования-то нету. — Внезапно он разразился неприятным, резким смехом. — У меня тут нефтяная компания, — сказал он. — Две тысячи бензозаправок в одной только Калифорнии. И работают там сплошь выпускники колледжей. — Он снова торжествующе расхохотался. — Подите поговорите по-иностранному с ними! — На миг он умолк, затем, сменив тему по какой-то неясной ассоциации, продолжал: — Мой агент в Лондоне — ну, который обделывает там мои дела, — сказал мне ваше имя. Что вы самый подходящий человек для этих... как их там? В общем, для документов, которые я купил этим летом. Чьи они — Робуков? Хобуков?

— Хоберков, — поправил Джереми и с мрачным удовлетворением отметил, что он был абсолютно прав. Этот человек никогда не читал его книг, даже никогда не слыхал о его существовании. Между прочим, не следует забывать, что в детстве у него была кличка Пузо.

— Хоберков, — с презрительным нетерпением повторил Стойт. — Короче, он сказал, что вы годитесь. — Потом, без паузы или перехода: — Так что вы имели в виду насчет половой жизни, когда говорили не по-нашему?

Джереми смущенно засмеялся.

---

[1] Моя весна, а с ней и лето исчезли, выпрыгнув в окно (*франц.*).

— Я хотел сказать, для моего возраста... В общем, все нормально.

— Да вы-то почем знаете, что нормально для вашего возраста? — возразил Стойт. — Подите спросите об этом у дока Обиспо. Бесплатно. Он на жалованье. Домашний врач. — Резко меняя предмет разговора, он спросил: — Хотите посмотреть замок? Я вас проведу.

— О, это очень мило с вашей стороны, — бурно поблагодарил Джереми. Затем, желая завязать легкую вежливую беседу, добавил: — А я уже побывал у вас на кладбище.

— У меня на кладбище? — повторил Стойт с подозрением в голосе; подозрение вдруг обернулось гневом. — Что это значит, черт возьми? — завопил он.

Напуганный такой вспышкой ярости, Джереми пробормотал что-то насчет Беверли-пантеона и финансового участия мистера Стойта в этой компании, о котором он узнал от шофера.

— Понятно, — произнес Стойт, отчасти успокоившись, но все еще хмурясь. — А я думал, вы про то... — Он оборвал фразу на середине, так и оставив Джереми в недоумении. — Пошли, — рявкнул он и, сорвавшись с места, понесся к дверям.

ГЛАВА ТРЕТЬЯ

В шестнадцатой палате «Приюта Стойта для больных детей» царила сумрачная тишина; солнечный свет едва пробивался сквозь опущенные жалюзи. Дети отдыхали после завтрака. Трое из пяти выздоравливающих спали. Четвертый лежал, разглядывая потолок и задумчиво ковыряя в носу. Пятая, маленькая девчушка, нашептывала что-то кукле, такой же белокурой арийке, как и она сама. Устроившись у одного из окон, молоденькая сестра с головой погрузилась в последний выпуск «Откровенных признаний».

«Сердце его дрогнуло, — читала она. — Со сдавленным криком он прижал меня к себе. Несколько месяцев пытались мы противостоять этому; но магнит нашей страсти был слишком силен. Его настойчивые губы зажгли ответный огонь в моем ослабевшем теле.

— Жермен, — прошептал он. — Не отталкивай меня. Сейчас ты пожалеешь меня, правда, милая?

Он был нежен и одновременно жесток — но именно такой жестокости и ждет от мужчины влюбленная девушка. Я почувствовала, как меня уносит потоком...»

В коридоре послышался шум. Дверь в палату распахнулась, словно под порывом ураганного ветра, и кто-то ворвался внутрь.

Сестра удивленно подняла глаза, с мучительным трудом оторвавшись от захватывающей «Цены чувства». Резкий переход к действительности почти немедленно вызвал гневную реакцию.

— Это еще что такое? — негодующе начала она; потом признала вошедшего и сразу сменила тон: — Ах, мистер Стойт!

Задумчивый малыш перестал ковырять в носу и повернул голову на шум, а девочка бросила шептаться с куклой.

— Дядюшка Джо! — одновременно закричали они. — Дядюшка Джо!

Остальные, проснувшись, подхватили крик.

— Дядюшка Джо! Дядюшка Джо!

Стойт был тронут таким теплым приемом. Его лицо, прежде подавлявшее Джереми своей мрачностью, расплылось в улыбке. Шутливо протестуя, он закрыл уши руками.

— Сейчас оглохну! — воскликнул он. Затем тихо пробормотал в сторону, сестре: — Бедные детишки! Прямо аж до слез пробирает. — Голос его стал хриплым от волнения. — Как подумаешь, до чего они были больные... — Он покачал головой, не закончив фразы; потом продолжал другим тоном, махнув мясистой рукой в сторону Джереми Пордиджа, который вошел за ним в палату и остановился у двери: — Да, кстати. Это мистер... мистер... Черт! Забыл ваше имя.

— Пордидж, — сказал Джереми и напомнил себе, что Стойта некогда звали Квашней.

— Ну да, Пордидж. Спросите его про историю и литературу, — насмешливо посоветовал он сестре. — Он их знает насквозь.

Джереми начал было скромно уточнять, что в его компетенцию входит лишь период от опубликования «Оссиана» до смерти Китса*, но Стойт уже вновь отвернулся от него к детям и громким голосом, в котором потонули певучие пояснения его спутника, воскликнул:

— Угадайте, что Дядюшка Джо вам принес?

Стали угадывать. Конфеты, жвачку, воздушные шарики, морскую свинку. Стойт, довольный, на все отрицательно качал головой. Наконец, когда ресурсы детского воображения были исчерпаны, он полез в карман своей старой твидовой тужурки и извлек оттуда сначала свисток, затем губную гармошку, затем маленькую музыкальную шкатулку, затем трубу, затем деревянную погремушку, затем автоматический пистолет. Последний он, однако, поспешно сунул обратно.

— А теперь сыграем, — сказал он, раздав инструменты. — Ну-ка, все вместе. Раз, два, три. — И, отбивая ладонями такт, запел «Вниз по реке Суони».

На этом заключительном аккорде в длинной цепи потрясений и неожиданностей кроткое лицо Джереми приняло еще более очумелый вид.

Ну и утро! Прибытие на рассвете. Чернокожий шофер. Бесконечные пригороды. Беверли-пантеон. Чудище среди апельсиновых деревьев и знакомство с Уильямом Проптером и с этим ужасным Стойтом. Потом, внутри замка, Рубенс и великий Эль Греко в холле, Вермеер в лифте, гравюры Рембрандта по стенам в коридорах, Винтергальтер* в буфетной.

Потом будуар мисс Монсипл в стиле Людовика XV, с Ватто*, двумя Ланкре* и оснащенным по последнему слову техники сатуратором в нише рококо, и мисс Монсипл собственной персоной, попивающая малиновую и мятную газировку с мороженым у своего личного маленького бара. Его представили, он отверг аппетитный пломбир и, словно влекомый ураганом, был на предельной скорости унесен дальше, обозревать прочие достопримечательности. Например, комнату отдыха с фресками Серта*, изображающими слонов. Библиотеку с резьбой по дереву Гринлинга Гиббонса*, но без книг, поскольку Стойт еще не удосужился их приобрести. Малую столовую с Фра Анджелико* и мебелью из Брайтонского павильона*. Большую столовую, оформление которой воспроизводило внутреннее убранство мечети в Фатехпур-Сикри. Залу для танцев с зеркалами и кессонированным потолком. Витражи тринадцатого столетия в сортире на двенадцатом этаже. Гостиную с картиной Буше* «La petite Morphil»[1], повешенной вверх ногами над розовым атласным диваном. Молитвенную, куда перевезли по частям из Гоа всю тамошнюю часовню, и ореховую исповедальню, которой пользовался в Аннеси св. Франсуа де Саль*. Бильярдную в функциональном стиле*. Закрытый бассейн. Бар времен Второй империи* с обнаженными Энгра. Два гимнастических зала. Сциентистскую комнату-читальню, посвященную памяти усопшей миссис Стойт. Зубной кабинет. Турецкую баню. Потом, вместе с Вермеером, вниз, в недра холма, — взглянуть на хранилище, где сложены бумаги Хоберков. Снова вниз, еще глубже, к надежно замкнутым погребам, силовым установкам, агрегатам для кондиционирования, колодцу и насосной станции. Потом опять вверх, на уровень земли, в кухню, где шеф-повар, китаец, показал мистеру Стойту только что доставленную партию черепах с островов Карибского моря. Еще вверх, на пятнадцатый этаж,

---

[1] «Малютка Морфиль» (*франц.*).

в комнату, которую отвели Джереми на время его пребывания здесь. Еще шестью этажами выше, в рабочий кабинет, где Стойт отдал секретарше несколько распоряжений, продиктовал пару писем и имел долгий телефонный разговор со своими посредниками в Амстердаме. А когда все это кончилось, подошел час визита в больницу.

Тем временем в шестнадцатой палате собралась кучка сестер — они наблюдали, как Дядюшка Джо с разлетающейся, словно у Стоковского*, белой гривой неистовыми взмахами рук понуждает детей извлекать из своих инструментов все более отчаянную какофонию.

— Сам-то ровно как ребенок, — растроганно, почти нежно сказала одна из них.

Другая, явно с литературными наклонностями, сообщила, что это напоминает ей сцену из Диккенса. «Как вы считаете?» — требовательно осведомилась она у Джереми.

Тот нервно улыбнулся и сделал неопределенное, уклончивое движение головой, которое можно было истолковать как кивок.

Третья, более практичная, пожалела, что не захватила с собой «кодак». Неофициальный снимок президента «Консоль ойл», Калифорнийской корпорации «Земля и недра», Тихоокеанского банка, «Кладбищ Западного побережья» и т. д., и т. д... Она отбарабанила названия главных предприятий Стойта не без иронии, но и со смаком, как убежденный легитимист, обладающий чувством юмора, мог бы перечислять титулы испанского гранда. За такую фотографию газеты дали бы хорошие деньги, уверяла она. И в подтверждение своим словам принялась объяснять, что у нее есть дружок, который работал с рекламной фирмой, и уж он-то знает, а ведь всего неделю назад он говорил ей, что...

Когда Стойт выходил из больницы, его бугристое лицо все еще лучилось довольством и доброжелательностью.

— Поиграешь с детишками, и так на душе славно, — то и дело повторял он Джереми.

От дверей больницы к дороге вела широкая лестница. У ее подножия ждал голубой «кадиллак» Стойта. Рядом с ним стоял другой автомобиль, поменьше, — когда они приехали, его здесь не было. Как только Стойт увидел чужую машину, его сияющее лицо омрачилось подозрением. Похитители детей, шантажисты — все может быть. Рука его опустилась в карман. «Кто там?» — заорал он так громко и свирепо, что Джереми на миг испугался, уж не спятил ли он ни с того ни с сего.

Из окошка автомобиля выглянула большая лунообразная курносая физиономия, которую украшали изжеванный окурок сигары и расплывшаяся вокруг него улыбка.

— А, это ты, Клэнси, — сказал Стойт. — Почему мне не доложили, что ты здесь? — продолжал он. Его лицо густо покраснело; он нахмурился, и щека у него начала подергиваться. — Я не люблю, когда вокруг разъезжают чужие машины. Понял, Питерс? — завопил он на своего шофера, конечно, не потому, что тот был в чем-нибудь виноват, а, просто потому, что он оказался рядом, подвернулся под горячую руку. — Понял, я спрашиваю? — Тут он вдруг вспомнил, что говорил ему доктор Обиспо в прошлый раз, когда шофер вот так же вывел его из себя. «Значит, вы и впрямь хотите сократить себе жизнь, мистер Стойт?» Доктор говорил прохладным, вежливым тоном, но как бы слегка забавляясь; улыбался с саркастической снисходительностью. «Значит, вам и вправду не терпится заработать удар? Между прочим, уже второй; а ведь в следующий раз вы одним испугом не отделаетесь. Ну что ж, коли так, продолжайте в том же духе. Продолжайте». Громадным усилием воли Стойт подавил в себе злобу. «Бог есть любовь, — сказал он про себя. — Смерти нет»*. Его покойная супруга, Пруденс Макглэддери Стойт, была христианкой-сциентисткой. «Бог есть любовь», — повторил он и подумал, что если бы люди вокруг не были такими невыносимыми, ему не приходилось бы терять самообладание. «Бог есть любовь». Это все они виноваты.

Тем временем Клэнси вылез из машины и стал взбираться по ступенькам — нелепое толстопузое существо на тонких ножках, таинственно улыбающееся и подмигивающее.

— В чем дело? — спросил Стойт, от всего сердца желая, чтобы этот идиот перестал наконец гримасничать. — Да, кстати, — добавил он, — это мистер... мистер...

— Пордидж, — сказал Джереми.

Клэнси был рад познакомиться. Рука, протянутая Джереми, оказалась неприятно липкой.

— У меня для вас новости, — хриплым, заговорщическим шепотом произнес Клэнси и, приставив ладонь ко рту, чтобы его слова и сигарная вонь доставались только Стойту, спросил: — Знаете Титтельбаума?

— Это из городской инженерной службы?

Клэнси кивнул.

— Один из тех самых ребят, — загадочно пояснил он и снова подмигнул.

— Ну и что он? — спросил Стойт, и, несмотря на то, что Бог есть любовь, в голосе его вновь послышалась нотка сдерживаемой ярости.

Клэнси бросил взгляд на Джереми Пордиджа, затем с тщательно разработанной мимикой Гая Фокса, беседующего с Кейтсби* на сцене провинциального театра, взял Стойта за локоть и отвел в сторонку, на несколько ступеней выше.

— Знаете, что Титтельбаум мне сегодня сказал? — риторически спросил он.

— Откуда мне знать, черт подери?

(Стоп. Бог есть любовь. Смерти нет.)

Игнорируя признаки надвигающейся вспышки, Клэнси продолжал гнуть свою линию.

— Он сказал мне, что они там решили насчет... — он еще больше понизил голос, — насчет долины Сан-Фелипе.

— Ну так *что* же они решили? — Стойт опять был на грани срыва.

Прежде чем ответить, Клэнси вынул изо рта окурок, выбросил его, извлек из жилетного кармана новую сигару, сорвал с нее целлофановую обертку и сунул, не зажигая, на то же место, где была старая.

— Они решили, — сказал он очень медленно, чтобы каждое слово звучало как можно выразительнее, — они решили провести туда воду.

Негодование на лице Стойта наконец сменилось интересом.

— Хватит, чтобы оросить всю долину? — спросил он.

— Хватит, чтобы оросить всю долину, — торжественно повторил Клэнси.

Последовала пауза. Потом Стойт спросил:

— Сколько у нас времени?

— Титтельбаум считает, что об этом не пронюхают еще месяца полтора.

— Полтора месяца? — Стойт чуть помешкал, затем решился. — Хорошо. Займись этим не откладывая, — сказал он повелительным тоном человека, привыкшего командовать. — Отправляйся в город сам и возьми с собой еще людей. Независимые покупатели; хотите заняться скотоводством; построить ранчо для отдыхающих. Покупай сколько сможешь. Кстати, как сейчас идет эта земля?

— Примерно по двенадцать долларов акр.

— Двенадцать, — повторил Стойт и прикинул в уме, что цена подскочит до сотни, как только начнут прокладывать трубы. — И сколько, по-твоему, ты сможешь скупить?

— Тысяч тридцать, наверно.

Лицо Стойта просветлело от удовольствия.

— Хорошо, — бросил он. — Прекрасно. Меня, конечно, не упоминать, — добавил он и затем, без всякой паузы или перехода, спросил: — Сколько хочет Титтельбаум?

Клэнси презрительно улыбнулся.

— Кину ему сотни четыре-пять.

— Так мало?

Его собеседник кивнул.

— Титтельбаум продается по дешевке, — сказал он. — Щеки надувать не станет. Ему деньги нужны позарез.

— Зачем? — спросил Стойт, который питал профессиональный интерес к человеческим слабостям. — Игра? Женщины?

Клэнси покачал головой.

— Врачи, — объяснил он. — У него ребенок парализованный.

— Парализованный? — с искренним сочувствием отозвался Стойт. — Бедняга. — Он немного помедлил; затем, во внезапном порыве великодушия, широким жестом указал на больницу: — Пусть пришлет ребенка сюда. Это лучший стационар в штате по детскому параличу, а платить за лечение ему не придется. Ни цента.

— Черт возьми, ну вы даете, — восхищенно сказал Клэнси. — Вы благородный человек, мистер Стойт.

— Пустяки, — ответил Стойт, направляясь к автомобилю. — Я рад, что могу это сделать. Помнишь, как там в Библии сказано про детей. И потом, — добавил он, — когда я навещаю этих детишек, мне так хорошо становится. Вроде как душу греет. — Он похлопал себя по бочкообразной груди. — Передай Титтельбауму, пусть напишет бумагу на ребенка. И привези мне лично. Я прослежу, чтоб обошлось без задержек. — Он забрался в машину и хлопнул дверцей; потом, наткнувшись взглядом на Джереми, без единого звука снова распахнул ее. Бормоча что-то извиняющееся, Джереми вскарабкался на сиденье. Стойт опять захлопнул дверцу, опустил стекло и выглянул.

— Пока, — сказал он. — И не теряй времени с этим делом насчет Сан-Фелипе. Поработай на совесть, Клэнси;

получишь десять процентов площади, которая пойдет сверх двадцати тысяч акров.

Он поднял стекло и велел шоферу трогаться. Машина выехала на дорогу к замку. Откинувшись на спинку сиденья, Стойт размышлял о бедных детишках и о деньгах, которые он заработает на покупке земли в долине Сан-Фелипе.

— Бог есть любовь, — повторил он еще раз во внезапном прозрении, отчетливым шепотом. — Бог есть любовь. — Джереми стало страшно неловко.

Опустился перед голубым «кадиллаком» подъемный мост, поднялась хромированная решетка, раздвинулись створки ворот во внутренней крепостной стене. Семеро китайчат, дети шеф-повара, катались на роликовых коньках по бетонному теннисному корту. Внизу, в Священном гроте, работала бригада каменщиков. Увидев их, Стойт скомандовал шоферу остановиться.

— Гробницу для монашек строят, — сказал он Джереми, когда они вышли из машины.

— Для монашек? — удивленно отозвался Джереми.

Стойт кивнул и пояснил, что его агенты в Испании купили скульптуры и металлические украшения из часовни одного монастыря, разрушенного анархистами в начале гражданской войны.

— А заодно прислали и несколько монашек, — добавил он. — В смысле, бальзамированных. А может, они просто на солнце высохли, не знаю уж. Короче, привезли их. К счастью, у меня нашлась отличная штука, куда их упаковать.

Он указал на надгробие, которое каменщики пристраивали к южной стене Грота. На мраморной плите над большим римским саркофагом стояли изваянные безвестным камнерезом времен Якова I* фигуры джентльмена и леди — оба в круглых плоеных воротниках, коленопреклоненные, — а за ними, в три ряда по три, девять дочерей, от великовозрастных до самых маленьких.

— «Hic jacet Carolus Franciscus Beals, Armiger...[1]» — принялся читать Джереми.

— В Англии купил, два года назад, — оборвал его Стойт. Потом повернулся к рабочим. — Когда закончите, ребята? — спросил он.

— Завтра днем. А может, нынче к вечеру.

— Ладно, валяйте, — сказал Стойт, отворачиваясь. — Надо вытащить этих монашек со склада, — объяснил он по дороге к машине.

Они тронулись дальше. Крохотный колибри, повиснув в воздухе на почти невидимых трепещущих крылышках, приник к струе, которую нимфа Джамболоньи извергала из своей левой груди. Со стороны загона для бабуинов донеслись пронзительные вопли — там дрались и совокуплялись. Стойт закрыл глаза. «Бог есть любовь, — повторил он, надеясь продлить восхитительное состояние эйфории, которую вызвали у него бедные детки и хорошие вести от Клэнси. — Бог есть любовь. Смерти нет». Он ожидал, что от этих слов по нутру его опять разольется тепло, словно после глотка виски. Но вместо этого, точно его разыгрывал какой-то зловредный бесенок, он обнаружил, что думает о высохших, как мертвые ящерицы, трупах монашек и о своем собственном трупе, о Страшном Суде и о геенне. Пруденс Макглэддери Стойт была сциентисткой; но Джозеф Бадж Стойт, его отец, был глосситом*, а Летиция Морган, его бабка по матери, всю жизнь оставалась плимутской сестрой*. Над его кроватью, в мансарде маленького домика в Нашвилле, Теннесси, висело написанное ярко-оранжевыми буквами на черном фоне изречение из Библии: «Страшно впасть в руки Бога живаго»*. «Бог есть любовь, — отчаянно твердил Стойт. — Смерти нет». Но для подобных ему грешников вечно живым будет только червь.

«Если все время бояться смерти, — говорил Обиспо, — то и впрямь умрешь. Страх — это яд, и не такой уж медленный».

---

[1] Здесь покоится Чарльз Франсис Билз, эсквайр (*лат.*).

Сделав еще одно громадное усилие, Стойт вдруг принялся насвистывать. Он насвистывал песенку «Как славно обниматься при луне», но, взглянув на него, Джереми поспешно отвел глаза, словно увидел что-то жуткое и постыдное, ибо лицо его спутника было лицом приговоренного к смерти.

— Зануда чертов, — пробормотал себе под нос шофер, наблюдая, как патрон выбирается из машины и идет к дому.

Молча, стремительно — Джереми едва поспевал за ним — Стойт миновал готический портал, пересек прихожую в романском стиле с колоннадой, как у часовни Богоматери в Дареме, и, не снимая надвинутой на глаза шляпы, ступил в сумрачную тишь огромной залы.

Шаги вошедших отдавались эхом в сотне футов над ними, под самым куполом. Вдоль стен недвижно, как привидения, стояли железные рыцари. Вверху растворяли окна в густолиственный мир фантазии роскошно-тусклые гобелены пятнадцатого века. В одном конце залы, похожем на пещеру, сияло выхваченное из тьмы скрытым прожектором «Распятие св. Петра» Эль Греко — словно чудесное откровение, символ чего-то непостижимого и глубоко зловещего. В другом, освещенном не менее ярко, висел портрет Элен Фурман* во весь рост — на ней была лишь накидка из медвежьей шкуры. Джереми перевел глаза с одной картины на другую — с эктоплазмы* распинаемого вниз головой святого* на самую реальную, кровь с молоком, человеческую плоть, которую так любил видеть и осязать Рубенс; с тела в лоскутах неземных цветов, зеленовато-белой охры и кармина, оттененных прозрачной чернотой, на теплые розовые и кремовые, перламутрово-голубые и зеленые тона фламандской обнаженной натуры. Два сияющих символа, необычайно глубоких и выразительных, — но что же они символизируют, что? Это оставалось тайной.

Стойт не обратил внимания ни на одно из своих сокровищ и прошагал через залу, мысленно проклиная усопшую жену за то, что своей верой в вечную жизнь она навела его на мысль о смерти.

Дверь лифта находилась в нише между колоннами. Стойт открыл ее, зажегся свет, и они увидели перед собой голландскую даму в голубом шелку, сидящую за клавесином — сидящую, подумал Джереми, в самом центре равновесия, в мире, где стали одним целым красота и логика, живопись и аналитическая геометрия. Но ради чего? Какие истины о природе вещей нашли здесь свое символическое выражение? И тут была тайна. Где искусство, сказал себе Джереми, там всегда тайна.

— Закройте дверь, — приказал Стойт; затем, когда приказ был выполнен, добавил: — Искупаемся перед ленчем, — и нажал самую верхнюю в длинном ряду кнопок.

ГЛАВА ЧЕТВЕРТАЯ

В апельсиновой роще уже работало больше десятка семей, когда сезонник из Канзаса с женой, тремя детьми и рыжим псом поспешил вдоль посадок к участку, назначенному ему надсмотрщиком. Они шли молча, потому что им было нечего сказать друг другу и не хотелось тратить силы на разговоры.

Всего полдня, думал мужчина; всего четыре часа до конца работы. Им еще повезет, если они успеют заработать хоть семьдесят пять центов. Семьдесят пять центов. Семьдесят пять центов; а ведь правая передняя шина долго не протянет. Если они хотят ехать дальше на Фресно, а потом на Салинас, придется сменить ее. Но даже самая дрянная старая шина стоит денег. А деньги — это еда. Ух и жрут же они! — с внезапной злостью подумал он. Если б он был один, если б ему не надо было таскать с собой ребят и Минни, он мог бы открыть какую-никакую торговлишку. Рядом с шоссе, чтобы можно было заработать на продаже яиц, фруктов и всякой всячины тем, кто ездит мимо; продавать гораздо дешевле, чем на рынке, и все-таки иметь неплохой доход. А потом он, наверное, смог бы купить корову и пару свиней; а потом нашел бы себе деваху — такую толстую, он любит, когда потолще: толстую, молодую и с...

Его жена снова раскашлялась; не дала помечтать. Ох и жрут! Сами столько не стоят. Трое ребят, и все слабые. Да еще Минни сидит на шее со своими болячками, приходится за нее вкалывать!

Пес остановился понюхать столб. С неожиданным, удивительным проворством канзасец сделал два быстрых шага вперед и пнул животное прямо в ребра. «Ты, гад! — крикнул он. — Пшел с дороги!» Взвизгнув, пес отбежал прочь. Канзасец повернул голову, надеясь поймать на детских лицах выражение жалости или неодобрения. Но горький опыт научил детей не давать ему повода переключиться с собаки на них. Все три маленьких, бледных личика глядели из-под взъерошенных волос с полнейшим безучастием и апатией. Глухо пробормотав себе под нос, что всыплет им как следует, если они не будут стараться, мужчина разочарованно отвел глаза. Их мать даже не обернулась. Она шла прямо вперед, болезнь и усталость не позволяли ей отвлекаться. Опять наступило молчание.

Вдруг младшая девочка пронзительно вскрикнула. «Смотрите!» — показывала она. Впереди стоял замок. На верхушке самой большой его башни виднелась тонкая, словно паутина, металлическая конструкция с несколькими площадками; последняя площадка была футов на двадцать-тридцать выше парапета. Там, на фоне яркого голубого неба, чернела крохотная человеческая фигурка. Они увидели, как фигурка подняла над головой руки и ласточкой полетела вниз, исчезнув за зубчатой кромкой башни. Вырвавшийся у детей пронзительный возглас удивления дал канзасцу тот самый повод, какого он тщетно искал минуту назад. Теперь можно было отвести душу. «Кончайте орать!» — заорал он; потом набросился на них, раздавая подзатыльники. С огромным трудом женщина вынырнула из бездны своей всепоглощающей усталости; она остановилась, поглядела назад, протестующе вскрикнула, поймала мужа за руку. Он так свирепо оттолкнул ее, что она чуть не упала.

— И ты тоже хороша, — закричал он на нее. — Валяешься только да жрешь. Не напасешься на тебя. Осточертели вы мне все, ясно? Осточертели, — повторил он. — И заткнитесь у меня, поняли?

После разрядки на сердце у него заметно полегчало; он отвернулся и быстро зашагал вдоль рядов усыпанных апельсинами деревьев, зная, что его жене будет очень трудно поспеть за ним.

Из бассейна на верху башни открывался изумительный вид. Стоило вам, лежа на спине в прозрачной воде, повернуть голову, как вы видели в проемах между зубцами сменяющие друг друга равнины и горы, зеленые, рыжие, лиловые и светло-голубые. И вы лежали, глядели и думали — при условии, что вы были Джереми Пордиджем, — о той самой башне из «Эпипсихидиона»*, окна которой

> Глядели на златой восток,
> Поднявшись вровень с буйными ветрами.

Разумеется, если вы были мисс Вирджинией Монсипл, дело обстояло иначе. Вирджиния не лежала, не глядела, не думала об «Эпипсихидионе», а глотнула еще разок виски с содовой, забралась на самую высокую площадку для прыжков, подняла руки, бросилась вниз, скользнула под водой и, вынырнув около ничего не подозревающего Пордиджа, схватила его за пояс и утопила с головой.

— Вы сами напросились, — сказала она, когда Джереми, ловя воздух и отплевываясь, снова вынырнул на поверхность. — Лежали тут и не двигались, точно какой-нибудь дурацкий Будда. — Ее улыбка была полна снисходительного презрения.

Вечно у Дядюшки Джо какие-то странные гости! Был у него англичанин с моноклем, ходил разглядывал доспехи; потом один заика, картины чистил; потом еще один чудак, который и говорить-то умел только по-немецки, — тот смотрел всякие дурацкие горшки и тарелки; а сегодня вот новый смешной англичанин, похожий на кролика, а голос как песни без слов для саксофона.

Джереми Пордидж сморгнул попавшую в глаза воду и увидел прямо перед собой расплывчатое — потому что был дальнозорок, а очки снял, — смеющееся лицо девушки, а за ним, в перспективе, колеблющиеся, неясные очертания ее тела. Нечасто приходилось ему оказываться в таком близком соседстве с подобным созданием. Он проглотил досаду и улыбнулся ей.

Мисс Монсипл протянула руку и похлопала Джереми по лысой макушке.

— Здорово блестит, — сказала она. — Прямо как слоновая кость. Я знаю, как я вас буду звать: Слоник. Пока, Слоник. — Она отвернулась, подплыла к лестнице, вылезла, подошла к столику, уставленному бутылками и бокалами, допила виски с содовой, потом отошла и присела на кушетку, где, в черных очках и купальных трусах, принимал солнечную ванну мистер Стойт.

— Ну, Дядюшка Джо, — сказала она с игривой нежностью в голосе, — как настроеньице?

— Прекрасно, Детка, — ответил он. Это была правда; солнце растопило его дурные предчувствия; он снова жил в настоящем, в том радужном настоящем, где от тебя зависит счастье больных детей; где есть Тительбаумы, готовые за пятьсот долларов подарить информацию, стоящую по меньшей мере миллион; где небо голубеет и солнышко ласково пригревает живот; где, наконец, можно очнуться от блаженной дремоты и увидеть малютку Вирджинию, улыбающуюся тебе так, словно она и вправду небезразлична к своему доброму Дядюшке Джо — и, более того, небезразлична не только как к старику — нет, сэр; потому что, в конце-то концов, возраст человека определяется тем, как он себя чувствует и на что он способен; а когда дело касалось Детки, разве он не чувствовал себя молодым? Разве он не был еще кое на что *способен*? Да, сэр. Стойт улыбнулся сам себе; его переполняло самодовольство.

— Порядок, Детка, — сказал он вслух и положил толстую, короткопалую руку на обнаженное колено девушки.

Из-под полуприкрытых век мисс Монсипл украдкой бросила на него понимающий взгляд, в котором как бы сквозил намек на нечто неприличное, известное им одним; потом коротко рассмеялась и потянулась.

— Чудо как хорошо! — сказала она и, совсем закрыв глаза, опустила поднятые руки, соединила их на затылке и расправила плечи. Это была поза, которая выгодно обрисовывала грудь, изгиб живота и, соответственно, плавную округлость ягодиц, — таким позам евнухи в серале обучают новоприбывших перед первой встречей с султаном; и именно такую позу, вспомнил Джереми, случайно глянув в ее сторону, он видел на четвертом этаже Беверли-пантеона у одной из статуй, показавшихся ему особенно неприличными.

Стойт посмотрел на нее сквозь темные очки, взглядом жадным и вместе с тем по-отцовски нежным. Вирджиния была для него деткой не только в переносном, фигуральном смысле слова. Он питал к ней одновременно и чистейшую отеческую любовь, и самую ненасытную страсть.

Он глядел на нее снизу вверх. Сияющая белизна купальника подчеркивала красоту ее темного загара. Все линии крепкого молодого тела перетекали одна в другую легко и плавно; не было ни угловатостей, ни резких переходов. Взгляд Стойта переместился на ее каштановые волосы и скользнул вниз, по скату лба, по широко расставленным глазам и маленькому, вызывающе прямому носику ко рту. Рот был самой замечательной ее чертой. Потому что как раз благодаря короткой верхней губке лицо мисс Монсипл имело характерное детски-невинное выражение — выражение, которое сохранялось всегда, независимо от того, что она делала: рассказывала сальные анекдоты или беседовала с епископом, пила чай в Пасадене или крепкие напитки в мужском обществе, развлекалась тем, что называла «вкуснятинкой», или слушала мессу. В действительности Вирджиния была молодой женщиной, ей уже исполнилось двадцать два; но эта укороченная верхняя губка делала ее похожей на едва вступившую в пору юности, несовершеннолетнюю девочку. На шестидесятилетнего Стойта этот своеобразный порочный контраст между невинным видом и реальной искушенностью действовал чрезвычайно возбуждающе. Вирджиния была деткой в обоих смыслах не только для него; она была такой и объективно, сама по себе.

Восхитительное создание! Рука, до сих пор спокойно лежавшая на ее колене, чуть сжала его. Какой гладкостью, какой роскошной, осязаемой упругостью отозвалось это пожатие в его широких, сильных пальцах!

— Джинни! — сказал он. — Детуля моя!

Детка открыла большие голубые глаза и уронила руки. Напрягшаяся спина расслабилась, приподнятые груди подались вперед и вниз, обмякнув, точно живые существа. Она улыбнулась ему.

— Чего ты щипаешься, Дядюшка Джо?

— Хочу тебя скушать, — отвечал ее добрый Дядюшка Джо с людоедской нежностью.

— Я жесткая.

Стойт издал сентиментальный смешок.

— Ути, малышка, жесткая она у меня! — сказал он. Жесткая малышка наклонилась и поцеловала его.

В этот миг Джереми Пордидж, который спокойно любовался панорамой, продолжая декламировать про себя «Эпипсихидион», случайно снова обратил взор к лежанке и был настолько смущен увиденным, что чуть не затонул; ему пришлось как следует поработать руками и ногами, чтобы всплыть обратно. Развернувшись в воде, он добрался до лесенки, вылез и, не дав себе времени обсохнуть, поспешил к лифту.

— Однако, — сказал он себе, глядя на Вермеера. — *Однако!*

— А я утром обделал одно дельце, — сказал Стойт, когда Детка снова выпрямилась.

— Что за дельце?

— Славное дельце, — ответил он. — Может принести большие деньги. По-настоящему большие.

— Сколько?

— Может, полмиллиона, — осторожно сказал он, преуменьшая выигрыш, на который надеялся, — может, миллион, а то и больше.

— Дядюшка Джо, — сказала она, — по-моему, ты просто чудо.

В голосе ее прозвучала неподдельная искренность. Она и вправду считала, что он чудо. В привычном ей с детства мире тот, кто умел заработать миллион долларов, непременно должен был быть чудесным человеком. Это единодушно, явным или неявным образом, утверждали все: родители, друзья, учителя, газеты, радио, реклама. А кроме того, Дядюшка Джо положительно нравился Вирджинии. Ведь он так здорово ее тут устроил, и спасибо ему за это. И потом, она всегда относилась к другим с симпатией; любила делать людям приятное. Когда она делала приятное другим, ей тоже становилось хорошо — даже если эти другие были староваты, вроде Дядюшки Джо, и даже если то, чего они от нее хотели, порой оказывалось не слишком аппетитным.

— По-моему, ты просто чудо, — повторила она.

Дядюшка Джо был чрезвычайно доволен.

— Да тут нет ничего сложного, — с напускной скромностью сказал он, надеясь на дополнительные комплименты.

Вирджиния не заставила его ждать.

— Ну прямо, ничего сложного! — решительно возразила она. — Я же говорю, ты чудо. И помалкивай у меня, ясненько?

Совершенно покоренный, Стойт снова забрал в пригоршню упругую плоть загорелой ноги и нежно пожал ее.

— Если все выйдет как надо, я тебе что-нибудь подарю, — сказал он. — Чего тебе хочется, Детка?

— Чего мне хочется? — повторила она. — Да мне ничего не надо.

Она не притворялась равнодушной. Ибо это была правда: просто так, на спокойную голову, ей никогда ничего не хотелось. Только если она чувствовала, что ей чего-нибудь не хватает — например, газировки с мороженым, или порции «вкуснятинки», или норковой шубки с витрины, — тогда ей действительно ужасно хотелось получить это, причем сразу же, не откладывая. А загадывать наперед, придумывать, что ей хотелось бы получить потом, — нет, так она не умела. Большая часть жизни Вирджинии протекала в наслаждении чередой моментов счастливого настоящего; а если обстоятельства вынуждали ее перейти из этой безмятежной вечности в мир времени, то он оказывался маленькой, тесной вселенной, простирающейся в будущее не более чем на одну-две недели. Даже работая статисткой за восемнадцать долларов в неделю, она не утруждала себя мыслями о деньгах, о финансовой независимости и о том, что будет, если несчастный случай помешает ей демонстрировать свои красивые ноги. А затем появился Дядюшка Джо и с ним все, чего душе угодно, будто оно росло на деревьях — на бассейновом дереве, на фруктово-шоколадном, на парфюмерном. Теперь ей стоит лишь протянуть руку — и желаемое очутится в ней, словно яблоко, которое срываешь, гуляя по родному саду в Орегоне. Так какой же интерес в подарках? Зачем ей чего-то хотеть? И потом, ее равнодушие к подаркам явно доставляло Дядюшке Джо кучу удовольствия, а Дядюшку Джо ей всегда бывало приятно порадовать.

— Честно, Дядюшка Джо, мне ничегошеньки не надо.

— Вот как? — неожиданно раздался поблизости чей-то чужой голос. — Ну так мне надо.

Черноволосый и щеголеватый, в безупречном костюме, к лежанке проворно шагнул доктор Зигмунд Обиспо.

— Точнее, — продолжал он, — мне надо ввести в gluteus medius[1] великого человека одну целую пять десятых кубика тестостерона. Так что давайте-ка, душечка, — сказал он Вирджинии насмешливо, но с оттенком беззастенчивого вожделения, — гуляйте отсюда. Оп! — Он слегка, фамильярно хлопнул ее по плечу и еще раз, когда она встала освободить ему место, — по белому атласу пониже спины.

Девушка живо обернулась, чтобы осадить его; однако, переведя взгляд с волосатой туши, именуемой мистером Стойтом, на привлекательное лицо насмешника, выражающее оскорбительную иронию и в то же время лестное мужское желание, передумала и, вместо того чтобы громко отправить его куда следует, скорчила гримасу и показала ему язык. Прежде чем она успела спохватиться, попытка дать отпор вылилась в поощрение наглеца и демонстрацию солидарности с ним за спиной у Дядюшки Джо. Бедный Дядюшка Джо! — подумала она с приливом нежного сочувствия к славному старичку. На миг ей стало стыдно. Вся беда, разумеется, в том, что Обиспо слишком уж симпатичный; что он умеет рассмешить ее; что ей нравится его восхищение; что ей интересно потакать ему и смотреть, как он поведет себя дальше. Ей даже нравилось сердиться на него, когда он хамил, а хамил он постоянно.

— Тоже мне Дуглас Фербенкс нашелся, — сказала она, пытаясь уничтожить его презрением; затем направилась прочь со всей величественностью, какую только позволяли ей напустить на себя две узкие полоски белого атласа, и, облокотясь на парапет, стала разглядывать долину внизу. Среди апельсиновых деревьев копошились крохотные, как муравьи, фигурки. Она лениво погадала, что они там делают; потом ее мысли перешли к

---

[1] Ягодичную седалищную мышцу *(лат.)*.

более интересным и важным вещам. К Зигу и к тому, что рядом с ним она всегда чувствовала какое-то волнение и ничего не могла с собой поделать, даже если он вел себя, как сейчас. И, может быть, наступит день... наступит день, когда, просто ради любопытства, если ее в этом замке совсем одолеет скука... Бедный Дядюшка Джо! — подумала она. Ну а на что он, собственно, рассчитывал, в его-то годы? Как ни странно, за все эти месяцы она ни разу не дала ему повода для ревности — если, конечно, не считать Инид и Мэри Лу; а их-то она не считала; потому что она ведь на самом деле не такая; а то, что произошло, было обыкновенным пустяком; мило, но совершенно ничего не значит. А вот с Зигом, если что случится, будет по-другому; хотя, конечно, и не очень серьезно; не то что, к примеру, с Уолтом или даже с малышом Бастером, тогда, в Портленде. И не как с Инид и Мэри Лу, потому что хочешь не хочешь, а мужчины почти всегда смотрят на такие вещи чересчур серьезно. Только это и мешает с ними связываться, да еще, конечно, то, что все это грех; но последнее почему-то редко когда берешь в расчет, особенно если парень по-настоящему симпатичный (а Зиг, как ни верти, именно такой, пусть даже немного в стиле Адольфа Менжу; и надо же, именно такие вот чернявые, с прилизанными волосами всегда доставляли ей самое большое удовольствие!). И если, скажем, выпьешь пару бокальчиков и чувствуешь, что неплохо бы капельку пощекотать нервы, тогда ведь тебе и в голову не придет, что это грех; а потом одно цепляется за другое, и не успеешь сообразить, что случилось, — глядь, а оно *уже* случилось; и вообще, она просто не могла поверить, что это так дурно, как говорил отец О'Райли; и уж во всяком случае Пресвятая Дева гораздо понятливей и добрее его; жутко вспомнить, как он ел, когда его приглашали к обеду, — свинья свиньей, другого слова не подберешь; а разве обжорство лучше, чем то, другое? Так кто он такой, чтобы учить?

— Ну, как мы себя чувствуем? — осведомился занявший место Вирджинии Обиспо, подражая манерам профессиональной сиделки. Он был в самом чудесном расположении духа. Его работа в лаборатории продвигалась вперед неожиданно быстро; новый препарат из желчных солей творил с его печенью настоящие чудеса; благодаря буму в производстве оружия его авиационные акции поднялись еще на три пункта; и, наконец, было очевидно, что Вирджиния долго не продержится. — Как сегодня наш маленький больной? — продолжал он, совершенствуя найденный образ за счет пародийного английского акцента; ибо после обучения он целый год проработал в Оксфорде, повышая квалификацию.

Стойт неразборчиво буркнул что-то в ответ. Дурашливость Обиспо всегда раздражала его. Каким-то чутьем он угадывал в ней скрытое издевательство. Стойта не покидало чувство, что за якобы добродушными шутками Обиспо стоит расчетливое и злое презрение. При мысли об этом кровь закипала у Стойта в жилах. Но стоило ей закипеть, как у него, он знал, поднималось давление, укорачивалась жизнь. Он не мог позволить себе высказать Обиспо все, что хотел. Больше того, он и прогнать его не мог. Обиспо был неизбежным злом. «Бог есть любовь; смерти нет». Но Стойт с ужасом вспоминал, что у него был удар, что он стареет. В тот раз он едва не умер; Обиспо поставил его на ноги и обещал ему еще десять лет жизни, даже если эти его исследования пойдут не так гладко, как он надеялся; а если они пойдут хорошо — тогда больше, гораздо больше. Двадцать лет, тридцать, сорок. А может, этот гнусный жидок и вообще ухитрится доказать, что миссис Эдди была права. Вдруг и в самом деле никакой смерти не будет — хотя бы только для него одного. Прекрасная перспектива! А пока... Стойт вздохнул покорно, глубоко. «Всем нам приходится нести свой крест», — подумал он про себя, повторяя через много-много лет те самые слова, какие говаривала его бабка, заставляя внучка пить касторку.

Тем временем Обиспо простерилизовал иглу, отломил кончик стеклянной ампулы, наполнил шприц. Все движения он проделывал с неким утонченным изяществом, с демонстративной и самодовольной точностью. Это выглядело так, словно он был одновременно и балетной труппой, и зрителем — зрителем весьма искушенным и придирчивым, это верно; но зато какой труппой! Нижинский, Карсавина, Павлова, Мясин* — все на одной сцене. Даже самые бурные овации были вполне заслуженны.

— Готово, — окликнул он наконец.

Послушно и молча, как дрессированный слон, Стойт перевалился со спины на живот.

ГЛАВА ПЯТАЯ

Джереми уже оделся и сидел в подземном хранилище, которое отныне должно было служить ему рабочим кабинетом. Сухая едкая пыль старых бумаг пьянила его, как понюшка крепкого табаку. Пока он готовил папки и точил карандаши, лицо его раскраснелось; лысина заблестела от пота; глаза за стеклами бифокальных очков горели нетерпением.

Наконец-то! Все готово. Он повернулся на вращающемся стуле и некоторое время сидел неподвижно, упиваясь счастливыми предвкушениями. Документы Хоберков, бесчисленные пачки, обернутые в коричневую бумагу, ждали своего первого читателя. Двадцать семь больших коробок, набитых еще непоруганными невестами безмолвия*. Он улыбнулся про себя при мысли, что ему суждено стать их Синей Бородой. Тысячи невест безмолвия, собранных в течение веков многими поколениями неутомимых Хоберков. Хоберк за Хоберком, бароны за рыцарями, графы за баронами, а затем граф Гонистерский за графом Гонистерским, вплоть до последнего, восьмого. А после восьмого — ничего, кроме налогов на наследство, да старого дома, да двух старых дев, все глубже погрязающих в одиночестве и причудах, в бедности и фамильной гордости, но под конец — увы! — погрязших более в бедности, чем в гордости. Они клялись, что никогда не продадут архива; но потом все-таки согласились на предложение Стойта. Бумаги приплыли в Калифорнию. Теперь их бывшие хозяйки смогут заказать себе по-настоящему пышные похороны. И на этом Хоберкам придет конец. Чудесный кусок английской истории! Быть может, поучительный; а быть может — и это еще вероятнее, — просто бессмысленный, просто повесть, рассказанная идиотом*. Повесть об убийцах и заговорщиках, о покровителях наук и коварных интриганах, о юных наложниках и воспевателях епископов и королей, об адмиралах и сводниках, о святых, и героинях, и нимфоманках, о слабоумных и премьер-министрах, о садистах и коллекционерах. И здесь лежало все, что от них осталось; в двадцати семи коробках, как попало, без всякой описи, никем не тронутое, абсолютно девственное. Ликуя над своим сокровищем, Джереми забыл все передряги путешествия, забыл Лос-Анджелес и шофера-негра, забыл о кладбище и замке, забыл даже о Стойте. Теперь он владел бумагами Хоберков — он один. Словно ребенок, который лезет в рождественский чулок, зная, что там его ждет необыкновенный подарок, Джереми выудил из первой коробки коричневый пакет и разрезал веревку. Какое пестрое богатство обнаружилось внутри! Книга домашних расходов за годы 1576-й и 1577-й; рассказ представителя побочной линии Хоберков об экспедиции сэра Кенельма Дигби* в Скандерун; одиннадцать писем на испанском от Мигеля де Молиноса* к той самой леди Энн Хоберк, обращение которой в католичество стало причиной семейного скандала; пачечка медицинских рецептов, писанных почерком начала восемнадцатого века; трактат «О смерти» Дреленкура* и случайный томик из сочинения Андреа де Нерсья* «Félicia, ou Mes Fredaines»[1]. Он

---

[1] «Фелиция, или Мои шалости» (*франц.*).

едва успел вскрыть второй пакет и гадал, кому бы мог принадлежать светло-каштановый локон, обнаруженный им между страниц собственноручных записок Третьего графа на тему последнего папского заговора, как в дверь постучали. Он поднял глаза и увидел, что к нему направляется невысокий смуглый человек в белом халате. Вошедший улыбнулся, сказал: «Не буду мешать», но тем не менее помешал.

— Моя фамилия Обиспо, — представился он. — Доктор Зигмунд Обиспо; лейб-медик при дворе его величества короля Стойта Первого — и, будем надеяться, последнего.

Явно довольный собственной шуткой, он захохотал неожиданно громким металлическим смехом. Затем изящно-брезгливым жестом, словно аристократ, роющийся в куче мусора, взял со стола одно письмо Молиноса и принялся медленно, вслух разбирать первую строку этого послания, написанного плавным, аккуратным почерком семнадцатого века.

— «Ame a Dios como es en sí y no como ce lo dice y forma su imaginación»[1]. — Он поглядел на Джереми поверх письма с довольной улыбкой. — Легче сказать, чем сделать, я так считаю. Женщину, и ту мы не можем любить, как она есть; а ведь этот феномен, женская человеческая особь, как-никак имеет под собой объективное материальное основание. И порой весьма недурное. В то время как старикашка Диос есть чистый дух — другими словами, чистая фантазия. А этот болван, кем бы он там ни был, пожалуйте, — пишет другому болвану, что людям не следует любить Бога таким, каким рисует его их собственная фантазия. — Опять нарочито аристократическим жестом, одним движением кисти, он презрительно бросил письмо на стол. — До чего же все это нелепо! — продолжал он. — Набор слов, именуемый

---

[1] Любите Бога таким, каков он есть, а не таким, каким рисуют его слова других или ваша фантазия *(исп.)*.

религией. Другой набор слов, именуемый философией. Еще полдюжины наборов, именуемых политическими идеалами. И все эти слова или двусмысленны, или вообще лишены смысла. И люди входят из-за них в такой раж, что готовы ухлопать соседа, если ему случится произнести не то слово. Слово, которое на деле значит меньше хорошей отрыжки. Просто сотрясение воздуха, даже не избавляющее вас от лишних газов в желудке. «Ame a Dios como es en si», — насмешливо повторил он. — Все равно что сказать: принимай икоту, как она есть. Не понимаю, как вы, приверженцы litterae humaniores[1], умудряетесь все это терпеть. Сидите по уши в бессмыслице — и не надоедает?

Джереми улыбнулся робкой, извиняющейся улыбкой.

— Смысла ведь как-то и не очень ищешь, — сказал он. И, предотвращая дальнейшую критику самоуничижением и унижением любимого дела, продолжал: — Просто, знаете ли, забавно бывает покопаться в разном старом хламе.

Доктор Обиспо рассмеялся и одобрительно похлопал Джереми по плечу.

— Молодец! — сказал он. — Вы хоть искренни. Это мне по вкусу. Обычно представители вашей ученой братии — вылитые Пекснифы*. Так и норовят вывалить на тебя кучу всякой высоконравственной муры! Вам это знакомо: мудрость-де лучше знания, Софокл лучше науки. «Любопытно, — всегда говорю я, если им вздумается затеять со мной беседу на эту тему, — любопытно, что вы обязаны своим заработком именно тому, благодаря чему спасется человечество». А вот вы не делаете из своей любимой мушки слона. Вы честный человек. Признаёте, что занимаетесь своим делом только ради забавы. Что ж, и я занимаюсь своим по той же причине. Ради забавы. Хотя, разумеется, если вы станете тыкать мне в нос своим Софоклом, я вполне могу начать распинаться

---

[1] Гуманитарных наук *(лат.)*.

насчет науки и прогресса, науки и счастья, даже науки и абсолютной истины, если уж вы такой упрямый.

Его веселье было заразительно. Джереми тоже улыбнулся.

— Хорошо, что я не такой упрямый, — певуче, с деланной скромностью сказал он, как бы давая собеседнику понять, что ни капли не заинтересован в отыскании абсолютной истины.

— Заметьте, — продолжал Обиспо, — что я вовсе не равнодушен к прелестям вашей работы. Софоклом, конечно, меня не проймешь. И я помер бы со скуки, если б мне пришлось возиться со всем этим, — он кивнул на двадцать семь коробок. — Но должен признать, — заключил он любезно, — что в свое время старые книжки доставили мне немало удовольствия. Право, немало.

Джереми кашлянул и погладил лысину; затем помигал, готовясь отпустить восхитительную суховатую шуточку. Но, к несчастью, Обиспо не оставил ему необходимой паузы. Искренне не замечая его приготовлений, он глянул на часы и поднялся со стула.

— Я готов показать вам свою лабораторию, — сказал он. — До ленча еще уйма времени.

«Мог бы и спросить, охота ли мне смотреть его дурацкую лабораторию», — подумал про себя Джереми, проглотив заготовленную шутку; а ведь как была хороша! Конечно, ему хотелось и дальше разбирать бумаги Хоберков; но, не найдя в себе мужества сказать об этом, он покорно встал и направился к двери вслед за Обиспо.

Долголетие, объяснял по пути доктор. Вот над чем он бьется. С тех самых пор, как окончил медицинский. Но, разумеется, врачебная практика не давала ему работать над этим сколько-нибудь серьезно. Практика губительна для серьезной работы, между прочим заметил он. Разве у вас выйдет что-нибудь путное, если вам приходится тратить все свое время на пациентов? Пациенты делятся на три типа: тех, что воображают себя больными, но на самом деле здоровы; тех, что на самом деле больны, но выздоровеют и так; и тех больных, кому гораздо лучше было бы помереть сразу. Если человек способен к серьезной работе, убивать время на пациентов — сущий идиотизм. И конечно, его вынуждали к этому только денежные затруднения. И он мог всю жизнь катиться по этой дорожке. Тратить силы на разных болванов. Но тут, совершенно неожиданно, подвалило счастье. К нему обратился Джо Стойт. Это был прямо-таки перст судьбы.

— Ах, что за чудная находка, — пробормотал Джереми, вспомнив любимую фразу из Колриджа.

Джо Стойт, повторил Обиспо, Джо Стойт, — а песок из него сыпался вовсю. Сорок фунтов лишнего веса, и уже схлопотал один удар. К счастью, не очень сильный; но этого оказалось достаточно, чтобы старикашку бросило в пот. Верно говорят, что можно испугаться до смерти! (Обиспо оскалил белые зубы в жизнерадостной волчьей усмешке.) Джо, так тот просто впал в панику. И благодаря этой панике Обиспо освободился от своих пациентов; получил прочный заработок, лабораторию для трудов над проблемой долголетия, замечательного ассистента; благодаря ей были оплачены его изыскания по фармацевтике в Беркли*, эксперименты с обезьянами в Бразилии, экспедиция на Галапагосские острова для изучения черепах. Он получил все, чего только может пожелать исследователь, в придачу с самим Джо вместо подопытной морской свинки; Стойт был готов подвергнуться какой угодно вивисекции без наркоза, только бы это дало ему надежду протянуть еще несколько лет.

Правда, сейчас он ничем особенным старого хрыча не потчует. Не позволяет ему набирать вес; приглядывает за почками; да взбадривает время от времени половыми гормонами; да еще следит за этими подозрительными артериями. Самое обыкновенное разумное лечение для человека его возраста и с его болезнями. Однако, пока суд да дело, он напал на след кое-чего нового, и притом многообещающего. Через несколько месяцев, а то и недель он уже сможет дать определенное заключение.

— Это очень интересно, — вежливо солгал Джереми.

Они шли по узкому коридору с белеными стенами, уныло освещенному простыми электрическими лампочками. В открытых дверях мелькали огромные кладовые, набитые тотемными столбами и рыцарскими доспехами, чучелами орангутангов и мраморными скульптурами Торвальдсена*, позолоченными бодхисаттвами и первыми паровыми машинами, лингамами, дилижансами и перуанской керамикой, распятиями и образцами редких минералов.

Тем временем Обиспо снова завел речь о долголетии. Исследования на эту тему, утверждал он, пока находятся на донаучной стадии. Масса наблюдений, и ни одной объясняющей их гипотезы. Сплошной хаос фактов. И каких странных, каких удивительных фактов! Благодаря чему, например, цикада живет столько же, сколько бык? А канарейка может пережить три поколения овец? Почему собаки в четырнадцать лет уже старые, а столетние попугаи еще хоть куда? Почему наши женщины становятся бесплодными к пятидесяти, а самки крокодила откладывают яйца и на третьей сотне? По какой такой причине щука доживает до двухсот лет без всяких признаков старения? В то время как несчастный старикан Джо Стойт...

Неожиданно из бокового коридора вынырнули люди с носилками, на которых лежали две мумии монашек. Произошло столкновение.

— Ослы чертовы! — громко выругался Обиспо.

— Сам осел!

— Не видите, куда прете?

— Заткни хайло!

Обиспо презрительно отвернулся и пошел прочь.

— Ишь умник нашелся! — пустили ему вслед.

Во время этого обмена репликами Джереми с живейшим любопытством разглядывал мумии.

— Босоногие кармелитки*, — сказал он, ни к кому не обращаясь; и, смакуя это непривычное сочетание звуков, повторил со вкусом еще раз: — Босоногие кармелитки.

— Задница ты босоногая, — свирепо огрызнулся первый носильщик, мигом обернувшись к новому противнику.

Джереми кинул только один взгляд на его красную рассерженную физиономию и, бесславно стушевавшись, бросился догонять своего провожатого.

Наконец доктор остановился.

— Пришли, — сказал он, отворяя дверь. Изнутри пахнуло мышами и спиртом. — Пожалуйста, — радушно пригласил он.

Джереми вошел. Мыши тут действительно были — ряды клеток тянулись по стене прямо напротив двери. Слева, через три вырубленных в скале окна, виднелся теннисный корт и отдаленная панорама гор и апельсиновых рощ. За столом перед одним из окон смотрел в микроскоп какой-то человек. Услышав их, он поднял лохматую белокурую голову и повернул к ним по-детски чистое, открытое лицо.

— Привет, док, — с обаятельной улыбкой сказал он.
— Мой ассистент, — пояснил Обиспо. — Питер Бун. Пит, это мистер Пордидж.

Поднявшийся из-за стола Пит оказался юным гигантом атлетического сложения.

— Зовите меня просто по имени, — сказал он, когда Джереми назвал его мистером Буном. — Меня все Питом зовут.

Джереми подумал, стоит ли предлагать этому юноше, чтобы он называл его Джереми, но, как обычно, замешкался, и удобный момент был безвозвратно упущен.

— Пит — светлая голова, — снова заговорил Обиспо тоном, призванным выразить дружескую симпатию, но на деле звучащим несколько свысока. — Прекрасно разбирается в физиологии. И руки у него золотые. Мышей оперирует — просто загляденье. — Он похлопал парня по плечу.

Пит улыбнулся — его улыбка показалась Джереми немного смущенной, словно ему трудно было сразу сообразить, как реагировать на эти лестные замечания.

— Правда, чересчур близко принимает к сердцу политику, — продолжал Обиспо. — Это у него единственный недостаток. От которого я пытаюсь его избавить, но пока, боюсь, не очень-то успешно. А, Пит?

Юноша снова улыбнулся, на сей раз более уверенно; теперь он явно обрел под ногами твердую почву.

— Да уж, не очень, — подтвердил он. Затем, повернувшись к Джереми, спросил: — Знаете утренние новости из Испании? — На его широком симпатичном открытом лице появилась озабоченность.

Джереми покачал головой.

— Там творится что-то ужасное, — мрачно сказал Пит. — Когда я думаю об этих беднягах — у них ведь ни самолетов, ни артиллерии, ни...

— А вы не думайте, — весело посоветовал Обиспо. — Сразу на душе полегчает.

Юноша глянул на него, потом снова отвел глаза, не произнеся ни слова. После краткого молчания он вынул часы.

— Пойду-ка я купнусь перед ленчем, — сказал он и направился к двери.

Обиспо взял клетку с мышами и поднес Джереми чуть ли не к самому носу.

— Эта компания у меня на половых гормонах, — пояснил он шутливым тоном, который отчего-то показался его гостю оскорбительным. Затем встряхнул клетку, и мыши ответили ему писком. — Видите, какие резвунчики — до поры. Жаль только, эффект временный.

Не стоит, конечно, пренебрегать и временными эффектами, заметил он, ставя клетку на место. Временное улучшение всегда лучше, чем временное ухудшение. Поэтому он и вкалывает старику Джо тестостерон. Хотя он не так уж и нужен старому дурню, пока здесь торчит эта девчонка Монсипл.

Вдруг Обиспо зажал себе рот ладонью и оглянулся на окна.

— Слава Богу, — сказал он, — Пита уже нет. Бедняжечка! — На лице у него появилась насмешливая улыбка. — Нашел в кого влюбиться! — Он постучал себя по лбу. — Она для него что-то вроде теннисоновской героини. Химически чистая. С месяц назад он тут чуть не убил одного, который заикнулся, что она со стариком... Ну, понятно. Интересно, зачем, по его мнению, она тут торчит. Наверное, чтобы рассказывать Дядюшке Джо о спиральных туманностях... Что ж, если ему нравится так о ней думать, уж я-то ему жизнь отравлять не стану. — Обиспо снисходительно усмехнулся. — Да, так, значит, вернемся к Дядюшке Джо...

Короче, одно только присутствие этой девицы с успехом заменяет добавочные гормоны. Но все это до поры. Тут и сомнений нет. Броун-Секар*, Воронов* и прочие — они шли по ложному пути. Думали, будто причиной старения является понижение сексуальной активности. А на самом деле это всего лишь один из симптомов. Старость берет начало где-то в другой области и распространяется на все тело, включая и его половые функции. Гормональные средства — это только полумера, так, для бодрости. На время помогут, но от старости не спасут.

Джереми подавил зевок.

Вот, например, продолжал Обиспо, почему некоторые животные могут прожить гораздо дольше человека, не выказывая почти никаких признаков старения? Где-то в нашей биологической структуре заложена ошибка. Крокодилы избежали этой ошибки; черепахи тоже. А еще этим могли бы похвалиться некоторые виды рыб.

— Гляньте-ка сюда, — сказал он и, перейдя комнату, отдернул занавеску; там, за стеклом, оказался большой, вделанный в стену аквариум. Джереми тоже подошел и заглянул внутрь.

В зеленоватом подсвеченном полумраке висели две огромные рыбины — они почти соприкасались головами, но были неподвижны, лишь изредка подрагивал плавник да ритмично раздувались жабры. В нескольких дюймах от их выпученных глаз бежала вверх, к свету, бесконечная цепочка воздушных бусинок, вокруг воду то и дело прочерчивало серебром — это шныряли туда-сюда мелкие рыбешки. Погруженные в оцепенелое блаженство, чудища ни на что не обращали внимания.

Карпы, объяснил Обиспо; карпы из прудов одного замка во Франконии — как называется замок, он забыл, но, в общем, где-то неподалеку от Бамберга. Род обеднел; но карпы были фамильной ценностью, продавать их не хотели. Чтобы украсть эту пару и вывезти ее из страны в специальном автомобиле с резервуаром под задним сиденьем, Джо Стойту пришлось выложить кругленькую сумму. Они весят по шестьдесят фунтов; больше четырех футов длиной; а кольца у них на хвосте помечены 1761 годом.

— Начало моего периода, — с внезапным интересом промямлил Джереми. В 1761-м вышел «Фингал». Сопоставление карпов и Оссиана, карпов и любимого поэта Наполеона, карпов и первых намеков на «кельтские сумерки»* показалось ему чрезвычайно любопытным. Какая прекрасная тема для очередного маленького эссе! Двадцать страниц эрудированной бессмыслицы — богохульства в зарослях лаванды, — изысканной, озорной ученой непочтительности к знаменитым или безвестным мертвецам.

Но Обиспо не дал ему додумать. Он вновь принялся неутомимо нахлестывать своего конька. Вот они перед нами, произнес он, указывая на гигантских рыб; их возраст близок к двумстам годам; они абсолютно здоровы; признаки старения отсутствуют; не видно причины, почему бы им не прожить еще лет этак триста-четыреста. Вот они; а вот вы. Он обвиняюще повернулся к Джереми. Вот вы; человек всего-навсего средних лет, но уже лысый, уже развились дальнозоркость и одышка; зубы уже плохонькие; не способны к длительной физической нагрузке; хронические запоры (что, разве я не прав?); память у вас уже не та, что прежде; желудок пошаливает; потенция идет на спад — если, конечно, уже не исчезла навеки.

Джереми вымученно улыбался и с каждым новым пунктом согласно кивал, пытаясь изобразить полное удовлетворение. Внутри же его жгла смесь горечи, вызванной этим чересчур верным диагнозом, и раздражения против диагноста, слишком уж безжалостного в своей научной отрешенности. С шутливым самоуничижением говорить о собственной надвигающейся старости было совсем не то, что слышать беспардонные высказывания на эту тему от человека, которого вы интересуете только благодаря вашему отличию от какой-то дурацкой рыбы. Однако он по-прежнему кивал и улыбался.

Вот вы, повторил Обиспо в заключение диагноза, и вот карпы. Почему вам не удается решать свои физиологические проблемы столь же успешно? Где, как, почему совершили вы промах, из-за которого уже лишились зубов и волос и который довольно скоро и вовсе сведет вас в могилу?

Эти вопросы поставил старина Мечников — и сам же смело попытался на них ответить. Выяснилось, что все его ответы неверны: фагоцитоза* не возникает; кишечная автоинтоксикация не является единственной причиной старения; нейронофаги* оказались мифическими чудовищами; употребление кислого молока не ведет к заметному продлению жизни; а вот удаление толстого кишечника заметно ее сокращает. Посмеиваясь, он вспомнил операции, на которые незадолго до войны была такая мода. Старички и старушки вырезали себе толстые кишки и в результате начинали, словно канарейки, испражняться каждые несколько минут! И проку от этого, разумеется, не было никакого — операция, благодаря которой они надеялись дожить до ста лет, сводила их в могилу всего через год-другой. Обиспо откинул назад прилизанную голову и вновь разразился металлическим смехом — это была его обычная реакция на любое упоминание о человеческой глупости, виновной в каких-либо несчастьях. Бедный старикашка Мечников, продолжал он, утирая слезы, выступившие у него на глазах от этого бурного веселья. Все время попадал пальцем в небо. И, однако же, он наверняка подошел к истине ближе, чем думают. Да, предположение, что корень зла таится в кишечном стазе и аутоинтоксикации, было ошибочным. Но что искать надо где-то там, в кишках, — это, пожалуй, верно. Где-то в кишках, повторил Обиспо; и больше того, он думает, что напал на след.

Он умолк и некоторое время стоял неподвижно, барабаня пальцами по стеклу аквариума. Тучные, более чем почтенного возраста карпы, безмятежно повисшие на полпути между поверхностью воды и илистым дном, не обращали на него ни малейшего внимания. Обиспо кивнул на них головой. Свет не видел более неудобных подопытных животных, сказал он возмущенно, однако с примесью угрюмого удовлетворения. Только тот, кто пробовал работать с рыбами, имеет право говорить о технических трудностях. Самая простая операция оборачивается кошмаром. Ну-ка, попробуйте проследить, чтобы на столе, под наркозом, жабры у них оставались достаточно влажными! Или вам больше нравится оперировать под водой? А случалось ли вам определять у рыбы основной обмен веществ, или снимать у нее электрокардиограмму, или измерять кровяное давление? Приходилось ли делать анализ ее выделений? А если да, то вы знаете, что и собрать-то их далеко не просто! Пробовали вы изучать химический механизм рыбьего пищеварения и ассимиляции? Мерить у рыбы кровяное давление в разных условиях? Или скорость ее нервной реакции?

Нет, не пробовали, презрительно сказал Обиспо. И пока не попробуете, у вас нет права жаловаться на что бы то ни было.

Он задернул занавеску перед аквариумом, взял Джереми под локоток и отвел обратно к мышам.

— Поглядите-ка вон на тех, — промолвил он, указывая на несколько клеток из верхнего ряда.

Джереми поглядел. Мыши, предложенные его вниманию, ничем не отличались от всех прочих.

— А что с ними такое? — спросил он.

Доктор Обиспо рассмеялся.

— Будь эти животные людьми, — торжественно объявил он, — всем им уже перевалило бы за сотню.

И он принялся очень быстро и возбужденно рассказывать о жирных спиртах и о кишечной флоре карпов. Ибо секрет — ключ ко всей проблеме старения и долголетия — крылся именно здесь. Здесь, в стеринах и удивительной флоре рыбьих кишок.

Ох уж эти стерины! (Обиспо нахмурился и укоризненно покачал головой.) Вечные спутники старости. Самый очевидный пример, разумеется, — холестерин. Дряхлое животное можно определить как животное, имеющее в стенках артерий накопления холестерина. Тиоцианат калия, видимо, обладает способностью эти накопления рассасывать. Под действием тиоцианата калия старые кролики проявляют признаки омоложения. И старые люди тоже. Но опять только до поры. Очевидно, холестерин в артериях — лишь одна из бед. Но ведь и холестерин — лишь один из стеринов. Эти жирные спирты очень близки по строению. Запросто превращаются один в другой. Но почитайте работы Шнееглока и публикации из Упсалы*, и вы узнаете, что некоторые стерины — это настоящие яды, гораздо вреднее холестерина, даже в малых количествах. Лонгботем, кстати, предположил, что есть связь между жирными спиртами и опухолями. Иначе говоря, рак может в конечном счете оказаться одним из симптомов стеринового отравления.

Сам он даже рискнул бы сказать, что благодаря стериновому отравлению и происходит весь процесс старческого вырождения у человека и других млекопитающих. Чем до сих пор еще никто не занимался — так это выяснением вопроса, какую роль играют жирные спирты в жизни тварей вроде карпа. Этому он и посвятил весь последний год. Исследования убедили его вещах в двух-трех: первое — что у карпов жирные спирты в больших количествах не скапливаются; второе — что они не превращаются в более ядовитые стерины; и третье — что оба этих преимущества обусловлены особым составом кишечной флоры карпов. Ах, что это за флора! — пылко вскричал Обиспо. — Какое богатство, какое чудесное разнообразие! — Ему еще не удалось выделить организмы, которые создают у карпа иммунитет к старости, не удалось до конца понять и природу соответствующих химических процессов. Тем не менее главное было установлено. Так или иначе, вместе или в одиночку, эти организмы умудрялись предотвращать переход рыбьих стеринов в яды. Потому-то карпы и жили по двести лет без всяких признаков одряхления.

Может ли флора карпа прижиться в кишечнике млекопитающего? А если да, окажет ли она то же химическое и биологическое воздействие на организм? В последние месяцы он и пытается это выяснить. Сначала ничего не выходило. Однако недавно они применили новый метод — метод, защищающий флору от процесса пищеварения, дающий ей время свыкнуться с новыми условиями. Она стала укореняться. На мышах это сразу дало заметный эффект. Старение приостановилось, даже пошло вспять. С физиологической точки зрения животные стали моложе по меньшей мере года на полтора, по человеческой мерке — столетние моложе шестидесятилетних.

Снаружи, в коридоре, зазвенел электрический звонок. Настало время ленча. Они вышли из комнаты и направились к лифту. Обиспо все еще говорил. Мыши, сказал он, зверюшки не очень-то надежные. Он уже начал пробовать то же самое на больших животных. Если получится с собаками и бабуинами, должно получиться и с Дядюшкой Джо.

ГЛАВА ШЕСТАЯ

Почти вся обстановка малой столовой была вывезена из Брайтонского павильона. Красный лакированный стол поддерживали четыре позолоченных дракона, еще два служили кариатидами для каминной доски, тоже красной и лакированной. Это была греза Регентства* о восточной роскоши. Нечто вроде того, подумал Джереми, усевшись на алый с золотом стул, нечто вроде того, что при слове «Китай» могло бы привидеться, например, Китсу, или Шелли, или лорду Байрону; точно так же, как прелестная «Леда» Этти*, вон там, рядышком с «Благовещеньем» Фра Анджелико, есть точное воплощение их фантазий на темы языческой мифологии; самая подходящая иллюстрация (подумав об этом, он усмехнулся про себя) к «Эндимиону» и «Освобожденному Прометею», к «Греческой вазе» и «Одам Психее»*. Присущие эпохе мысли, чувства и представления разделяются всеми, кто живет и работает в эту эпоху, — всеми, от ремесленника до гения. Регентство есть Регентство, и неважно, берешь ты свой образец сверху или выуживаешь со дна корзины. В 1820 году человек, закрывший глаза и пытающийся нарисовать в воображении створчатые окна, распахнутые навстречу волшебному прибою далеких морей, увидел бы не что иное, как башенки Брайтонского павильона. При мысли об этом Джереми улыбнулся от удовольствия. Этти и Китс, Брайтон и Перси Биши Шелли — какая чудесная тема! Гораздо лучше, чем карпы и Оссиан; лучше, поскольку Нэш и принц-регент забавнее любой, пусть и великовозрастной рыбы. Однако для беседы за накрытым столом не годится даже самая лучшая тема, если вам не с кем ее обсудить. Но кто же, спросил себя Джереми, кто из присутствующих в этой комнате хотел или мог бы поговорить с ним о подобном предмете? Ни мистер Стойт; ни, разумеется, мисс Монсипл, ни две ее молодые подружки, приехавшие из Голливуда, чтобы позавтракать с ней; ни доктор Обиспо, которого мыши интересуют больше, чем книги; ни Питер Бун, который об этих книгах, верно, и слыхом не слыхивал. Единственным, от кого можно было бы ожидать интереса к характерным чертам конца эпохи Георгов*, был некто, представленный ему как доктор Герберт Малдж — доктор философии, доктор богословия, директор Тарзана-колледжа. Но в настоящий момент доктор Малдж громко и красноречиво, словно с церковной кафедры, рассуждал о новой Аудитории, которую недавно подарил колледжу Джо Стойт и которую вскоре ждало торжественное открытие. Малдж был крупный, приятной наружности человек и голос имел соответствующий — одновременно сочный и вкрадчивый, звучный и слащавый. Речь его текла неспешно, но плавно и безостановочно. Произнося свои безупречные периоды так, что в них явно слышались Заглавные Буквы, он вдохновенно уверял мистера Стойта и всех, кому была охота его слушать, что для юношей и девушек Тарзана-колледжа будет Истинным Счастьем собраться в прекрасном новом корпусе ради Совместной Деятельности. Например, ради всякого рода Религиозных Отправлений; ради того, чтобы насладиться Лучшими Произведениями Сценического и Музыкального Искусства. О, их ждет настоящий Душевный Подъем! Имя Стойта будут с благоговением и любовью вспоминать многие поколения Питомцев и Питомиц Тарзана-колледжа — он сказал бы даже, что вспоминать его будут вечно, ибо Аудитория есть monumentum aere perennius[1], След на Песке

---

[1] Памятник меди нетленней *(лат.)**.

Времени — да, да, без сомнения. След. А теперь, продолжал доктор Малдж, поедая пюре из курицы, теперь колледжу просто необходима новая Школа Искусств. Поскольку Искусство, как мы теперь начинаем понимать, является одним из самых мощных воспитательных средств. Ведь в наше время, в двадцатом веке, Религиозный Дух находит наиболее явное воплощение именно в Искусстве. Посредством Искусства Личность достигает своего полного Творческого Самовыражения и...

«Чушь! — подумал про себя Джереми. — Бред собачий!» И скорбно улыбнулся при мысли о том, что хотел завести с этим имбецилом беседу о связи между Китсом и Брайтонским павильоном.

* * *

Питер Бун обнаружил себя отделенным от мисс Монсипл одной из ее голливудских подружек — той, что посветлее. Желая поглядеть на Вирджинию, он натыкался на препятствие из ресниц и губной помады, из золотистых кудряшек и густого, почти осязаемого аромата гардений. Кого-нибудь другого подобное препятствие, возможно, и отвлекло бы; но Пит обращал на него не больше внимания, чем уделил бы кучке обыкновенной грязи. Его интересовало только то, что находилось за этим передним планом: очаровательно короткая верхняя губка, маленький носик, вид которого трогал до слез — такой этот носик был изящный и дерзкий, такой смешной и милый; длинный завиток блестящих каштановых волос; широко расставленные и широко раскрытые глаза — они мерцали мягким юмором и, казалось ему, таили в своей темно-синей глубине бесконечную нежность, неизмеримую женскую мудрость. Он любил ее так сильно, что саднило в груди, перехватывало дыхание; вместо сердца он чувствовал пустоту, заполнить которую могла лишь она одна.

А она тем временем обсуждала со светловолосым Передним Планом новую роль, которую Переднему Плану удалось отхватить в киностудии «Космополитен-Перльмуттер». Фильм назывался «Скажи это в чулках», а Передний План должен был играть в нем богатую девицу, убежавшую из дома, чтобы жить своим умом, ставшую танцовщицей на Западе, в стриптизе для золотоискателей, и, наконец, вышедшую замуж за ковбоя, оказавшегося сыном миллионера.

— Классная штучка, — сказала Вирджиния. — Ты согласен, Пит?

Пит был согласен; он готов был согласиться с чем угодно, лишь бы она этого пожелала.

— Это напомнило мне про Испанию, — заявила мисс Монсипл. И, пока Джереми, подслушивавший их разговор, лихорадочно пытался сообразить, какая цепочка ассоциаций привела ее от «Скажи это в чулках» к гражданской войне — скажем, «Космополитен-Перльмуттер», антисемитизм, нацисты, Франко; или богатая девица, классовая борьба, Москва, Негрин*; или стриптиз, модернизм, радикализм, республиканцы, — пока он тщетно силился угадать истину, Вирджиния попросила юношу рассказать им, что он делал в Испании; а когда он начал отнекиваться, стала настаивать — потому что это было так жутко интересно, потому что Передний План еще никогда об этом не слышал, да потому, в конце-то концов, что она так хотела.

Пит покорился. Едва слышно, языком, состоящим из жаргона и клише, перемежаемых словами-паразитами и неразборчивыми восклицаниями, — тем языком, подумал Джереми, украдкой слушая его сквозь цветистые разглагольствования доктора Малджа, тем поразительно убогим и жалким языком, на который обрекает большинство молодых англичан и американцев, завзятых демократов, страх показаться слишком не похожими на других, или чересчур много умничающими, или до неприличия кичащимися своей образованностью, — он начал описывать свои приключения в бытность добровольцем, членом Интернациональной бригады в героические дни 1937 года. Это был трогательный рассказ. За безнадежно изуродованной речью Джереми угадывал пылкое стремление юноши к свободе и справедливости; его мужество, его любовь к товарищам; его ностальгию — даже в соседстве с этой коротенькой верхней губкой, даже посреди захватывающего научного поиска — по жизни людей, объединенных верностью общему делу, сплотившихся перед лицом суровых тягот и вместе несущих бремя опасностей и смертельных угроз.

— Точно, — повторял он, — классные были ребята.

Они все были классные ребята: Кнуд, который однажды спас ему жизнь, — это случилось в Арагоне; Антон и Мак, и несчастный малыш Дино, которого убили; Андре, который потерял ногу; Ян, у которого была жена и двое детей; Фриц, который шесть месяцев провел в нацистском концлагере, и все остальные — самые чудесные ребята на свете. А он-то хорош — подвел их, взял и свалился с ревматизмом, а потом схлопотал миокардит — а это означало негодность к строевой службе, нельзя ничего, кроме сидячей работы. Поэтому он и сидит здесь, извиняющимся тоном сказал Питер. Но до чего ж тогда было здорово! Вот, например, когда они с Кнудом сделали ночную вылазку, взобрались в темноте по обрыву и застали врасплох целый взвод марокканцев; убили человек шесть и вернулись с пулеметом и тремя пленными...

— А как вы относитесь к Творческому Труду, мистер Пордидж?

Джереми, позволивший себе возмутительно расслабиться и забыть о докторе Малдже, виновато встрепенулся.

— К творческому труду? — промямлил он, пытаясь выиграть время. — К творческому труду? Ну конечно, положительно. Вне всякого сомнения, — уже увереннее закончил он.

— Рад слышать от вас это, — произнес Малдж. — Потому что именно такова цель, к которой я стремлюсь в Тарзана. Творческий Труд — все более и более Творческий. Сказать вам, какая у меня заветная мечта? — Ни Стойт, ни Джереми не отозвались на предложение. Однако Малдж, нимало не смутившись, продолжал: — Я хочу сделать из Тарзана активный Центр Новой Цивилизации, которой суждено расцвести здесь, на Западе. — Он поднял большую, пухлую руку, точно принося торжественную клятву. — Наш Замечательный Город Лос-Анджелес скоро превратится в Афины Двадцатого Века. Я хочу, чтобы Тарзана стал его Парфеноном и его Академией, его Стоей* и его Святилищем Муз. Религия, Искусство, Философия, Наука — я хочу, чтобы Тарзана стал для них родным домом, чтобы благодаря нам они согревали своим теплом мир, чтобы...

Посреди рассказа о марокканцах и ночной стычке Пит, словно очнувшись, заметил, что его слушает только Передний План. Вирджиния — сначала украдкой, а потом совершенно прямо и откровенно — переключила свое внимание на соседей слева; там доктор Обиспо нашептывал что-то другой ее подруге, шатенке.

— Как-как? — спросила Вирджиния.

Обиспо наклонился поближе к ней и начал снова. Три головы, гладкая черная, темно-русая в тщательно завитых кудряшках и золотисто-каштановая, почти соприкасались. По выражению на их лицах Пит догадался, что доктор рассказывает один из своих любимых непристойных анекдотов. Утихшая было под действием ее улыбки и просьбы рассказать об Испании сосущая боль в груди — на том месте, где вместо сердца зияла пустота, — возобновилась с удвоенной силой. Это была сложная боль, смешанная из ревности и мучительного чувства утраты и собственной неполноценности, из боязни, что его ангела могут развратить, и еще более глубокого страха, который он не отваживался даже сознательно сформулировать, что и развращать-то некого, что ангел этот вовсе не такой уж ангел, каким видится ему в свете его пылкой любви. Красноречие Пита мигом иссякло. Он умолк.

— Ну, и что же дальше? — спросил Передний План с написанным на лице жадным интересом и восхищением перед его отвагой, которое всякий другой юноша счел бы чрезвычайно лестным.

Он покачал головой.

— Так, ничего особенного.

— Но марокканцы-то...

— Черт! — нетерпеливо воскликнул он. — Да какое это имеет значение?

Его слова потонули в громком взрыве хохота, который разбросал три заговорщицки сдвинутые головы — черную, русую, прелестную каштановую — в разные стороны. Он взглянул на Вирджинию и увидел лицо, искаженное смехом. Над чем? — отчаянно вопрошал он себя, стараясь оценить степень ее испорченности; и в мыслях у него сразу, одним махом пронеслись все слышанные когда-то школьные анекдоты, шутки и стишки.

Может, она смеялась над этим? Или над этим? А если над *этим*? Боже упаси! Он изо всех сил надеялся, что не над *этим*; но чем больше он надеялся, тем крепче становилась безумная уверенность, что именно над *этим* она и смеялась.

— ...важнее всего, — говорил Малдж, — Творческий Труд в Искусстве. Отсюда насущнейшая потребность в новой Школе Искусств, Школе Искусств, достойной Тарзана-колледжа, достойной высочайших традиций...

Раздавшийся со стороны девушек взрыв смеха по силе был пропорционален витающим над столом социальным табу. Стойт резко обернулся к нарушителям спокойствия.

— Что там за шуточки? — подозрительно спросил он. Он не собирался позволять Детке слушать похабщину. Его нелюбовь к похабщине в смешанной компании была почти такой же искренней, как у его бабки, плимутской сестры. — Чего вы там радуетесь?

Ответил ему Обиспо. Он рассказал им один анекдот, который слышал по радио, объяснил он со своей обычной подчеркнутой вежливостью, столь походившей на сарказм. Весьма забавная историйка. Может, мистеру Стойту тоже угодно послушать? Так он повторит.

Стойт яростно хрюкнул и отвернулся.

Мимолетный взгляд на хмурое лицо хозяина убедил доктора Малджа в том, что обсуждение, касающееся Школы Искусств, лучше отложить до более удобного случая. Жаль; а ему-то казалось, что дело уже идет на лад. Но ничего не попишешь! Бывает и так. Директор колледжа, испытывающий хроническую нужду в пожертвованиях, Малдж прекрасно изучил богачей. Он знал, например, что они, как гориллы, с трудом поддаются приручению, весьма подозрительны, попеременно скучают и раздражаются. К ним нужен осторожный подход, обращаться с ними следует мягко и прибегая к бесчисленным уловкам. И даже тогда они могут вдруг рассвирепеть и показать зубы. Полжизни разговоров с банкирами, стальными магнатами и удалившимися от дел мясозаготовителями научили Малджа переносить мелкие неудачи вроде сегодняшней, проявляя истинно философское терпение. С безмятежной улыбкой на крупном лице, лице благородного римлянина, он повернулся к Джереми.

— А как вам нравится наш калифорнийский климат, мистер Пордидж? — спросил он.

Тем временем Вирджиния заметила, что Пит помрачнел, и мигом догадалась о причине его страданий. Бедняжка Пит! Но если он и правда думает, что ей больше нечего делать, кроме как постоянно слушать его рассказы про эту дурацкую войну в Испании... а не про войну, так про лабораторию; а они там занимаются вивисекцией, это ведь просто ужас; потому что, в конце концов, на охоте звери хоть убежать могут, особенно если плохо стреляешь, вот как она; да к тому же охотиться так интересно, и так здорово выбраться в горы подышать свежим воздухом; а Пит режет их под землей, в этом своем подвале... Нет уж, если он думает, что ей делать больше нечего, он сильно ошибается. Все равно он славненький мальчик; а до чего влюблен! Приятно, когда рядом есть люди, которые так к тебе относятся; как-то поднимает настроение. Хотя иногда бывает и утомительно. Потому что им начинает казаться, будто у них есть на тебя какие-то права; будто они могут тебя журить и вообще лезть в твои дела. Пит, правда, не злоупотребляет разговорами; зато у него такая манера смотреть — словно собака, которая не одобряет, что хозяйка взяла еще один коктейль. Говорит глазами, как Хеди Ламарр, — только Хеди-то своими глазами говорит совсем не то, что он; собственно, как раз противоположное. Вот и сейчас то же самое — а что она такого сделала? Ей просто надоела эта глупая война, и она стала слушать, что Зиг рассказывает Мэри Лу. И не позволит она никому мешать ей жить, как она хочет, вот и весь сказ. Это ее дело. А Пит, когда так на нее смотрит, кажется ничем не лучше какого-нибудь Дядюшки Джо, или ее мамаши, или отца О'Райли. Ну, эти-то, понятно, не только смотрят; они еще и поговорить любят. Пит, конечно, не со зла так, бедняжка, — просто он еще ребенок, глупенький еще; и влюблен-то, как ребенок, как тот мальчишка-школьник из последнего фильма Дины Дурбин. Бедняжка Пит, снова подумала она. Не повезло ему, но что тут поделаешь, если ей никогда не нравились такие большие светловолосые парни типа Кэри Гранта. Не тянуло ее к ним, вот и весь разговор. Он славный; ей приятно, что он в нее влюблен. Но и только.

Она поймала через угол стола его взгляд, подарила ему ослепительную улыбку и пригласила, если у него найдется полчасика после ленча, отправиться с ними и научить ее и подружек кидать подковы.

ГЛАВА СЕДЬМАЯ

Наконец встали из-за стола; компания распалась. Доктор Малдж отправился в Пасадену, на встречу со вдовой одного фабриканта, выпускавшего резиновые изделия, в надежде разжиться тридцатью тысячами долларов на новое женское общежитие. Стойт, как всегда по пятницам после полудня, уехал в Лос-Анджелес на заседания правлений и деловые консультации. Обиспо собирался проводить какие-то операции на кроликах и спустился в лабораторию готовить инструменты. Пита ждала стопка научных журналов, но он все-таки позволил себе поблаженствовать несколько минут в обществе Вирджинии. А Джереми — Джереми призывали к себе бумаги Хоберков. Придя в свой подвал, он почувствовал почти физическое облегчение, будто вернулся к привычному домашнему уюту. Время полетело стрелой, но сколько оно принесло удовольствия, сколько пользы! За три часа среди хозяйственных отчетов и деловой переписки отыскалась еще одна связка писем от Молиноса. А также третий и четвертый тома «Фелиции». А также иллюстрированное издание «Le Portier des Carmes»[1] и еще переплетенный, словно молитвенник, экземпляр редчайшего из творений Божественного Маркиза, «Les Cent-Vingt Jours de Sodome»[2]. Какое сокровище! Какая неожиданная удача! Впрочем, подумал Джереми, не такая уж неожиданная, если вспомнить историю рода Хоберков. Ибо время выпуска книг заставляло предположить, что они были собственностью Пятого графа — того, который носил титул более полувека и умер, когда ему перевалило за девяносто, при Вильгельме IV*, закоренелым грешником. Учитывая характер этого старого джентльмена, вы не могли удивляться, напоровшись на склад

---

[1] «Привратник Кармского монастыря»* (*франц.*).
[2] «Сто двадцать дней Содома» (*франц.*).

порнографии, — наоборот, имели все основания рассчитывать на большее.

Настроение у Джереми подымалось с каждым новым открытием. Как всегда в самые счастливые свои минуты, он начал мурлыкать себе под нос песенки, запомнившиеся со времен детства. Молинос вызвал радостное «трам-пам-пам-тирирам-пам-па!», «Фелиция» и «Le Portier des Carmes» появились на свет под романтический напев «Пчелки и жимолости». А «Les Cent-Vingt Jours», которых он никогда прежде не читал и даже в глаза не видел, привели его в такое восхищение, что, раскрыв этот псевдотребник (он взял книгу скрепя сердце, поскольку надо же было делать и черновую библиографическую работу) и обнаружив вместо англиканских молитв суховато-изящную прозу маркиза де Сада, Джереми не удержался и пропел строчки из «Розы и Кольца»*, те самые строчки, которым его, трехлетнего, научила мать и которые с тех пор остались для него символом детского изумления и восторга, единственной вполне адекватной реакцией на всякий нежданный подарок, всякий ниспосланный судьбою чудесный сюрприз.

> Плюшечка румяная — просто объедение,
> Не кончайся, плюшечка, сделай одолжение!

Она, к счастью, пока и не думала кончаться, не была даже начата; непрочтенная книга лежала перед ним, обещая приятное и полезное времяпрепровождение. Он снисходительно усмехнулся, вспомнив укол ревности, который испытал наверху, в бассейне. Пусть этот Стойт услаждает себя какими угодно девочками; хорошо написанное порнографическое сочинение восемнадцатого века лучше всякой Монсипл. Он закрыл томик, который держал в руках. Тисненый сафьяновый переплет его был прост и изящен; золотые буквы на корешке, лишь слегка потускневшие за столько лет, гласили: «Книга Литургий». Он отложил его на уголок стола вместе с другими curiosa¹. Когда закончит на сегодня работу, возьмет всю коллекцию с собой в спальню.

— «Плюшечка румяная — просто объедение! — промурлыкал он себе под нос, разворачивая очередной сверток с документами, а потом: — Знойным летом на лугу, где жимолость благоухает и вся Природа отдыхает». — Вордсвортовская манера описания природы всегда чрезвычайно импонировала ему. Новая пачка бумаг оказалась перепиской между Пятым графом и несколькими известными вигами по поводу огораживания, в его пользу, трех тысяч акров общинного выгона в Ноттингемшире. Джереми сунул письма в папку, набросал на карточке краткое предварительное описание ее содержимого, отправил папку в шкаф, а карточку — в специальный ящичек; затем нагнулся и выудил из рождественского чулка следующую связку. Разрезал шпагат. «Ты милый мой, мой сладенький цветочек, я пчелка». Интересно, что подумал бы об этом доктор Фрейд? Анонимные памфлеты против деизма нагоняли скуку; он отложил их в сторону. Но тут же обнаружился «Серьезный призыв» Лоу* с собственноручными пометками Эдварда Гиббона*, а затем несколько отчетов, составленных для Пятого графа мистером Роджерсом из Ливерпуля; в них подсчитывались расходы и выручка от трех экспедиций по торговле рабами, которые граф финансировал. Как явствовало из бумаг, второе путешествие оказалось особенно удачным: в пути погибло менее пятой части груза, а остальное было продано в Саванне по необычайно высоким ценам. При сем Роджерс прилагал чек на семнадцать тысяч двести двадцать четыре фунта одиннадцать шиллингов и четыре пенса. Другое послание, писанное по-итальянски, из Венеции, оповещало того же графа о появлении в продаже поясного изображения Марии Магдалины кисти Тициана по цене, которую итальянский корреспондент находил смехотворно малой.

---

¹ *Здесь*: книги легкомысленного содержания (*лат.*).

В покупателях недостатка не было, но из уважения к столь же ученому, сколь и прославленному английскому cognoscente[1] владелец соглашался подождать ответа от его светлости. Тем не менее его светлости настоятельно советовали не откладывать дела в долгий ящик; ибо в противном случае...

* * *

Было пять часов пополудни; солнце стояло низко над горизонтом. Облаченная в белые тапочки и носки, белые шорты, спортивную кепочку и розовый шелковый свитер, Вирджиния пришла посмотреть, как кормят бабуинов.

Ее мотороллер, тоже розовый, стоял у обочины дороги, наверху, футах в тридцати-сорока от питомника. Вместе с Обиспо и Питом она спустилась оттуда поглядеть на животных вблизи.

Прямо напротив их пункта наблюдения, на выступе искусственной скалы, сидела обезьяна-мать, держа в руках сморщенный, разлагающийся трупик детеныша, с которым никак не могла расстаться, хотя умер он две недели назад. Время от времени она с истовой, машинальной нежностью принималась вылизывать маленькое тельце. Под напористыми движениями ее языка от трупика отделялись клочки зеленоватой шерсти и даже кусочки шкуры. Обезьяна аккуратно вынимала их изо рта черными пальцами, потом снова начинала лизать. Над нею, у входа в маленькую пещерку, неожиданно затеяли драку два молодых самца. Воздух наполнился воплями, рычанием и скрежетом зубов. Затем один из дерущихся отбежал в сторону, а второй тут же напрочь забыл о ссоре и принялся искать перхоть у себя на груди. Справа, на другом уступе, огромный старый самец с кожаной мордой и серым ежиком волос, точно у англиканского

---

[1] Знатоку (*устар. итал.*).

богослова семнадцатого столетия, охранял принадлежащую ему самку. Это был бдительный страж; ибо, стоило ей пошевелиться без его дозволения, как он оборачивался и кусал ее; а тем временем его маленькие черные глазки и широкие ноздри, зияющие на конце трубообразной морды, так и рыскали туда-сюда с неослабным подозрением. Пит вынул из принесенной с собой корзины картофелину и бросил в его сторону; потом туда же полетела морковка и вторая картофелина. Блеснув ярко-красными ягодицами, старый бабуин сорвался со своего насеста, схватил морковку и, поедая ее, засунул одну картошку за левую щеку, другую — за правую; потом, дожевывая морковь, подбежал к ограде и стал выпрашивать еще. Путь был свободен. Молодой самец, который искал у себя перхоть, вдруг заметил открывшуюся возможность. Бормоча от возбуждения, он соскочил на уступ, где по-прежнему сидела самочка, не отважившаяся последовать за своим повелителем. Через десять секунд они уже совокуплялись.

Вирджиния восторженно захлопала в ладоши.

— Прелесть какая! — воскликнула она. — Ну точно как люди!

Ее слова почти потонули в очередном взрыве обезьяньего гомона.

Пит прервал раздачу корма, чтобы сказать спутникам, как давно он не видел мистера Проптера. Может, им всем спуститься с холма да пойти заглянуть к нему?

— Из обезьяньего питомника в Проптеров загончик, — отозвался Обиспо, — а из Проптерова загончика опять в Стойтов дом и Монсиплову норку. Что скажете, ангел?

Вирджиния бросила старому самцу картошку — бросила с таким расчетом, чтобы заставить его обернуться и отойти назад к выступу, где осталась его самка. Она надеялась, что ей удастся подвести бабуина поближе и он увидит, как подружка коротает время в его отсутствие.

— А что, пошли навестим душку Пропи, — сказала она не оборачиваясь. Затем кинула за ограду еще одну картофелину. Взметнув серым ежиком, бабуин скакнул к ней; но вместо того чтобы посмотреть вверх и обнаружить, что миссис Б. дарит свою любовь молодому альпинисту, несносное животное опять немедленно повернулось к заграждению, прося добавки. — Старый болван! — крикнула Вирджиния и на сей раз бросила картошку прямо в него; она попала ему по носу. Девушка рассмеялась и повернулась к остальным.

— Мне нравится душка Пропи, — сказала она. — Я его немножко боюсь; но вообще он душка.

— Прекрасно, — сказал Обиспо, — тогда пойдемте вытащим заодно и мистера Пордиджа, пока мы тут рядом.

— Да-да, пойдем возьмем нашего Слоника, — согласилась Вирджиния и, представив себе плешивого Джереми, погладила свои каштановые кудри. — Он же такой милашка, правда?

Предоставив Питу кормить бабуинов, они выбрались обратно на дорогу; лестница поодаль вела прямо к вырубленным в скале окнам комнаты Джереми. Вирджиния толчком распахнула стеклянную дверь.

— Слоник, — окликнула она, — мы пришли вам мешать.

Джереми промямлил было в ответ что-то шутливо-галантное; потом оборвал фразу па полуслове. Он вдруг вспомнил о стопке скабрезных книг, лежащих на углу стола. Встать и убрать книги в шкаф значило бы привлечь к ним внимание; под рукой у него не было ни газеты, чтобы накрыть их, ни приличных книг, чтобы перемешать те и другие. Ему ничего не оставалось, кроме как надеяться на лучшее. Эта надежда вспыхнула в нем с неистовой силой, и почти тут же случилось самое худшее. Рассеянно, только ради того, чтобы занять чем-нибудь руки, Вирджиния взяла томик Нерсья, открыла его на одной из добросовестно выполненных во всех подробностях гравюр, глянула, потом, с расширившимися глазами, поглядела опять и испустила радостно-изумленный возглас. Доктор Обиспо тоже посмотрел и в свою очередь не удержался от восклицания; потом оба разразились гомерическим хохотом.

Джереми сгорал от стыда и слабо улыбался, пока его донимали шуточками: стало быть, *это* составляет предмет его изучения, значит, *вот как* он коротает время. Господи, до чего утомительны люди, думал он, как грустно, что они совсем лишены чуткости!

Вирджиния перелистнула страницы и наткнулась на другой рисунок. Вновь раздался возглас, в котором смешались восторг, удивление и на сей раз недоверчивость. Разве это возможно? Неужели так и впрямь делают? Она разобрала по буквам надпись под иллюстрацией: «La volupté frappait à toutes les portes»[1], потом недовольно покачала головой. Не стоило и стараться; она не поняла ни слова. Эти школьные уроки французского — дрянь дрянью, тут и говорить нечего. Кроме какой-то чепухи вроде le crayon de mon oncle[2] и savez-vous planter le chou[3], они ее ничему не научили. Она всегда считала, что ученье — пустая трата времени, и сейчас лишний раз в этом убедилась. И зачем только эту книжку напечатали по-французски? При мысли о том, что из-за несовершенств системы образования в штате Орегон она никогда не сможет прочесть де Нерсья, на глаза Вирджинии навернулись слезы. Нет, это уж слишком!

Джереми пришла на ум блестящая идея. Почему бы не предложить перевести ей эту книгу — viva voce[4] и фразу за фразой, как переводчик на заседании совета Лиги Наций? Да-да, почему бы и нет? Чем дольше он размышлял, тем более удачной казалась ему эта мысль. Он решил так и сделать и начал уже обдумывать, в ка-

---

[1] Сладострастие обивало пороги (*франц.*).
[2] Карандаш моего дядюшки (*франц.*).
[3] Умеете ли вы сажать капусту (*франц.*).
[4] *Здесь*: вслух (*лат.*).

кую форму лучше всего облечь это предложение, но тут Обиспо спокойно взял томик у Вирджинии из рук, прихватил со стола оставшиеся три книжки — среди них были «Le Portier des Carmes» и «Cent-Vingt Jours de Sodome» — и опустил всю коллекцию в карман своей куртки.

— Не волнуйтесь,— сказал он Вирджинии. — Я вам их переведу. А теперь нам пора обратно к бабуинам. Пит, наверное, уже удивляется, куда мы пропали. Пойдемте, мистер Пордидж.

Молча, но внутренне кипя от возмущения, проклиная себя за бессилие, а доктора — за наглость, Джереми вышел за ними через стеклянную дверь и спустился по лестнице.

Пит уже опорожнил корзину и приник к ограде, внимательно наблюдая за поведением животных внутри. Когда они подошли, он обернулся. Его симпатичное юное лицо светилось возбуждением.

— Знаете, док, — сказал он, — по-моему, действует.
— Что действует? — спросила Вирджиния.

Ответная улыбка Пита прямо-таки сияла счастьем. О да, он был счастлив! Дважды и трижды счастлив. Ведь Вирджиния была так мила с ним, что это с лихвой компенсировало его мучения за завтраком, когда она отвернулась и стала слушать тот грязный анекдот. А может, это вовсе и не был грязный анекдот; наверно, он просто оболгал ее, без всякой причины подумал о ней плохо. Нет, это никак не мог быть грязный анекдот — ни в коем случае, ведь лицо ее, когда она снова повернулась к нему за столом, походило на лицо ребенка из его домашней Библии с картинками — того самого, что смотрит так невинно и послушно, в то время как Христос говорит: «Таковых есть Царствие Божие»*. И не только это служило причиной его счастья. Он был счастлив еще и потому, что препарат, изготовленный из кишечной флоры карпов, похоже, начал оказывать действие на получавших его бабуинов.

— По-моему, они стали активнее, — пояснил он. — И шерсть у них вроде как больше лоснится.

Это наблюдение доставило ему почти такую же радость, как присутствие Вирджинии здесь, в волшебных лучах заходящего солнца, как память о том, что она была так мила с ним, и растущее убеждение в ее абсолютной невинности. И правда, ему смутно чудилось, будто омоложение бабуинов и прелесть Вирджинии имеют какую-то внутреннюю связь — связь не только друг с другом, но в то же время и с патриотами Испании, с антифашизмом. Три разные вещи, а сливаются в одну... Были, кажется, такие стихи, их заставляли учить в школе, — как там говорилось?

О милая, я б не любил тебя так сильно,
Когда бы не любил чего-то там (*он сейчас не мог припомнить, чего именно*) сильней*.

Он ничего не любил *сильней*, чем Вирджинию. Но то, что ему были так необычайно дороги наука и справедливость, его теперешние исследования и друзья-товарищи в далекой Испании, странным образом влияло и на любовь к Вирджинии — она становилась еще более глубокой и, как это ни парадоксально, более преданной.

— Ну что, тронулись? — наконец предложил он.

Обиспо поглядел на часы.

— Совсем забыл, — сказал он. — Мне нужно успеть написать до обеда несколько писем. Придется, видно, повидаться с Проптером в другой раз.

— Вот досада! — Пит постарался, чтобы в его словах прозвучало искреннее сожаление, хотя на самом деле ничего подобного не испытывал. Он был даже рад. Он восхищался доктором Обиспо как замечательным исследователем, но отнюдь не считал его подходящей компанией для юной невинной девушки вроде Вирджинии. Его ужасала мысль, что она может поддаться влиянию такого прожженного циника. К тому же, если говорить о его собственных отношениях с Вирджинией, Обиспо вечно совал ему палки в колеса.

— Вот досада! — повторил он.

Радость его была столь велика, что он чуть ли не бегом одолел лестницу, ведущую от питомника к дороге; одолел так быстро, что сердце у него сильно и неровно забилось. Проклятый ревматизм!

Обиспо отступил, чтобы пропустить Вирджинию; одновременно он слегка похлопал по карману, где лежали «Les Cent-Vingt Jours de Sodome», и подмигнул ей. Вирджиния подмигнула в ответ и пошла по лестнице вслед за Питом.

Немного спустя Обиспо уже шагал по дороге вверх, а остальные — вниз. Точнее сказать, шагали только Джереми с Питом, а Вирджиния, для которой сама идея перемещения из одного места в другое с помощью ног была попросту немыслимой, уселась на свой мотороллер цвета клубники со сливками и, трогательно положив руку на плечо Питу, катила вниз под действием силы гравитации.

Обезьяний гомон за ними постепенно утихал, и вот за следующим поворотом появилась нимфа Джамболоньи, по-прежнему неустанно извергающая из грудей две водяные струи. Вирджиния внезапно прервала разговор о Кларке Гейбле и с негодованием бичующего порок праведника заметила:

— Просто не понимаю, как Дядюшка Джо терпит здесь эту штуку. Гадость какая!

— Гадость? — изумленно откликнулся Джереми.

— Да, гадость! — решительно повторила она.

— Вам не нравится, что на ней ничего не надето? — спросил он, вспомнив две атласные асимптоты к обнаженной натуре, которые были на ней там, наверху, в бассейне.

Она нетерпеливо качнула головой.

— Нет, то, как выливается вода. — Она скорчила гримасу, словно ей попалось что-то отвратительное на вкус. — По-моему, это ужасно.

— Но почему? — не отставал Джереми.

— Потому что ужасно. — Это было все, что она могла сказать в объяснение. Дитя своего века, века кормления из бутылочек и контрацепции, она была оскорблена этой вопиющей непристойностью, вынырнувшей из прошлого. Это было просто ужасно; вот и все, что она могла сказать. Повернувшись к Питу, она вновь заговорила о Кларке Гейбле.

Напротив входа в Грот Вирджиния остановила мотороллер. Каменщики уже сложили гробницу и ушли; в Гроте не было ни души. Дабы не оскорбить Богородицу, Вирджиния поправила свою лихо заломленную кепочку; затем взбежала по ступеням, чуть помедлила у порога, осенила себя крестом и, войдя внутрь, преклонила колени перед образом. Остальные в молчании ждали ее на дороге.

— Прошлым летом у меня был синусит, и Пресвятая Дева просто спасла меня, — объяснила Вирджиния Джереми, вновь выйдя к своим спутникам. — Поэтому я и попросила Дядюшку Джо построить для Нее этот Грот. Правда, здорово было, когда архиепископ приезжал освящать его? — добавила она, повернувшись к Питу.

Пит кивнул в знак подтверждения.

— С тех пор как Она здесь, я даже не простудилась ни разу, — продолжала Вирджиния, садясь на мотороллер. Лицо ее сияло торжеством; каждая победа Небесной Владычицы одновременно была и персональным достижением Вирджинии Монсипл. Затем, словно на кинопробе, где потребовалось изобразить утомление и жалость к себе, она вдруг и без всякого предупреждения провела рукой по лбу, глубоко вздохнула и совершенно упавшим, полным уныния голосом произнесла: — Все равно я сегодня ужасно устала. Наверно, после ленча слишком долго была на солнце. Пожалуй, лучше пойду прилягу.

И ласково, но очень твердо отклонив предложение Пита проводить ее обратно в замок, она развернула мотороллер в сторону горы, подарила юноше последнюю, самую обворожительную, чуть ли не влюбленную улыбку и взгляд, сказала: «До свидания, Пит, милый», дала газ и, разогнавшись под ускоряющееся тарахтенье мотора, взяла крутой подъем и скрылась за поворотом. Спустя пять минут она уже была в своем будуаре и, стоя у фонтанчика с содовой, готовила себе шоколадно-банановый сплит. Сидя в позолоченном кресле с атласной обивкой couleur fesse de nymphe[1], доктор Обиспо читал вслух и тут же переводил первый том «Les Cent-Vingt Jours».

ГЛАВА ВОСЬМАЯ

Мистер Проптер сидел на скамейке под самым большим из своих эвкалиптов. Горы к западу от домика уже плоско чернели на фоне закатного неба, но вершины тех, что высились впереди, на севере, еще жили, облитые светом и тенью, розовато-золотым и темно-синим. Замок на переднем плане покорял глаз чарующей, сказочной красотой. Проптер поглядел на него, на холмы, потом выше, на бледное небо, просвечивающее сквозь неподвижную листву эвкалипта; потом закрыл глаза и беззвучно повторил ответ кардинала Беруля* на вопрос «Что есть человек?». Впервые он прочел эти слова больше тридцати лет назад, когда писал об этом кардинале. Уже тогда они привели его в восхищение своей великолепной точностью и выразительностью. С течением времени и ростом жизненного опыта они стали казаться ему более чем выразительными, приобрели еще более богатые оттенки, еще более глубокий смысл. «Что есть человек? — прошептал он про себя. — C'est un néant environné de Dieu, indigent de Dieu, capable de Dieu, et rempli de Dieu, s'il veut. Ничто, объятое Богом, нуждающееся в Боге, способное принять Бога и наполнить себя Им, если пожелает того». А что это за Бог, которого люди

---

[1] Цвета ягодиц нимфы (*франц.*).

способны принять в себя? Проптер ответил определением Иоганна Таулера* из первого абзаца его «Следования Христу»: «Бог есть бытие, удаленное от всякой твари, свободная мощь, чистое делание». Значит, человек есть ничто, объятое бытием, удаленным от всякой твари, и нуждающееся в нем, ничто, способное принять в себя свободную мощь, исполниться чистого делания, если пожелает того. *Если* пожелает, — печально, с внезапной горечью подумал Проптер. Но как же мало людей желает этого и как мало желающих знают, к чему стремиться и как достичь цели! Истинное знание едва ли менее редко, чем неустанная готовность ему следовать. Среди тех немногих, что ищут Бога, большинство по неведению находит лишь такие отражения собственных желаний, как Бог — Покровитель в Битвах, Бог избранного народа, Бог-заступник, Спаситель.

Отвлекшись на эти мысли об отрицательном, постепенно теряя чуткую прозрачность сознания, Проптер углубился в еще более бесплодные размышления о конкретных, насущных житейских проблемах. Он вспомнил утренний разговор с Хансеном, управляющим владениями Стойта в долине. Хансен обращался с сезонниками, приехавшими на сбор фруктов, еще хуже, чем прочие наниматели. Он пользовался их нищетой и многочисленностью, чтобы снизить заработную плату. На его посадках за два-три цента в час маленьким детям приходилось работать под палящим солнцем целые дни. А дома, куда они возвращались, окончив дневной труд, были отвратительными лачугами на голом месте у самой реки. За аренду этих лачуг Хансен брал по десять долларов в месяц. За десять долларов в месяц людям предоставлялось право мерзнуть или погибать от духоты; спать посвински, всем скопом; служить добычей клопам и вшам; страдать от офтальмии, а то и от дизентерии или глистов. И тем не менее Хансен был вполне порядочный, мягкосердечный человек: он возмутился бы и вспылил, если бы у него на глазах пнули собаку; он бросился бы защищать попавшую в беду женщину или обиженного ребенка. Когда Проптер обратил на это его внимание, лицо Хансена потемнело от гнева.

Сезонники — другое дело, сказал он.

Проптер попытался выяснить, почему это другое дело.

Он выполняет свой долг, сказал Хансен.

Но разве его долг состоит в том, чтобы обращаться с детьми хуже, чем с рабами, и заставлять их мучиться от глистов?

Он выполняет долг по отношению к владельцу посадок. Он ничего не делает для себя.

Но почему поступать дурно ради кого-то другого лучше, чем делать это ради себя самого? Результаты в обоих случаях совершенно одинаковы. От исполнения вами того, что вы называете своим долгом, жертвы страдают ничуть не меньше, чем от действий, идущих, как вы полагаете, на пользу лично вам.

После этого Хансен дал волю своему гневу и разразился яростной бранью. Это был, подумал Проптер, гнев здравомыслящего, но ограниченного человека, которого вынуждают задавать себе нескромные вопросы относительно поступков, совершаемых им как нечто само собой разумеющееся. Он не хочет задавать себе эти вопросы, ибо понимает, что иначе ему придется или вести себя по-прежнему, однако с циничным сознанием того, что он поступает дурно, или же, если ему не хочется быть циником, совершенно изменить весь ход своей жизни, чтобы привести свою любовь к хорошим делам в соответствие с реальными фактами, раскрывшимися благодаря самодопросу. Для большинства людей всякая радикальная перемена еще ненавистнее циничности. Единственный способ обойти дилемму — это любой ценой сохранить неведение, позволяющее по-прежнему поступать дурно, лелея успокоительную веру в то, что этого требует долг — долг по отношению к фирме, к своим компаньонам, к семье, к городу, к государству, к отечеству, к церкви. Ибо, конечно же, случай бедняги Хансена отнюдь не уникален; птица невысокого полета, а значит, ограниченный в возможности творить зло, он вел себя точно так же, как все те радетели за народное благо, государственные мужи и прелаты, что идут по жизни, сея во имя своих идеалов и верности своим категорическим императивам горе и разрушение.

Да, разговор с Хансеном мало что ему дал, грустно заключил Проптер. Придется попытать счастья с Джо Стойтом. Прежде Джо всегда отказывался слушать, ссылаясь на то, что земельные владения — дело Хансена. Отговорка была очень удобной, и он понимал: добиться от Джо другого ответа будет трудновато.

От Хансена и Джо Стойта мысли его перенеслись к семье только что прибывших сюда сезонников-канзасцев — он сдал им один из своих домиков. Трое хилых от недоедания детей с уже гнилыми зубами; женщина, изглоданная Бог знает какими замысловатыми недугами, уже глубоко погрузившаяся в вялость и апатию; ее муж, который попеременно негодовал и жаловался на судьбу, буйствовал или угрюмо молчал.

Он повел новичка купить овощей со здешних огородов и кролика семье на ужин. Сидя с ним вместе и свежуя кролика, он принужден был выслушивать потоки бессвязных жалоб и обвинений. Канзасец проклинал рынок пшеницы, цены на котором резко падали, как только его дела начинали налаживаться. Банки, где он занимал деньги, а потом не мог расплатиться. Засухи и ветры, которые превратили его ферму в сто шестьдесят акров бесплодной, занесенной пылью пустыни. Судьбу, которая всегда была против него. Людей, которые так подло с ним поступали — всегда, всю жизнь!

Оскомину набившая история! Он слышал ее, с незначительными отклонениями, уже тысячу раз. Иногда это были издольщики с южных земель, лишенные своих наделов хозяевами, отчаянно старавшимися достичь самоокупаемости. Иногда, подобно этому сезоннику, они имели свои фермы и лишились их не по воле финансистов, а благодаря действию сил природы — сил природы, которые сами же превратили в разрушительные, выведя под корень всю траву и не сея ничего, кроме пшеницы. Иногда это были наемные рабочие, место которых заняли тракторы. Все они пришли в Калифорнию, как в землю обетованную, а Калифорния уже низвела их до уровня бродячих батраков и быстро обращала в неприкасаемых. Только святой, подумал Проптер; только святой может быть наемным рабочим и парией без вреда для себя, ибо только святой примет этот жребий с радостью, так, словно выбрал его по собственной воле. Бедность и страдание облагораживают только тогда, когда их избирают добровольно. Вынужденные бедность и страдания делают людей хуже. Легче верблюду пройти сквозь игольное ушко, нежели человеку, ставшему бедным не по своей воле, попасть в Царство небесное. Вот, например, этот несчастный малый из Канзаса. Как он отозвался на вынужденную бедность и страдания? Насколько Проптер мог судить, за свое невезение он отыгрывался на тех, кто слабее его. Стоит только вспомнить, как он орал на детей... Слишком хорошо знакомый симптом.

Когда кролик был освежеван и выпотрошен, Проптер прервал монолог своего компаньона.

— Знаете, какое место в Библии самое глупое? — неожиданно спросил он.

Ошарашенный и явно слегка испуганный, канзасец покачал головой.

— Вот какое, — сказал Протер, вставая и передавая ему кроличью тушку. — «Возненавидели Меня напрасно»*.

Сидя под эвкалиптом, Проптер устало вздохнул. Обращать внимание неудачников на то, что они наверняка, пусть отчасти, сами повинны в своих неудачах; объяснять им, что неведение и глупость караются природой вещей не менее жестоко, чем откровенно злой умысел, —

эти занятия никак не назовешь приятными. Это всегда неприятно, однако, насколько он мог судить, абсолютно необходимо. Ибо разве остается надежда, спросил он себя, разве остается хоть самый слабенький лучик надежды человеку, который и вправду верит, что его «возненавидели напрасно» и что он не повинен в своих несчастьях? Очевидно, нет. Мы видим — об этом свидетельствуют простые факты, — что несчастья и ненависть всегда имеют причину: мы видим также, что люди, страдающие от этих несчастий и навлекающие на себя эту ненависть, обычно могут повлиять по меньшей мере на некоторые из этих причин. Они всегда в какой-то степени виноваты сами — прямо или косвенно. Прямо, когда совершают глупые или злонамеренные поступки. Косвенно, когда не проявляют столько ума и сострадания, сколько могли бы. А эти упущения они обычно делают тогда, когда избирают путь бездумного следования принятым стандартам и образу жизни их современников. Мысли Проптера вернулись к тому несчастному канзасцу. Самодовольный, наверняка не любимый соседями, невежественный земледелец, но этим дело не исчерпывается. Самое главное его преступление — это то, что он считает окружающий мир нормальным, устроенным рационально и правильно. Подобно всем прочим, он позволил рекламе умножить его потребности; он научился мерить счастье богатством, а успех — количеством денег в кармане. Подобно всем прочим, он и думать позабыл о том, что можно кормиться со своего хозяйства, и привык рассчитывать лишь на «выгодные культуры», и не изменил своего образа мыслей даже тогда, когда эти культуры уже перестали приносить ему всякую выгоду. Затем, подобно всем прочим, он залез в долги к банкам. И наконец, подобно всем прочим, убедился в абсолютной правоте специалистов, которые твердят вот уже лет тридцать: в полузасушливых землях плодородный слой удерживает трава; вырвите траву, уйдет и плодородный слой. Что, в свой черед, и случилось.

Канзасец превратился в батрака и парию; и эта новая жизнь отнюдь не шла ему на пользу.

Еще одной исторической фигурой, которой Проптер посвятил специальное исследование, был святой Петр Клавер*. Когда в гавань Картахены вошли корабли, груженные рабами, Петр Клавер был единственным из белых людей, отважившимся спуститься в трюмы. Там, в неописуемой жаре и смраде, в испарениях мочи и кала, он ухаживал за больными, он перевязывал раны, натертые кандалами, он обнимал людей, которые предались отчаянию, и говорил им слова ласки и утешения — а в промежутках беседовал с ними об их грехах. *Их* грехах! Современного гуманиста это рассмешило бы, а то и шокировало. И все же — таким оказался вывод, к которому постепенно и неохотно пришел Проптер, — и все же св. Петр Клавер был, наверное, прав. Конечно, не совсем прав; ибо, действуя на основе ошибочного знания, пусть даже из самых лучших побуждений, никто не может быть прав более, чем отчасти. Но, во всяком случае, прав настолько, насколько этого можно ожидать от хорошего человека с философией католика времен Контрреформации. Прав, веря, что у каждого, в каком бы положении он ни оказался, были упущенные возможности сделать добро, каждый совершал поступки, чреватые дурными, а порой и роковыми последствиями. Прав в убеждении, что даже самым обездоленным можно и нужно напоминать об их собственных недостатках.

Изъяном мировоззренческой картины Петра Клавера была ее ошибочность, достоинствами — простота и наглядность. Имея персонифицированного Бога, способного даровать прощение, имея рай и ад, и абсолютную реальность человеческих индивидуальностей, имея формулу, что благие намерения уже достойны похвалы, и святую веру в целый ряд необоснованных утверждений — имея все это, человек поистине не затруднится убедить в греховности даже новоприбывшего раба и подробно объяснить ему, как с нею бороться. Но если нет ни единственной богодухновенной книги, ни одной на весь мир святой церкви, ни посредников-патеров, ни волшебства священных обрядов, если нет персонифицированного Бога, у которого можно вымолить прощение за дурные дела, если существуют, даже в мире морали, только причины и следствия да сложнейшая система взаимосвязей — тогда, понятно, становится гораздо труднее объяснить людям, как следует изживать свои недостатки. Ибо каждый человек призван иметь не только недремлющую добрую волю, но и недремлющий ум. И это еще не все. Ибо, если индивидуальность не абсолютна, если личность есть лишь пустая выдумка своеволия, безнадежно слепого по отношению к реальному, более-чем-личностному сознанию, которое оно ограничивает и отвергает, тогда усилия всякого человека должны быть в конечном счете направлены на актуализацию этого более-чем-личностного сознания. Так что вдобавок к доброй воле недостаточно одного ума; должна быть сосредоточенность мысли, преломляющая и превышающая ум. Много званых, а мало избранных* — ибо мало кто знает даже, в чем состоит спасение. Взять хотя бы того же канзасца... Проптер уныло покачал головой. Все против бедняги — его слепая ортодоксальность, его уязвленное и воспаленное себялюбие, его хроническая раздражительность, его низкий интеллект. Три первых недостатка еще можно было бы исправить. Но что поделать с четвертым? Так уж устроен мир — он не прощает слабости. «...У неимеющего отнимется и то, что имеет»*. Как там сказано у Спинозы? «Человеку можно простить многое, но это не избавляет его от страданий. Лошади простительно, что она не человек; однако ей волей-неволей приходится быть лошадью, а не человеком». И тем не менее наверняка можно сделать что-нибудь даже для людей, подобных этому канзасцу, — сделать так, чтобы не понадобилось прибегать к пагубной лжи о природе вещей. Например, лгать, что там, наверху, кто-то есть; или по-другому, на более современный лад — что человеческие ценности абсолютны и что Бог — это нация, или партия, или человечество в целом. Наверняка, убежденно подумал Проптер, наверняка для таких людей что-нибудь да можно сделать. Вначале, услышав от него о цепи причин и следствий и о переплетении взаимосвязей, канзасец просто возмутился — возмутился так, словно ему нанесли личное оскорбление. Но затем, увидев, что его ни в чем не упрекают, ничего не пытаются ему навязать, он начал проявлять интерес, начал понимать, что какое-то зерно в этом есть. Мало-помалу его, наверное, можно научить мыслить чуть более реалистично — хотя бы о том, как устроена повседневная жизнь, о внешнем мире явлений. А если это получится, то для него, наверное, будет не такой уж непреодолимой трудностью научиться мыслить чуть-чуть реалистичнее и о самом себе, понять, что его драгоценное «я» — всего лишь выдумка, что-то вроде кошмара, страшно перевозбужденное ничто, способное, если это возбуждение уляжется, исполниться Бога — Бога, мыслимого и ощущаемого как нечто большее, чем индивидуальное сознание, как свободная мощь, чистое делание, бытие, удаленное от... Вернувшись таким образом к исходной точке, Проптер вдруг как бы заново увидел весь длинный, извилистый, бестолковый путь, проделанный им ради ее достижения. Он пришел на эту скамью под эвкалиптом, чтобы сосредоточиться, чтобы на какое-то время ощутить за своими личными мыслями и чувствами присутствие того, иного сознания, той свободной, чистой мощи, превышающей его собственную. Он пришел ради этого; но стоило ему потерять бдительность, как воспоминания отыскали лазейку; принялись, облачко за облачком, наплывать размышления — они поднимались, словно морские птицы с гнездовья, и застили солнце. Жизнь индивидуальности есть рабство; и индивидуальное начало в человеке будет бороться за это рабство с бесконечной изобретательностью и самым изощренным коварством. Платой за свободу является постоянная бдительность, а он оказался не на высоте. И дело тут, подумал он уныло, вовсе не в том, что дух бодр, а плоть немощна*. Это совершенно неправильное противопоставление. Дух-то всегда бодр; а вот личность, которую образует сознание вкупе с телом, желает оставаться косной — но личность, между тем отнюдь не немощна, а необычайно сильна.

Он опять поглядел на горы, на бледное небо, просвечивающее сквозь листву, на стволы эвкалиптов, окрашенные сумерками в мягкие коричневато-розовые, лиловые, серые тона; потом закрыл глаза.

«Ничто, объятое Богом, нуждающееся в Боге, способное принять Бога и исполниться Им, если человек пожелает того. А что есть Бог? Бытие, удаленное от всякой твари, свободная мощь, чистое делание». Его сосредоточенность постепенно переставала быть волевым актом, намеренным отторжением назойливого роя мыслей, чувств и желаний. Ибо мало-помалу эти мысли, желания и чувства оседали, точно муть в кувшине с водой, и по мере их оседания сосредоточенность плавно переходила в нечто вроде спокойного, ничем не понуждаемого созерцания, одновременно пристального и безмятежного, чуткого и пассивного, — созерцания, объектом которого служили мысленно произнесенные слова, но вместе с ними и то, что их окружало. Но тем, что окружало эти слова, и было само созерцание; ибо сосредоточенность, которая превратилась сейчас в не требующее усилий созерцание, — чем и являлась она, как не одной из сторон, частичным проявлением того безличного, ничем не потревоженного сознания, куда были обронены и теперь тихо опускались эти слова? И чем глубже опускались они, провожаемые внимательным созерцанием в его собственные бездны, тем более проступал их новый смысл — и перемена эта касалась не подразумеваемых под словами сущностей, а скорее способа их постижения, который из интеллектуального по преимуществу стал интуитивным и прямым, так что природа человека в его потенциальности и Бога в актуальности постигались как бы благодаря чувственному переживанию, путем непосредственной причастности.

И его существо, это вечно хлопочущее ничто, словно преобразилось в открытый резервуар, готовый принять в себя мир и чистоту, отрешение от житейской суеты и страстей, блаженную свободу от индивидуальности...

Звук приближающихся шагов заставил его открыть глаза. По дорожке, ведущей к скамье под эвкалиптами, шли Питер Бун и тот англичанин, с которым он ехал в машине. Проптер поднял руку и улыбнулся в знак приветствия. Ему нравился юный Пит. Тут были налицо и врожденный ум, и врожденная доброта; были восприимчивость, бескорыстие и непроизвольное благородство душевных движений и отклика на все происходящее. Чудесные, замечательные свойства! Жаль только, что сами по себе, не руководимые знанием об истинной природе вещей, они пока были бессильны служить добру, абсолютно не способны привести к тому, что разумный человек мог бы назвать спасением. Чистое золото, но все еще в виде руды, невыплавленное, необработанное. Возможно, когда-нибудь мальчик и научится использовать свое золото. Но сначала ему надо захотеть научиться этому — а вдобавок захотеть отучиться от множества вещей, которые сейчас кажутся ему самоочевидными и правильными. А это будет тяжело — хотя и по другим причинам, но так же тяжело, как для того несчастного канзасца.

— Привет, Пит, — окликнул он. — Иди, посиди со мной. Ты и мистера Пордиджа привел; это славно. — Он подвинулся на середину скамейки, чтобы они могли усесться по обе стороны от него. — Ну как, познакомились с Людоедом? — спросил он Джереми, кивая на виднеющийся впереди замок.

Джереми сделал кислую мину и кивнул.

— Я не забыл прозвища, которым его наградили в школе, — промолвил он. — Это мне и правда немного помогло.

— Бедняга Джо, — сказал Проптер. — Люди почему-то считают, что толстяки должны быть этакими счастливчиками. Но кому же нравится вечно выслушивать насмешки? Жизнерадостный вид, который они иногда на себя напускают, и их подшучивание над собой — все это делается лишь ради алиби и для профилактики. Высмеивание собственных недостатков служит им прививкой, которая позволяет не так болезненно переносить чужие издевательства.

Джереми улыбнулся. Уж насчет этого-то он знал все.

— Помогает выходить из неловкого положения, — сказал он.

Проптер кивнул.

— Но, к несчастью, — произнес он, — за Джо такой привычки никогда не водилось. Джо был из той породы толстяков, что вечно выпендриваются. Из породы драчунов. Из породы задир и любителей покомандовать. Из породы хвастунов и выскочек. Из тех, что покупают себе популярность, угощая девчонок мороженым, даже если для этого приходится тайком заглядывать в бабушкин кошелек. Из тех, кто продолжает воровать, даже если его поймают, отлупят и убедят, что теперь ему прямая дорога в ад. Бедняга Джо, он всю жизнь был представителем именно этой разновидности толстяков. — Он снова махнул в сторону замка. — Это его памятник ущербному гипофизу. Кстати, о гипофизах, — продолжал он, поворачиваясь к Питу, — как продвигается твоя работа?

Сидя под эвкалиптом, Пит мрачно размышлял о Вирджинии — он в сотый раз пытался понять, почему она их бросила, сообразить, не обиделась ли она на него за что-нибудь, действительно ли она так устала, или, может быть, есть какая-то другая причина. Но при упоминании о работе юноша поднял голову, и лицо его просветлело.

— Все идет просто здорово, — ответил он и торопливо, азартно, мешая жаргонные словечки и научные термины, что довольно странно воспринималось на слух, рассказал Проптеру о результатах, которых они уже добились на мышах и, похоже, вот-вот добьются на бабуинах и собаках.

— А если все получится, — спросил Проптер, — что тогда будет с вашими собаками?

— Мы продлим им жизнь! — торжествующе ответил Пит.

— Нет-нет, это-то мне понятно, — сказал его собеседник. — Я имел в виду другое. Ведь собака — это как бы недоразвитый волк. Она больше похожа на зародыш волка, чем на взрослую особь, верно?

Пит кивнул.

— Другими словами, — продолжал Проптер, — это кроткое, послушное животное, поскольку оно не успело одичать. Не в этом ли видят один из механизмов эволюции?

Пит снова кивнул.

— Существует как бы такое гормональное равновесие, — пояснил он. — Потом происходит мутация и нарушает его. У вас получается новое равновесие, а оно, оказывается, замедляет скорость развития. Вы растете; но делаете это так медленно, что успеваете умереть, прежде чем перестанете быть зародышем вашего прадедушки.

— Точно, — сказал Проптер. — И что же случится, если удлинить жизнь животному, проделавшему такой эволюционный путь?

Пит рассмеялся и пожал плечами.

— Придется чуток потерпеть, тогда увидим, — ответил он.

— Пожалуй, будет малоприятно, — сказал Проптер, — если ваши собаки в процессе роста начнут деградировать.

Пит опять жизнерадостно рассмеялся.

— Представьте только, как старушки драпанут от своих любимых мопсов, — сказал он.

Проптер как-то странно поглядел на Пита и некоторое время молчал, словно ожидая от него дальнейших комментариев. Однако других комментариев не последовало.

— Что ж, меня радует твой оптимизм, — сказал он. Затем повернулся к Джереми. — Ведь, если я не ошибаюсь, мистер Пордидж, — ведь пороков своих не оставишь, коли в обхвате прибавишь?

— Иль, с дуб высотою, лет триста стоймя простоишь*, — подхватил Джереми, улыбаясь от удовольствия, которое всегда вызывала у него кстати приведенная цитата.

— Что бы мы делали, если бы прожили до трехсот лет? — размышлял вслух Проптер. — Вы полагаете, что по-прежнему были бы ученым и джентльменом?

Джереми кашлянул и похлопал себя по лысине.

— Джентльменом-то наверняка перестал бы быть, — ответил он. — Уже сейчас, слава Богу, перестаю.

— Ну а ученый держался бы до конца?

— Что ж, ведь книг в Британском музее — читать не перечитать.

— А ты, Пит? — сказал Проптер. — По-прежнему будешь заниматься научными исследованиями?

— Почему бы и нет? Что же может помешать заниматься этим хоть целую вечность? — горячо ответил юноша.

— Целую вечность? — повторил Проптер. — А тебе не кажется, что это может немного надоесть? Опыт за опытом. Или книга за книгой, — добавил он, адресуясь к Джереми. — В общем, одна чепуховина за другой. Тебе не кажется, что это начнет слегка угнетать?

— Не понимаю почему, — сказал Пит.

— Значит, время тебе не докучает?

Пит покачал головой:

— С чего бы это?

— А отчего же нет? — сказал Проптер, глядя на него с ласковой симпатией. — Время ведь, знаешь ли, весьма неприятная штука.

— Это только если боишься смерти или старости.

— Да нет, — не согласился Проптер, — даже если не боишься. Оно кошмарно по сути своей — так сказать, по своей внутренней природе.

— По внутренней? — Пит озадаченно поглядел на него. — Не понимаю я этого, — сказал он. — По внутренней природе?..

— Если брать его в форме настоящего, тогда это, конечно, кошмар, — вмешался Джереми. — Но если оно оказывается перед вами в виде ископаемого — ну, например, как бумаги Хоберков... — он не закончил.

— О да, вполне безобидно, — согласился Проптер с невысказанным выводом. — Но вообще-то история — вещь нереальная. Прошедшее время представляет собой всего лишь зло на расстоянии; да и само изучение прошлого есть, разумеется, временной процесс. Коллекционирование осколков окаменелого зла не может быть более чем эрзацем, заменой непосредственного переживания вечности. — Он с интересом глянул на Пита, пытаясь угадать, какой отклик найдут в нем эти слова. Так сразу окунуться в самую суть, начать с самого главного, с сердцевины тайны — это, конечно, рискованно; есть опасность вызвать в ответ лишь недоумение, а то и раздраженное неприятие. Пит, пожалуй что, склонялся к первому, но его недоумение, видимо, подогревалось любопытством; ему явно хотелось разобраться, в чем же тут дело.

Джереми тем временем почувствовал, что беседа принимает весьма нежелательный оборот.

— О чем мы, собственно, толкуем? — кисло спросил он. — О Новом Иерусалиме, что ли?

Проптер добродушно улыбнулся ему.

— Не волнуйтесь, — ответил он. — Об арфах и херувимах я не скажу ни слова.

— И на том спасибо, — пробормотал Джереми.

— Мне никогда не доставляли удовольствия бессмысленные разговоры, — продолжал Проптер. — Я стараюсь употреблять лишь слова, имеющие какое-то отношение к фактам. Поэтому меня и интересует вечность — вечность психологическая. Ведь это факт.

— Для вас — возможно, — сказал Джереми, своим тоном ясно давая понять, что более цивилизованные люди не страдают подобными галлюцинациями.

— Не только для меня. В этом может убедиться всякий, кто выполнит необходимые условия.

— И зачем же человеку выполнять эти условия?

— А зачем люди едут в Афины и глядят на Парфенон? Затем, что дело того стоит. Вот так же и с вечностью. Опыт переживания вневременного блага стоит любых трудов, связанных с приобретением этого опыта.

— Вневременное благо, — неприязненно повторил Джереми. — Не понимаю, что это значит.

— И неудивительно, — сказал Проптер. — Ведь вы так толком и не поймете, что значит «Парфенон», пока не увидите его воочию.

— Да, но я по крайней мере видел Парфенон на фотографиях; я читал его описания.

— Описания вневременного блага вы тоже читали, — ответил Проптер. — И не раз. Ими полны все книги по философии и религии. Читать-то вы их читали, а вот билета в Афины купить так и не удосужились.

Погрузившись в негодующее молчание, Джереми вынужден был признать, что его собеседник прав. И эта чужая правота вызвала у него еще большую, чем прежде, неприязнь ко всему разговору.

— Ну, а время, — объяснял Проптер Питу, — что это, в русле наших рассуждений, как не та среда, где зло распространяется, не та стихия, в которой зло живет и вне которой — умирает? А на самом деле оно больше, чем просто стихия зла, больше, чем его родная среда. Если ты зайдешь в своем анализе достаточно далеко, то выяснится, что время-то как раз и есть зло. Одно из проявлений его глубинной сути.

Джереми слушал с растущим неудовольствием, все более и более раздражаясь. Его страхи были не напрасны: старикан полез в дебри самой неудобоваримой теологии. Вечность, вневременное переживание блага, время как воплощение зла — ей-Богу, подобные проповеди и в книгах-то выглядят донельзя занудно; но когда тебя потчуют всем этим вот так, не обинуясь, да еще не в шутку, а всерьез, — нет, тут и впрямь не знаешь куда деваться. Почему, черт возьми, люди не могут просто вести разумную, культурную жизнь? Почему не могут принимать все как есть? В девять — завтрак, в полвторого — ленч, в пять — чай. И разговоры. И ежедневная прогулка с Гладстоном, йоркширским терьером. И библиотека; сочинения Вольтера в восьмидесяти трех томах; неисчерпаемый кладезь Хораса Уолпола*; и, для разнообразия, «Божественная комедия»; а потом, если вдруг возникнет соблазн чересчур серьезного отношения к средним векам, автобиография Салимбена* и «Рассказ Мельника»*. И время от времени дневные визиты — священник, леди Фредегонд со слуховой трубкой, мистер Вил. И споры о политике — правда, за эти несколько месяцев, после аншлюса и Мюнхена, политические споры превратились в одно из тех малоприятных занятий, которых умный человек старается избегать. И еженедельная поездка в Лондон — ленч в «Реформе»*, а обед непременно со стариком Триппом из Британского музея; и болтовня о том о сем с несчастным братцем Томом из Министерства иностранных дел (да только и это на глазах становилось занятием, которого лучше избегать). А потом, разумеется, Лондонская библиотека; вечерня в Вестминстерском соборе, если повезет и там будут петь Палестрину*; а каждую вторую неделю, с пяти до шести тридцати, полтора часа в обществе Мэй или Дорис на их квартирке в Мэйда-Вейл. Визит в гнездилище порока и разврата, как ему нравилось это называть; бездна удовольствия. Вот они, реальности этой жизни; почему бы не принять их, спокойно и трезво?

Так нет же, людям непременно надо болтать о вечности и тому подобной чепухе. Вся эта болтовня обычно вызывала у Джереми желание побогохульничать и спросить, есть ли у Бога boyau rectum[1], заявить, как тот японец из анекдота, что он был совершенно смущен и сбит с толку положением Благородной Птицы*. Но, к несчастью, бывали случаи вроде сегодняшнего — они-то и раздражали больше всего, — когда такая реакция оказалась бы явно неуместной. Потому что этот чудак Проптер, в конце концов, написал «Очерки»; от его речей нельзя было отмахнуться, как от фантазий обыкновенного недоумка. Кроме того, он не проповедовал христианства, так что шуточки по поводу антропоморфизма тут не годились. Это прямо-таки выводило из себя! Он попытался изобразить высокомерное равнодушие и даже замурлыкал себе под нос «Пчелку и жимолость». Этим он хотел дать понять, что от человека, стоящего на более высоком уровне развития, никак нельзя требовать интереса к подобному бессмысленному разговору.

Комичное зрелище, подумал Проптер, наблюдая за ним; если, конечно, постараться не замечать, какое оно гнетущее.

ГЛАВА ДЕВЯТАЯ

— Время и желания, — сказал Проптер, — желания и время — две стороны одного и того же; они представляют собой первичную материю зла. Вот видишь, Пит, — добавил он другим тоном, — видишь, какой сомнительный подарок ты преподнесешь нам, если твоя работа увенчается успехом. Еще целый век, а то и больше, времени и желаний. Пару лишних жизней, полных потенциального зла.

---

[1] Прямая кишка (*франц.*).

— Но и потенциального добра, — вставил юноша с протестующей ноткой в голосе.

— И потенциального добра, — согласился Проптер. — Только оно очень далеко от того дополнительного времени, которое ты хочешь нам подарить.

— Почему? — спросил Пит.

— Потому что потенциальное зло заключено во времени, а потенциальное добро — нет. Чем дольше живёшь, тем с большим количеством зла соприкасаешься — это происходит само собой. А добро — другое дело. Человек не обретает больше добра, просто существуя дольше. Странно, — задумчиво продолжал он, — что люди всегда бились лишь над проблемой зла. Только над ней. Как будто природа добра — это что-то самоочевидное. Вовсе нет. Есть и проблема добра, по меньшей мере столь же трудная, как и проблема зла.

— И ее решение?.. — спросил Пит.

— Решение очень простое и совершенно неприемлемое. Актуальное добро — вне времени.

— Вне времени? Но тогда как же...

— Я недаром сказал, что решение неприемлемое, — промолвил Проптер.

— Но если оно вне времени, тогда...

— Тогда ничто из существующего во времени не может быть актуальным добром. Время есть потенциальное зло, а желания превращают это потенциальное зло в актуальное. А вот заключенное во временном акте добро может быть только потенциальным, более того — актуализироваться оно может только вне времени.

— Но здесь-то, во времени, — ну, просто делая обычные вещи... черт возьми! — мы ж поступаем иногда правильно. Так какие поступки можно считать хорошими?

— Строго говоря, их нет вовсе, — ответил Проптер. — Но на практике — что ж, думаю, некоторые поступки заслуживают такого названия. Хорошим можно назвать любой поступок, способствующий освобождению тех, кого он касается.

— Освобождению? — нерешительно повторил юноша. Он привык понимать это слово только как имеющее экономическую или революционную окраску. Но мистер Проптер явно не собирался призывать его свергнуть капиталистов. — Освобождению от чего?

Проптер помедлил с ответом. Стоит ли в это углубляться? — подумал он. Англичанин настроен враждебно; времени осталось мало; а сам паренек пока еще абсолютно невежествен. Но его невежественность отчасти компенсировалась доброй волей и трогательным стремлением постичь неведомое. Он решил попытать счастья и продолжить начатый разговор.

— Освобождению от времени, — сказал он. — Освобождению от желаний и переживаний. Освобождению от своей личности.

— Вот тебе и раз, — сказал Пит. — Вы же всегда говорите о демократии. Но ведь она держится на уважении к личности!

— Конечно, — согласился Проптер. — Уважение к личности необходимо для того, чтобы она могла преодолеть самое себя. Рабство и фанатизм усиливают одержимость временем, злом, своим собственным «я». Отсюда и ценность демократических институтов и скептического умонастроения. Чем больше ты уважаешь личность, тем скорее она сможет обнаружить, что всякая личность — тюрьма. Потенциальное добро — это все, что помогает тебе обрести свободу. Актуализированное добро находится вне тюрьмы, в безвременности, в состоянии чистого, незаинтересованного сознания.

— Я не очень-то силен в абстракциях, — сказал юноша. — Давайте возьмем какие-нибудь конкретные примеры. Хотя бы науку. Это как, хорошее дело?

— Хорошее, плохое или нейтральное, смотря как ею заниматься и в каких целях использовать. Хорошее, плохое или нейтральное прежде всего для самих ученых — точно так же, как искусство и гуманитарные дисциплины могут быть хороши, плохи или нейтральны для художников и гуманитариев. Они хороши, если облегчают освобождение; нейтральны, если от них нет ни помощи, ни вреда; плохи, если делают освобождение более трудным, усиливая власть индивидуального. И заметь, очевидное бескорыстие ученого или художника вовсе не обязательно означает истинную свободу от пут личности. Ученые и художники — это люди, верящие в то, что мы неопределенно называем идеалами. Но что такое идеал? Идеал есть всего лишь сильно увеличенная проекция какой-нибудь из сторон личности.

— Повторите еще разок, — попросил Пит, и даже Джереми, позабыв о своем напускном равнодушии, выказал явную заинтересованность.

Проптер повторил.

— И это верно, — промолвил он, — для любого идеала, кроме самого высокого, а именно идеала освобождения — освобождения от личности, освобождения от времени и желаний, освобождения ради союза с Богом, если вы не возражаете против этого слова, мистер Пордидж. Многие возражают, — добавил он. — Это одно из тех слов, которые особенно шокируют нашу высоколобую публику. Я всегда, как могу, стараюсь щадить их чувства. Итак, вернемся к нашему идеалисту, — продолжал он, с удовольствием отметив, что Джереми не смог сдержать невольную улыбку. — Если он служит любому идеалу, кроме самого высокого, — будь то идеал красоты для художника, или идеал истины для ученого-естественника, или идеал того, что нынче почитается добродетелью, для гуманитария, — то он не служит Богу; он служит какой-то гипертрофированной черте себя самого. Он может быть безгранично предан своему идеалу, но в конечном счете объектом его преклонения оказывается какая-нибудь из сторон его собственной личности. Его несомненное бескорыстие на самом деле является не свободой от своего «я», а всего лишь иной формой закрепощения. Это значит, что наука может быть плоха для ученых, даже когда она якобы выступает в роли избавителя.

То же самое относится и к искусству, и к гуманитарным дисциплинам, и к гуманистической деятельности.

Джереми с тоской вспомнил о своей библиотеке в «Араукариях». И почему этот свихнувшийся старик не желает принимать вещи такими, как есть?

— Ну а остальные? — допытывался Пит. — Те, кто не занимается наукой? Разве им она не помогает стать свободнее?

Проптер кивнул.

— Но параллельно и привязывает их еще крепче к самим себе. Более того, мне сдается, что в целом она скорей усиливает порабощение, нежели ослабляет его, и с течением времени этот перевес в дурную сторону будет становиться все заметнее и заметнее.

— Почему вы так считаете?

— Я сужу по ее приложениям, — ответил Проптер. — В первую очередь, это производство оружия. Новые самолеты, новые бомбы, новые пушки и газы — каждое усовершенствование увеличивает общий объем страха и ненависти, расширяет сферу влияния националистической истерии. Другими словами, каждый новый вид оружия затрудняет людям уход от своего «я», мешает им забыть те ужасные отображения самих себя, которые они называют идеалами патриотизма, героизма, доблести и тому подобное. И даже менее пагубные приложения науки едва ли более удовлетворительны. Ибо к чему ведут эти приложения? К увеличению числа вещей, которыми люди стремятся завладеть; к появлению новых средств искусственной стимуляции; к возникновению новых потребностей благодаря пропаганде, отождествляющей обладание с успехом, а постоянную искусственную стимуляцию — со счастьем.

Но постоянная стимуляция извне есть источник порабощения; то же относится и к жажде приобретательства. А ты еще грозишь продлить нам жизнь, чтобы мы могли и дальше подстегивать себя, и дальше стремиться к приобретениям, и дальше размахивать флагами, и ненавидеть наших врагов, и бояться воздушных налетов, поколение за поколением, все глубже и глубже увязая в вонючей трясине нашей индивидуальности. — Он покачал головой. — Нет, не разделяю я твоих симпатий к науке.

Наступило молчание; Пит обдумывал, спросить ли мистера Проптера о любви. В конце концов он решил не спрашивать. Вирджиния — это святое. Но почему же, почему она повернула назад у Грота? Может быть, он обидел ее каким-нибудь словом или поступком? Желая отвлечься от этих тягостных мыслей, а заодно и узнать мнение собеседника о последней из трех вещей, кажущихся ему необычайно важными, он взглянул на Проптера и спросил:

— А как насчет социальной справедливости? Взять хотя бы Французскую революцию. Или Россию. А то, что сейчас происходит в Испании, — борьба за свободу и демократию против фашистской агрессии?

Говоря об этом, он думал остаться совершенно бесстрастным, как истый ученый, но на последних словах его голос чуть дрогнул. Несмотря на избитость (а может, именно благодаря ей), такие словосочетания, как «фашистская агрессия», все еще глубоко волновали его.

— Французская революция породила Наполеона, — сказал Проптер после минутной паузы. — Наполеон породил германский национализм. Германский национализм породил войну 1870 года. Война 1870 года породила войну 1914-го. Война 1914-го породила Гитлера. Таковы отрицательные результаты Французской революции. За освобождение же французских крестьян от феодальной зависимости и расширение политической демократии ей можно сказать спасибо. Положи хорошее на одну чашу весов, а плохое — на другую и посмотри, что перевесит. Затем проделай ту же операцию с Россией. На одну чашу положи крах царизма и капитализма, на другую положи Сталина, положи тайную полицию, голод, двадцать лет лишений для ста пятидесяти миллионов жителей, ликвидацию интеллигентов, кулаков и старых большевиков, несметные полчища заключенных в лагерях; положи воинскую повинность, обязательную для всех, будь то мужчина или женщина, ребенок или старик, положи революционную пропаганду, подтолкнувшую буржуазию к изобретению фашизма. — Проптер покачал головой. — Или взять борьбу за демократию в Испании, — продолжал он. — Не так давно за демократию боролись по всей Европе. Трезвый прогноз можно построить, только исходя из прошлого опыта. Вспомни последствия 1914 года, а потом спроси себя, есть ли у лоялистов* хоть один шанс установить либеральный режим в конце долгой войны. Их противники побеждают; поэтому у нас просто не будет возможности увидеть, к чему привели бы этих исполненных благих намерений либералов внешние обстоятельства и их собственные страсти.

— Ну так извините, — вырвалось у Пита, — чего же вы ждете от людей, если на них нападают фашисты? Чтобы они сидели смирно и дали перерезать себе глотки?

— Разумеется, нет, — сказал Проптер. — Я жду, что они будут драться. И эти ожидания основаны на моих прежних наблюдениях за тем, как люди себя ведут. Но тот факт, что люди реагируют на подобного рода ситуации подобного рода действиями, еще не доказывает, что эта реакция — наилучшая. Опыт заставляет меня ждать от них именно такого поведения. И опыт же подсказывает мне, что, если они поведут себя таким образом, последствия будут ужасны.

— Ну и чего же вы от нас хотите? Чтобы мы сидели сложа руки и ничего не делали?

— Да нет, делайте, — сказал мистер Проптер. — Но только то, что действительно может помочь.

— А что может помочь?

— Во всяком случае, не война. Не насильственная акция вроде революции. Да и вообще, по-моему, никакая крупномасштабная политика тут не поможет.

— Тогда что же?

— Вот это-то нам и предстоит понять. Основные направления достаточно ясны. Но нужно еще как следует разобраться в практических деталях.

Пит уже не слушал. Мысли его перенеслись к тем дням в Арагоне, когда жизнь казалась полной глубокого смысла.

— Но мои парни там, в Испании, — вырвалось у него, — вы не знаете их, мистер Проптер. Они же замечательные, честное слово, замечательные. Не жмоты, не трусы, ну и... преданные, и все такое. — Он боролся с ущербностью своего словаря, со страхом, как бы его не высмеяли за умничанье, за чересчур высокопарную манеру выражаться. — Они жили не для себя, ручаюсь вам, мистер Проптер. — Он заглянул в лицо собеседнику просительным взглядом, словно умоляя его поверить. — Они жили ради чего-то гораздо большего, чем они сами, — вроде того, о чем вы только что говорили; ну, то есть, больше, чем просто личного.

— А как насчет парней Гитлера? — спросил Проптер. — Как насчет парней Муссолини? Как насчет парней Сталина? Ты думаешь, они не такие же смелые, не такие же верные друзья, не так же преданы своему общему делу и не так же твердо убеждены, что их дело правое, что они — честные и благородные борцы за справедливость и свободу? — Он испытующе поглядел на Пита, но Пит молчал. — То, что люди бывают наделены многими добродетелями, — продолжал Проптер, — отнюдь не помогает им делать добро. Ты можешь иметь все добродетели — все, кроме двух, которые действительно что-то значат, то есть умения понимать и сострадать*, — я повторяю, ты можешь иметь все остальные и быть при этом закоренелым злодеем. Собственно говоря, если ты не обладаешь большинством добродетелей, то из тебя не выйдет настоящего злодея. Вспомни хотя бы мильтоновского Сатану. Отважный, сильный, великодушный, надежный, благоразумный, умеющий владеть собой, способный на самопожертвование. Надо воздать должное и диктаторам: некоторые из них по добродетельности почти догнали самого Сатану. Догнать-то, конечно, не догнали, но почти. Поэтому им и удается творить так много зла.

Опершись локтями на колени и нахмурясь, Пит молчал.

— Но это чувство, — наконец промолвил он. — Чувство, которое всех нас связывало. Вы понимаете, о чем я, — ну, о дружбе; только это было больше, чем просто дружба. И чувство, что мы здесь все вместе... боремся за одно дело... и это дело стоит того... и потом, эта постоянная опасность, и дождь, и этот жуткий холод по ночам, и летняя жара, и пить хочется, и даже эти вши и грязь — все поровну, и плохое, и хорошее, — и знаешь, что завтра, может быть, твоя очередь, а может, кого-нибудь из ребят... и ты угодишь в полевой госпиталь (а там запросто может не хватить обезболивающего, разве только на ампутацию или что-нибудь в этом роде), а то и сразу на кладбище. Все эти чувства, мистер Проптер... выходит, в них нет никакого смысла?

— Смысл этих чувств только в них самих, — сказал Проптер.

Джереми увидел возможность для контратаки и тут же с несвойственной ему живостью воспользовался ею.

— А разве к вашему ощущению вечности, или как там ее, то же самое не относится? — спросил он.

— Разумеется, — ответил Проптер.

— В таком случае, как же вы можете приписывать ему какую-то ценность? Смысл чувства в нем самом, вот и весь разговор.

— Верно, — согласился Проптер. — Но что, собственно, такое «оно само»? Другими словами, какова природа чувства?

— Ну, это вопрос не ко мне, — сказал Джереми, шутливо-озадаченно подняв брови и покачав головой. — Ей-Богу, не знаю.

Проптер улыбнулся.

— Я знаю, что вы не хотите знать, — сказал он. — Поэтому спрашивать вас не буду. Я просто констатирую факты. Чувство, о котором идет речь, — внеличностное переживание вневременного покоя. Следовательно, освобождение от личности, вневременность и покой — это и есть его «смысл». Теперь рассмотрим чувства, о которых говорил Пит. Все они — переживания личного характера, вызванные временными обстоятельствами и сопровождающиеся возбуждением. Торжество личности в мире, где хозяйничают время и желания, — вот в чем «смысл» этих чувств.

— Но не назовете же вы самопожертвование торжеством личности, — сказал Пит.

— Назову, и непременно, — возразил Проптер. — По той простой причине, что в большинстве случаев так оно и есть. Принесение себя в жертву по любым мотивам, кроме самого высшего, — это жертва идеалу, который является всего-навсего проекцией личности. То, что обычно называют самопожертвованием, есть лишь принесение одной части личности в жертву другой, отказ от одного комплекса личных чувств и страстей ради другого — как в том случае, когда отказ от переживаний, связанных с деньгами или сексом, окупается ощущением превосходства, чувствами солидарности с единомышленниками и ненависти к врагу, на которых стоит патриотизм и все бесконечные разновидности политического и религиозного фанатизма.

Пит покачал головой.

— Иногда, — сказал он с грустной и недоуменной улыбкой, — иногда вы говорите почти как Обиспо. Ну, знаете, — цинично.

Проптер рассмеялся.

— Циником быть не так уж плохо, — сказал он. — Надо только знать, где остановиться. Большинство вещей, которые преподносились нам как достойные всяческого уважения, на деле не заслуживают ничего, кроме насмешки. Чему, например, учили тебя? Тому, что верность своим принципам, умеренность, мужество, благоразумие и прочие добродетели хороши сами по себе, в любых условиях. Тебя уверяли, что самопожертвование всегда прекрасно, а благородные порывы непременно ведут к лучшему. А все это — чепуха, сплошная ложь, придуманная людьми в свое оправдание, чтобы и дальше отрицать Бога и барахтаться в собственном эгоизме. Если ты не привыкнешь относиться к высокопарной болтовне попов, банкиров, профессоров, политиков со стойким и неизменным цинизмом, ты пропащий человек. Нет тебе спасенья. Ты будешь приговорен к вечному заточению в своем «я» — обречен быть личностью в мире личностей; а мир личностей и есть *этот* мир, мир алчности, страха и ненависти, мир войн, капитализма, диктатур и рабства. Да, Пит, придется тебе стать циником. И особенно по отношению ко всем тем чувствам и поступкам, которые ты приучен считать хорошими. Многие из них вовсе не так уж хороши. На деле они — зло, их лишь принято считать похвальными. Но, к несчастью, зло остается злом независимо от того, что о нем думают. Если докопаться до сути, книжники и фарисеи окажутся ничуть не лучше мытарей и грешников. Пользуясь уважением других, они и сами начинают себя ценить, — а ничто так не питает эгоизм, как это самоуважение. Далее, мытари и грешники обычно бывают просто животными, они не могут принести большого вреда — на это у них не хватает ни энергии, ни выдержки. А вот книжники и фарисеи обладают всеми добродетелями, кроме двух единственно ценных, и достаточно умны, чтобы понимать все, кроме истинной природы вещей. Мытари и грешники только развратничают, да объедаются, да напиваются допьяна. А люди, которые затевают войны, люди, которые обращают себе подобных в рабов, люди, которые пытают, и убивают, и лгут во имя своих драгоценных идеалов, — словом, люди по-настоящему злые, — они-то как раз никогда не бывают мытарями и грешниками. Нет, это добродетельные, уважаемые люди с самой тонкой душевной организацией, с самыми лучшими мозгами, с самыми благородными помыслами.

— Стало быть, по-вашему, — заключил Пит с сердитым отчаянием, — сделать вообще ничего нельзя. Так, что ли?

— И да, и нет, — ответил Проптер, как всегда спокойно и рассудительно. — На чисто человеческом уровне, в плену времени и желаний, наверное, так и есть: в конечном счете, ничего сделать нельзя.

— Но ведь это пораженчество! — воскликнул Пит.

— Разве быть реалистом означает пораженчество?

— Но хоть что-то же наверняка можно сделать!

— Откуда ты взял это «наверняка»?

— А как же тогда реформаторы и всякие такие люди? Если вы правы, значит, они только зря тратят время.

— Это зависит от того, что они думают о своей деятельности, — сказал Проптер. — Если они понимают, что могут лишь ненадолго смягчить отдельные недуги, если смотрят на себя как на людей, чья нелегкая задача — вынуждать зло течь по новым руслам, мало отличающимся от старых, — тогда они имеют право рассчитывать на успех. Но если они думают, будто порождают добро там, где раньше было зло, — что ж, тогда они действительно зря тратят время, и вся человеческая история ясно это показывает.

— Но почему же они не могут породить добро там, где раньше было зло?

— Почему мы падаем вниз, когда прыгаем с десятого этажа? Потому что так уж устроен мир, и тут никуда не денешься. Мир устроен так, что на чисто человеческом уровне времени и желаний ничего, кроме зла, не существует. Если ты решишь трудиться только на этом уровне и только во имя типичных для него целей и идеалов, то не жди никакого обращения зла в добро, иначе ты просто сумасшедший. Сумасшедший, ибо твой опыт должен был бы показать тебе, что на этом уровне никакого добра нет. Есть только зло разных степеней и видов.

— Чего же вы в таком случае хотите от людей? Что им делать?

— Не надо говорить так, словно я один во всем виноват, — сказал Проптер. — Этот мир придумал не я.

— Но что бы вы им посоветовали?

— Если им хочется новых разновидностей зла, тогда пусть продолжают делать то же, что сейчас. Но если они хотят добра, им придется изменить тактику. И вот что отрадно, — добавил Проптер другим тоном, — отрадно, что тактика, способная принести добрые плоды, есть. Мы уже поняли, что на чисто человеческом уровне ничего сделать нельзя, — вернее, сделать-то можно много чего, только до добра это не доведет. Однако есть возможность действовать на тех уровнях, где добро действительно существует. Так что, Пит, как видишь, я не пораженец. Я стратег. По-моему, коли уж ввязываться в битву, так лучше вести ее способом, обещающим хоть малую надежду на успех. По-моему, если ты ищешь золотое руно, разумнее искать его там, где оно есть, чем, совершая чудеса храбрости, носиться по стране, где все овчинки черны как смоль.

— Так где же мы должны биться за добро?

— Там, где оно есть.

— Но где оно есть?

— На уровне ниже человеческого и на том, что выше его. На животном уровне и на уровне... назови его как хочешь: уровень вечности или, если не возражаешь, уровень Бога; уровень духа — только это, пожалуй, одно из самых двусмысленных слов в нашем языке. На низшем уровне добро существует как правильное функционирование организма согласно законам его собственного бытия. На высшем оно принимает форму познания мира без пристрастия или неприязни; форму непосредственного ощущения вечности, преодоления личностного начала, выхода сознания за границы, наложенные индивидуальностью. Чисто человеческая деятельность препятствует проявлению добра на двух других уровнях. Ибо, пока мы остаемся только людьми, над нами властвует время, нас держат в плену наши собственные индивидуальности и их раздутые отображения, которые мы называем своими политическими кредо, своими идеалами, своими религиями. А результат? Одержимые временем и своим «я», мы вечно чем-то обеспокоены, вечно чего-то жаждем. Но ничто так не мешает нормальному функционированию организма, как переживания и резкая смена настроений, как алчность, страхи и тревоги. Почти во всех наших физических расстройствах и недугах прямо или косвенно виновны наши волнения и страсти. Мы волнуемся и жаждем добиться своего, а расплата за это — повышенное кровяное давление, сердечные болезни, туберкулез, язва желудка, низкая сопротивляемость инфекции, неврастения, сексуальные отклонения, сумасшествие, самоубийство. Не говоря уж обо всем остальном. — Проптер сделал округляющий жест. — Сильное желание мешает нам даже правильно видеть, — продолжал он. — Чем больше напрягаешь глаз, тем больше затрудняешь аккомодацию. То же самое и с положением тела: чем больше мы озабочены тем, что нужно сделать в следующую секунду, тем больше мешаем своему телу принять естественную позу и тем самым, соответственно, затрудняем нормальное функционирование всего организма. Словом, из-за того, что мы люди, нам не удается реализовать добро физиологически, инстинктивным образом, хотя это доступно нам как животным. То же самое, mutatis mutandis[1], справедливо и по отношению к высшей сфере. Из-за того, что мы люди, нам не удается реализовать духовное и вневременное добро, хотя оно доступно нам как потенциальным обитателям вечности, как тем, кому могут быть открыты видения райского блаженства. Страсти и тревоги лишают нас самой

---

[1] С соответствующими поправками (*лат.*).

возможности выхода за пределы личности, не позволяют познать, сначала с помощью разума, а потом и путем непосредственного переживания, истинную природу мира.

Проптер на мгновение умолк; потом, внезапно улыбнувшись, заговорил снова:

— К счастью, мало кому из нас удается все время оставаться только людьми. Мы забываем о своей жалкой, ничтожной индивидуальности и об этих ее ужасных гигантских отображениях в мире идеального — забываем и расслабляемся, ненадолго опускаясь до животного уровня, где никому не причиняем вреда. Наш организм получает возможность жить по своим собственным законам; другими словами, может реализовывать все добро, на какое способен. Поэтому мы и сохраняем отчасти телесное и душевное здоровье. Даже в больших городах четыре человека из пяти — а это не так уж мало — умудряются за всю жизнь ни разу не попасть в сумасшедший дом. Если бы человеческое постоянно брало в нас верх, количество психических заболеваний подскочило бы с двадцати процентов до ста. Но, слава Богу, большинство из нас не способны на такое постоянство — животное начало всегда берет свое. С другой стороны, у некоторых людей довольно часто — а хотя бы раз, может быть, и у всех — бывают светлые моменты мгновенного проникновения в суть вещей, какой она предстает перед взором, свободным от времени и вожделений; тогда удается увидеть мир таким, каким он мог бы быть, если бы мы не променяли Бога на свои индивидуальности. Эти озарения застают нас врасплох; затем наши тревоги и страсти возвращаются, и вот уже наше «я», его безумные идеалы и преступные планы затмевают вспыхнувший свет.

Наступило молчание. Солнце село. На западе, за горами, еще брезжила бледно-желтая полоска с зеленоватой каймой, выше переходящей во все более густую синеву. Над головой было уже черным-черно.

Пит сидел неподвижно, глядя на темное, но еще прозрачное небо над северной грядой. Этот голос, поначалу такой спокойный, а потом, в конце, такой решительный и звучный, эти слова, то безжалостно ниспровергавшие все, перед чем он преклонялся, то пробуждавшие в нем полуосознанную надежду отыскать нечто неизмеримо более драгоценное, глубоко тронули его, но вместе с тем он был смущен и растерян. Нужно было посмотреть по-новому буквально на все, что его окружало, — на политику, науку, а может быть, и на любовь, на Вирджинию. Такая перспектива страшила его, но в то же время и привлекала; суждения Проптера вызывали у него негодование, но он все равно любил этого необыкновенного старика и восхищался им; любил за его дела, а главное, за то, каким он, единственный из всех знакомых Пита, *был*, — за его бескорыстное дружелюбие, за его спокойную силу, за мягкость и в то же время непреклонность, за умение не выпячивать себя, хотя всегда так ясно чувствовалось, что он *здесь* и настоящей жизни в нем больше, чем в любом другом.

Джереми Пордидж тоже не остался равнодушным к тому, что говорил Проптер, и даже, подобно Питу, ощутил прилив некоторого беспокойства — беспокойства тем более неприятного, что он уже испытывал его прежде. Предмет разговора был хорошо знаком ему. Ибо, конечно же, он читал все главные книги на эту тему — иначе ему пришлось бы признать себя законченным невеждой, — читал Шанкару и Экхарта, св. Иоанна Креста и палийские манускрипты, Шарля де Кондрана, и «Бардо», и Патанджали, и Псевдо-Дионисия*. Он читал их и был задет за живое, у него возникло смутное ощущение, будто ему следует сделать еще какой-то шаг; и именно благодаря тому, что он был задет за живое, Джереми стал предпринимать самые отчаянные усилия, чтобы высмеять их не только перед другими, но в первую очередь перед самим собой. «Вы так и не купили билета в Афины», — сказал этот умник, чтоб ему провалиться!

Зачем он вообще лезет к скромному ученому со своими дурацкими выдумками? Все, что ученому нужно, — это жить спокойно и принимать вещи такими, как есть. Такими, как есть, — его книги, его непритязательные опусы, и леди Фредегонд со слуховой трубкой, и Палестрину, и пудинг с мясом и почками в «Реформе», и Мэй с Дорис. Тут он вспомнил, что нынче пятница; будь он в Англии, сегодняшний вечер прошел бы на квартирке в Мэйда-Вейл. Он попытался забыть о Проптере, вызвав в воображении эти привычные, раз в две недели, вечера: розовые абажуры; запах тальковой пудры и пота; его троянок, как он называл их за чрезвычайное усердие, в кимоно от Маркса и Спенсера; развешанные по стенам копии картин Пойнтера* и Альмы Тадемы* (восхитительная ирония — картины, которые викторианцы считали произведениями искусства, всего через несколько десятков лет превратились в порнографию и стали служить украшением спальни проституток!) и, наконец, саму любовную рутину, такую цинично-бесстыдную, так добросовестно и профессионально опохабленную — именно этот цинизм и похабство и составляли для Джереми главную ее прелесть, ценились им выше любой романтики и вздохов при луне, выше какой угодно поэзии и всяких там «Liebestods»[1]. Гнездилище порока и разврата! Это был апофеоз утонченности, логическое завершение хорошего вкуса.

ГЛАВА ДЕСЯТАЯ

В эту пятницу послеобеденная поездка Стойта в город прошла на редкость спокойно. За минувшую неделю не случилось никаких неприятностей. Во время всех его многочисленных встреч и разговоров никто не сказал и не сделал ничего такого, что вывело бы его из себя.

---

[1] «Двойных самоубийств»* (*нем.*).

Сведения о ситуации в деловых кругах были вполне удовлетворительны. Японцы закупили очередную сотню баррелей нефти. Медь поднялась на два цента. Спрос на бентонит тоже определенно вырос. Правда, количество просьб о банковских кредитах оставляло желать лучшего; зато еженедельный оборот Пантеона благодаря эпидемии гриппа намного превысил среднюю величину.

Все шло так гладко, что Стойт покончил с делами на час раньше, чем рассчитывал. Дабы с толком использовать лишнее время, он решил по дороге домой заглянуть к своему управляющему и узнать, что творится в усадьбе. Разговор продолжался всего минуту-другую — однако этого оказалось достаточно, чтобы Стойт рассвирепел и ураганом понесся к машине.

— Едем к Проптеру, — грубым, не допускающим возражений тоном скомандовал он, захлопывая дверцу.

Он так и кипел негодованием. Да что этот нахал, Билл Проптер, себе позволяет? Сует нос не в свое дело. И все из-за этих паршивых бродяг, которые приезжают на апельсины! Все ради этих подонков, этих вонючих, грязных безработных! Стойт терпеть не мог толпы оборванных сезонников, от которых зависел сбор его урожая; его ненависть к ним была больше, чем обычная неприязнь богатого к бедным. Не то чтобы он не испытывал той сложной смеси страха и физического отвращения, скрытой жалости и стыда, которую богачи загоняют внутрь, превращая в источник постоянного раздражения. Было и это. Но помимо и сверх этой общей, классовой неприязни к беднякам он ненавидел их по другим, личным мотивам. Стойт сам был выходцем из бедных. За шесть лет, протекших со дня бегства Джо от отца и бабки в Нашвилле до его усыновления паршивой овцой в семье, калифорнийским дядей Томом, он, как ему казалось, познал все, что следует знать о жизни бедняков. Эти годы посеяли в нем неискоренимую ненависть к самой этой жизни и в то же время неискоренимое презрение ко всем, кто оказался слишком глупым, или слишком слабым, или слишком невезучим, чтобы вырваться из того ада, куда они попали по рождению или благодаря обстоятельствам. Бедные были ему отвратительны не только потому, что представляли собой потенциальную угрозу его положению в обществе, не только потому, что их невзгоды требовали сочувствия, которое он не желал проявлять, но и потому, что напоминали о перенесенных в прошлом тяготах, — а то, что они по-прежнему оставались бедными, лишь подтверждало их ничтожество и его собственное превосходство. А поскольку он в свое время хлебнул лиха наравне с ними, то теперь было бы просто несправедливо избавлять их от мучений. И еще, раз их безвылазная бедность доказала, что они достойны презрения, то богатый человек вроде него имеет полное право всячески третировать этих жалких тварей. Такова была логика Стойта. И вдруг какой-то сумасшедший Билл Проптер пытается опровергнуть эту логику, подбивая управляющего не использовать избыток рабочей силы для снижения заработной платы, а, наоборот, поднять ее — это теперь-то, когда весь штат кишит безработными оборванцами! Мало того, надо еще, видите ли, о них заботиться, строить им хижины, как сам этот кретин, — двухкомнатные хижины по шестьсот — семьсот долларов каждая, и для кого же — для этих бродяг и их баб, да еще для этих мерзких детей, таких грязных, что он их в свою больницу и на порог не пустит, если, конечно, им не будет грозить смерть от аппендицита или чего-нибудь похуже, — тогда, ясное дело, пожалеешь. Но все-таки что он о себе воображает, этот несносный Проптер? И ведь не в первый раз уже вмешивается. Автомобиль катил в сгустившихся сумерках меж апельсиновых рощ, а Стойт, сжав правую руку в кулак, то и дело свирепо впечатывал его в мясистую ладонь левой.

— Я ему покажу, — шептал он. — Я ему покажу!

Пятьдесят лет тому назад, в школе, толстяка Джо дразнили все — не дразнил только Билл Проптер, хотя и был в числе старших и более сильных. Они встретились снова, когда Билл преподавал в Беркли, а сам он неплохо заработал на недвижимости и только начал заниматься нефтяным бизнесом. Отчасти в благодарность за поведение Билла Проптера в те годы, когда они были еще мальчишками, а отчасти и затем, чтобы показать свою силу, продемонстрировать, что превосходство теперь на его стороне, Джо Стойт решил помочь молодому ассистенту профессора. Однако, несмотря на скромное жалованье да две-три тысчонки долларов в год, оставленные ему отцом, Билл Проптер отверг всякую помощь. Он казался искренне благодарным, был дружелюбен и безупречно вежлив; но он ни за что не хотел перебираться в здание «Консоль ойл» — не хотел, ибо, как повторял снова и снова, у него есть все необходимое, а сверх этого ему ничего не нужно. Попытка Джо продемонстрировать свое превосходство потерпела крах. Крах был полным, ибо отказ Билла от его помощи заставил Джо втайне восхищаться этим глупцом более чем когда-либо. Восхищению же, вызванному помимо воли, не могло не сопутствовать известное раздражение. Джо Стойт злился на Билла за то, что было чересчур много причин относиться к нему с симпатией. Он предпочел бы питать к нему симпатию без всяких причин, несмотря на его недостатки. Но у Проптера было мало недостатков и много достоинств — достоинств, которыми сам Джо не обладал и поэтому расценивал их наличие у Билла как оскорбление. Получалось, что одни и те же черты Билла Проптера в равной мере пробуждали у Джо и симпатию, и антипатию. Он по-прежнему называл его глупцом; однако поведение Билла ощущалось им как постоянный упрек. Тем не менее природа этого постоянного упрека была такова, что Джо нравилась компания Проптера. Именно потому, что Билл осел на десятиакровом клочке земли в этой части долины, Стойт и решил возвести свой замок там, где он красовался теперь. Его тянуло к Биллу

Проптеру, несмотря на то что чуть ли не каждое его слово или поступок вызывали у Джо раздражение. Сегодня, благодаря ненависти Стойта к сезонникам, это хроническое раздражение переросло в настоящую ярость.

— Я ему покажу, — повторял он снова и снова.

Машина остановилась, и не успел шофер открыть ему дверцу, как Стойт пулей вылетел наружу и, не глядя ни вправо, ни влево, помчался по тропинке прямо к намеченной цели — видневшемуся неподалеку от дороги бунгало своего старого приятеля.

— Мы здесь, Джо, — окликнул его из тени эвкалиптов знакомый голос.

Стойт обернулся, вгляделся в полумрак, потом, не говоря ни слова, быстро пошел к сидящей на скамье троице. Его встретило дружное «добрый вечер», а Пит вежливо поднялся, уступая ему место. Даже не заметив этого, как, впрочем, и самого присутствия юноши, Стойт адресовался прямиком к Биллу Проптеру.

— Какого дьявола ты мешаешь работать моим людям? — чуть ли не во весь голос закричал он.

Проптер поглядел на него с удивлением, которое было не более чем умеренным. Он привык к этим вспышкам бедняги Джо; он уже давным-давно разгадал их истинную причину и по опыту знал, как следует вести себя в таких случаях.

— Кому я мешаю, Джо? — спросил он.

— Сам знаешь кому — Бобу Хансену. Какого черта ты полез к нему за моей спиной?

— Когда я пришел к тебе, — напомнил Проптер, ты сказал мне, что это дело Хансена. Вот я и обратился к Хансену.

Возразить на это было нечего, и взбешенному Стойту оставалось только одно — взять еще тоном выше. Так он и сделал.

— Ты не даешь ему спокойно работать! Что ты ему вкручивал? — взревел он.

— Пит уступил тебе место, — заметил Проптер. — А за спиной у тебя железный стул. Выбирай что хочешь, Джо, и присаживайся.

— Не буду я садиться! — завопил Стойт. — Я жду ответа! Так что ты ему вручивал?

— Вручивал? — как всегда спокойно и неторопливо повторил Проптер. — Да одну довольно старую мысль, знаешь ли. Я не первый, кому она пришла в голову.

— Ты будешь отвечать или нет?

— Пожалуйста: я говорил ему, что всякие люди — это люди. Нельзя обращаться с ними, как с полевыми вредителями.

— Бродяги паршивые!

Проптер повернулся к Питу.

— По-моему, ты можешь сесть, — сказал он.

— Голь перекатная! Я больше терпеть не намерен!

— Кроме того, — продолжал Проптер, — я человек практичный. А ты нет.

— Я непрактичный? — отозвался Стойт изумленно и негодующе. — Это я-то? Да ты погляди, где живу я, и сравни с этой твоей крысиной норой.

— Вот именно. Потому-то я и прав. Ты безнадежный романтик, Джо; только романтик может думать, что люди будут работать, если им не хватает еды.

— Ты хочешь сделать из них коммунистов. — Слово «коммунист» подлило масла в огонь, и гнев Стойта вспыхнул с новой силой; теперь это был гнев праведника, отстаивающего не только свои личные интересы. — Да ты просто коммунистический агитатор! — Голос его дрогнул, грустно отметил Проптер, точь-в-точь как полчаса назад у Пита на словах «фашистская агрессия». Интересно, подумал он, заметил ли это мальчик, а если заметил, то сделал ли выводы? — Просто коммунистический агитатор, — с пылом крестоносца повторил Стойт.

— По-моему, мы говорили о еде, — сказал Проптер.

— Нечего тут финтить!

— О еде и о работе — разве не так?

— Я терпел тебя не один год, — продолжал Стойт. — Только ради прошлого. Но мое терпение лопнуло. Из-за тебя это место скоро станет опасным, здесь нельзя будет жить порядочным людям.

— Порядочным? — откликнулся Проптер; он едва не рассмеялся, но вовремя подавил в себе это желание. Если высмеять беднягу в присутствии Пита и Пордиджа, он может натворить непоправимых глупостей.

— Я заставлю тебя убраться из долины, — кричал Стойт, — я добьюсь, чтобы ты... — Неожиданно он оборвал фразу на середине и несколько секунд простоял как вкопанный, с выпученными глазами, по инерции еще двигая челюстью. Этот стук в ушах, эти побежавшие по лицу мурашки! Он вдруг вспомнил о своем высоком давлении, о докторе Обиспо, о смерти. Вспомнил ту огненно-красную надпись, что полыхала давным-давно над его детской кроваткой. Страшно впасть в руки Бога живого — не Бога Пруденс, конечно; нет, другого, *настоящего*, — Бога его бабки и его отца.

Стойт сделал глубокий вдох, достал из кармана платок, вытер лицо и шею, потом, не проронив больше ни слова, повернулся и зашагал прочь.

Проптер встал и поспешно догнал его; Стойт сердито отпрянул, но приятель все-таки взял его под руку и пошел рядом.

— Я хочу тебе кое-что показать, Джо, — сказал он. — Взгляни — ей-Богу, не пожалеешь.

— Не надо мне ничего, — процедил Стойт сквозь свои вставные зубы.

Не обращая внимания на его недовольство, Проптер настойчиво увлекал Стойта к задней стороне дома.

— Это устройство, которое разработал Эббот из Смитсоновского института*, — говорил он. — Для использования солнечной энергии. — Он на секунду отвлекся, чтобы пригласить остальных следовать за ними, потом вновь повернулся к Стойту и продолжал: — Оно гораздо компактнее, чем все прочие изобретения подобного рода. И при этом гораздо эффективнее. — И он стал описывать систему желобчатых рефлекторов, трубок с маслом, нагревающимся до температуры в четыреста-пятьсот градусов по Фаренгейту; бойлер для парового двигателя низкого давления; кухонную плиту и кипятильник, которые можно подключать к прибору, если используешь его для домашних целей. — Жалко, солнце село, — сказал он, когда вся компания уже стояла перед машиной. — С удовольствием показал бы вам, как работает от нее паровой двигатель. Я запустил эту штуку на прошлой неделе, и с тех пор она бесперебойно выдает две лошадиные силы по восемь часов в день. Неплохо, если учесть, что на дворе пока только январь. Летом мы ее погоняем как следует.

Стойт собирался и дальше хранить молчание — просто чтобы показать Биллу, что он еще сердится, что он не простил его; но интерес к машине и, главное, идиотская болтовня этого кретина, которая страшно его раздражала, заставили его изменить первоначальное намерение.

— На кой шут они тебе сдались, эти две лошадиные силы по восемь часов в день? — спросил он.

— Чтобы запустить мой электрический генератор.

— А зачем тебе генератор? У тебя что, нет электричества из города?

— Есть, конечно. Только я хочу выяснить, насколько можно обойтись без города.

— Да зачем?

Проптер испустил короткий смешок.

— Затем, что я сторонник джефферсоновской демократии.

— При чем тут, черт подери, джефферсоновская демократия? — произнес Стойт с растущим раздражением. — Нельзя, что ли, оставаться сторонником Джефферсона и получать электричество из города?

— Именно так, — отозвался Проптер. — Скорее всего, нельзя.

— Что ты имеешь в виду?

— То, что сказал, — мягко ответствовал Проптер.

— Я, между прочим, тоже сторонник демократии, — с вызывающим видом произнес Стойт.

— Знаю. А еще ты сторонник своей неограниченной власти во всех фирмах, которые тебе принадлежат.

— Да уж конечно!

— Для любителя неограниченной власти есть специальное наименование, — заметил Проптер. — Диктатор.

— На что это ты намекаешь?

— Только на факты. Ты любишь демократию, однако стоишь во главе фирм, где господствует диктаторский режим. А твои подчиненные вынуждены терпеть это единовластие, поскольку ты даешь им деньги на пропитание. В России деньги на пропитание дают людям правительственные чиновники. Может, ты думаешь, что так лучше, — добавил он, повернувшись к Питу.

Пит кивнул.

— Я за общественную собственность на средства производства, — сказал он. Ему впервые пришлось открыто выразить свои взгляды в присутствии нанимателя; он был счастлив, что отважился на роль Даниила*.

— Общественная собственность на средства производства, — повторил Проптер. — К сожалению, власти имеют склонность включать в категорию средств и самих производителей. Так что, если уж выбирать себе босса, я бы предпочел Джо Стойта, а не Джо Сталина. Этот Джо, — он положил руку на плечо Стойту, — этот Джо не сможет вынести тебе смертный приговор; не сможет сослать тебя в Арктику; не сможет помешать тебе найти другого босса. А его тезка... — Он покачал головой. — Нет уж, — добавил он. — Я просто жажду работать под началом именно этого Джо.

— Ты бы у меня вылетел в два счета, — пробурчал Стойт.

— Вообще-то мне не хочется никакого босса, — продолжал Проптер. — Чем больше боссов, тем меньше демократии. Но если люди не умеют обеспечивать себя сами, им приходится подыскивать себе босса, который занялся бы этим за них. Стало быть, чем меньше самостоятельности, тем меньше демократии. Во времена Джефферсона чуть ли не все американцы были самостоятельными. Они были экономически независимы. Независимы как от правительства, так и от большого бизнеса. Отсюда и Конституция.

— Конституцию пока никто не отменял, — сказал Стойт.

— Вне всякого сомнения, — согласился Проптер. — Но если бы сегодня нам пришлось сочинять новую, что бы у нас вышло? Мы должны были бы принять в расчет существование Нью-Йорка, Чикаго, Детройта; существование «Юнайтед Стейтс стил» и предприятий общественного пользования, «Дженерал моторс», и КПО[1], и правительственных учреждений. Ну и что бы из этого вышло? — повторил он. — Мы уважаем нашу старую добрую Конституцию, но фактически в стране действует другая. А если нам охота вернуться к первой, мы должны хотя бы примерно воссоздать те условия, в которых она была написана. Вот для чего мне понадобилась эта машинка. — Он похлопал прибор по корпусу. — Она поможет приобрести независимость всем, кто этого хочет. Правда, таких немного, — между прочим заметил он. — Слишком уж сильна пропаганда зависимости. Людям вдалбливают, что они не найдут счастья, пока не окажутся в полной зависимости от властей или крупного бизнеса. Но для тех, кто еще нуждается в демократии, кто хочет чувствовать себя свободным в джефферсоновском смысле, эта штука сможет стать подспорьем. Она хотя бы даст им свое топливо и электроэнергию, а это уже большое дело.

Стойт явно забеспокоился.

— Ты что, и вправду так считаешь?

---

[1] Конгресс промышленных организаций.

— А почему бы и нет? — сказал Проптер. — В этих краях слишком много солнечного света пропадает зря.

Стойт подумал о компании «Консоль ойл», где он был президентом.

— Это не пойдет на пользу нефтяному бизнесу, — сказал он.

— Я бы страшно огорчился, если бы это пошло на пользу нефтяному бизнесу, — жизнерадостно ответил Проптер.

— А как же уголь? — Он участвовал в разработке копей в Западной Виргинии. — А железные дороги? — Увесистый пакет акций «Юнион Пасифик» принадлежал еще Пруденс. — Железным дорогам позарез нужны крупные перевозки. А сталь? — равнодушно добавил он: доля его в «Бетлем стил» была ничтожна. — Куда девать сталь, если поездам и грузовикам нечего будет возить? Ты идешь против прогресса, — воскликнул он в очередном приступе праведного негодования. — Хочешь повернуть вспять часы истории.

— Да ты не волнуйся, Джо, — промолвил Проптер. — На твоих паях это еще не скоро скажется. Чтобы все перестроить, нужно очень много времени.

Колоссальным усилием воли Стойт сдержал готовую сорваться с языка грубость.

— Ты, кажется, думаешь, будто у меня на уме одни деньги, — сказал он с достоинством. — Ну что ж, тебе, наверное, любопытно будет узнать, что я решил пожертвовать Малджу еще тридцать тысяч долларов на Школу Искусств. — Решение было принято сию минуту с единственной целью послужить орудием в нескончаемой борьбе с Биллом Проптером. — А если ты думаешь, — в голову ему пришел новый аргумент, — если ты думаешь, что я пекусь только о своих интересах, почитай «Нью-Йорк таймс», специальный выпуск ко Всемирной выставке. Нет, ты почитай, — настойчиво повторил он с пафосом фундаменталиста, советующего обратиться к Книге Откровения. — И увидишь, что самые передовые люди страны того же мнения, что и я. — Он вдруг заговорил непривычным для себя и совершенно не подходящим к ситуации выспренним тоном, как доктор Малдж после сытного обеда. — Чем дальше по пути прогресса, тем лучше организация, больше услуг от производителя, больше товаров покупателю! Вот, например, домохозяйка пришла к бакалейщику, — неожиданно добавил он, — и покупает какую-нибудь овсянку, которую рекламируют по всей Америке. Это и есть прогресс. А ты натащил в дом всяких хреновин и хочешь жить сам по себе, как последний идиот. — Стойт окончательно вернулся к своей привычной манере. — Да, Билл, как был ты дураком, так, видно, и останешься. И не забудь, что я тебе сказал: не лезь к Бобу Хансену. Я этого больше не потерплю. — В эффектной тишине он направился было восвояси; но, сделав несколько шагов, остановился и бросил через плечо: — Приходи обедать, если ты не против.

— Спасибо, — сказал Проптер. — Приду.

Вскоре Стойт уже садился в автомобиль. Он позабыл о своем высоком давлении, о Боге живом и ощутил вдруг прилив необъяснимого, беспричинного счастья. И не потому, что добился сколько-нибудь заметного успеха в борьбе с Биллом Проптером. Он не обманывал себя; больше того, он даже смутно чувствовал, что выглядел в сегодняшней схватке довольно глупо. Причина счастья была в ином. Он был счастлив, хотя никогда не признался бы в этом, потому что, несмотря на все раздоры, Билл по-прежнему относился к нему с симпатией.

По дороге домой он насвистывал себе под нос.

Войдя в замок (как обычно, не снимая шляпы, ибо даже по прошествии стольких лет контраст между его подчеркнуто пролетарскими манерами и этим шикарным дворцом доставлял ему какое-то детское удовольствие), Стойт пересек огромный вестибюль, поднялся на лифте наверх и устремился прямиком в будуар Вирджинии.

Когда он открыл дверь, двое находящихся в комнате сидели по меньшей мере футах в пятнадцати друг от друга. Вирджиния у бара с напитками задумчиво ела шоколадно-банановый сплит; доктор Обиспо, картинно расположившийся в кресле с обивкой из розового атласа, был занят прикуриванием сигареты.

Вспышка подозрения и ревности была для Стойта словно удар кулаком (ибо он ощутил ее физически в области живота), направленный прямо в солнечное сплетение. Лицо его исказилось, как от боли. Однако он ничего не увидел; конкретной причины ревновать не было, а их позы, поведение, лица не давали явного повода что-либо подозревать. Обиспо держался в высшей степени непринужденно и естественно, а ангельское личико Детки расцвело улыбкой, выражающей неподдельное изумление и восторг.

— Дядюшка Джо! — Она бросилась к нему и обвила руками его шею. — Дядюшка Джо!

Теплые нотки в ее голосе, ее мягкие губы произвели на Стойта магическое действие. Тронутый до глубины души, он промолвил: «Детуля моя!» — с выразительной расстановкой, вложив в эти слова максимальную двусмысленность. При мысли о том, что он, пусть на миг, осмелился подозревать это невинное и обожаемое, это теплое, упругое и благоухающее дитя, Стойт почувствовал угрызения совести. А тут еще и Обиспо, сам того не ведая, пристыдил его.

— Что-то мне не очень понравился ваш кашель сегодня днем, — сказал он, поднимаясь с кресла. — Поэтому я и зашел сюда, хотел повидать вас сразу, как только вернетесь. — Он полез в карман и извлек стетоскоп, вначале наполовину вытащив и тут же водворив на место книжку в кожаном переплете, напоминающую молитвенник. — Профилактика важнее лечения, — продолжал он. — Совершенно ни к чему дожидаться гриппа, если можно его предотвратить.

Вспомнив, какая удачная неделя выдалась для Беверли-пантеона благодаря эпидемии, Стойт встревожился.

— Но я неплохо себя чувствую, — сказал он. — По-моему, ничего такого не было — кашель как кашель. Просто мое обычное — ну, вы знаете, хронический бронхит.

— Вполне возможно. Но все равно, послушать надо. — С профессиональной сноровкой Обиспо повесил стетоскоп на шею.

— Он прав, Дядюшка Джо, — сказала Детка.

Тронутый такой заботой и в то же время обеспокоенный словами Обиспо, что это может быть грипп, Стойт снял пиджак и жилетку и принялся развязывать галстук. Вскоре он уже стоял под хрустальной люстрой голый до пояса. Вирджиния целомудренно удалилась обратно к бару. Обиспо вставил в уши изогнутые никелевые трубочки стетоскопа.

— Сделайте глубокий вдох, — сказал он, прослушивая грудь Стойта. — Еще раз. Теперь покашляйте. — Глядя мимо волосатой туши своего пациента, он видел на дальней стене обитателей безрадостного рая Ватто, готовящихся отплыть на поиски какого-то другого рая, несомненно, еще более унылого. — Скажите «а-а», — скомандовал Обиспо, переводя взгляд с искателей Киферы* на передний план, почти целиком занятый грудной клеткой и животом Стойта.

— А-а, — сказал Стойт. — А-а. А-а.

С профессиональной тщательностью проверяя легкие в разных местах, Обиспо передвигал наконечник стетоскопа по поверхности округлой туши. Конечно, все у старого хрыча в порядке. Обычные хрипы. Возможно, ради пущего правдоподобия следует отвести этого пентюха в кабинет и просветить флюороскопом. Но нет, не стоит его чересчур волновать. Да к тому же вполне достаточно и простенького фарса.

— Еще покашляйте, — сказал он, перемещая стетоскоп в поросль седых волос вокруг левого соска. Помимо всего прочего, продолжал размышлять он, пока Стойт кое-как выдавливал из себя кашель, помимо всего прочего, эти старые брюханы очень уж скверно пахнут. И как молодые девицы это терпят, пусть даже за деньги, ей-Богу, непонятно. Однако факт есть факт — находятся тысячи таких, которые не только терпят, но и получают от этого удовольствие. Нет, слово «удовольствие» тут, пожалуй, не годится. Потому что в большинстве подобных случаев об удовольствии в нормальном, физиологическом смысле, наверное, и речи нет. Все происходит у них в сознании, а не в организме. Они любят своих старых пузанов умом; любят потому, что восхищаются ими, потому что их привлекает положение пузанов в обществе, или их знания, или их известность. Они спят не с мужчиной, а с репутацией, с воплощением некоего рода деятельности. А потом, некоторые из этих девиц — будущая живая реклама ко Дню Матери, а некоторые, вроде малютки Флоренс Найтингейл*, ждут не дождутся Крымской войны. В этих случаях сама старческая немощь их пузанов становится лишним плюсом. Девицы получают удовлетворение благодаря тому, что спят не только с репутацией или кладезем мудрости — к примеру, с федеральным правосудием или председательством торговой палаты, — но, кроме и сверх того, с раненым солдатом, со слабоумным ребенком, с драгоценным вонючим дитятком, которое до сих пор какает в кроватку. Даже в этом нехитром экземпляре (Обиспо украдкой бросил взгляд в сторону бара), даже в ней есть что-то от Флоренс Найтингейл, что-то от Самой Замечательной Мамочки. (И это несмотря на тот факт, что при мысли о реальном материнстве она испытывает чуть ли не физическое отвращение.) Джо Стойт для нее немножко ребенок и немножко больной, за которым надо ухаживать, и в то же время он, разумеется, ее собственный, личный Авраам Линкольн. По счастливому стечению обстоятельств, он оказался еще и обладателем чековой книжки. Что, понятное дело, немаловажно. Но если б только это, Вирджиния не была бы так довольна жизнью. Чековая книжка обрела большую цену благодаря тому, что находится в руках полубога, которому иногда нужно менять пеленки.

— Повернитесь, пожалуйста.

Стойт подчинился. Спина, подумал Обиспо, внушает заметно меньше отвращения, чем живот и грудь. Наверное, оттого, что она почти обезличена.

— Вдохните поглубже, — сказал он, ибо намеревался разыграть весь фарс с начала до конца и на этой новой сцене. — Еще.

Стойт сделал чудовищно глубокий вздох, точно китообразное.

— И еще, — сказал Обиспо. — И еще разок, — сказал Обиспо, под пыхтенье своего пациента размышляя о том, что его собственное главное достоинство заключается в разительной несхожести с этим насквозь провонявшим старым бурдюком.

Никуда она не денется, подумал он; больше того, ей придется принять и его условия. Никаких параллелей с Ромео и Джульеттой, никакой болтовни о Любви с большой буквы, никакой чепухи вроде весенних цветов, волшебных снов и чудесных оков, которыми полны популярные песенки. Только чувственность, без всякой романтики. Настоящие, невыдуманные, конкретные ощущения, не меньше — это уж само собой разумеется, — но и не больше (а вот это само собой наверняка не уразумеется; ведь эти сучки вечно норовят найти в тебе родственную душу или заставить тебя таскать их на руках). Не больше, хотя бы из уважения к научной истине. Он верил в научную истину. Факты есть факты, и нечего тут мудрить. Имеет, например, место факт, что молодые девицы на содержании у богатых стариков, как правило, легко поддаются соблазну. Имеет место и тот факт, что богатые старики, будь они даже сверхудачливыми бизнесменами, обычно так запуганы, невежественны и глупы, что их без труда надует, стоит ему только захотеть, любой умный человек.

— Еще раз скажите «а-а», — громко произнес он.

— А-а. А-а.

Можно быть почти а-абсолютно уверенным, что он ни о чем не догадается. Таковы все старики, об этом говорят факты. И факты же свидетельствуют о том, что любовь состоит исключительно из возбуждения и его утоления. Так зачем приукрашивать эти факты какими-то лишними выдумками? Почему не быть реалистом? Почему не использовать трезвый, научный подход к делу?

— А-а, — повторял Стойт. — А-а.

Кроме того, продолжал размышлять Обиспо, механически прислушиваясь к шорохам и потрескиваниям в недрах теплой, пахучей бочкообразной туши, кроме того, есть и более личные причины, благодаря которым неприкрашенная, химически чистая любовь кажется предпочтительнее. И эти личные причины, конечно, тоже факт; значит, с ними нельзя не считаться. Ведь это же факт, что лично он получает дополнительное удовольствие, навязывая избранной партнерше свою волю. Причем необходимо, чтобы это навязывание своей воли не давалось чересчур легко, не было само собой разумеющимся. Что сразу исключало профессионалок. Партнерше следовало быть любительницей, а любительницы обычно считают, что возбуждение и его утоление должны всегда ассоциироваться с ЛЮБОВЬЮ, СТРАСТЬЮ, РОДСТВОМ ДУШ — именно так, прописными буквами. Навязывая партнерше свою волю, он тем самым навязывал ей противоположную теорию, теорию принятия возбуждения и утоления только ради них самих. Пусть она даст ему шанс проверить эту теорию на практике, хотя бы и неохотно, хотя бы внутренне протестуя, только ради опыта, — это все, что ему нужно. Один-единственный шанс. А дальше его забота. И если ему не удастся превратить ее в пылкую и убежденную сторонницу новой веры (уж он-то, по крайней мере, сделает все от него зависящее), значит, он потерпел поражение.

— А-а. А-а, — терпеливо повторял Стойт.

— Можете перестать, — великодушно разрешил ему Обиспо.

Только один шанс; он был практически уверен в успехе. Ведь это раздел прикладной физиологии, а он — ее знаток, специалист. Клод Бернар* в этой области. Вот оно, навязывание своей воли! Сначала заставляешь девицу смириться с мыслью, которая прямо противоречит всем привычным ей с детства представлениям, всей этой расхожей весенне-волшебной белиберде. Что ж, очень приятная маленькая победа. Но самые сладкие ее плоды можно начать пожинать только тогда, когда в дело вступит прикладная физиология. Вы берете достаточно разумную особь, настоящую стопроцентную американку со своими корнями, положением в обществе, системой взглядов, моральными нормами, вероисповеданием (в данном случае католическим, в скобках отметил Обиспо); вы берете эту добропорядочную гражданку, права которой целиком и полностью гарантированы Конституцией, вы берете ее (а приехала она на свидание, возможно, в шикарном «паккарде» своего мужа и прямиком с банкета, где произносились хвалебные речи в честь, скажем, доктора Николасо Мюррея Батлера или уходящего на покой архиепископа Индианаполиса), берете ее и начинаете методично, научным путем обрабатывать эту неповторимую личность, пока от нее не останется одно только тело, стонущее и бормочущее, сотрясаемое припадками мучительного наслаждения; а вы, великолепный Клод Бернар, виновник этой разительной перемены, получая свою долю удовольствия, тем не менее остаетесь ироничным, отстраненным, посмеивающимся про себя созерцателем.

— Еще несколько вдохов, если не возражаете.

Стойт с присвистом втянул в себя воздух, затем с тихим хрипом опорожнил легкие.

ГЛАВА ОДИННАДЦАТАЯ

После ухода Стойта наступило молчание. Долгое молчание; пока оно тянулось, каждый из троих думал о своем. Первым заговорил Пит.

— Как погляжу на что-нибудь этакое, — мрачно сказал он, — так сразу начинаю думать, стоит ли брать у него деньги. А вы, мистер Проптер, что бы сделали на моем месте?

— Что бы я сделал? — Проптер на мгновение задумался. — Я бы и дальше работал у Джо в лаборатории, — сказал он. — Но только пока буду твердо уверен, что вреда от моей деятельности не больше, чем пользы. В таких вещах надо быть утилитаристом. Утилитаристом, да не простым, — уточнил он. — Помесью Бентама* с Экхартом или, скажем, Нагарджуной*.

— Бедняга Бентам! — произнес Джереми, устрашенный тем, что творилось его именем.

Проптер улыбнулся.

— Действительно, бедняга Бентам! Такой славный, милый, умный чудак! Так близко подойти к истине и вместе с тем так чудовищно ошибаться! Тешить себя иллюзией, будто наибольшее счастье наибольшего числа людей может быть достигнуто на чисто человеческом уровне — уровне времени и зла, уровне отсутствия Бога. Бедняга Бентам! — повторил он. — Каким великим человеком он стал бы, если б только мог понять, что добра не найти там, где его не существует!

— И как бы вел себя такой утилитарист, — спросил Пит, — если бы ему досталась работа вроде моей?

— Не знаю, — ответил Проптер. — Я слишком мало думал об этом, чтобы угадать его реакцию. И потом, чтобы решать не наобум, нужно иметь побольше опытного материала. Все, что я знаю, — это что я на твоем месте был бы осторожен. Предельно осторожен, — с ударением повторил он.

— А как насчет денег? — продолжал Пит. — Я ведь вижу, откуда они берутся и кому принадлежат; и это, по-вашему, не должно меня смущать?

— Деньги вообще грязная штука, — сказал Проптер. — Думаю, деньги бедняги Джо вряд ли заметно грязнее, чем чьи-нибудь еще. У тебя может быть другое мнение; но лишь потому, что ты впервые наблюдаешь человеческую среду, где они появляются. Ты словно один из тех городских ребят, которые привыкли получать молоко в стерилизованных бутылочках из сияющего белого фургончика. Когда они едут в деревню и видят, что его выкачивают из большой, толстой, вонючей животины, их охватывают ужас и отвращение. Так же и с деньгами. Ты привык получать их из-за бронзовой решетки в великолепном мраморном банке. А теперь попал за город и живешь в коровнике вместе с животным, которое выделяет этот продукт. И процесс выделения отнюдь не поражает тебя приятностью и гигиеничностью. Но тот же процесс шел и тогда, когда ты об этом не знал. И если бы ты не работал на Джо Стойта, то работал бы, наверное, в каком-нибудь колледже или университете. А где берут деньги колледжи и университеты? У богатых людей. Другими словами, у людей вроде Джо Стойта. И опять это грязь в стерильной упаковке — только на сей раз ты получаешь ее от джентльмена в шапочке и мантии.

— Значит, вы считаете, работа у меня нормальная? — сказал Пит.

— Нормальная, — ответил Проптер, — во всяком случае, не хуже любой другой. — Внезапно улыбнувшись, он сказал другим, менее серьезным тоном: — Приятно было услышать, что доктор Малдж получил свою новую Школу. Да еще сразу после Аудитории. Это же уйма денег. Но я думаю, слава покровителя наук и искусств стоит того. Между прочим, общество оказывает на богачей огромное давление, заставляя их превращаться в таких покровителей. А их толкает к этому стыд плюс страстное желание верить, что они благодетели человечества. К счастью, доктор Малдж из тех, кого можно подкармливать без опаски. Сколько бы Школ Искусств ни понастроили в Тарзана, это никогда не нарушит status quo. А попроси я у Джо тысяч пятьдесят долларов на финансирование исследований механизма демократии, он отказал бы мне категорически. Почему? Потому что он знает: это вещь опасная. Он, конечно, любит речи о демократии. (Кстати, Малджу только подкинь эту тему, заговорит насмерть.) Но он не одобряет грубых материалистов, которые пытаются претворить ее идеи в жизнь. Ты же видел, как разозлила его моя невинная солнечная машинка. Потому что она представляет собой хоть и крохотную, но угрозу большому бизнесу, откуда он качает деньги. И так бывало всякий раз, когда я рассказывал ему о своих мелких приспособлениях. Если вам не надоело, пойдемте их посмотрим.

Он повел гостей в дом. Здесь была маленькая электрическая мельничка, едва ли больше кофемолки, на которой он по мере надобности молол муку. Был ткацкий станок, на котором он научился работать сам и теперь учил работать других. Потом он повел их из дома в сарайчик, где при помощи нескольких электроинструментов общей стоимостью в две-три сотни долларов можно было делать любую плотницкую работу и даже кое-что по металлу. За сарайчиками стояли еще не законченные теплицы, ибо одних огородных участков для нужд его сезонников не хватало. А вон и их хижины, добавил он, указывая на ряд огоньков в сгущающейся тьме. Он может помочь лишь немногим; остальные вынуждены ютиться в русле пересохшей реки, где устроено нечто вроде мусорной свалки, и платить за это удовольствие Джо Стойту. Работать с таким материалом, конечно, трудновато. Однако их страдания не оставляют выбора. О них просто необходимо заботиться. Очень немногие остались несломленными; и кое-кому из них удалось втолковать, что нужно делать, к чему стремиться. Двое или трое работали здесь с ним; еще двоим-троим он приобрел на свои деньги участки земли неподалеку от Санта-Сузаны. Это только начало, так что похвастаться особенно нечем. Потому что, ясное дело, нельзя даже начать по-настоящему экспериментировать, пока не будет вполне готовой общины, работающей в новых условиях. Но для того, чтобы поставить общину на ноги, нужны деньги. Много денег. Однако богачи не хотят с этим связываться; они предпочитают Школы Искусств в Тарзана. А у тех, кто в этом заинтересован, денег нет; отсутствие денег и есть одна из причин их интереса. Ссуду же брать опасно, сейчас их дают на слишком жестких условиях. Чтобы не оказаться у банка в рабстве, требуется исключительное везение.

— Все это нелегко, — сказал Проптер, когда они шли обратно к дому. — Но самое главное, что это реальное, нужное дело, каким бы трудным оно ни было. Вот видишь, Пит, кое-что сделать все-таки можно.

Проптер завернул на минутку в бунгало потушить свет, затем снова появился на крыльце. Все трое пошли по тропинке к дороге. Впереди маячил гигантский черный силуэт замка с редкими точками огоньков.

— Кое-что сделать можно, — вновь заговорил Проптер, — но только при условии, что ты знаешь, какова истинная природа мира. Если ты знаешь, что чисто человеческий уровень — это уровень зла, ты не будешь убивать время, пытаясь делать добро на этом уровне. Добро проявляется только на животном уровне и на уровне вечности. Зная это, ты сообразишь, что самые разумные действия на человеческом уровне должны носить предохранительный характер. Можно понять, что чисто человеческая деятельность имеет мало общего с проявлением добра на других уровнях. Вот и все. Но политики не знают природы реальности. Если б они ее знали, они не были бы политиками. Реакционеры или революционеры — все они гуманисты, все романтики.

Они живут в мире иллюзий, в мире, который является всего-навсего проекцией их собственных личностей. Их действия были бы разумны, если бы этот вымышленный мир действительно существовал. Но, к несчастью, он существует только в их воображении. Поэтому все, что они делают, совершенно неразумно. Все их поступки — это поступки сумасшедших, и все они, как убедительно показывает нам история, приводят к более или менее плачевным последствиям. Но довольно о романтиках. Реалисты, которые постигли природу мира, знают, что чистый гуманизм ни к чему хорошему в этой жизни не приведет, и поэтому вся человеческая деятельность должна только помогать проявляться животному и духовному добру. Другими словами, они знают, что задача людей — сделать человеческий мир безопасным для зверей и духов. Или, может быть, — добавил он, оборачиваясь к Джереми, — может быть, вы, как англичанин, предпочитаете Вильсону* Ллойд Джорджа: «Дом, подходящий для героев» — так, кажется, у него? Дом, подходящий для зверей и духов, для физиологии и отрешенного сознания. Сейчас, боюсь, он для них никак не подходит. Мир, который мы себе создали, — это мир больных тел и безумных либо преступных личностей. Как нам изменить этот мир, чтобы он стал безопасным для нас самих как зверей и как духов? Найди ответ на этот вопрос, и ты поймешь, что делать.

Проптер остановился возле какого-то сооружения, похожего на придорожный склеп, вынул из кармана ключ, открыл маленькую стальную дверцу и, сняв трубку спрятанного внутри телефона, сообщил об их прибытии невидимому привратнику по ту сторону рва. Они пошли дальше.

— А что делает мир небезопасным для зверей и духов? — снова заговорил Проптер. — Очевидно, алчность и страх, тяга к власти, ненависть, злоба...

Неожиданно в лицо им ударил ослепительный свет и почти сразу погас.

— Это что еще за идиотские...— начал Джереми.

— Не беспокойтесь,— сказал Пит.— Они хотят убедиться, что это мы, а не шайка гангстеров. Просто посветили прожектором.

— Просто наш старый друг Джо самовыражается,— сказал Проптер, беря Джереми за локоть.— Другими словами, объявляет миру, что он боится, ибо он жаден и деспотичен. А жадным и деспотичным, помимо других причин, он стал и потому, что при нынешнем устройстве общества это поощряется. Наша задача — перестроить общество так, чтобы оставить неудачникам вроде Джо Стойта как можно меньше возможностей для реализации своего потенциала.

Когда они подошли ко рву, мост был уже опущен; шаги их гулко застучали по покрытию.

— Тебе нравится социализм, Пит, — продолжал Проптер.— Но социализм, кажется, обречен на централизацию и стандартизованное массовое производство во всех городах. Кроме того, я вижу здесь слишком много возможностей для запугивания: властолюбивым людям слишком легко проявлять свое властолюбие, а пассивным — отсиживаться в тени, становясь рабами.

Решетка поднялась им навстречу, разъехались створки ворот.

— Если хочешь сделать мир безопасным для зверей и духов, общество нужно организовать так, чтобы свести к минимуму количество страха, алчности, деспотичности, злобы. То есть иметь достаточную экономическую базу, чтобы избавиться хотя бы от этого источника бед. Затем, у людей должно быть достаточно личной ответственности, чтобы они не бездельничали. Достаточно собственности, чтобы они не боялись богачей, но чтобы и сами не могли никого запугивать. И то же самое с политическими правами и властью — первых должно быть достаточно, чтобы защитить большинство, вторая должна быть ограничена, чтобы предотвратить диктат меньшинства.

— Крестьяне какие-то получаются,— с сомнением сказал Пит.

— Крестьяне плюс малая механизация и электроэнергия. А это значит, что они уже не крестьяне, разве только потому, что в основном сами себя обеспечивают.

— А кто будет делать машины? Тоже крестьяне?

— Нет, те же люди, что и сейчас. Вещи, которые нельзя сделать иначе как путем массового производства, придется и дальше делать таким же способом. По моей прикидке, это около трети всей продукции. Остальные две трети логичнее производить на дому или в маленькой мастерской. Насущная, практическая задача — разработать технику такого мелкомасштабного производства. В наше время все исследования направлены на открытие новых областей для массового производства.

※ ※ ※

В Гроте перед изображением Пресвятой Девы неугасимо горели в ее честь двадцатипятифутовые электрические свечи. Наверху, на корте, второй дворецкий, две горничные и старший электрик играли смешанными парами в теннис.

— Так, по-вашему, люди согласятся уехать из городов и жить, как вы советуете, на маленьких фермах?

— Вот это разумно, Пит! — одобрительно сказал Проптер. — Честно говоря, я не рассчитываю, что люди уедут из городов, как не рассчитываю, что они научатся жить без войн и революций. Расчет у меня один: если я буду делать свое дело и все пойдет хорошо, найдутся и желающие сотрудничать со мной. А большего я не жду.

— Но если вы надеетесь привлечь на свою сторону только немногих, то какой же во всем этом смысл? Почему не попытаться сделать что-нибудь с городами и фабриками, ведь большинство-то останется там? Разве это не было бы практичнее?

— Смотря что понимать под этим словом, — сказал Проптер. — Ты, похоже, считаешь, что помогать огромному большинству людей вести жизнь обреченных — значит поступать практично, а помогать немногим жить так, как подсказывает разум, непрактично. Я на этот счет другого мнения.

— Но их же так много. Для них необходимо что-то сделать.

— Необходимо, — согласился Проптер. — Но в то же время бывают обстоятельства, которые не позволяют сделать ничего. Ты не можешь сделать для человека ничего существенного, если он не хочет или не способен содействовать тебе хотя бы разумным поведением. Необходимо, например, помогать людям, которые гибнут от малярии. Но тебе не удастся оказать им реальную помощь, если они будут срывать с окон сетки и по-прежнему гулять каждый вечер у болота. Точно так же обстоит дело и с недугами организма общественного. Людям необходимо помогать, когда они стоят перед лицом войны, краха или порабощения, когда им угрожает внезапная революция или постепенное вырождение. Да, помогать необходимо. Однако факт остается фактом — ты не сможешь помочь им, если они упорно держатся той линии поведения, которая привела их к несчастью. Нельзя, например, спасти людей от ужасов войны, пока они не откажутся от удовольствия быть националистами. Нельзя спасти их от кризисов и депрессий, пока они не перестанут мыслить исключительно денежными категориями и считать деньги высшим благом. Нельзя предотвратить революцию и порабощение людей, если они, как и прежде, будут отождествлять прогресс с усилением централизации, а преуспеяние — с увеличением массового производства. Нельзя уберечь их от коллективного безумия и самоубийств, если они не прекратят воздавать божественные почести идеалам, являющимся всего лишь проекциями их собственных личностей, — другими словами, если они не прекратят вместо Бога поклоняться самим себе. Это насчет условий. Теперь рассмотрим нынешнюю ситуацию. Самые важные для нас факты таковы: жителям всех цивилизованных стран угрожает опасность; все они испытывают горячее желание ее избежать; но почти никто не хочет менять привычный образ мыслей и действий, а ведь именно благодаря ему люди попали в такое плачевное положение. Иначе говоря, их невозможно спасти, ибо они не желают слушать тех, кто предлагает разумный, реалистический план спасения. Что же в таком случае делать несостоявшимся спасителям?

— Но хоть что-нибудь делать надо, — сказал Пит.

— Даже если ускоришь этим процесс деградации? — Проптер горестно улыбнулся. — Делать, лишь бы делать, — продолжал он. — Я предпочитаю Оскара Уайльда. Плохое произведение искусства не может принести столько вреда, сколько необдуманное политическое деяние. У большинства людей не хватает ума, чтобы творить добро в иных масштабах, кроме самых крохотных. Пусть лучше они постараются не причинять зла; это проще и не дает таких ужасных результатов, как попытки делать добро неверными методами. Бить баклуши и прилично себя вести во многих случаях полезнее, чем активно пытаться воплотить в жизнь свои благие намерения.

Залитая светом прожектора, нимфа Джамболоньи по-прежнему неутомимо извергала в бархатную тьму струи воды. Электричество и скульптура, думал Джереми, глядя на нее, — они просто созданы друг для друга. Какие чудеса стали бы доступны Бернини, будь у него прожекторы! Эффектное освещение, фантастические разноцветные тени! Женщины-мистики в оргазме, кругленькие ангелочки, мертвецы, ракетами рвущиеся ввысь из католических могил, святые, каждый в своем персональном вихре из развевающихся одежд и мраморно-белых кудрей! Сколько радости! Сколько великолепия! Какое блестящее пародирование собственной манеры! Какая ошеломительная красота! Какой чудовищно дурной вкус! И какая досада, что этот человек вынужден был довольствоваться дневным освещением да сальными свечами!

— Нет, — отвечал Проптер на вопрос юноши, прозвучавший с явным упреком, — нет, я не стал бы бросать их на произвол судьбы. Я за то, чтобы постоянно повторять те истины, о которых им твердят снова и снова на протяжении трех последних тысячелетий. А в перерывах активно разрабатывать детали лучшей системы и активно сотрудничать с теми немногими, кто понимает ее суть и готов заплатить цену, нужную для ее реализации. Кстати, цена эта по человеческим меркам весьма высока. Хотя, конечно, намного ниже той, какую природа вещей требует от упрямцев, ведущих стандартный человеческий образ жизни. Будь они более вразумляемыми, им не пришлось бы, например, расплачиваться войной — а это дорогая плата, особенно при современном вооружении. Не было бы нужды платить экономической депрессией и политическим порабощением.

— А что будет, — певучим голосом спросил Джереми, — что будет, если война все-таки докатится и до нас? Разве ваши немногие окажутся в лучшем положении, чем большинство?

— Как ни странно, — ответил Проптер, — это вполне может случиться. И вот почему. Если они научатся обеспечивать себя сами, пережить пору анархии им будет легче, чем людям, кровно зависящим от централизованных и специализированных структур. Нельзя добиваться добра, не готовя себя в то же время к самому худшему.

Он умолк, и они миновали остаток дороги почти в полной тишине; только где-то высоко наверху, в замке, работали два приемника, настроенных на разные станции. Бабуины — те уже спали.

ГЛАВА ДВЕНАДЦАТАЯ

Очутившись среди колонн часовни, где вешалки для шляп соседствовали с картинами Маньяско*, а Брынкуш* — с этрусским саркофагом, заменяющим подставку для зонтиков, Джереми неожиданно для себя воспрянул духом, словно вернулся в родные стены.

— Наверное, так выглядит изнутри сознание сумасшедшего, — сказал он, вешая шляпу на крючок и со счастливой улыбкой входя вслед за своими спутниками в огромный вестибюль. — Вернее, идиота, — уточнил он. — Потому что у сумасшедшего мысль движется, так сказать, по одной дорожке. А здесь, — он повел вокруг рукой, — никакой дорожки нет. Нет, ибо их бесконечное множество. Это ум гениального идиота. Его прямо распирает от лучших образцов мысли и слова. — Он произнес эти слова с педантичностью старой девы, отчего они прозвучали уж вовсе нелепо. — Греция, Мексика, ягодицы, распятия, машины, Георг IV, будда Амида*, наука, сциентизм, турецкие бани — все что хотите. И каждый пункт абсолютно не связан с остальными. — Он потер руки, глаза его за бифокальными стеклами очков довольно замигали. — Сначала это обескураживает. Но знаете что? Я начинаю получать от этого удовольствие. Оказывается, я совсем не прочь пожить в уме идиота.

— Нимало не сомневаюсь, — буднично заметил Проптер. — Именно таковы вкусы большинства.

Джереми обиделся.

— Вот уж не думал, что подобные вещи импонируют вкусам большинства, — сказал он, кивнув в сторону Эль Греко.

— Вы правы, — согласился Проптер. — Но можно жить в идиотическом мире и не утруждая себя возведением его железобетонной модели, набитой мировыми шедеврами.

Последовала пауза. Они вошли в лифт.

— Можно жить внутри образованного идиота, — снова заговорил Проптер. — В мешанине из не связанных между собой слов и обрывков информации. А если вы из низов, то можете жить в идиотском мире homme moyen sensuel[1] — мире, где элементами путаницы являются газеты и бейсбол, секс и хлопоты, реклама, деньги, галитоз и как бы не отстать от Джонсов. Существует иерархия идиотизмов. Мы с вами, понятно, предпочитаем вариант «люкс».

Лифт остановился. Пит отворил дверь, и они вышли в беленый коридор одного из подвальных этажей.

— Мировосприятие идиота лучше всего подходит тем, кто хочет вести спокойную жизнь и ни за что не отвечать. Конечно, при условии, что их не угнетает идиотизм сам по себе, — добавил Проптер. — Многих угнетает. Через некоторое время они устают от бездорожья. Им хочется собранности и целеустремленности. Хочется, чтобы их жизнь обрела какой-нибудь смысл. Потому они и становятся коммунистами, или принимают католическую веру, или присоединяются к Оксфордской группе*. Все что угодно, лишь бы найти дорожку. И в подавляющем большинстве случаев дорожку, разумеется, выбирают не ту. Это неизбежно. Ведь существует миллион ложных дорог, и только одна правильная; миллион идеалов, миллион проекций личности, но лишь один-единственный Бог и один рай. Большинство меняет бездорожье идиота на дорожку безумца — да еще, как правило, с криминальным уклоном. Самочувствие их после этого улучшается; но с практической точки зрения последнее всегда хуже первого. Если вы не хотите искать единственную стóящую вещь на свете, то мой совет: придерживайтесь идиотизма. Значит, вот где вы трудитесь? — сказал он уже другим тоном, ибо Джереми только что распахнул перед ним дверь своего сводчатого кабинета. — А это бумаги Хоберков, так я понимаю.

---

[1] Среднего «чувственного человека» (*франц.*).

Сколько же их тут! Носителей титула, наверное, уже не осталось?

Джереми кивнул:

— И самой фамилии тоже — вернее, почти. Никого, кроме двух обнищавших старых дев в доме с привидениями. — Он мигнул, погладил свою лысую макушку и, предварительно покашляв, с выражением произнес: — Дворянки в увяданье. — До чего изысканно! Это была одна из его любимых фраз. — И увяданье зашло уже довольно далеко, — присовокупил он. — Иначе они не продали бы архива. Раньше они всем отказывали.

— Как славно не принадлежать к древнему роду! — сказал Проптер. — Ох уж эта наследственная верность камням и известковому раствору, эти обязательства перед могилами, клочками бумаги и фамильными портретами! — Он покачал головой. — Идолопоклонство, да еще в такой мрачной форме.

Тем временем Джереми пересек комнату, открыл ящик стола и, вернувшись с пачкой подшитых бумаг, вручил их Проптеру.

— Полюбопытствуйте.

Проптер полюбопытствовал.

— От Молиноса! — удивленно воскликнул он.

— Я так и думал: значит, по носу табак, — сказал Джереми, испытывая нездоровое удовольствие оттого, что говорит о мистицизме до абсурда неподходящим языком.

Проптер улыбнулся.

— По носу табак, — повторил он. — Но не сказал бы, что моей любимой марки. С беднягой Молиносом как-то не все было ладно. Он обладал чем-то вроде... негативной чувственности, что ли. Обожал страдания. Душевные муки, дух, блуждающий в ночи, — он прямо-таки упивался этим. Без сомненья, несчастный искренне верил, что искореняет в себе своеволие; но, сам того не замечая, своими стараниями он только утверждал его в другой ипостаси. И очень жаль, — добавил Проптер, подходя к свету, чтобы рассмотреть письма как следует. — Ибо он явно кое-что знал о реальности, и не понаслышке. Это лишь доказывает, что никогда нельзя быть уверенным в достижении цели, даже если подойдешь достаточно близко, чтобы ее рассмотреть. Вот замечательная фраза, — заметил он в скобках. — «Ame a Dios, — вслух прочел он, — como es en sí y no como se lo dice y forma su imaginación».

Джереми едва не рассмеялся. Это совпадение показалось ему очень забавным: ведь сегодня утром то же самое место привлекло внимание Обиспо.

— Жалко, что ему не пришлось почитать Канта, — сказал он. — Dios en sí, по-моему, очень смахивает на Ding an sich[1]. Нечто, недоступное человеческому сознанию.

— Недоступное *индивидуальному* человеческому сознанию, — согласился Проптер, — ибо индивидуальность эгоистична, а эгоизм есть отрицание реальности, отрицание Бога. Пока речь идет об обыкновенной человеческой личности, Кант совершенно прав: вещь в себе непознаваема. Dios en sí не может быть постигнут сознанием, которое подчинила себе личность. Но давайте допустим, что есть способ устранить из сознания все личное. *Если* вам это удастся, вы подойдете к реальности вплотную, вы окажетесь в состоянии постичь, что такое Dios en sí. А теперь обратите внимание: факты говорят нам со всей определенностью, что это возможно, что это удавалось людям, и не один раз. Тупиковый путь Канта предназначен лишь для тех, кому угодно оставаться на человеческом уровне. А если вы подниметесь на уровень вечности, impasse[2] перестанет существовать.

Наступило молчание. Проптер переворачивал страницы, время от времени останавливаясь, чтобы разобрать

---

[1] Вещь в себе *(нем.)*.
[2] Тупик *(франц.)*.

одну-две строки, писанные изящным бисерным почерком.

— «Tres maneras hay de silencio, — вслух прочел он после недолгой паузы. — La primera es de palabras, la segunda de deseos, y la tercera de pensamientos»[1]. Красиво пишет, правда? Возможно, именно этому он и обязан своим необычайным успехом. Ужасно, когда человек умеет правильно говорить неправильные вещи! Кстати, — добавил он, с улыбкой взглядывая Джереми в лицо, — как мало найдется среди великих стилистов таких, кто хоть раз сказал бы что-нибудь правильное. В этом беда гуманитарного образования. Лучшие образцы мысли и слова — прекрасно. Но в каком отношении они лучшие? Увы, всего лишь в отношении формы. Содержание же, как правило, бывает весьма убогим. — Он снова вернулся к письмам. Через некоторое время внимание его привлекло другое место. — «Oirá y leerá el hombre racional estas espirituales materias, pero no llegará, dice San Pablo, a comprenderlas: Animalis homo non percipit ea quae sunt spiritus»[2]. И не только animalis homo, — заметил Проптер, — но и humanus homo. Да-да, прежде всего humanus homo. А еще можно добавить, что humanus homo non percipit ea quae sunt animalis. Пока мы думаем чисто по-человечески, мы не понимаем ни того, что выше нас, ни того, что ниже. Есть и другая трудность. Допустим, что мы больше не думаем исключительно по-человечески; допустим, мы научились интуитивно воспринимать те нечеловеческие реалии, в которые мы, так сказать, погружены с головой. Честь нам и хвала. Но что, если мы попытаемся передать обретенное таким образом знание другим? Нас ждет полная неудача. Ведь наш словарный запас целиком и полностью

---

[1] Молчание бывает трех видов. Первый — когда молчит язык, второй — когда молчат желания, а третий — когда молчит разум (*исп.*).

[2] Рационалист будет читать и слушать о духовных материях, но ему так и не удастся, говорит св. Павел, постичь их: человек-животное не понимает людей духа (*исп., лат.*).

предназначен лишь для выражения чисто человеческих мыслей о чисто человеческих предметах. А мы-то хотим рассказать о нечеловеческой реальности и нечеловеческом образе мыслей! Отсюда — полная неадекватность всех суждений о нашей животной природе и в еще большей степени суждений о Боге, о духовном или о вечности.

Джереми робко кашлянул.

— Я мог бы привести очень даже адекватные суждения о... — он замялся, расплылся в улыбке, погладил свою блестящую лысину, — ну, о самых интимных проявлениях нашей животной природы, — скромно заключил он. Лицо его вдруг омрачилось; он вспомнил о найденном сегодня сокровище, которое умыкнул у него этот наглец Обиспо.

— Но на чем основана их адекватность? — спросил Проптер. — Не столько на мастерстве автора, сколько на внутреннем отклике читателя. Непосредственных животных ощущений словами не передать; слова лишь напоминают вам о том, что вы сами переживали в сходных ситуациях. Notus calor — так называет Вергилий чувство, охватывающее Вулкана в объятиях Венеры. Знакомый пыл. Никаких попыток описания или анализа; никакого стремления подобрать фактам словесный эквивалент. Нет, всего лишь намек. И простого намека оказалось достаточно, чтобы вложить в эти стихи необходимую чувственность и сделать их одним из шедевров любовной лирики в латинской поэзии. Вергилий предоставил трудиться читателям. Вообще говоря, это излюбленный прием большинства писателей-эротиков. Те немногие, что предпочитают брать труд на себя, обречены на барахтанье в метафорах, сравнениях, аналогиях. Вы знаете такого рода продукцию: пламя, ураганы, стрелы, рай.

— Долина лилий, — процитировал Джереми, — и приют блаженства.

— Не говоря уж о духе в плену низменных страстей, — сказал Проптер, — и прочих речевых фигурах. Их бесконечное множество, и у них лишь одна общая черта: все они состоят из слов, не имеющих ровно никакого отношения к описываемому предмету.

— Говорить одно, а подразумевать другое, — вставил Джереми. — Разве это не характерно для всей художественной литературы?

— Может быть, — ответил Проптер. — Но сейчас меня главным образом интересует то, что людям так и не удалось снабдить наши непосредственные животные ощущения осмысленными, неслучайными ярлычками. Мы говорим, например, «красное» или «приятное», но и только; мы не пытаемся найти словесные эквиваленты для отдельных аспектов постижения красного цвета или разнообразных приятных переживаний.

— Разве это не потому, что дальше «красного» или «приятного» просто нельзя пойти? — сказал Пит. — Это ведь факты, голые факты, и все тут.

— Как жирафы, — добавил Джереми. — «Такого зверя не может быть», — говорит рационалист, глядя на его изображение. И тут он появляется во всей красе — шея и прочее!

— Вы правы, — сказал Проптер. — Жираф — это голый факт. И его надо признать, нравится он вам или не нравится. Но то, что вы признаете жирафа, отнюдь не мешает вам изучать и описывать его. Так же обстоит дело и с красным цветом, и с удовольствием, и с notus calor. Эти факты поддаются анализу, а результаты анализа вполне можно выразить соответствующими словами. Однако история не дает нам подобных примеров.

Пит задумчиво кивнул.

— Как вы считаете, почему это? — спросил он.

— Ну, — сказал Проптер, — я считаю, это потому, что людям всегда было интереснее делать и чувствовать, нежели думать. Они всегда были слишком заняты: радовались и горевали, занимались благотворительностью, обделывали свои дела, поклонялись своим идолам, — и у них никогда не возникало охоты создать словесный инструментарий, чтобы внести во все свои жизненные перипетии какую-то ясность. Поглядите на языки, которые мы унаследовали. Идеально подходящие для разжигания буйных и необузданных страстей; незаменимая подмога тем, кто хочет сделать в этом мире карьеру; но хуже чем бесполезные для всякого, кто стремится к бескорыстному постижению действительности. Отсюда, даже на чисто человеческом уровне, нужда в особых объективных языках вроде языка математики или наборов технических терминов, использующихся в разных науках. Как только у людей появлялось желание *понять,* они оставляли в стороне традиционный язык и заменяли его другим, специальным — более точным и, что важнее всего, более свободным от своекорыстия. Далее, отметим очень существенный факт. Художественная литература в основном имеет дело с повседневной жизнью мужчин и женщин, а повседневная жизнь мужчин и женщин складывается по большей части из непосредственных животных впечатлений. Но чтобы выявить суть этих животных впечатлений, создатели художественной литературы никогда не изобретали объективного, незасоренного языка. Они довольствовались тем, что, не мудрствуя лукаво, называли эти впечатления не отвечающими их сути именами, которые всего лишь служили ориентиром для их и читательской памяти. Всякое непосредственное переживание есть notus calor, а читатель или читательница, опираясь на свой личный опыт, должны сами вложить в эти слова конкретное значение. Просто, но не очень-то научно. Однако люди читают художественную литературу не для того, чтобы что-нибудь понять; они лишь хотят вновь пережить те ощущения, которые в прошлом доставили им удовольствие. Чем только не бывает искусство; но на практике оно обычно служит неким духовным заменителем алкоголя и шпанских мушек.

Проптер снова обратил взор к убористым строкам послания Молиноса.

— «Oirá y leerá el hombre racional estas espirituales materias, — еще раз прочел он. — Pero no llegará a comprenderlas». Он будет читать и слушать об этих вещах, но ему так и не удастся понять их. А не удастся ему это, — Проптер закрыл папку и вернул ее Джереми, — не удастся ему это по одной из двух весьма основательных причин. Либо он никогда не видел жирафов, о которых идет речь, а потому, будучи hombre racional, вполне убежден, что таких зверей не существует. Либо он мельком видел этих животных (или у него есть другая причина верить в их существование), однако не может понять, что говорят о них знатоки; ему мешает неадекватность языка, на котором обыкновенно описывается фауна духовного мира. Иными словами, либо он не имел опыта непосредственного ощущения вечности — а значит, у него нет резона верить, что вечность существует, — либо он верит в существование вечности, но ему непонятен язык тех, кто ощущал ее непосредственно. Далее, если он захочет говорить о вечности — а он может этого захотеть, чтобы поделиться своим опытом с другими или чтобы самому лучше понять собственные переживания с человеческой точки зрения, — то он окажется перед дилеммой. Либо он признает, что существующий язык для этой цели не годится, и тогда у него остаются лишь два разумных выхода: не говорить ничего вовсе или изобрести свой собственный, специальный, более подходящий язык, так сказать, исчисление вечности, особую алгебру духовного опыта, — но если он ее изобретет, желающим понять его придется овладеть новой премудростью. Таков первый путь. А второй путь припасен для тех, кто не признаёт неадекватности существующего языка, да для неисправимых оптимистов, которые хоть и признают ее, но упорно хотят попытать счастья с помощью заведомо бесполезного средства. Такие люди будут писать на имеющемся языке, и благодаря этому писания их будут истолкованы более или менее неправильно практически всеми читателями. Это неизбежно, ведь слова, которыми они пользуются, не соответствуют тому, о чем они говорят. В основном это слова, взятые из языка повседневной жизни... Но язык повседневной жизни, за малыми исключениями, описывает события чисто человеческого уровня. Что же происходит, когда слова, позаимствованные из этого языка, вы используете для описания опыта духовного, опыта переживания вечности? Очевидно, вы порождаете непонимание; говорите то, чего говорить не собирались.

Пит перебил его:

— Можно что-нибудь конкретное, мистер Проптер?

— Можно, — отозвался тот. — Возьмем слово, которое так часто встречается во всей религиозной литературе: «любовь». Что такое любовь на человеческом уровне? Да все что угодно, от родной матери до маркиза де Сада.

Имя маркиза вновь напомнило Джереми о том, что произошло с «Cent-Vingt Jours de Sodome». Нет, это просто из ряда вон! Какая наглость!..

— Мы не делаем даже элементарного различия, которое делали греки: между erao и philo, eros и agape. У нас всё любовь, будь она бескорыстная или эгоистичная, будь это дружеская симпатия, похоть или безумие убийцы. У нас всё любовь, — повторил он. — Идиотское слово! Даже на человеческом уровне оно безнадежно расплывчато. А попробуйте применить его к переживаниям на уровне вечности — последствия будут просто катастрофическими. «Любовь к Богу». «Любовь Бога к нам». «Любовь святого к его братии». Что означает здесь слово «любовь»? И как это связано с тем, что скрывается за ним, когда речь идет о молодой кормящей матери и ее ребенке? Или о Ромео, который пробирается в спальню к Джульетте? Или об Отелло, который душит Дездемону? Или об ученом-исследователе, влюбленном в свою науку? Или о патриоте, готовом умереть за свою родину — умереть, а до того убивать, красть, лгать, обманывать и пытать ради нее? Да неужто и впрямь есть что-то общее между тем, что обозначает слово «любовь» в этих случаях, и тем, что подразумевается под ним, например, в рассказах о любви Будды ко всем существам, способным чувствовать? Ответ очевиден: конечно, нет. На человеческом уровне этим словом описывается огромное множество различных состояний сознания и манер поведения. Несходные во многом, они похожи по крайней мере в одном: все они сопровождаются эмоциональным возбуждением и все содержат в себе элемент страсти. Тогда как для состояния просветленности характерны в первую очередь спокойствие и безмятежность. Иными словами, отсутствие возбуждения и отсутствие страстных желаний.

— Отсутствие возбуждения и отсутствие желаний, — повторил про себя Пит, в то время как перед его мысленным взором проплыли несколько картин: Вирджиния в спортивной кепочке, Вирджиния за рулем розового мотороллера, Вирджиния в шортах преклоняет колени перед изображением Богоматери.

— Различия фактические должны быть отражены различиями языковыми, — говорил Проптер. — А без этого в словах мало проку. Тем не менее мы упорно используем одно-единственное слово для обозначения совершенно разных понятий. Мы говорим: «Бог есть любовь». То же самое слово звучит и в наших разговорах о чувственной любви, или о любви кого-либо к своим детям, или о пламенной любви к отчизне. Следовательно, мы склонны думать, что во всех этих случаях говорим примерно об одном и том же. Мы со смутным благоговением воображаем, будто Бог — это что-то вроде квинтэссенции страсти. — Проптер покачал головой. — Создаем Бога по своему образу и подобию. Это льстит нашему тщеславию, а мы, конечно, предпочитаем лелеять свое тщеславие, но не учиться понимать. Отсюда и путаница с языком. Если бы мы хотели понять, что стоит за словом «любовь», если бы мы хотели трезво поразмыслить над этим, то мы сказали бы, что люди питают друг к другу любовь, но что Бог есть некая x-любовь. Тогда у тех, кто не имеет непосредственного опыта переживаний на уровне вечности, по крайней мере появилась бы возможность понять рассудком, что на этом уровне и на уровне чисто человеческом происходят разные вещи. Увидев разные слова, они поняли бы, что между любовью и x-любовью есть какое-то различие. Следовательно, людям уже труднее было бы оправдаться в том, что они, как нынче, воображают себе Бога похожим на них самих, только чуть более респектабельным и, разумеется, чуть менее порочным. Не стоит и пояснять, что все, относящееся к слову «любовь», относится и к прочим словам, взятым из языка обыденной жизни и используемым для описания духовного опыта. Например, «знание», «мудрость», «сила», «ум», «покой», «радость», «свобода», «добро». На человеческом уровне они обозначают определенные вещи. Но те, кто пишет о происходящем на уровне вечности, пытаются выразить этими словами нечто совсем другое. Поэтому их использование лишь затемняет смысл, и читателю становится почти невозможно понять, о чем идет речь. И между прочим, не надо забывать, что путаницу вносят не только слова, взятые из языка обыденной жизни. Те, кто пишет об уровне вечности, используют еще и специальные выражения, позаимствованные из разных философских систем.

— А разве это не та самая алгебра духовного опыта? — спросил Пит. — Разве это не тот специальный, научный язык, о котором вы говорили?

— Это попытка создать такую алгебру, — ответил Проптер. — Но, к сожалению, весьма неудачная. Неудачная, потому что эта особая алгебра опирается на язык метафизики — и метафизики, заметим, довольно плохой. Те, кто ею пользуется, хотят они этого или не хотят, берут на себя обязательство не только описывать факты, но и объяснять их. Они должны объяснять реальные переживания с помощью метафизических понятий, обозначающих нечто такое, чего нельзя продемонстрировать, что существует лишь предположительно. Другими словами, они описывают факты, используя плоды человеческого воображения; объясняют известное посредством неизвестного. Возьмем несколько примеров. Вот один из них: «экстаз». Это технический термин, который относится к способности души пребывать вне тела, и он, конечно, подразумевает, что мы знаем, что такое душа и как она связана с телом и со всем остальным миром. Или взять другой пример, технический термин, который играет важную роль в католической теории мистицизма: «внушенное созерцание». Здесь предполагается, что существует некто и этот некто привносит в наши умы определенное психологическое состояние. Еще одно предположение заключается в том, что мы знаем, кто этот некто. Можно привести и третий пример: пусть это будет даже «единение с Богом». Здесь смысл слов зависит от воспитания говорящего. Они могут означать «единение с Иеговой Ветхого Завета». Или, допустим, «единение с Божественной Личностью ортодоксального христианства». Или то, что они, возможно, означали для Экхарта: «единение с безличным Божеством, один из ограниченных аспектов коего есть Бог ортодоксии». Аналогичным образом, если вы индус, они могут означать «единение с Ишварой*» или «единение с Брахманом». Во всех вариантах этот термин подразумевает предварительное знание о природе вещей, которые либо вовсе непознаваемы, либо, в лучшем случае, могут быть осмыслены, лишь исходя из природы переживаний, как раз и описываемых данным термином. Вот каков второй путь разрешения дилеммы, — заключил Проптер, — и пошедшие по этому пути, то есть описывающие свой опыт на уровне вечности с помощью современной религиозной лексики, тоже неизбежно оказываются в тупике.

— А средний путь? — спросил Джереми. — Не по нему ли идут профессиональные психологи, которые пишут о мистицизме? Они создали вполне разумный язык. Вы не упомянули о них.

— Я не упомянул о них, — сказал Проптер, — по той же самой причине, по какой в беседе о красоте не упомянул бы о специалистах по эстетике, которые никогда не бывали в картинной галерее.

— Вы хотите сказать, они сами не знают, о чем говорят?

Проптер улыбнулся.

— Я бы сказал иначе, — произнес он. — Знать-то они знают. Да только то, что они знают, не стоит обсуждения. Потому что знают они лишь мистическую литературу, а мистического опыта у них нет.

— Стало быть, и спасительного пути нет, — вывел Джереми. Глаза его за стеклами очков замигали; он улыбнулся, словно мальчишка-озорник, довольный тем, что ему удалась очередная мелкая пакость. — Как славно, когда у проблемы нет решения. Когда все выходы перекрыты и тебе со всеми твоими духовыми оркестрами и сверкающими доспехами просто некуда податься, мир кажется таким восхитительно уютным. Вперед, христианские воины! В атаку, пехота! Excelsior![1] И ходишь все время кругом да кругом — по собственным следам, за нашим доблестным фюрером, — как гусеницы Фабра*. Ей-Богу, мне это ужасно нравится!

На сей раз Проптер рассмеялся открыто.

— Простите, но я должен вас разочаровать, — сказал он. — К сожалению, спасительный путь существует. Это путь практический. Вы можете составить обо всем собственное мнение, для этого нужен только личный опыт. Так же как можете составить себе мнение о картине Эль Греко «Распятие святого Петра» — для этого нужно только вызвать лифт и подняться на нем в вестибюль. Боюсь, правда, что в первом случае никакого лифта нет. Надо подыматься пешком. И имей в виду, — добавил он,

---

[1] Все выше *(лат.)*.

поворачиваясь к Питу, — у этой лестницы очень, очень много ступеней.

* * *

Доктор Обиспо распрямился, вынул из ушей трубочки стетоскопа и убрал инструмент в карман, где лежали «Cent-Vingt Jours de Sodome».

— Что-нибудь не так? — с беспокойством спросил Стойт.

Обиспо покачал головой и ободряюще улыбнулся ему.

— Гриппа, во всяком случае, нет, — сказал он. — Небольшое обострение вашего обычного бронхита, только и всего. Я дам вам лекарство, примете на ночь.

Услышав это, Стойт сразу повеселел.

— Рад, что тревога была ложная, — сказал он и повернулся к своей одежде, которая кучей лежала на софе под Ватто.

Вирджиния у бара испустила ликующий возглас.

— Это же просто класс! — воскликнула она. Потом, сменив тон на более серьезный, добавила: — Знаешь, Дядюшка Джо, я до смерти перепугалась, когда услыхала от него про твой кашель. До смерти, — повторила она.

Дядюшка Джо самодовольно усмехнулся и так хлопнул себя по волосатой, дряблой, похожей на женскую груди, что все его жировые накопления заходили ходуном, точно желе.

— У меня все о'кей, — похвастался он.

Вирджиния наблюдала поверх стакана, как он надевает рубашку и повязывает галстук. Ее невинное лицо дышало безмятежностью. Взгляд голубых глаз был чист и прозрачен; но мысли у нее в голове так и кипели. «Кажется, пронесло, — повторяла она про себя. — Ей-Богу, еще бы чуть-чуть, и...» При воспоминании о переполохе, вызванном шумом открывающегося лифта, об этой лихорадочной спешке под звук приближающихся к двери шагов по коже ее пробежал восхитительный озноб — она испытывала смесь страха и удовольствия, тревоги и восторга. То же самое она чувствовала ребенком, играя в темноте в прятки. Пронесло! Зиг, конечно, молодчина. Какое присутствие духа! А эта штука, стетоскоп, которую он выудил из кармана, — до чего ловко придумано! Это спасло ситуацию. Если б не стетоскоп, Дядюшка Джо устроил бы, по своему обыкновению, сцену ревности. Хотя какое он имеет право ревновать, с чувством оскорбленного достоинства размышляла Вирджиния, ей-Богу, не понимаю. Ничего же не было, просто почитали немножко вслух. И вообще, почему это девушке нельзя читать такие вещи, если ей хочется? Тем более что она по-французски. А Дядюшка Джо, между прочим, тоже хорош! Вечно психует, стоит кому-нибудь рассказать ей анекдот, а поглядел бы кто, что он сам всю дорогу *делает,* — и после этого еще ждет, чтобы ты вела себя как Луиза М. Олкотт*, и сторожит, чтоб тебе, не дай Бог, не услышать дурного слова! Никогда не давал ей рассказать о себе правду, даже если она хотела. Вообразил ее невесть какой недотрогой, а на самом-то деле ничего подобного. Ведет себя так, будто она какая-нибудь Дейзи Мэй в комиксе, а он вроде Малыша Абнера, одним махом ее спасает. Хотя ей, конечно, пришлось признаться, что это случилось по крайней мере один раз до него, ведь иначе не было бы оправдания ему самому. Ну да, случилось, но против ее воли — изнасиловали, можно сказать, — или другой вариант: какой-то мерзавец воспользовался ее наивностью и неопытностью в Конго-клубе, а на ней всего и было-то, что набедренная повязка да немножко тальковой пудры. Предполагалось, естественно, что она страшно переживала; так и ревела без передышки, покуда не объявился Дядюшка Джо; ну а потом все изменилось. Но что же получается, вдруг пришло Вирджинии на ум, если он и правда верит в эту чепуху, зачем тогда возвращается домой в четверть восьмого, а сам говорил, что до восьми его не будет?

Старый обманщик! Решил за ней шпионить! Ну нет, она этого не потерпит; раз так, поделом ему, что Зиг читал ей эту книжку. Он просто получил по заслугам за то, что вздумал проверять ее и хотел поймать на чем-нибудь недозволенном. Ладно же, если он и дальше собирается так себя вести, она скажет Зигу, чтобы приходил каждый день и читал новую главу. Хотя как все-таки этот, который написал книжку, сможет продолжать в том же духе целых сто двадцать дней, она себе, честное слово, не представляет. Если учесть, сколько там произошло за одну только неделю, а она-то воображала, будто знает уже все на свете! Да, век живи — век учись. Хотя кое-чему из этого у нее точно не было охоты учиться. Вспомнишь, и аж к горлу подкатывает. Ужас! Все равно что детей рожать! (Она содрогнулась.) Правда, в этой книжке полно и смешных мест. Один кусок она даже заставила Зига перечитать — это было грандиозно, ей страшно понравилось. И то, другое место, где девушка...

— Ну, Детка,— сказал Стойт, застегнув на жилете последнюю пуговицу,— что-то ты задумалась, а? Хотел бы я знать о чем!

По-детски короткая верхняя губка Вирджинии приподнялась в улыбке, и сердце Стойта затопила волна нежности и желания.

— Я думала о тебе, Дядюшка Джо,— сказала она.

ГЛАВА ТРИНАДЦАТАЯ

> Пусть на челе твоем и нет следа
> Высоких дум — близка ты к небесам,
> Ты в лоне Авраамовом живешь,
> Тебе доступен сокровенный Храм,
> Не видим мы, но Бог с тобой всегда*.

— Тонко, и даже весьма,— вслух сказал Джереми. Прозрачно, решил он, вот подходящее слово. Смысл тут внутри, как муха в янтаре. Или, вернее, мухи вовсе нет;

один янтарь; янтарь-то и есть смысл. Он взглянул на часы. Без трех минут полночь. Он закрыл Вордсворта, — и подумать только, в очередной раз с горечью вспомнил он, подумать только, что сейчас можно было бы освежить в памяти «Фелицию»! — положил книгу на столик рядом с кроватью и снял очки. Лишившись поправочных шести с половиной диоптрий, глаза его немедленно очутились во власти физиологического отчаяния. Выпуклое стекло давно уже стало для них средой обитания; разлученные с нею, они напоминали пару студенистых морских жителей, внезапно вынутых из воды. Затем погас свет — словно к бедным тварям прониклись наконец состраданием и опустили их в аквариум, где им ничто не грозило.

Джереми потянулся под одеялом и зевнул. Ну и денек! Но теперь, слава Богу, можно поблаженствовать в постели. Благая Дева возлежит на райском ложе золотом*. Однако простыни-то у них хлопковые, не льняные; что отнюдь не делает чести такому дому, как этот! Дом, битком набитый Рубенсами и Греко, — а простыни, нате вам, из хлопка! Но это «Распятие святого Петра» — какая все-таки поразительная штука! Уж точно не хуже, чем «Успение» в Толедо. Которое, кстати, в последнее время запросто могли взорвать. Дабы продемонстрировать, что бывает, когда люди принимают мир чересчур всерьез. Не скажешь, конечно, продолжал размышлять он, что в этом чудаке, Проптере-Поптере, нет вовсе ничего впечатляющего (ибо так он решил называть этого человека в своих мыслях и в письмах к матери: Проптер-Поптер). Смахивает, пожалуй, на Старого Морехода*. И Гость себя ударил в грудь и повторял сие неоднократно; а следовало, может быть, и почаще, уж слишком решительно громил этот проповедник все общепринятые приличия и, a fortiori[1], столь же общепринятые неприличия (такие, как «Фелиция», как каждая вторая пятница

---

[1] Тем паче (*лат.*).

в Мэйда-Вейл). И ведь довольно убедительно, черт бы побрал его горящий взор! Ибо сей необычный Мореход не только завораживал этим своим взором; одновременно и вместе с тем он был и фаготом, который вам хотелось услышать. Кое-кто слушал его не без удовольствия; хотя, разумеется, кое-кто отнюдь не собирался позволять ему громить уютное убежище, возведенное кое-кем из облюбованных им приличий и неприличий. Кое-кто был решительно против того, чтобы религия (нет, вы только подумайте!) нарушала неприкосновенность личной жизни. Дом англичанина — его крепость; и, как ни странно, американская крепость — он обнаружил это, когда у него прошел первый шок, — на глазах превращалась в дом оторванного от родины англичанина. В духовный, так сказать, дом. Поскольку она представляет собой модель идиотического сознания, у которого нет дорожки. Ибо нет никакого выхода, и ни один путь никуда не ведет, и оба варианта разрешения дилеммы кончаются тупиком, и ты ходишь все кругом да кругом, как гусеницы Фабра, в замкнутой, бесконечно уютной вселенной — кругом да кругом среди бумаг Хоберков, от святого Петра к Малютке Морфиль к Джамболонье к позолоченным бодхисаттвам в подвале к бабуинам к маркизу де Саду к святому Франсуа де Салю к «Фелиции» и, в свой черед, опять к святому Петру. Кругом да кругом, как гусеницы в сознании идиота; кругом да кругом в милом сердцу уютном мирке бесплодных мыслей и чувств, и поступков, герметически закупоренного искусства и образования, культуры ради культуры, маленьких самодовлеющих приличий и неприличий, неразрешимых дилемм и моральных вопросов, которые находят вполне удовлетворительный ответ в этом всепоглощающем идиотизме.

Кругом да кругом, кругом да кругом, от ног Петра к маленьким ягодицам Морфиль и задам бабуинов, от складок на одеянии Будды, образующих чудесную китайскую спираль, к повисшему у водяной струи колибри и снова к ногам Петра с торчащими в них гвоздями... Дремота его сгустилась в сон.

Пит Бун, чья комната была расположена на том же этаже центральной башни, заснуть и не пытался; наоборот, он пытался во всем как следует разобраться. Разобраться в науке и мистере Проптере, в социальной справедливости и вечности, и в Вирджинии, и в антифашизме. Это было нелегко. Потому что если мистер Проптер прав, то почти обо всем теперь приходилось думать совершенно по-другому. «Бескорыстные поиски истины» — вот как ты говорил (когда тебя в кои-то веки заставляли преодолеть смущение и ответить на вопрос, почему ты стал биологом). А если речь шла о социализме, то это было «человеколюбие», это было «наибольшее счастье большинства», это был «прогресс» — и тут, конечно, снова связь с биологией: счастье и прогресс благодаря науке вместе с социализмом. А чтобы трудиться во имя счастья и прогресса, нужна преданность делу. Он вспомнил, как писал о преданности Джосайя Ройс* — они проходили его на втором курсе колледжа. Что-то насчет того, как преданные люди особым образом познают религиозную истину — они, мол, достигают подлинного религиозного прозрения. Тогда эта идея очень увлекла его. Он только что перестал верить во всякую чепуху насчет крови Агнца и прочего, на которой был воспитан, и нашел в Ройсе как бы новую опору, подтверждение, что он все равно остался верующим, хоть и не ходит больше в церковь, — и его вера стоит на его преданности. Преданности друзьям, преданности делу. Ему всегда казалось, что он был верующим человеком и там, на войне. И в своем отношении к Вирджинии. Однако же, если мистер Проптер прав, то все рассуждения Ройса о преданности — сплошная ложь. Мало быть преданным — само по себе это не станет причиной религиозного прозрения. Наоборот, это может даже помешать твоему прозрению — да-да, просто обязательно помешает, если только ты не выберешь объектом своей преданности самое высшее; а самое высшее (если прав мистер Проптер) прямо-таки пугает своей странностью и недосягаемостью. Прямо-таки пугает; и тем не менее, чем больше он о нем думал, тем больше начинал сомневаться во всем остальном. Может, это и правда самое высшее. Но если так, то социализма уже недостаточно. А социализма недостаточно, потому что человеколюбия недостаточно. Потому что наибольшее счастье, оказывается, вовсе не там, где люди думали; потому что его нельзя достичь путем социальных реформ и всего такого прочего. Самое лучшее, что можно сделать в этом направлении, — это облегчить людям переход туда, где наибольшего счастья действительно можно достичь. А то, что относится к социализму, относится, конечно, и к биологии, и к любой другой науке, если считать ее орудием прогресса. Потому что, если мистер Проптер прав, то прогресс на самом деле никакой не прогресс. Он не прогресс, если не облегчает людям пути туда, где по-настоящему есть наибольшее счастье. Другими словами, если не помогает им быть преданными самому высшему. А коли так, то, понятно, надо семь раз подумать, прежде чем оправдывать науку ее служением прогрессу. И еще эти бескорыстные поиски истины. Если, опять же, мистер Проптер прав, то и биология, и все прочее есть бескорыстный поиск только одной из сторон истины. Но полуправда — это уже ложь, и она остается ложью, даже когда ты изрекаешь ее, свято веря, что это вся правда. Выходит, что и второе оправдание не годится — по крайней мере, если ты не пытаешься в то же время бескорыстно отыскать и другую сторону истины, ту, которую ищут, когда преданы самому высшему. И потом, как же Вирджиния, спросил он себя, мучась все больше и больше, как же Вирджиния? Да ведь если мистер Проптер прав, то и Вирджиния — это тоже мало, и Вирджиния может стать препятствием, которое помешает ему посвятить себя самому высшему. Даже эти глаза, и ее невинность, и ее удивительная, прекрасная улыбка; даже его чувства к ней; даже сама любовь, даже ее лучшая разновидность (потому что он мог честно сказать, что ненавидит другую любовь — например, этот ужасный публичный дом в Барселоне, а здесь, дома, эти обжимания после третьего или четвертого коктейля, эту возню в автомобиле на обочине дороги) — о да, как это ни горько, но даже лучшая ее разновидность могла оказаться ошибкой, а то и хуже, чем просто ошибкой. «О милая, я б не любил тебя так сильно, когда бы не любил чего-то там сильней». До сих пор этим «чем-то» были для него биология, социализм. Но теперь они оказались негодными, даже хуже того, если рассматривать их как конечную цель. Никакая преданность не может быть хороша сама по себе и не дает религиозного прозрения, если это не преданность самому высшему. «О милая, я б не любил тебя так сильно, когда бы не любил самое высшее сильней». Но главный, самый мучительный вопрос состоял вот в чем: можно ли любить самое высшее и питать прежние чувства к Вирджинии? Любовь в худшей ее разновидности явно несовместима с преданностью самому высшему. Это совершенно ясно; ведь худшая разновидность любви есть лишь преданность собственной физиологии, а если мистер Проптер прав, нельзя быть преданным самому высшему, не отказавшись от подобной же преданности самому себе. Но в конце-то концов, так ли уж лучшая любовь отличается от худшей? Худшая представляет собой преданность своей физиологии. Страшно было признаться в этом; однако и лучшая представляет собой то же самое — преданность физиологии и вдобавок (в чем и заключается ее отличие) преданность более высоким чувствам: этой тоскливой сосущей пустоте, этой бесконечной нежности, этому обожанию, этому счастью, этим мукам, этому ощущению одиночества, этой жажде найти родственную душу. Ты был предан всему этому, и преданность всему этому была определением лучшей разновидности любви, которую люди называют романтической и прославляют как самое прекрасное, что только есть в жизни. Но быть преданным этому значило быть преданным себе; а преданность себе нельзя совместить с преданностью самому высшему. Из этого напрашивался практический вывод. Но сделать его у Пита не хватало духу. Ему мешали эти голубые, ясные глаза, эта улыбка, прекрасная в своей невинности. И потом, как она добра, как трогательно заботлива! Он вспомнил несколько фраз, которыми они обменялись по дороге на обед. Он спросил, как ее голова, не болит ли. «Не говори об этом, — шепнула она. — Дядюшка Джо расстроится. Док только что прослушивал его стетоскопом; считает, у него сегодня не все в порядке. Я не хочу, чтобы он еще и за меня волновался. Да и вообще, подумаешь, голова заболела!» Нет, Вирджиния не только прекрасна, не только невинна и добра — она еще и мужественная, и чуткая. А как мила она была с ним весь вечер, расспрашивала о его работе, рассказывала про свой дом в Орегоне, заставляла его рассказывать про Эль-Пасо, где родился он! В конце концов пришел мистер Стойт и уселся между ними — молчит, а сам чернее тучи. Пит вопросительно посмотрел на Вирджинию, и ее ответный взгляд сказал ему: «Пожалуйста, уходи», а когда он встал пожелать спокойной ночи, она, точно прося извинения, подарила ему еще один взгляд, такой признательный, такой всепонимающий, такой нежный и ласковый, что при одном воспоминании об этом на глазах у него выступили слезы. Лежа в темноте, он плакал от счастья.

Ниша между окнами в спальне Вирджинии предназначалась, несомненно, для книг. Но Вирджиния не очень-то жаловала книги, а посему в углублении было устроено нечто вроде маленького алтаря. Вы раздвигали коротенькие белые бархатные занавесочки (в этой комнате все было белое), и там, как бы в беседке из искусственных цветов, в настоящем шелковом платье, с премиленькой золотой короной на голове и шестью жемчужными нитями на шее, стояла Дева Мария, залитая ярким светом хитроумно спрятанных лампочек. Опустившись на колени перед этим обиталищем священной куколки, Вирджиния, босая и в белой атласной пижаме, творила вечернюю молитву. Сегодня Дева Мария казалась ей особенно доброй и благожелательной. Завтра, решила она, в то время как губы ее шептали привычные восхваления и просьбы, завтра с утра она первым делом отправится к швеям и попросит одну из девушек помочь ей сделать для Девы Марии новую мантию из куска чудной синей парчи, который она купила у старьевщика в Глендейле. Мантию из синей парчи, а спереди золотую застежку — или, еще лучше, маленький золотой шнурочек, который можно завязать бантиком, чтобы концы свешивались вниз, почти к самым ногам Святой Девы. О, это будет просто прелесть! Она пожалела, что до утра еще далеко и нельзя пойти к швеям прямо сейчас.

Последние слова молитвы были сказаны; Вирджиния перекрестилась и поднялась с колен. Случайно глянув при этом вниз, она, к своему ужасу, заметила, что темно-пурпурный лак на втором и третьем пальцах ее левой ноги слегка облупился. Через минуту она уже сидела на полу у кровати — правая нога вытянута, левая, согнутая в колене, поперек — и готовилась устранить повреждение. Рядом с ней стоял открытый флакончик; она взяла в руки маленькую кисточку, и резкий промышленный запах ацетона сразу перебил аромат «Shocking» Скьяпарелли, духов, которыми благоухало все ее тело. Потом наклонилась вперед, и две пряди кудрявых каштановых волос, отделившись от общей массы, упали ей на лоб. Большие голубые глаза под нахмуренными бровями смотрели сосредоточенно. Кончик розового языка для вящей собранности был зажат между зубами. «Ч-черт!» — вдруг громко сказала она: очередной мазок лег не туда, куда следует. Затем зубы и язык были тут же приведены в исходное положение.

Остановившись, чтобы дать высохнуть первому слою лака, она перенесла осмотр с пальцев на икру и голень левой ноги. Волосы опять начинают расти, с досадой отметила она; скоро надо будет снова натираться этим воском. Все еще задумчиво баюкая ногу, она вернулась мыслями к событиям минувшего дня. При воспоминании о том, как их чуть не застукал Дядюшка Джо, по телу ее вновь пробежал волнующий и приятный трепет. Потом она подумала о Зиге со стетоскопом, и эта забавная картина заставила ее верхнюю губку приподняться в очаровательной улыбке. Да еще была эта книжка — так Дядюшке Джо и надо, что она ее слушала. А между главами Зиг приставал к ней и распускал руки; опять же, так Дядюшке Джо и надо, нечего за ней шпионить. Она вспомнила, как разозлилась на Зига. Не за то, что он слишком много себе позволяет; ведь, во-первых, так Дядюшке Джо и надо (правда, насчет этого-то, про Дядюшку Джо, она сообразила только *потом*), а во-вторых, то, что он себе позволял, было, пожалуй, даже приятно; потому что Зиг все-таки ужасно симпатичный, а в этих вещах Дядюшку Джо как-то трудно брать в расчет — вернее, в расчет-то его берешь, но как бы наоборот; с минусом, так сказать; он получается меньше, чем никто, то есть если кто правда симпатичный, то от присутствия Дядюшки Джо он только выигрывает. Нет, разозлилась она на него не за то, что он делал. А за то, *как*. Смеялся над ней, вот как. Обычно-то она не прочь пошутить с ребятами. Но когда к тебе пристают и одновременно шутят — нет уж, она ему не потаскушка с Главной улицы. Не было никакой романтики, ничего такого; все издевочки да каламбурчики, притом довольно гнусные. Может, это и называется житейская мудрость; только ей это не по нутру. И неужели он не понимает, что вести себя так просто глупо? Ведь в конце концов, когда читаешь книгу с кем-нибудь симпатичным, ну вот как Зиг, то, чего уж греха таить, хочется немного романтики. Настоящей романтики, как в кино: лунный вечер, и где-то играют свинг или, еще лучше, поют какую-нибудь песенку о несчастной любви (потому что так славно погрустить, когда тебе хорошо), и парень говорит тебе всякие приятные вещи, и нацелуешься вволю, а потом, как бы почти незаметно, словно с тобой ничего не случилось, так что никогда не подумаешь, будто сделала что-то плохое, на что Дева Мария может всерьез рассердиться... Вирджиния глубоко вздохнула и закрыла глаза; лицо ее стало ангельски безмятежным. Потом вздохнула еще раз, покачала головой и нахмурилась. И вместо этого, с досадой подумала она, вместо этого Зигу понадобилось изображать из себя многоопытного грубияна. Конечно, он все испортил; никакой романтики не получилось, разозлил только. И какой в этом прок? — негодующе заключила Вирджиния. — Какой, скажите на милость? ни ему, ни ей!

Первый слой лака, кажется, высох. Наклонившись к ноге, она немного подула на пальцы, потом принялась наносить второй. Неожиданно дверь в спальню у нее за спиной отворилась и так же мягко закрылась снова.

— Дядюшка Джо? — произнесла она вопросительно и с ноткой удивления в голосе, однако не отрываясь от своего занятия.

Единственным ответом ей был звук приближающихся шагов.

— Дядюшка Джо? — повторила она и, на сей раз перестав красить ногти, обернулась назад.

Над ней стоял Обиспо.

— Зиг! — голос ее упал до шепота. — Что вы здесь делаете.

Обиспо улыбнулся своей обычной улыбкой, выражающей ироническое восхищение и откровенное желание, смешанное, однако, с долей какого-то насмешливого интереса.

— Я думал продолжить наши уроки французского, — сказал он.

— Вы... ты с ума сошел! — Она с опаской посмотрела на дверь. — Он же прямо напротив. Вот войдет сюда...

Улыбка Обиспо растянулась в ухмылку.

— Насчет Дядюшки Джо не беспокойся, — сказал он.

— Он убьет тебя, если найдет здесь.

— Не найдет, — ответил Обиспо. — Я ему дал на ночь таблетку нембутала. Теперь он и Страшный Суд проспит.

— Наглость какая! — негодующе воскликнула Вирджиния; однако не удержалась, чтобы не рассмеяться, частью от облегчения, частью же потому, что это и вправду было очень смешно — читать здесь с Зигом ту самую книжку, пока Дядюшка Джо храпит в двух шагах от них.

Обиспо извлек из кармана молитвенник.

— Не стану вам мешать, — сказал он, пародируя рыцарскую галантность. — «Трудам хозяйки нет конца». Продолжай и не обращай на меня внимания. Я найду себе местечко и буду читать дальше. — Нахально улыбаясь, он без малейшего смущения уселся на край кровати в стиле рококо и начал листать книгу.

Вирджиния открыла было рот, но, случайно бросив взгляд на свою левую ногу, закрыла его опять под влиянием потребности еще более неотложной, чем намерение объяснить Зигу, куда ему следует пойти. Лак засыхал комками; если она сейчас же не займется делом, ее ноги будут выглядеть просто ужасно. Поспешно окунув кисточку во флакон с лаком, она вновь принялась за раскраску ногтей с напряженной сосредоточенностью Ван Эйка*, занятого выписыванием микроскопических деталей «Поклонения Агнцу».

Обиспо поднял глаза от книги.

— Я восхищен тем, как ты вела себя с Питом сегодня вечером, — заметил он. — Весь обед с ним заигрывала, пока старикан совсем не взбеленился. Почерк мастера. Или, вернее сказать, мастерицы?

— Пит — милый мальчик, — не отвлекаясь, обронила Вирджиния.

— Но глупый, — вынес определение Обиспо, разваливаясь на постели с нарочитым изяществом и раздражающе наглой уверенностью человека, который чувствует себя как дома. — Иначе он не питал бы к тебе такой нежной любви. — Он хмыкнул. — Этот лопушок думает, что ты ангел, этакий небесный ангелочек, укомплектованный арфой, крылышками и супердрагоценной, восемнадцатикаратной девственностью швейцарского производства с гарантией изготовителя. Если уж *это* не глупость...

— Погоди, дай только до тебя добраться, — угрожающе сказала Вирджиния, но не подняла глаз, ибо создание ее шедевра вступило в критическую фазу.

Обиспо пропустил эту реплику мимо ушей.

— Прежде я не понимал всей ценности гуманитарного образования, — сказал он, немного помолчав. — Но теперь-то другое дело. — И продолжал с глубочайшей торжественностью, тоном, каким мог бы читать собственные труды Уитьер*: — Уроки великих писателей! Чудесные откровения! Перлы мудрости!

— Ох, да заткнись ты! — вырвалось у Вирджинии.

— Только подумать, скольким я обязан Данте или Гёте, — сказал Обиспо тем же выспренним тоном. — Возьмем хотя бы Паоло, читающего вслух Франческе. Результаты, как ты, может быть, помнишь, не замедлили воспоследовать. «Noi leggevamo un giorno, per diletto, di Lancilotto, come amor lo strinse. Soli eravamo e senz' alcun sospetto»[1]. Senz' alcun sospetto, — с ударением повторил Обиспо, глядя на одну из гравюр в «Cent-Vingt Jours». — Заметь себе, какое легкомыслие — ни малейшего подозрения о том, что их ждет.

— Черт! — сказала Вирджиния, которая опять сделала неудачный мазок.

— И даже о черте, — не согласился Обиспо. — Хотя, конечно, им следовало о нем подумать. И быть

---

[1] В досужий час читали мы однажды
О Ланчелоте сладостный рассказ;
Одни мы были, был беспечен каждый.

(«Ад», V, 127—129. Пер. М. Лозинского)

предусмотрительнее, чтобы не попасть к нему в лапы благодаря случайности, которая принесла им внезапную смерть. Несколько элементарных мер предосторожности, и они могли бы вкусить все лучшее от обоих миров. Могли бы развлекаться так, чтобы братец не пронюхал, а когда надоест, покаялись бы и умерли в ореоле святости. Однако они не читали гётевского «Фауста» — это служит им некоторым оправданием. Они не знали, что неудобным родственникам можно подмешать снотворное. А хоть бы и знали, все равно не могли пойти в аптеку и купить упаковку нембутала. Что показывает недостаточность гуманитарного образования; очевидно, необходимо еще и естественное. Данте и Гёте учат тебя, что делать. А профессор фармакологии объясняет, как привести старого хрыча в состояние комы с помощью небольшой дозы барбитурата.

Работа была завершена. Все еще придерживая левую ногу, чтобы случайно не коснуться ею чего-нибудь, пока лак окончательно не высох, Вирджиния повернулась к своему непрошеному гостю.

— Не смей называть его старым хрычом, понял? — горячо сказала она.

— Ты предпочитаешь, чтобы я говорил «старый хрен»? — осведомился Обиспо.

— Он в сто раз лучше тебя! — воскликнула Вирджиния; в голосе ее звенела неподдельная искренность. — Я считаю, он просто чудо!

— Ты считаешь, что он чудо, — повторил Обиспо. — Но все равно минут через пятнадцать ты будешь спать со мной. — Он сказал это со смехом и, подавшись с кровати вперед, схватил ее сзади за руки, чуть ниже плеч. — Осторожнее, ногти, — предупредил он, когда Вирджиния вскрикнула и попыталась вырваться.

Боязнь повредить только что законченное произведение искусства заставила ее сдержаться и замереть на месте. Обиспо воспользовался паузой и, минуя пары ацетона, склонился к этой очаровательной шейке, к аромату

«Shocking», ощутив губами упругое тело, щекой — касанье легких, как шелк, волос. Выругавшись, Вирджиния яростно отдернула голову. Но одновременно по коже ее пробежали легкие мурашки, и вызванное этим приятное чувство слилось с возмущением, как бы внедрилось в него.

Теперь Обиспо поцеловал ее за ухом.

— Сказать тебе, — прошептал он, — что я сейчас с тобой сделаю?

Она обозвала его грязной обезьяной. Но он все-таки сказал, и со всеми подробностями.

Прошло меньше пятнадцати минут, когда Вирджиния открыла глаза — в комнате было уже почти совсем темно — и наткнулась взглядом на Деву Марию, благосклонно улыбающуюся из своего увитого цветами, ярко освещенного кукольного домика. Она испуганно вскрикнула, соскочила на пол, не теряя времени на одевание, подбежала к алтарю и задернула занавески. Свет внутри погас автоматически. Вытянув руки в кромешной тьме, она медленно, осторожно пошла обратно к кровати.

ЧАСТЬ ВТОРАЯ

ГЛАВА ПЕРВАЯ

«Новостей, как всегда, хватает — на любой вкус и из всех веков, — писал Джереми матери три недели спустя. — Для начала кое-что новенькое о Втором графе. Он регулярно проигрывал сражения за Карла I*, а в промежутках кропал стишки. Поэт он, конечно, был никудышный (ведь хорошие поэты редкость, дай Бог один на несколько тысяч), но иногда у него случайно получалось очень мило. Вчера, например, я нашел в его записях вот что:

> Задуем лишнего свидетеля свиданья,
> Последний канделябр, мерцающий в ночи;
> Да воцарится вместо зренья осязанье
> И пыл любовный вместо пламени свечи!

Недурно, правда? Но пока это, к сожалению, чуть ли не единственный драгоценный камешек, обнаруженный мною среди пустой породы. Ах, если бы все остальное было молчанием! Однако это общий порок всех поэтов, не только плохих, но и хороших. Они не желают заткнуть пасть, как говорят у нас в Западном полушарии. Если бы молчанием было все остальное у Вордсворта, все остальное у Колриджа, все остальное у Шелли — как они выиграли бы в наших глазах!

Пятый граф тоже преподнес мне вчера сюрприз — это записная книжка, полная самых разнообразных заметок. Я только начал читать ее (потому что не могу тратить много времени на отдельные вещи, пока не разберу всю коллекцию и не составлю хотя бы приблизительный каталог); но отрывки, которые я вчера проглядел, определенно весьма любопытны. Вот что я обнаружил на первой странице: «Лорд Честерфилд* пишет

Сыну, что истинный Джентльмен никогда не говорит d'un ton brusque[1] ни со своим слугой, ни даже с нищим на улице, но "холодно делает замечание первому и с неизменным человеколюбием отказывает второму". Его светлости следовало бы добавить, что существует Искусство делать подобную холодность не менее грозной, чем Гнев, а подобное человеколюбие — более обидным, чем прямое Оскорбление.

Кроме того, слуги и нищие не единственные, на ком можно оттачивать сие Искусство. Приводя свои примеры, его светлость был столь нелюбезен, что забыл о Прекрасном Поле, ибо существует и Искусство доводить влюбленную женщину до исступления своей холодностью и унижать ее Достоинство со всей bienséance[2], подобающей самому наивоспитаннейшему Джентльмену».

Недурное начало! Я буду сообщать тебе обо всех новых находках на этом направлении.

Современность между тем полна событий странных, загадочных и в общем-то малоприятных. Начать с того, что Дядюшка Джо в последние дни непрерывно дуется и брюзжит. Думаю, в этом повинно зеленоглазое чудище*; так как голубоглазое чудище (иными словами, мисс Монсипл, Детка) явно заглядывается на юного Пита. Как далеко зашло дело, я не знаю; однако подозревать можно многое, поскольку она теперь постоянно погружена в себя и все время о чем-то мечтает; у нее тот отсутствующий, сомнамбулический вид, каким отличаются юные девицы, усердно занимающиеся любовью. Тебе знакомо это выражение глубокой одухотворенности, как на картинах прерафаэлитов. Достаточно одного взгляда на такое лицо, дабы увериться в том, что Бог существует. Единственное несоответствие в данном случае возникает из-за костюма. Прерафаэлиты подбирали для своих персонажей подходящее облачение: длинные рукава,

---

[1] Резко *(франц.)*.
[2] Благопристойностью *(франц.)*.

квадратные кокетки, ярды и ярды темно-синего вельвета. Когда же, как я сегодня, видишь подобный персонаж в белых шортах, ситцевой блузке в горошек и ковбойской шляпе, чувствуешь себя совершенно выбитым из колеи. Однако должен отметить в защиту Деткиной чести, что все это не более чем догадки и гипотезы. Вполне может оказаться, что эта ее неожиданная одухотворенность вовсе не является результатом ночных упражнений. Возможно, ее до глубины души тронули вдохновенные речи Проптера-Поптера, и теперь она целыми днями бродит по дому в состоянии "самадхи"*. С другой стороны, я вижу многозначительные взгляды, коими она одаривает Пита. К тому же и Дядюшка Джо проявляет по отношению к ним все симптомы подозрительности и чрезвычайно груб с остальными. И со мной в том числе, разумеется. Со мной, может быть, даже больше, чем с другими, ибо мне случилось прочесть больше книг, чем всем прочим, и я, следовательно, в большей степени олицетворяю Культуру. А Культуру он, конечно же, ненавидит, как татарин. Только в отличие от татар стремится не жечь памятники культуры, а скупать их. Он выражает свое превосходство над талантом и образованностью при помощи овладения, а не разрушения, путем найма и последующего оскорбления талантливых и образованных, а не путем их убиения. (Хотя он, пожалуй, и убил бы, будь у него возможности и власть татар.) Все это означает, что если я не в постели или не под землей, в надежном уединении с Хоберками, то мне приходится проводить большую часть времени, криво улыбаясь и терпеливо напоминая себе о Квашне и своем соблазнительном жалованье, чтобы не думать слишком много о дурных манерах Дядюшки Джо. Это весьма неприятно; но, к счастью, вполне терпимо, а Хоберки служат мне огромным утешением и в значительной мере компенсируют неприятности.

Сим заканчиваю отчет о происшедшем на эротическом и культурном фронтах. Что касается научного фронта, то здесь новости таковы: все мы заметно приблизились к перспективе прожить не меньше крокодилов. Сам я пока еще не решил, действительно ли мне хочется сравняться в этом смысле с крокодилами». (Написав про крокодилов во второй раз, Джереми почувствовал внезапный укол совести. В августе его матери должно было исполниться семьдесят семь. Под всем ее светским лоском, под всей этой сверкающей мишурой остроумных разговоров скрывалась неутолимая жажда жизни. Она могла вполне здраво рассуждать о том, что и ей вскоре придется разделить участь вымерших ящеров; она умела изящно пошутить насчет своей смерти и похорон. Но Джереми знал, что за этими здравыми рассуждениями и шуточками таится огромная решимость цепляться за жизнь до конца, упорно следовать своим привычкам даже под угрозой смерти, вопреки преклонному возрасту. Эта болтовня о крокодилах могла причинить ей боль; эти сомнения насчет того, стоит ли продлевать свой век, могли быть поняты ею как неблагожелательная критика. Джереми взял чистый лист бумаги и начал абзац заново.)

«Сим заканчиваю отчет о происшедшем на эротическом и культурном фронтах, — писал он. — Что же до научного фронта, то здесь rien de nouveau[1], если не считать того, что Обиспо ведет себя еще наглее обычного, а это не новость, ибо он всегда наглее обычного. Едва ли мне импонируют подобные типы; но временами, когда находит такой стих, приятно бывает с ним поскабрезничать. Труды по продлению жизни, похоже, идут своим чередом. Старикану Парру и графине Десмондской есть на что рассчитывать.

А как на религиозном фронте? Что ж, наш славный Проптер-Поптер оставил свои назидания — во всяком случае, он больше не читает их мне. Благодарение небу! ведь стоит ему слезть со своего конька, как он превращается в чудесного собеседника. Это кладезь самых неожиданных

---

[1] Ничего нового (*франц.*).

суждений, и все эти суждения разложены у него по полочкам в безупречном порядке. Такая незаурядная способность увязывать одно с другим даже вызывает у твоего сына некоторую зависть; однако можно утешаться тем, что, обладай твой сын подобными достоинствами, он был бы лишен своих собственных скромных талантов. Если некто наделен умением изящно стоять на голове, ему не годится завидовать бегуну-марафонцу, иначе он будет глуп и неблагодарен. Одна маленькая остроумная статейка на литературную тему в руке стоит по меньшей мере трех "Критик чистого разума" в небе.

И наконец, перехожу к домашнему фронту: я получил твое последнее письмо из Граса. Что за прелесть! Твое описание мадам де Виймомбл достойно пера Пруста. А что касается рассказа о поездке в Кап-д'Ай и о дне, проведенном в компании княгини и ce pauvre Hunyadi[1] (вернее, того, что от них осталось), — тут я просто теряюсь, и единственным уместным сравнением кажется мне сравнение с Мурасаки*: здесь вся суть трагедии, сведенная к паре ложек янтарного чая в фарфоровой чашечке размером не больше цветка магнолии. Какой блестящий образец литературной сдержанности! Сам я всегда был склонен к некоторому эксгибиционизму (слава Богу, что это проявляется только на бумаге!). Твоя целомудренная проза повергает меня в стыд.

Ну вот, рассказывать больше не о чем, как я обыкновенно писал тебе в школьные годы, — помнишь, выводил эти слова огромными буквами, чтобы занять сразу полстраницы? Рассказывать больше не о чем — разумеется, кроме того, о чем не скажешь, а об этом я умолчу, ибо оно тебе и так известно».

Джереми запечатал письмо, надписал адрес — «Араукарии», поскольку к тому времени, когда оно пересечет Атлантику, мать его уже вернется из Граса, — и опустил конверт в карман. Окружавшие его со всех сторон

---

[1] Бедняги Уньяди *(франц.)*.

бумаги Хоберков настойчиво требовали внимания; но он обратился к ним не сразу. Опершись локтями на стол, в позе молящегося, он задумчиво почесал голову; почесал обеими руками, там, где у корней его немногочисленных волос образовывались маленькие сухие струпики: ему доставляло острое наслаждение подцеплять их ногтями и аккуратно снимать. Он думал о матери и о том, как же это все-таки странно: прочесть горы фрейдистской литературы об эдиповом комплексе, все романы, начиная с «Сыновей и любовников»*, где говорится об опасностях чересчур крепкой сыновней привязанности, о вреде слишком пылкой материнской любви, — прочесть все это и тем не менее совершенно сознательно продолжать оставаться в прежней роли: в роли жертвы алчной, властолюбивой матери. А еще более странно, что эта самая властолюбивая мать тоже читала всю соответствующую литературу и тоже прекрасно отдавала себе отчет в том, кто она такая и что она сделала со своим сыном. Однако и она продолжала оставаться прежней и вести себя по-прежнему, понимая все не хуже его. (Ага! Струпик, который он теребил правой рукой, отвалился. Он извлек его из густой поросли волос над ухом и, глядя на маленький высушенный кусочек кожи, внезапно вспомнил бабуинов. Ну и что тут, собственно, такого? Самые надежные и неизменные удовольствия всегда связаны с чем-то самым простым и незначительным, всегда по-звериному рудиментарны — приятно, например, полежать в горячей ванне или под одеялом поутру, когда еще не совсем проснулся; приятно справить нужду, побывать в руках опытного массажиста, наконец, почесать там, где чешется. Чего тут стесняться? Он уронил струпик в корзину для бумаг и продолжал скрестись левой рукой.)

Великая вещь самопознание, размышлял он. Чтобы избежать угрызений совести, вовсе не нужно начинать новую жизнь — достаточно знать, почему ты ведешь себя неправильно или глупо. Оправдание психоанализом — современная замена оправдания верой. Ты знаешь отдаленные причины, которые сделали тебя садистом или стяжателем, маменькиным сынком или старухой, тиранящей собственного сына; а посему ты полностью оправдан (или оправдана) и можешь по-прежнему тиранить сына, оставаться маменькиным сынком, стяжателем или садистом. Понятно, почему несколько поколений подряд поют Фрейду хвалу! Вот так же и они с матерью. «Мы, матриархи-кровопийцы», — говаривала о себе миссис Пордидж, да еще в присутствии священника. Или заявляла о своей невиновности в слуховую трубку леди Фредегонд. «Старые Иокасты* вроде меня, которые живут в одном доме со взрослым сыном», — кричала она туда. А Джереми подыгрывал ей — подходил поближе и надсаживался, отправляя в эту могилу изящных изречений очередную жалкую шутку вроде той, что он старая дева и его штудии заменяют ему вышивание; любая дрянь сойдет. И старая карга гоготала, словно какая-нибудь атаманша разбойников, и мотала головой, покуда чучело чайки, или искусственные петунии, или что там на сей раз украшало ее неизменно сногсшибательную шляпу, не начинало болтаться из стороны в сторону, точно плюмаж у лошади во французской pompe funèbre[1] по высшему разряду. Да, до чего же все это странно, снова подумал Джереми; но и весьма разумно, если учесть, что оба они, и мать, и он, желают только одного — чтобы все оставалось по-старому. Причины, которые побуждали ее оставаться матриархом, были достаточно очевидны: приятно чувствовать себя королевой, заманчиво всю жизнь принимать почести и иметь верного подданного. Возможно, менее очевидными — по крайней мере, для стороннего наблюдателя — были причины, по которым он сам стремился сохранять status quo. Однако при ближайшем рассмотрении и они оказывались вполне убедительными. Во-первых, что там ни говори, сыновняя любовь; ибо за его напускной иронией и несерьезностью

---

[1] Похоронной процессии (*франц.*).

крылась глубокая привязанность к матери. Затем привычка — привычка такая давняя, что мать стала как бы частью его собственного тела, едва ли менее необходимой, чем печень или поджелудочная железа. Он питал к ней благодарность даже за те ее поступки, которые прежде, по горячим следам, казались ему уж вовсе неоправданными и жестокими. В тридцать лет он влюбился; хотел жениться. Не устроив ни единой сцены, проявляя по отношению к нему неизменное сочувственное внимание и безупречно держа себя с милой крошкой Эйлин, миссис Пордидж начала исподволь разрушать узы, соединяющие молодых людей; и так в этом преуспела, что их дружба наконец развалилась сама собой, словно дом, незаметно подточенный снизу. Тогда он был страшно несчастен и какой-то долей своего существа ненавидел мать за то, что она сделала. Но годы шли, и горечь постепенно растворялась; а теперь он был положительно благодарен ей за избавление от ужасов ответственности, семейной жизни, постоянной и хорошо оплачиваемой работы, от жены, которая могла стать еще худшим тираном, нежели мать, — да она и впрямь стала худшим тираном, ибо эта отталкивающего вида суетливая толстуха, в которую Эйлин мало-помалу себя превратила, была едва ли не самой невыносимой из всех знакомых ему особ женского пола: существо невероятно узколобое, гордое своей тупостью, подобное муравью по своей кипучей энергии, тиранически снисходительное. Одним словом, чудовище. Если бы не ловкость его матери, он был бы сейчас на месте несчастного мистера Уэлкина, мужа Эйлин и отца по меньшей мере четверых малолетних Уэлкинов, уже в детстве своем и юности таких противных, какою Эйлин стала лишь в зрелые годы. Безусловно, мать его была права, когда в шутку называла себя старой Иокастой, матриархом-кровопийцей; и, безусловно, прав был брат Том, называя его, Джереми, Питером Пэном и презрительно говоря, что он до сих пор цепляется за мамашину юбку. Но факт оставался фактом: он имел возможность читать, что ему нравится, и писать свои маленькие статейки; а мать его заботилась обо всех практических сторонах жизни, требуя взамен сыновней преданности, которую ему было не так уж трудно выказывать, и не мешала ему каждую вторую пятницу наслаждаться изысканными удовольствиями в гнездилище порока и разврата, в Мэйда-Вейл. А что тем временем творилось с беднягой Томом? Второй секретарь посольства в Токио; первый в Осло; советник в Ла-Пасе; а теперь вернулся на родину и, по-видимому уже навсегда, осел в Министерстве иностранных дел: потихоньку ползет по служебной лестнице вверх, ко все более ответственным постам и все более нечистоплотной работе. И по мере того как жалованье его росло в соответствии со степенью аморальности выполняемых заданий, бедняга чувствовал себя все более неловко; наконец, после скандала с Абиссинией, он исчерпал весь запас своих душевных сил. Находясь на грани отставки или нервного срыва, он вдруг совершенно неожиданно принял католическую веру. После этого ему сразу удалось избавиться от моральной ответственности за чинимые беззакония: он отправил ее на Фарм-стрит и сдал отцам иезуитам, так сказать, в законсервированном виде. Блестящее решение! С тех пор он стал другим человеком. После четырнадцати лет бездетной жизни его жена вдруг родила ребенка — зачатого, как подсчитал Джереми, той самой ночью, когда вспыхнула гражданская война в Испании. Затем был разграблен Нанкин; через два дня Том выпустил сборник юмористических стихов. (Удивительно, какое множество англичан-католиков увлекается юмористическим стихосложением.) Постепенно он набирал вес; за время, прошедшее от аншлюса до Мюнхена, он прибавил одиннадцать фунтов. Еще год или два политики силы в сочетании с Фарм-стрит, и Том доберется до четырнадцати стоунов и напишет либретто для музыкальной комедии. Нет! — решительно сказал сам себе Джереми. — Нет! Это абсолютно неприемлемо. Уж лучше Питер Пэн и мамашина юбка, и визиты в гнездилище порока и разврата. В тысячу раз лучше. Лучше хотя бы с эстетической точки зрения; потому что жиреть на Realpolitik[1] и испещрять юмористическими стишками поля гравюры с изображением Распятия, честное слово, просто вульгарно. Но это еще не все: его выбор лучше даже с этической точки зрения; ведь миляга Проптер-Поптер, конечно же, прав: раз ты не можешь быть уверен, что в конечном счете творишь добро, так старайся по крайней мере никому не вредить. И вот вам пожалуйста: его бедный братец, хлопотливый, как пчела, и, после обращения в католицизм, счастливый, как жаворонок, вкалывает именно на том самом месте, где может причинить максимальный вред наибольшему числу людей.

(Отскочил еще один струпик. Джереми вздохнул и откинулся на спинку стула.)

Ваш покорный слуга чешется, как бабуин, заключил он; живет в свои пятьдесят четыре года все еще под крылышком у матери; его половая жизнь одновременно и инфантильна, и порочна; никакими усилиями не вообразить, будто он делает нечто важное и полезное. Но если сравнить вашего покорного слугу с другими людьми — с Томом, например, или даже с самыми известными и почитаемыми, с членами кабинета министров и стальными магнатами, с епископами и знаменитыми романистами, — что ж, он будет выглядеть весьма неплохо. А если судить по отрицательному критерию, безвредности, то просто замечательно. Так что, с учетом всех факторов, его нежелание что-либо менять в своей жизни вполне оправданно. Приятный вывод; а засим пора опять возвращаться к Хоберкам.

---

[1] Реальной политике *(нем.)* — выражение, введенное в связи с политикой Бисмарка.

ГЛАВА ВТОРАЯ

В это утро Вирджиния проспала почти до десяти часов; и, даже приняв душ и позавтракав, она оставалась в постели еще около часа, неподвижно, с закрытыми глазами лежа на груде подушек, — прекрасное юное создание, которое словно только что победило тяжелый недуг и вернулось из долины тени.

Долина смертной тени*; тени больших смертей и множества малых. Со смертью наступает преображение. Кто хочет сберечь свою жизнь, потеряет ее*. Все люди, и мужчины и женщины, постоянно стремятся потерять свою жизнь — тусклую, безрадостную, бессмысленную жизнь своих индивидуальностей. Вечно стремление избавиться от нее, и для этого есть тысяча разных способов. Горячка заядлых игроков и борцов за национальное возрождение; мономании скупцов и извращенцев, исследователей, сектантов и честолюбцев; компенсационные психозы алкоголиков, книгочеев, мечтателей и морфинистов; галлюцинации курильщиков опиума, любителей кино и церковных обрядов; эпилепсия политических идеалистов и эротоманов; ступор живущих на веронале и изматывающих себя работой. Сбежать; забыть свою старую, давно надоевшую личность; стать кем-то другим или, еще лучше, *чем-то* другим — только телом, непривычно бесчувственным или чувствительным сверх обыкновенного; или, наоборот, какой-нибудь разновидностью внеличностного разума, формой неиндивидуализированного сознания. Какое счастье, какое чудесное облегчение! Даже для тех, кто прежде не знал, что в жизни у них не все ладно, что они тоже нуждаются в облегчении. Именно такой и была Вирджиния — счастливая в своей ограниченности, она не настолько осознавала собственное «я», чтобы увидеть, как оно безобразно и нелепо, или понять, как жалко по самой своей сути человеческое существование. И все же, когда доктор Обиспо научным путем организовал ее побег от себя самой, вызвав у нее припадок эротической эпилепсии такой ошеломительной силы, что раньше она ничего подобного не могла и вообразить, Вирджиния почувствовала: в ее жизни тоже есть нечто, требующее облегчения, и этот головокружительный прыжок сквозь более напряженное, чужое сознание во тьму полного забвения — именно то, что ей нужно.

Но, подобно другим пагубным пристрастиям — к наркотикам или книгам, к власти или аплодисментам, — пристрастие к наслаждению усугубляет тяжесть человеческой доли, облегчая ее лишь временно. С помощью излюбленного средства человек спускается в долину теней своей собственной маленькой смерти — вниз, вниз, неутомимо, отчаянно, только бы найти что-то еще, что-то отличное от себя, что-то иное и лучшее, чем это прозябание его человеческого «я» в ужасном мире других человеческих «я». Он падает вниз, а затем, либо в агонии, либо в блаженной неподвижности, умирает и преображается; но умирает лишь ненадолго, преображается лишь на короткий срок. За маленькой смертью следует маленькое воскресение, воскресение из беспамятства, из уничтожающего личность экстаза, назад, к горькому осознанию того, что ты одинок, слаб и ничтожен, к еще более глубокой отчужденности, еще более острому ощущению своей индивидуальности. И чем острее ощущение своей отчужденной индивидуальности, тем настоятельнее потребность снова сбежать, снова пережить смерть и преображение. Привычное средство облегчает муки, но тем самым ведет к их усугублению.

Лежа на подушках в постели, Вирджиния переживала свое ежедневное мучительное воскресение, возвращение из долины теней своей ночной смерти. Побыв чем-то иным под влиянием преображающей эпилепсии, она вновь становилась собой — правда, немного вялой и утомленной, все еще преследуемой странными картинами прошедшей ночи и отзвуками невероятных по остроте ощущений, но тем не менее легко узнаваемой прежней Вирджинией: той самой Вирджинией, которая обожала

Дядюшку Джо за его удачные сделки и была благодарна ему за то, что он так замечательно ее здесь устроил, той Вирджинией, которая не упускала случая посмеяться и думала, что жизнь — классная штука, и никогда ни о чем не заботилась, той Вирджинией, которая упросила Дядюшку Джо выстроить Грот и с самого детства любила Пресвятую Деву. А теперь Вирджиния обманывала своего доброго, обожаемого Дядюшку Джо — и не просто привирала по пустякам, что случается с каждым, а обманывала его намеренно и систематически. Да и не только его; она обманывала еще и бедного Пита. Все время с ним разговаривала, строила ему глазки (разумеется, насколько ей это удавалось при нынешних обстоятельствах); короче, делала на людях вид, будто влюблена в него, чтобы Дядюшка Джо не заподозрил Зига. Хотя в каком-то отношении она была бы даже рада, если б Дядюшка Джо заподозрил его. Она бы с удовольствием поглядела, как ему дадут в морду и вышвырнут отсюда. Это было бы просто здорово! Но она, наоборот, делала все, чтобы покрыть Зига; а заодно уже убедила этого бедного идиотика, что она без ума от него. Обманщица — вот кто она такая. Обманщица. Эти мысли мучили ее, она чувствовала себя несчастной и пристыженной; она уже не могла смеяться по любому поводу, как раньше; она все думала об этом, и ей было так плохо, что она не один раз решала этого не делать; решать-то решала, только у нее не хватало сил покончить с этим, и все повторялось опять, хотя она ненавидела себя за свое бессилие, а Зига за то, что он заставляет ее делать это, и больше всего — за то, что он так гнусно, грубо, цинично говорит ей, как именно он ее заставляет и почему она не может ему сопротивляться. А снова она шла на это еще и потому, что тогда ее переставала мучить совесть за предыдущее. Но после этого ей опять становилось плохо. До того плохо, что даже стыдно было смотреть в лицо Пресвятой Деве. Уже больше недели белые бархатные занавески перед домиком священной куколки оставались задернутыми. Она просто не отваживалась отдернуть их, потому что знала: если она решится и на коленях даст обещание Пресвятой Деве, это все равно ни к чему хорошему не приведет. Стоит только появиться этому ужасному Зигу, как с ней снова произойдет что-то странное: руки-ноги станут словно резиновые, наступит непонятная слабость и, прежде чем она успеет опомниться, это случится опять. И тогда будет гораздо хуже, чем раньше, потому что она ведь нарушит обещание, данное Пресвятой Деве. Так что уж лучше совсем ничего не обещать — во всяком случае, пока; до тех пор пока не появится шанс сдержать слово. Потому что не может же так продолжаться вечно; она просто отказывалась верить, что руки и ноги по-прежнему не будут ей служить. Когда-нибудь она наберется сил и пошлет Зига к черту. Вот тогда можно и Деве пообещать. А пока лучше не надо.

Вирджиния открыла глаза и тоскливо поглядела на нишу между окнами и на задернутые белые занавески, за которыми пряталось ее сокровище — очаровательная маленькая корона, жемчужное ожерелье, мантия из синей парчи, благожелательное лицо, чудесные маленькие ручки. Вирджиния глубоко вздохнула и, снова закрыв глаза, попыталась с помощью притворного сна вернуться к тому счастливому забвению, из которого так безжалостно вывели ее утренние лучи солнца.

ГЛАВА ТРЕТЬЯ

Стойт провел утро в Беверли-пантеоне. С большой неохотой; ибо кладбища, даже его собственные, всегда внушали ему ужас. Но требования бизнеса были священны; перед необходимостью умножать капитал, безусловно, отступали соображения чисто личного порядка. А уж это был бизнес так бизнес! По части недвижимости во всей округе не нашлось бы предприятия более выгодного, чем Беверли-пантеон. Эта земля была куплена во время войны по пятьсот долларов за акр, обустроена (дорогами, миниатюрными Тадж-Махалами, колумбариями и скульптурами), после чего цена акра поднялась тысяч на десять, а теперь, участками под могилы, продавалась примерно по сто шестьдесят тысяч за акр — и шла нарасхват, так что все первоначальные затраты уже окупились и дело стало приносить один чистый доход. И доход этот становился все больше и больше, поскольку население Лос-Анджелеса неуклонно росло. Его прирост составлял добрых десять процентов в год — и, что еще замечательнее, в основном сюда ехали пожилые люди из других штатов, ушедшие на покой, а ведь именно они-то и приносили Пантеону главную выгоду. Так что когда Чарли Хабаккук обратился к боссу с настоятельной просьбой приехать и обсудить последние планы по улучшению и расширению Пантеона, Стойт почувствовал, что просто не имеет морального права отказаться. Подавив неохоту, он исполнил свой долг. Вдвоем, с сигарами в зубах, они все утро просидели в кабинете Чарли на самом верху Башни Воскресения; и Чарли, как всегда, размахивал руками и выпускал из ноздрей струи дыма, и говорил — Боже, как он говорил! Словно один из тех малых в красных фесках, которые пытаются всучить тебе восточный ковер; между прочим, угрюмо подумал Стойт, Чарли и с виду почти такой же, разве что больше лоснится: кормежка-то у него получше, чем у торговцев коврами.

— Хватит мне тут товар расписывать, — резко оборвал его он. — Забыл, что здесь и так все мое?

Чарли поглядел на него удивленно и обиженно. Расписывать? Но он ничего не расписывал. Все это правда, все это совершенно серьезно. Пантеон был его детищем; он сам приспособил его для всех практических целей. Это он придумал мини-Тадж и Церковь Барда; он сам, на свой страх и риск, заключил с Генуей сделку на поставки скульптуры; он первый четко сформулировал идею придать смерти сексуальную окраску; и он же всегда решительно изгонял с кладбища всякие напоминания о печальной старости, всякие символы человеческой смертности, всякие изображения страдающего Христа. Ему приходилось отстаивать свои взгляды, приходилось выслушивать массу критических замечаний, но жизнь доказала его правоту. Теперь любому, кто станет возражать против отсутствия в Пантеоне распятий, можно заткнуть рот публикуемой отчетностью. А мистер Стойт говорит, что он расписывает товар. Он, видите ли, расписывает — да ведь спрос на места в Пантеоне сейчас такой огромный, что скоро они не смогут его удовлетворить. Им нужно расширяться. Больше территории, больше зданий, больше удобств. Больше и лучше; прогресс; сервис.

На верху Башни Воскресения Чарли Хабаккук раскрывал боссу свои замыслы. Среди предлагаемых им новшеств был Уголок Поэтов*, куда смогут попасть все настоящие писатели — он только опасался, что туда нельзя будет пустить рекламщиков, а это жаль, ведь многие рекламные деятели неплохо зарабатывают и наверняка согласились бы заплатить лишку за честь быть похороненными вместе с киношниками. Но тут палка о двух концах, потому что сценаристам не понравится, если там будут рекламщики; тогда они решат, что Уголок Поэтов недостаточно аристократичен. А с учетом их колоссальных заработков... нет, игра стоит свеч, заключил Чарли, игра стоит свеч. И конечно, в этом Уголке Поэтов надо будет сделать копию Вестминстерского аббатства. Мини-Вестминстер — звучит? И раз уж им все равно нужно еще несколько кремационных печей, надо поместить их там, во Дворике Декана. А под землей устроить тайничок для нового автоматического проигрывателя, чтобы можно было заводить и другую музыку. Само собой, «Вурлицер» отменять не надо, людям он нравится. Но один «Вурлицер» — это все-таки скучновато. По его мнению, не помешало бы приобрести записи какого-нибудь церковного хора — псалмы и прочее, — а еще можно время от времени, просто ради разнообразия, давать какую-нибудь зажигательную проповедь, так что вы сможете, например, посидеть в Саду Созерцания и немножко послушать «Вурлицер», а потом хор, поющий «Пребудь со мной»*, а потом проникновенный голос Бэрримора*, читающего, скажем, Геттисбергскую речь или «Смейся, и мир рассмеется с тобой»*, а может, какой-нибудь колоритный отрывок из миссис Эдди или Ральфа Уолдо Трайна* — тут все пойдет, лишь бы повдохновенней. И потом, есть идея построить Катакомбы. Ей-Богу, лучшей идеи у него сроду не было. Подведя Стойта к окну, которое выходило на юго-восток, он указал поверх долины, усеянной надгробиями и псевдоантичными памятниками в окружении кипарисовых кущ, туда, где опять начинался подъем к зубчатому горному хребту. Там, возбужденно воскликнул он, именно там, посреди вон той кручи; они пробьют в ней тоннели. Сотни ярдов подземных переходов с захоронениями. Если укрепить их армированным бетоном, землетрясений можно не бояться. Катакомбы высшего класса, единственные в мире. И часовенки вроде римских. А по стенам побольше фальшивых росписей, чтобы были похожи на старинные. Это обойдется дешево — их может сделать УОР* по одному из своих художественных проектов. Ребята, конечно, рисуют не ахти как; ну да ничего, все равно ведь будет ясно, что росписи поддельные. А людям давать с собой одни свечки и маленькие фонарики — никакого электрического освещения, только в самом конце всех этих извилистых переходов и лестниц, где будет как бы такая огромная подземная церковь, а посреди нее здоровенная статуя из тех, что украшали ярмарку в Сан-Франциско, — теперь, когда ярмарка кончилась, они с радостью отдадут ее за тысячу монет, а то и меньше, — знаете, такая модернистская голая девица, сплошные мускулы, — вот ее-то они и поставят прямо посередине, а вокруг, скажем, фонтан, и из воды скрытая подсветка розовым, чтоб девица была как живая. Да туристы туда валом повалят! Потому что больше всего на свете люди обожают пещеры. Взять хотя бы Карлсбадские* или те, что в Виргинии. А это ведь самые обыкновенные, естественные пещеры, ни росписей, ничего такого. А у них будут Катакомбы. Да, сэр; настоящие катакомбы вроде тех, где жили христианские мученики, — черт возьми, это же еще одна идея! Мученики! Почему бы им не сделать Часовню Мучеников с гипсовой группкой симпатичных голеньких девочек, которых вот-вот растерзает лев? Люди терпеть не могут распятий; а от такого зрелища они будут просто в восторге.

Стойт слушал этот монолог устало, с отвращением. Он ненавидел свой Пантеон и все, что было с ним связано. Ненавидел, ибо, несмотря на статуи и «Вурлицер», Пантеон не говорил ему ни о чем, кроме болезней и смерти, разложения и Страшного Суда; ибо именно здесь, в этом Пантеоне — у подножия роденовского «Поцелуя», — должны были похоронить и его. (Однажды помощник управляющего неосмотрительно указал ему это место и был мгновенно уволен; но память о перенесенном унижении осталась.) Энтузиазм, с которым Чарли излагал свои проекты катакомб и мини-Вестминстеров, не вызвал у него ответного тепла; реакцией на пылкие речи Хабаккука были лишь несколько нечленораздельных звуков и под конец угрюмое «о'кей», относящееся ко всему, за исключением Часовни Мучеников. Не то чтобы эта идея показалась Стойту неудачной; наоборот, он был уверен, что публика с восторгом примет подобное нововведение. Он отверг ее только из принципа — если Чарли Хабаккук будет думать, что он всегда прав, ничего хорошего из этого не выйдет.

— Подготовь планы и прикидки для всего остального, — приказал он таким грубым тоном, будто отчитывал подчиненного. — Но чтобы никаких мучеников. Мучеников я не потерплю.

Чуть не плача, Чарли попытался уговорить босса разрешить ему хотя бы одного льва, одну-единственную раннехристианскую девственницу со связанными за спиной руками — потому что людям ведь так нравятся веревки и кандалы. Две-три девственницы было бы, конечно, гораздо лучше; но он удовольствовался бы и одной.

— Хотя бы одну, мистер Стойт, — взмолился он, выразительно сложив перед собой руки. — Только одну.

Глухой ко всем его мольбам, Стойт упрямо покачал головой.

— Мучеников не будет, — сказал он. — Я так решил. — И чтобы подчеркнуть бесповоротность этого решения, отшвырнул окурок и поднялся уходить.

Пять минут спустя Чарли Хабаккук уже отводил душу перед своей секретаршей. Вот она, человеческая неблагодарность! И надо ж быть таким тупым! Он бы с радостью уволился, только чтобы старый болван понял, каково ему будет без него. Да тут через полчаса все прахом пойдет. Кто превратил это место в то, что вы видите сейчас, — в уникальнейшее кладбище мира? Да-да, уникальнейшее. Кто? (Чарли хлопнул себя по груди.) А кто получил все денежки? Джо Стойт. А что он, спрашивается, ради этого сделал? Да абсолютно ничего, палец о палец не ударил. Честное слово, хоть в коммунисты иди! От этого старого дурака не то что спасиба, простой вежливости не дождешься. Шпыняет тебя как какого-нибудь уличного мальчишку! Одно утешение: старый Джо не слишком здорово выглядел сегодня утром. Может, уже недалек тот день, когда они будут иметь удовольствие похоронить его. Там, в вестибюле Колумбария, в восьми футах под землей. Туда ему и дорога!

Самое грустное, однако, заключалось не в том, что он не слишком хорошо выглядел; откинувшись на спинку сиденья в автомобиле, который вез его к Клэнси в Беверли-Хиллс, Стойт, уже далеко не первый раз за последние две или три недели, думал о том, что он и чувствует себя не слишком хорошо. По утрам он просыпался каким-то вялым, утомленным; и голова у него была не такая ясная, как прежде. Обиспо называл это скрытым гриппом и заставлял его каждый вечер глотать таблетки; но они, похоже, не помогали. Лучше ему не становилось. А хуже всего было то, что он ужасно волновался за Вирджинию. С Деткой творилось что-то странное, она словно была где-то далеко отсюда: такая задумчивая, ничего не замечает, а скажешь ей что-нибудь — встрепенется и переспросит. И выглядит она теперь точь-в-точь как девицы на рекламах «Противогепатитной соли» или «Калифорнийского фигового сиропа»; можно было бы подумать, что у нее со здоровьем неладно, если б не то, как она ведет себя с этим парнем, Питером Буном. За столом все время с ним разговаривает; предлагает сходить искупаться вместе; попросила взглянуть разок в микроскоп, а на кой черт ей сдался этот микроскоп, хотел бы он знать? Вешается ему на шею — вот что сказал бы любой человек со стороны. И этот ее сиропный вид (как у квакеров на ихних собраниях; Пруденс таскала его туда, пока не увлеклась христианской наукой) — все одно к одному. Похоже, будто она и вправду втюрилась в парня. Но тогда почему это произошло так внезапно? Ведь раньше-то она особой симпатии к нему не проявляла. Всегда обращалась с ним точно с большим домашним псом — дружелюбно и все такое, но как бы не принимала его всерьез: потреплет по голове, а когда он завиляет хвостом, уже и забудет про него. Нет, не мог он этого понять; просто в голове не укладывалось. Похоже, что она в него втюрилась; но при этом будто не замечает, парень он или псина. Взять хоть последние дни. Конечно, она уделяла ему много внимания; но так, как уделяют внимание любимой охотничьей собаке. Вот это-то и сбивает с толку. Если б она втюрилась в Пита обыкновенным манером, он дал бы волю своей ярости — закатил бы скандал и вышвырнул мальчишку вон. Но разве можно злиться на девушку за то, что она просит домашнего пса разрешить ей поглядеть в микроскоп? Нельзя, даже если захочешь; потому что тут, злись не злись, толку не будет. Ему оставалось только горевать и пытаться сообразить, что к чему, а это никак не получалось. Ясно было лишь одно, а именно: Детка значила для него больше, чем он думал; он и представить себе не мог, что кто-то может столько для него значить. Все началось с того, что он просто хотел Детку — ему хотелось ее потрогать, подержать в руках, потормошить, съесть; он хотел ее, потому что она была теплая и хорошо пахла; хотел, потому что она была молода, а он стар, потому что она была так невинна, а он устал от жизни и, кроме невинности, его теперь ничто не возбуждало. Вот с чего все началось; но почти сразу произошло неожиданное. Ее молодость, ее невинность и обаяние — они уже не только возбуждали его. Она была такая милая, по-детски очаровательная, что, глядя на нее, он чуть не плакал — и одновременно хотел потрогать, потормошить, проглотить. Она действовала на него удивительно — с ней ему становилось хорошо, как после доброго глотка виски, и в то же время хорошо, как когда ты в церкви или даришь какому-нибудь несчастному малышу игрушку, а он радуется. Но Вирджиния была не просто чей-нибудь чужой ребенок, как те, в больнице, — она была *его*, его собственная. Пруденс не могла иметь детей, и тогда он жалел об этом. Но теперь он был рад. Ведь если бы у него были свои дети, они мешали бы Вирджинии. А Вирджиния значила для него больше, чем могла бы значить родная дочь. Потому что, даже если бы он относился к ней *только* как к дочери — а это было не так, — то его собственная дочь, появись она в свое время, наверняка не имела бы и сотой доли Деткиного обаяния: ведь у Стойтов в роду никто не мог похвастаться красотой, а Пруденс, честно говоря, была малость туповата, хоть и хорошая женщина, этого у нее не отнимешь; может, даже чересчур хорошая. А у Детки все было как надо, все замечательно. Встреча с ней принесла ему счастье, какого он не знал долгие годы. Когда она была рядом, во всех его делах точно опять появлялся смысл. Можно было жить, не задавая себе вопроса «зачем?». Ответ был здесь, перед тобой, в этой трогательной спортивной кепочке — или в роскошном наряде, изумруды и все такое, если предстояла вечеринка с киношниками.

И вот что-то случилось. Драгоценный ответ ускользнул от него. Детка изменилась; теперь между ними не было прежней близости; она словно ушла куда-то. Куда? И зачем? Почему она решила бросить его? Ведь он остался совсем один. Совсем, совсем один; а он уже старик, и белая плита лежит в вестибюле Колумбария, ждет его.

«Что с тобой, Детка?» — спрашивал он. Спрашивал снова и снова, с тоской в душе, слишком несчастный, чтобы сердиться, слишком напуганный грозящим ему одиночеством, чтобы думать о своей гордости или о своих правах, о чем бы то ни было, кроме одного — как удержать ее, любой ценой: «Что с тобой, Детка?».

А она каждый раз смотрела на него так, словно была где-то за миллион миль отсюда, — смотрела и говорила: ничего; она прекрасно себя чувствует; у нее нет никаких проблем; нет-нет, он ничего не может для нее сделать, потому что он уже дал ей все, что можно, и она совершенно счастлива.

А если он упоминал Пита (мимоходом, чтобы она не подумала, будто он что-нибудь подозревает), она и бровью не вела; просто говорила: да, Пит ей нравится; он славный мальчик, но простодушный и потому смешной; а она ведь любит посмеяться.

— Но, Детка, ты стала другой, — говорил он, и голос его едва не дрожал; ведь он правда был очень несчастен. — Ты совсем не такая, как раньше, Детка.

А она отвечала только, что это странно, потому что она чувствует себя как обычно.

— Ты стала относиться ко мне по-другому, — говорил он. А она говорила, что нет. А он говорил, да. А она говорила, это неправда. Потому что какие у него причины считать, что она стала относиться к нему по-другому? И она, конечно, была права; он не мог назвать никаких причин. Не мог посетовать, что она стала не такой ласковой, или не хотела, чтобы он целовал ее, или сказать еще что-нибудь в этом роде. Она стала другой, но, чтобы это объяснить, он не мог найти подходящих слов. Она выглядела не так, и ходила, и делала все не так. И единственное, что он мог сказать, — это то, что она словно не здесь, а где-то в другом месте, так что до нее нельзя дотянуться, нельзя поговорить с ней и даже увидеть ее по-настоящему. Вот на что это было похоже. Но когда он пробовал объяснить ей это, она только смеялась над ним и говорила, что в нем, наверно, проснулось что-то вроде женского чутья, про которое в романах пишут, — только его-то чутью и вовсе доверять нельзя.

На этом разговоры кончались, и он снова оказывался там же, откуда начал; пробовал разобраться во всем и не мог и от этих переживаний чувствовал себя совсем больным. Да-да, больным. Потому что, даже когда проходила эта вялость и тяжесть, которая теперь всегда одолевала его поутру, он так волновался за Детку, что устраивал разносы слугам и грубил этому чертову англичанину, и набрасывался с руганью на Обиспо. А еще у него начались нелады с пищеварением. Стала донимать изжога, и желудок давал себя знать; а однажды так прихватило, что он подумал, уж не аппендицит ли это. Но Обиспо объяснил, что это просто газы; скрытый грипп, мол, виноват. А он тогда вышел из себя и сказал ему, что он, наверно, дерьмовый доктор, раз не может справиться с такой ерундой. И должно быть, нагнал на малого страху, потому что тот ответил: «Дайте мне еще два-три дня, не больше, и я закончу курс лечения». И еще сказал, что этот скрытый грипп коварная штука: снаружи вроде бы ничего не заметно, а весь организм отравлен, даже думать нормально не можешь; начинаешь воображать то, чего на самом деле нету, и переживать зазря.

Может, оно и так по большому-то счету; только он знал, что в данном случае это у него не пустые выдумки. Детка и вправду изменилась; ему было отчего беспокоиться.

Автомобиль нес погрузившегося в мрачные и тревожные раздумья Стойта вниз по извилистой горной дороге, сквозь тенистый оазис Беверли-Хиллс и на восток (ибо Клэнси жил в Голливуде), по бульвару Санта-Моника. Сегодня утром Клэнси позвонил ему и, как обычно, изображая из себя конспиратора, разыграл очередную мелодраматическую сцену. Из его сообщения, полного таинственных недомолвок, гуманных намеков и перевранных имен, Стойту удалось понять, что все идет хорошо. Клэнси и его люди благополучно скупили львиную долю лучших земель в долине Сан-Фелипе. Случись это прежде, Стойт был бы в восторге; но сейчас его не радовала даже перспектива заработать еще миллион-другой шальных денег. В том мире, где он вынужден был теперь существовать, миллионы ничего не стоили. Разве миллионы могли облегчить его страдания? Страдания старого, усталого, опустошенного человека, человека, у которого не было в жизни цели, кроме самого себя, не было профессии и философии, кроме защиты собственных интересов, не было ни привязанностей, ни даже друзей — только дочь и возлюбленная, наложница и дитя в одном лице, предмет неистовой страсти и едва ли не слепого обожания. И это существо, на которое он положился, чтобы придать своей жизни значимость, вдруг подвело его. Он начал подозревать ее в неверности — но подозревать без видимых причин, и это чувство было столь странным, что органически не могло вылиться ни в одну из обычных приносящих удовлетворение реакций — вспышку гнева, попреки, рукоприкладство. Жизнь его теряла смысл, а он не способен был помешать этому, ибо не знал, как вести себя в такой ситуации, и безнадежно запутался. И вдобавок где-то на краю его сознания постоянно маячила зловещая картина: круговой мраморный вестибюль с роденовским воплощением желания в центре, и эта белая плита внизу, у подножия статуи, — плита, на которой однажды будет выбито его имя: Джозеф Пентон Стойт, и даты рождения и смерти. А за этой надписью проступала другая, оранжевыми буквами на угольно-черном фоне: «Страшно впасть в руки Бога живаго». А тут — тут был Клэнси со своими туманными намеками на грядущий триумф. Какая радость! Какая радость! Через год-два он станет еще на миллион богаче. Но миллионы были в одном мире, а старый, несчастный, испуганный человек — в другом, и связи между двумя этими мирами не было.

ГЛАВА ЧЕТВЕРТАЯ

Джереми трудился несколько часов, разбирая, изучая, подшивая, составляя предварительный каталог. Нынче утром ничего интересного не попадалось — одни отчеты, да правовые документы, да деловые письма. Всякая чепуха для Коултона, Тони* или Хаммондов; не по его носу табак.

К половине первого эта нудная работа совсем утомила его. Он прервал свои занятия и, дабы немного освежиться, взял в руки записную книжку Пятого графа.

«Июль 1780, — прочел он. — Чувственность тесно связана с Печалью, и бывают случаи, когда безутешная Вдова именно благодаря искренности своей Скорби оказывается обманутой собственными Переживаниями и уступает домогательствам Гостя, явившегося выразить Соболезнование и владеющего Искусством переходить от Утешений к Вольностям. Я сам посмертно наградил рогами некоего Герцога и двоих Виконтов (одного из них не далее как вчера вечером) на тех самых Постелях, откуда их с Помпой увезли в фамильные усыпальницы всего несколько часов назад».

А это должно понравиться матери, подумал Джереми. Она просто обожает подобные штучки! Он твердо решил, если выйдет не слишком дорого, вставить этот отрывок в телеграмму, которую пошлет сегодня вечером.

Он вернулся к записной книжке.

«В одном из Приходов, состоящих под моим началом, неожиданно освободилось место, и сегодня Сестра прислала ко мне юного Священника, коего рекомендует, и я ей верю, за его исключительную Добродетель. Но я не потерплю поблизости от себя иных Попов, кроме тех, что пьют всласть, ездят с собаками на охоту и соблазняют Супруг и дочерей своих Прихожан. Добродетельный Поп не делает ничего, дабы испытывать и укреплять Веру своей Паствы; но, как я и отписал Сестре, только через Веру мы обретаем Спасение».

Следующая запись была помечена мартом 1784 года.

«В старых Склепах, которые долго стояли запертыми, свешивается с потолка и покрывает стены некая тягучая Слизь. Сие есть Квинтэссенция разложения».

«Январь 1786. Всего полдюжины заметок за столько лет. Если мне суждено так же неспешно исписать весь Дневник, я, наверное, переживу библейских Патриархов. Меня удручает моя лень, но я утешаюсь мыслью, что мои современники слишком жалки и не заслуживают Усилий, кои я мог бы предпринять, поучая и развлекая их».

Джереми бегло просмотрел три страницы рассуждений о политике и экономике. Затем ему попалась на глаза более любопытная запись, датированная 1 марта 1787 года.

«Умирание есть едва ли не самое неодухотворенное из всех наших действий, еще более плотское, нежели акт любви. Иногда Предсмертная Агония напоминает потуги человека, страдающего Запором. Сегодня я видел, как умирал М. Б.»

«11 января 1788. В этот день, пятьдесят лет назад, я появился на свет. После одиночества в материнской Утробе нас ожидает одиночество среди наших Собратьев, а затем следует возврат к одиночеству в Могиле. Мы проводим жизнь в попытках смягчить одиночество. Но Близость никогда не превращается в слияние. Самый многолюдный Город есть лишь преизбыток запустений. Мы обмениваемся Словами, но передаем их из темницы в темницу, не надеясь, что другие поймут их так же, как понимаем мы. Мы женимся, и вот в доме появляются два одиночества вместо одного; мы снова и снова повторяем акт любви, но и тут близость не превращается в слияние. Самый интимный контакт есть лишь контакт Поверхностей, и мы совокупляемся, как Приговоренные к смерти со своими Шлюхами в Ньюгейтской тюрьме — через прутья клеток. Наслажденьем нельзя поделиться; его, как и Боль, можно лишь испытывать или вызывать, и когда мы дарим Наслаждение своим Любовницам или оказываем Милость Нуждающимся, мы услаждаем отнюдь не объекты нашей Благосклонности, а лишь самих себя. Ибо Правда состоит в том, что причина и у нашей Доброты, и у Жестокости одна: мы хотим сильнее ощутить собственную Власть; вот к чему мы стремимся вечно, несмотря на то что упоение Властью заставляет нас чувствовать себя еще более одинокими, чем прежде. Фактически одиночество есть удел всех людей, и смягчить его можно лишь с помощью Забытья, Отупения или Грез; но острота его переживания пропорциональна силе ощущения человеком собственной Власти и ее реальному масштабу. При любых обстоятельствах, чем больше у нас Власти, тем острее мы чувствуем свое одиночество. Я наслаждался Властью на протяжении многих лет».

«Июль 1788. Сегодня мне нанес визит капитан Пейви, круглолицый, жизнерадостный, грубый человек, который, несмотря на все свое благоговение передо мною, иногда не может удержаться от приступов свойственного ему вульгарного Веселья. Я расспросил капитана о его последнем Путешествии, и он очень подробно описал мне, как Рабов содержат в трюмах; как их заковывают в цепи; как их кормят и в тихую погоду выпускают размяться на палубу, предварительно натянув по бортам

Сети, дабы воспрепятствовать самым отчаянным броситься в море; как их карают за Непокорство; как судно сопровождают когорты голодных акул; как свирепствуют цинга и иные болезни; как от долгого лежания на твердых досках у Негров стирается кожа и как корабль непрестанно качают Волны; какой ужасный смрад царит в трюме — он способен свалить с ног самого закаленного морского волка, отважившегося спуститься туда; как часты смертные случаи и как поразительно быстро разлагаются трупы — особенно во влажном Климате поблизости от Экватора. Когда он уходил, я подарил ему золотую табакерку. Не ждав от меня такой чести, он принялся столь шумно рассыпаться в благодарностях и обещаниях блюсти мои будущие Интересы, что я вынужден был перебить его. Табакерка обошлась мне в шестьдесят гиней; три последних путешествия капитана Пейви принесли мне более сорока тысяч. Власть и достаток человека возрастают с удалением его от тех материальных объектов, кои являются непосредственными источниками этой власти и достатка. Риск, выпадающий на долю Генерала, во сто раз меньше риска, которому подвергается простой солдат; а на каждую гинею, заработанную последним, приходится сотня генеральских. Так же и со мной, Пейви и рабами. Рабы трудятся на Плантации, получая за это лишь побои и скудную пищу; капитан Пейви преодолевает все трудности и опасности морских Путешествий и живет хуже Галантерейщика или Виноторговца; а среди того, к чему прилагаю руку я, нет ничего более материального, нежели банковские Чеки, и в награду за мои усилия золото сыплется на меня дождем. В нашем мире у человека есть три пути. Во-первых, он может избрать удел большинства и, будучи слишком безмозглым, чтобы превратиться в отпетого негодяя, ограничивать свою врожденную низость столь же врожденной глупостью. Во-вторых, можно пополнить ряды совсем уж круглых дураков, с болезненным упорством отрицающих свою врожденную Низость, дабы практиковать Добродетель.

В-третьих, можно выбрать путь здравомыслящего человека — того, кто, зная о своей врожденной Низости, учится извлекать из нее выгоду и с помощью сего умения возвышается над нею и над своими более глупыми Собратьями. Что касается меня, то я пожелал быть здравомыслящим».

«Март 1789. Разум сулит счастье; Чувство возражает против того, что это Счастье; дает же Счастье лишь Здравомыслие. А само Счастье подобно пыли во рту».

«Июль 1789. Если бы Мужчины и Женщины предавались Наслаждениям столь же шумно, как это делают Кошки, разве мог бы хоть один Лондонец спокойно спать по ночам?»

«Июль 1789. Бастилия пала. Да здравствует Бастилия!»

Следующие несколько страниц были посвящены Революции. Их Джереми пропустил. В 1794 году интерес Пятого графа к Революции уступил место интересу к собственному здоровью.

«Моим посетителям, — писал он, — я говорю, что был болен, а теперь снова поправился. Это совершенная ложь; ибо тот, кто находился на пороге Смерти, равно как и тот, кто теперь якобы здоров, не имеют со мною ничего общего. Первый был частным порождением Лихорадки, воплощением Боли и Апатии; второй — тоже не я, а усталый, высохший и ко всему равнодушный старик. От Существа, коим я некогда был, мне осталось лишь имя да несколько воспоминаний. Словно Человек умер и завещал пережившему его Другу горстку ненужных безделушек на память».

«1794. Больной Богач подобен одинокому раненому в Египетской пустыне; над его головой парят Стервятники, спускаясь все ниже и ниже, а рядом, все более сужая круги, рыщут Шакалы и Гиены. Таковы Наследники Богача — они окружают его столь же неусыпным вниманием. Когда я смотрю в лицо своему Племяннику и читаю на нем под маской Заботливости алчное Нетерпение и Досаду на то, что я еще не умер, это вызывает у меня прилив жизненных сил. Я буду продолжать жить хотя бы затем, чтобы лишить его Счастья, до которого, как он полагает (ибо знает о моем Рецидиве), ему уже рукой подать».

«1794. Мир есть Зеркало, в коем всякий видит свое Отражение».

«Январь 1795. Я попробовал воспользоваться средством царя Давида от старости* и нашел его негодным. Тепло нельзя передать, его можно лишь выманить изнутри; и там, где не теплится уже ни одна искорка, разжечь пламя не поможет и трут.

Пусть Священники правы, говоря, что мы спасены чужим страданием; но я могу поклясться, что от чужого наслаждения нет никакого проку — оно лишь усиливает в том, кто его доставляет, сознание собственной Власти и Превосходства».

«1795. Когда нас покидают Чувственные Радости, мы возмещаем эту потерю, лелея в себе Гордыню и Тщеславие. Любовь к Господству над другими не зависит от наших физических возможностей и посему легко заменяет Наслаждение, уже не доступное нам вследствие телесной слабости. Меня, например, никогда не покидала любовь к Господству — даже в Пылу Наслаждения. После моей недавней смерти оставшийся от меня Призрак вынужден довольствоваться первым, не столь сильнодействующим, зато и более безобидным из двух средств, которые дают нам Удовлетворение».

«Июль 1796. Гонистерские рыбоводные пруды были вырыты в Эпоху Суеверий монахами монастыря, на деньги которого и построен мой нынешний Дом. При короле Карле I мой прапрадед велел сделать несколько свинцовых Дисков, выгравировать на них его монограмму и дату и прикрепить к серебряным кольцам, кои затем были надеты на хвосты пятидесяти больших карпов. Не менее двадцати из этих Рыб живы по сей день, в чем я убедился, глядя, как они подплывают на звон колокольца к месту Кормления. Их сопровождают другие, еще более крупные, — возможно, свидетели жизни монахов до Роспуска Монастырей при короле Генрихе*. Наблюдая, как они плавают в прозрачной Воде, я дивился силе и неизменной живости этих гигантских Созданий, старейшие из которых родились, наверное, еще тогда, когда была написана «Утопия»*, а младшие являются ровесниками автора «Потерянного Рая»*. Этот поэт пытался оправдать Бога в том, что Он содеял с Человеком. Было бы гораздо полезнее, если б он попробовал объяснить, что Бог содеял с Рыбой. Философы отнимают время у себя и у своих читателей, рассуждая о Бессмертии Души; Алхимики веками потели над своими тиглями в тщетной надежде найти Эликсир Бессмертия или Философский Камень. Однако в любом пруду и любой реке можно обнаружить Карпов, которые пережили бы трех Платонов и полдюжины Парацельсов. Секрет вечной Жизни следует искать не в старых Книгах, не в жидком Золоте и даже не на Небесах; он должен быть найден в речной Тине и ожидает лишь искусного Удильщика».

Где-то в глубине коридора зазвонил колокольчик — пора было идти на ленч. Джереми встал, отложил записную книжку Пятого графа и направился к лифту, внутренне улыбаясь при мысли, как приятно будет сообщить этому нахальному ослу Обиспо, что все его замечательные идеи о долголетии были предвосхищены в восемнадцатом веке.

ГЛАВА ПЯТАЯ

В отсутствие хозяина за ленчем было очень весело. Слуги занимались своим делом, не получая ежеминутных нагоняев. Джереми мог говорить, не рискуя нарваться на грубость или оскорбление. Обиспо беспрепятственно рассказал анекдот о трубочисте, который побежал страховать свою жизнь, едва у него начался медовый месяц, и Вирджиния, погруженная в привычное теперь состояние похожей на транс глубокой усталости — она умышленно не выходила из этого состояния, чтобы поменьше думать и не чувствовать себя такой виноватой, — могла рассмеяться не таясь. И хотя какая-то часть ее существа противилась этому смеху — ведь лучше было бы смолчать, чтобы Зиг не решил, будто она его поощряет, — Вирджиния все же хотела смеяться; она просто не могла не смеяться, потому что анекдот был действительно очень смешной. Кроме того, на время отпала необходимость разыгрывать перед Дядюшкой Джо этот спектакль с Питом, и она чувствовала огромное облегчение. Не надо никого обманывать. На несколько часов она может снова стать собой — обыкновенной, нормальной Вирджинией. Единственной ложкой дегтя было то, что эта «нормальная Вирджиния» такое жалкое существо: существо, у которого руки-ноги становятся как резиновые, едва только этот проклятый Зиг вздумает заявиться в очередной раз, существо, которое не способно сдержать обещание, данное даже Пресвятой Деве. Ее смех внезапно оборвался.

Один Пит был безоговорочно несчастен — конечно, и из-за трубочиста, и бурного веселья Вирджинии; но также из-за того, что пала Барселона, а вместе с нею рухнули и все его надежды на скорую победу над фашизмом, на будущие встречи со старыми товарищами, которые едва ли останутся в живых. И это было не все. Смех после анекдота о трубочисте являлся лишь одним удручающим обстоятельством среди многих. Прошло уже две смены блюд, а Вирджиния еще ни разу не обратила на него внимания. Но почему, почему? В свете случившегося за последние три недели это было необъяснимо. С того самого вечера, когда Вирджиния повернула назад у Грота, она была так мила с ним — часто подходила поболтать, расспрашивала об Испании и даже о биологии. Мало того, она попросила посмотреть что-нибудь через микроскоп! Дрожа от счастья, так что едва смог пристроить как следует предметное стекло, он подкрутил резкость, и препарат из кишечной флоры карпа стал отчетливо виден. Потом она села на его место и склонилась над окуляром, и пряди ее каштановых волос свесились по обе стороны от микроскопа, а над краем розового свитера показалась неприкрытая шея — такая белая, такая заманчивая, что он чуть не упал в обморок, гигантским усилием преодолев соблазн поцеловать ее.

За прошедшие с тех пор дни он часто жалел, что не поддался тогда этому соблазну. Но затем снова брали верх его лучшие чувства, и он радовался, что все сложилось именно так. Ведь иначе, без сомнения, было бы нехорошо. Потому что, хотя он давно уже перестал верить в эту чепуху насчет крови Агнца и прочего, в которую верили его родные, он все еще помнил слова своей набожной и свято чтущей приличия матушки о том, как дурно целовать девушку до помолвки; в душе он по-прежнему оставался пылким юношей, который в трудный период созревания с восторгом внимал красноречивому пастору Шлицу и с тех пор твердо решил хранить целомудрие, глубоко уверовал в Святость Любви, проникся благоговением к некоему чуду, именуемому христианским браком. Но пока, к сожалению, он еще слишком мало зарабатывал и не чувствовал за собой права говорить Вирджинии о своей высокой любви и предлагать ей сочетаться с ним христианским браком. Имелась здесь и дополнительная сложность, которая состояла в том, что с его стороны этот брак был бы христианским только в обобщенном смысле; Вирджиния же принадлежала к церкви, которую пастор Шлиц называл вавилонской блудницей, а марксисты считали особенно отвратительной. Кроме того, эта церковь вряд ли отнеслась бы к нему лучше, чем он к ней; правда, теперь, после преследований, которым Гитлер подверг ее в Германии, и испанского госпиталя, где за Питом ходили сестры-католички, она заметно выиграла в его глазах. И даже если бы эти финансовые и религиозные трудности каким-нибудь чудом удалось уладить, все равно остался бы еще один ужасный факт — мистер Стойт. Он, конечно же, знал, что мистер Стойт для Вирджинии не более чем отец или максимум добрый дядюшка, — но знал это с той чрезмерной определенностью, которую порождает желание; его уверенность была сродни уверенности Дон-Кихота, твердо знавшего, что картонное забрало его шлема прочнее стали. Когда знаешь что-то подобным образом, разумнее не задавать лишних вопросов; а если он предложит Вирджинии выйти за него замуж, подробности ее отношений с мистером Стойтом почти наверняка должны будут проясниться даже помимо его воли.

Очередным осложняющим фактором в этой ситуации был мистер Проптер. Ибо если мистер Проптер прав, а Пит все более и более склонялся к мысли, что это так, то, очевидно, нет никакого резона совершать поступки, которые могут затруднить переход с человеческого уровня на уровень вечности. И хотя он любил Вирджинию, ему едва ли удалось бы убедить себя, что брак с ней может способствовать просветлению какой бы то ни было из сторон.

Прежде он, пожалуй, питал на этот счет некоторые иллюзии; однако за последние неделю-две изменил свое мнение. Точнее, теперь у него вовсе не осталось никакого мнения; он был просто-напросто сбит с толку. Ибо характер Вирджинии неожиданно стал другим. Ее невинность, по-детски шумная и открытая, вдруг превратилась в тихую и непроницаемую. Раньше она всегда беззаботно подшучивала над ним, держала себя раскованно, по-приятельски; но недавно в ее поведении произошла странная перемена. Шутки прекратились, и их место заняла какая-то трогательная заботливость. Она была очень ласкова с ним — но не так, как девушки бывают ласковы с человеком, которого хотят влюбить в себя. Нет, Вирджиния была с ним ласкова, словно сестра, и даже не просто сестра: почти как сестра милосердия. И даже не просто как сестра милосердия, а как та самая сестра, которая ухаживала за ним в геройском госпитале, — молоденькая, с большими глазами и бледным овальным лицом, точно у Девы Марии, какой ее обычно изображают; казалось, ее всегда переполняет затаенное счастье, источник которого не в том, что происходит вокруг, а где-то внутри; она словно вглядывалась во что-то удивительное и прекрасное, видное только ей; и когда она вглядывалась туда, у нее уже не было причин пугаться, к примеру, воздушного налета или расстраиваться из-за ампутации. Она, очевидно, смотрела на вещи с другого уровня — с того самого, который мистер Проптер называет уровнем вечности; и реагировала на все иначе, чем люди, живущие на человеческом уровне. На человеческом уровне ты то злишься, то пугаешься; а если и спокоен, так только благодаря усилию воли. Но та сестра сохраняла спокойствие без всяких усилий. Тогда он восхищался ею, не понимая. Теперь, спасибо мистеру Проптеру, он уже не просто восхищался, а кое-что и понимал.

Да, в последние недели Вирджиния напоминала ему именно эту сестру. Как будто в ней произошел внезапный переход от обращенности вовне к внутренней жизни; от открытого реагирования на окружающее к глубокой, загадочной отрешенности. Причина этого превращения оставалась для него непонятной, но сам факт был налицо, и он уважал его. Уважал — вот почему он не поцеловал ее в шею, когда она склонилась над микроскопом; вот почему ни разу не дотронулся до ее локтя и не взял ее за руку; вот почему ни единым словом не обмолвился ей о своих чувствах. Он понимал, что теперь, после ее странного, необъяснимого преображения, все эти поступки были бы неуместны, почти кощунственны. Она решила быть с ним ласковой, как сестра; значит, он должен вести себя как брат. А сейчас, непонятно почему, она словно вовсе забыла о его существовании.

Сестра забыла своего брата; а сестра милосердия забылась настолько, что позволила себе слушать гадкий анекдот Обиспо о трубочисте да еще смеяться над ним. И тем не менее, заметил сбитый с толку Пит, как только она перестала смеяться, ее лицо вновь обрело выражение этой таинственной отрешенности, погруженности в себя. Сестра милосердия вернулась к прежнему облику так же быстро, как оставила его. Это было недоступно его пониманию; просто в голове не укладывалось.

Когда подали кофе, Обиспо объявил, что намерен устроить себе выходной до завтра, а поскольку в лаборатории сейчас нет никакой срочной работы, он советует Питу сделать то же самое. Пит поблагодарил его и, притворившись, будто спешит (ибо за обсуждением послеобеденных планов Вирджиния наверняка проигнорировала бы его опять, а он не хотел подвергаться очередному унижению), наскоро проглотил кофе, невнятно извинился и покинул столовую. Чуть позже он уже шагал по залитой солнцем дороге вниз, в долину.

По пути он размышлял о том, что услышал от мистера Проптера во время последних встреч.

О том, что он сказал насчет самого глупого места в Библии и самого умного: «Возненавидели Меня напрасно» и «Бог поругаем не бывает. Что посеет человек, то и пожнет»*.

О том, что никому и ничего не достается даром — например, за избыток денег, за избыток власти или секса человеку приходится платить более прочной привязанностью к своему «я»; страна, которая развивается слишком быстро, порождает тиранов, подобных Наполеону, Сталину или Гитлеру; а представители процветающей, не раздираемой внутренними склоками нации платят за это тем, что становятся чопорными, самодовольными и консервативными, как англичане.

Бабуины загомонили, когда он проходил мимо. Пит вспомнил кое-какие высказывания мистера Проптера о литературе. О скуке, которую нагоняют на человека зрелого ума все эти чисто описательные пьесы и повести, столь превозносимые критикой. Все эти бесчисленные, нескончаемые зарисовки из жизни, романы и литературные портреты, но ни одной общей теории зарисовок, ни одной гипотезы в объяснение романов и портретов. Только гигантское скопище фактов, свидетельствующих о похоти и жадности, о страхе и честолюбии, о долге и симпатиях; только факты, да к тому же еще и воображаемые, и никакой связующей философии, которая возвышалась бы над здравым смыслом и местной системой условностей, никакого упорядочивающего принципа, который мог бы заменить простые эстетические соображения. А сколько чепухи нагородили те, кто брался пролить свет на эту мешанину фактов, причудливо переплетенных с фантазиями! К примеру, вся эта напыщенная болтовня о Региональной Литературе — словно в том, чтобы записывать случаи проявления похоти, жадности и гражданской сознательности жителями своей страны, говорящими на местном наречии, есть какая-то особенная, выдающаяся заслуга! Или еще: набирают факты из жизни городской бедноты и делают попытку подогнать их под определения какой-нибудь постмарксистской теории, которая, возможно, отчасти и верна, однако всегда неуместна. И тогда это называется Шедевром Пролетарской Прозы. Или еще: кто-нибудь намарает очередную книжонку, возвещающую, что Жизнь Свята; под этим обычно подразумевается, что всякие проявления человеческой натуры, как-то: обман, пьянство, разнузданность, сентиментальность — целиком согласованы с Господом Богом, а посему вполне допустимы и даже добродетельны. И тогда критики сразу начинают толковать о высокой гуманности автора, о его мудром милосердии, о его сродстве с великим Гёте и влиянии на него Уильяма Блейка*.

Пит улыбнулся, думая об этом, хотя в улыбке его была доля грусти; ведь он и сам прежде воспринимал подобные писания с той серьезностью, на которую претендовал их высокопарный слог.

Неоправданная серьезность — источник многих наших роковых ошибок. Серьезно, говорил мистер Проптер, следует относиться лишь к тому, что этого заслуживает. А на чисто человеческом уровне серьезного отношения не заслуживает ничто, кроме страдающих людей, которые обязаны своими бедами собственным преступлениям и недомыслию. Но если разобраться как следует, эти преступления и недомыслие чаще всего являются результатом слишком серьезного отношения к вещам, которые этого не заслуживают. Кстати, продолжал мистер Проптер, это и есть еще один огромный недостаток так называемой хорошей литературы: она принимает условную шкалу ценностей; уважает власть и положение; восхищается успехом; полагает разумными самые сумасшедшие предрассудки государственных деятелей, бизнесменов, влюбленных, карьеристов, родителей. Словом, всерьез относится как к самому страданию, так и к причинам страдания. Она способствует увековечению человеческих несчастий, явно или неявно одобряя те мысли, чувства и поступки, которые ни к чему, кроме несчастий, привести не могут. И преподносится это одобрение в самой великолепной и убедительной форме. Так что, даже прочитав трагедию, то есть пьесу с плохим концом, читатель бывает заворожен авторским красноречием и воображает, будто во всем этом есть нечто мудрое и благородное. Хотя на самом деле это, конечно, не так. Ведь если посмотреть непредвзято, нет ничего более глупого и жалкого, чем темы, положенные в основу «Федры», или «Отелло», или «Грозового перевала», или «Агамемнона»*. Но благодаря гениальной обработке темы эти засверкали, стали волнующими, и потому читатель или зритель остается при своем убеждении, будто бы, несмотря на случившуюся катастрофу, повинный в ней мир — этот слишком человеческий мир — устроен не так уж плохо. Нет, хорошая сатира, по существу, гораздо правдивей и, конечно же, гораздо полезнее, чем хорошая трагедия. Беда в том, что хорошая сатира —

очень редкая штука; ведь очень немногие сатирики отваживаются заходить в своей критике общепринятых ценностей достаточно далеко. «Кандид»*, например, замечателен в своем роде; но он не идет дальше развенчания основных человеческих деяний, совершаемого во имя идеала безвредности. Что ж, это верно: большинству людей стоило бы стремиться к безвредности как к наивысшему идеалу, ибо, хотя немногие способны творить добро в позитивном смысле, нет такого человека, который не мог бы при желании воздержаться от зла. Тем не менее одна безвредность, как бы ни была она хороша, отнюдь не представляет собой высочайшего из всех возможных идеалов. Il faut cultiver notre jardin[1] не есть последнее слово человеческой мудрости; разве что предпоследнее.

Солнце светило так, что, спускаясь с холма, Пит увидел две маленькие радуги у грудей нимфы Джамболоньи. В голове его сразу же возникла мысль о Ное и одновременно — о Вирджинии в белом атласном купальнике. Он попытался прогнать вторую мысль как несовместимую с новым, драгоценным для него образом сестры милосердия; а поскольку Ной не мог дать особенной пищи для размышлений, он вновь окунулся в воспоминания — на сей раз о беседе с мистером Проптером насчет секса. Начало ей положили его собственные недоуменные расспросы о том, что считать нормальной половой жизнью — не в статистическом смысле, конечно, а в том абсолютном, в каком может быть названо нормальным безупречное, ничем не нарушаемое пищеварение. Какой тип половой жизни нормален в этом смысле слова? И мистер Проптер ответил: никакой. Но должен же быть эталон, запротестовал он. Если добро может проявляться на животном уровне, то должен быть тип половой жизни, который абсолютно нормален и естествен, как есть абсолютно нормальный и естественный процесс ус-

---

[1] Надо возделывать свой сад (*франц.*).

воения пищи. Но половая жизнь человека, ответил мистер Проптер, лежит на ином уровне, нежели пищеварение. У крыс — у тех да, у них отношения полов лежат на том же уровне, что и усвоение пищи: ведь у них все происходит инстинктивно; другими словами, контролируется физиологическим разумом тела, который регулирует совместную работу сердца, легких и почек, поддерживает нужную температуру, питает мышцы и заставляет их производить необходимые сокращения по сигналам центральной нервной системы. Работа человеческого организма контролируется тем же физиологическим разумом тела; благодаря этому-то разуму на животном уровне и проявляется добро. Но половая жизнь находится у людей почти совершенно вне юрисдикции этого физиологического разума. Он контролирует лишь клеточную активность, которая делает половую жизнь возможной. Все остальное осуществляется помимо инстинкта, на чисто человеческом уровне самосознания. Даже люди, думающие, будто они проявляют свою сексуальность как самые настоящие животные, все-таки остаются на человеческом уровне. Это значит, что они сознают свое «я», мыслят словесными категориями — а где слова, там обязательно память и желания, суждения и фантазии; там сразу появляются прошлое и будущее, реальное и воображаемое, сожаления и предчувствия, добро и зло, похвальное и постыдное, прекрасное и безобразное. Самая звериная эротика в отношениях мужчин и женщин всегда связана с какими-то из этих неживотных факторов — факторов, которые привносит в любую человеческую ситуацию наличие языка. Это означает, что нет единственного типа человеческой сексуальности, который может быть назван «нормальным» в том смысле, в каком говорят о нормальном зрении или пищеварении. В этом смысле все виды человеческой сексуальности абсолютно ненормальны. О различных типах половой жизни нельзя судить, соотнося их с каким-либо естественным эталоном. О них можно судить лишь в связи с конечными целями каждого индивидуума и результатами, которых он добивается. Если, скажем, человек хочет, чтобы о нем сложилось хорошее мнение в конкретном обществе, он или она может без всякого риска принять за «нормальный» тот тип половой жизни, который в настоящее время допускается местной религией и одобряется «лучшими людьми». Однако бывают индивидуумы, придающие мало значения тому, что подумает о них гневливый Бог или даже лучшие люди. Их главная цель — как можно чаще испытывать острые ощущения и сильные чувства. Они, очевидно, представляют себе «нормальную» половую жизнь совсем не так, как более примерные члены общества. Далее, существует множество разновидностей сексуальной жизни, «нормальных» для людей, желающих взять все лучшее от обоих миров — мира своих личных ощущений и эмоций и мира общественных, то есть моральных и религиозных, соглашений. К ним относятся «эталоны» Тартюфа и Пекснифа, «эталоны» священников, охочих до школьниц, и членов кабинета, имеющих тайное пристрастие к симпатичным мальчикам. И наконец, есть те, кто не заботится ни о преуспеянии в обществе, ни об умилостивлении местного божества, ни о том, как бы побольше пережить и перечувствовать, но желают в первую очередь просветления и освобождения, хотят решить проблему выхода за пределы личности, подняться с человеческого уровня на уровень вечности. Их понятия о «нормальной» половой жизни далеки от эталонов всех остальных категорий.

На теннисном корте дети повара-китайца запускали воздушных змеев в виде птиц, снабженных маленькими свистками и печально щебечущих под порывами ветра. Ушей Пита достигали радостные возгласы на кантонском диалекте, напоминающие кряканье уток. По ту сторону Тихого океана, мелькнуло у Пита в мыслях, миллионы и миллионы таких вот ребятишек умирают или уже умерли. Внизу, в Священном гроте, стояла гипсовая статуя Пресвятой Девы. Пит подумал о коленопреклоненной Вирджинии в белых шортах и спортивной кепочке, о страстных обвинительных речах его преподобия Шлица, о шутках доктора Обиспо, о высказываниях Алексиса Карреля* насчет Лурда, об «Истории инквизиции» Ли, о словах Тони про связь между капитализмом и протестантизмом, о Нимёллере*, и Джоне Ноксе*, и Торквемаде*, и о той сестре милосердия, и вновь о Вирджинии, и, наконец, опять о мистере Проптере — единственном среди его знакомых, способном помочь хоть немного разобраться во всей этой невероятной, немыслимой, дьявольской путанице.

ГЛАВА ШЕСТАЯ

К легкому разочарованию Джереми, Обиспо нимало не огорчило то обстоятельство, что его идеи были предвосхищены в восемнадцатом веке.

— Расскажите-ка мне еще что-нибудь про вашего Пятого графа, — произнес он, когда они вместе с Вермеером плавно заскользили в подвал. — Он, стало быть, прожил девяносто лет?

— Даже больше, — ответил Джереми, — девяносто шесть то ли девяносто семь, не помню точно. И умер, между прочим, в разгаре скандала.

— Какого такого скандала?

Джереми кашлянул и похлопал себя по макушке.

— Самого обыкновенного, — мелодичным голосом промолвил он.

— Вы хотите сказать, что этот старый пень был еще в состоянии?.. — недоверчиво спросил Обиспо.

— В состоянии, — повторил Джереми. — Я читал кое-что об этом деле в неопубликованных бумагах Гревиля*. Он умер как раз вовремя. Его собирались арестовать.

— За что?

Джереми снова мигнул и покашлял.

— Ну, — сказал он медленно и с интонацией, живо напоминающей «Крэнфорд»*, — похоже, что он имел привычку развлекаться несколько кровожадным способом.

— Убил, что ли, кого-нибудь?

— Не то чтобы убил, — ответил Джереми. — Скорее, побил.

Обиспо был сильно разочарован, но тут же утешил себя соображением, что девяностошестилетнему старцу и такой поступок делает честь.

— Я бы с удовольствием еще в этом покопался, — добавил он.

— Что ж, дневник в вашем распоряжении, — вежливо сказал Джереми.

Обиспо поблагодарил его. Вдвоем они направились к хранилищу, где Джереми корпел над архивом.

— Почерк у него довольно неразборчивый, — предупредил Джереми, когда они вошли. — По-моему, будет лучше, если я почитаю вам вслух.

Обиспо возразил, что не хочет отвлекать Джереми от работы; однако, поскольку его спутник искал предлог для того, чтобы отложить сортировку скучных документов до другого раза, это возражение было встречено контрвозражением. Джереми упорствовал в своих альтруистических намерениях. Обиспо сказал «спасибо» и уселся слушать. Джереми лишил свои глаза их привычной среды обитания на время, потребное для протирки очков, затем начал перечитывать вслух запись, на которой остановился утром, когда позвонили к ленчу.

— «Он должен быть найден в речной Тине, — заключил он, — и ожидает лишь искусного Удильщика».

Обиспо издал смешок.

— Да это прямо определение науки, — сказал он. — Что такое наука? Ужение в речной тине — стараешься выудить или бессмертие, или вообще что-нибудь, что подвернется. — Он снова отпустил смешок и добавил, что старикан ему нравится.

Джереми продолжал читать:

— «Август 1796. Сегодня эта трещотка, моя племянница Каролина, упрекнула меня в том, что, по ее словам, называется Непоследовательностью Поведения. Человек, гуманно относящийся к Лошадям в своей конюшне, Оленям в своем парке и Карпам в своем пруду, должен проявить Последовательность, став более общительным, чем я, более терпимым к компании Дураков, более доброжелательным к простым и бедным людям. На это я заметил, что само слово "Человек" есть общее Название для цепочек непоследовательных Действий, совершаемых двуногим и лишенным перьев Телом, и что такие слова, как Каролина, Джон и прочие, обозначают конкретные цепочки непоследовательных Действий, совершаемых конкретными Телами. До сих пор Человечество было последовательным только в одном — в своей Непоследовательности. Иными словами, природа каждой конкретной цепочки непоследовательных Действий зависит от истории личности и ее предков. Всякая цепочка Непоследовательностей определена заранее — она строится по Законам, налагаемым на нее предшествующими Обстоятельствами. Называя Поведение Индивида последовательным, мы имеем в виду лишь то, что его Действия в своей непоследовательности не могут выйти за предписанные этими Законами рамки. Однако Последовательность, или Сообразность, которой требует Каролина и подобные ей Дураки, совсем другого сорта. Они упрекают нас за то, что наши Поступки не сообразуются с неким произвольным набором Предрассудков или с каким-нибудь смехотворным кодексом поведения — Еврейским, Джентльменским, Ирокезским или Христианским. Такой Сообразности достигнуть нельзя: попытка ее достигнуть приводит к Лицемерию или Слабоумию. Посмотри, предложил я Каролине, на свое собственное Поведение. Ну скажи, пожалуйста, какая Сообразность существует между твоими разговорами с Деканом об Искуплении и теми Драконовскими побоями, коим ты подвергаешь девушек-служанок? между твоими показными благодеяниями и капканами на людей в твоих усадьбах? между твоими появлениями при Дворе и твоим chaise percée[1]? или между воскресной службой в церкви и теми развлечениями, коим ты предаешься по субботам с мужем, а по пятницам или четвергам, как всем известно, с неким Баронетом — умолчим о его имени? Но прежде, чем я закончил последний вопрос, Каролина вышла из комнаты».

— Бедняжка Каролина, — усмехнувшись, сказал Обиспо. — Что ж, сама виновата.

Джереми начал читать следующую запись:

— «Декабрь 1796. После второго приступа легочной гиперемии Выздоровление шло медленнее, чем раньше, и восстановило мои силы в еще меньшей степени. Я висел над бездной на одной-единственной ниточке, и имя этой ниточке — Страдание».

Элегантно оттопырив мизинец, Обиспо стряхнул пепел с сигареты на пол.

— Обычная для тех времен фармацевтическая трагедия, — прокомментировал он. — Курс лечения тиаминхлоридом плюс немного тестостерона, и он бы у меня стал как новенький. Вам никогда не приходило в голову, — добавил он, — что львиная доля всех романтических произведений появилась на свет благодаря дурным врачам?

> Я б, лежа, как усталое дитя,
> Всю жизнь проплакал горькими слезами.

Прелестно! Но если бы тогда знали, как избавить беднягу Шелли от хронического туберкулезного плеврита, эти строки никогда не были бы написаны. Потому что лежать, как усталое дитя, и плакать горькими слезами — один из самых характерных симптомов туберкулезного плеврита. Да и прочие выразители Weltschmerz[1] были, как правило, или больными людьми, или алкоголиками, или наркоманами. Любого из них я мог бы запросто ли-

---
[1] Стульчаком (*франц.*).

шить поэтического дарования. — Обиспо поглядел на Джереми с волчьей усмешкой; в ее откровенной торжествующей циничности было что-то почти детское. — Ну-ну, послушаем, как старикан будет выпутываться из этой передряги.

— «Декабрь 1796, — читал Джереми. — Кружащие около меня гиены стали такими навязчивыми, что вчера я решил от них избавиться. Я попросил оставить меня в покое, однако Каролина и Джон принялись возражать, сопровождая свои протесты бурными излияниями родственных чувств. В конце концов я вынужден был сказать, что, если они не уедут завтра к полудню, я велю своему Управляющему прислать дюжину молодцов, которые выставят их из моего Дома. Сегодня утром, из окна, я наблюдал их отъезд».

Следующая запись была помечена 11 января 1797 года.

— «В этом году я встречаю свой день рождения с гораздо более мрачными Мыслями, чем прежде. У меня нет сил их записывать. Погода сегодня была прекрасная, необычайно теплая для зимы, и меня вместе с креслом перенесли на пруды. Зазвенел колоколец, и Карпы в спешке устремились к месту кормления. Наблюдать за этими жестокими Тварями — одно из немногих пока еще доступных мне удовольствий. Их тупость лишена всяких претензий, а агрессивность зависит только от Аппетита и потому проявляется только временами. Люди же демонстрируют жестокость систематически и постоянно; свои глупые поступки оправдывают Религией и Политикой, а свое невежество рядят в пышные одежды Философии.

Пока я наблюдал, как эти Рыбины, тесня и толкая друг друга, стараются отвоевать себе обед, словно дерущиеся за высокий пост Священники, мои мысли вернулись к тому непростому Вопросу, который так часто занимал меня прежде. Почему человек умирает в семьдесят лет, а

---
[1] Мировой скорби (*нем.*).

Рыба, прожившая два-три столетия, еще полна Сил и Здоровья? Я обсудил сам с собой несколько возможных ответов. Когда-то я, например, считал, что более долгий век Карпа и Щуки объясняется превосходством их Водной Среды над нашим Воздухом. Но жизнь некоторых подводных Тварей коротка, а отдельные виды Птиц живут дольше человека.

Затем я спросил себя, не обязаны ли Рыбы своим долголетием особой манере зачинать и выводить Потомство. Однако и тут у меня возникли серьезные Возражения. Самцы Попугаев и Воронов не онанируют, но совокупляются с самками; Слонихи не откладывают яиц, но вынашивают плод, если верить мсье де Бюффону*, в течение двадцати четырех месяцев. Но Попугаи, Вороны и Слоны живут долго; из чего мы должны заключить, что причины краткости нашей жизни иные, нежели способ, коим Мужчины оплодотворяют Женщин, а те воспроизводят человеческий Род.

Единственная Гипотеза, против которой я не нахожу явных возражений, такова: Пища Рыб, подобных Карпам и Щукам, содержит некое вещество, предохраняющее их Тела от Порчи, коей подвергается большинство Животных еще до своей Смерти; с другой стороны, вещество, защищающее от Порчи, должно наличествовать и внутри рыбьего Тела, особенно, что естественно предположить, в Желудке, Печени, Кишках и прочих Органах, где перемешивается и усваивается Пища. У Животных же, чей век короток — например, у Человека, — препятствующие Порче Вещества, видимо, отсутствуют. Возникает вопрос, можно ли ввести эти Вещества, взятые из рыбьего Тела, в человеческое. История не сохранила заслуживающих интереса упоминаний о случаях долгожительства среди прибрежного Населения; да и сам я никогда не замечал, чтобы обитатели портов и других мест, где часто едят Рыбу, отличались особым долголетием. Однако из этого нельзя делать вывод, что препятствующее Порче Вещество не может быть получено

Человеком от Рыбы. Ибо прежде, чем есть Рыбу, Человек ее варит; но Нагревание весьма заметно влияет на свойства многих Веществ, о чем говорит нам тысяча примеров; более того, Человек выбрасывает как непригодные в Пищу именно те Органы Рыб, в коих разумнее всего искать препятствующее Порче Вещество».

— Господи Иисусе! — вскричал Обиспо, не в силах долее сдерживаться. — Только не говорите мне, что старый дурень собирается есть рыбьи потроха в сыром виде!

Глаза Джереми, блестя за стеклами очков, скользнули по странице и мигом очутились на следующей.

— Вы угадали! — торжествующе воскликнул он. — Вот послушайте: «Три первые попытки вызвали у меня непроизвольную тошноту, и я не смог ничего проглотить; четвертая была успешнее; однако радость оказалась преждевременной — через две-три минуты меня вырвало. Только с девятой или десятой попытки мне удалось проглотить и удержать в себе несколько ложечек тошнотворного фарша».

— Вот это называется мужество! — сказал Обиспо. — По мне, лучше воздушный налет, чем такие опыты.

Тем временем Джереми не отрывал глаз от записной книжки.

— «Прошел уже месяц с тех пор, как я начал проверять свою Гипотезу, — прочитал он. — Теперь я каждый день принимаю не менее шести унций сырых протертых кишок свежепотрошеного Карпа».

— А в этой рыбе, — медленно покачав головой, сказал Обиспо, — больше разновидностей червей-паразитов, чем у любого другого животного. У меня просто волосы дыбом встают, когда я вас слушаю.

— Вам не о чем беспокоиться, — сказал Джереми, продолжая читать. — Его светлость Чувствует себя все лучше и лучше. Здесь отмечается «необыкновенный прилив Бодрости и Сил в течение месяца Марта». Не считая «возвращения аппетита, хорошей памяти и глубокоумия». Какая прелесть это глубокоумие, — тоном знатока заметил Джереми. — Великолепный обломок эпохи, вы не находите? Настоящее чиппендейловское* слово! — Некоторое время он читал про себя, затем радостно объявил: — В апреле он уже совершает «часовые послеобеденные прогулки верхом на гнедом мерине». А ежедневная доза того, что он называет «пюре из потрохов и фекалий», достигла десяти унций.

Обиспо вскочил со стула и принялся возбужденно мерить шагами комнату.

— Черт побери! — выпалил он. — Это уже не шутка. Это серьезно. Сырые рыбьи потроха; кишечная флора; блокировка отравления стеринами; и омоложение. Омоложение! — повторил он.

— Граф более осторожен, чем вы, — сказал Джереми. — Послушайте-ка. «Я еще не могу определить, чему обязан своим новообретенным здоровьем — Карпам, приходу Весны или Vis medicatrix Naturae[1]».

Обиспо одобрительно кивнул.

— Правильный подход, — сказал он.

— «Что касается точного ответа, — продолжал Джереми, — то время покажет; разумеется, если я ему поспособствую, что я и намерен сделать путем соблюдения нынешнего Режима. Ибо Гипотеза моя, пожалуй, будет подтверждена, если по прошествии некоторого срока я обрету не только прежнее здоровье, но и заряд Бодрости, коим обладал лишь в юношеские годы».

— Браво! — воскликнул Обиспо. — Хотел бы я, чтобы Дядюшка Джо научился смотреть на вещи, как этот граф, с научной точки зрения. Впрочем, — добавил он, вдруг вспомнив о нембутале и детской вере Стойта в его медицинское всемогущество, — впрочем, я бы этого не хотел. Это повлекло бы за собой определенные неудобства. — Он усмехнулся своей шутке, понятной ему одному. — Ну-с, давайте почитаем дальше историю болез-

---

[1] Целительной силе Природы (*лат.*).

ни, — прибавил он.

— В сентябре он уже может, не уставая, ездить верхом по три часа подряд, — сказал Джереми. — Затем он возобновил свое знакомство с греческой литературой и, как я вижу, очень нелицеприятно отзывается о Платоне. После чего мы не имеем записей до 1799 года.

— Не имеем записей до 1799 года! — негодующе повторил Обиспо. — Старый хрыч! Это ж надо — бросить на самом интересном месте и оставить нас с носом!

Улыбаясь, Джереми глянул на него поверх дневника.

— Ну не совсем с носом, — сказал он. — Я прочту вам первую запись после двухлетнего перерыва, и вы сами сможете сделать вывод относительно состояния его кишечной флоры. — Он слегка откашлялся и начал читать в своей обычной манере «под миссис Гаскелл». — «Май 1799. Самыми отъявленными Распутницами, особенно среди знатных Дам, очень часто оказываются те, кого злая Природа лишила естественного повода и оправдания для любовных Интриг. Неспособные испытывать Наслаждение благодаря врожденной Холодности, они никак не желают примириться со своей Судьбой. Причина, которая побуждает этих Дам умножать число любовных Связей, заключается не в их Чувственности, но в Надежде; не в желании вновь испытать знакомое Блаженство, но, скорее, в стремлении познать наконец то обыкновенное, всеми вокруг превозносимое Счастье, в коем им было так жестоко отказано. Легкодоступные женщины часто вызывают у Сластолюбцев столь же глубокое Отвращение, что и у строгих моралистов, хотя и по иным мотивам. Да сохранит меня в будущем Бог от таких Побед, какую я одержал в Бате этой Весной!» — Джереми отложил дневник. — Ну как, вы все еще считаете, что вас оставили с носом? — спросил он.

ГЛАВА СЕДЬМАЯ

Вращающийся ролик, покрытый наждачной бумагой,

с оглушительным визгом коснулся шершавой поверхности дерева. Согнувшись над верстаком с электрической шлифовальной машинкой в руках, Проптер не слыхал шагов Пита. Долгих полминуты юноша молча наблюдал, как он водит машинкой по доске взад и вперед. В его косматые брови, заметил Пит, набились опилки; на загорелом лбу, там, где он дотронулся до него масляной рукой, чернело пятно.

Пит почувствовал внезапный укол совести. Нехорошо наблюдать за человеком, если он не знает о твоем присутствии. Получается, будто подглядываешь тайком: можешь увидеть что-нибудь такое, что он не хотел бы открывать другим людям. Он окликнул Проптера по имени.

Старик поднял глаза, улыбнулся и остановил свою маленькую машинку.

— А, Пит, — сказал он. — Ты-то мне и нужен. Если, конечно, согласишься поработать немного. Как ты на этот счет? Ах да, я забыл, — добавил он, не дав Питу ответить согласием, — забыл, что у тебя нелады с сердцем. Ох уж эти ревматизмы! Думаешь, ничего страшного?

Пит чуть покраснел, ибо он еще не успел изжить легкое чувство стыда за свою неполноценность.

— Вы же не заставите меня бегать стометровку, правда?

Хозяин пропустил его шутливый вопрос мимо ушей.

— Ты уверен, что вреда не будет? — настойчиво повторил он, с ласковой серьезностью вглядываясь в лицо юноши.

— Да, если речь только об этом, — Пит кивнул на верстак.

— Честно?

Пит был искренне тронут такой заботой о его здоровье.

— Честно! — заверил он.

— Ну тогда порядок, — сказал Проптер, окончательно успокоенный. — Считай, что я тебя нанял. То есть не «нанял», поскольку тебе повезет, если ты получишь за свой труд хотя бы стакан кока-колы. Считай, что ты просто мобилизован.

Все остальные его помощники, объяснил он, сейчас заняты. Приходится одному управляться с целой мебельной фабрикой. А время поджимает: у трех семей сезонников, там, в хижинах, до сих пор нет ни столов, ни стульев.

— Вот размеры, — промолвил он, указывая на приколотый к стене листок бумаги. — А там материал. А теперь слушай, что нужно сделать в первую очередь, — добавил он, поднимая доску и укладывая ее на верстак.

Некоторое время они работали вдвоем, не пытаясь перекричать шум электроинструментов. Потом в работе наступило недолгое затишье. Слишком робкий для того, чтобы сразу завести речь о предмете своих затруднений, Пит заговорил о новой книге профессора Перла*, посвященной демографическим проблемам. Сорок душ на квадратную милю в среднем по планете. Шестнадцать акров на человека. Отбросьте около половины земель как бесплодные, и получите восемь акров. А современные агрикультурные методы, тоже в среднем, позволяют прокормить одного человека с двух-трех акров. Стало быть, на каждую душу выходит по пять с половиной акров лишку — так почему же треть мира голодает?

— А я думал, ты уже нашел ответ в Испании, — сказал Проптер. — Голодают, потому что человек не может жить одним хлебом.

— При чем тут это?

— Как при чем? — ответил Проптер. — Люди не могут жить одним хлебом, поскольку им необходимо чувствовать, что их жизнь имеет смысл. Поэтому они и обращаются к идеализму. Но опыт и наблюдение говорят нам, что в большинстве случаев идеализм ведет к войне, террору и массовому помешательству. Человек не может жить одним хлебом; но если выбранная им духовная пища не того сорта, он рискует остаться и без хлеба. Он и останется без хлеба, потому что будет занят по горло, убивая или замышляя убийство своих соседей во имя Бога, Родины или Социальной Справедливости, а до работы на полях у него не дойдут руки. Нет ничего более простого и очевидного. Но, к сожалению, — заключил Проптер, — есть еще одна очевидная вещь: большинство людей будет и дальше неправильно выбирать духовную пищу, а значит, косвенным образом навлекать на себя беду.

Он включил ток, и шлифовальная машинка снова пронзительно завизжала. Разговор опять прервался.

— При нашем-то климате, — сказал Проптер, когда шум стих в очередной раз, — да с таким количеством воды, какое со следующего года начнет давать новый акведук на Колорадо, здесь можно делать практически все что угодно. — Он отключил от сети шлифовальную машинку и пошел за дрелью. — Возьми небольшой поселок в тысячу жителей, дай им три-четыре тысячи акров земли и достаточно производственных и потребительских кооперативов — и они полностью себя прокормят; они смогут на месте удовлетворить около двух третей остальных своих потребностей; а излишков у них вполне хватит на то, чтобы путем обмена восполнить все недостающее. Такими поселками ты можешь покрыть весь штат. Конечно, лишь в том случае, — с довольно мрачной улыбкой прибавил он, — если получишь разрешение от банков и найдешь людей достаточно умных и честных, чтобы соблюсти настоящую демократию.

— Банки наверняка не согласятся, — сказал Пит.

— Да и нужных людей найдется, скорее всего, очень немного, — добавил Проптер. — А ведь начинать социальный эксперимент с неподходящими людьми — значит заранее обречь его на провал. Вспомни попытки организовать коммуны у нас в стране. Например, Роберта Оуэна, фурьеристов и прочую братию. Десятки социальных экспериментов, и все потерпели неудачу. Почему? Да потому, что никто не выбирал людей. Не было ни вступительного экзамена, ни испытательного срока. Принимали всех, кто подвернется. Вот они, результаты излишнего оптимизма по отношению к человеческой природе.

Он включил дрель, а Пит в свой черед взялся за шлифовальную машинку.

— Вы считаете, оптимистом быть плохо? — спросил юноша.

Проптер улыбнулся.

— Какой странный вопрос! — ответил он. — Что ты сказал бы о человеке, который ставит вакуумный насос на пятидесятифутовую скважину? Ты бы назвал его оптимистом?

— Я бы назвал его дураком.

— И я тоже, — сказал Проптер. — Вот тебе и ответ на твой вопрос: дурак тот, кто, невзирая на прошлый опыт, проявляет оптимизм в ситуации, не дающей для этого никаких оснований. Когда Роберт Оуэн набрал целую толпу дефективных, недоучек и закоренелых ворюг и решил создать с ними новый, лучший тип общества, он показал себя круглым дураком.

Наступила пауза; Пит сменил шлифовалку на пилу.

— Кажется, у меня дурацкого оптимизма тоже хватало, — задумчиво сказал юноша, когда доски были распилены.

Проптер кивнул.

— В некоторых отношениях ты и правда был чересчур оптимистичен, — согласился он. — Зато в других, наоборот, грешил излишним пессимизмом.

— Например? — спросил Пит.

— Ну для начала, — сказал Проптер, — ты слишком оптимистично относился к социальным преобразованиям. Воображал, будто добро можно фабриковать методами массового производства. Но, как это ни досадно, добро — не тот товар. Добро есть продукт тонкой духовной работы, и производится оно только отдельными людьми. А если люди не знают, в чем оно состоит, или не желают трудиться ради него — тогда, понятно, ему неоткуда будет взяться даже при самом безупречном общественном строе. Ну вот! — произнес он другим тоном и выдул опилки из только что просверленного отверстия. — А теперь на очереди ножки и перекладины для стульев. — Он пересек комнату и принялся регулировать токарный станок.

— А к чему я, по-вашему, относился с излишним пессимизмом? — спросил Пит.

Не подымая глаз от станка, Проптер ответил:

— К человеческой природе.

Пит был удивлен:

— Я-то думал, вы скажете, что я смотрел на человеческую природу чересчур оптимистично, — сказал он.

— Что ж, в некотором смысле верно и это, — согласился Проптер. — Подобно большинству людей в наше время, ты проявляешь безрассудный оптимизм по отношению к людям, как они есть, к людям, существующим только на человеческом уровне. Воображаешь, что люди могут остаться такими, как есть, и при этом жить в мире, заметно улучшенном по сравнению с нашим. Но мир, в котором мы живем, является результатом прошлых человеческих деяний и отражением человечества в его нынешнем виде. Очевидно, что если люди останутся такими же, как прежде и сейчас, то и мир, в котором они живут, не улучшится. Думая иначе, ты проявляешь оптимизм, граничащий с безумием. Но в то же время ты — заядлый пессимист, если считаешь, будто люди по самой своей природе обречены всю жизнь прозябать на чисто человеческом уровне. Слава Богу, — с ударением сказал он, — это не так. В их власти подняться вверх, выйти на уровень вечности. Ни одно человеческое общество не сможет стать заметно лучше, чем теперь, если в нем не имеется значительной доли сограждан, знающих, что их человечность — не последнее слово, и сознательно пытающихся вырваться за ее пределы. Вот почему нужно быть глубоким пессимистом по отношению к вещам, на которые большинство людей смотрит с оптимизмом, — это и прикладная наука, и социальные реформы, и человеческая природа, какова она в среднем мужчине или женщине. И вот почему нужно видеть источник настоящего оптимизма в том, о существовании чего многие даже не знают, до того они пессимистичны, — в возможности преобразовать и преодолеть человеческую природу. И не путем эволюции, не в каком-нибудь отдаленном будущем, но в любое время — если угодно, здесь и сейчас — с помощью верно сориентированного ума и доброй воли.

Он включил станок на пробу, затем остановил, чтобы еще немного подрегулировать.

— Между прочим, оптимизм и пессимизм такого рода характерны для всех великих религий, — добавил он. — Пессимизм касательно мира в целом и человеческой природы, как она проявляется у большинства мужчин и женщин. Оптимизм относительно вещей, доступных каждому, было бы только желанье да уменье. — Он опять включил станок, на сей раз окончательно.

— Тебе знаком пессимизм Нового Завета, — продолжал он, повысив голос, чтобы перекрыть шум. — Пессимизм, относящийся к человечеству в массе: много званых, да мало избранных. Пессимизм, касающийся слабости и неведения: у неимеющих отнимется и то, что имеют. Пессимизм по отношению к жизни на обыкновенном человеческом уровне; ибо если хочешь достичь иной, вечной жизни, этой жизнью следует пожертвовать. Пессимизм по отношению даже к самым высоким формам светской морали: в царство небесное нет доступа тому, чья праведность не лучше праведности книжников и фарисеев. Но кто такие книжники и фарисеи? Просто-напросто самые уважаемые граждане; столпы общества; люди с правильным образом мыслей. И несмотря на это — вернее, именно поэтому, Иисус называет их ехидниным отродьем*. Ах, доктор Малдж, доктор Малдж! — в скобках добавил он. — Солоно тебе пришлось бы, повстречай ты своего Спасителя! — Склоненный над станком, Проптер улыбнулся. — Ну вот; такова, стало быть, пессимистическая сторона евангельского учения, — продолжал он. — И те же самые вещи ты найдешь в священных книгах буддистов и индуистов, только там они систематизированы и изложены более философским языком. Мир как он есть и люди на чисто человеческом уровне не внушают ни малейшей надежды — таков общий приговор. Надежда появляется лишь тогда, когда человеческие существа начинают понимать, что царство небесное, или как бы тебе ни заблагорассудилось его назвать, находится внутри них и может быть достигнуто всяким, кто готов предпринять необходимые усилия. Вот в чем оптимистическая сторона христианства и прочих мировых религий.

Проптер остановил станок, вынул обточенную ножку стула и приладил на ее место другую.

— Это вовсе не тот оптимизм, которому учат в либеральных церквах*, — сказал Пит, вспоминая свой переходный период между пастором Шлицем и воинствующим антифашизмом.

— Конечно, — согласился Проптер. — То, чему учат в либеральных церквах, не имеет ничего общего ни с христианством, ни с любой другой реалистической религией. По большей части это обыкновенная чушь.

— Чушь?

— Чушь, — повторил Проптер. — Гуманизм начала двадцатого века, сдобренный евангелическими воззрениями девятнадцатого. Ну и сочетаньице! Гуманизм уверяет, будто добро может быть найдено на том уровне, где его нет, и отрицает факт существования вечности. Евангелическая доктрина отрицает связь между причинами и следствиями, утверждая, будто существует божественная личность, способная прощать грехи. Они как Джек Спрэт и его жена*: поставив между собой тарелку со смыслом, вылизывают ее дочиста. Нет, я не прав, — прибавил Проптер сквозь жужжание станка, — не совсем дочиста. Гуманисты говорят не более чем об одном народе, евангелический Бог — только один. Эту последнюю каплю смысла слизывают патриоты. Патриоты и политические сектанты. Они поклоняются сотне враждебных друг другу идолов. «Богов на свете много, и местные политические заправилы — пророки их». Благожелательная глупость либеральных церквей не так уж плоха для мирных времен; но заметь, что во времена кризиса она всегда дополняется ярыми безумствами национализма. И на этой-то философии воспитывается молодое поколение. С помощью этой философии, как полагают оптимистически настроенные взрослые, вы измените мир. — Проптер ненадолго замолчал, потом добавил: — «Что посеешь, то и пожнешь. Бог поругаем не бывает». Не бывает, — повторил он. — Но люди просто не хотят в это верить. Им все кажется, что они могут бросить вызов природе вещей, и это сойдет им с рук. Раньше я подумывал написать небольшой трактатик, вроде поваренной книги; я бы назвал его «Сто способов поругания Бога». И взял бы из истории и современной жизни сотню примеров, демонстрирующих, что бывает, когда люди гнут свою линию, не желая считаться с природой вещей. Можно было бы разделить эту книгу на главы: «Поругание Бога в сельском хозяйстве», «Поругание Бога в политике», «Поругание Бога в системе образования», «Поругание Бога в философии», «Поругание Бога в экономике». Полезная вышла бы книжица. Только невеселая, — добавил Проптер.

ГЛАВА ВОСЬМАЯ

Сообщение дневника о том, что на восемьдесят втором году жизни Пятый граф стал отцом троих незаконнорожденных детей, отличалось поистине аристократической сдержанностью. Никакой похвальбы, никакого самолюбования. Всего лишь краткая, спокойная констатация факта между пересказом беседы с герцогом Веллингтоном и замечанием о музыке Моцарта. Сто двадцать лет спустя доктор Обиспо, отнюдь не являющийся английским джентльменом, возликовал так шумно, словно это достижение было его собственным.

— Трое, черт побери! — вскричал он с чисто пролетарским восторгом. — Трое! Что вы на это скажете?

Воспитанный с Пятым графом в одной традиции, Джереми сказал, что это неплохо, и продолжал читать.

В 1820-м граф опять заболел, но не очень серьезно; трехмесячный курс лечения сырыми потрохами карпа вернул ему прежнее здоровье — по его словам, «здоровье человека во цвете лет».

Годом позже, впервые за четверть века, он навестил племянника с племянницей и был весьма удовлетворен, обнаружив, что Каролина превратилась в сварливую старуху, что Джон уже успел облысеть и страдает астмой, а их старшая дочь так заплыла жиром, что никто не хочет брать ее замуж.

По поводу смерти Бонапарта он философски заметил, что человек, неспособный утолить жажду славы, власти и наслаждений, не обременяя себя тяготами войны и рутиной государственного правления, достоин называться глупцом. «Язык, принятый в хорошем обществе, — заключил он, — с достаточной ясностью показывает, что подвиги, подобные подвигам Александра и Бонапарта, имеют эквивалент в мирной, домашней жизни. Мы говорим о любовном Приключении, о Победе над своей избранницей и об Обладании ею. Для умного человека эти иносказания достаточно красноречивы. Раздумывая над их смыслом, он постигает, что война и погоня за Империей плохи, ибо глупы, глупы, ибо излишни, а излишни, ибо удовольствия, доставляемые Победами и Завоеваниями, с помощью неизмеримо меньших хлопот, усилий и тревог могут быть получены за шелковой занавесью Алькова Герцогини или на соломенном Тюфяке Молочницы. А если сии простые Утехи вдруг покажутся человеку скучными, если он, подобно античному Герою, захочет покорить новые Миры — тогда, выложив дополнительную гинею, а чаще всего, как показывает мой опыт, по добровольному соглашению, используя скрытую жажду Унижений и даже Боли, человек может развлечь себя, пустив в ход Розги, Кандалы, Клетку и любые иные атрибуты абсолютной Власти, какие только может подсказать ему Фантазия Победителя, вынести нанятое Терпение Побежденной и одобрить ее согласный Вкус. Я вспоминаю слова доктора Джонсона*: трудно представить себе более невинное занятие, чем зарабатывать деньги. Однако человек, занимающийся любовью, еще более невинен. Если бы у Наполеона хватило Ума удовлетворять свою Страсть к Владычеству в Салонах и Опочивальнях родной Корсики, он умер бы на Свободе, среди своих соплеменников, а многие сотни и тысячи ныне мертвых, изувеченных или слепых людей были бы живы и здоровы. Не спорю — они наверняка распорядились бы своими Глазами, Членами и Жизнями столь же глупо и злонамеренно, как сегодня распоряжаются ими уцелевшие. Но хотя Всевышний и мог бы поаплодировать бывшему Императору за то, что он разом очистил Землю от стольких Паразитов, сами Паразиты всегда будут придерживаться иного Мнения. Я же — не Всевышний, а просто разумный Человек, и потому мои симпатии на стороне Паразитов».

— Замечали вы когда-нибудь, — задумчиво проговорил Обиспо, — что даже самые прожженные скептики всегда норовят объяснить вам, какие они хорошие? И этот старый хрен туда же — хотя зачем, спрашивается, ему-то набивать себе цену? Развлекался бы да помалкивал. Ан нет; ему понадобилось сочинить целую речь в доказательство того, что он конфетка по сравнению с Наполеоном. Тут, положим, он прав; здравый смысл на его стороне. Но я все же не ожидал, что он будет из кожи вон лезть, чтобы заявить об этом.

— А больше, кажется, никто об этом заявлять не собирался, — вставил Джереми.

— Ну да, пришлось самому, — заключил Обиспо. — Что только подтверждает мою правоту. Таких, как Яго, на свете нет. Люди запросто могут сделать все, что сделал Яго; но они никогда не назовут себя негодяями. Они заменят реальный мир замечательной словесной конструкцией, на фоне которой все их негодяйские поступки будут выглядеть правильными и обоснованными. Я-то думал, что наш потрошитель карпов окажется исключением. Но ошибся. А жаль.

Джереми хихикнул с оттенком снисходительного презрения.

— А вы бы хотели, чтобы он изобразил сцену «Дон-Жуан в аду». «Le calme héros courbé sur sa rapiére»[1]. Да вы романтик, как я погляжу. — Он вернулся к дневнику и минуту спустя объявил, что в 1823 году Пятый граф провел несколько часов с Колриджем и нашел его мысли глубокими, а манеру выражаться — чересчур туманной. «Муть, коей полны его рассуждения, — добавлял он, — уместна в Пруду, но отнюдь не в разумной Беседе, каковая должна быть прозрачной и достаточно мелкой, чтобы человек мог брести по ней, не рискуя утонуть в омуте Бессмыслицы». — Джереми засиял от удовольствия. Колридж не входил в число его любимцев. — Как подумаешь, сколько дурацких разговоров до сих пор ведется вокруг всего, что накропал в бреду старый наркоман...

Обиспо перебил его.

— Давайте лучше послушаем про графа, — сказал он.

Джереми снова обратился к записной книжке.

В 1824-м старик жаловался на новую статью закона, где перевозка рабов приравнивалась к пиратству; таким образом, этот промысел карался теперь смертной казнью. В результате его будущие доходы должны были со-

---

[1] Бестрепетный герой, опершийся на шпагу (*франц.*).

кратиться тысяч на восемь-девять в год. Но он утешил себя мыслями о Горации, философски наслаждавшемся покоем на своей сабинской ферме*.

В 1826-м наиживейшую радость доставляло ему перечитывание Феокрита* и компания молодой женщины по имени Кейт, которую он сделал своей домоправительницей. В том же году, несмотря на урезанный доход, он не смог воспротивиться соблазну и приобрел чудесное «Успение Богоматери» кисти Мурильо*.

1827-й был годом денежных потерь, связанных, очевидно, с последовавшей за абортом смертью очень моленькой горничной; она состояла в личном услужении у домоправительницы. Дневниковая запись была очень коротка и туманна; но кажется, пришлось выплатить весьма порядочную сумму родителям девицы.

Чуть позже он снова захворал, что подвигло его на длиннейшее и подробнейшее описание стадий разложения человеческого трупа в порядке их очередности; особый интерес уделялся глазам и губам. Регулярный прием кашки из потрохов вскоре настроил его на более жизнелюбивый лад, и 1828-й год ознаменовался поездкой в Афины, Константинополь и Египет.

В 1831-м он был занят хлопотами по покупке жилища близ Фарнема.

— Это, наверное, Селфорд, — вставил Джереми. — Тот самый дом, откуда все приехало. — Он показал на двадцать семь коробок. — Где живут две старые леди. — Он принялся читать дальше: — «Дом старый, темный и неудобный, но Усадьба довольно велика и находится на Возвышенности над Рекою Уэй: в этом месте ее южный берег поднимается вверх почти отвесно, образуя Утес из желтого песчаника высотой около ста двадцати футов. Этот Камень мягок и легко поддается обработке, каковому Обстоятельству обязано своим существованием очень обширное Подземелье, вырытое под домом, должно быть, лет сто назад — тогда в его Погребах хранили контрабандные Напитки и прочий товар, переправляемый в

Столицу из Хампшира и Сассекса. Чтобы успокоить свою Жену, которая смертельно боится потерять в этом Лабиринте ребенка, нынешний Владелец Дома замуровал часть переходов; однако даже то, что осталось, достойно именоваться настоящими Катакомбами. Можно с уверенностью сказать, что в таких Подвалах никто не помешает человеку развлекаться согласно своим Вкусам, какими бы эксцентричными они ни были». — Джереми взглянул на Обиспо поверх записной книжки. — Звучит довольно-таки зловеще, вы не находите?

Доктор пожал плечами.

— Кто же любит, когда ему мешают, — с ударением сказал он. — Кабы у меня был подвальчик вроде графского, скольких хлопот можно было бы избежать... — Он не стал развивать эту тему, и по лицу его промелькнула тень: он подумал о Джо Стойте и о том, что нельзя же давать ему снотворное бесконечно, черт бы его побрал!

— Итак, дом он купил, — сказал Джереми, который тем временем читал про себя. — Произвел ремонт и сделал кое-какие добавления в готическом стиле. А под землей, в конце длинного коридора на глубине сорока пяти футов, устроил себе комнату. И обнаружил, к своей радости, что там есть скважина с водой и еще одна шахта, которая уходит на огромную глубину и может быть использована как отхожее место. И там совершенно сухо, и достаточно воздуха, и...

— Да что ему там делать-то, внизу? — нетерпеливо спросил Обиспо.

— Почем я знаю? — ответил Джереми. Он пробежал страницу глазами. — В настоящий момент, — сказал он, — наш Божий одуванчик произносит перед Палатой лордов речь в защиту «Билля о реформе»*.

— В защиту? — недоуменно спросил Обиспо.

— «Когда до нас стали доходить первые вести о Французской Революции, — прочел Джереми, — я дразнил приверженцев разных политических Партий словами: "Бастилия пала; да здравствует Бастилия". С тех пор как начались те удивительно бессмысленные События, минуло сорок три года, и справедливость моих слов была подтверждена появлением новых Тираний и реставрацией старых. Поэтому я могу теперь сказать с абсолютной Уверенностью: "Привилегии пали; да здравствуют Привилегии". В основной своей массе люди не способны к Эмансипации и слишком глупы для того, чтобы управлять собственной Судьбой. Власть всегда будет в руках Тиранов и Олигархов. У меня весьма и весьма низкое Мнение о Пэрстве и Дворянах-землевладельцах; но сами они, по-видимому, ставят себя еще ниже. Они считают, что Баллотировка лишит их Власти и Привилегий, тогда как я уверен, что даже с помощью той малой толики Благоразумия и Сноровки, какую отпустила им скупая природа, они легко смогут сохранить нынешние Преимущества. А коли так, пусть Чернь тешит себя Голосованием. Выборы — это бесплатный спектакль с Панчем и Джуди*; Правители устраивают его, дабы сбить с толку своих Подданных».

— Вот посмеялся бы он, глядя на теперешние выборы у фашистов и коммунистов! — сказал Обиспо. — Кстати, а сколько ему было лет, когда он сочинил эту речь?

— Сейчас сообразим. — Джереми немного помедлил, высчитывая в уме, потом ответил: — Девяносто четыре.

— Девяносто четыре! — повторил Обиспо. — Ну, если это не рыбьи потроха, тогда уж я не знаю что.

Джереми снова обратился к дневнику.

— В начале тридцать третьего он снова видится с племянником и племянницей по случаю дня рождения Каролины — ей шестьдесят пять. Каролина теперь носит рыжий парик, старшая ее дочь умерла от рака, младшая несчастлива с мужем и ищет поддержки в религии, сын, уже полковник, играет и делает долги, надеясь, что родители расплатятся за него. В общем и целом, как замечает граф, «вечер удался на славу».

— А про подвал ничего? — с сожалением спросил Обиспо.

— Нет; но его домоправительница, Кейт, заболела, и он стал давать ей потроха карпов.

Обиспо немедленно заинтересовался этим новым поворотом.

— И что? — спросил он.

Джереми покачал головой.

— Следующая запись о Мильтоне, — сказал он.

— О Мильтоне? — с негодованием и отвращением воскликнул Обиспо.

— Он говорит, что религия существует лишь благодаря красочности и неумеренности языка, пример которого дают мильтоновские поэмы.

— Может, он и прав, — раздраженно сказал Обиспо. — Но я хочу знать, что случилось с его домохозяйкой.

— Она, очевидно, жива, — сказал Джереми. — Потому что тут есть маленькое замечание о том, как утомительна чересчур пылкая женская привязанность.

— Утомительна! — повторил Обиспо. — Это еще мягко сказано. Бывает, что прилипнут как банный лист.

— Он, кажется, не против эпизодических измен. Тут есть запись насчет некой молодой мулатки. — Он помедлил, затем, улыбаясь, продолжал: — Очаровательное создание. «Она сочетает животную тупость Готтентота со злобой и жадностью Европейца». После чего старый джентльмен отправляется в Фарнемский замок, обедает там с епископом Уинчестерским и находит его бордо скверным, портвейн — отвратительным, а умственные способности — заслуживающими глубокого презрения.

— И ничего о здоровье Кейт? — настойчиво повторил Обиспо.

— А зачем ему о нем говорить? Он считает, что это само собой разумеется.

— А я-то надеялся, что он человек науки, — почти жалобно произнес Обиспо.

Джереми рассмеялся.

— Странные у вас представления о пятых графах и десятых баронах. Чего это ради они должны быть людьми науки?

Обиспо не нашелся с ответом. Наступила пауза; Джереми начал новую страницу.

— Черт меня побери! — вырвалось у него. — Он прочел «Анализ человеческого разума» Джеймса Милля*. В девяносто пять лет. Это, по-моему, почище, чем омоложенная домоправительница и мулатка. «Обыкновенный Дурак просто глуп и невежествен. Чтобы стать Великим Дураком, человеку надо много учиться и иметь выдающиеся способности. К чести мистера Бентама и его Присных следует сказать, что их Дурость всегда была самой высшей марки. "Анализ" Милля — это настоящий Колизей глупости». А следующая запись о маркизе де Саде. Кстати, — вставил Джереми, подняв глаза на Обиспо, — когда вы думаете вернуть мне мои книжки?

Обиспо пожал плечами.

— Когда вам угодно, — ответил он. — Они мне уже не нужны.

Джереми попытался скрыть свою радость и, кашлянув, вновь перевел взгляд на дневник.

— «Маркиз де Сад, — вслух прочел он, — был человек необычайно одаренный, хотя, к сожалению, с расстроенной психикой. По-моему, Совершенства мог бы достичь Автор, сочетающий в себе черты Маркиза, Епископа Батлера* и Стерна». — Джереми остановился. — Маркиза, Епископа Батлера и Стерна, — медленно повторил он. — Спору нет, сочиненьице вышло бы отменное! — Он стал читать дальше: — «Октябрь тысяча восемьсот тридцать третьего. Временно деградировать тем приятнее, чем выше тот светский и интеллектуальный Уровень, с которого вы нисходите и к которому возвращаетесь по завершении акта Деградации». Недурно сказано, — заметил он, подумав о своих троянках и о пятницах в Мэйда-Вейл. — Весьма недурно. Так — где мы остановились? Ах да. «Христиане любят толковать о Боли, но все их рассуждения — не по существу. Ибо самые важные Свойства Боли таковы: Несоответствие между силой физических страданий и их незначительными причинами; и то, каким образом, парализуя все способности тела и делая его совершенно беспомощным, она идет против Цели, поставленной перед нею самой Природой: ведь ей следует предупреждать человека об Опасности, грозящей ему извне или изнутри. В связи с Болью это пустое слово, Бесконечность, почти обретает смысл. Иначе обстоит дело с Удовольствием; ибо Удовольствие строго ограничено, и любая попытка раздвинуть эти границы приводит к его трансформации в Боль. Посему доставлять другим Удовольствие — занятие для возвышенного Ума не столь заманчивое, нежели причинять им Боль. Дарить Удовольствие в ограниченном количестве есть поступок чисто человеческий; погружать же в бесконечную Стихию, называемую Болью, есть Деяние божественное, истинное Священнодействие».

— В мистику ударился на старости лет, — недовольно сказал Обиспо. — Рассуждает прямо как наш Проптер. — Он закурил сигарету. Наступило молчание.

— Послушайте-ка, — вдруг взволнованным голосом воскликнул Джереми. — «Одиннадцатое марта тысяча восемьсот тридцать третьего. Вследствие преступного небрежения Кейт Присцилле удалось бежать из нашей подземной Камеры. Имея на теле доказательства того, что в течение нескольких недель она служила объектом моих Опытов, девчонка держит в руках мою Репутацию, а возможно, даже Свободу и Жизнь».

— Это, наверное, и есть то, о чем вы говорили по дороге сюда, — заметил Обиспо. — Последний скандал. Что там случилось?

— По-видимому, девица рассказала свою историю, — ответил Джереми, не отрывая взгляда от записной книжки. — Иначе как объяснить присутствие этой «враждебной Черни», о которой он вдруг принялся рассуждать? «Гуманность людей обратно пропорциональна их Численности. Толпа не более гуманна, чем Лавина или Ураган. По своему моральному и интеллектуальному уровню этот сброд стоит ниже стада свиней или стаи шакалов».

Обиспо откинул назад голову и разразился своим обычным, на удивление громким металлическим смехом.

— Замечательно! — сказал он. — Просто замечательно! Трудно придумать более типичный образчик человеческого поведения. Человек ведет себя как недочеловек, а потом становится разумным с целью доказать, что на самом-то деле он сверхчеловек. — Доктор потер руки. — Прелесть! — сказал он, затем добавил: — Ладно, послушаем дальше.

— Ну, насколько я понимаю, — промолвил Джереми, — они вынуждены были прислать из Гилфорда роту солдат, чтобы оградить дом от толпы. А судья подписал ордер на арест; но с этим покамест не торопятся, принимая во внимание его возраст и общественный вес и боясь шума, который вызовет открытый суд. Ага, а теперь они решили послать за Джоном и Каролиной. Отчего старый джентльмен впал в настоящую ярость. Но он беспомощен. Так что они приезжают в Селфорд; «Каролина в своем оранжевом парике и Джон — ему семьдесят два года, но выглядит он лет на двадцать старше меня, — а ведь мне уже исполнилось двадцать четыре, когда мой Брат, едва достигший совершеннолетия, столь опрометчиво женился на дочери какого-то адвокатишки и получил по заслугам, родив этому Адвокату Внука, коего я всегда презирал за низкое происхождение и куцый умишко; однако недосмотр публичной Девки привел к тому, что теперь он имеет возможность навязать мне свою Волю».

— Трогательное воссоединение семьи, — сказал Обиспо. — В детали он, наверное, не вдается?

Джереми покачал головой.

— Не вдается, — ответил он. — Здесь описан только

общий ход переговоров. Семнадцатого марта они сказали ему, что он сможет избежать суда, если безвозмездно передаст им ненаследуемое имущество, закрепит за ними доходы с наследуемых имений и позволит заключить себя в частную психиатрическую лечебницу.

— Весьма жесткие условия!

— Он и отказался, — продолжал Джереми, — утром восемнадцатого.

— Крепкий старикашка!

— «Частные сумасшедшие дома, — прочел Джереми, — это частные застенки, где наемные Палачи и Тюремщики, неподвластные Правительству и Судебным Органам, защищенные от полицейских Проверок и даже от визитов мягкосердечных Филантропов, вершат свои темные дела, продиктованные соображениями фамильной Мести и их собственной Злобой».

Восхищенный Обиспо захлопал в ладоши.

— Еще одна милая человеческая черта! — вскричал он. — Это ж надо — визиты мягкосердечных филантропов! — Он громко расхохотался. — Наемные палачи! Похоже на речь кого-нибудь из отцов-основателей*. Великолепно! А потом вспоминаешь о кораблях, набитых рабами, и о малютке Присцилле. Это почти как фельдмаршал Геринг, осуждающий грубое обращение с животными. Наемные палачи и тюремщики, — повторил он со вкусом, точно смакуя нежную конфетку, медленно тающую во рту. — Каков же был следующий шаг? — спросил он.

— Ему сказали, что его будут судить, приговорят и сошлют на каторгу. А он ответил, что лучше уж каторга, чем частная лечебница. «После этого стало ясно, что мои драгоценные племянничек с племянницей зашли в тупик. Они поклялись, что в сумасшедшем доме со мной будут обращаться гуманно. Я ответил, что не верю их слову. Джон заговорил о чести. Я сказал, ну конечно же, честь Адвокатишки, и напомнил, как законники продают свои убеждения за известную Мзду. Тогда они стали умолять, чтобы я принял их предложения ради доброго имени Семьи. Я ответил, что доброе имя Семьи мне безразлично, однако у меня нет желания подвергаться унизительному публичному Суду и претерпевать лишения и муки, связанные со Ссылкой. Я готов, сказал я, принять любую разумную альтернативу Суду и Каторге; но под ее разумностью я понимаю какого-либо рода Гарантию того, что не буду страдать, попав в их руки. Их слово чести Гарантией для меня не является; не соглашусь я и на то, чтобы меня поместили в Заведение, где я буду вверен заботам Врачей и Санитаров, состоящих на жалованье у людей, в чьих интересах уморить меня возможно скорее. Посему я отказался подписывать всякое Соглашение, по которому их Власть надо мною будет превышать мою Власть над ними».

— Вот вам вся суть дипломатии, коротко и ясно, — сказал Обиспо. — Если бы только Чемберлен разобрался в ней чуть получше, прежде чем отправляться в Мюнхен! Конечно, по большому счету это мало что изменило бы, — добавил он. — Потому что политики в конце концов ничего не решают: национализм всегда обеспечит каждому поколению хотя бы одну войну. Так было в прошлом, и можете быть уверены — в будущем он тоже свое возьмет. Но как же наш старый джентльмен думает применить этот дипломатический принцип на практике? Ведь все козыри на руках у родственничков. Чем же он думает их донять?

— Пока не знаю, — отвечал Джереми из глубин запечатленного на бумаге прошлого. — Он тут опять пустился в философствования.

— Да ну? — удивленно сказал Обиспо. — Его же вот-вот арестуют!

— «Было время, — прочел Джереми, — когда я считал, что все Усилия Рода Человеческого направлены к одной Точке, расположенной примерно посередине женского Тела. Сегодня я склонен думать, что по влиянию на человеческие Поступки и образ Мыслей Тщеславие и Алчность далеко превосходят Похоть». И так далее. Когда он, черт возьми, опять заговорит о деле? Может, и никогда — с него станется. А нет, кое-что нашел: «Двадцатое марта. Сегодня Роберт Парсонс, мое доверенное Лицо, вернулся из Лондона и привез в своей Карете три прочных сундука с золотыми Монетами и Банкнотами на сумму в двести восемнадцать тысяч фунтов — такова выручка от продажи моих Ценных Бумаг и тех ювелирных Изделий, столового Серебра и произведений Искусства, кои оказалось возможным продать в столь короткий срок и за Наличные. Будь у меня побольше времени, я выручил бы не менее трехсот пятидесяти тысяч фунтов. Я отношусь к этой потере философски, ибо суммы, которой я располагаю, вполне достаточно для моих целей».

— Для каких целей? — спросил Обиспо.

Джереми не спешил с ответом. После недолгой паузы он озадаченно покачал головой.

— Что происходит, скажите на милость? — произнес он. — Вот послушайте: «Мои похороны будут проведены со всей Торжественностью, приличествующей моему высокому Положению и исключительным Достоинствам. Джон и Каролина проявили мелочность и неблагодарность, возражая против крупных расходов, однако мое Решение было твердо: погребальный Обряд должен стоить Четыре Тысячи Фунтов, и ни пенни меньше. Единственно, о чем я сожалею, — это то, что мне не удастся покинуть мое подземное Убежище, дабы воочию увидеть сие скорбное Шествие и посмотреть, как новоиспеченные Граф и Графиня будут изображать на своих увядших лицах безутешное Горе. Сегодня к вечеру мы с Кейт спустимся в Подземелье, а завтра утром Мир услышит известие о моей смерти. Тело дряхлого Нищего уже тайно доставлено сюда из Хазлмира и займет мое место в Гробу. Сразу после Погребения новый Граф со своей Графиней уедут в Гонистер на постоянное жительство, а здесь останутся только Парсонсы — они будут присматривать за домом и удовлетворять наши материальные нужды. Привезенные Парсонсами из Лондона Золото и Банкноты уже спрятаны в подземном Тайнике, известном лишь мне одному; условлено, что каждого Первого Июня, вплоть до моей смерти, я буду передавать по пять тысяч фунтов Джону, или Каролине, или, если они умрут прежде меня, их Наследнику, или какому-нибудь облеченному должными Полномочиями Представителю Рода. Я льщу себя мыслью, что эта мера поможет заполнить Место, предназначенное для нежных Чувств, коих они определенно не испытывают». И все, — сказал Джереми, поднимая глаза. — Дальше ничего нет, только пара чистых страниц. И ни единого слова.

Наступило долгое молчание. Обиспо снова вскочил и принялся шагать по комнате.

— И никто не знает, сколько этот старый хрыч прожил на самом деле? — наконец спросил он.

Джереми покачал головой.

— Разве что родственники. Может быть, те две старые леди...

Обиспо остановился перед ним и стукнул кулаком по столу.

— Я отплываю в Лондон следующим кораблем, — эффектно объявил он.

ГЛАВА ДЕВЯТАЯ

На этот раз даже детская больница не принесла Стойту искомого утешения. Улыбки сестер отличались сегодня особенной теплотой. Молодой врач, попавшийся боссу в коридоре, был с ним чрезвычайно почтителен. Выздоравливающие, как всегда, кричали «Дядюшка Джо!» с самым бурным воодушевлением, а на лицах больных, стоило ему остановиться у их кровати, мгновенно вспыхивала радость. Игрушки, которые он раздавал, принимались как обычно, иногда с шумным восторгом, иногда же (что было более трогательно) в счастливом молчании, ибо изумление и недоверчивость временно лишали маленьких пациентов дара речи. Обходя разные палаты, он, как и в прошлые дни, видел множество жалких телец, деформированных скрофулезом и параличом, и изможденные, выражающие покорность лички крохотных страдальцев, видел умирающих ангелочков, невинных мучеников и курносых сорванцов, которых приковала к постели неотвязная боль.

Прежде все это вызывало у него приятное чувство — ему хотелось плакать, но одновременно хотелось и громко ликовать, и гордиться: гордиться тем, что он человек, как и эти детишки, такие стойкие и мужественные; а еще тем, что он так много сделал для них, дал им лучшую лечебницу в штате и все самое лучшее, что только можно купить за деньги. Но сегодня его визит не сопровождался этими привычными переживаниями. Ему не хотелось ни плакать, ни ликовать. Он не испытывал ни гордости, ни пробирающего до глубины души сочувствия, ни того особого счастья, которое порождалось их сочетанием. Он не чувствовал ничего — ничего, кроме сосущей тоски, которая не отпускала его весь день ни в Пантеоне, ни у Клэнси, ни в городской конторе. Выезжая из города, он жаждал этого посещения больницы, точно астматик укола адреналина или курильщик опиума — вожделенной трубки. Но желаемого облегчения не наступило. Дети не оправдали его надежд.

Памятуя окончания прошлых визитов, швейцар улыбнулся выходящему из дверей Стойту и обронил какую-то фразу насчет этого дома, где собрались самые что ни на есть славные ребятишки в мире. Стойт скользнул по нему безучастным взглядом, молча кивнул и прошел мимо.

Швейцар посмотрел ему вслед. «Ёлки-моталки!» — прошептал он, вспоминая выражение, которое только что видел на лице своего работодателя.

* * *

Стойт вернулся в замок таким же несчастным, каким покидал его утром. Он поднялся вместе с Вермеером на пятнадцатый этаж; будуар Вирджинии был пуст. Поехал на одиннадцатый; но в бильярдной ее не было тоже. Спустился на третий; но ей не делали ни маникюра, ни массажа. Охваченный внезапным подозрением, он ринулся в подвал и чуть ли не влетел в лабораторию, думая застать ее с Питом; в лаборатории не было ни души. Попискивала мышка; гигантский карп за стеклом аквариума медленно скользнул из тени на свет, а потом снова в зеленоватую тень. Стойт поспешил обратно к лифту, закрылся там, вновь оставшись наедине с мечтой голландца о повседневной жизни, таинственным образом воплотившей в себе предел математического совершенства, и нажал самую верхнюю из двадцати трех кнопок.

Прибыв на место, он отодвинул внутреннюю решетчатую дверь лифта и поглядел наружу сквозь стекло другой двери.

Вода в бассейне была абсолютно неподвижна. Между зубцами виднелись горы, уже в роскошном вечернем убранстве, сотканном из золотого света и индиговой тени. Голубое небо было безоблачным и прозрачным. У бассейна, с дальней его стороны, стоял железный столик, на нем — поднос с бутылками и стаканами; позади столика находилась одна из тех низких кушеток, на которых Стойт обычно принимал солнечные ванны. На этой кушетке он увидел Вирджинию — она была словно под наркозом, губы разомкнуты, глаза закрыты, одна рука бессильно свесилась до полу и лежала на нем ладонью вверх, как цветок, беспечно брошенный и позабытый. Столик наполовину скрывал фигуру доктора Обиспо, Клода Бернара своего дела; он вглядывался в лицо девушки с любопытством ученого, которого немного забавляет предмет его исследований.

В первый момент ярость Стойта была так велика, что это чуть не помогло его потенциальной жертве избежать самой суровой расплаты. Он с огромным трудом подавил в себе желание закричать и броситься вон из лифта, размахивая руками, с пеной у рта. Дрожа под напором сдерживаемого гнева и ненависти, он полез в карман куртки. Кроме погремушки и двух пачек жевательной резинки, которые остались от раздачи подарков в больнице, там ничего не было. Впервые за много месяцев он забыл пистолет.

Несколько секунд Стойт медлил в нерешительности. Что делать — выскочить наружу, следуя первому побуждению, и убить негодяя голыми руками? Или спуститься вниз и взять пистолет? Нет, лучше все-таки спуститься. Он нажал кнопку, и лифт тихо скользнул в глубь шахты. Невидящими глазами Стойт уставился на Вермеера, а облаченная в атласное платье юная обитательница прекрасного мира, полного геометрической гармонии, отвернулась от клавесина с поднятой крышкой и выглянула из-за ниспадающих складками занавесей, поверх пола в черно-белую шахматную клетку, — выглянула сквозь окошко рамы в тот, другой мир, где влачили свое гадкое, неряшливое существование Стойт и ему подобные.

Стойт побежал к себе в спальню, открыл ящик с носовыми платками, яростно переворошил все его содержимое и ничего не обнаружил. И тут он вспомнил. Вчера утром куртки на нем не было. Пистолет находился в заднем кармане брюк. Потом пришел Педерсен, делать с ним эти его шведские упражнения. Надо было ложиться на пол, на спину, а пистолет сзади мешал. Поэтому он вынул его и сунул в письменный стол у себя в кабинете.

Стойт побежал обратно к лифту, спустился четырьмя этажами ниже и помчался в свой кабинет. Пистолет был в верхнем ящике слева — это он точно помнил.

Левый верхний ящик письменного стола был заперт. Остальные тоже.

— Чтоб она сдохла, старая сука! — выругался Стойт, дергая за ручки.

Чрезвычайно пунктуальная и добросовестная, мисс Грогрэм, его секретарша, перед уходом домой непременно запирала все на замок.

По-прежнему проклиная мисс Грогрэм, которую он ненавидел сейчас почти так же люто, как ту скотину на крыше, Стойт снова поспешил к лифту. Но дверца не открывалась. Наверное, пока он был в кабинете, кто-то на другом этаже нажал кнопку вызова. По ту сторону двери слышался слабый шум движущейся кабины. Лифт был занят. Одному Богу известно, сколько ему придется ждать.

Стойт испустил нечленораздельный вопль, ринулся по коридору, свернул направо, толкнул вращающуюся дверь, опять повернул направо и очутился у служебного лифта. Схватил за ручку и потянул. Закрыто. Он нажал вызов. Это не помогло. Служебный лифт тоже был занят.

Стойт побежал по коридору обратно, миновал одну дверь, другую. Здесь, вокруг центральной шахты, уходившей на две сотни футов вниз, в глубину подвалов, вилась лестница. Стойт стал подниматься по ней. Запыхавшись уже через два этажа, он снова вернулся к лифтам. Служебный лифт был все еще занят; однако второй удалось вызвать. Спустившись откуда-то сверху, кабина остановилась перед ним. Щелкнул замок в двери. Он открыл ее и ступил внутрь. Дама в голубом занимала свое прежнее место в центре мира, где царило математически выверенное равновесие. Отношение расстояния от ее левого глаза до левой кромки картины к расстоянию до правой равнялось отношению единицы к корню квадратному из двух минус единица; расстояние от того же глаза до нижней кромки совпадало с расстоянием до левой. Что касается банта на ее правом плече, то он находился точно в углу воображаемого квадрата со сторонами, равными бо́льшему из двух отрезков, которые получились бы, если разделить основание картины золотым сечением*. Глубокая складка на атласной юбке шла вдоль правой стороны этого квадрата; крышка клавесина отмечала положение верхней стороны. Гобелен в верхнем правом углу занимал ровно треть всей картины по высоте, а его нижний край отстоял от ее нижней кромки на длину ее основания. Голубой атлас, выступающий вперед на фоне коричневых и темно-охряных тонов заднего плана, был отодвинут назад черно-белыми плитами пола и, таким образом, зависал посреди пространства картины, словно железный предмет между двумя полюсами магнита. В пределах рамы ничего нельзя было изменить; от картины веяло спокойствием не только благодаря неподвижности старого холста и красок, но и благодаря самому духу безмятежности, который царил в этом мире абсолютного совершенства.

— Старая сука! — все еще бормотал Стойт; затем мысли его перекинулись с секретарши на Обиспо: — Скотина!

Лифт остановился. Стойт вылетел наружу и поспешил по коридору в кабинет мисс Грогрэм, уже покинутый ею. Он вроде бы помнил, где она держит ключи; однако выяснилось, что он ошибается. Ключи были в другом месте. Но где же? Где? Где? Новое неожиданное препятствие превратило его в буйнопомешанного. Он открывал ящики и выворачивал их содержимое на пол, он разбросал по комнате аккуратно сложенные стопкой документы, он перевернул диктофон, он даже взял на себя труд очистить полки от книг и сбросить с подоконника горшок с цикламеном, а заодно и аквариум с японскими золотыми рыбками. Они блестели алой чешуей среди осколков стекла и раскиданных по полу справочников. На прозрачном хвосте у одной из них темнело пятно от пролитых чернил. Стойт схватил пузырек с клеем и изо всех сил ахнул им по умирающим рыбкам.

— Сука! — крикнул он. — Сука!

Тут он внезапно заметил ключи — их аккуратная маленькая связка висела на крючке у камина, где, вспомнилось ему, он уже видел ее тысячу раз прежде.

— Сука! — с удвоенной яростью крикнул он, хватая ключи. Затем ринулся к двери, задержавшись только ради того, чтобы сбросить со стола пишущую машинку. Она с грохотом упала в месиво из рваных бумаг, клея и золотых рыбок. Так ей и надо, старой суке, подумал Стойт с каким-то маниакальным восторгом и поспешил к лифту.

ГЛАВА ДЕСЯТАЯ

Барселона пала.

Но даже если бы она не пала, даже если бы ее вовсе не осаждали — что с того?

Подобно любому другому человеческому сообществу, Барселона была отчасти машиной, отчасти организмом, еще более примитивным, чем человеческий, отчасти кошмарно-гигантской проекцией людских безумств и страстей — их жадности, их гордыни, их жажды власти, их одержимости бессмысленными словами, их преклонения перед пустыми идеалами.

Покоренные или непокоренные, каждый город, каждая нация ведут свое существование на уровне отсутствия Бога. Ведут существование на уровне отсутствия Бога, а потому обречены на вечное самооглупление, на бесконечно повторяющиеся попытки разрушить самих себя.

Барселона пала. Но даже процветание человеческих обществ — это всегда процесс постепенного или катастрофического упадка. Те, кто возводит здание цивилизации, одновременно ведут под него подкоп. Люди сами исполняют роль собственных термитов, и будут термитами до тех пор, пока не перестанут цепляться за свою человеческую природу.

Растут башни, растут дворцы, храмы, жилища, цеха; но сердцевина каждой закладываемой балки уже источена в пыль, стропила изъедены, полы рассыпаются под ногами.

Какие стихи, какие статуи, — но на пороге Пелопоннесской войны*! А вот расписывают Ватикан — как раз чтобы поспеть к разграблению Рима*. Сочиняют «Героическую»* — но в честь героя, который оказывается всего лишь очередным бандитом. Проливают свет на природу атома — но делают это те самые физики, которые в военное время добровольно совершенствуют орудия убийства.

На уровне отсутствия Бога люди не могут не разрушать того, что они построили, — не могут строить, не разрушая, — они закладывают в свои постройки зародыши разрушения.

Безумие состоит в непризнании фактов; в главенстве хотения над мыслью; в искаженном восприятии реального мира; в попытках достигнуть желанной цели при помощи средств, негодность которых доказана бесчисленными прошлыми экспериментами.

Безумие состоит, например, в том, чтобы мыслить себя как единую душу, как цельное и неизменное человеческое «я». Но между животным уровнем внизу и духовным вверху, на уровне человеческом, нет ничего, кроме целого роя самых разных влечений, чувств и идей; роя, образовавшегося благодаря случайным факторам наследственности и языка; роя не связанных между собой и зачастую противоречивых мыслей и желаний. Память и медленно изменяющееся тело создают нечто вроде пространственно-временной клетки, в которую заключен этой рой. Говорить о нем как о цельной и неизменной «душе» — безумие. Такой вещи, как душа, на чисто человеческом уровне не существует.

Созвездия мыслей, гаммы чувств, бури страстей. Все они определяются и обусловливаются природой своего случайного происхождения. В наших душах так мало от нас самих, что мы не имеем и отдаленного представления о том, как мы реагировали бы на вселенную, если бы не знали языка вообще или даже нашего конкретного языка. Природа наших «душ» и мира, в котором они живут, была бы совершенно иной, нежели теперь, если бы нас не научили говорить вовсе или вместо английского языка обучили бы эскимосскому. Безумие, помимо всего прочего, — это считать, будто наши «души» существуют отдельно от языка, который нам случилось перенять у наших воспитателей.

Каждое «движение души» предопределено; и весь рой этих движений, заключенный в клетку из плоти и памяти, не свободнее любой его составляющей. Говорить о свободе в связи с поступками, которые на самом деле предопределены, — безумие. Свободы действий на чисто человеческом уровне не существует. Бессмысленным нежеланием принимать факты такими, как есть, люди обрекают свою деятельность на вечную тщету, калечат собственные судьбы, а то и ведут себя к гибели. Подобно городам и нациям, частичками которых они являются, люди всегда находятся в процессе упадка, всегда разрушают то, что они построили и строят теперь. Однако города и нации подчиняются законам больших чисел, а отдельные личности им не подчиняются; ибо, хотя в действительности многие люди покорно ведут себя согласно этим законам, делать это их никто не заставляет. Потому что никто не заставляет их жить только на человеческом уровне. В их власти перейти с уровня отсутствия Бога на тот уровень, где Бог есть. Каждое «движение души» предопределено; то же самое относится и ко всему их рою. Но за этим роем, и одновременно объемля его и содержась в нем, лежит вечность, всегда готовая к самопереживанию. Но чтобы вечность могла переживать самое себя внутри временной и пространственной клетки, то есть внутри человеческого существа, рой мыслей и желаний, который мы называем «душой», должен добровольно умерить свою сумасшедшую активность, должен, так сказать, освободить место для иного, вневременного сознания, должен утихнуть, чтобы сделать возможным выявление более глубокой тишины. Бог вполне присутствует только там, где вполне отсутствует наша так называемая человечность. Нет железной необходимости, обрекающей кого бы то ни было на бесплодную муку быть только человеком. Даже рой желаний и мыслей, который мы называем «душой», способен временно пригасить свою сумасшедшую активность, самоустраниться, пусть лишь на миг, чтобы, пусть тоже лишь на миг, сделать возможным присутствие Бога. Но дайте вечности переживать самое себя, дайте Богу возможность достаточно часто являть себя в отсутствие человеческих желаний, чувств и предрассудков; тогда ваша жизнь, которую в промежутках придется вести на человеческом уровне, станет совсем другой. Даже рой наших страстей и мнений поддается красоте вечности; а поддавшись ей, замечает свое собственное безобразие; а заметив свое безобразие, стремится себя изменить. Хаос уступает место порядку — не произвольному, чисто человеческому порядку, который порождается подчинением «души» какому-нибудь безумному «идеалу», но порядку, отражающему истинный порядок вещей. Рабство уступает место свободе — ибо выбор теперь не диктуется случайной предысторией, а делается телеологически и под влиянием непосредственного прозрения природы мира. Агрессивность и просто апатия уступают место покою — ибо агрессивное состояние есть маниакальная, а апатия — депрессивная фаза того циклического психоза, который состоит в смешении своего «я» или его социальных проекций с истинной реальностью. Покой же — это спокойная активность, которая проистекает из знания того, что наши «души» иллюзорны, а их порождения безумны, что все существа потенциально едины в вечности. Сострадание есть один из аспектов этого покоя и результат обретения такого знания.

Поднимаясь на закате дня к замку, Пит с каким-то тихим восторгом продолжал думать обо всем, что сказал ему мистер Проптер. Барселона пала. Испания, Англия, Франция, Германия, Америка — все они переживают упадок, переживают упадок даже в пору их кажущегося процветания, разрушают то, что строят, в самом процессе строительства. Но каждый человек имеет возможность избежать падения, прекратить саморазрушение. Никто не принуждает людей вступать в союз со злом, они заключают этот союз по своей воле.

По пути из мастерской Пит собрался с духом и спросил у Проптера совета: что ему делать?

Проптер пытливо посмотрел на него.

— Что ж, если хочешь, — сказал он, — я имею в виду, если ты *действительно* хочешь...

Пит кивнул, не говоря ни слова.

Солнце уже село; наступившие сумерки были словно воплощение покоя — божественного покоя, сказал себе Пит, поглядев на далекие горы по ту сторону равнины, покоя, превышающего всякое понимание. Расстаться с такой красотой было немыслимо. Войдя в замок, он направился прямо к лифту, вызвал кабину — она приехала откуда-то сверху, — закрылся в ней вместе с Вермеером и нажал последнюю кнопку. Там, на площадке главной башни, он будет в самом центре этого неземного покоя.

Лифт остановился. Он открыл дверь и шагнул наружу. В воде отражалось безмятежное, еще не угасшее небо. Он перевел глаза на него, затем посмотрел на горы; потом стал огибать бассейн, чтобы взглянуть вниз с той стороны, поверх парапета.

— Уйди! — раздался вдруг сдавленный голос.

Пит сильно вздрогнул, обернулся и увидел Вирджинию, лежащую в тени почти у его ног.

— Уйди, — повторила она прежним голосом. — Я тебя ненавижу.

— Извините, — пробормотал он. — Я не знал...

— Ох, это ты. — Она открыла глаза, и даже сумерки не помешали ему заметить, что она недавно плакала. — А я думала, Зиг. Он пошел за моим гребешком. — На мгновение она затихла; потом у нее внезапно вырвалось: — Я так несчастна, Пит.

— Несчастна? — Это слово и тон, каким оно было сказано, мигом развеяли ощущение божественного покоя. Охваченный любовью и тревогой, он присел рядом с ней на лежанку. (*Под купальным халатом, невольно заметил он, на ней, кажется, совсем ничего не было.*) — Несчастна?

Вирджиния закрыла лицо руками и разрыдалась.

— Даже Пресвятой Деве, — горестно и бессвязно пожаловалась она, — я даже ей не могу сказать. Мне так стыдно...

— Милая! — сказал он умоляющим тоном, словно уговаривал ее быть счастливой. И погладил девушку по голове. — Милая моя!

Неожиданно с другой стороны бассейна донесся какой-то шум; грохот захлопнувшейся двери лифта; громкий топот; нечленораздельный яростный вопль. Пит повернул голову и успел увидеть бегущего к ним мистера Стойта, в руке у которого было что-то — что-то, очень похожее на автоматический пистолет.

Он наполовину поднялся на ноги, когда Стойт выстрелил.

Появившись спустя две-три минуты с гребешком для Вирджинии, доктор Обиспо обнаружил старика на коленях — он пытался унять носовым платком кровь, которая все еще лилась из двух ран, одной маленькой и аккуратной, другой зияющей, оставленных в голове Пита пулей, прошедшей навылет.

Скорчившись в тени парапета, Детка молилась.

— Святая-Мария-Матерь-Божья-молись-за-нас-грешных-ныне-и-в-час-нашей-смерти-аминь, — повторяла она снова и снова, так быстро, как только позволяли рыдания. Время от времени ее сотрясали приступы рвоты, и молитва ненадолго прерывалась. Затем она продолжалась вновь с того же места: — ...нас-грешных-ныне-и-в-час-нашей-смерти-аминь-Святая-Мария-Матерь-Божья...

Обиспо открыл рот, собираясь издать какое-то восклицание, потом закрыл его опять, прошептал: «Господи Иисусе!» — и быстро, тихо пошел вокруг бассейна. Прежде чем дать знать о своем присутствии, он предусмотрительно поднял пистолет и спрятал его в карман. Мало ли что. Потом окликнул Стойта по имени. Старик вздрогнул, и лицо его исказилось гримасой ужаса. Когда он обернулся и увидел, кто это, страх уступил место облегчению.

— Слава Богу, что это вы, — сказал он, потом вдруг вспомнил, что именно доктора он собирался убить. Но все это отодвинулось на миллион лет назад, за миллион миль отсюда. Ближайшим, непосредственным, самым насущным фактом была уже не Детка, не любовь или гнев, а страх и то, что лежало здесь перед ним. — Вы должны спасти его, — хрипло прошептал он. — Мы скажем, что это был несчастный случай. Я заплачу ему, сколько попросит. В разумных пределах, — поправился он по старой привычке. — Но вы должны спасти его. — Он с трудом поднялся на ноги и жестом предложил Обиспо занять его место.

Обиспо лишь отрицательно качнул головой. Старикан был весь в крови, а у него отнюдь не было желания портить костюм, обошедшийся ему в девяносто пять долларов.

— Спасти его? — повторил он. — Да вы с ума сошли. Гляньте-ка вон, сколько мозгов на полу.

Вирджиния в тени за его спиной перестала бормотать молитвы и начала подвывать. «На полу, — причитала она. — На полу».

Обиспо свирепо перебил ее:

— А ну заткнись, ты!

Причитания резко оборвались; но через несколько секунд тишину нарушил очередной приступ жестокой рвоты; затем снова послышалось:

— Святая-Мария-Матерь-Божья-молись-за-нас-грешных-ныне-и-в-час-нашей-смерти-аминь-Святая-Мария-Матерь-Божья-молись-за-нас-грешных...

— Если уж думать о чьем-то спасении, — продолжал Обиспо, — так это о вашем. И, поверьте мне, — с ударением добавил он, перенеся вес своего тела на левую ногу и указывая на труп носком правой, — вам стоит поторопиться. Это или газовая камера, или Сан-Квентин* на всю жизнь.

— Но это был несчастный случай, — захлебываясь от поспешности, запротестовал Стойт. — То есть все вышло по ошибке. Я же не хотел в него стрелять. Я хотел... — Он оборвал фразу на середине и умолк, беззвучно двигая ртом, словно стараясь проглотить невыговоренные слова.

— Вы хотели убить меня, — закончил за него Обиспо и широко, по-волчьи улыбнулся, как всегда в тех случаях, когда его шутки могли кого-нибудь задеть или поставить в неловкое положение. Подбодренный мыслью, что старый хрыч напуган до полусмерти и не рассердится, и сознанием того, что пистолет все равно у него в кармане, он решил пошутить еще и прибавил: — В другой раз не будете шпионить.

— ...ныне-и-в-час-нашей-смерти-аминь, — бормотала Вирджиния в наступившей паузе. — Святая-Мария-Матерь...

— Я правда не хотел, — снова повторил Стойт. — Я просто вышел из себя. Наверно, даже не отдавал себе отчета...

— Это вы объясните в суде, — саркастически заметил Обиспо.

— Но клянусь, я же не знал, — воскликнул Стойт. Его хриплый голос нелепо сорвался на писк. Лицо было белым от страха.

Доктор пожал плечами.

— Возможно, — сказал он. — Но ваше незнание —

слабый аргумент против *этого*. — Он снова поднял ногу, указывая на тело носком своего изящного ботинка.

— Так что же мне делать? — почти завизжал Стойт в припадке панического ужаса.

— А я почем знаю?

Стойт хотел было просительно положить ладонь Обиспо на рукав; но тот быстро подался назад.

— Не троньте меня, — сказал он. — Поглядите на свои руки.

Стойт поглядел. Толстые, похожие на морковки пальцы были красны от крови; под грубыми ногтями кровь уже запеклась и высохла, как грязь.

— Господи! — прошептал он. — О Господи!

— ...и-в-час-нашей-смерти-аминь-Святая-Мария...

Услышав слово «смерть», старик вздрогнул, точно его стегнули хлыстом.

— Обиспо, — опять начал он, холодея при мысли о том, что его ждет. — Обиспо! Ради Бога — вы должны помочь мне спастись. Вы должны помочь мне, — взмолился он.

— После того, как вы приложили все усилия, чтобы сделать из меня *это*? — Бело-коричневый ботинок снова поднялся в воздух.

— Но вы же не дадите меня арестовать? — униженно выдохнул Стойт, жалкий в своем отчаянии.

— Это почему же?

— Вы не пойдете на это, — почти закричал он. — Не пойдете.

Поскольку было уже почти темно, Обиспо нагнулся, желая удостовериться, что на кушетке нет крови; затем поддернул свои светлые брюки и сел.

— В ногах правды нет, — любезным светским тоном заметил он.

Стойт снова взмолился о помощи.

— Я отблагодарю вас, — сказал он. — Вы получите все, что хотите. Все, что хотите, — повторил он, на сей раз отбросив всякие апелляции к разуму.

— Ага, — произнес доктор Обиспо, — вот это деловой разговор.

— ...Матерь-Божья, — бормотала Детка, — молись-за-нас-грешных-ныне-и-в-час-нашей-смерти-аминь-Святая-Мария-Матерь-Божья-молись-за-нас-грешных...

— Это деловой разговор, — повторил Обиспо.

ЧАСТЬ ТРЕТЬЯ

ГЛАВА ПЕРВАЯ

В дверь кабинета Джереми постучали; вошел мистер Проптер. Джереми заметил, что на нем тот самый темно-серый костюм с черным галстуком, который он надевал на похороны Пита. Цивильное платье как-то умаляло его; он казался ниже, чем в рабочей одежде, и одновременно меньше самим собой. Его обветренное, резко очерченное лицо — лицо скульптурной фигуры на западном фасаде собора — и жесткий крахмальный воротничок явно не гармонировали друг с другом.

— Вы не забыли? — спросил он после обмена рукопожатиями.

Вместо ответа Джереми показал на свою собственную черную куртку и клетчатые брюки. Их ждали в Тарзана, где должно было состояться торжественное открытие новой Аудитории Стойта.

Проптер глянул на часы.

— Еще несколько минут погодим, потом начнем собираться. — Он сел на стул. — Как у вас дела?

— Замечательно, — ответил Джереми.

Проптер кивнул.

— После отъезда бедняги Джо и его приближенных тут, наверное, действительно не жизнь, а малина.

— Живу один на один с горой антиквариата стоимостью в двенадцать миллионов долларов, — сказал Джереми. — Уверяю вас, это чрезвычайно приятно.

— Вряд ли вам было бы так уж приятно, — задумчиво произнес Проптер, — попади вы в компанию людей, которые, собственно, и создали весь этот антиквариат. В компанию Греко, Рубенса, Тёрнера*, Фра Анджелико.

— Боже упаси! — сказал Джереми, воздевая руки.

— Вот в чем прелесть искусства, — продолжал Проптер. — Оно выявляет лишь наиболее приятные свойства наиболее одаренных представителей человеческого рода. Поэтому-то я никогда и не мог поверить, что искусство какой-нибудь эпохи действительно проливает свет на жизнь этой эпохи. Возьмите марсианина и покажите ему коллекцию произведений Боттичелли*, Перуджино* и Рафаэля. Разве сможет он догадаться по ним об условиях жизни, описанных у Макиавелли*?

— Не сможет, — согласился Джереми. — Однако вот вам другой вопрос. Условия, описанные у Макиавелли, — были ли они действительно таковы? Не то чтобы Макиавелли говорил неправду. Те вещи, о которых он пишет, конечно, имели место. Но казались ли они современникам такими уж кошмарными, какими кажутся нам, когда мы о них читаем? Мы-то уверены, что они должны были ужасно страдать. Но так ли это?

— Так ли это? — повторил Проптер. — Мы спрашиваем историков; а они, конечно, ответить не могут — потому что, очевидно, нет способа подсчитать общую сумму счастья, так же как нет способа сравнить чувства людей, живших в одних условиях, с чувствами людей, живущих в других условиях, совсем не похожих на первые. Действительные условия в любой момент таковы, какими они видятся людям, непосредственно их воспринимающим. А у историка нет способа определить, каким было это субъективное восприятие.

— Он может догадываться об этом, лишь глядя на произведения искусства, — промолвил Джереми. — Я бы сказал, что некоторый свет на тогдашнее субъективное восприятие они все же проливают. Возьмем один из ваших примеров. Перуджино — современник Макиавелли. Это означает, что хотя бы один человек умудрился сохранить жизнерадостность на протяжении всего того малоприятного периода. А раз есть один, почему бы не быть и многим другим? — Он слегка покашлял, прочищая путь цитате. — «Положение дел в государстве никогда не мешало людям вовремя пообедать».

— Весьма мудро! — сказал Проптер. — Однако заметьте, что положение дел в Англии при жизни доктора Джонсона было превосходным, даже в самые черные дни. А как насчет положения дел в стране вроде Китая или, допустим, Испании — в стране, где людям нельзя помешать обедать по той простой причине, что они не обедают вовсе? И наоборот, как насчет многочисленных случаев потери аппетита во времена вполне благополучные? — Он сделал паузу, вопросительно улыбнулся Джереми, затем покачал головой. — Иногда люди много радуются и много страдают; а иногда, по-видимому, страдают чуть ли не постоянно. Это все, что может сказать историк, пока он остается историком. Ну а превратясь в теолога или метафизика, он, разумеется, может болтать бесконечно, как Маркс, или Святой Августин*, или Шпенглер*. — Проптер неприязненно поморщился. — Бог мой, сколько же чепухи наговорили мы за последние два-три тысячелетия!

— Но в этой чепухе есть своя прелесть, — возразил Джереми. — Порой она бывает очень занятна!

— Я, наверное, недостаточно цивилизован и предпочитаю смысл, — сказал Проптер. — Поэтому, если мне нужна философия истории, я обращаюсь к психологам.

— «Тотем и табу»*? — спросил Джереми, несколько удивленный.

— Нет-нет, — чуть нетерпеливо ответил Проптер. — Я говорю о психологах другого сорта. А именно о религиозных психологах; о тех, кто по собственному опыту знает, что люди способны достичь свободы и просветления. Они — единственные философы истории, чья гипотеза была проверена экспериментально; а значит, единственные, кто может успешно обобщить факты.

— Ну и каковы же эти обобщения? — спросил Джереми. — Все та же старая песня?

Проптер рассмеялся.

— Все та же старая песня, — ответил он. — Все те же

скучные, избитые, вечные истины. На человеческом уровне, где доминируют желания, люди живут в неведении и страхе. Неведение, желания и страх являются источником немногих кратковременных наслаждений, множества продолжительных страданий, а в конце неизбежно приводят к краху. Способ лечения известен; однако, пытаясь применить его, люди сталкиваются с почти непреодолимыми трудностями. Приходится выбирать между почти непреодолимыми трудностями, с одной стороны, и абсолютно неизбежными страданиями и крахом — с другой. Вот эти обобщения религиозных психологов и позволяют разумно судить об истории. Только религиозный психолог может докопаться до смысла, когда речь идет о Перуджино и Макиавелли или, скажем, обо всем этом. — Он кивнул на бумаги Хоберков.

Джереми помигал и похлопал себя по лысине.

— Ваш скромный ученый, — мелодично промолвил он, — даже и не хочет докапываться ни до какого смысла.

— Да-да. А я-то все время об этом забываю, — с грустью в голосе сказал Проптер.

Джереми откашлялся.

— «Он дал нам доктрину энклитики "De"», — процитировал он из «Похорон Грамматика»*.

— Дал ради себя самого, — сказал Проптер, поднимаясь со стула. — Дал, несмотря на то что грамматика, которую он изучал, была безнадежно ненаучна, разъедена скрытой метафизикой, провинциальна, да к тому же давным-давно устарела. Что ж, — добавил он, — дело обычное. — Он взял Джереми за локоть, и они вместе направились к лифту. — До чего любопытная фигура этот Браунинг! — продолжал он, возвращаясь мыслями к «Грамматику». — Такой первоклассный ум, и дураку достался. Нагородить столько нелепицы о романтической любви! Приплести сюда Бога и райские кущи, говорить о браке и рафинированных формах прелюбодеяния как об откровении свыше. Да уж, глупее некуда! Впрочем, и это дело обычное. — Он вздохнул. — Не знаю почему, — прибавил он после паузы, — но у меня в голове часто вертятся его строчки — не помню даже, из какого стихотворения, — что-то вроде: «и поцелуи, как во сне, моя душа в тумане и огне». Моя душа в тумане и огне, вот уж действительно! — повторил он. — Нет, Чосер справляется с этой темой куда лучше. Помните? «Так плотника жена легла с другим»*. Прелесть как просто, без всяких экивоков и никому не нужного словоблудия! Браунинг только и знал что болтать о Боге; но я подозреваю, что он был гораздо более далек от реальности, чем Чосер, хотя Чосер никогда без крайней нужды Бога не поминал. Между Чосером и вечностью стояли только его аппетиты. У Браунинга тоже были свои аппетиты, однако, кроме них, ему застило глаза невероятное количество вздора — причем не просто вздора, но вздора тенденциозного. Потому что этот фальшивый мистицизм культивировался им, конечно же, не только ради красного словца. Он был средством, которое помогало Браунингу убедить себя в том, что его аппетиты и Бог идентичны. «Так плотника жена легла с другим», — повторил он, входя за Джереми в кабину лифта; лифт тронулся, и они вместе с Вермеером поехали в главный вестибюль. — «Моя душа в тумане и огне!» Удивительно, как меняется вся ткань нашего существования в зависимости от того, какими словами мы ее описываем. Мы плаваем в языке, точно айсберги: четыре пятых скрыты под поверхностью, и только одну пятую нашу часть овевает свежий ветер прямого, неязыкового опыта.

Они пересекли вестибюль. Машина Проптера стояла у входа. Он сел за руль; Джереми занял соседнее место. Они поехали по петляющей дороге вниз, мимо бабуинов, мимо нимфы Джамболоньи, мимо Грота, миновали поднятую решетку и мост через ров.

— Я очень часто думаю об этом бедном мальчике, —

сказал Проптер, нарушив долгое молчание. — Такая внезапная смерть.

— Я и не подозревал, что у него было так плохо с сердцем, — сказал Джереми.

— В каком-то смысле, — продолжал Проптер, — я и себя чувствую виноватым. По моей просьбе он помогал мне мастерить мебель. Наверное, я задавал ему чересчур много работы — хотя он и уверял меня, что ему это не вредно. Мне бы сообразить, что у него есть своя гордость, — что он еще слишком молод и постесняется остановить меня, если я переборщу. Вот что значит быть невнимательным и нечутким. И тебе достается, и другие страдают — те, к кому ты не проявил должного внимания.

Вновь наступило молчание; позади остались больница и апельсиновые рощи.

— В ранней и внезапной смерти есть что-то бессмысленное, — наконец произнес Джереми. — Какая-то вопиющая несуразность...

— Вопиющая? — переспросил Проптер. — Да нет, я бы не сказал. Все остальное, что происходит с людьми, не менее несуразно. Если это и кажется особенно несуразным, так только оттого, что из всех возможных происшествий ранняя смерть наиболее явно противоречит нашему представлению о нас самих.

— О чем это вы? — поинтересовался Джереми.

Проптер улыбнулся.

— О том же, о чем и вы, — ответил он. — Если что-то кажется несуразным, то бишь несообразным, стало быть, есть нечто, с чем оно не сообразуется. В данном случае это нечто — наше представление о нас. Мы мним себя свободными существами, призванными добиться в жизни некоей цели. Однако с нами сплошь и рядом происходят вещи, противоречащие такой точке зрения. Мы называем их несчастными случаями; считаем бессмысленными и несуразными. Но каков же критерий, по которому мы судим? Критерием служит картина, нарисованная нашей фантазией: чрезвычайно лестный образ свободной души, которая совершает творческий выбор и может управлять своей судьбой. К несчастью, картина эта не имеет ни малейшего отношения к обычной человеческой реальности. Она изображает нас такими, какими мы хотели бы быть, такими, какими мы и впрямь могли бы стать, если бы приложили к этому необходимые усилия. Для человека же, который на деле является рабом обстоятельств, в ранней смерти нет ничего несуразного. Это событие, вполне рядовое для той вселенной, где он живет в действительности, — хотя, конечно, не для той, какую он себе по глупости нарисовал. Несчастный случай есть столкновение ряда событий на уровне детерминизма с другим рядом событий на уровне свободы. Мы воображаем, будто наша жизнь полна случайностей, потому что воображаем, будто наше человеческое существование лежит на уровне свободы. Но это ошибка. Большинство из нас живет на механическом уровне, где события происходят согласно законам больших чисел. То, что мы называем случайным и несуразным, обусловлено самой сутью мира, который мы избрали для проживания.

Раздосадованный тем, что неосторожно вылетевшее у него слово дало Проптеру возможность уличить его в непозволительном идеализме, Джереми затих. Некоторое время ехали молча.

— А похороны-то? — произнес наконец Джереми, ибо его ум, привыкший всегда и во всем отыскивать анекдотические черты, обратился к конкретным забавным особенностям той ситуации. — Прямо как у Рональда Фербэнка*! — Он хихикнул. — Я сказал Хабаккуку, что к статуям надо подвести паровое отопление. Уж больно они ненатуральны на *ощупь*. — Он погладил рукой воображаемую мраморную ягодицу.

Проптер, который думал об освобождении, кивнул и вежливо улыбнулся.

— А как Малдж читал службу! — продолжал Джереми. — Вот уж действительно, соловьем разливался! Слащавей и в английском соборе не услышишь. Точно вазелин с ароматом портвейна. И как он объявил: «Я есмь воскресение и жизнь», — будто говорил совершенно всерьез, будто он, Малдж, готов персонально гарантировать это в письменном виде, по принципу «деньги назад»: вся уплаченная за похороны сумма будет возвращена, если мир иной не обеспечит полного удовлетворения клиента.

— Он ведь, пожалуй что, и впрямь в это верит, — задумчиво сказал Проптер. — Не совсем, конечно, а этак полушутя, полусерьезно. Знаете как: считаю это правдой, но постоянно веду себя так, словно это ложь; согласен с тем, что это самая важная вещь на свете, но никогда по доброй воле о ней не думаю.

— А вы-то сами верите в это? — спросил Джереми. — Полусерьезно или неполусерьезно? — И, когда Проптер ответил, что не верит в такую разновидность воскресения и жизни, воскликнул: — Ага! — тоном снисходительного папаши, который застал сына целующим служанку. — Ага! Значит, в каком-то полусерьезном смысле воскресение все-таки имеет место?

Проптер рассмеялся.

— Вполне вероятно, — сказал он.

— Что же в таком случае сталось с беднягой Питом?

— Ну, для начала, — неторопливо произнес Проптер, — должен сказать, что Пит qua[1] Пит свое существование прекратил.

— Тут уж всякая серьезность отпадает, — ввернул Джереми.

— Но Питово неведение, — продолжал Проптер, — Питовы страхи и желания — что ж, я думаю, очень возможно, что они до сих пор остаются в мире источником неприятностей. Неприятностей для всех и вся, а особенно для себя самих. В первую очередь для себя самих,

---

[1] Как *(лат.)*.

какую бы форму им ни случилось принять.

— А если бы, допустим, Пит не был невежественным и женолюбивым, тогда как?

— Ну, очевидно, — сказал Проптер, — тогда и неприятностям больше неоткуда было бы браться. — После минутного молчания он процитировал таулеровское определение Бога: — «Бог есть бытие, удаленное от всякой твари, свободная мощь, чистое делание».

Они свернули с главной дороги на обсаженную перечными деревьями аллею, которая вилась между зеленых лужаек студенческого городка Тарзана. Впереди замаячила новая Аудитория, здание в строгом романском стиле. Проптер поставил свой старенький «форд» среди блестящих «кадиллаков», «крайслеров» и «паккардов», выстроившихся у входа; они вошли внутрь. Фотокорреспонденты в холле глянули на них, мигом определили, что вошедшие не являются ни банкирами, ни кинозвездами, ни юрисконсультами, ни представителями церкви, ни сенаторами, и презрительно отвернулись.

Студенты уже расселись по местам. Под их взглядами Джереми и Проптер прошли к рядам, отведенным для почетных гостей. Какой разительный контраст! Здесь, в переднем ряду, находился Сол Р. Катценблюм, президент «Авраам Линкольн пикчерс инкорпорейтед» и активный борец за Моральное Перевооружение; бок о бок с ним сидел епископ Санта-Моники; здесь же был и мистер Песчеканьоло из Банка Дальнего Запада. Великая герцогиня Евлалия сидела около сенатора Бардольфа, а во втором ряду они заметили двоих братьев Энгельс и Глорию Боссом, беседующих о чем-то с контр-адмиралом Шотоверком. Оранжевое одеяние и длинная волнистая борода принадлежали Свами Йогалинге, основателю Школы Личности. Следующим был вице-президент «Консоль ойл», потом миссис Вагнер...

Неожиданно во всю мощь грянул орган. Под звуки гимна Тарзана-колледжа показалась процессия преподавателей. Парами, в мантиях, капюшонах и шапочках с кистями, доктора богословия, философии, естественных наук, юриспруденции, изящной словесности, музыки прошествовали по проходу и поднялись на сцену — там, у задника, широким полукругом стояли приготовленные для них стулья. Посреди сцены возвышался пюпитр; над ним возвышался доктор Малдж. Пюпитр ему, конечно же, был не нужен; ибо Малдж гордился своим умением говорить практически бесконечно без всяких бумажек. Пюпитр поставили, дабы оратор мог доверительно склониться над ним или, держась за него, пылко откинуться назад, дабы он мог энергично пристукнуть по нему кулаком или совершить эффектную прогулку на несколько шагов в сторону с последующим возвращением.

Орган смолк. Доктор Малдж начал свою речь — начал, разумеется, с комплиментов мистеру Стойту. Мистер Стойт, чье великодушие... Мечта, ставшая реальностью... Воплощение идеала в камне... Человек, наделенный даром Предвидения. Без Предвидения люди погибли бы... Но этот Человек обладает даром Предвидения... Он предвидит будущую судьбу Тарзана... Средоточие, фокус, светоч... Калифорния... Новая культура, более развитая наука, более высокая духовность... (Тембр голоса Малджа менялся от фагота к трубе. От вазелина с легким душком портвейна до холестерина в химически чистом виде.) Но, увы (тут голос трогательно упал, приобретя саксофонно-ланолиновую окраску), увы... Лишен возможности быть сегодня с нами... Внезапное трагическое событие... Юноша, унесенный смертью на пороге жизни... Вел исследования в тех областях науки, которые, осмелится он сказать, столь же близки мистеру Стойту, как и сферы служения обществу и культуре... Тяжелый удар... Необычайно чуткое сердце в условиях грубой действительности... Домашний врач настоял на полной и немедленной смене обстановки... Но несмотря на физическое отсутствие, душой он здесь... Мы чувствуем его среди нас... И это вдохновляет всех, и пожилых, и юных... Светоч Культуры... Будущее... Идеалы... Победа духа... За плечами великие свершения... Господь осенил наш городок своим благословением... Да укрепимся в помыслах наших... Выше... Дальше... Больше... Вера и Надежда... Демократия... Свобода... Нетленное наследие Вашингтона и Линкольна... Слава, которая ожидает Грецию, возрожденную на бреге Тихого Океана... Знамя... Миссия... Явное предначертание... Воля Божья... Тарзана...

Наконец все было сказано. Зазвучал орган. Процессия преподавателей двинулась к выходу. За ней потянулись почетные гости.

Снаружи, на солнечном свету, Проптера задержала миссис Песчеканьоло.

— По-моему, это была удивительно вдохновенная речь, — с жаром сказала она.

Проптер кивнул.

— Чуть ли не самая вдохновенная из всех речей, какие я только слышал. А я, Бог свидетель, — добавил он, — наслушался их на своем веку предостаточно.

ГЛАВА ВТОРАЯ

Даже по Лондону был разлит жидковатый солнечный свет — свет, который по мере приближения автомобиля к менее задымленным пригородам становился все сильнее. И ярче, пока наконец где-то около Ишера дорога не заблестела под лучами великолепнейшего весеннего утра.

На заднем сиденье машины распростерся по диагонали мистер Стойт, укрытый шерстяным пледом. Он по-прежнему регулярно принимал успокаивающее — правда, теперь это было нужно скорее ему самому, чем его врачу, — и просыпался как следует только ко второму завтраку.

Бледная и с грустными глазами, погруженная в свои

печали, которые пять дней дождя над Атлантикой и еще три лондонского тумана так и не смогли хоть немного развеять, Вирджиния молчаливо сидела впереди.

За рулем (ибо он решил, что шофера в эту поездку брать не стоит) беспечно насвистывал доктор Обиспо; время от времени он даже пел вслух — пел «Stretti, stretti, nell' estasi d'amor»[1]; пел «Нам маленькая чарочка вреда не принесет»; пел «Мне снилось, что дом мой — роскошный чертог»*. Он был в столь радужном настроении отчасти благодаря прекрасной погоде — весна, весна, звенят ручьи, подумал он про себя, не говоря уж о прочих мелочах вроде чистотела, анемонов, что бы под этим ни подразумевалось, примул с гулянки. Разве забудет он свое удивление, вызванное неожиданными упоминаниями англичан о ежедневных гулянках? Оказывается, они не имели в виду ничего более предосудительного, нежели обыкновенные прогулки. «Сходим на гулянку, наберем примул». Замечательная кишечная флора! Лучше даже, чем у карпов. Что являлось второй причиной его довольства жизнью. Они держали путь к двум старым леди Хоберк — быть может, их ожидали там новые сведения о Пятом графе, благодаря которым выяснится что-нибудь важное о связи между старением, жирными спиртами и кишечной флорой карпов.

Шутливо подражая манере оперного солиста, он запел снова.

— Мне сни-илось, что до-ом мой — роско-ошный чертог, — объявил он, — и сло-ово мое — зако-о-он. Что всякий, кто ступит на мо-ой порог, жаждет быть моим верным рабо-о-ом.

Вирджиния, которая сидела рядом, окаменев от горя, внезапно в ярости обернулась к нему.

— Ради всего святого! — почти взвизгнула она, нару-

---

[1] Теснее, теснее в любовном экстазе (*итал.*). — Неаполитанская песенка.

шив молчание, длящееся от самого Кингстона-апон-Темс. — Нельзя посидеть спокойно?

Обиспо игнорировал ее выпад; начиная следующую строку, он удовлетворенно усмехнулся про себя, отметив, что она теперь имеет к нему самое прямое отношение:

— Сокровищ в подва-алах не сче-есть...

Нет, это, конечно, преувеличено. Не то чтобы не счесть. Так себе, скромненькое состояньице. Хватит на спокойную жизнь и на долгие исследования; и не надо убивать время на эти орды больных, которым лучше было бы помереть. Двести тысяч долларов наличными и четыре тысячи пятьсот акров земли в долине Сан-Фелипе — Дядюшка Джо божится, что туда вот-вот проведут воду для орошения. (Пусть только попробуют не провести — ох и достанется тогда старому хрычу на орехи!) «Остановка сердца вследствие миокардита на почве ревматизма». За такое свидетельство о смерти он мог бы потребовать куда больше двухсот тысяч. Особенно если учесть, что его помощь этим не ограничивалась. Нет, сэр! Надо было еще убрать всю эту грязь (светло-коричневым костюмом стоимостью в девяносто пять долларов пришлось-таки пожертвовать). Надо было обезопасить себя от внезапного появления слуг; уложить в постель Детку, предварительно впрыснув ей большую дозу морфия; добиться от ближайших родственников разрешения на кремацию — слава Богу, что единственным родственником оказалась сестра, которая жила в Пенсаколе, Флорида, и из-за стесненных обстоятельств не могла позволить себе приехать в Калифорнию на похороны. А еще (самое щекотливое) были поиски нечистого на руку владельца похоронного бюро; встреча с мошенником, показавшимся подходящим; разговор с туманными намеками на несчастный случай, который не следует предавать огласке, на деньги, которые, конечно же, представляют собой вопрос второстепенный; затем, после короткой лицемерной речи хозяина о том, что помочь почитаемому горожанину избежать неприятных пересудов — его долг, резкая смена тона, деловая констатация неумолимых фактов и перечисление необходимых мер, торговля о цене. В конце концов мистер Пенго согласился не замечать дырок в голове Пита всего лишь за двадцать пять тысяч долларов.

— Сокровищ в подва-алах не сче-есть, мой род просла-авлен во веки веков. — Да, определенно, подумал Обиспо, определенно, он мог бы потребовать гораздо больше. Но зачем? Он человек разумный; почти, можно сказать, философ; без особых амбиций, не гоняется за мирской славой, а потребности его до того просты, что даже самая настоятельная из них, помимо тяги к научным исследованиям, в огромном числе случаев может быть удовлетворена практически даром — а то и в выигрыше останешься, как тогда, когда миссис Боянус преподнесла ему в знак уважения портсигар из чистого золота; да есть ведь еще Жозефинины жемчужные запонки и те, другие, — зеленые, эмалевые, с его монограммой из бриллиантов, подарок малютки, как бишь ее...

— Но я сча-астлив вдвойне-е, потому-у что я тот, — пропел он, для вящей убедительности повышая голос и пуская в ход пылкое тремоло, — с кем поныне твоя-а любо-овь, с кем поны-ыне твоя-а любо-овь, с кем поныне, — повторил он, на миг оторвал взор от портсмутской дороги и, подняв брови, с ироническим любопытством заглянул в лицо отвернувшейся от него Вирджинии, — поны-ыне твоя-а любо-овь, — и, в четвертый раз, с необычайной энергией и подъемом, — с кем поны-ы-ы-ыне твоя-а-а любо-о-овь.

Он еще раз поглядел на Вирджинию. Детка смотрела прямо перед собой, прикусив нижнюю губу, словно ей было больно и она сдерживалась, чтобы не закричать.

— Мой сон в руку? — Вопрос сопровождался волчьей улыбкой.

Девушка не отвечала. С заднего сиденья доносился

бульдожий храп Стойта.

— Я тот, с кем поны-ы-ыне твоя-а любо-о-овь? — продолжал настаивать он, переводя машину в правый ряд и прибавляя скорость, чтобы обогнать колонну армейских грузовиков.

Детка освободила губу и сказала:

— Убила бы.

— Да уж конечно, — согласился Обиспо. — Но ты этого не сделаешь. Потому что твоя любо-о-о-овь со мной. Вернее, — продолжал он, и улыбка его с каждым словом становилась все шире и плотояднее, — ты любишь не меня; ты любишь... — Он сделал короткую паузу. — Ладно, давай назовем это более поэтическим словом, — потому что от поэзии ведь еще никто не уставал, правда? — ты любишь Любо-о-о-овь, ты так любишь Любо-о-о-овь, что у тебя просто рука не поднимется меня шлепнуть. Ведь как ни крути, а именно я регулярно обеспечиваю тебя Любо-о-о-овью. — Он снова запел: — Мне сни-илось, что я-а сглупи-и-и-ил и сби-ился с прямо-ой доро-оги...

Вирджиния зажала уши ладонями, чтобы не слышать этого голоса — неумолимого голоса правды. Потому что Обиспо, как это ни горько, был прав. Даже после смерти Пита, даже после ее обещания Пресвятой Деве, что это больше никогда, никогда не случится опять, — это все-таки случилось опять.

Обиспо продолжал импровизировать:

— Потому-у что всегда-а по ноча-ам выходил, не прикрыв свои голые но-оги...

Вирджиния еще плотнее зажала уши. Это все-таки случилось опять, несмотря на то, что она была против, несмотря на то, что она ругала его, отбивалась, царапалась; но он только смеялся и делал свое дело; а потом она вдруг почувствовала себя слишком усталой, чтобы отбиваться дальше. Слишком усталой и слишком несчастной. Он получил то, что хотел; а самое ужасное, что и она, кажется, хотела того же — верней, не она, а ее несчастья; потому что наступило временное облегчение;

ей удалось забыть эту кровь; удалось заснуть. На следующее утро она презирала и ненавидела себя как никогда.

— У меня были замки и трон золотой, — пел Обиспо, затем перешел на прозу, — а также фетиши, святые мощи, мантры и прочая тарабарщина, ризы, карнизы. Но я счастлив вдвойне, потому что я тот — или лучше «со мной», чтобы вышло в рифму, — он поднатужился, дабы вложить в последний пассаж максимум красоты и проникновенности, — и поны-ыне твоя-а любо-овь, и поны-ыне твоя-а-а-а-а-а-а-а-а-а-а-а-а...

— Замолчи! — изо всех сил выкрикнула Вирджиния. От ее крика проснулся Дядюшка Джо.

— Что такое? — испуганнно спросил он.

— Ей не нравится, как я пою, — отозвался Обиспо. — Почему бы это, скажите на милость? У меня прелестный голос. Идеально подходит для небольших аудиторий, вроде этого автомобиля. — Он рассмеялся от души. Ужимки Детки, разрывающейся между Приапом* и Священным гротом, чрезвычайно забавляли его. Вместе с прекрасной погодой, примулами с гулянки и перспективой окончательно прояснить роль стеринов в процессе старения они поддерживали его отменное расположение духа.

Они достигли усадьбы Хоберков около половины двенадцатого. Привратницкая пустовала; Обиспо пришлось выйти и открыть ворота самому.

Центральная аллея усадьбы поросла травой, парк успел вернуться в состояние первобытного запустения. Вывороченные бурями деревья гнили там, где упали. На стволах живых огромными булками белели грибы-паразиты. Декоративные посадки превратились в маленькие джунгли, густо заросшие куманикой. Греческий бельведер на холмике у аллеи лежал в руинах. Дорога сделала поворот, и впереди открылся дом эпохи Якова I — одно его крыло сохранилось в первоначальном виде, другое украшали чужеродные готические пристройки девятнадцатого века. Живая изгородь из тиса разрослась, образовав сплошную высокую стену. О местоположении некогда разбитых в строгом порядке клумб можно было догадаться по пышным зеленым кругам щавеля, прямоугольникам и полумесяцам крапивы и осота. Из неряшливо торчащей пучками травы на дальней заброшенной лужайке едва выглядывали крокетные воротца.

Обиспо остановил машину у подножия главной лестницы и вышел. В тот же миг из тисового туннеля вынырнула маленькая девочка, лет восьми-девяти. Заметив автомобиль и людей, она замерла, явно подумывая об отступлении, потом, ободренная мирным видом новоприбывших, шагнула вперед.

— Глядите, чего у меня есть, — сказала она на нелитературном южноанглийском и протянула им противогаз, держа его, как корзинку. Он был до половины наполнен примулами и цветами пролески.

Обиспо возликовал.

— С гулянки! — закричал он. — Ты принесла их с гулянки! — Он потрепал ребенка по волосам цвета пакли. — Тебя как зовут?

— Милли, — ответила девочка; затем добавила с ноткой гордости в голосе: — Я не ходила в одно место уже целых пять дней.

— Пять дней?

Милли торжествующе кивнула.

— Бабуля говорит, меня надо сводить к доктору. — Она снова кивнула и улыбнулась ему с видом человека, только что объявившего о своей скорой поездке на Бали*.

— По-моему, твоя бабуля совершенно права, — сказал Обиспо. — Она здесь живет?

Девочка утвердительно кивнула.

— Она на кухне, — ответила она и невпопад добавила: — Она глухая.

— А как насчет леди Джейн Хоберк? — продолжал

Обиспо. — Она тоже здесь живет? И другая — леди Энн, кажется?

Девчушка снова кивнула. Затем на лице ее появилось озорное выражение.

— У леди Энн знаете что? — спросила она.
— Что?

Милли поманила его поближе к себе; он нагнулся и подставил ухо.

— У нее в животе бурчит, — прошептала она.
— Да ну!
— Как будто птички поют, — поэтически добавила девочка. — Это у нее так после завтрака.

Обиспо снова потрепал ее по голове и сказал:

— Нам бы надо побеседовать с леди Энн и леди Джейн.

— Побеседовать? — почти испуганно повторила девчушка.

— Может быть, ты сбегаешь попросишь бабулю, чтобы она нас проводила?

Милли помотала головой.

— Она не согласится. Бабуля никому не разрешает к ним ходить. Тут как-то приходили насчет этих штук. — Она подняла противогаз. — И леди Джейн так разозлилась, ужас. А потом разбила своей палкой лампу, ну, нечаянно — бамс! — и стекло вдребезги, по всему полу осколки полетели. Так смешно было!

— Молодчина, — сказал Обиспо. — А еще посмеяться не хочешь?

Девочка посмотрела на него с подозрением.

— Вы это про что?

Обиспо напустил на себя заговорщический вид и понизил голос до шепота:

— Про то, что ты можешь пустить нас внутрь через какой-нибудь черный ход, и мы все пойдем на цыпочках, вот так, — он продемонстрировал, как, на усыпанной гравием дорожке. — А потом мы вдруг появимся в комнате, где они сидят, и сделаем им сюрприз. И тогда леди Джейн запросто может разбить еще одну лампу, и мы все вволю посмеемся. Как ты на это смотришь?

— Бабуля страшно рассердится, — с сомнением сказала Милли.

— А мы ей не скажем, что это ты нас провела.

— Она все равно узнает.

— Не узнает, — уверенно сказал Обиспо. Затем добавил другим тоном: — Хочешь заработать одну классную штуку?

Девочка непонимающе посмотрела на него.

— Классную штуку, — плотоядно повторил он; затем вспомнил, что в этой дурацкой стране так не говорят. — Конфеты любишь? — Он мигом слетал к машине и вернулся с роскошной коробкой шоколадных конфет, купленных на тот случай, если Вирджиния в дороге проголодается. Он открыл крышку, дал ребенку разок понюхать, потом закрыл опять. — Проведи нас в дом, — сказал он, — и получишь их все.

Пятью минутами позже они уже протискивались через стрельчатую стеклянную дверь в том конце дома, где были готические пристройки. Внутри было сумрачно, пахло пылью, рассохшейся древесиной и нафталином. Постепенно, по мере того как глаза привыкали к полумраку, перед ними вырисовывались обтянутый сукном бильярдный стол, камин с позолоченными часами, книжная полка, где стояли романы сэра Вальтера Скотта в переплете алой кожи и восьмое издание Британской энциклопедии, большая картина в коричневых тонах, изображающая крещение будущего Эдуарда VII*, пять или шесть оленьих голов. На столе у двери висела карта Крыма; Севастополь и Альма* были отмечены маленькими булавочными флажками.

Держа противогаз с цветами в одной руке и прижимая палец другой к губам, Милли на цыпочках вела их по коридору, через темную гостиную, через прихожую, снова по коридору. Потом она остановилась и, подождав, пока Обиспо нагонит ее, показала на дверь.

— Здесь, — прошептала она. — За этой дверью.

Без единого слова Обиспо отдал ей коробку с конфетами; Милли схватила ее и, точно зверек, стащивший лакомый кусочек, шмыгнула мимо Вирджинии и Стойта дальше, в темный коридор, чтобы в безопасности насладиться вожделенной добычей. Обиспо поглядел ей вслед, затем обернулся к спутникам. Они шепотом посовещались; в конце концов было решено, что Обиспо лучше отправиться одному.

Он прошел вперед, тихо открыл дверь, скользнул внутрь и затворил ее за собой.

Оставшиеся снаружи Детка и Дядюшка Джо ждали его, как им показалось, битых два часа. Затем за стеной вдруг раздался беспорядочный, все усиливающийся шум, кульминация которого совпала с внезапным появлением в коридоре доктора Обиспо. Он захлопнул дверь, сунул в скважину ключ и повернул его.

Мгновение спустя дверную ручку бешено задергали изнутри, послышался пронзительный старушечий голос: «Как вы смеете!». Потом по двери требовательно забарабанили палкой, и тот же голос сорвался почти на визг: «Верните ключ! Верните немедленно!».

Обиспо положил ключ в карман и пошел по коридору к своим, сияющий и удовлетворенный.

— Ну и видик у этих старых ведьм — с ума сойти, — сказал он. — Сидят по обе стороны камелька, как королева Виктория и королева Виктория*.

К первому голосу присоединился второй; дерганье и стук возобновились с удвоенной силой.

— А ну, поднажмите! — насмешливо крикнул Обиспо; затем, одной рукой подталкивая Стойта, а другой по-свойски награждая Детку легким шлепком пониже спины, сказал: — Идем, идем.

— Куда идем-то? — спросил Стойт сердито и недоуменно. Он и раньше не мог понять, за каким дьяволом их понесло через Атлантику — разве только чтобы уехать из замка. Уехать-то, конечно, надо было. Тут и сомнений нет; сомневался он, пожалуй, лишь в том, смогут ли они после всего, что случилось, вообще когда-нибудь туда вернуться — смогут ли, например, опять загорать там, на крыше. Господи! Как представишь себе...

Ладно, но почему именно Англия? В нынешнее-то время года? Почему не Флорида или Гавайи? Так нет ведь; Обиспо настоял на своем. Это-де необходимо для работы, в Англии можно будет разузнать кое-что важное. А он не мог спорить с Обиспо — по крайней мере сейчас; не время еще. И потом, без врача ему пришлось бы совсем худо. Нервы, желудок — все ни к черту. И спать он без снотворного не ложился; мимо полисмена по улице и то пройти не мог, чтоб сердце не захолонуло. Тут можно было твердить: «Бог есть любовь. Смерти нет», пока не посинеешь; теперь это ни капли не помогало. Он уже стар, он болен; смерть все ближе и ближе, и если Обиспо срочно не сделает чего-нибудь, если он быстро не отыщет какого-нибудь средства...

Посередине полутемного коридора Стойт вдруг остановился. Позади них леди Хоберк все еще колотили палками в дверь своей тюрьмы.

— Обиспо, — тревожно сказал он, — Обиспо, вы абсолютно уверены, что этого, ну... что ада не существует? Можете это доказать?

Обиспо усмехнулся.

— А вы можете доказать, что на обратной стороне Луны не живут зеленые слоники? — спросил он.

— Нет, серьезно... — в муках настаивал Дядюшка Джо.

— Серьезно, — весело ответил Обиспо, — я не берусь доказывать утверждение, которое не может быть проверено. — Они со Стойтом и прежде вели подобные разговоры. Обиспо казалось, что в таком поединке логики с мольбами, продиктованными безрассудным ужасом, есть нечто чрезвычайно комическое.

Детка слушала их молча. Она-то *знала* про ад; *знала*, что бывает с тем, кто совершит смертный грех — например, позволит, чтобы это случилось опять, да еще после обещания, данного Пресвятой Деве. Но Пресвятая Дева такая добрая, такая замечательная. И вообще, на самом деле во всем виноват эта скотина Зиг. Она ведь клялась от чистого сердца, а потом пришел Зиг и силком заставил ее нарушить слово. Пресвятая Дева поймет. Страшнее всего другое — то, что это случилось опять, когда он уже ее не принуждал. Но даже и тогда, на самом-то деле, это случилось не по ее вине — ведь надо же учесть, что ей пришлось пережить ужасные дни; что она была нездорова; что она...

— Но как по-вашему, ад может быть? — снова заладил свое Стойт.

— Все может быть, — жизнерадостно сказал Обиспо. Он навострил уши, прислушиваясь к воплям оставшихся за дверью старых ведьм.

— А как по-вашему, за это сколько — один шанс на тысячу? Или один на миллион?

Доктор, ухмыляясь, пожал плечами.

— Спросите Паскаля, — посоветовал он.

— Кто это Паскаль? — заинтересовался Стойт, в своем отчаянии готовый уцепиться за самую жалкую соломинку.

— Он умер! — Обиспо прямо-таки распирало от ликования. — Умер, как последний болван. А теперь шевелитесь-ка, шевелитесь! — Он схватил Дядюшку Джо за руку и буквально поволок по коридору.

Произнесенное Обиспо ужасное слово эхом отдавалось в мозгу Стойта.

— Но я хочу знать наверняка, — запротестовал он.
— Знать наверняка то, чего нельзя узнать!
— Должен же быть какой-то способ!
— Нет никакого способа. Только один: умереть и посмотреть, что будет. Куда, черт возьми, запропастился этот ребенок? — добавил он другим тоном и позвал: — Милли!

Перемазанное шоколадом личико возникло из-за подставки для зонтиков в прихожей.

— Видели их? — спросила девчушка с набитым ртом.

Обиспо кивнул.

— Они решили, что я из противовоздушной обороны.

— Ну да! — возбужденно воскликнула Милли. — Как раз оттуда был тот, из-за которого разбили лампу.

— Подойди-ка сюда, Милли, — скомандовал Обиспо. Девочка подошла. — Где дверь в подземелье?

На лице Милли появился ужас.

— Там заперто, — сказала она.

Обиспо кивнул.

— Знаю, — ответил он. — Но леди Джейн дала мне ключи. — Он вынул из кармана кольцо, на котором висели три больших ключа.

— Там внизу буки живут, — прошептала девчушка.

— Мы бук не боимся.

— Бабуля говорит, они такие уроды, — продолжала Милли. — Такие злые. — Голос ее стал хнычущим. — Она говорит, если я не буду ходить в одно место как полагается, буки придут за мной. Но я ничего не могу сделать. — Полились слезы. — Я не виновата.

— Конечно, не виновата, — нетерпеливо сказал Обиспо. — Никто, никогда и ни в чем не бывает виноват. Даже в том, что у него запор. А теперь я хочу, чтобы ты показала нам дверь в подземелье.

Еще в слезах, Милли помотала головой.

— Я боюсь.

— Но мы же не заставляем тебя спускаться туда. Покажешь, где дверь, и все.

— Не хочу.

— Будь паинькой, — вкрадчиво заговорил Обиспо, — проводи нас до двери, ладно?

Милли, заупрямившись от страха, продолжала мотать головой. Вдруг Обиспо сделал быстрый выпад и выхватил у девочки коробку с конфетами.

— Не скажешь — не получишь больше конфет, — сказал он и раздраженно добавил: — Сама напросилась.

Милли издала горестный вопль и попыталась вернуть коробку, но она была вне пределов досягаемости.

— Только когда проведешь нас к двери в подземелье, — категорически заявил Обиспо и, дабы показать, что не шутит, открыл коробку, набрал горсть конфет и принялся одну за другой отправлять их в рот. — Ай, как вкусно! — приговаривал он, жуя конфеты. — Ай, как сладко! Знаешь, я даже рад, что ты не согласилась: теперь я могу съесть их все. — Он раскусил еще одну, изобразил на лице восторг. — О-о, да это просто объедение! — Он почмокал губами. — Бедняжка Милли! Она их больше не получит. — Он взял из коробки очередную порцию.

— Ой, не надо, не надо! — молила девочка, глядя, как драгоценные коричневые кругляшки по очереди исчезают во рту Обиспо. Затем наступил момент, когда алчность пересилила страх. — Я покажу вам, где дверь, — крикнула она, точно несчастная жертва, у которой пытками вырвали признание.

Это возымело волшебный эффект. Обиспо вернул на место три уцелевшие конфеты и закрыл коробку.

— Пошли, — сказал он и протянул девчушке руку.

— Отдайте их мне, — потребовала она.

Обиспо, хорошо знакомый с основами дипломатии, покачал головой.

— Только после того, как покажешь дверь, — сказал он.

Милли чуть помедлила; затем, подчинившись суровой необходимости, которая требовала соблюдения условий сделки также и с ее стороны, взяла его за руку.

Дядюшка Джо и Детка двинулись следом. Они вышли из прихожей, пересекли гостиную, миновали коридор, карту Крыма, бильярдную, еще один коридор и очутились в большой библиотеке. Красные плюшевые занавеси были задернуты; но между ними просачивался слабый свет. Вдоль всех стен, фута на три не доходя до высокого потолка, тянулись коричневые, синие и алые ярусы классической литературы; на карнизе из красного дерева через правильные интервалы стояли бюсты знаменитых мертвецов. Милли указала на Данте.

— Это леди Джейн, — доверительно прошептала она.

— Черт побери! — неожиданно взорвался Стойт. — К чему это все? Скажете вы наконец, зачем мы сюда приперлись?

Обиспо игнорировал его.

— Где дверь? — спросил он.

Девочка показала.

— Это еще что за штучки? — сердито закричал было он; потом увидел, что одна из секций с книгами — всего лишь бутафория из дерева и кожи. Это были полки, занятые тридцатью тремя томами проповедей архиепископа Стиллингфлита* и (он узнал почерк Пятого графа) полным, в семидесяти семи томах, собранием сочинений Донатьена Альфонса Франсуа, маркиза де Сада. При более тщательном осмотре обнаружилась и замочная скважина.

— Отдайте мои конфеты, — потребовала Милли.

Но Обиспо не желал рисковать.

— Сначала проверим, подойдет ли ключ.

Он попытался отомкнуть замок, и со второй попытки ему это удалось.

— Держи. — Он отдал Милли коробку и одновременно открыл дверь. Девочка издала вопль ужаса и кинулась прочь.

— К чему все это? — с тревогой в голосе повторил Стойт.

— Все это к тому, — сказал Обиспо, смотря на ведущие вниз ступени, которые через несколько футов исчезали в непроглядной тьме, — все это к тому, чтобы вам не пришлось узнать, существует ли ад. По крайней мере, пока; а может быть, и в течение очень долгого времени. Ну, слава Богу! — добавил он. — У нас будет свет.

Прямо за дверью, на полочке, стояли два потайных фонаря старого образца. Обиспо взял один из них, поболтал, поднес к носу. Масло внутри было. Он зажег оба, один отдал Стойту, другой оставил себе и начал осторожно спускаться по лестнице.

Спуск был длинный; внизу оказалась круглая комната, вырубленная в желтом песчанике. Отсюда вели четыре выхода. Они выбрали один и прошли по узкому коридорчику в другую комнату, на сей раз с двумя выходами. Первый путь заканчивался тупиком; отправившись по другому, они миновали еще одну лестницу и попали в пещерку, полную древнего мусора. Дальше идти было некуда; с трудом, дважды сбившись с дороги, они вернулись обратно в круглую комнату, с которой начали, и снова попытали счастья. Ступени, ведущие вниз; несколько маленьких комнаток подряд. Одна из них была оштукатурена, на ее стенах были нацарапаны непристойные рисунки в стиле раннего восемнадцатого века. Они поспешили дальше и спустились по очередной короткой лесенке в большое квадратное помещение с вентиляционной шахтой, идущей под углом сквозь скалу; далеко вверху брезжило крохотное пятнышко белого света. Это было все. Они вернулись снова. Стойт уже успел вспотеть; но Обиспо настаивал на продолжении. Попробовали третий выход. Коридор; анфилада из трех комнат. Затем путь раздваивался; один проход вел вверх, но уже в начале был заложен кирпичной кладкой; другой спускался в коридор, пробитый на более низком уровне. Футов через тридцать — сорок слева обозначилось какое-то отверстие. Обиспо посветил туда; там оказалась сводчатая ниша, в глубине которой на гипсовом пьедестале стояла мраморная копия «Венеры» Медичи*.

— Дьявольщина! — сказал Стойт; затем, по некотором размышлении, впал в легкую панику. — Как, черт возьми, они затащили сюда эту штуку? — спросил он, бегом догоняя Обиспо.

Доктор не отвечал, нетерпеливо шагая вперед.

— Это сумасшествие, — опасливо продолжал Стойт,

труся за доктором. — Натуральное сумасшествие. Говорю вам, мне это не нравится.

Обиспо нарушил свое молчание.

— Можете подумать, как заполучить ее для Беверли-пантеона, — сказал он с волчьей веселостью. — Эй, а это еще что? — добавил он.

Они вышли из туннеля в комнату довольно больших размеров. Посреди комнаты была круглая каменная кладка с двумя железными стойками по обе стороны и перекладиной между ними, на которой висел блок.

— Колодец! — сказал Обиспо, вспомнив запись из дневника Пятого графа.

Он чуть ли не бегом бросился к туннелю в дальнем конце комнаты. Через десять футов от входа путь ему преградила массивная, обитая гвоздями дубовая дверь. Обиспо вынул все ту же связку ключей, выбрал один наугад, и дверь сразу открылась. Они стояли на пороге маленькой продолговатой каморки. Его фонарь высветил в противоположной стене следующую дверь. Он тут же кинулся к ней.

— Тушенка! — удивленно сказал Стойт, пробегая лучом фонаря по рядам консервов и стеклянных банок на полках высокого шкафа, почти целиком занимавшего одну из стен комнаты. — Креветки Билокси. Ананасы ломтиками. Бостонские печеные бобы, — прочел он, потом повернулся к Обиспо: — Говорю вам, Обиспо, не нравится мне все это.

Детка достала и теперь прижимала к носу платок, пропитанный ароматом «Shocking».

— Ну и вонища! — неразборчиво произнесла она сквозь несколько слоев материи и содрогнулась от отвращения. — Ну и вонища!

Между тем Обиспо подбирал ключ к другой двери. Наконец она распахнулась. На них хлынул поток теплого воздуха, и каморка в одно мгновение наполнилась невыносимым смрадом. «Господи!» — сказал Стойт, а Детка, борясь с тошнотой, испустила приглушенный вопль ужаса.

Обиспо поморщился и шагнул туда, откуда шел запах. В конце короткого коридорчика была третья дверь, на сей раз из железных прутьев, похожая (подумал Обиспо) на дверь тюремной камеры смертников. Он посветил фонарем сквозь прутья, в смрадную тьму за ними.

Оставшиеся у шкафа с консервами Стойт и Детка внезапно услышали удивленное восклицание, а затем, после короткого затишья, взрыв буйного, неудержимого хохота. Раскат за раскатом, звенящий металлический смех доктора Обиспо вырывался из коридорчика, многократно отражаясь в ограниченном пространстве каморки. Жаркий, насыщенный тошнотворный испарениями воздух дрожал от этого оглушительного, почти сумасшедшего смеха.

Стойт, а за ним Детка пересекли каморку и поспешили пройти через открытую дверь в узкий туннель за ней. Хохот Обиспо действовал Стойту на нервы.

— Какого черта?.. — крикнул он, приближаясь, затем оборвал фразу на полуслове. — Что это? — прошептал он.

— Зародыш обезьяны, — начал Обиспо, но договорить не смог; очередной приступ безудержного веселья согнул его вдвое, точно удар в солнечное сплетение.

— Дева Мария, — пробормотала Детка, все еще прижимая к лицу платок.

Лучи их фонарей вычерпнули из тьмы за решеткой узкий мирок очертаний и красок. В центре этого мирка, на краю низкой кровати, сидел человек и, не мигая, как зачарованный, смотрел на свет. Его ноги, густо покрытые грубыми рыжеватыми волосами, были голы. Рубашка, его единственное одеяние, была изорвана и грязна. Мощную грудь пересекала наискосок широкая шелковая лента, которая, очевидно, была когда-то голубой. На шее болталась веревка с образком — св. Георгий и дракон в золоте и эмали. Он сидел сгорбясь; его ушедшая в плечи голова в то же время выдавалась вперед. Одной из своих огромных и странно неуклюжих рук он почесывал болячку, которая просвечивала красным сквозь поросль на его левой голени.

— Зародыш обезьяны, которому хватило времени вырасти, — наконец выговорил Обиспо. — Просто замечательно! — Его опять разобрал смех. — Вы только поглядите на его лицо! — едва вымолвил он, указывая за решетку. Из глубоких глазниц над спутанными волосами, покрывавшими челюсти и щеки, смотрели голубые глаза. Бровей не было; но под грязным, морщинистым лбом проходил широкий, словно полка, костяной выступ.

Вдруг из кромешной тьмы выдвинулось на свет еще одно обезьяноподобное лицо — лицо, покрытое волосами лишь слегка, так что можно было увидеть не только надглазный выступ, но и необычную, измененную линию подбородка, костяные наросты перед ушами. Вслед за головой в луче света показалось и тело в старом клетчатом пальто и стеклянных бусах.

— Женщина... — сказала Вирджиния, которую чуть не стошнило от омерзения при виде этих отвислых, увядших грудей. Доктор развеселился еще пуще.

Стойт схватил его за плечо и свирепо потряс.

— Кто это? — требовательно осведомился он.

Обиспо вытер глаза и сделал глубокий вдох; буря его веселья улеглась, оставив по себе лишь легкую рябь. Едва он открыл рот, чтобы ответить на вопрос Стойта, как существо в рубашке неожиданно повернулось к существу в пальто и ударило его по голове. Удар огромной ручищи пришелся по лицу сбоку. Существо в пальто испустило крик боли и гнева и опять пропало во мраке. Оттуда донеслось пронзительное яростное бормотание, которое словно все время балансировало на грани членораздельных проклятий.

— Вот тот, с орденом Подвязки, — произнес Обиспо, повысив голос, чтобы перекричать шум, — это Пятый

граф Гонистерский. Другая — его домоправительница.
— Но что с ними случилось?
— Всего только время, — беззаботно сказал Обиспо.
— Время?
— Не знаю, сколько лет его подруге, — продолжал Обиспо. — Но самому графу, постойте-ка... Ну да, в январе ему стукнуло двести один.

Пронзительный голос во мраке верещал по-прежнему — почти можно было разобрать ругательства. Пятый граф бесстрастно почесал болячку и вновь уставился на свет.

Обиспо продолжал говорить. Замедление темпов развития... один из механизмов эволюции... чем старше антропоид, тем он глупее... старение как результат отравления стеринами... кишечная флора карпа... Пятый граф предвосхитил его собственное открытие... нет отравления стеринами, нет и старения... возможно, нет и смерти, разве что от несчастного случая... но тем временем зародыш антропоида успевает достигнуть зрелости... Это самая замечательная шутка из всех ему известных.

Не двигаясь с места, Пятый граф помочился на пол. Его подруга в темноте затараторила еще пронзительнее. Он обернулся в ее сторону и гортанным голосом изрыгнул несколько едва узнаваемых, почти позабытых непристойностей.

— Дальше можно не экспериментировать, — говорил Обиспо. — Мы знаем, что это средство действует. Вы можете начать принимать его хоть сейчас. Хоть сейчас, — повторил он с саркастическим ударением.

Стойт не отвечал.

Пятый граф по ту сторону решетки встал на ноги, потянулся, зевнул, затем развернулся и сделал пару шагов к границе, отделяющей свет от тьмы. Его домоправительница затараторила еще быстрее и возбужденнее. С притворным равнодушием граф остановился, погладил ладонью свою широкую орденскую ленту, потом тронул украшение у себя на шее, издав при этом какие-то странные звуки, в которых улавливалась мелодия — нечто похожее на обезьянью интерпретацию серенады из «Дон-Жуана». Существо в пальто захныкало, словно предчувствуя недоброе; его голос, казалось, стал удаляться глубже во мрак. Внезапно с диким воплем Пятый граф прыгнул вперед, из узкой вселенной фонарного света в окружающую ее тьму. Послышался стремительный топот, несколько коротких вскриков; потом визг, звуки ударов и опять визг; затем визжать перестали, и из темноты доносилось лишь сдавленное ворчанье да слабые всхлипы.

Стойт наконец нарушил молчание.

— Как по-вашему, сколько лет пройдет, прежде чем человек станет таким? — медленно, запинаясь, сказал он. — Я имею в виду, не сразу же это случится... наверное, человек сначала долго... ну, понятно, — долго не меняется. И потом, когда справишься с первым шоком... по-моему, они очень даже неплохо коротают время. То есть на свой лад, конечно. Вам не кажется, Обиспо?

Обиспо молча, не отрываясь смотрел на него; потом откинул назад голову и засмеялся снова.

1939

ПРИМЕЧАНИЯ

О ДИВНЫЙ НОВЫЙ МИР

Роман впервые опубликован в 1932 г. в нью-йоркском издательстве «Гарден сити». На русском языке фрагменты романа (под названием «Прекрасный новый мир») впервые опубликованы в журнале «Интернациональная литература» (1935, № 8); затем текст романа с небольшими сокращениями был напечатан в журнале «Иностранная литература» (1988, № 4). В настоящем издании журнальный вариант перевода романа дополнен некоторыми опущенными ранее фрагментами, например предваряющей текст романа цитатой из Н. Бердяева. Заглавием его послужили слова Миранды, героини трагикомедии «Буря» Шекспира: «О чудо... Сколько вижу я красивых созданий! Как прекрасен род людской... О дивный новый мир, где обитают такие люди». Предисловие предпослано автором изданию романа 1946 г. (издательство «Харпер энд бразерс», Нью-Йорк — Лондон).

Стр. 6. *Penitente* (от *исп.* penitentes) — кающиеся; здесь намек на членов общества флагеллантов (в основном испанцев) в штатах Нью-Мексико и Колорадо, бичующихся на страстной неделе религиозных аскетов-фанатиков ради искупления грехов. Движение флагеллантов возникло в XIII в. в городских низах Италии как протест против гнета церкви, феодалов и др. Римская католическая церковь в 1889 г. осудила движение кающихся, но оно тайно существует до сих пор.

Стр. 7. *Джордж Генри* (1839—1897) — американский экономист; выдвигал идею «единого земельного налога» как средства достижения всеобщего достатка и «социального мира».

Кропоткин Петр Алексеевич (1842—1921) — русский революционер, один из теоретиков анархизма, социолог, географ и геолог; был сторонником социальной революции, в которой видел сознательное выступление народа, оплодотворенное революционной мыслью. Основы человеческой нравственности находил в солидарности, справедливости и самопожертвовании, а истоки их — в инстинкте взаимопомощи, которые человек перенял из мира животных.

Логос — в древнегреческой философии одновременно «слово» (или «предложение», «высказывание», «речь») и «смысл» («понятие», «суждение», «основание»).

Стр. 8. *Николз Роберт* (1893—1944) — английский поэт и драматург.

Маркиз де Сад — Донасьен Альфонс Франсуа де Сад (1740—1814), французский писатель, значительную часть жизни провел в тюрьмах за совершенные им преступления на сексуальной почве. Автор многочисленных романов, в которых содержится описание различного рода извращений, отсюда «садизм».

...Бабёф попытался произвести экономическую революцию. — Гракх Бабёф (1760—1797), французский коммунист-утопист. Во время Французской революции защищал интересы неимущих слоев населения, при Директории был одним из руководителей движения «Во имя равенства»; казнен.

Стр. 9. *Тридцатилетняя война* — война (1618—1648) между габсбургским блоком (испанские и австрийские Габсбурги, католические князья Германии, которых поддерживали папство и Речь Посполитая) и антигабсбургской коалицией (германские протестантские князья, Франция, Швеция, Дания, за которыми стояли Англия, Голландия и Россия). Окончилась крахом планов Габсбургов создать «мировую империю»; политическим гегемоном стала Франция. Вестфальский мир закрепил это положение.

Маркиз Лэнсдаун — Генри Лэнсдаун (1845—1927), английский государственный деятель, был министром обороны и министром иностранных дел; старался предостеречь Германию от развязывания первой мировой войны.

Стр. 10. *Магдебург* — город в Германии, который в мае 1631 г. во время Тридцатилетней войны был почти полностью разрушен.

...Прокруст в современном одеянье... — Прокруст (*греч.* вытягиватель), разбойник, который укладывал схваченных им путников на ложе. Если они были малы для него, Прокруст растягивал их, если велики — отрубал ноги. В переносном смысле Прокрустово ложе — искусственная мерка, под которую стараются подогнать факты.

Стр. 11. *...преподобные отцы, воспитавшие Вольтера.* — Вольтер (наст. имя Мари Франсуа Аруэ, 1694—1778), французский писатель и философ-просветитель, окончил иезуитский коллеж.

«железным занавесом» (как выразился мистер Черчилль) — Уинстон Леонард Спенсер Черчилль (1874—1965), известный государственный деятель Великобритании, один из лидеров консервативной партии произнес эти слова в американском городе Фултоне в 1946 г., подразумевая «барьер», который якобы воздвигли СССР и социалистические страны между Востоком и Западом. Однако впервые это выражение употребил в 1945 г. немецкий государственный деятель граф Шверин фон Крозиг.

Манхэттенские проекты — от проект Манхэттен — крупнейшее научно-промышленное предприятие в США по созданию атомной бомбы в начале 40-х гг.

Стр. 12. *Евгеника* — теория о наследственном здоровье человека и путях его улучшения.

Стр. 16. *Но утопии оказались гораздо более осуществимыми...* — цитата из сборника статей известного русского религиозного философа Николая Александровича Бердяева (1874—1948) «Новое средневековье» (Берлин, 1924. С. 121—122; раздел «Демократия, социализм и теократия»).

Стр. 30. *Ленайна* — так произносится имя героини (*англ.* Lenina).

Стр. 36. *...господь наш Форд выпустил на автомобильный рынок первую модель «Т».* — американский автомобильный магнат Генри Форд (1863—1947), с деятельности которого, по мнению героев романа, началась новая эра в истории человечества, основал свою автомобильную компанию «Форд мотор» в 1903 г., а свою первую серийную модель Т выпустил в 1909 г. Она продавалась, как считается, по весьма низкой цене, что и способствовало наступлению «бензинового века» в Америке. Действие в романе, как следует из текста, происходит в VII в. эры Форда.

Стр. 44. *Ур Халдейский* — речь идет о городе Уре в южной Вавилонии. В 626 г. до н. э. халдеи, обитавшие у берегов Персидского залива, захватили этот город, а их царь Набапаласар стал основателем Нововавилонской династии. Ур Халдейский погребен под холмом Мукаяр. Во время раскопок обнаружены развалины храма местного бога Сина, некрополи с погребениями, или в круглых гробах, или под кирпичными сводами, или (бедных) в глиняных сосудах. При скелетах найдены остатки погребальных пелен, много глиняных и медных сосудов, глиняные клинописные таблички. Надписи говорят, что династии царей Ура были могущественными повелителями большей части южной Вавилонии.

Хараппа — главный центр хараппской цивилизации, то есть цивилизации долины реки Инд (3 тыс. — XVII—XVI вв. до н. э.); город имел регулярную застройку, прямоугольные кварталы, водопровод, канализацию, развитые ремесла; жители города поклонялись богине-матери, богу — прототипу Шивы, а также огню, деревьям и животным; письменных источников не сохранилось.

Фивы — крупный город и художественный центр в Древнем Египте. Известен с 3 тыс. до н. э.; столица Египта в эпоху Среднего и Нового царств; сохранились грандиозные храмовые ансамбли (Карнак, Луксор), некрополи заупокойных храмов фараонов (Долина Царей и Долина Цариц).

Вавилон — древний город в Месопотамии на берегу Евфрата, впервые упоминается в 3 тыс. до н. э.; крупнейший политический, экономический, культурный центр Передней Азии; по преданию, при вавилонском царе Навуходоносоре II (VI—V вв. до н. э.) были сооружены Вавилонская башня и висячие сады (одно из «семи чудес света»).

Кносс — древний город в северной части Крита, центр эгейской культуры, поселение существовало еще в период неолита; наивысший подъем имел место в 1600—1470 гг. до н. э., уже в раннерабовладельческий период там существовали многоэтажные сооружения, прямоугольные дворы, обширные склады, водостоки.

Микены — древний город в южной Греции, крупный центр в эпоху бронзы; с XVII в. до н. э. — столица одного из раннеклассовых государств; в XVI—XV вв. до н. э. были возведены укрепления и дворец, затем циклопические стены и «Львиные ворота»; ок. 1200 г. до н. э. многие сооружения были разрушены пожаром и утеряли свое значение.

Иов (библ.) — житель города Уц, беседы которого с друзьями приведены в «Книге Иова», философской поэме о проблемах зла и возмездия. Сюжетом поэмы явилось предание о споре между Богом и Сатаной из-за благочестия Иова. Книга говорит о безнаказанности зла на земле. Обычно в литературе или разговорной речи Иов — это страдающий праведник.

Стр. 44. *Гаутама* — или Готама, согласно древнеиндийской мифологии, имя одного из семи великих мудрецов (риши).

Среднее царство — название периода в истории Древнего Египта (ок. 2050 до н. э. — ок. 1750—1700), когда было достигнуто объединение страны; для него характерны дальнейшее развитие производительных сил страны (расширение ирригации, применение бронзы), рост внутреннего и внешнего обмена, начало активной завоевательной политики в Нубии.

Паскалевы «Мысли» — сочинение французского ученого, религиозного философа, писателя Блеза Паскаля (1623—1662) «Мысли о религии и о некоторых других предметах» (изд. 1669, русск. пер. 1843). В нем автор рассуждает о противоречии между величием человека, единственного разумного в природе существа, и его ничтожеством, неспособностью противостоять страстям. Лишь христианство, по мнению автора, может примирить это неразрешимое противоречие.

«Страсти» — обычно музыкальное произведение на евангельский текст о предательстве Иуды и казни Христа.

Стр. 58. *Мальтузианский пояс* — от имени Мальтуса (Томаса Роберта, 1766—1834), английского экономиста и священника, основоположника мальтузианства — реакционной буржуазной теории, утверждавшей, что в силу биологических особенностей людей население имеет тенденцию увеличиваться в геометрической прогрессии, тогда как средства существования могут возрастать лишь в арифметической прогрессии. Поэтому соответствие численности населения и количества средств существования должно регулироваться войнами, голодом, эпидемиями и т. д.

Стр. 64. *Черинг-Тийская башня* — по форме сооружена в виде буквы Т, что, кроме намека на модель Т Форда, напоминает также усеченный крест; представляется, что автор расположил ее на месте Черинг-Кросс, перекрестка между Трафальгарской площадью и улицей Уайт-холл; этот перекресток при отсчете расстояния принимается за центр Лондона; английский король Эдуард I (1272—1307) воздвиг на этом месте готический крест, поскольку здесь останавливалась в последний раз процессия с гробом его жены Элеанор перед захоронением гроба в Вестминстерском аббатстве; в 1647 г. крест был разрушен, но в 1865 г. восстановлен.

Стр. 79. *«Афродитеум»* — иронический намек на «Атенеум», клуб в Лондоне, членами которого являются преимущественно ученые и писатели, основан в 1824 г., букв.: храм Афины.

Стр. 80.. *Фордзоновский дворец* — очевидно, здесь можно проследить аналогию со словом «Фордзон»: так называется сельскохозяйственный колесный трактор общего назначения, который выпускался компанией «Форд» в 1917 – 1928 гг. Во время первой мировой войны, как пишет Генри Форд в своей книге «Моя жизнь и работа» (1925), эти тракторы переправлялись в Англию, где ими вспахивали землю в старых латифундиях; тракторы в основном обслуживали женщины. Без этих тракторов, считает Форд, Англия в те годы едва ли бы справилась с продовольственным кризисом. Кроме того, применение тракторов позволило не отвлекать рабочую силу с фабрик и заводов. Копия «Фордзона» выпускалась у нас в Ленинграде в 1923 – 1932 гг. под названием «Фордзон-Путиловец».

Большой Генри — аллюзия на «Биг Бен», колокол часов-курантов на здании парламента в Лондоне.

Стр. 88. *Озерный край* — или Озерный округ, живописный район гор и озер на северо-западе Англии, где жили известные английские поэты-романтики У. Вордсворт, С. Кольридж, Р. Саути, воспевшие его в своих произведениях.

Стр. 102. *Акома* — место в штате Нью-Мексико, где обитают индейцы племени кересан.

Стр. 113. *Мескаль, пейотль* — невысокие растения из семейства кактусовых, применяются в медицине как стимулирующие и антиспазматические средства; мексиканские индейцы используют их сок как легкий опьяняющий напиток. Интересно отметить, что сам писатель испробовал на себе действие этого сока и даже написал об этом исследование.

Стр. 120. *Авонавилона* — в мифологии индейцев Северной Америки верховное божество, создатель мира; в космогоническом мифе индейцев зуни Авонавилона силой мысли создал жизнетворные туманы, из собственного тела — небо и землю, из которых в самом нижнем из четырех покровов земли возникли племена людей и животных.

Стр. 152. *Аюгари Лукреция* (1743 – 1783) — известная итальянская певица.

Стр. 178. *Синтезатор «Супер-Вокс-Вурлицериана» — от вурлицер* — электроорган со звукосветовым устройством.

Стр. 202. *«Подражание Христу»* — собрание религиозно-нравственных наставлений и рассуждений о суетности земного; предполагают, что автором его является августинский монах Фома Кемпийский (1379—1471); тексты этого собрания написаны простым языком, с учетом психологии человека.

Уильям Джеймс... «Многообразие религиозного опыта». — Значительное место в работах этого американского ученого занимают вопросы религии. Он считал религию психологической функцией людей, коренящейся в подсознательном, иррациональном опыте индивида; религиозные догматы, по его мнению, истинны в меру своей полезности. Указанное выше сочинение опубликовано в 1902 г. Джеймс Уильям (1842—1910) — американский философ-идеалист и психолог, основатель прагматизма; согласно его учению, истинно то, что отвечает успешности практического действия.

Стр. 203. *Кардинал Ньюмен* — Джон Генри Ньюмен (1801—1890), английский теолог и церковный деятель; начав с попыток укрепления основ англиканской церкви, затем принял католичество. Его основные сочинения «Оправдание своей жизни» (1864) и «Грамматика согласия» (1870) имели широкое распространение в католической среде; считается одним из предтеч обновления и модернизации католицизма, так как защищал принцип свободной от схоластики «открытой теологии».

Биран Мен де (1766—1824) — французский философ, говоривший о необходимости воли в развитии мысли.

Стр. 206. *Бредли Френсис Герберт* (1846—1924) — английский философ-идеалист.

Т. Шишкина

ЧЕРЕЗ МНОГО ЛЕТ

Стр. 229. *«Бремя Белого Человека»* — выражение Р. Киплинга, подразумевающее культурную миссию европейцев-колонизаторов.

Стр. 230. *«Прелюдия»* — поэма У. Вордсворта.

Стр. 231. *Примитивные методисты* — неепископальная протестантская церковь, возникшая в 1812 году в Англии, а затем распространившаяся в США.

Картуха — картезианский монастырь в Гранаде, построенный в 1516 г.

Айя-София — храм св. Софии в Константинополе, построенный в 532—537 гг. в царствование византийского императора Юстиниана.

Сциентизм, или христианская наука — религиозное направление, основанное в 1866 году Мэри Бекер-Эдди. Его последователи верят, что грех, болезни и смерть могут быть побеждены благодаря постижению божественного принципа, лежащего в основе учения Христа и практики его целительства.

Нумерология — ворожба, гадание по числам.

Стр. 232. *Галитоз* — дурной запах изо рта.

Беллок Джозеф Хилери Пьер (1870—1953) — историк, поэт, эссеист; урожденный француз, в 1903 г. принял английское гражданство.

Стр. 233. *Анаколуф* — стилистическая фигура, соединение слов или частей предложения по смыслу, без грамматического согласования.

Стр. 236. *Розенкрейцеры* — религиозно-мистическое общество розенкрейцеров существовало в XVII—XVIII вв. в Германии, Голландии и некоторых других странах; здесь имеются в виду их последователи.

Беверли-Хиллс — фешенебельный район Лос-Анджелеса, где живут многие кинозвезды.

Сэр Эдвин Лэндсир *Лаченс* (1869—1944) — английский архитектор.

Малый Трианон — небольшой летний дворец в Версальском парке, подаренный Людовиком XVI Марии Антуанетте.

Монтичелло — резиденция Томаса Джефферсона в Виргинии, под Шарлотсвиллем.

Мезембриантемы — род растущих в южных широтах трав и полукустарников.

Бобóли — сад дворца Питти во Флоренции.

Гарольд Ллойд, Пикфэйр (имеется в виду Мэри Пикфорд), *Джинджер Роджерс* и упоминаемые далее в тексте *Дуглас Фербенкс, Адольф Менжу, Хеди Ламарр, Дина Дурбин, Кэри Грант, Кларк Гейбл* — известные американские киноактеры.

Стр. 237. Сэр Эдвин *Лэндсир* (1802—1873) — английский художник-анималист.

Стр. 238. *Автомат Вурлицера* — музыкальный автомат на базе электрооргана, изобретенного в 1880 г. Р. Вурлицером.

Арнольд *Бёклин* (1827—1901) — швейцарский художник, представитель символизма и стиля «модерн».

Стр. 239. Эдвард Бёрн, *Бёрн-Джонс* (1833—1898) — английский художник, близкий к прерафаэлитам, изобретатель цветного оконного стекла, которое должно было напоминать церковные витражи.

«Смерть, где твое жало?» — Первое послание к Коринфянам св. ап. Павла, 15,55.

Лоренцо *Бернини* (1598—1680) — итальянский архитектор и скульптор, представитель барокко.

Паросская плоть — остров Парос в Эгейском море известен месторождениями мрамора.

«Я есмь воскресение и жизнь». — Евангелие от Иоанна, 11,25.

«Господь — Пастырь мой...» — Псалом 22,1.

«Поглощена смерть победою». — Первое послание к Коринфянам св. ап. Павла, 15,54.

Стр. 240. *Маркс Граучо* (наст. имя Джулиус; 1890—1977) — один из братьев Маркс, известных американских комиков.

Стр. 241. *Куси, Алник* — в городке Куси на севере Франции находятся руины феодальной крепости XIII в.; город Алник, расположенный в английском графстве Нортамберленд, также знаменит памятниками средневековой архитектуры.

Стр. 243. *Пыльный край* — район пыльных бурь и засух на Западе США.

Стр. 246. *Винсент де Поль* (1576—1660) — святой, французский католический священник.

Стр. 247. *Лурдский грот* — грот во французском городе Лурде, где находится источник целебной святой воды.

Стр. 248. *Джамболонья* (наст. имя Жан де Булонь; 1529—1608) — итальянский скульптор, представитель маньеризма.

«Меж ветвей блестят они...» — цитата из стихотворения «Песнь переселенцев на Бермуды» английского поэта Эндрю Марвелла (1621—1678).

Чайлд Роланд, Король Фулы, Мармион, сэр Леолайн — герои романтических баллад и поэм Р. Браунинга, И. Гёте, В. Скотта и С. Колриджа; *леди Шалотт* — несчастная возлюбленная Ланселота в романах о рыцарях Круглого Стола. Далее Джереми вспоминает строки из поэмы С. Колриджа «Кристабель».

Стр. 253. ... *от опубликования «Оссиана» до смерти Китса...* — Оссиан — легендарный воин и бард кельтов, живший, по преданию, в III в. Сборник «Сочинения Оссиана, сына Фингала», литературная мистификация шотландского писателя Джеймса Макферсона, был опубликован в 1765 г. Английский поэт-романтик Джон Китс умер в 1821 г.

Франц Ксавье *Винтергальтер* (1805 — 1873) — немецкий портретист.

Стр. 254. Антуан *Ватто* (1684 — 1721), *Никола Ланкре* (1690 — 1743) — французские художники.

Хосе Мария *Серт* (1876 — 1945) — испанский художник.

Гринлинг Гиббонс (1648 — 1720) — английский резчик по дереву и скульптор.

Фра Анджелико (Джованни де Фьезоле; ок. 1400 — 1455) — доминиканский монах, художник.

Брайтонский павильон — летняя резиденция, построенная в курортном городе Брайтоне Георгом IV до его вступления на престол; позднее переделана Джоном Нэшем в «восточном стиле».

Франсуа *Буше* (1703 — 1770) — французский художник, представитель рококо. Автор пейзажей, мифологических и пасторальных сцен.

Св. Франсуа де Саль (Франциск Сальский, 1567 — 1622) — католический священник, епископ Женевы.

Функциональный стиль — направление в архитектуре XX в., требующее строгого соответствия зданий и сооружений их производственному и бытовому назначению.

Вторая империя — во Франции период правления императора Наполеона III (2 дек. 1852 — 4 сент. 1870).

Стр. 255. Леопольд *Стоковский* (1882 — 1977) — американский дирижер, более 20 лет руководивший Филадельфийским симфоническим оркестром, пропагандист современной музыки.

Стр. 256. «*Бог есть любовь*» — Первое послание Иоанна, 4,8; «*Смерти нет*» — ср. Откровение Иоанна Богослова, 21,4: «И отрет Бог всякую слезу с очей их, и смерти не будет уже...».

Стр. 257. *Гай Фокс*, *Роберт Кейтсби* — организаторы неудавшегося «Порохового заговора» — попытки взрыва английского парламента во время его посещения королем Яковом I (1601).

Стр. 260. *...времен Якова I* — начала XVII в. Яков I умер в 1625 г.

Стр. 261. *Гласситы* — христианская секта, основанная в XVIII веке в Шотландии Джоном Глассом и распространившаяся в Англии и Америке. Ее принципами были строгая дисциплина и единодушие в понимании христианской доктрины.

Плимутские братья (сестры) — религиозное направление, возникшее около 1830 г. в Плимуте (Англия); одно из основных его положений — доктрина о втором пришествии Иисуса и последующем наступлении тысячелетнего царства Христова.

«Страшно впасть в руки Бога живаго!» — Послание к Евреям св. ап. Павла, 10,31.

Стр. 262. *Элен Фурман* — вторая жена Рубенса.

Эктоплазма — здесь: эманация медиума, спирита, благодаря которой осуществляется его воздействие на реальный мир.

...распинаемого вниз головой святого... — Согласно преданию, апостол Петр, дабы не оскорбить Бога, уподобившись ему в роде смерти, попросил, чтобы его распяли вниз головой.

Стр. 265. *«Эпипсихидион»* — поэма английского поэта-романтика П. Б. Шелли (1792—1822).

Стр. 274. *Нижинский, Карсавина, Павлова, Мясин* — знаменитые танцоры и балерины, все — уроженцы России.

Непоруганная невеста безмолвья — образ из стихотворения Дж. Китса «Ода греческой вазе».

Стр. 275. *...повесть, рассказанная идиотом.* — Слова Макбета из одноименной трагедии Шекспира (акт V, сц. 5.).

Сэр Кенельм Дигби (1603—1665) — английский писатель, мореплаватель и дипломат; *Скандерун* (совр. назв. Искендерун) — город-порт на юге Турции.

Мигель де Молинос (1628—1696) — испанский священник, кардинал, арестованный в зените своей славы и умерший в тюрьме.

Шарль *Дреленкур* (1595—1669) — французский проповедник, протестант.

Андреа Робер де Нерсья (1739—1801) — французский писатель и поэт, автор скабрезных и порнографических сочинений.

Стр. 277. *Пексниф* — персонаж диккенсовского «Мартина Чезлвита», елейный лицемер; в англоязычных странах его имя стало нарицательным.

Стр. 279. *Беркли* — пригород Сан-Франциско, где находится одно из крупнейших отделений Калифорнийского университета.

Стр. 280. Бертель *Торвальдсен* (1768 или 1770—1844) — датский скульптор, представитель классицизма.

Стр. 281. *Кармелиты* — католический орден, основанный в Палестине в XII в.; босоногими называются члены братства, носящие только сандалии на босу ногу.

Стр. 283. Шарль *Броун-Секар* (1817—1894) — французский физиолог и невролог. Исследовал действие на организм человека вытяжки из семенников животных.

Сергей *Воронов* (1866—1951) — русский физиолог, эмигрировавший во Францию; вел исследования по проблеме омоложения.

Стр. 284. *Кельтские сумерки* — имеется в виду эпоха Возрождения национальной культуры Ирландии XIX — начала XX веков (кельтское Возрождение).

Стр. 285. *Фагоцитоз* — активный захват и поглощение живых клеток и неживых частиц одноклеточными организмами или особыми клетками — фагоцитами. Открыт в 1882 г. И. И. Мечниковым.

Нейронофаги — фагоциты, поглощающие нервные клетки, нейроны.

Стр. 287. *Упсала* — в этом городе находится старейший шведский университет.

Стр. 289. *Регентство* — годы с 1811 по 1820; в этот период король Англии Георг III был психически болен и страной правил регент, принц Уэльский (с 1820 г. — король Георг IV).

Уильям *Этти* (1787—1849) — английский художник.

«*Эндимион*», «*Ода греческой вазе*», «*Оды Психее*» — произведения Дж. Китса; «*Освобожденный Прометей*» — поэма П. Б. Шелли.

Стр. 290. *Эпоха Георгов* — короли Георги из Ганноверской

династии правили в Англии с 1660 по 1830 год.

Памятник меди нетленней — Квинт Гораций Флакк, Оды, III, XXX.

Стр. 292. Хуан *Негрин* (1894—1956) — премьер-министр республики Испании с 1937 г., в 1939 — 1945 гг. глава республиканского правительства Испании в эмиграции.

Стр. 294. *Стоя* — в Древней Греции галерея-портик для отдыха, прогулок, бесед.

Стр. 298. *«Привратник Кармского монастыря»* — Кармы — средневековый религиозный орден.

Вильгельм IV — король Великобритании и Ирландии в 1830—1837 гг., брат Георга IV.

Стр. 299. *«Роза и Кольцо»* — сказка У. Теккерея.

Стр. 300. Уильям *Лоу* (1686—1761) — английский священник и писатель.

Эдвард Гиббон (1737—1794) — английский историк, автор знаменитого труда «История упадка и разрушения Римской империи».

Стр. 305. *...того самого, что смотрит так невинно и послушно...* — Эпизод из Евангелия от Марка, 10, 13—16.

Стр. 306. *О милая, я б не любил тебя так сильно...* — Строки из стихотворения «Лукасте, идучи на брань» английского поэта, переводчика, музыканта и знатока живописи Ричарда Лавлейса (1618—1658).

Стр. 309. Пьер де *Беруль* (1575—1629) — французский кардинал и государственный деятель, основавший первый монастырь кармелиток во Франции.

Стр. 310. *Иоганн Таулер* (ок. 1300—1361) — немецкий мистик, доминиканец, проповедник, ученик Экхарта (о нем см. прим. к с. 341).

Стр. 313. *«...возненавидели Меня напрасно».* — Евангелие от Иоанна, 15,25.

Стр. 315. *Святой Петр Клавер* (1581—1654) — испанский иезуит, миссионер, проведший в Южной Америке и Африке 44 года.

Стр. 316. *Много званых, а мало избранных* — Евангелие от Матфея, 20,16; 22,14; Евангелие от Луки, 14,24.

«...У неимеющего отнимется и то, что имеет». — Еванге-

лис от Матфея, 13,12; 25,29; Евангелие от Марка, 4,25; Евангелие от Луки, 8,18; 19,26.

Стр. 318. «...*дух бодр, а плоть немощна*». — Ср. Евангелие от Матфея, 26,41.

Стр. 322. «...*пороков своих не оставишь*...» — Цитата из стихотворения английского поэта Б. Джонсона «Благородная природа».

Стр. 325. *Хорас Уолпол* (1717 — 1797) — английский писатель, предромантик, стоявший у истоков готического романа.

Адам де *Салимбен* (1221 — 1288?) — итальянский хронист, член ордена миноритов. Его обширная «Хроника» (автобиография) представляет собой большую историческую ценность. «*Рассказ Мельника*» — один из «Кентерберийских рассказов» английского классика Дж. Чосера (1340? — 1400).

«*Реформа*» — элитарный лондонский клуб.

Джованни Пьерлуиджи да *Палестрина* (ок. 1525 — 1594) — итальянский композитор. Его музыка — вершина хоровой полифонии строгого стиля.

Стр. 326. ...*смущен и сбит с толку положением Благородной Птицы.* — Речь идет о нисхождении на Христа Святого духа в обличье голубя (Евангелие от Матфея, 3,13 — 17; Евангелие от Марка, 1, 9 — 11; Евангелие от Луки, 3, 21 — 22; Евангелие от Иоанна, 1, 32 — 34).

Стр. 332. *Лоялисты* — здесь: сторонники конституционного республиканского правительства в период гражданской войны в Испании.

Стр. 333. ...*умения понимать и сострадать*... — Прямая перекличка с буддизмом: в буддийской традиции бодхисаттва, обладающий высшим пониманием и высшим состраданием ко всем живым существам, считается достигшим идеального состояния.

Стр. 341. *Шанкара* (Санкара, предп. 788 — 820) — ведущий представитель индийской философской системы «адвайта-веданта», автор комментариев к «Упанишадам», «Бхагавадгите» и «Брахма-сутре».

Иоганн *Экхарт* (ок. 1260 — 1327) — немецкий мистик, доминиканец. Считал основой Бога и всего бытия безосновное божественное ничто («бездну»).

Стр. 341. *Св. Иоанн Креста* (Хуан Йепес Альварес, Хуан

де ла Крус; 1542—1591) — испанский монах, поэт-мистик.

Палийские манускрипты — на языке пали написаны основные канонические тексты хинаяны, одного из главных направлений в буддизме.

Шарль де Кондран (1588—1641) — французский теолог.

«Бардо» — имеется в виду тибетский священный текст, трактующий о промежуточном состоянии души после смерти до следующего рождения (это состояние и называется «бардо»).

Патанджали (жил предположительно в период между II в. до н. э. и II в. н. э.) — древнегреческий философ, основатель системы йога, автор «Йога-сутры».

Псевдо-Дионисий — философ, живший не ранее второй половины V в., автор религиозно-философских сочинений («Ареопагитик»), первоначально приписанных Дионисию Ареопагиту (I в.).

Стр. 342. Сэр Эдвард Джон *Пойнтер* (1836—1915) — английский художник, директор Национальной галереи британского искусства, президент Королевской академии искусств.

Сэр Лоренс *Альма Тадема* (1836—1912) — голландско-английский художник.

«Двойные самоубийства» — пьесы японского драматурга Тикамацу Мондзаэмона (1653—1724) «Двойное самоубийство в Сонэ-дзаки» и «Двойное самоубийство в Амидзи-ме» (эти названия можно также перевести как «Самоубийства влюбленных»). Джереми читал их по-немецки, так как в то время, о котором идет речь, английские переводы этих пьес еще не были изданы.

Стр. 348. *Смитсоновский институт* — институт в Вашингтоне, основанный по завещанию английского ученого Джеймса Смитсона.

Стр. 350. *...отважился на роль Даниила.* — Библейский пророк Даниил предсказал вавилонскому царю Навуходоносору, что он будет отлучен от людей, станет жить со зверями, питаться травой (Книга пророка Даниила, 4,1—25), а царю Валтасару — что тот погибнет, а царство его будет завоевано (Книга пророка Даниила, 5).

Стр. 355. *Кифера* — греческий остров, центр культа Афродиты.

Стр. 356. *Флоренс Найтингейл* (1820—1910) — английская сестра милосердия, прославившаяся самоотверженным уходом за ранеными во время Крымской войны.

Стр. 359. *Клод Бернар* (1813—1878) — французский физиолог и патолог, один из основоположников экспериментальной медицины и эндокринологии.

Стр. 360. Иеремия *Бентам* (1748—1832) — английский философ, социолог, юрист; родоначальник философии утилитаризма.

Нагарджуна (ок. II в.) — древнеиндийский философ, основатель мадхьямики — философской школы буддизма, проводящей концепцию «срединного» пути к достижению нирваны.

Стр. 364. Томас Вудро *Вильсон* (1856—1924) — 28-й президент США (1913—1921).

Стр. 370. Алессандро *Маньяско* (1667—1749) — итальянский художник, автор импульсивных по манере письма картин из жизни солдат, цыган, монахов.

Константин *Брынкуш* (1876—1957) — румынский скульптор, один из родоначальников абстракционизма в европейской скульптуре.

Будда Амида — одно из главных божеств японской буддийской мифологии, владыка обетованной «чистой земли», куда попадают праведники.

Стр. 371. *Оксфордская группа* — религиозное объединение.

Стр. 382. *Ишвара* — в индуистской мифологии одно из имен Шивы. В философии ведантизма Ишвара выступает как активная манифестация пассивного абсолюта — брахмана (последнее слово является также именем верховного бога-творца).

Стр. 383. Жан Анри *Фабр* (1823—1915) — французский энтомолог, известный своими наблюдениями за жизнью насекомых; противник эволюционной теории.

Стр. 385. *Луиза Мей Олкотт* (1832—1888) — американская писательница.

Стр. 386. *«Пусть на челе твоем и нет следа...»* — Отрывок из стихотворения Вордсворта «У моря».

Стр. 387. *«Благая Дева возлежит на райском ложе золотом».* — Чуть измененная строка из стихотворения английского поэта Д. Г. Россети (1828—1882) «Благая Дева».

Стр. 387. *Старый Мореход* — герой поэмы С. Колриджа «Сказание о Старом Мореходе»; далее обыгрываются первые строфы этой поэмы.

Стр. 389. *Джосайя Ройс* (1855—1916) — американский философ; развил концепцию абсолютного волюнтаризма (о мире как сообществе личностей, выполняющем волю абсолютной личности — Бога).

Стр. 396. *Ван Эйк* — имеется в виду Хуберт Ван Эйк (ок. 1370—1426), фламандский художник. Над «Поклонением Агнцу» он трудился до самой смерти; заканчивал эту огромную композицию его младший брат Ян.

Стр. 397. Джон *Уитьер* (1807—1892) — американский поэт-квакер, воспевавший любовь к родине, религиозное чувство и т. д.

Стр. 400. *Карл I* — английский король (1625—1649) из династии Стюартов, низложенный и казненный в ходе английской буржуазной революции.

Филип Дормер Стенхоп *Честерфилд* (1694—1773) — Граф, английский писатель и государственный деятель. Его «Письма к сыну» — свод норм поведения и педагогических наставлений в духе идей Просвещения.

Стр. 401. *«Зеленоглазое чудище»* — ревность (шекспировское выражение — см. «Отелло», акт III, сц. 3).

Стр. 402. *«Самадхи»* — в индуизме и буддизме состояние глубокой концентрации, ведущей к слиянию с Богом, религиозный транс.

Стр. 404. Сикибу *Мурасаки* (ок. 978 — ок. 1016) — японская писательница, автор романа «Гэндзи-моногатари» — вершины классической японской прозы.

Стр. 405. *«Сыновья и любовники»* — роман английского писателя Д. Г. Лоуренса (1885—1930).

Стр. 406. *Иокаста* — мать фивайского царя Эдипа, по неведению вышедшая за него замуж.

Стр. 410. *Долина смертной тени* — библейское выражение (Псалом 22,4).

Кто хочет сберечь свою жизнь, потеряет ее. — Ср. Евангелие от Матфея, 10,39; 16,25; Евангелие от Марка, 8,35; Евангелие от Луки, 9,24.

Стр. 415. *Уголок Поэтов* — так называется часть Вестминстерского аббатства в Лондоне, где похоронены выдающиеся английские поэты.

Стр. 416. *«Пребудь со мной»* — псалом английского священника и поэта Г. Ф. Лайта (1793—1847).

Бэрримор — имеется в виду один из популярных американских братьев-актеров, Лайонел или Джон.

«Смейся, и мир рассмеется с тобой» — первая строка стихотворения Э. У. Уилкокс (1855—1919) «Уединение».

Ральф Уолдо Трайн (1866—1958) — американский религиозный писатель, ученик Р. У. Эмерсона.

УОР (Управление общественных работ) — организация, созданная в целях сокращения числа безработных.

Стр. 417. *Взять хотя бы Карлсбадские.* — Эти пещеры находятся в Национальном парке в Нью-Мехико (США) и представляют собой самый большой из известных в мире подземных лабиринтов.

Стр. 424. Ричард Генри *Тони* (1880—1962) — английский историк.

Стр. 429. *...средством царя Давида от старости...* — См. Третью книгу Царств, 1,1—2: «Когда царь Давид состарелся... то покрывали его одеждами, но не мог он согреться. И сказали ему слуги его: пусть поищут для господина нашего царя молодую девицу, чтоб она предстояла царю, и ходила за ним, и лежала с ним, — и будет тепло господину нашему царю».

Стр. 430. *...до Роспуска Монастырей при короле Генрихе.* — В 1536 и 1539 гг., при короле Генрихе VIII, была проведена секуляризация монастырей.

«Утопия» — сочинение английского гуманиста Томаса Мора (1478—1535), вышедшее в 1516 году; *«Потерянный рай»* — поэма Джона Мильтона (1608—1674).

Стр. 435. *Бог поругаем не бывает. Что посеет человек, то и пожнет.* — Послание к Галатам св. ап. Павла, 6,7.

Стр. 436. *Уильям Блейк* (1757—1827) — английский поэт и художник, романтик, философ.

Стр. 437. *«Федра»* — трагедия Расина; *«Грозовой перевал»* — роман Э. Бронте; *«Агамемнон»* — трагедия Эсхила.

Стр. 438. *«Кандид»* — философская повесть Вольтера.

Стр. 441. *Алексис Каррель* (1873—1944) — французский хирург и патофизиолог, в 1904—1939 гг. жил в США; лауреат Нобелевской премии (1912).

Мартин Нимёллер (1892—1984) — немецкий общественный деятель, пастор евангелической церкви, в 1937—1945 гг. находился в заключении в фашистских концлагерях.

Джон Нокс (1505 или ок. 1514—1572) — пропагандист кальвинизма в Шотландии, основатель шотландской пресвитерианской церкви.

Томас Торквемада (1420—1498) — с 1480-х гг. глава испанской инквизиции (великий инквизитор); инициатор изгнания евреев из Испании (1492).

Чарльз *Гревиль* (1794—1865) — английский политический деятель; на протяжении многих лет вел дневник, являющийся ценнейшим источником сведений по истории британской политики.

Стр. 442. *«Крэнфорд»* — роман английской писательницы Элизабет Гаскелл (1810—1865), изображающий идиллическую жизнь в маленьком городке.

Стр. 446. Жорж Луи Леклерк *Бюффон* (1707—1788) — французский естествоиспытатель.

Стр. 448. ...*чиппендейловское слово*. — Томас Чиппендейл (1718—1779) — знаменитый английский мастер мебельного искусства.

Стр. 451. Раймонд *Перл* (1879—1940) — американский биолог и демограф, автор труда «Естественная история населения» (1939).

Стр. 456. ...*Иисус называет их ехидниным отродьем*. — Ср. Евангелие от Матфея, 12,34.

Либеральные церкви — протестантские церкви, проповедующие интеллектуальную свободу в сочетании с духовным и этическим учением христианства.

Стр. 457. *Джек Спрэт и его жена* — обжоры, герои детской песенки.

Стр. 459. Сэмюэл *Джонсон* (1709—1784) — английский критик, лексикограф и писатель, автор знаменитого словаря английского языка (1755) и десяти биографий известных поэтов.

Стр. 461. *Но он утешил себя мыслями о Горации...* — Знаменитый римский поэт Гораций (65—8 гг. до н. э.) получил свою маленькую ферму в Сабинских холмах в подарок от покровителя искусств Мецената.

Феокрит (конец IV в. — первая пол. III в. до н. э.) — древнегреческий поэт, основатель жанра идиллии.

Бартоломе Эстебан *Мурильо* (1618—1682) — испанский живописец.

Стр. 462. *«Билль о реформе»* — имеется в виду парламентская реформа 1832 г. — расширение прав и представительства третьего сословия.

Стр. 463. *Панч и Джуди* — персонажи английского народного театра кукол.

Стр. 465. *Джеймс Милль* (1773—1836) — английский философ (последователь Д. Юма), историк и экономист.

Джозеф *Батлер* (1692—1752) — английский богослов, епископ Дарема. Его сочинения были популярны в девятнадцатом веке.

Стр. 468. *Отцы-основатели* — так называют в Америке государственных деятелей, принявших Конституцию 1787 года.

Стр. 476. *Золотое сечение* — деление отрезка на две части таким образом, что весь отрезок относится к большей его части так же, как большая к меньшей (приближенно это отношение равно 5:3).

Стр. 478. *Пелопоннесская война* (431—404 гг. до н. э.) — крупнейшая в истории Древней Греции война между союзами греческих полисов: Делосским (во главе с Афинами) и Пелопоннесским (во главе со Спартой).

А вот расписывают Ватикан... — в начале XVI века Ватикан расписывали Микеланджело и Рафаэль; в 1527 г. Рим был разграблен испанскими войсками, после чего в нем осталось всего 17 000 жителей.

«Героическая» — Третья симфония Бетховена, посвященная Наполеону.

Стр. 484. *Сан-Квентин* — калифорнийская тюрьма.

Стр. 487. Уильям *Тёрнер* (1775—1851) — английский художник романтического направления.

Стр. 488. Сандро *Боттичелли* (Алессандро Филипепи, 1445—1510) — итальянский художник, представитель Раннего Возрождения.

Пьетро *Перуджино* (Ваннуччи; между 1445 и 1452—1523) — итальянский художник.

Никколо *Макиавелли* (1469—1527) — итальянский политический мыслитель, историк, писатель.

Стр. 489. *Св.* Аврелий *Августин* (354—430) — христианский теолог и церковный деятель, один из «отцов церкви», автор знаменитой «Исповеди».

Освальд Шпенглер (1880—1936) — немецкий философ и историк культуры.

«Тотем и табу» — сочинение З. Фрейда, посвященное рассмотрению социальных проблем с точки зрения психоанализа.

Стр. 490. *«Похороны Грамматика»* — стихотворение английского поэта Роберта Браунинга (1812—1889).

Стр. 491. *«Так плотника жена легла с другим».* — Строчка из «Рассказа Мельника» («Кентерберийские рассказы»).

Стр. 493. *Рональд Фербэнк* (1886—1926) — английский писатель, автор юмористических рассказов.

Стр. 498. *«Мне снилось, что дом мой — роскошный чертог».* — Песенка из оперы ирландского композитора М. У. Балфа (1808—1870) «Девушка из Богемии» в переложении английского театрального деятеля А. Банна (1796—1860).

Стр. 502. *Приап* — античное итифаллическое божество, первоначально собственно фаллос.

Стр. 503. *Бали* — остров в Индонезии, центр индонезийской культуры.

Стр. 505. *Эдуард VII* (1841—1910) — английский король с 1901 г.

Альма — река в Крыму; во время Крымской войны 1853—1856 гг. на Альме русские войска были разбиты англо-франко-турецкими.

Стр. 506. *Виктория* (1819—1901) — королева Англии с 1837 г.

Стр. 511. Эдвард *Стиллингфлит* (1635—1699) — английский теолог.

Стр. 512. «*Венера*» *Медичи* — знаменитая статуя, найденная в XVIII в. во время раскопок около Рима и восходящая, как полагают, к «золотому веку» римской культуры — времени императора Августа (27 г. до н. э. — 14 г. н. э.); хранилась на вилле Медичи в Риме; считается идеалом женской красоты.

В. Бабков

СОДЕРЖАНИЕ

О дивный новый мир. *Перевод О. Сороки* 5
Через много лет. *Перевод В. Бабкова* 227
Т. Шишкина, В. Бабкова. Примечания 518

Литературно-художественное издание

Олдос Хаксли

О ДИВНЫЙ НОВЫЙ МИР
ЧЕРЕЗ МНОГО ЛЕТ

Ответственный редактор *Алексей Балакин*
Художественный редактор *Павел Борозенец*
Технический редактор *Любовь Никитина*
Корректор *Марина Терентьева*
Верстка *Максима Залиева*

Подписано в печать 13.04.99.
Формат издания 84x108 $^1/_{32}$. Гарнитура Times.
Печать офсетная. Бумага офсетная.
Тираж 10 000 экз. Усл. печ. л. 28,56.
Изд. № 019. Заказ № 162.

ЛП № 000029 от 04.11.98.
Издательство «Амфора».
197101, Санкт-Петербург, ул. Льва Толстого, д. 19.

Отпечатано с готовых диапозитивов
на ФГУИПП «Уральский рабочий»
620219, г. Екатеринбург, ул. Тургенева, 13

издательство «АМФОРА» представляет

ТЫСЯЧЕЛЕТИЕ

MILLENNIUM

«MILLENNIUM» — ЭТО СОБРАНИЯ СОЧИНЕНИЙ
ВЫДАЮЩИХСЯ ПИСАТЕЛЕЙ ВОСТОКА И ЗАПАДА

«MILLENNIUM» — ЭТО САМЫЕ ЗНАМЕНИТЫЕ КНИГИ
ЗАКАНЧИВАЮЩЕГОСЯ ТЫСЯЧЕЛЕТИЯ

«MILLENNIUM» — ЭТО ИМЕНА,
ИЗВЕСТНЫЕ ВСЕМ

ФРАНЦ КАФКА
ОЛДОС ХАКСЛИ
ХУЛИО КОРТАСАР
ГЕРМАН ГЕССЕ
МАРСЕЛЬ ПРУСТ
ХОРХЕ ЛУИС БОРХЕС

Собрания сочинений этих авторов
издательство «Амфора» выпустит в свет
в течение 1999 года

издательство «АМФОРА» представляет

ТЫСЯЧЕЛЕТИЕ
MILLENNIUM

ФРАНЦ КАФКА

**Собрание сочинений
в четырех томах**

Вышли в свет

Том 1
**«Америка»
Новеллы**

Том 2
«Замок»

Готовятся к изданию

Том 3
**«Процесс»
«Сельский врач»
«Голодарь»**

Том 4
Дневники

По вопросам оптовых поставок обращайтесь по телефонам
Москва: (095) 276-63-05; Санкт-Петербург: (812) 234-56-25